Das Buch

»Sie konnte den weiland Grimmigen ein sanftes Lächeln verpassen, die frühzeitig Vertrockneten mit später Blüte schmücken und sogar den Häßlichen ein wenig Anmut schenken, dies alles so überzeugend, daß sich die Hinterbliebenen fragten, warum sie es nicht schon immer wahrgenommen hätten.«
Helga Hegewisch schildert die wundersame Geschichte der mecklenburgischen Totenwäscherin Magdalena und ihrer weiblichen Nachfahren. Sie erzählt von der schicksalhaften Anziehungskraft, die seit Generationen zwischen den Gebbiner Gutsherren und den Frauen der Familie Winkelmann besteht, von Magdalenas unglücklicher Liebe zu dem Seiltänzer Seraphino, von ihrer Tochter Barbara, die das erste Hamburger Bestattungsinstitut gründete, und von Antonia, die das Erbe der Familie auch über den Zweiten Weltkrieg hinaus bewahrte.

Die Autorin

Helga Hegewisch hat in Lausanne und Hamburg Literaturwissenschaften und Theologie studiert. Sie ist Mutter von sechs Kindern, hat drei Romane, mehrere Kinderbücher, Sachbücher und Fernsehspiele verfaßt und war Mitherausgeberin der Kulturzeitschrift *Der Monat*. Helga Hegewisch lebt mit ihrem zweiten Mann, dem amerikanischen Publizisten Melvin J. Lasky, in Berlin und London.

In unserem Hause ist von Helga Hegewisch bereits erschienen:

Die Windsbraut

Helga Hegewisch

Die Totenwäscherin

Roman

Ullstein

Besuchen Sie uns im Internet:
www.ullstein-taschenbuch.de

Umwelthinweis:
Dieses Buch wurde auf chlor- und säurefreiem Papier gedruckt.

Neuausgabe im Ullstein Taschenbuch
1. Auflage September 2008
© Ullstein Buchverlage GmbH, Berlin 2008
© Econ Ullstein List Verlag GmbH & Co. KG, München 2000
© 2000 by Helga Hegewisch
Umschlaggestaltung: HildenDesign, München
(unter Verwendung einer Vorlage von Büro Meyer & Schmidt, München)
Titelabbildung: Mauritius Bildagentur
Druck und Bindearbeiten: CPI – Ebner & Spiegel, Ulm
Printed in Germany
ISBN 978-3-548-26869-9

*Für alle Frauen
meiner Familie*

PROLOG

Anna Barbara

Am 28. Februar 1970 verstarb im Alter von vierundsiebzig Jahren Antonia Johanna Barbara Behringer, verwitwete Köppermann, geborene Wotersen im Sanatorium Behringer zu Greinsberg bei Freudenstadt. Sie war die Ururenkelin der schönen unglücklichen Kathrine, die Urenkelin der schönen einsamen Magdalena, die Enkelin der schönen starken Barbara und die Tochter von Hilda Wotersen, die an der Liebe gestorben ist.

Antonia war meine Mutter, und ich habe sie erst nach ihrem Tod richtig kennengelernt. Zeitweilig habe ich sehr an ihr gelitten, das war, als sie so sehr an sich selbst gelitten hat.

Daß man ihren Lungenkrebs nicht rechtzeitig erkannt hatte, obgleich doch mein Stiefvater Ludwig Behringer ein bekannter Lungenarzt war, hatte mit der unterschiedlichen Lebensweise meiner Mutter und Ludwig Behringers zu tun. Mutter hielt sich meist in Hamburg auf, wo sie ein großes Bestattungsinstitut leitete, mein Stiefvater kümmerte sich vor allem um das Sanatorium im Schwarzwald, das beiden gemeinsam gehörte. Man könnte es auch so ausdrücken: Mama lebte für die Toten, ihr Mann für diejenigen, die er dem Tod zu entreißen versuchte.

Dennoch hingen sie sehr aneinander, und ich hatte eigentlich nie das Gefühl, daß sie sich auseinandergelebt hätten. Meine Mutter fuhr regelmäßig nach Greinsberg, wo sie sich vor allem um die wirtschaftliche Organisation des Sanatoriums kümmerte. Und natürlich, um bei ihm zu sein.

Als junge Frau, die selbst in einer turbulenten Ehe lebte, konnte ich mich nicht genug darüber wundern, daß die beiden niemals stritten, sich überhaupt nie uneinig zu sein schienen. Alles geschah

9

in höflicher Gelassenheit und Rücksichtnahme. Doch hatte diese Zivilisiertheit auch immer etwas untergründig Explosives, das sich von Mamas Ankunft in Greinsberg bis zu ihrer oft etwas hektischen Abreise langsam steigerte. Daß es nie zum Ausbruch kam, lag mehr an ihr als an ihm, wie auch das aktiv Unruhige vor allem von ihr ausging. Er gab sich eher passiv und freundlich distanziert. Seine stärkste Annäherung an sie lag in intensiven Blicken, mit denen er immer von neuem in ihrem Gesicht etwas zu suchen schien.

Als man meine Mutter im Hamburger Universitätskrankenhaus darüber informierte, daß ihre Lebenserwartung nur noch wenige Wochen betrug – sie hatte auf rückhaltloser Aufklärung bestanden –, begab sie sich nach Greinsberg, wo ihr Mann alles tat, um ihr das Sterben zu erleichtern.

Am siebenundzwanzigsten Februar rief mich mein Stiefvater in Hamburg an, ich möge bitte kommen, es ginge zu Ende.

Obgleich ich mich sofort auf den Weg machte, traf ich sie nicht mehr lebend an. Die Frau Doktor sei vor einer Stunde gestorben, wurde mir mitgeteilt.

Als ich das Sterbezimmer betrat, bot sich mir ein vollkommen unerwarteter Anblick. Ludwig Behringer saß vornübergebeugt auf dem Bett meiner Mutter. Er hatte die Tote halb zu sich auf den Schoß gezogen und hielt sie fest an sich gedrückt.

Er schreckte hoch, als habe ich ihn bei etwas Verbotenem überrascht, und fuhr mich an: »Du kommst zu spät!«

Ich wehrte mich. »Du hättest mich eher benachrichtigen müssen. Woher sollte ich denn wissen, daß es so schnell ...«

»Schon gut, schon gut«, unterbrach er mich. »Jetzt bist du ja da. Sie hat immer gesagt, daß deine Hände mindestens so geschickt sind wie die ihren.«

Meine Hände, ja! Ich konnte die Tränen nicht mehr zurückhalten. Ludwig Behringer hatte verhindert, daß ich von meiner lebenden Mutter Abschied nehmen konnte, er hatte sie in ihren letzten Stunden allein für sich haben wollen. Und danach überantwortete er sie nun großzügig meinen geschickten Händen.

Als ich ein Kind war, soll ich angeblich ein sehr herzliches, sogar liebevolles Verhältnis zu meinem späteren Stiefvater gehabt haben, ich kann mich kaum daran erinnern. Kurz bevor ich ins Internat ging und Greinsberg mitsamt meiner Kindheit hinter mir ließ, kam es zu einer bitteren Aussprache zwischen Ludwig Behringer, Mama und mir. Mit der ganzen Rechthaberei meiner damaligen dreizehn Jahre habe ich die beiden schuldig gesprochen, und das Ergebnis war, daß ich mich danach selber am schuldigsten fühlte.

In späteren Jahren, und weil mein Stiefvater und ich wußten, wieviel meiner Mutter daran lag, sind wir dann wieder ganz gut miteinander ausgekommen, von Herzlichkeit oder gar Liebe konnte jedoch nicht die Rede sein.

Mit sanfter Gebärde legte dieser kühle, zurückhaltende Mann jetzt seine tote Frau zurück aufs Bett, küßte sie auf Stirn und Mund und stand dann auf.

»Also tu, was du kannst«, sagte er zu mir, »und mach sie so jung und schön, wie die beiden damals gewesen sind, vor zweiunddreißig Jahren in Berlin.«

Was er mit »die beiden« meinte, wußte ich nicht, ich mochte ihn auch nicht danach fragen. Ich bat ihn nur, Mutters Körper in den für die Toten vorgesehenen Raum im Keller bringen zu lassen, hier oben könne ich nicht arbeiten.

Für eine kurze Weile setzte ich mich in die Küche zu der alten Wirtschafterin, die mich schon als Kind gekannt hat. Mit ihr konnte ich ungehemmt weinen. Sie gab mir eine Tasse Kaffee. Cognac wäre mir lieber gewesen, denn ich, die anerkannte Expertin im Umgang mit Toten, hatte schreckliche Angst vor dem toten Körper meiner Mutter. Ich würde ihn nicht berühren können, ich würde versagen. Hinzu kam, daß ich meinen Besteckekoffer – Mamas Ärztekoffer, wie meine Söhne ihn nannten – in Hamburg stehen gelassen hatte.

Die alte Frau wischte sich mit einem Küchenhandtuch die Augen. »Du machst das schon, Bärbelchen«, sagte sie.

Und ich hab's wirklich gemacht. Als ich nach unten kam, lag meine Mutter schon flach ausgestreckt auf dem hohen Tisch. Ich näherte mich ihr sehr vorsichtig, wagte kaum, richtig hinzusehen. Bevor ich noch bei dem Tisch angelangt war, machte ich kehrt und ging zur Tür zurück, um abzuschließen. Niemand sollte mich beobachten dürfen. Endlich stand ich dann neben ihr, berührte vorsichtig mit den Fingerspitzen ihr Gesicht, das noch warm war.

»Mama, ich bin bei dir«, flüsterte ich, und sogleich schämte ich mich meiner Worte. Vielleicht würde mir ja eine Umarmung helfen, dachte ich, was Ludwig Behringer kann, das kann ich schließlich auch. Mich hat sie geboren und aufgezogen, mit ihm war sie bloß verheiratet. Also schob ich meinen rechten Arm unter ihre Schulter, half mit dem linken nach und zog sie an mich. Und mit dieser ungeschickten Geste klärten sich plötzlich meine Gefühle.

Die Trauer würde gewiß nicht ausbleiben, vorerst jedoch war ich einzig meinem Beruf – der auch der ihre gewesen war – verpflichtet.

Während ich mir dann heißes Seifenwasser bereitete, entdeckte ich auf einem Bord neben dem Waschbecken einen Koffer, ähnlich meinem Arztkoffer, und tatsächlich enthielt er alles, was ich brauchte, Gummihandschuhe und diverse Instrumente, Äthanol, Azeton, Formalin, Injektionsnadeln, Zellstoff, Schminke und so weiter. Anscheinend hatte Mutter auch hier noch gelegentlich einen Toten hergerichtet.

Also ging ich an die Arbeit, und sie wurde unter meinen Händen wieder jung und schön. So etwas kann ich, das habe ich ja von Mama gelernt.

Ob sie so schön war wie damals in Berlin, das wußte ich nicht. Doch schien mein Stiefvater mit dem Ergebnis zufrieden zu sein, und er bestand darauf, daß der Sarg einen ganzen Tag lang offen in der Kirche stehen sollte, damit jeder, der wollte, einen letzten Blick auf meine Mutter werfen könnte. Er selbst wich nicht von ihrer Seite, bis schließlich die Träger kamen und den Sarg verschlossen.

Beigesetzt wurde sie dann nicht im Behringerschen Familiengrab, sondern in der hintersten Ecke des kleinen Greinsberger

Friedhofes, nahe dem Grab des Fremden, der hier in ungeweihter Erde am 22. Dezember 1944 begraben worden ist.

Zwei Tage nach dem Tod meiner Mutter nahm sich Ludwig Behringer das Leben. Er konnte nicht mit ihr leben, ohne sie aber wohl erst recht nicht.

In einem kurzen Brief an mich hinterließ er die Anweisung, ebenfalls in jener hintersten Friedhofecke begraben zu werden, und zwar zwischen seiner Frau und dem Toten vom 22. Dezember 1944.

Als einziger Nachkomme von Antonia Behringer erbte ich nun das über hundert Jahre alte Sanatorium, verschuldet, modernisierungsbedürftig, aber sehr schön gelegen. Ich wollte versuchen, es vorerst zu verpachten, um es für meinen ältesten Sohn zu erhalten, Andreas, fast achtzehn Jahre alt. Er war immer gern nach Greinsberg gefahren, und Ludwig hatte ihm besondere Aufmerksamkeit geschenkt. »Das wird einmal ein guter Arzt«, hatte er gesagt. Für Thomas, den um zwei Jahre Jüngeren stand von frühester Kindheit an fest, daß er in die Fußtapfen seiner Mutter und Großmutter treten würde.

Und ich würde die Hamburger »Trauerhilfe« mit ihren acht Filialen in Nord- und Westdeutschland und dazu den kleinen, von Mama gegründeten Lehrfriedhof in der Lüneburger Heide weiterführen.

Viel Persönliches hat meine Mutter nicht hinterlassen. Sie trieb keinen großen Aufwand mit sich selbst, kleidete sich schlicht und trug außer einer langen – wie sich später herausstellen sollte, sehr wertvollen – zweireihigen Perlenkette kaum je Schmuck. In unserer Wohnung in der Hamburger Heilwigstraße, in die ich nach meiner Scheidung zurückgekehrt war, gab es kaum etwas, das von einem ausgeprägten persönlichen Geschmack zeugte. Zeitlose Möbel, hellgrauer Teppichboden, Samtvorhänge. Es dauerte eine Weile, bis ich den Mut hatte, die Schränke in ihrem Schlafzimmer auszuräumen und danach in der Kirchengemeinde anzurufen, damit man mir jemanden vorbeischickte, die Sachen abzuholen.

Außer zwei nahezu identischen Silberfüchsen und einem großen alten Pappkarton habe ich dort nichts Bemerkenswertes gefunden. Mama war keine Sammlerin.

Der Karton enthielt eine verrostete Metallkassette ohne
Schlüssel und zehn oder zwölf in Zeitungspapier eingewickelte
Gegenstände, ein Stückchen Mauerwerk, eine angestoßene Tasse,
ein halb verkohltes Buch von Hermann Löns – offenbar die kläg-
lichen Überreste irgendeines Besitztums, traurige Andenken, die
für mich keinen Sinn ergaben. Die Daten der Zeitungen deuteten
auf Juni/Juli 1943 hin. Als ich die Kassette aus dem Karton hob,
merkte ich, daß das Schloß zerbrochen war und sich der Deckel
ohne Mühe abheben ließ. Ganz zuoberst lag eine Mappe mit
Familienpapieren, also mit Geburts-, Heirats- und Todesurkun-
den, mit Erbscheinen, der Anwalts- und Notarszulassung und
auch der Todeserklärung meines Vaters, dem Familienstamm-
buch meiner Eltern und zwei Ahnenpässen mit Hakenkreuz und
Reichsadler. Mir fiel sogleich auf, daß die Eintragungen im Ah-
nenpaß meiner Mutter nicht der Wahrheit entsprachen. Dies
überraschte mich kaum. Zwar hatte Mama nie viel über die Nazi-
zeit reden mögen – »es waren doch wirklich nur zwölf Jahre in
meinem langen Leben« –, doch habe ich mir das meiste aus Ludwigs Erzählungen zusammenreimen können.

Unter der Familienmappe lag ein blaues Schreibheft mit sorgfältig datierten, knappen Eintragungen in der Handschrift meiner Mutter, beginnend im Jahr 1923 und endend 1949, kurz nachdem sie im Alter von vierundfünfzig Jahren Ludwig Behringer
geheiratet hatte. Viele dieser Eintragungen hatte sie wohl im
Zustand großer Verwirrung oder zumindestens Unruhe und
Nervosität gemacht. Normalerweise hatte Mama eine sehr gut
leserliche, ausgeglichene Handschrift. Hier jedoch sprangen und
hüpften die Worte, und zwischen den einzelnen Buchstaben
klafften oft Lücken, als ob der Stift nicht weitergewollt hätte.

Noch weiter unten in der Kassette lag ein Hefter mit fünfundzwanzig eng beschriebenen Blättern in Sütterlinschrift, und ganz
zuunterst befand sich ein dickes Kuvert, das die Aufschrift »Briefe

an Friederike« trug. Mir schien, daß die Briefe und die Blätter von der gleichen Hand stammten, doch war ich mir nicht ganz sicher.

In den Osterferien fuhren meine beiden Söhne zu ihrem Vater nach Mailand. Ich hätte mitfahren können – seit der Scheidung vor zwölf Jahren hat sich unser Verhältnis laufend gebessert, und Vittorio scheint sich immer zu freuen, wenn er mich sieht –, doch wollte ich lieber allein sein, um mich mit der Vergangenheit meiner Mutter zu beschäftigen. So packte ich die Metallkassette ins Auto, übergab meinem Stellvertreter die Geschäfte, hoffte, daß während der nächsten vierzehn Tage niemand von meinen speziellen Listen das Zeitliche segnen würde, und fuhr nach Sylt.

Seit ich mit meiner Mutter zusammenarbeitete, war ich an einen festen, sehr disziplinierten Tagesablauf gewöhnt, den mochte ich auch in den Ferien nicht aufgeben. Ein langer Spaziergang am Morgen, nach dem Mittagessen drei Stunden Beschäftigung mit der Kassette, dann ein weiterer Spaziergang, und abends wieder die Kassette.

Schon nach wenigen Tagen hatte mich die Familiengeschichte, die sich hier nach und nach vor mir entfaltete, so fest im Griff, daß ich nachts davon träumte und tagsüber nicht mehr am Strand, sondern nur am Watt spazierengehen mochte, weil das unruhige Meer meine Konzentration störte.

Mama hat einmal behauptet, ich hätte die fatale Neigung, Tatsachen so lange mit Phantasie zu überkrusten, bis sie darunter überhaupt nicht mehr auszumachen seien. Das stimmt nicht. Tatsachen sind Tatsachen, und ich behalte die mich betreffenden immer im Auge. Wenn ein anderer Mensch sie etwa nicht wiederfinden kann, so dürfte es vor allem an seinem mangelhaften Umgang mit der Phantasie liegen.

ERSTER TEIL

Barbara nach Kathrine und Magdalena

Wie der Tod des Alten
den Jungen zum Leben erweckte

Der Tod seines Großvaters, dessen langes Leben dem Enkel stets als eine besonders raffinierte Form göttlicher Bestrafung erschienen war, hatte die sorgsam präparierte Schutzschicht der jungen Seele durchstoßen wie ein schwerer Pflug, der gewaltsam den Acker aufreißt, um fremden Samen hineinzuzwingen.

Hatte er den Alten geliebt? Darum war es nie gegangen, weil zuviel Furcht und Zorn den Blick auf eine mögliche Liebe verstellt hatten, zuviel runtergeschluckte Tränen und zerbissene Lippen und So-tun-als-ob, zuviel Unvermeidbarkeit und das ständige Bewußtsein der eigenen Schwäche.

Und jetzt hatte sich dieser Unvermeidbare, der Herr über Glück und Unglück, über Geld und Gut, über Strafen und Belohnungen tatsächlich beugen müssen unter ein fremdes Joch. Hatte sich das Leben aus der Hand schlagen lassen müssen und dabei, zusammengekrümmt vor Wut, an diesem denkwürdigen Morgen im Juli des Jahres 1851 ein letztes, ein allerletztes Mal »Gott verdamm dich, Friedrich-Carl!« geschrien.

Warum hatte er einzig ihn mit einem finalen Wutausbruch bedacht? Ihn, seinen ältesten Enkel, der doch in stoischer Fügsamkeit immer bemüht gewesen war, dem Meer des Zornes, das offenbar in dem Großvater wütete, keinen Anlaß zum Überlaufen zu bieten? Waren da denn nicht genügend andere, die er mit weit größerer Berechtigung der Verdammnis hätte anempfehlen können?

Einmal, das war in den letzten Weihnachtsferien, hatte der Großvater ihn zu sich in sein Arbeitszimmer gerufen, ihn eine Weile schweigend betrachtet und ihm dann befohlen, sich auszuziehen.

»Die Jacke?«

»Alles. Hose, Hemd, Unterwäsche, Stiefel, Strümpfe.«

Friedrich-Carl fragte nicht, warum. Er machte sich in aufgesetzter Ruhe daran, ein Kleidungsstück nach dem anderen abzulegen. Ich bin gleichgültig, dachte er dabei, ich bin gehorsam, ich habe keine Gefühle, ich habe keine Würde, ich bin nicht verletzlich. Schließlich stand er nackt vor seinem Großvater. Der inspizierte den Enkel mit größter Genauigkeit.

»Hab gemeint, du hättst was zu verbergen«, sagte er schließlich. »Kann aber nichts finden. Wie alt bist du jetzt?«

»Sechzehn und zwei Monate.«

»Weißt schon, wie's geht?«

»Ich hab den Tieren zugesehen.«

»Willst ein Mädchen?«

»Nein.«

»Warum nicht?«

»Ich brauch's nicht.«

»Soso, der junge Herr braucht's nicht. Tut's wohl alleweil allein. Ist aber auch verboten. Macht dumm im Kopf und befleckt die Seele. Dann besser zu zweit. Eine mit Erfahrung, eine, die nicht gleich ein Brot in ihrem Ofen backt.«

»Kann ich mich wieder anziehen?«

»Gib mir die Gerte.«

Friedrich-Carl ging zu dem Gewehrschrank, an dessen Seitenfront die Reitgerten hingen. »Welche?«

»Kannst dir eine aussuchen.«

Er reichte dem Großvater die kurze dicke, die erfahrungsgemäß weniger schmerzte als die lange dünne, deren Schläge sich tiefer ins Fleisch schnitten.

»Dreh dich um.«

Und dann zischte es zweimal über sein nacktes Hinterteil. Friedrich-Carl verzog keine Miene. Ich bin gleichgültig, ich habe keine Würde, ich bin unverletzlich.

»Das ist fürs Alleinmachen. Und für die Heimlichtuerei. Kannst dich jetzt anziehen, bist kein schöner Anblick.«

Friedrich-Carl kleidete sich genauso langsam wieder an, wie er sich ausgezogen hatte.

»Kannst jetzt gehen.«

Der Enkelsohn verneigte sich kurz und sagte: »Ich danke Euch, Großvater.«

»Da haben wir's wieder, du versteckst dich vor mir.«

»Ihr würdet mich allemal finden, Großvater, warum sollte ich mich da noch verstecken?«

»Für deine verschrobene Logik bin ich nicht zu haben. Eines Tages wirst du hier der Herr sein.«

»Ich weiß, Großvater.«

»Und? Wie gedenkst du das Regiment hier zu führen?«

»Nach Eurem Vorbild, Großvater.«

Darauf kniff der Alte die Augen zusammen und begann schwer zu atmen. Die überschwappende Wut ließ sein Gesicht in Sekundenschnelle glühend rot werden.

»Raus!« schrie er, »ich will dich nicht mehr sehen. Du Duckmäuser, du Versteckspieler, du gottverdammter Feigling.«

Seit heute morgen sechs Uhr dreißig schrie der Alte nicht mehr, verdammte nicht mehr, prügelte, beschämte, durchschaute und mutmaßte nicht mehr. Als Friedrich-Carl den Einspänner durch das Parktor lenkte, erlebte er ein Gefühl großer Befreiung. Der Braune trabte vom See hinauf zum Dorf, durch das Dorf hindurch ans hintere Ende, wo, deutlich unterschieden von den übrigen Behausungen, das kleine Anwesen der Magdalena Winkelmann gelegen war.

Gebbin war kein schönes Dorf. An langer, gerader Straße hockten die ärmlichen Katen. Eine knappe Gehstunde entfernt, unten am See, lag das Schloß, düster und auch nicht gerade prächtig. Ungefähr gleich weit entfernt von See und Dorf stand auf einem kleinen Hügel die schmucklose Backsteinkirche mit dem Friedhof drum herum. Man konnte sie von überall her gut sehen. Die beiden anderen Dörfer der Gutsherrschaft, Rahden und Badekow, lagen hinter dem Wald. Ursprünglich gehörten sie nicht zum

Gebbiner Besitz, erst vor gut hundert Jahren hatte eine Caroline von Wedebrecht sie als Mitgift eingebracht.

Im Frühjahr und Herbst versank das Dorf Gebbin im Matsch, aber jetzt, an diesem leuchtend blauen Julitag, war ihm eine gewisse Schönheit nicht abzusprechen. Vor einigen Häusern blühten Levkojen und frühe Astern, der Köter von Gläsekamp, der Friedrich-Carls Wagen ankläffte, wirkte nicht mehr ganz so räudig und mager wie im Winter, und Gläsekamps Jüngste, die offenmundig am Straßenrand stand und den Grafensohn anstarrte, hatte endlich einmal keine Rotznase.

»Täuf doch mal, ick hev hüt nige Holtschoh an!« schrie sie hinter Friedrich-Carl her.

Der jedoch hörte und sah sie nicht. Er war tief in Gedanken versunken. Wäre der Alte während der Schulzeit gestorben, hätte man einen Boten nach Schwerin schicken müssen, um ihn zu holen, und er wäre erst gekommen, wenn die Bewohner bereits ihre dunklen Kleider angezogen hätten und Großvaters Porträt mit einem Trauerflor verhängt gewesen wäre.

Aber nein, es hat in den Sommerferien passieren müssen, ein ekelerregender Todeskampf, und Friedrich-Carl dazu verdonnert, neben dem Bett auszuharren, sich das Geschrei des Alten anzuhören und sich zu allem Überfluß auch noch für ihn zu schämen. Schmerzgeschrei, Wutgeschrei und bis in die letzte Stunde hinein dieses unwürdige geile Altmännergeschrei nach einem Weib im Bett. All das in Gegenwart von Mama und von Tante Maria und Elisabeth und Mamsell Grubinski und der Hausmädchen. »Holt mir Kathrines Tochter«, hatte der Alte geschrien, »legt sie zu mir, sie soll mich zwischen ihre Beine nehmen. Ich zahl ihr auch den doppelten Preis diesmal.«

Kathrines Tochter? Es gab viele Kathrinen in der Gegend, und manche hatten Töchter. Aber Töchter, die für Geld zu haben waren? Die Scham hatte dem Enkelsohn fast die Luft abgedrückt. Und es hatte so quälend lange gedauert bis zum letzten Seufzer, als dessen Begleitung endlich der vielstimmige Schlußakkord erklungen war: Röhrendes oder schniefendes Schluchzen beim

Personal, Tante Marias trompetenhaftes Schneuzen, Elisabeths Schluckauf – die Kleine bekam immer einen Schluckauf, wenn sie sich aufregte – und Vaters Grunzen, mit dem er seinerseits einen Schluckauf unterdrückte. Und dann flüsterte Mama, über deren vom Weinen aufgequollenes Gesicht sich ein verzerrtes Lächeln, fast schon ein Grinsen gelegt hatte, ein resigniertes: »Ach ja, da ist er nun hin.«

Die Stille danach dauerte nur wenige Sekunden. Dann räusperte sich Tante Maria und sagte: »Das war's dann also. Christian, du begibst dich jetzt besser zu Bett. Kaline und Jette räumen das Zimmer auf und lüften, es stinkt hier ja zum Erbarmen. Mamsell Grubinski überprüft die Vorräte für den Leichenschmaus, Ludwig putzt die Gläser, das wird er trotz seiner Hinfälligkeit wohl noch schaffen. Die Kinder gehen in ihre Zimmer, waschen sich die Hände und lernen den Psalm einundneunzig auswendig. Reimers spannt den Braunen an und fährt zur Toten-Lena, Friedrich-Carl hält die Totenwache, und ich will ihn dabei laut beten hören.«

Ihr Blick schweifte über die Anwesenden und blieb hängen an der schmalen, gebeugten Gestalt von Friedrich-Carls Mutter: »Und Clara zieht sich ihr Trauerkleid an.«

Clara zuckte zusammen. Das verzerrte Lächeln schwand aus ihrem Gesicht, sie richtete sich auf, sah hilfesuchend zu ihrem Sohn hin und sagte plötzlich laut und vernehmlich: »Nein.«

»Nein was? Nein wieso?« bellte Tante Maria.

»Reimers fährt nicht zur Toten-Lena, Friedrich-Carl hält nicht die Totenwache, ich ziehe mich noch nicht um, die Mädchen räumen noch nicht auf.«

»Und warum nicht, wenn ich fragen darf?«

»Weil . . .« Schon erlahmte der ungewohnte Widerstand, ihre Stimme wurde leiser, ihre Haltung verlor die Spannkraft, doch brachte sie tapfer ihre Gegenrede zu Ende: »Weil Friedrich-Carl zur Toten-Lena fährt – er braucht jetzt dringend frische Luft. Weil Reimers Mamsell Grubinski zur Hand gehen muß und weil ich jetzt . . . gerne . . . weil ich jetzt für eine Weile mit meinem

Schwiegervater allein sein will.« Die letzten Worte waren kaum noch zu hören.

Friedrich-Carl fühlte das dringende Bedürfnis, der Mutter beizuspringen und flüsterte: »Laß gut sein, Mutter, er ist tot!«

Seiner Großtante, der eigentlichen Herrin auf Schloß Gebbin, schien Claras Initiative die Sprache verschlagen zu haben. Sie zuckte die Schultern, wandte sich ab und stampfte zur Tür hinaus, gefolgt von Christian, den Kindern und dem Personal. Friedrich-Carl ging als letzter. In der Tür drehte er sich um zu seiner Mutter, die jetzt neben dem Totenbett kniete.

»Mutter . . .?«

»Er hat mein Leben bestimmt, seinetwegen bin ich nach Gebbin gekommen. Dein Vater war immer ein Nichts im Vergleich zu ihm. Geh jetzt, mein Junge. Hol uns die Lena. Dies ist die letzte Stunde, da dein Großvater noch sich selber gehört. Danach wird er sich Lenas Händen fügen müssen.«

»Wir können ihn doch auch ohne die Totenfrau herrichten«, flüsterte Friedrich-Carl.

»Nein, das können wir nicht. Sein Ächzen und Stöhnen und Wüten und Fluchen verzerrt noch sein Gesicht, es hängt ihm in den Mundwinkeln. Ich will nicht, daß er sich in der Kirche der Nachwelt präsentiert mit einem Fluch auf den Lippen, zumal mit einem Fluch gegen meinen ältesten Sohn.«

»Mutter?«

»Was gibt es denn noch?«

»Hast du ihn denn geliebt?«

»Nun geh schon, laß uns endlich allein.«

»Und was ist mit dem Pastor?«

»Ja, zu dem fährst du auch. Und redest mit ihm.«

»Was soll ich denn mit ihm reden?«

Darauf erhielt er keine Antwort. Seine Mutter hatte ihre gefalteten Hände auf das Totenbett gelegt und die Stirn auf die Hände gebettet.

Vor Magdalena Winkelmanns Kate stieg Friedrich vom Wagen und band den langen Zügel um den Pfosten an der Gartentür. Nur Lenas Garten hatte einen richtigen Zaun aus hölzernen Latten und ein festes Tor. Das hatte ihr Mann Franz gemacht, der während seiner neunjährigen Ehe mit Lena viel Mut und Kraft darauf verwandt hatte, ihr Leben und das des Kindes Barbara abzusichern, soweit dies möglich war.

Außer seinen Ersparnissen von einunddreißig Talern Kurant, ein paar einfachen Möbeln, Kleidern auf Vorrat, zwei Ballen Stoff und der sicheren Handhabung von Alphabet und hochdeutscher Sprache hatte er Frau und Tochter vor allem diesen Zaun hinterlassen.

»Das Alphabet und die Herrschaftssprache macht euch zu etwas Besserem«, hatte er gesagt, »und den Zaun baue ich, damit dieses Bessere gut behütet wird.«

Magdalena Winkelmann betrieb im Kirchspiel und weit drüber hinaus den Beruf einer Totenwäscherin und -kleidnerin. Ihre Dienste waren sogar in der nahen Kreisstadt sehr begehrt, weil sie's verstand, die Toten schöner zu machen, als sie im Leben je waren. Sie konnte den weiland Grimmigen ein sanftes Lächeln verpassen, die frühzeitig Vertrockneten mit später Blüte schmücken und sogar den Häßlichen ein wenig Anmut schenken, dies alles so überzeugend, daß sich die Hinterbliebenen fragten, warum sie es nicht schon immer wahrgenommen hätten.

Friedrich-Carl, den quadratischen Schädel voller halber Gedanken, das Herz beladen mit unnennbaren Gefühlen, öffnete das Gartentor und ging den schmalen Weg zwischen üppig blühenden Lavendelsträuchern entlang zur Haustür. Er hatte noch nie ein Wort mit der Toten-Lena gewechselt, doch war sie ihm von Angesicht vertraut, solange er denken konnte, und sie hatte in seinem Phantasieleben stets einen großen Raum eingenommen. Dies nicht nur, weil man von ihr sagte, sie unterhalte eine innige Beziehung mit dem Tod, sondern auch, weil Lenas prachtvolle Lebendigkeit ihn schon als kleinen Jungen verwirrt hatte. Bereits im Alter von fünf, sechs Jahren hatte sich seine ungezügelte Knabenphantasie der Person der Toten-Lena bemächtigt. Wohl beschützt durch ihre kräftigen, warmen Arme, war er sogar gegen den klapprigen Sensenmann, den ein Bild in Vaters Bibliothek darstellte, zu Felde gezogen, und er hatte sich unter Lenas Röcke geträumt, wenn er beim Lernen versagte, wenn die Mutter nicht zu finden war, die Tante ihm die Süßspeisen entzog und der Vater ihn überhaupt nicht zu kennen schien. Und vor allem, wenn ihn der Großvater wieder und wieder in brutaler Selbstgerechtigkeit nach dem eigenen Bild zurechtzustutzen suchte.

Nun also betätigte Friedrich-Carl zum ersten Mal den Klopfer an Lenas Tür. Zwar war der Jüngling abgesichert durch seinen offiziellen Auftrag, doch zitterte er innerlich vor Sorge, daß ihm die Toten-Lena seinen heimlichen Umgang mit ihrer Phantasiegestalt anmerken könnte. Denn sie hatte ja offenbar – so ging jedenfalls die Rede im Dorf – Zutritt zu verborgenen Regionen und sah Dinge, die andere nicht sehen konnten.

Als auf sein Klopfen hin keine Antwort erfolgte, drückte er zögernd die Klinke herunter, die Tür gab nach.

Der Innenraum war kühl und duftete stark nach Lavendel. Rechts die Küche, links ein Zimmer, dazwischen ein schmaler kurzer Flur, der in einer offenen Tür zum Hintergarten endete. Friedrich-Carl räusperte sich und stapfte dann mit betont lauten Schritten durch die fremde Kate.

Im gleißenden Sonnenlicht stehend, betrachtete er das kleine Anwesen. Ein paar Obstbäume, ein Gemüsegarten, seitlich der Stall, ein Misthaufen, ein paar Schweine, jenseits des Zaunes das Feld mit Rüben und Kartoffeln, dahinter die Weide, kaum groß genug für zwei Kühe.

Schon wollte Friedrich-Carl laut nach Magdalena Winkelmann rufen, da entdeckte er an einem Brunnen, der mit Jelängerjelieber umrankt war, ein Mädchen, wohl noch ein Kind. Auf dem Brunnenrand stand eine Schüssel mit Wasser, daneben lag ein Tuch. Das Mädchen hatte seinen Kopf in die Wasserschüssel gesteckt und rieb und knetete mit wütender Energie sein Haar, so als müsse es den Dreck von Jahrhunderten hinauszwingen. Der

Saum seines weiten Rockes war hoch genommen und ins Taillenband gesteckt, die von der Schulter gezogene Bluse baumelte um die Hüften.

Nun erst recht hätte sich der Eindringling bemerkbar machen sollen, doch brachte er keinen Ton heraus. Der bloße Rücken des Mädchens war lang und mager, jeden einzelnen Wirbel konnte man sehen, und die eckigen Schultern schienen nur aus Haut und Knochen zu bestehen.

Die Kleine zog den Kopf aus der Schüssel, richtete sich auf und warf mit einem ungeduldigen Ruck die dunklen Haare zurück. Ein paar Strähnen blieben ihr vor dem Gesicht hängen, Wasser tropfte auf ihren bloßen Oberkörper, wo sich bereits in merkwürdigem Gegensatz zu der sonstigen Magerkeit kleine runde Brüste gebildet hatten. Mit geschlossenen Augen tastete sie nach dem Tuch, konnte es nicht finden, verharrte dann in angespannter Aufmerksamkeit, so als habe sie etwas gehört oder gefragt und warte nun auf die Antwort, blinzelte schließlich und öffnete die Augen.

Und da sah sie Friedrich-Carl.

Sie schrie nicht, sie bedeckte sich auch nicht, sie erstarrte mitten in der Bewegung und schien genauso unfähig zu sein wie er, dem Geschehen eine vernünftige Wendung zu geben.

Dumpf und schwer vor unbegreiflicher Sehnsucht, stand der Sechzehnjährige da und sah das Mädchen an. Plötzlich drängten all die Tränen, die im Sterbezimmer nicht hatten fließen wollen, in ihm hoch, er schluckte dagegen an, wollte sich nicht blöd machen und hätte doch so gerne endlich losgeheult.

Laut knarrend öffnete sich die Stalltür, ein ärgerlicher Ruf ertönte: »Barbara . . .!«

Magdalena stapfte über den Hof. »Nichts hat sie geschafft, die Kuh nicht gemolken, die Rüben nicht gehackt, die Möhren nicht gebündelt. Statt dessen läßt sie sich beim Haarwaschen beglotzen!«

Zwei kräftige Ohrfeigen, Barbaras Kopf flog hin und her. Als Magdalena nun auch noch nach einem Stock griff, der neben dem Brunnen lehnte – »dir gehört der bloße Rücken versohlt!« –, kam endlich Leben in Friedrich-Carl.

»Er ist tot«, schrie er, »der Großvater ist tot.«

Lena ließ den Stock fallen und wendete sich ihm zu.

»Wurde ja auch Zeit«, sagte sie, »hat länger durchgehalten als die meisten. Steht der Einspänner vor dem Tor?«

Friedrich-Carl nickte.

»Dann werd ich mich jetzt umkleiden und meine Sachen pakken. Und der junge Herr wartet derweil draußen auf mich und läßt sich hier nicht wieder blicken, jedenfalls nicht, bevor er mir den nächsten Toten zu vermelden hat. Da kann einer hundertmal vom Schloß sein, dies hier ist mein Eigenes. Hier wird nicht herumgetrampelt und wird nicht geglotzt. Weil ich eine Freie bin und keine von den gräflichen Häuslern.«

Sie schob Friedrich-Carl zur Seite und ging ins Haus, ohne dem Mädchen weitere Beachtung zu schenken. Auf ihrem Gesicht, das zuvor noch von Zorn verzerrt gewesen war, lag jetzt der Ausdruck großer Geschäftigkeit und freudiger Erwartung.

Inzwischen hatte Barbara ihre Bluse hochgezogen und war dabei, die Knöpfe zu schließen.

»Schlägt sie dich oft?« fragte Friedrich-Carl.

Barbaras Blick huschte über seine Gestalt, von den Füßen bis zum Kopf, landete dann kurz in seinen Augen.

»Jaja«, sagte sie.

»Das sollte sie nicht tun.«

»Hab ich's aber doch verdient«, sagte Barbara, wickelte sich das Handtuch um die Haare, wandte sich ab und ging mit langsamen Schritten hinüber zum Rübenfeld.

Neben dem Einspänner wartete Friedrich auf die Totenfrau. Nun liefen ihm doch die Tränen übers Gesicht. Da er vergessen hatte, ein Schnupftuch einzustecken, nahm er die schwarze Halsbinde ab, um sich die Augen zu trocknen.

Nach einer Weile, die Friedrich endlos erschien, trat Magdalena aus dem Haus. Sie sah jetzt sehr verändert aus. Die hellblonden

Haare, die zuvor unordentlich herunterhingen, hatte sie in zwei festen Zöpfen um den Kopf gelegt, sie trug Schuhe und Strümpfe und ein hochgeschlossenes schwarzes Kleid, das fast elegant aussah, jedenfalls eleganter als das gute Schwarze von Friedrich-Carls Mutter. Als sie auf den Kutschbock stieg und sich neben den jungen Mann setzte, sagte sie: »Ich hoffe, man hat ihn nicht angerührt.«

Friedrich-Carl erschrak. »Wen?« fragte er.

»Den Toten, wen denn sonst? Ich arbeite nicht gut, wenn schon jemand versucht hat, etwas am Gesicht der Leiche zu verändern.«

»Ich weiß nicht. Nein, wohl nicht. Mutter ist bei ihm. Sie hat gesagt, daß dies die letzte Stunde ist, da der Großvater sich selbst gehört.«

»Soso, hat sie das gesagt. Und wie ist er gestorben?«

»Zornig.«

Magdalena nickte. »Es heißt, er sei immer zornig gewesen, seit seine junge Frau die zweite Geburt nicht überstanden hat. Und das war vor bald fünfzig Jahren. Eingetrocknet ist er dabei leider nicht, ganz im Gegenteil. Weiß es der Pastor schon?«

»Noch nicht. Ich soll ihm Mitteilung machen, jetzt auf dem Heimweg.«

Sie fuhren durch das Dorf. Die Leute, denen sie begegneten, sahen hinter ihnen her und begriffen. »Muß wohl der alte Graf sein, Rudolph von Siggelow, der Weibergraf, war ja schon über achtzig. Und was wird jetzt?«

Immer noch konnte Friedrich-Carl seinen Tränenfluß nicht beherrschen. Als er vor dem Pastorat anhielt und abstieg, sagte Lena: »Was heult denn der junge Graf? Ist doch jetzt ein Stück hochgerückt auf der Leiter der Gutsherrschaft, ist fast schon ganz oben. Nur noch ein einziger muß abtreten, und der macht's dem Tod leicht, hat sich dem Branntwein verschrieben. Der zornige Alte jedoch, der hat's voll ausgelebt! Also sollt der junge Herr nicht heulen.«

»Er war mein Großvater«, sagte Friedrich-Carl.

»Er war ein harter Mann«, sagte Lena.

Der Besuch beim Pastor war schnell erledigt. Friedrich machte seine Sache gut, erklärte mit kargen Worten, war ernst und würdig. Danach mußte er nicht mehr heulen.

Als er wieder neben Lena saß, sagte sie: »Nicht nur hart, er stand auch in schlechtem Ruf wegen seiner Weibersucht. Die Männer hier konnten ihre Frauen nicht in Frieden haben und mußten vor ihm die Töchter verstecken. Jetzt wird's gewiß besser werden. Der neue Herr ersäuft seinen Drang im Alkohol. Damit kann man umgehen.«

»Ja«, sagte Friedrich-Carl und ihm fiel ein, daß ihre Mutter Kathrine geheißen hatte.

»Fragt sich, was der junge Herr machen wird, wenn's den überkommt.«

Sie blickte ihn von der Seite an. Friedrich-Carl errötete und starrte auf den Rücken des Braunen. Lena ordnete ihre Röcke, richtete sich gerade auf und drückte die Schultern zurück.

»Der wird sich beherrschen müssen«, sagte sie.

»Ich bin nicht wie mein Großvater«, sagte Friedrich-Carl.

Lena nickte. »Und die Mutter hat geweint und ist bald mitgestorben?«

»Ja«, sagte Friedrich-Carl.

»Gute Frau. War doch nicht ihr Vater, nur der Schwieger. Hätt Besseres verdient.«

Danach schwieg Lena, um erst in der Allee, kurz vorm Schloß, erneut den Mund aufzutun.

»Und meine Tochter Barbara, die wäscht sich alle paar Tage die Haare. Nur daß man nicht denkt, es wär was Besonderes gewesen vorhin, die ist ja noch ein Kind, seit drei Jahren vaterlos. Dazu nicht ganz gescheit. Sie weiß nicht, was sie tut, und sie weiß auch nicht, warum.«

»Ja«, sagte Friedrich-Carl.

»Verbringt viel Zeit in der Kirche, schrubbt dort den Boden, poliert die Bänke, stellt Blumen vor das Bethlehem-Bild. Aber die Rüben auf unserem Feld, die hackt sie nicht, und unser Garten müßt gänzlich verwildern, wenn ich mich nicht drum kümmern täte.«

»Ja«, sagte Friedrich-Carl.

»Und maulfaul ist sie obendrein, fast so wie dieser junge Herr.«

»Ja«, sagte der junge Herr. Ihm schien es gleichgültig, was Barbara für ihre Mutter war, wozu sie sich die Haare wusch und warum sie lieber die Kirche statt Magdalenas Garten pflegte. Ihr Anblick hatte sich in ihm festgebissen.

»Und wozu seufzt der junge Herr?« fragte Magdalena.

»Ich hab nicht geseufzt, nur tief geatmet«, wehrte sich Friedrich-Carl und fügte dann patzig hinzu: »Und deine Tochter interessiert mich nicht, ist ja noch ein Kind.«

»Dann ist es ja gut«, sagte Magdalena.

Verstohlen betrachtete der junge Mann sie von der Seite. Er sah die Falten neben den Mundwinkeln, sah die trockene Haut an den Jochbögen, den welken Hals. Jung ist sie wohl doch nicht mehr, dachte er, wenngleich sie immer noch rosige Wangen und überaus klare blaue Augen hat. Und daß ihre Mutter Kathrine hieß, dafür kann sie nichts.

»Muß man nun auch mich beglotzen«, sagte Lena unwillig.

»Ich suche nur nach einer Ähnlichkeit zwischen Mutter und Tochter.«

»Die find man nicht. Alles, was sie hat, hat sie vom Vater. Und diesen jungen Herrn geht's sowieso nichts an. Der soll sich kümmern um seine eigenen Ähnlichkeiten und soll sich nicht um meine Tochter scheren. Hat keinen Vater mehr, das Kind, muß also ich es züchtigen und zurechtbiegen für zwei. Und bei Gott, das will ich tun!«

Lena schwieg einen Moment, dann drückte sie erneut die Schultern zurück, reckte den Hals und konzentrierte sich auf ihre bevorstehende Arbeit.

»Wie will man ihn haben, den Alten? Meist bevorzugen die Hinterbliebenen ein Lächeln.«

»Bestimmt nicht!« sagte Friedrich-Carl.

»Da hat der junge Herr wohl recht«, überlegte Lena, »lächeln war seine Sache nicht, eher laut lachen, will sagen brüllen vor Lachen, und das klang dann nie froh. Kaum möglich, dies in ein

31

Totengesicht zu schreiben. Was im Leben brüllendes Lachen war, könnt im Tod leicht aussehen wie Wutgeschrei.«

»Er hat aber sehr oft geschrien vor Wut«, sagte Friedrich-Carl.

»Dann hat er wohl Grund dafür gehabt. Also, wie nun, wie soll ich ihn bereiten? Der junge Herr darf Wünsche äußern. Und möchte dabei wohl nicht vergessen, daß auch er einmal ein Alter wird.«

»Gewiß nicht, ich werd vorher abtreten.«

»Ah, gut. Mir soll's recht sein. Denn mit den Jungen beschäftige ich mich besonders gern. Dabei versuche ich, alles, was sie noch nicht erfahren haben, in ihr Gesicht hineinzulegen. Eine schöne Aufgabe, die viel ernste Zuwendung erfordert.«

Magdalena wendete sich dem Jüngling zu und fuhr ihm unverhofft mit beiden Händen über das Gesicht, nicht etwa zärtlich, sondern wie eine erfahrene Materialprüferin. »Hm, hm«, machte sie, »das scheint mir fürwahr noch recht leer zu sein, wird viele Stunden Arbeit kosten. Aber möglich ist es. Und was sind schon ein paar Stunden, gemessen an den vielen verpaßten Jahren.«

Ärgerlich stieß Friedrich-Carl ihre Hände zur Seite. »Hab ich etwa gesagt, daß ich sogleich sterben will? Jetzt, da der Alte tot ist, wird erst einmal kräftig gelebt, aus dem vollen, ohne seinen bösen Blick. Darum kannst du mit ihm machen, was immer du willst, laß ihn lächeln oder lachen oder schreien vor Schmerz und Wut. Er kann sich ja nicht mehr wehren, und darum ist es mir einerlei.«

Lena nickte. »Gar so maulfaul scheint der junge Herr doch nicht zu sein, macht Worte, wenn man ihn dazu treibt, läßt vielleicht sogar Taten draus werden.«

Da wurde Friedrich-Carl plötzlich ganz leicht ums Herz. Dem Großvater hatte der Tod das Befehlen verschlagen, und die Totenfrau neben ihm schreckte ihn nicht mehr. Sogar mit dem Tod selbst konnte man zurechtkommen, man mußte nur versuchen, ihn klein zu machen.

»Da sind wir«, sagte Friedrich-Carl.

»Das seh ich«, sagte Magdalena.

»Warst schon mal drinnen im Schloß?«

»Als Kind einmal, mit meiner Mutter. Ich denk nie mehr dran.«

»Deiner Mutter? Hieß deine Mutter Kathrine?«

»Allerdings. Kathrine Brodersen.«

»Und nur ein einziges Mal bist du hier gewesen? Und nachher nie wieder?«

»Doch vor zehn Jahren. Da hat der alte Graf nach mir geschickt, angeblich wegen dem Diener Ludwig. Der wird gewiß eine schöne Leich, hab ich mir gedacht, hat einen guten Kopf, dem werd ich eine Miene geben, als wäre er nicht sein Leben lang ein Bedienter gewesen, sondern einer, der sich bedienen läßt. Na, und dann war's überhaupt keine schöne Leich, sondern nur ein geiler alter Bock. Der Herr Graf persönlich wollt sich schadlos halten an der Totenfrau. Ich wußt ja, in welch schlechtem Ruf er stand und daß er ein fürchterliches Genie mit den Mädchen war, aber daß er dafür seinen Diener würde sterben lassen, nur um mich in sein Zimmer zu kriegen, das hat mich doch überrascht.«

»Der alte Ludwig lebt immer noch«, murmelte Friedrich-Carl.

»Und der alte Graf ist tot. Das nenn ich ausgleichende Gerechtigkeit.«

»Hast du . . ., ich meine, bist du denn damals . . .« Friedrich-Carl räusperte sich und bekam schon wieder einen roten Kopf.

»Ob ich ihm zu Willen gewesen bin?« Erneut wandte Lena sich dem Jüngling zu. In ihren Augen blitzte es, halb zornig, halb ironisch.

Sie ist zwar alt, dachte Friedrich-Carl, aber Kraft und Eifer hat sie wie zehn Junge.

»Der kleine Herr wird noch viel an sich erleben müssen, bevor er seinem Großvater das Wasser reichen kann. Gut möglich, daß er es niemals schafft. Aber keine Sorge, solange er sich mir im Tod anvertraut, werd ich ihm zu größter Manneskraft verhelfen. Er hat ja einen guten Knochenbau, breite Schultern, einen festen Nacken, angenehme Augen und einen vollen Mund. Wenn er nicht zu lange wartet mit dem Sterben, könnt ich aus ihm vielleicht gar mehr herausholen als aus dem Alten.«

Ihre Worte fuhren Friedrich-Carl direkt in die Hose. Er schluckte und sagte dann frech: »Warum muß denn dafür erst gestorben werden? Ich hätt nichts dagegen, wenn du mir jetzt schon zur Manneskraft verhilfst.«

Seufzend entgegnete Lena: »Und ich hätt nichts dagegen, wenn im Kopf dieses jungen Herrn neben den ewigen Gelüsten auch noch Raum wäre für ein wenig Anstand und Vernunft.«

Mit diesen Worten ergriff sie ihre Tasche und sprang vom Wagen, wobei sie zuerst ein wenig hochhüpfte, ganz so, als wäre ihr ohne einen kleinen willkürlichen Zusatz der Weg vom Kutschbock zum Hofplatz zu kurz. Die schwarzen Röcke flatterten. Doch dann erinnerte sie sich ihrer Aufgabe, richtete sich hoch auf, versteifte ihr Rückgrat und ging mit kurzen, hölzernen Schritten auf das Tor des Trauerhauses zu.

Friedrich-Carl übergab Reimers den Einspänner. In seines Vaters Bibliothek warf er dem gemalten Sensenmann einen höhnischen Blick zu, spuckte sogar kurz vor ihm aus, setzte sich schließlich breitbeinig in den abgescheuerten Lederfauteuil und goß sich einen großen Cognac ein.

Das Hausmädchen Kaline, dreiundzwanzig Jahre alt, kurzhalsig und breithüftig, kam herein. In der einen Hand hielt sie den Staubwedel, in der anderen einen Wischlappen.

»O min Gott, de jonge Herr!« sagte sie erschrocken.

»Wo ist mein Vater?«

»In sin Bett, hei slöpt sin Kummer ut.«

»Und Mutter?«

»Bi den ollen Herrn, nicht mehr allein, nu mit de Toten-Lena.«

»Und was willst du hier?«

»Ick mut putzen.«

»Komm her zu mir. Aber mach erst die Tür zu. Na komm schon«, sagte er, »schlaf nicht im Stehen ein.«

Grob drückte er ihr die Knie auseinander und zerrte sie auf seinen Schoß. Eine Notwendigkeit war es, was er da mit ihr trieb, wenn auch gewiß keine Wohltat. In lahmer Trauer starrte das Mädchen vor sich hin. Sie überließ ihm alle Arbeit und hielt sich weiterhin an Wischlappen und Staubwedel fest, während er sich keuchend abmühte. Als er es schließlich vollbracht hatte, sie dann von ihm herunterstieg und den Rock schüttelte, fragte sie: »Wenn de jonge Herr nu ümmers son Jieper hat, schall ick denn over Nacht in sin Bett kumm? Dann künnt wi so richtig en afperren, nich so wat wie hier in Graf Christians ollen Stool.«

»O Gott nein«, stöhnte Friedrich-Carl.

»Aber de jonge Herr mut noch wat lernen. Dat erste Mol is nie sehr gut. Und ick kann em wat wiesen.«

»Wer sagt dir denn, daß es das erste Mal war?«

Da warf sie ihm einen offenen Blick zu, und er sah, daß ihre Augen zwar merkwürdig schief standen, daß sie jedoch wasserblau waren und einen dunklen Rand um die Iris hatten.

»Wat nu aber tid, dat ick putzen tu«, sagte sie.

Friedrich-Carl stand auf und versorgte seine Kleidung. Im Hinausgehen strich er ihr nachlässig übers Haar, so wie sein Großvater die Dogge Rex zu streicheln pflegte, wenn sie sich wärmend auf seinen Füßen niedergelassen hatte.

Später haben die Leute, die Abschied nehmend an dem alten Grafen Siggelow-Gebbin in der Gebbiner Kirche vorbeigezogen sind, sehr unterschiedliche Dinge geredet. Er habe eine Miene gehabt wie ein lüsterner Liebhaber, wie ein wutschnaubender Verlierer, wie ein donnernder Landvogt. Seinem Enkel Friedrich-Carl jedoch ist er vor allem erschienen als einer, vor dem man sich nicht mehr zu fürchten brauchte, dessen Augen nicht mehr sahen, dessen Hände nicht mehr straften, dessen Verdikt nicht mehr verdammen konnte. Und während der Jüngling gemeinsam mit seinem inzwischen ausgenüchterten Vater die Beileidsbekundungen der Gebbiner, Rahdener und Badekower und der Herren der umliegenden Güter entgegennahm, war sein Atem schwer gegangen von dem Gefühl großer Erleichterung, das sich bald steigerte zu Dankbarkeit, vielleicht sogar zu einer verspäteten Liebe. Jedenfalls hatte ihn dieser Tod plötzlich doch geschmerzt, kein häßlicher, schreiender Schmerz, sondern eher eine tränenfeuchte Sentimentalität wie bei der Lektüre eines traurigen Romans.

Einmal war er sogar in heftiges Schluchzen ausgebrochen, als er nämlich durch den Tränenschleier hindurch plötzlich statt des Großvaters die junge Barbara Winkelmann im Sarg liegen sah, ihre Bluse bis zur Taille hinuntergezogen, die nassen gekringelten Haare wie kleine Schlangen auf der bloßen Brust. Graf Christian hatte seinem Sohn den Ellbogen in die Rippen gestoßen und gezischt: »Was soll das Theater, nimm dich zusammen.«

Während des gesamten Trauergottesdienstes und auch später auf dem Weg zum Grab hielt sich die Leichenkleidnerin Magdalena Winkelmann wie eine enge Verwandte in nächster Nähe des Sarges. Niemand machte ihr den Platz streitig. Denn diese kurze Spanne zwischen Sterben und Vergehen, wenn ein letztes Mal das Tageslicht auf den Toten fällt, war Magdalenas ureigene Zeit, und die Menschen wußten, daß sie jetzt über besondere Kräfte verfügte.

Sie sah dem Jüngling in die Augen, und was sie dort erblickte, gefiel ihr gar nicht. Der junge Siggelow-Gebbin maßte sich offenbar an, in die Fußstapfen des Großvaters zu treten. Da hatte der Alte in seinem eifersüchtigen Kampf gegen das nachfolgende Leben den Jungen noch so sehr demütigen und prügeln können, die Säfte seiner Jugend waren durch den erzwungenen Rückstau nur um so stärker ins Gären geraten.

Friedrich-Carl von Siggelow-Gebbin, ein unausgegorener, klotziger Jüngling mit breiter Stirn und dem eckigen Siggelowschen Kinn, schon jetzt groß und schwer, würde seinen Vater gewiß bald um Haupteslänge überragen. Kein Kluger, dachte Magdalena, kein Raffinierter. Eher ein Träumer mit gefährlich schwankenden Stimmungen, einer, dem eine starke Mutter gutgetan hätte oder ein verständiger Vater oder wenigstens eine zuverlässig wärmende Kinderfrau. Nichts davon war ihm beschieden gewesen, nur ein eifersüchtig prügelnder Großvater und ein ererbter Titel und das dazugehörige Klassenbewußtsein, das so hohl und leer war wie die Kassen des gräflichen Gutes.

Und nun hatte dieser Jüngling offenbar ein Auge auf Magdalenas einzige Tochter geworfen, hatte dieses magere Ding mit dem langen Hals und den knochigen Schultern für seine Phantasie vereinnahmt. Magdalena wußte, warum, hatte jedoch bislang angenommen, daß es noch niemandem außer ihr selbst möglich gewesen sei, in Barbaras schmächtiger Erscheinung das Versprechen späterer Schönheit zu sehen. Wenn der junge gräfliche Tölpel da tatsächlich etwas vor der Zeit begriffen hatte, dann würde über kurz oder lang der Riegel an der Haustür und der stabile hölzerne Zaun des Franz Winkelmann nicht mehr ausreichen, um »das Bessere« zu beschützen. Vor allem dann nicht, wenn die Tür heimlich von innen geöffnet würde.

Denn Magdalena hatte sehr wohl bemerkt, daß Friedrich-Carl sich des Anblicks ihrer halbnackten Tochter keineswegs gegen deren Widerstand bemächtigt hatte. Es wäre für die Kleine doch ein Gebot des Anstands gewesen, sich abzukehren, fortzulaufen oder sich wenigstens sofort zu bedecken. Aber nein, Barbara hatte stillgehalten und sich ihm willig präsentiert wie eine läufige Hündin.

Magdalena erschrak über den häßlichen Vergleich, den abzumildern und zu korrigieren ihr jedoch nicht gelang. Was also war zu tun? Man würde Barbara fortschaffen müssen, dem jungen Herrn aus Augen und Sinn. Weit fort. Der Gedanke daran machte Magdalena schon jetzt elend. Sie versuchte sich abzulenken durch praktische Erwägungen.

In Parchim gab es einen Tuchhändler, Hermann Wotersen, der hatte ihr einst das Versprechen seiner Freundschaft gegeben. Mit ihm könnte sie sich beraten. Gewiß wußte er irgendwo eine Familie, die Barbara eine Zeitlang aufnehmen würde, möglichst weit entfernt. Ein Wollweber vielleicht, einer in Schlesien. Die nagten zwar alle am Hungertuch, aber Magdalena war bereit, notfalls ein kleines Zugeld zu entrichten und dafür ihre eiserne Reserve anzutasten. »Alles für unser liebes Kind«, hatte Franz immer wieder gesagt, und um so unähnlicher das liebe Kind ihm selbst und Magdalena wurde, desto nachdrücklicher hatte er das verbindende »unser« betont. »Alles für das Beste unserer Tochter.«

37

Und Magdalenas Bestes? Sie würde einsam sein ohne das Kind im Haus, sie würde dem Alter, das sich bislang nicht an sie herangetraut hatte, die Hand reichen müssen. Sie würde schlußendlich aus eigenem Willen die Balance zerstören und sich mehr und mehr dem Tod zuwenden. Aber sie würde nicht erlauben, daß die Zukunft ihres Traumkindes in einer aussichtslosen Liebesgeschichte hängenbleiben würde.

Wie Barbara in den Ruf kam,
nicht ganz gescheit zu sein

Magdalena war im Frühjahr 1811 als uneheliches Kind der Kathrine Possehl und des Häusler-Sohnes Johannes Brodersen geboren worden. Beide Familien hatten seit Generationen in Gebbin gelebt, dem Vernehmen nach in ferner Vergangenheit als Kleinbauern, bis das große Bauernlegen begonnen hatte und die Leibeigenschaft gesetzlich fixiert worden war.

Magdalenas voreheliche Geburt war nicht etwa eine Folge unsoliden Lebenswandels ihrer Eltern, sondern lag an der gräflichen Verweigerung des Ehekonsenses und an dem Entschluß des jungen, in Trauer um seine Gattin verbitterten Grafen Rudolph, die Häuslerstelle der alten Brodersens nach deren Tod nicht wieder neu zu besetzen. Er wollte sich so die Verpflichtung für eine Familie vom Halse schaffen, die seit Generationen für die Gutsherrschaft gearbeitet und gesetzlichen Anspruch auf Versorgung hatte. Früher hatte es immer geheißen: Je mehr Kinder, je mehr fleißige Hände in der Wirtschaft. Heute hieß es nur noch: Je mehr Kinder, je mehr Mäuler zu stopfen.

Ein reiches Gut ist Gebbin nie gewesen, doch hatte es immerhin die Gutsherrschaft wie auch die Familien der fast hundert Häusler, Pächter und einiger Händler und Handwerker ernährt. Und mehrmals war es den Siggelower Junggrafen, die meist von angenehmem Äußeren waren und kräftig und gesund, auch gelungen, sich eine gute Mitgift zu erheiraten. Das allerdings hatte Graf Rudolph, zum Zorn seines Vaters und zum ungläubigen schadenfrohen Gelächter eines Großteils der Mecklenburger Ritterschaft, nicht getan. Statt dessen war er auf die schönen Augen der kaum siebzehn Jahre alten Sophia von Vornow hereingefallen,

Ludwigsluster Kleinadel ohne nennenswerte Mitgift. Noch bevor seinem Vater die drohende Mesalliance aufgegangen war, hatte der zwanzigjährige Rudolph die zarte, ebenso engelsgleiche wie feurige Sophia bereits geschwängert. Daraus wäre wohl immer noch keine unumstößliche Heiratsverpflichtung entstanden, wenn nicht Rudolph mit sturer Dickköpfigkeit an Sophia festgehalten hätte und wenn nicht – und das gab den Ausschlag – Sophias Vater eine persönliche Beziehung zum Mecklenburgischen Regenten, dem Herzog Friedrich-Franz, gehabt hätte. Dieser, von dem es hieß, daß auch er von Sophia bezaubert war, hatte sich kurz und unmißverständlich eingemischt. So hatte die Hochzeit denn stattgefunden, an einem heißen Julitag des Jahres 1800, in der Gebbiner Kirche auf dem Hügel zwischen Schloß und Dorf.

Da sei schon etwas sehr Vertracktes an dieser jungen Braut gewesen, erzählte man sich später, die habe zwar ein Gesicht gehabt wie die Jungfrau Maria auf dem Weihnachtsbild über dem Altar, und sie habe auch ganz demütig getan und ihrer Schwiegermutter beide Hände geküßt, doch habe sie andererseits nicht die geringste Scham an den Tag gelegt und ihren Sechsmonatsbauch so siegreich vorgestreckt, als sei das Kind darin, nämlich der spätere Graf Christian-Carl, dem Jesuskind vergleichbar und ganz sicher nichts, dessen man sich schämen müßte. Und über Sophias Kopf sei während der Trauung ein zarter Engel geflogen, einer mit traurigen Augen, als Vorbote ihres frühen Todes. Unter dem Schleier jedoch, im Rücken der Braut, habe ein häßliches verschmitztes Teufelchen gesessen und unanständige Gesten gemacht.

Ob man den Teufel denn auch tatsächlich gesehen habe, mit Pferdefuß und Hörnern und allem drum und dran?

Nicht so ganz genau, weil ja der Schleier darüber hing, aber dagesessen habe er, das sagten alle, die während der Hochzeit in der Kirche gewesen seien, zum Beispiel die alte Thea Menken, die nämlich am gleichen Tag geheiratet habe und die darum in der ersten Bankreihe habe sitzen dürfen. Und was Thea dann noch gesehen habe, zweifelsfrei: Der kleine Teufel habe heimlich auf den Ring gespuckt, den die Braut dem Grafen Rudolph angesteckt habe.

Warum denn das?

Damit er am Finger des Grafen kleben bliebe auf immer und ewig.

Für zwei, die sich vor Gott zusammentun, könne wohl das Immer-und-Ewig kein Teufelswerk sein?

Könne es doch, nämlich weil Treue nur verlangt würde, »bis daß der Tod euch scheidet«. Danach müsse der Übriggebliebene wieder frei sein, um weiterzuleben. Graf Rudolph jedoch habe sich nie befreien können, so sehr er auch gegen seine Erinnerung und das alte Treueversprechen gewütet habe, der Teufel habe ihm nämlich nicht nur auf die Hand gespuckt, er sei ihm später auch in die Seele gefahren und in den Leib. Und je älter der Graf Rudolph geworden sei, um so größer und mächtiger sei auch der Teufel geworden und habe schließlich den Grafen ganz und gar ausgefüllt.

Aber anfangs, da sei das Teufelchen noch recht umgänglich gewesen, wohlgezähmt von der schönen Sophia, die ihn, obgleich er doch ziemlich häßlich gewesen sei und umgeben von diesem typischen Teufelsgestank, oftmals geherzt und geküßt habe und gehalten wie ein Schoßhündchen. Ach, und es sei so viel gelacht worden während der Jahre ihrer kurzen Ehe, und Sophia habe viele Feste gefeiert und feines Porzellan angeschafft und geschliffene Gläser und französische Möbel und jeden Monat ein neues Kleid. Recht und vernünftig sei das natürlich nicht gewesen, weil sich die Siggelowschen dafür hätten verschulden müssen, aber Recht und Vernunft seien überhaupt nicht ins Spiel gekommen, weil nämlich alle Menschen im Schloß der schönen Sophia verfallen gewesen seien, ihr und ihrem Teufelchen. Sogar das alte Grafenpaar habe nichts gegen die Verschwendungssucht der Schwiegertochter unternommen, und das Gesinde im Schloß und die Büdner und Häusler hätten klaglos die Nächte durchgearbeitet, um wenigstens einen Teil des hinausgeworfenen Geldes wieder einzubringen.

Und dann sei das erste Kind geboren worden, Christian-Carl, den man später im Dorf respektlos den Saufgrafen nennen würde. Und wer nun etwa gemeint hätte, daß Sophia zur Ruhe kommen würde und sich mütterlich gebärden müßte und würdig wie eine rechte Schloßherrin, der sollte sich sehr geirrt haben. Ihre Lebenslust sei immer heftiger geworden und ihre Scham immer geringer, und sie und Graf Rudolph hätten beim Mondschein nackt im See gebadet, und die Tür zu ihrem Schlafgemach sei auch tagsüber oft verriegelt gewesen, und dahinter habe man sie juchzen und lachen und stöhnen gehört. Dennoch: Schamlosigkeit und Verschwendungssucht und Lebensgier beiseite, das sonst so düstere Schloß Gebbin habe während der drei Jahre von innen her geleuchtet wie ein ausgehöhlter Kürbis mit einer Kerze darin.

Und inzwischen sei das Teufelchen herangewachsen, und der kleine Engel, den man anfangs noch manchmal ganz munter im Haus habe herumflattern sehen, der sei immer schwächer und zarter und durchsichtiger geworden. Der Teufel habe sein übermütiges Spiel mit dem Engel getrieben und habe ihm schließlich die Flügel ausgerissen, worauf der Engel abgestürzt sei und sich noch im Sturz aufgelöst habe und unsichtbar geworden sei wie ein vergehender Seufzer.

Und das sei genau an dem Tag geschehen, als die Gräfin Sophia ihren zweiten Sohn zur Welt gebracht habe. Dieser zweite Sohn, Graf Conrad, der sei ganz riesengroß gewesen und mindestens so stark wie ein junges Kalb, und er habe sich so ungestüm in diese Welt gedrängt, daß seine Mutter dabei zerrissen und verblutet sei. Ja, so habe sich alles abgespielt, und danach sei das Licht im Schloß erloschen. Der Teufel habe sich des Grafen Rudolph bemächtigt, das Gut sei mehr und mehr geschrumpft unter der Last der Schulden, das alte Grafenpaar habe sich zurückgezogen, um dem verteufelten Sohn das Regiment zu überlassen, die Donner-Maria, des Grafen Rudolph unverheiratete Schwester, sei ins Schloß gekommen, in dem sie von nun an mit harter Hand die häuslichen Belange geregelt habe. Die beiden Knaben jedoch, Christian-Carl und Conrad, seien ungeliebt herangewachsen.

Die junge Barbara, das Kind der Magdalena Winkelmann, schweigsam zwar, aber gewiß nicht taub, liebte diese alten Geschichten.

Mit mehr Gesten als Worten und mit dem Blick ihrer ungewöhnlich dunklen Augen versuchte sie die Überlebenden dieser vergangenen Tage auszuhorchen. Dabei gewöhnte sie sich daran, in den Bewohnern des Schlosses, auch den heutigen, keine wirklichen Menschen zu sehen, eher ferne Sagengestalten wie jene, von denen ihr Vater, der Lehrer Franz Winkelmann, in der Schule erzählte: Etwa dem geizigen Bäcker von Parchim, der Alten mit der eisernen Elle odem den unverweslichen Edelmann von Greven. In Franz Winkelmanns lehrhaften Legenden gab es immer einen vernünftigen, gerechten Schluß, die Bösen wurden bestraft, die Guten belohnt. Also würde Entsprechendes auch mit den Schloßbewohnern geschehen, so daß man sich nicht unnötig zu besorgen brauchte. Und gar so gefährlich schien der vom Teufel besessene, inzwischen sehr alte Graf Rudolph nun auch wieder nicht zu sein. Jedenfalls war Barbara ihm einmal auf dem Friedhof begegnet, da hatte er neben dem großen Stein mit dem Marmorengel gekniet, und ihm waren die Tränen über das alte Gesicht gelaufen. Barbara hatte sich gewaltig erschreckt und wollte rasch auf und davon, aber er hatte sie zu sich gerufen und gesagt, sie solle ihm aufhelfen. Das hatte sie getan, und als er wieder stand, hatte er ihre Hand noch einen Moment festgehalten.

»Wessen Kind?« hatte er gefragt.

»Das von der Toten-Lena und von Franz Winkelmann«, hatte sie geflüstert.

»Soso, von der Lena. Übers Jahr wird sie mich dann herrichten können, sag ihr das.«

»Ich werd's ihr sagen.«

»Und sonst sagst du gar nichts. Vor allem nicht, daß du mich hast knien sehen. Der alte Siggelower kniet nämlich nicht.«

»Nein, der kniet nicht.«

»Ist doch vom Teufel besessen!«

Ihre kleine dünne Hand hatte in der seinen gezittert, und dann

43

hatte er so fest zugedrückt, daß sie nicht einmal mehr zittern konnte.

»Wie alt?« hatte er gefragt.

»Im November dreizehn.«

»Siehst nicht aus wie die Lena.«

»Ich komm nach dem Vater.«

Da hatte er grob gelacht und gebrummt: »Nach welchem Vater?«

Bevor Barbara noch hatte antworten können, war er dann davongestapft.

Der Mutter gegenüber hatte sie später nicht nur das Knien, sondern die ganze Begegnung verschwiegen. Wahrscheinlich hätte es sonst nur wieder eine Ohrfeige gesetzt.

Die Großeltern Kathrine und Johannes, Magdalenas Vater und Mutter, hatte Graf Rudolph, damals in der Franzosenzeit, fortjagen wollen aus Gebbin, weil zu viele hungrige Mäuler von dem verarmten Siggelowschen Gut fressen wollten. Doch dann wurde das Kind Magdalena geboren, unehelich in der Häuslerkate ihrer Eltern, eine Schande, und weil sie nicht gehen wollten, denn sie wußten ja nicht, wohin, hatte man gedroht, Kathrine ins Arbeitshaus in Güstrow zu stecken und Johannes zu den Napoleonischen Soldaten, mit denen er hätte gen Rußland ziehen müssen, wo er entweder im Morast erstickt oder im Schnee erfroren wäre. Dazu ist es dann aber nicht gekommen, weil Kathrine in ihrer Not sich dem Teufel ergeben hatte.

Dem Teufel? Wo und wie und welchem Teufel?

Darauf hat Magdalena nie antworten wollen, und wenn Barbara zu sehr nachbohrte, dann lief sie nur wieder Gefahr, sich eine Ohrfeige einzuhandeln.

Doch gab es ja auch noch andere Zeugen in Gebbin und Badekow und Rahden, allerdings waren die meisten, wenn es um die Siggelowschen Teufeleien ging, ziemlich vorsichtig. Das Leben war so schon schwer genug, wozu noch weitere Bürden riskieren, indem man sich gegen die Mächtigen stellte. Aber manche redeten dennoch, sei es aus Klatschsucht oder aus Angeberei oder weil sie sich durch diese oder jene Sonderstellung herausgehoben und abgesichert wähnten. Eine davon war Thea Menken, die Küstersfrau. Die war im gleichen Jahr geboren wie Graf Rudolph, war auch im gleichen Jahr zur Konfirmation gegangen und hatte den Küster Friedrich Menken, der damals bereits Witwer und schon über vierzig war, im gleichen Jahr geheiratet wie Graf Rudolph seine Sophia, nämlich im Jahr 1800. Und weil, wie sie selber sagte, die Übereinstimmung, wenn sie mal so richtig in Schwung gekommen ist, meist nur sehr schwer zu bremsen sei, hat es dem himmlischen Herrn schließlich auch gefallen, sie im gleichen Jahr wie den Grafen Rudolph zu verwitwen. Danach war dann aber Schluß damit.

Thea Menken also fühlte sich sowohl durch die schicksalhafte Übereinstimmung mit Rudolph von Siggelow-Gebbin wie auch durch ihr Aufgehobensein in der Kirche – »was für den Grafen sein Schloß, ist für mich der Schoß der Kirche, und auf die Dauer ist mein Aufenthaltsort gewiß sicherer als der seine« – hinreichend geschützt, so daß sie sich jede Art Gerede über die Gutsherrenfamilie leisten zu können meinte.

Nach dem Tod ihres Mannes übernahm Thea Menken die Küsterdienste, und sie war's zufrieden, zumal sie durch ihre Position im kirchlichen Schoß auch noch über ein paar andere Einnahmequellen verfügte. Zum Beispiel verkaufte sie ihre Gebete, wenn jemand ganz dringend Gottes Gnade benötigte. Dann konnte man sie stundenlang in der Kirche vor dem Altar knien sehen, das Gesicht mit jenseitigem Ausdruck dem Kreuz zugewandt, und in besonders schwierigen Fällen kniete sie sogar auf Kieselsteinen.

Viele Dörfler schworen auf Theas magische Kräfte, und besonders in harten Zeiten hatte sie gut zu tun. Zu ihr kamen die Liebenden und die Leidenden ebenso wie die Verwirrten, Ängstlichen und sogar die Rachsüchtigen. Moralische Bewertungen gab es bei Thea nicht, sie verkaufte ihr Ohr und ihre Gebete vorurteilslos und konnte für ein kleines Aufgeld auch innigst um eine böse Krätze beten oder um die Schweinepest oder sogar um einen Blitzschlag. Sie erfuhr viel und konnte dadurch auch einiges bewirken.

Pastor Sägebrecht und später auch dessen Nachfolger, Pastor Wiechert, hatten die Betgeschäfte unterbinden wollen, das sei ja direkt katholisch und abergläubisch und also grundsätzlich verboten, worauf Thea Menken nur geantwortet hatte, sie ließe sich ihre gute Beziehung zu Gott dem Herrn von niemandem madig machen, auch nicht vom Pastor, für den sie zu den üblichen Küsteraufgaben auch noch jeden Tag ein freies Extragebet verrichte.

Als Magdalenas Tochter Barbara heranwuchs und die Mutter sich in vielen Fällen weigerte, die kindliche Neugier zu befriedigen, schloß das Mädchen sich mehr und mehr an Thea Menken an. Und Thea, die selbst nie Kinder gehabt hatte, ließ sich die Nähe der merkwürdigen schwarzhaarigen Barbara gern gefallen, zumal diese ihr bei der Arbeit in der Kirche und dem Küstergarten zur Hand ging.

Ihre Erkundungen betrieb Barbara meist per Umweg. Sie begann ganz einfach irgendwo und vertraute darauf, daß der Fluß der Unterhaltung sie schon zu einem lohnenden Ufer tragen würde.

»Mein Vater ist tot«, sagte Barbara.

»Das kannst wohl glauben«, bestätigte Thea Menken, »wer und was dein Vater auch gewesen sein mag, tot ist er jedenfalls.«

»Der war auch sehr geizig.«

»War er.«

»Hat mich aber nie geschlagen.«

»Hat er nicht.«

»Hat meine Mutter auch nicht geschlagen.«

»Warum auch möchte ein guter Mann seine gute Frau schlagen?«

»Hab ich aber neulich gesehen, wie der Häusler Steinen seine Frau verdroschen hat.«

»Ist ja auch keine gute Frau, die Frieda Steinen, macht jedem hergelaufenen Landstreicher schöne Augen, hat den Teufel im Leib.«

Voller Ausdauer putzte Barbara den Steinfußboden in der Kirche vor und hinter dem Altar. Thea Menken saß auf der ersten Bank und sah ihr zu.

»Und Gräfin Sophia, die hat auch einen Teufel gehabt?«

»Hat sie, einen kleinen.«

»Und der ist nach ihrem Tod in den Grafen Rudolph gefahren?«

»Ist er.«

»Und ist größer und größer geworden?«

»Stimmt.«

»Meine Mutter sagt, die Kathrine, die hat sich dem Teufel ergeben.«

»Deine Mutter soll sich in dieser Frage lieber zurückhalten und sich an ihren eigenen Teufel erinnern.«

Mutters eigener Teufel? Das war nun wieder so ein Geschichtenanfang, der Barbara mit großer Neugier erfüllte.

»Mutters Teufel?« fragte sie. »Erzähl mir von ihm, nur du, du redest drüber«, sagte Barbara hoffnungsvoll.

Doch da rutschte Thea Menken von der Kirchenbank, richtete sich auf in ihren Holzpantinen und strich die Schürze glatt. »Nein, das tu ich nicht. Lang kann's nicht mehr dauern, da wird die Magdalena auch mich herrichten müssen. Und dann könnt sie weiß Gott was in mein Gesicht hineinschreiben.«

Einmal saß Barbara in ihrem Fliederbuschversteck und träumte. Sie sah die schöne Sophia, die sich im Schloß mit ihrem kleinen, häßlichen Teufel vergnügte. Und sie sah ihre Mutter Magdalena, die auch einen Teufel hatte, einen strahlend schönen, großen. Was machte sie mit dem?

Barbara verließ ihr Fliederbuschversteck und lief hinüber zur Kirche. Dort kniete Thea Menken auf Kieselsteinen vor dem Altar. Ihr Gesicht war schmerzverzerrt, denn das Rheuma plagte sie und machte diese Art von verschärftem Gebet nun endgültig zur Qual.

»Für wen betst denn heut?« fragte Barbara.

47

»Für die schöne Sophia. Die ist die einzige, für die ich's noch tu.«

»Ist doch seit fünfzig Jahren tot!« wunderte sich das Mädchen.

»Na und? Ist geliebt immer noch. Könnt ja sein, sie hockt im Fegefeuer, muß rausgebetet werden. Er zahlt einen guten Preis.«

»Graf Rudolph?«

»Wer sonst? Zweimal im Jahr, am Hochzeits- und am Todestag. Und räum mir nur ja nicht die Steine beiseit, er kommt nachher und kontrolliert. Auch, daß ich die scharfkantigen genommen habe und nicht die glatten runden. Wenn nicht alles so ist, wie gewünscht, gibt es kein Geld.«

»Ich will früh sterben«, beschloß Barbara.

»Warum?«

»Totsein ist leichter.«

Thea schnitt eine Grimasse. »Bist eben doch blöd. Und nun verzieh dich, der Graf wird bald hier sein. Er kann es nicht leiden, wenn man ihn in der Kirche sieht.«

Aber bevor Barbara noch verschwinden konnte, wurde schon das Portal aufgestoßen, und der Alte stapfte mit schweren Schritten den Mittelgang entlang bis zum Altar. Dort beugte er sich hinunter, betrachtete die Steine und kam ächzend wieder hoch. Barbara hatte sich derweil zwischen die Bänke gekauert.

Thea sackte auf die Knie und versuchte, ihm die Hand zu küssen.

»Mumpitz, Thea Menken«, brummte der Graf, »tu Sie nicht mehr, als von Ihr verlangt wird.« Er nahm sie bei den Armen und zog sie hoch.

»Die Knochen, Herr Graf. Das Knien wird langsam zur Qual.«

»Hilft nichts, Thea Menken, muß ertragen werden. Nicht mehr lange, dann haben wir's geschafft.«

Mit diesen Worten kehrte er sich ab und stapfte grußlos zur Tür hinaus.

Wieder und wieder hockte Barbara in diesem oder jenem Versteck und träumte sich ihre Bilder zusammen. Magdalena wähnte

48

ihr Kind derweil in der Schule, aber seit Franz Winkelmann an der Grippe verschieden war und der Rahdener Lehrer die Gebbiner und Badekower Kinder wieder mitunterrichtete, so wie es schon vor den Winkelmannschen Zeiten üblich gewesen war, ging Barbara kaum mehr zum Unterricht. Und gewißlich nicht im Sommer. Wozu auch? Sie konnte schreiben, sie konnte lesen, sie konnte zwei und zwei zusammenzählen. Und sie hatte noch vom Vater Franz her einen großen Vorrat an Geschichten und Legenden, denen sie laufend ihre eigenen hinzufügte.

Der Rahdener Lehrer sah in Barbaras Fernbleiben nichts Ungewöhnliches. Denn obgleich laut Schulordnung jedem Kind täglich sechs Stunden Unterricht verabreicht werden sollten, erfolgte der Schulbesuch äußerst unregelmäßig, weil die Arbeitskraft der meisten Kinder dringend in der Wirtschaft benötigt wurde. Und mit Barbara wußte der Lehrer sowieso nichts anzufangen. Sie schien nicht ganz gescheit zu sein, schüchtern und blöd auf jeden Fall, und sie stellte weder Fragen, noch war sie je zu einer Antwort bereit.

Es hatte aber mal Zeiten gegeben, da hat sich Graf Rudolph für das Schulwesen stark gemacht. Das war, als Franz Winkelmann nach Gebbin zurückgekommen war und die Kathrine mit ihrer Tochter Magdalena hoch hinaus wollte.

Da war sie zum Grafen gegangen, der, seit zwanzig Jahren Witwer, mürrisch, verbittert und ungerecht, in seiner Studierstube saß. Sie hatte sich hinter ihn gestellt und ihm mit geschickten Fingern seine rechte Schulter gerieben, die er sich während eines Reitunfalls verrenkt hatte. Als sie einmal etwas fester zudrückte, schrie er wütend auf: »Du tust mir weh!«

»Zuerst hast du dir selber weh getan«, antwortete Kathrine ruhig, »mein Schmerz und dein Schmerz liegen miteinander im Streit und werden sich schließlich gegenseitig umbringen.«

»Was weißt denn du«, brummte der Graf.

»Gar nichts weiß ich, das ist es ja. Und meine Tochter, die weiß noch weniger.«

»Welche Tochter?«

»Die Magdalena. Mehr als zwölf Jahre ist sie nun alt und kann noch nicht recht schreiben und lesen, nur das, was ich ihr so nebenher beigebracht habe.«

»Du hast eine zwölfjährige Tochter? Wie das? Solange besuchst du mich doch noch gar nicht.«

»Ich hab mein Leben schon vor dir gelebt, das hast du nur vergessen.«

»Muß wohl so sein«, brummte der Graf, »denn du bist nicht mehr jung.«

»Nicht weit über dreißig und zehn Jahre jünger als du.«

»Die Zeit geht anders um mit Männern und Frauen. Und das, was sie ihnen tut, macht auch verschiedene Wirkung. Dir jedenfalls hat sie Falten ins Gesicht gebügelt und hat wohl auch deine Zugänglichkeit stark reduziert.«

»Falten hast du auch.«

»Was tut das schon. Weil's mich ja sonst ganz unverändert treibt, und das ist eher eine Bürde denn ein Vergnügen. Ja, wenn ich's recht bedenke, dann ist es wohl dies, was die Zeit mir angetan hat: Die Lust ist hin, die Freude, der Spaß. Nur noch ein Drang, der befriedigt sein muß. Würd ich's vergleichen mit Sophias Zeiten, käm's einer Beleidigung meiner Liebsten gleich. Sogar die ersten Jahre mit dir, da hab ich noch manchmal Freude gehabt, sogar gelacht. Aber jetzt . . .«

»Ich kann ja wegbleiben«, sagte Kathrine, »nämlich ein Vergnügen, das bist du für mich sowieso nicht. Und die Leute reden auch schon.«

»Kannst wegbleiben, aber den Zeitpunkt bestimme ich, und was die Leute reden, interessiert mich nicht. Also, was wolltest du mir erzählen? Irgend etwas von einer Tochter, einer vorehelichen? Welchen Vater hast du denn für die zur Verantwortung gezogen?«

»Meinen guten Johannes, wen denn sonst?«

»Deinen guten Johannes, wen denn sonst«, äffte der Graf sie nach.

Fleißig kneteten und rieben ihre Hände. Nach einer Weile fing sie wieder an: »Also meine Tochter Magdalena. Die muß doch was lernen. Und die anderen Kinder später auch.«

»Sollen sie nach Rahden in die Schule gehen.«

»Der Weg ist zu weit, die Schule zu klein und der Lehrer zu dumm.«

»Du scheinst ja wieder mal alles zu wissen. Und wie ist es denn überhaupt mit dir selbst, wieso kannst du schreiben und lesen?«

»Nur ein wenig. Ich hab es in meiner Jugend gelernt von einem aus Parchim, dem Schneidersohn, Franz Winkelmann heißt er. Der hat auf Lehrer studiert in Ludwigslust. Ist dies Jahr fertig geworden.«

»Mit einem Lehrer treibst du's also auch. Dann soll er doch diesem Kind, das du mit dem guten Johannes oder mit dem Lehrer oder mit sonstwem gemacht hast, das Alphabet beibringen. Was geht's mich an.«

Aber es ging ihn doch etwas an. Denn die Sache mit Kathrine hatte sich während der letzten Jahre als das einzig Trostreiche in seinem Leben erwiesen. Und er kannte doch die Tochter von ihr, die nicht nur vorehelich, sondern auch vor ihren Schloßbesuchen gezeugt worden war. Sie hatte ihn einmal ausgelacht, so etwas vergißt sich nicht. Das ist an einem verregneten Herbsttag gewesen, vor ein paar Jahren. Schlecht gelaunt war er durch Gebbin gefahren, um etwas Dringliches mit dem Schulzen zu besprechen. Der Matsch hatte gespritzt, weder Erwachsene noch Kinder waren auf der Dorfstraße zu sehen gewesen. Bis auf ein kleines strohblondes Mädchen, das hatte im Regen gestanden und hatte den vorbeifahrenden Gutsherrn angestarrt. Und als sie von oben bis unten naß gespritzt wurde, da hatte sie gelacht.

»Was steht sie da und lacht«, hatte der grimmige Graf gefragt.

»Wat fohrn Sei da un sprützen«, hatte das Kind·geantwortet und immer noch gelacht.

»Lacht sie etwa über mich?« hatte der Graf gefragt.

»Ick möt lachen, weil Sei so muffig ut de Wasch kieken.«

»Von welcher Familie ist sie?«

»Von de Brodersens hinnern Dorf.«

»Und geht zur Schule?«

»Im Sommer möt ick nich na de Schol, und in Winter ha ick ok keen Tid.« Mit diesen Worten hatte sie sich abgekehrt und war, immer noch lachend, davongesprungen.

Kathrine unterbrach seine Gedanken. »Was ist nun mit der Schule?«

»Du gibst wohl nie auf. Also gut, ich werde drüber nachdenken. Zuvor jedoch will ich mir deine Tochter ansehen, die voreheliche Magdalena. Ob sich's um die auch lohnt. Und an ihr wird es liegen, wie ich mich entscheide.«

Kathrine hatte auch nachgedacht. Ihr war nicht wohl dabei zumute gewesen, doch schließlich hatte sie dem Drängen ihres Freundes Franz Winkelmann nachgegeben. Für den Besuch hatte der Schneiderssohn für Magdalena ein neues Kleid genäht, schwarz mit Biesen über der Brust. Darin sah sie ihrer Mutter so ähnlich, als hätte der Herrgott die ihm so wohlgelungene Kathrine mit achtzehnjährigem Abstand ein zweites Mal entstehen lassen wollen. Und eines Abends im April dann standen Kathrine und ihre voreheliche Tochter tatsächlich nebeneinander in der Studierstube im Schloß. Obgleich die Lampen schon brannten, war es nicht sehr hell im Raum. Nur der Schreibtisch, an dem der Graf saß und las, war erleuchtet und auch das große düstere Bild, das hinter dem Schreibtisch zwischen den Fenstern hing.

Da der Graf sich vorerst nicht um die Besucher scherte – offenbar hatte er Wichtigeres zu tun, was man von solch einem großen Herrn ja auch erwarten konnte –, heftete Magdalena ihren Blick auf das Bild. Dargestellt war ein Knochenmann, der sich an seiner Sense festhält. Das Bild gefiel Magdalena. Doch hätte sie dem Gevatter Tod gern eine andere Stellung gegeben, so wie er jetzt dastand, erschien sie ihr sehr unbequem und auch schwächlich, als könne der Tod sich nicht alleine aufrechthalten. Dabei ist er doch der Herr über die Ewigkeit.

Kathrine scharrte ungeduldig mit dem Fuß. Da hob der Graf endlich den Blick und betrachtete die beiden. Ungläubig schaute er von einer zur anderen, rieb sich die Augen, kniff sie zusammen, hob schließlich sogar die Lampe hoch, beugte sich weit über den Schreibtisch, um Mutter und Tochter in die Gesichter zu leuchten.

Dann schien sich etwas in ihm zusammenzubrauen, viel hätte nicht gefehlt, und er hätte die Lampe fallengelassen. Er schluckte, atmete heftig, und plötzlich sprang ein Grinsen in sein Gesicht, das sich schnell vertiefte, er riß den Mund auf, schnaufte und stöhnte und dann platzte es aus ihm heraus, ein dröhnendes Lachen, schon fast ein Gebrüll, es rüttelte und schüttelte ihn, er konnte sich gar nicht halten, schlug auf den Tisch, warf den Oberkörper vor und zurück vor lauter unbeherrschbarem Gelächter.

Magdalena stand da und sah ihn an, und sie begriff nur eines, nämlich daß den Mann irgend etwas an ihrer Mutter und ihr selbst fürchterlich belustigte. Und weil sie gehorsam war und gewohnt, sich anzupassen, nahm sie den gräflichen Spaß als Aufforderung, es ihm nachzutun. Ohnehin lachte sie ja gern und hatte doch so selten Gelegenheit dazu. Also stimmte sie ein, erst vorsichtig und gezwungen, doch bald ging's wie von selbst, und es rollte in ihr hoch und sprudelte aus ihr raus, und sie gab sich hin und ließ sich willig fortreißen in einem Sturm von Heiterkeit.

Kathrine derweil stand stocksteif und verzog keine Miene. Der lachende Graf streckte die Hand aus nach der lachenden Magdalena und zog sie um den Schreibtisch herum zu sich hin.

»Die Zeit ...«, stöhnte er, »die Zeit! Sie versuchen, der Zeit ein Schnippchen zu schlagen.«

Dem Mädchen begann die Situation zu gefallen. Einer, der lachte, konnte doch nicht allzu gefährlich sein, auch wenn dies Gelächter derb klang und gewaltsam und gewiß lauter, als Magdalena es je gehört hatte. Ihr wurde ganz heiß in dem hochgeschlossenen Kleid, sie spürte so ein seltsames Gefühl im Bauch und lehnte sich schutzsuchend gegen den Mann.

Der Graf legte den Arm um das lachende Mädchen, sein Körper erschütterte den ihren, während er keuchte wie in einem starken Gefühlsansturm.

Nur allzu gern wollte er sich schließlich bezwingen, wollte zurückfinden zu Worten, zu vernünftigen, klärenden. Es lag ihm ein Satz auf der Zunge, aber er schnappte nur nach Luft, mußte dreimal ansetzen, bevor er ihn dann endlich herausbrachte: »Und das alles nur wegen einer neuen Schule!«

Schule? O ja, Schule! Plötzlich fiel's Magdalena wieder ein, warum sie hierhergekommen war. Der Franz hatte ihr eingebleut, was sie sagen sollte, zehn einfache Worte. Und sie hatte es ihm versprochen, sie mußte es zu Ende bringen. Mit äußerster Anstrengung schraubte auch sie ihr Gelächter hinunter, bis nur noch ein kleines Glucksen übrigblieb. Flehentlich hob sie die Augen zu dem Herrn der Grafschaft und lieferte ihren Satz, dessen Sinn sie vollkommen vergessen hatte: »Alle Gebbiner bitten Euer Wohlgeboren untertänigst um ein neues Schulhaus.«

Worauf dem Wohlgeboren ganz plötzlich der Frohsinn verging. Ein letztes Keuchen noch, ein hohles Schnappen, es war, als ob eine Tür zuschlüge. Der gräfliche Arm, der zuvor dem Mädchen schützend erschienen war, drückte hart, als er sagte: »So ist das also! Alle Gebbiner bitten. Und sie machen's mit einer Schlauheit, die man ihnen gar nicht zutrauen würde.«

Nun endlich schaute der Graf auch zu Kathrine hin, die dastand, als wäre sie zu Stein geworden. Seine immer noch lachfeuchten Augen schossen Zornesblitze.

»Dabei bitten sie nicht nur um das Schulhaus, sondern dazu noch um eine auskömmliche Stellung für einen Schneiderssohn aus Parchim. Denn schließlich ist auch das schönste Schulhaus nichts wert ohne den rechten Lehrer darin. Zwanzig Taler Lohn pro Jahr aus der gutsherrlichen Tasche. Denn der großherzogliche Landesherr mit seiner knappen Staatskasse wird kein weiteres Schulhaus bezahlen·wollen. Also bleibt's am ohnehin verarmten Siggelow hängen. Aber was ist das schon, wenn es um die Bildung geht. Und sie wollen's ja nicht umsonst, diese wackeren Gebbiner, sie offerieren dem Gutsherren eine Gegengabe, die ihn ganz sicher gnädig stimmen wird. Sie drehen für ihn die Zeit zurück, damit er sich noch einmal im Leben so recht von Herzen erfreuen kann. Weil sie ja wissen, was ihr Gutsherr für einer ist, nämlich daß er den Teufel im Leib hat und auch in der Seele und daß es zur Erfüllung eines Anliegens am aussichtsreichsten ist, wenn man dem gutsherrlichen Teufel Zucker gibt.«

Er schwieg, sein Atem ging heftig.

Da plötzlich kam Leben in Kathrine. Sie stürzte auf ihre Tochter zu, verabreichte ihr zwei gewaltige Ohrfeigen, packte sie an den Schultern, schüttelte sie, als wolle sie das letzte Gelächter aus ihr heraustreiben, riß sie an sich, spuckte aus vor dem Grafen. Und dann stieß sie das Kind vor sich her zur Tür hinaus.

Draußen wurde Kathrines Zorn noch schlimmer, sie konnte gar nicht wieder aufhören, das Mädchen zu schlagen, dabei liefen ihr die Tränen über das Gesicht, und sie wimmerte, als ob jeder einzelne Schlag sie selber treffen würde.

Magdalena wehrte sich nicht. Erst als sie schon fast wieder am Dorf waren, hielt sie die Hand der Mutter fest. »Hör jetzt auf«, sagte sie, »was sollen die Leute denken.«

Vor der Kate stand Franz Winkelmann und sah ihnen entgegen. »Was war?« fragte er.

Kathrine schob ihn beiseite, ging wortlos ins Haus. Magdalena wollte hinterher, aber Franz stellte sich ihr in den Weg. »Wie siehst du denn aus! Warum ist dein Gesicht so verquollen?«

»Auf dem Rückweg bin ich in die Brennesseln gestürzt«, sagte Magdalena.

»Aber davor hast du deinen Satz gesagt?«

Magdalena nickte.

»Und was weiter?«

»In seinem Zimmer hängt ein Bild. Mit einem Knochenmann. Das hat mir gefallen.«

»Und der Graf Rudolph? Hat er dir auch gefallen?«

»Weiß ich nicht«, sagte Magdalena, »will ich auch gar nicht wissen.«

Sie ließ den Franz stehen, ging um die Kate herum zum Brunnen, zog einen Eimer Wasser hoch und kühlte sich das Gesicht. Und weil sie gerade dabei war, wusch sie sich auch noch

Hals und Arme, wozu sie das schwarze Kleid, das Franz ihr extra für den Schloßbesuch genäht hatte, auszog. Dann ging sie in den Stall, um die Kuh zu melken. Das Kleid ließ sie draußen liegen.

In der Küche hatte Kathrine die kleine Luise auf dem Arm. Das Kind weinte, schien sich im Leib zu quälen. »Muß wohl was Schlechtes gegessen haben«, sagte Kathrine, »und ich weiß nicht, was. Der Franz hat nicht recht achtgegeben.«

Magdalena schüttete die Milch aus dem Eimer in zwei Holzschüsseln, ein Teil zum Trinken für die Kinder, der andere Teil als Setzmilch. Und ein Extrabecher für Luise. Aber die wollte nicht.

»Wo ist dein schwarzes Kleid?« fragte Kathrine.

»Es liegt draußen am Brunnen. Ich brauch es nicht mehr.«

»Wirst schon noch gute Verwendung dafür haben. Falls mal Trauerzeit kommt. Geh und hol es und versorg es in der Truhe, der Franz hat acht Ellen guten Tuches darin verarbeitet.«

Franz hielt sich zwei Tage fern und ließ sich nicht in der Kate sehen. Als er dann doch wieder auftauchte, schien er sich abgefunden zu haben mit dem Mißerfolg.

Mehrmals schickte der Graf nach Kathrine. Sie ließ ausrichten, daß sie keine Zeit hätte, ihre Tochter wäre krank.

»Du sollst vermeiden, ihn gegen dich aufzubringen«, sagte Franz.

»Dorthin geh ich nie wieder«, sagte Kathrine.

Luise, die Dreijährige, quälte sich immer noch, ihr Bauch war so geschwollen, daß man sie kaum noch anfassen konnte. Am siebten Tag nach dem Schloßbesuch starb sie.

So zog Magdalena ihr schwarzes Kleid doch wieder an. Zuvor kümmerte sie sich ein letztes Mal um das Schwesterchen, wusch es und strich ihm den Todesschmerz aus dem Gesicht. Als sie es dann in die Holzkiste legte, die der Franz aus ein paar Brettern zusammengezimmert hatte, da lächelte die Luise, und alle wunderten sich.

Nach der Beerdigung ging die Kathrine allein in die Kirche.

Thea Menken, die Küstersfrau, hat sie beim Altar knien sehen

56

und beten gehört: »Herr Gott, vergib mir meine Schuld und nimm mein Kind in Gnaden auf. Sie kann ja nichts dafür, die Kleine, und das Sündige ist doch allemal auf meiner Seite.« Und dann weinte die Kathrine und weinte so sehr, daß es der Küstersfrau ganz ängstlich wurde.

Schließlich kam der Pastor dazu und hörte sie seufzen und schluchzen und von Schuld und Vergebung reden.

»Hör auf«, sagte er, »das Kind ist hinüber. Und unser Herrgott hat Freude an den unschuldigen Kleinen. Aber deine Unzucht Kathrine, die muß aufhören!«

Die wischte die Augen und sah den Pastor an. »Unzucht?« murmelte sie.

»Kannst nicht leben mit zwei Männern gleichzeitig und dich dazu noch an den Teufel vergeben!«

»Teufel?« fragte Kathrine, und ihre Augen wurden groß und hart. »Von welchem Teufel redet der Herr Pastor?«

»Weißt es doch besser als ich.«

»Wenn der Herr Pastor mich des teuflischen Umgangs zeiht, dann möchte er mir wohl auch den teuflischen Namen nennen!«

»Gehst ja im Schloß ein und aus«, sagte der Pastor und seufzte tief.

»Spricht der Herr Pastor gar von dem Grafen selber? Soll ich das als des Herrn Pastors Meinung weitererzählen?«

»Weitererzählen sollst du gar nichts. Sollst dich nur, wie der Herr es verlangt, mit einem einzigen Mann begnügen.«

»Was würde der Herr Pastor mir denn anempfehlen? Den Franz in die Einsamkeit verbannen, den Hannes krepieren und die Kinder verhungern lassen, weil ich das mir Auferlegte nicht ohne Hilfe schaffen kann, und dazu noch dem teuflischen Grafen, meinem Gutsherren, einen Tritt geben, damit er endlich zur Hölle fährt, wohin er ja nach Meinung des Herrn Pastors gehört?«

Kathrines Stimme war immer lauter geworden. Zum Schluß schrie sie und bebte vor Zorn.

»Kathrine Brodersen«, wetterte der Pastor, »du vergißt dich. Dies ist ein Gotteshaus!«

57

»Und ich bin ein Gotteskind. Aber der Vater hat nicht genug Nahrung für alle seine Kinder. Deshalb lernen wir beizeiten, uns selbst zu versorgen.«

Damit stürmte Kathrine den Gang hinunter zur Tür, die sie mit einem lauten Knall hinter sich zuwarf.

Thea Menken hatte alles mit angehört und es dann später wortwörtlich an Kathrines Enkeltochter Barbara weitergegeben.

Zum Schloß sei die Kathrine nicht mehr gegangen und auch nicht in die Kirche, sagte sie am Schluß, wohl aber zum Friedhof. Denn das Unglück mit der kleinen Luise, das sei ja nur der Anfang gewesen. In den Jahren danach habe man noch drei weitere Kinder beerdigen müssen. Erst sei der Franz-Anton in der Elde ertrunken. Für den habe der Graf sogar einen Sarg geschickt, einen mit dem Siggelowschen Wappen. Dergleichen hielte man sich im Schloß wohl auf Vorrat. Kathrine habe, als der Sarg in ihrer Kate angelangt sei, einen Wutschrei ausgestoßen und sich mit Messer und Feile darangemacht, das Wappen herauszukratzen. Denn zerhacken und verbrennen hätte sie den Sarg doch nicht wollen, das sei nämlich einer aus Eiche gewesen, mit Samt und Seide ausgeschlagen. Und wie schön der Franz-Anton darin ausgesehen habe, hergerichtet von Magdalena. Nicht sanft lächelnd wie die kleine Luise, eher tapfer und stolz wie ein junger Offizier.

Drei Jahre später seien im Totenreigen dann die beiden letzten Kleinen gefolgt, Hanna und Karoline, innerhalb zweier Tage an Grippe gestorben, hätten keinen Sarg vom Grafen gekriegt, seien ja auch nur weiblichen Geschlechts gewesen, seien aus Sparsamkeit in eine gemeinsame Kiste und in ein gemeinsames Grab gelegt worden.

Und schließlich sei auch der Johannes dahingegangen, im Alter von einundvierzig Jahren, hätte ja erstaunlich lange durchgehalten, wohl weil ihn Kathrine und auch der Franz nicht hätten loslassen wollen.

Und die Schule, die sei gebaut worden, schon kurze Zeit nach Kathrines und Magdalenas Schloßbesuch habe man damit begonnen, und nach noch nicht einmal sechs Monaten sei alles bereit gewesen, ein fester Neubau gleich hinterm Haus des Schulzen, mit einem großen Klassenraum und einer Stube für den Lehrer und sogar einer kleinen Küche. Und dann habe der Schulze Franz Winkelmann zu sich gerufen und ihm mitgeteilt, daß er ab Herbst selbigen Jahres fest angestellt sei als Gebbiner Dorfschullehrer. Das sei der Wunsch des Grafen, und danach habe man sich zu richten.

»Aber warum nur«, fragte Barbara ihre Informantin Thea Menken, »warum hat der Graf das gemacht. Wo er doch der Großmutter nichts mehr zugute tun wollte?«

»Weiß man's«, sagte Thea Menken und wiegte den Kopf hin und her. »Hat sich wohl was davon versprochen, der Herr Graf, war vielleicht doch nicht so gänzlich des Teufels.«

Als der Franz dann tatsächlich Lehrer geworden war, als die Kathrine nicht mehr zum Grafen ging und mit sechsunddreißig Jahren verwitwet war, als sich die Dinge also genau dort befanden, wo alles hätte klar und einfach sein können, da plötzlich zögerte Franz.

Das Lehrersein fordere eben seine ganze Kraft. Denn er wollte es ja besser machen als jeder Lehrer vor ihm. Unermüdlich wollte er sein und unerbittlich. Etwas erreichen wollte er in seinem Dorf, etwas verändern, den Ochsen hinterm Pflug zum Menschen machen. Wissen vermitteln, auch wenn die Köpfe seiner Schüler noch so vernagelt waren, und dafür würde er loben und strafen ohne Ansehen der Person.

Kaum denkbar, daß die Gemeinde Gebbin je einen besseren Lehrer gehabt hat – und auch keinen unbeliebteren.

So mußte sich die Kathrine also noch etwas gedulden und der Franz auch. Aber daran waren sie ja beide gewöhnt, und sie hatten gelernt, mit dem zu leben, was ist, und es nicht von dem, was sein könnte, in den Schatten stellen zu lassen.

Im Jahr 1833 starb die Kathrine, 42jährig. Und hatte eigentlich keinen Grund zum Sterben. Sie hat einfach aufgehört zu leben, ohne daß der Franz noch Zeit und Gelegenheit gefunden hätte, sie zu ehelichen. Kein Grund zum Leben, kein Grund zum Sterben. Und der Graf schickte wieder einen Sarg. Diesmal wurde das Siggelower Wappen nicht abgekratzt, ganz im Gegenteil. Magdalena putzte es blank und umgab es mit einem Kranz aus Levkojen. Und dann sorgte sie dafür, daß die Kathrine aufgebahrt wurde, im offenen Sarg vor dem Altar. Sie war wunderschön und ruhte so natürlich in den seidenen Kissen, als hätte sie nie auf einem Strohsack gelegen. Und das Lächeln, das Magdalena ihr gegeben hatte, das war mindestens so stolz und selbstbewußt wie das der Gräfin Sophia, als die noch am Leben gewesen war.

Nach Kathrines Tod ging der Besitz der ehemaligen Häuslerstelle automatisch über von der Mutter auf die Tochter. So wurde Magdalena mit zweiundzwanzig Jahren selbständige Kleinbäuerin. Immer noch war sie arm, hatte nur zwanzig Morgen kargen Ackerboden, eine schmale Weide, ein Pferd und zwei Kühe, ein paar Schafe und Schweine, doch unter all den anderen Armen ihrer Umgebung war sie schon etwas Besseres, brauchte nicht Hunger zu leiden und hätte eine kleine Familie ernähren können. Und da sie ja auch schön war und kräftig, fehlte es nicht an Bewerbern um ihre Hand, zumal sich inzwischen eine zögerliche Bereitschaft eingestellt hatte, Kathrines unglücksträchtige Lebensweise nicht auch noch der Tochter anzulasten. Zwar erweckte Magdalenas Leidenschaft für den Tod in manchen Leuten Mißtrauen und ängstliche Ablehnung, doch den meisten jungen Männern erschien der Tod noch so fern, daß sie ihn als Gefährten Magdalenas kaum ernst nahmen.

Magdalena ihrerseits sah in den Heiratswilligen überhaupt nichts, das sie von einer Bindung hätte überzeugen können. Sie lebte allein und war zufrieden.

Pastor Wiechert, zu dem sie freundlich neutrale Beziehungen unterhielt, mahnte sie mit dem üblichen Bibelwort: »Seid fruchtbar und mehret euch.«

Magdalena zuckte dann nur die Schultern: »Wozu sich mehren, wenn der Tod die Kleinen doch so bald wieder zu sich nimmt.«

»Viele dürfen lange auf der Erde bleiben und erwachsen werden und selber Kinder zeugen. Du solltest dich dem Leben zuwenden und nicht dem Tod.«

»Die Kleinen in meiner Familie mußten alle sterben, bevor sie noch richtig gelebt haben. Und vielleicht bin ich damals mit ihnen gestorben.«

»Magdalena Brodersen, versündige dich nicht.«

»Das ist keine Sünde, Herr Pastor, das ist nur Einsicht und Vernunft.«

Sehr früh schon wurde sie in der Gegend die Toten-Lena genannt. Und manche, vor allem die Abgewiesenen, nannten sie die tote Lena. Es war ihr recht so.

Brauchte sie einen Rat, wandte sie sich an Franz. Und zu besonderen Tagen wie Weihnachten und Ostern lud sie ihn wie in alten Zeiten in ihre Kate, um das Mahl mit ihm zu teilen. Er kam anscheinend gerne, blieb aber immer nur kurze Zeit.

Sie hielt sich an das Versprechen, daß sie ihrer Mutter einst gegeben hatte, und ging nie zum Schloß hinüber. Es gab dafür auch keinen Anlaß. Seit Sophias Tod war bei den Siggelows niemand mehr gestorben. Der Sohn des Grafen Rudolph, Christian-Carl, im Dorf respektlos der Saufgraf genannt und trotz oder gerade wegen seines liberalen Gehabes nicht ernst genommen, bequemte sich erst spät zur Ehe und war dann, dem Vernehmen nach, selbst sehr verwundert, daß er mit der zarten, ältlichen Clara in kurzer Folge zwei Söhne und eine Tochter zeugte.

Trotz der langen Jahre, die seit ihres und Kathrines Schloßbesuch vergangen waren, wurde Magdalena nach wie vor gelegentlich von der Erinnerung daran bedrängt. Dann verbündete sie sich mit dem Sensenmann auf dem Gebbiner Bildnis und rief ihn auf zum Kampf gegen den vor Lachen brüllenden Grafen, und meistens gelang es ihr, sich selbst und dem Tod zum Sieg zu verhelfen. Was ja auch nur recht und billig war nach allem, was sie für den Gevatter getan hatte und laufend tat. Falls dann doch

61

einmal das Gelächter obsiegte, nicht nur das des Grafen, sondern leider auch ihres, fühlte sie sich schuldig und dringend der Sühne bedürftig. Meistens geschah dies zu nächtlicher Stunde, wenn sie bereits zu Bett gegangen war. Voll schlechten Gewissens sprang sie dann auf und lief, nur mit ihrem Hemd bekleidet, in den Stall, wo sie sich in der Ecke hinter der Box für die Kühe eine primitive Werkstatt eingerichtet hatte, eine Sargtischlerei. Nächtelang tat sie dort Buße, hämmerte, sägte, schnitzte und malte.

Im Dorf wußte man davon, wußte jedoch nicht, was man davon halten sollte. Die Passion einer jungen Frau für den Tod war ja an sich schon seltsam genug, daß sie nun aber auch noch die knappen Nachtstunden opferte, um für die Toten Gehäuse zu bauen, fand man schier unanständig. Wenn die Nachbarn sie zu so später Stunde rumoren hörten, sagten sie darum zueinander: »Nu verkehrt se allwedder mit ern Gevatter.«

Dennoch geschah es immer öfter, daß Hinterbliebene Magdalenas Dienste in Anspruch nahmen, denn ihre schlichten Särge waren billig, und beim Ankauf eines solchen erledigte sie sogar die Totenwäsche und -verschönerung umsonst.

Neben diesen für den Normalbedarf ausreichenden Gebrauchskästen fertigte sie während der einsamen Jahre nach Kathrines Tod auch noch zwei ganz besondere Särge, den einen hatte sie für sich selbst gedacht, den anderen für denjenigen Menschen, wenn es denn je so einen geben würde, den sie auch noch im Jenseits ihrer Liebe versichern wollte.

Da der Bedarf ja nicht so dringlich war – kein Liebhaber in Sicht und sie selbst kerngesund –, brauchte sie sich nicht zu beeilen mit der Ausgestaltung. Und so fertigte sie hier im Laufe der Jahre voller Geschicklichkeit und Phantasie die beiden schönsten, heitersten Särge, die je in einer dörflichen Tischlerei entstanden sind. Üppig prangten auf Deckel und Seitenteilen geschnitzte und gemalte Blüten, Margeriten, Kornblumen, Bauernrosen, Sonnenblumen, und dazwischen schaukelten echte getrocknete Schmetterlinge im Verein mit kleinen Vögeln, die Lena aus gefärbten Hühnerfedern hergestellt hatte. Von dem Geld, das sie von den Hinterbliebenen für ihre Totendienste bekam, kaufte sie sich feine Seide. Daraus nähte sie die Sargkissen und füllte sie mit zerstoßenem Lavendel. Sie liebte die beiden Särge, legte sich manchmal probeweise in den ihren und, atemlos vor Erregung, sogar in den seinen.

Wenn sie nicht an den beiden Särgen arbeitete, bedeckte sie sie stets sorgfältig mit Stroh, um zu vermeiden, daß irgendein zufälliger Besucher je ein Auge darauf werfen könnte.

Eines Abends im Jahr 1838 starb in der Kreisstadt Parchim Anna Wotersen, die Frau des Tuchhändlers Hermann Anton Wotersen. Ähnlich wie bei Sophia hatte auch bei Anna ein zu großes Kind ihr Inneres buchstäblich in Stücke gerissen, und mit dem Blut war das Leben aus ihr herausgeflossen. Und das Kind, so groß und kräftig es war, hatte ebenfalls nicht überlebt, sondern sich an der Nabelschnur zu Tode gewürgt. Der junge Witwer war außer sich vor Schmerz und Trauer. Tränenlos hockte er am Bett seiner Frau, rief nach ihr, rüttelte und schüttelte und beschimpfte sie, drohte und flehte. Schließlich griff seine Mutter ein, jagte ihn aus dem Sterbezimmer und brachte ihn dazu, anzuspannen und trotz der späten Stunde nach Gebbin zu fahren, um die Toten-Lena zu holen.

Es mochte wohl zwei oder drei Uhr nachts gewesen sein, als Hermann Wotersen bei Lenas Kate anlangte. Er sah Licht und stürmte, ohne sich zuvor bemerkbar gemacht zu haben, in den Stall, wo Lena gerade dabei war, an der Seitenfront ihres offenen Sarges ein weiteres Vögelchen in den Blumen zu befestigen. Erschrocken fuhr sie zurück und starrte wortlos auf diesen ihr unbekannten Mann mit dem wildverzweifelten Gebaren. Der nun mußte wohl das Gefühl gehabt haben, vor Kummer rappelköpfig geworden zu sein und einer verrückt-paradiesischen Todesvision aufzusitzen.

»Was . . . was ist das?« stammelte der Witwer.

»Ein Sarg.«

»Wessen Sarg?«

63

»Mein eigener.«

»Bist du denn tot?« fragte er.

»Kann schon sein«, sagte Magdalena.

»Warum dann liegst du nicht in deinem Sarg?«

»Weil ich nachts manchmal aufstehen muß, um ihn noch schöner und noch prächtiger zu machen.«

»Er ist so schön und prächtig, wie ich noch keinen je zuvor gesehen habe. Leg dich wieder hin und ruh dich aus. Es ist Nacht, und du bist müde.«

»Ja«, sagte Magdalena, »ich bin sehr müde.«

Die Aussicht, sich in den schönen Kissen zur Ruhe zu begeben, erschien ihr plötzlich so erstrebenswert, daß sie sich tatsächlich in den Sarg legte, die Augen schloß und die Hände über der Brust faltete.

Als sich der verwirrte junge Witwer über sie beugte, spürte sie seine Tränen auf ihrem Gesicht. Da lag sie also, nur mit ihrem Hemd bekleidet, die blonden Haare offen, Herz, Körper und Seele todmüde. Sie seufzte, denn sie durfte auch in der tiefsten Erschöpfung nicht vergessen, daß ihr Totendienst vor allem Dienst am Überlebenden sein sollte.

»Und vergiß nicht, später die Lampe zu löschen«, murmelte sie.

Was weiter während der Nacht geschah, blieb auch Magdalena unklar. Jedenfalls lag am nächsten Morgen der junge Witwer ausgestreckt auf dem Stroh neben dem Sarg. Er duftete nach Lavendel und schlief fest. Sie richtete sich auf, betrachtete den Schlafenden, weckte ihn und sagte: »Also, was ist? Geht's dir besser jetzt?«

Hermann Wotersen rieb sich die Augen. »Ich will diesen Sarg, heute noch mehr als zuvor. Für meine Frau und für mein Kind.«

»Das ist unmöglich, weil es mein eigener ist.«

»Bis dir die Stunde schlägt, kannst du noch viele neue Särge fertigen. Du bist doch das Leben selbst!«

»Das Leben selbst?« Magdalena schüttelte den Kopf, raffte ihr Hemd eng um sich und stieg aus dem Sarg.

»Du bist nicht richtig informiert, Hermann Wotersen, brauchst dich doch nur mal bei den Leuten hier zu erkundigen, die wissen ganz sicher, daß ich die Geliebte des Todes bin, eine mit krankhaften Bedürfnissen. Und sie haben wohl recht. Der Tod kann jeden Moment bei mir erscheinen und den Beweis meiner Treue einfordern. Und weil dann niemand hier um mich trauern wird, brauche ich wenigstens einen schönen Sarg, mir und dem Tod zu Ehren.«

»Was du so redest, Magdalena«, sagte der junge Witwer und klopfte sich das Stroh von den Kleidern. »Muß wohl sein, daß du dich selbst nicht recht kennst.«

Magdalena betrachtete ihn. Ein stattlicher junger Mann, dachte sie, nicht fürs Alleinsein gemacht. Unter ihrem Blick erhellte ein zaghaftes Lächeln sein Gesicht. »So werd ich dann also um dich trauern, wenn sich schon niemand anderer findet, das versprech ich dir. Um das kraftvoll blühende Leben, das sich irrtümlich an den Tod vergeudet hat. Und ich werde dir den schönsten, prunkvollsten Totengottesdienst ausrichten, den dieses Dorf je gesehen hat. Mit Blumen und Musik und mit sechs uniformierten Sargträgern. Darüber hinaus will ich dir auch noch zehn Taler zahlen, soviel hat gewiß nicht einmal der Sarg der letzten Schweriner Großherzogin gekostet.«

»Der meine ist auch sehr viel schöner.«

»Das stimmt«, sagte Hermann Wotersen, »und meine arme Frau ist gewiß schöner, als die Großherzogin es je war. Und du ...« Er sah Magdalena an und errötete. »Du bist ..., also du solltest dich jetzt anziehen und deine Haare aufbinden, damit wir zurück nach Parchim fahren können. Meine arme Frau wartet auf die Totenkleidnerin.«

Als Magdalena ein paar Stunden später die Tote, deren Körper so kindlich und schmal war, als hätte er noch ein paar Jahre gebraucht, um wirklich erwachsen zu werden, mitsamt dem toten Säugling zur letzten Ruhe bettete, in dem Sarg, der doch immer nur für sie selbst bestimmt gewesen war, hätte sie nicht sagen können, warum sie dies tat. Nur daß es richtig und gut so war, das wußte sie. Und auch, daß sie sich selbst auf diese Weise ein Stück vom Tod entfernt hatte und dies sogar, ohne sich schuldig zu fühlen.

Und als im Hause der Wotersens alles erledigt war, als der junge Witwer Magdalena unter Wiederholung seines Trauerversprechens die zehn Taler ausgehändigt, sie seiner bleibenden Dankbarkeit und verläßlichen Freundschaft versichert und ihr dabei tief in die Augen gesehen hatte, als sie danach seine Bitte, sie später einmal besuchen zu dürfen, freundlich abgeschlagen hatte und sich schließlich im Nachmittagslicht auf dem Marktplatz von Parchim wiederfand, da war ihr seltsam leicht ums Herz.

Sie hatte ihren Sarg fortgegeben.

Es war ein schöner Frühsommertag, die Linden blühten, und Magdalena war achtundzwanzig Jahre alt. Sie löste ihre strengen Flechten und ließ die Haare hängen. Sie öffnete den oberen Knopf ihres schwarzen Kleides. Sie vergaß, daß daheim längst die Kühe gemolken und die Schweine gefüttert werden mußten. Sie spazierte ganz ohne Ziel und Aufgabe durch die Straßen, dachte weder an ihre Toten noch an den Tod, dachte auch nicht an das gräfliche Hohnlachen, dachte überhaupt nicht, sondern fühlte verwundert, wie ihr die sanfte Juniluft in die Haare griff.

Vor dem Rathaus stand ein buntbemalter Zirkuswagen mit zwei struppigen Steppenpferdchen davor. Seitlich trug er ein großes Schild, auf dem kundgetan wurde, daß heute und während der nächsten zwei Tage jeweils um sechs Uhr abends Seraphino, der Luftgänger, den Parchimern seine Kunststücke vorführen würde. Dem verehrten Publikum zur Unterhaltung und Seraphino zum Lebensunterhalt.

Ein Luftgänger, überlegte Magdalena, was mochte das wohl sein? Einer mit Vogelschwingen? Einer, dem es gelang, sich aller irdischen Bindungen zu entledigen und schwerelos zu werden? Einer, für den das Oben und Unten nicht galt?

Sie wurde neugierig und beschloß, der Vorführung beizuwohnen.

Nach und nach fand sich eine kleine Menge auf dem Marktplatz ein, fröhlich schwatzende Feierabendmenschen, einige hatten sich Stühle mitgebracht, manche verzehrten einen Kanten Brot, andere ließen die Branntweinflasche kreisen. Als es von St. Georg sechs Uhr schlug, öffnete sich die Tür des bunten Wagens und ein hochgewachsener dunkelhaariger Mann in einem schwarzen Trikot mit silberfarbener Pelerine trat heraus, schaute sich um, verbeugte sich, ohne zu lächeln, und ging dann von einem zum anderen, um Geld einzusammeln.

»Erst das Kunststück und dann das Geld«, riefen einige junge Leute.

Seraphino schüttelte nur den Kopf. »Ohne Geld kein Kunststück«, sagte er. Seine Stimme klang tief und etwas fremdländisch.

Magdalena hatte noch nie im Leben Geld ausgegeben für etwas, das man nur anschauen konnte. Sie zögerte, wollte schon davongehen, doch dann stand er vor ihr, hielt ihr die Geldschale hin, sah ihr ins Gesicht und nahm plötzlich die schon ausgestreckte Hand wieder zurück. »Doch ist mir die Schönheit mehr wert als alles Geld«, sagte er, lächelte kurz und fuhr fort mit dem Einsammeln, ohne sie noch weiter zu beachten.

Magdalena errötete, die jungen Leute feixten. Seraphino ging noch einmal kurz zu seinem Wagen, an dem seitlich eine zierliche lange Leiter befestigt war, die er abnahm und mit ein paar Handgriffen zu vierfacher Länge auseinanderzog. Geschwind stieg er die Sprossen hoch, stand nun weit über den Köpfen der Zuschauer, breitete die Arme aus, hingebungsvoll, so schien es Magdalena, als wolle er die ganze Welt umschlingen, und spazierte dann zum südlichen Rand des Marktplatzes, indem er die Leiter wie Stelzen benutzte. Beim Haus des Bürgermeisters angelangt, verschwand er dort in einem Fenster des oberen Stockwerks, um kurz danach aus der höchsten Dachluke wieder zum Vorschein zu kommen. Und schon stand er auf dem First, drehte dort wilde einbeinige Pirouetten, schneller als ein sturmgetriebener Wetterhahn, und ließ seine Pelerine flattern.

Das Publikum war ihm über den Marktplatz gefolgt und hatte zwischen Bürgermeisterhaus und Rathaus Aufstellung genommen.

»Betrug«, schrie ein junger Lümmel, »ich will mein Geld zurück! Der geht ja gar nicht durch die Luft, der springt nur auf dem First herum. Das kann doch jeder Dachdecker.«

Seraphino verhielt mitten in einer Drehbewegung, beugte sich vor und rief: »Na dann komm nach oben, Herr Dachdecker, und zeig, was du kannst!«

Die Leute lachten. Der Junge jedoch zuckte mürrisch die Schultern, sagte: »Hab Besseres zu tun«, und trollte sich.

»Ich auch!« rief Seraphino, »noch sehr viel Besseres!«

Mit diesen Worten nahm er seine Pelerine ab, ließ sie fallen und forderte gebieterisch: »Aufbewahren!«

Wie ein großer Vogel flatterte das silberne Ding langsam zur Erde, direkt in Magdalenas Arme. Verwirrt griff sie zu und hielt es fest. Als sie wieder hochschaute, entfuhr ihr ein ängstlicher Schrei. Denn Seraphino stand nun tatsächlich in der Luft, stand da auf einem Bein, die Arme erneut ausgebreitet, das Gesicht dem Himmel zugewandt. Behutsam begann er, Gehbewegungen zu machen, tastete sich langsam vorwärts, wobei er mit dem jeweils ausgestreckten Fuß den Untergrund zu prüfen schien, so wie ein Blinder, der fürchtet, gegen ein Hindernis zu stoßen. Ein Hindernis dort oben in der Luft?

Magdalena konnte sich wohl denken, daß der Schwarzgekleidete auf einem Seil entlangging, doch verweigerte sie sich jeder logischen Erklärung, weil der luftige Zauber so gut zu ihrer neuen Herzensleichtigkeit paßte.

Voller Hingabe sah sie dem Luftikus zu, sah ihn schneller gehen, immer sicherer werden, schließlich sogar tanzen und einen Salto schlagen. Sah ihn sich verbeugen, Kußhände werfen und wieder in der Dachluke verschwinden. Dann glitt er wie ein schwarzer Tropfen die Leiter hinunter und schob sie zusammen. Die Menge zerstreute sich. Magdalena blieb wie angewurzelt stehen, die silberne Pelerine gegen ihre Brust gedrückt.

Er kam auf sie zu, in der einen Hand die scheinbar gewichtslose Leiter, die andere ausgestreckt nach Magdalena – oder vielleicht doch nur nach seiner Pelerine. Er lächelte.

»Gut aufbewahrt?«

Ein Schauer durchfuhr Magdalena. »Gut aufbewahrt für dich«, flüsterte sie.

»Dann komm.«

Er nahm ihren Arm und führte sie über den Marktplatz zu seinem Wagen, hängte die Leiter an ihren Platz, klappte dann das hölzerne Eingangstreppchen herunter, ließ Magdalena vor sich hinaufsteigen und eintreten und schloß die Tür.

Am nächsten Morgen erst wanderte Magdalena zurück nach Gebbin, ging mit erstaunten Augen durch das Dorf, das sie so noch nie gesehen hatte, und stieß dann auf dem Weg vor ihrer Kate auf Franz Winkelmann. Der schaute grimmig.

»Was ist denn mit dir geschehen, lieber Franz«, sagte sie lächelnd, »hast doch noch nie einen Schultag versäumt. Und was soll derweil aus deinen Schülern werden?«

»Fragt sich eher, was mit dir geschehen ist«, schimpfte er. »So mir nichts, dir nichts einen Tag und eine Nacht auszubleiben? Und was ist derweil aus deinem Vieh geworden?«

»Ach ja, mein Vieh!« sagte Lena und strahlte, als habe er ihr gerade ein Kompliment gemacht über den guten Zustand ihres Stalles. »Jetzt bin ich zurück und werd mich wieder um mein schönes Vieh kümmern.«

Franz gab sich schwer gekränkt. »Du hast mich in Angst und Sorgen gestürzt!«

Magdalena, schon an der Stalltür, wandte sich noch einmal um und sagte in vollkommen unpassend kokettem Tonfall: »Seit wann macht sich der Franz Winkelmann denn Sorgen um mich?«

»Seit ich das arme Vieh vor Hunger und Milchdrang habe brüllen hören. Seit ich statt deiner melken und füttern mußte. Seit mir dein Nachbar bedeutet hat, du wärest in aller Frühe mit einem fremden Mann, dessen Wagen die ganze Nacht vor der Kate gestanden hat, auf und davongefahren. Seit ich um deine Ehre und deine Vernunft und deinen guten Ruf fürchten muß.«

Magdalenas Lächeln vertiefte sich, und obgleich sie es angesichts seiner Besorgnis wohl gar nicht wollte, lachte sie doch hell auf.

»Ach Franz, weißt du denn nicht, daß eine Frau, die es nächtens mit dem Gevatter Tod treibt, hierorts ohnehin wenig Ehre hat und gewißlich keine Vernunft? Und daß man, um seinen guten Ruf zu verlieren, erst mal einen haben muß?«

Franz Winkelmann schien plötzlich sehr hilflos und alt zu sein. »Tu mir das nicht an«, sagte er und ließ den Kopf hängen.

»Was?«

»Mach dich nicht los von mir, geh nicht in die Selbständigkeit.«

Sein Anblick ärgerte und rührte Magdalena gleichzeitig. »Die Kathrine und ich, wir sind immer selbständig gewesen und dennoch nicht los von dir. Das weißt du doch. Du warst ein Teil von Kathrine und bist jetzt ein Teil von mir, außer denen auf dem Friedhof bist du mein einziger Verwandter. Auch wenn ich heute nachmittag wieder nach Parchim gehen muß, ich komme zurück zu dir und zu meinen Toten.«

»Warum mußt du wieder nach Parchim gehen?«

Magdalena zögerte. Dann gab sie ihm die Auskunft, die ihn am wenigsten kränken würde: »Ich hab dort eine schöne Leiche, eine kostbare, teure. Mußte sie herrichten wie die Großherzogin persönlich. Und heut ist die Beerdigung.«

Franz blickte mißtrauisch. »Wessen Leich?«

»Die Frau von einem reichen Tuchhändler, Anna Wotersen. Gestorben im Kindbett. Und der Witwer ist ganz von Sinnen vor Trauer. Sie hat den schönsten Sarg gekriegt, den es auf Gottes Erdboden gibt. Und« – Magdalena griff in die Kleidertasche und brachte die zehn Taler hervor – »das ist der Lohn, den er mir für meine Dienste bezahlt hat. Bewahr es für mich auf, bei dir ist es sicherer.«

Franz starrte auf das Geld. »So viel!« sagte er. »Nur für die Leichenwäscherei? Womit hast du ihm denn sonst noch gedient, deinem sinnverwirrten Witwer?«

»Ich sag doch, es ist eine kostbare Leich. Und viel Arbeit, weil Anna viel Schmerz erlitten hat und ihr Gesicht ganz verzerrt war im Tod. Aber jetzt lächelt sie wieder. Alles ist so, wie es sein soll. Und nun geh, laß deine Schüler nicht länger ohne Aufsicht.«

Am Nachmittag machte sie sich tatsächlich wieder auf nach Parchim. Ein weiter Weg, mehr als anderthalb Stunden Fußmarsch, und während der ganzen Zeit waren Magdalenas Herz und Seele erfüllt von einem Jubelgesang, den sie mit aller Kraft in sich zu halten suchte aus Angst, die tyrannische Mutter Natur mißtrauisch und eifersüchtig zu machen.

Das letzte Stück des Weges konnte sie sich kaum noch halten, und schließlich raffte sie ihre Röcke und lief mit großen Sprüngen quer über den Parchimer Marktplatz, hin zu dem Wagen, das Treppchen hinauf und direkt in die Arme des wartenden Mannes.

Kurz darauf war es Zeit zur Vorführung. Er wollte nicht gehen.

»Aber draußen haben sich schon die Leute versammelt, mindestens fünfzig. Es wird ein gutes Geschäft. Und du solltest sie auch nicht enttäuschen.«

»Ich geh aber nicht ohne dich.«

»Meine Gegenwart könnte dich verwirren und in Gefahr bringen.«

»Im Gegenteil. Ich werde besser sein als je zuvor.«

So traten sie gemeinsam aus dem Wagen. Er nahm seine Leiter und wollte schon mit dem Kunststück beginnen, da flüsterte sie ihm zu: »Zuerst das Geld!«

»So ein vernünftiges Weib«, lächelte er, »wirst meine Haushaltung gut versorgen!« Mit diesen Worten drückte er ihr das Geldschüsselchen in die Hand. »Dann zeig, was du kannst!«

Nur bei den ersten drei, vier Kunden gab sich Magdalena schüchtern und ungeschickt, doch da sie der Überzeugung war, daß der Wert dessen, was den Menschen hier geboten werden sollte, den Wert von ein paar Münzen weit überstieg, wurde sie bald sicherer, scherzte, strahlte, gab schnelle Antwort, bat nun nicht mehr, sondern forderte. So gelang es ihr, binnen weniger Minuten mehr Geld einzunehmen, als sie es je für das schwierige Herrichten einer Leiche erhalten hatte.

Diesmal stieg Seraphino nicht sogleich auf die Leiter. Seinen Arm um Magdalena gelegt, wanderte er mit ihr quer über den Marktplatz zum Bürgermeisterhaus hinüber. Und die erwartungsvolle Menge folgte ihnen. Es war, als ob die beiden ihren Hochzeitszug anführten. Bevor er sich in die Höhe schwang, küßte der Bräutigam die Braut. Magdalena schloß die Augen und flüsterte: »Denk an mich, wenn du durch die Lüfte tanzt.«

»Ich werde nur für dich tanzen und nur an dich denken, solange ich lebe!« sagte der Bräutigam überschwenglich.

Und das tat er. Tat es bis zu seinem Tode.

Seraphino schwang sich vom Dachfirst in die Lüfte, tanzte wie ein Derwisch, drehte sich, hüpfte, schlug Saltos, wirbelte kopfüber und kopfunter, und die neue Liebe machte aus ihm nun wirklich jenen Luftgänger, der er zu sein vorgab.

Magdalena, unten am Boden, hielt die Augen geschlossen. Sie zitterte vor Angst und Sehnsucht, war so ausgefüllt von dem Gedanken an ihn, daß sie sich mit den Blicken auf seine ferne Zaubergestalt nicht ablenken wollte.

Schließlich stieß ihr eine alte Frau den Ellbogen in die Rippen: »Schau ihn dir an, deinen Luftikus. Du brauchst doch etwas, woran du dich später erinnern kannst.«

Also öffnete sie brav ihre Augen und sah nach oben in den Junihimmel. Ein leiser Wind trieb helle Wolken über das abendliche Himmelsblau. Und in diesem Wolkengeschiebe war es Magdalena, als neige sich plötzlich das Bürgermeisterhaus dem Rathaus zu, als bewegten sich nicht die Wolken, sondern die Dächer, und als würden sie im nächsten Moment den Luftikus zwischen sich zerdrücken.

Entsetzt schrie sie auf.

Seraphino, der Luftgänger, hörte ihren Schrei, zuckte zusammen, verhielt, schaute sich um, wurde unsicher, versuchte sich zu bestätigen in einem neuen Salto – und stürzte mitten im Sprunge ab. Er flog nicht, schwebte nicht, glitt auch nicht abwärts wie ein schillernder Tropfen, sondern stürzte wie ein Stein.

Die Menge erstarrte in Schrecken. Magdalena rannte, wollte

ihn auffangen, kam zu spät, konnte nur noch die Arme um ihn legen und seinen Körper mit dem ihren bedecken.

Sie wußte, daß er tot war.

In wilder Entschlossenheit schleifte sie ihn zurück zu seinem Wagen und legte ihn dort auf ihr Brautbett. Dann spannte sie die Ponys ein und trieb sie hinaus aus der Stadt.

Niemand hinderte sie. Einen fremden Toten haben die Bürger nicht gern in ihren Mauern, das bedeutet Umstände und Kosten. Und hatte diese Frau sich nicht zuvor als seine Braut aufgespielt? Sollte sie ihn doch nehmen und ihm ein Grab bereiten, wo immer sie wollte. Wer in den Lüften tanzt, muß mit dem Absturz rechnen.

Es war schon dunkel, als Magdalena bei ihrer Kate in Gebbin ankam. Sie trug den Geliebten in den Stall, verriegelte alle Türen, zündete die Lampe an und entkleidete ihn. Ach, wie schön er war! Von seinem Anblick überwältigt, entledigte auch sie sich ihrer Kleider und bettete sich auf ihn, um den Abdruck seines Körpers erneut zu erfahren und für immer zu bewahren. Sie wäre wohl gern so liegengeblieben und mit ihm gestorben, doch das mußte sie sich verbieten, denn sie wußte bereits in dieser Stunde, daß sie von ihm schwanger geworden war. Erst als er gänzlich erkaltet war, glitt sie von ihm hinunter, küßte ihn ein letztes Mal und erklärte ihn endgültig für tot.

Sie wusch und kleidete ihn und legte ihn in den Sarg, den sie während der vergangenen Jahre für ihn, nur für ihn vorbereitet hatte. Sie vergoß keine Tränen, denn sie wollte ihm den Weg ins Jenseits nicht erschweren. Statt dessen strich sie ihm siebenmal über die Fußsohlen, damit er recht hurtig laufen konnte. Sie legte ihm einen Stein unter das Kopfkissen, dazu das Tuch, mit dem sie ihn gewaschen hatte. Das geschah, damit er sich stets an seinen steinigen Erdenweg erinnere und an den Erdenstaub, der seinen Körper diesseitig gemacht hatte. In die gefalteten Hände gab sie ihm eine Strähne ihrer blonden Haare, daran würde er sich in ihre Träume herablassen können. Sie legte ihm Blütenblätter, die sie zuvor geküßt hatte, auf Augen und Mund, so würde er bis in alle

73

Ewigkeit nur sie sehen und nur mit ihr sprechen können. Sie sah keinen Anlaß, sein Gesicht zu verändern, denn es war von großer jugendlicher Schönheit und zeigte im Tod genau jenen etwas erstaunten Ausdruck, den es auch ob ihrer plötzlichen Hingabe angenommen hatte. Sie kämmte sein schwarzes Haar, streute Blumen über ihn und sank dann neben dem Sarg in die Knie zu einem Gebet, dessen Ernst und Strenge gegen sich selbst sogar Pastor Wiecherts Zustimmung gefunden hätte.

Magdalena wußte, was sie tat.

Sie wußte auch, daß der Gevatter obsiegt hatte, aber doch nicht vollkommen, denn in ihr keimte neues Leben.

Der Luftmensch Seraphino wurde beigesetzt auf dem Gebbiner Friedhof. Und wieder war es außer Magdalena nur der gute Franz, der dem Sarg folgte. Pastor Wiechert fragte, wie der Mensch denn geheißen habe, von welcher Religion er gewesen sei und welcher Nationalität.

»Nur Seraphino«, sagte Magdalena, »sonst weiß ich nichts.«

»Klingt mir katholisch«, sagte der Pastor und wandte sich ab.

»Klingt mir wie ein Engel«, sagte Magdalena. Und außerdem sei ja noch Platz neben dem Grab der Brodersens. Da wolle sie ihn haben.

»Ich weiß nicht«, sagte der Pastor. Diese Worte waren ihr nur allzu vertraut.

»Aber ich weiß«, sagte sie und grub gemeinsam mit Franz das Grab, sprach die Gebete und versenkte den Sarg, der schöner und prachtvoller war, als je einer in Gebbin unter die Erde gekommen war.

Im August ließen Franz Winkelmann und Magdalena Brodersen ihr Aufgebot verkünden im Kasten vor dem Schulzenhaus. Die Dörfler murrten ein wenig, lachten und nahmen es schließlich hin. Der Franz war schon immer ein Teil der Brodersen-Familie gewesen, warum nun nicht auch als Ehemann? Und ein Altersunterschied von über zwanzig Jahren war keine Besonderheit hier.

Ein Mann mit gesichertem Einkommen, eine gesunde junge Frau, das klang überzeugend. Und als dann die Barbara geboren wurde, ein kräftiges Siebenmonatskind, war niemand sonderlich erstaunt. Ein Kind ohne Vater hochzubringen war keine gute Sache, am wenigsten noch für das Kind selbst.

Magdalena hieß nun Winkelmann, und das war ihr recht so. Sie versorgte weiterhin ihren Hof und die Toten der Umgebung. Sie lebte mit dem Kind allein in der Kate. Franz versorgte die Schule und die Schüler und lebte allein im Schulhaus. An Sonn- und Festtagen gab's ein gemeinsames Mahl bei Magdalena. Franz Winkelmann war der gute Franz, für Magdalena wie auch für Barbara, an der er doch immerhin einige Erziehungsversuche unternahm, deren Scheitern er nie so recht wahrhaben wollte.

»Unser Kind ist klug«, sagte er.

»Woher willst du das wissen?« sagte Magdalena.

»Schließlich bin ich Lehrer«, sagte Franz. »Ich weiß, wie Klugheit sich äußert.«

»Um das zu wissen, muß man nicht Lehrer sein«, sagte Magdalena. »Und bei Barbara kann ich nichts davon entdecken.«

Dann bestand Franz darauf, für das Kind Barbara Kleider zu nähen. In seinem Besitz befanden sich noch zwei Ballen Stoff, einer aus schwarzem Wolltuch und einer aus ungebleichtem Leinen.

»Wie lange wird bei unserer Tochter das Wachstum anhalten?« fragte er Magdalena.

»Bis sie siebzehn ist oder achtzehn«, war die Antwort.

»So braucht sie alle zwei Jahre zwei neue Kleider, eins für den Winter und eins für den Sommer.«

»Wenn man's auf Zuwachs fertigt, kommt man mit weniger aus«, sagte Magdalena.

»Mag ja sein. Aber Zuwachs wirkt ungeschickt.«

Magdalena zuckte die Schultern. Da es dem guten Franz offenbar Freude machte, sollte er ruhig nähen. Das Maßnehmen und Anprobieren allerdings blieb ihr überlassen, da hielt er sich fern.

So wurde Barbara alle zwei Jahre neu eingekleidet, und die

Leute im Dorf spotteten darüber, daß der Lehrer aus dem Kind beizeiten ein Fräulein machen wollte.

Als Barbara sieben oder acht Jahre alt war, begann Franz plötzlich, ihre Kleider auf Vorrat zu fertigen, nach Größen, die er sich auf dem Papier ausrechnete. Zwei Kleider für die Neunjährige, zwei für die Elfjährige und so weiter, und nach einem Jahr lagen tatsächlich zehn Kleider in der Truhe.

Verständnislos schüttelte Magdalena den Kopf. »Was soll die Eile?« sagte sie. »Kannst doch warten, bis es an der Zeit ist.«

»Und was, wenn ich nicht mehr da bin?«

Sie sah ihm ins Gesicht, strich ihm sogar kurz über die Wange, was sie sonst nie tat, und sagte: »Ich hab dir einmal versprochen, daß ich mich nicht losmache von dir. Jetzt solltest du mir das gleiche versprechen.«

»Wie kann ich das. Und ich bleib dir ja sowieso erhalten, in dir selbst, in deiner Tochter, in ihren Kleidern, in dem Zaun ums Haus und in der festen Tür.«

»Das reicht mir nicht.«

Er nickte müde. »Ich weiß, mein Kind.«

Nur ein Jahr noch, dann war er tatsächlich tot. Und Magdalena mußte ihm ganz allein das Grab schaufeln, weil Barbara, die sehr wohl hätte helfen können, vor Kummer ganz kraftlos geworden war.

»Jetzt plötzlich kannst du weinen«, sagte Magdalena bitter, »wär gut gewesen, wenn du ihm schon vorher einmal deine Liebe gezeigt hättest.«

»Er hat's ja nicht gewollt«, schluchzte das Kind.

Von da an begann Barbara sich mehr und mehr für die Totenarbeit ihrer Mutter zu interessieren. Oft ging sie mit Magdalena in die Trauerhäuser, wo sie, sofern die Hinterbliebenen es gestatteten, zuschaute und sogar half, wenn die Toten hergerichtet wurden. Dabei lernte sie viel über Rituale, die manchen Menschen wohl als verwerflicher Aberglaube erscheinen mochten.

Pastor Wiechert war besorgt. Er sagte zu Magdalena: »Das Leben wird es ihr übelnehmen, wenn sie sich zu früh mit dem Tod befreundet.«

Magdalena verstärkte ihr Rückgrat und blickte trotzig. »Das Schlimmste ist, wenn man über das Leben den Tod vergißt.«

»Vorerst würde ich es für schlimmer halten«, sagte der Pastor freundlich, »wenn deine Tochter über den Tod zu leben vergißt.«

»Sie kennen meine Barbara nicht«, sagte Lena, »die hat etwas Leichtfertiges, die würde sich am liebsten in die Lüfte erheben. Darum ist es nur gut, sie immer wieder auf die Erde zurückzuholen und sie daran zu erinnern, daß es eben diese Erde ist, die sie eines Tages in sich aufnehmen wird.«

»Sie ist doch noch ein Kind«, sagte der Pastor kopfschüttelnd.

»Ein frühreifes Kind und ohnehin nicht ganz gescheit«, sagte Lena und verabschiedete sich.

Dennoch schien sie sich über die seelsorgerischen Vorhaltungen des Pastors Gedanken zu machen, denn in Zukunft verweigerte sie Barbara oft den Wunsch, sie zu den Toten zu begleiten. Sie sagte ihr auch, daß der Tod vom Leben abhängig sei, denn ohne die Lebenden könne es auch keine Toten geben. Das Kind Barbara sah Magdalena an mit diesem schwarzen Nicht-ganz-gescheit-Blick, schien eine Erklärung zu erwarten und beschloß, als diese nicht kam, sich selbständig zu machen. Das tat sie, indem sie in einem verborgenen Winkel hinter dem Klostergarten einen eigenen kleinen Friedhof einrichtete, wo sie ihre Lumpenpuppen, die sie eigens hierfür anfertigte, in papierne Särge bettete, mit Feldblumen schmückte und zeremoniell unter die Erde brachte.

Wie Magdalena ihre Tochter vor einer miserablen Zukunft bewahren wollte

Am Tag nach der Beerdigung des Weibergrafen ging Magdalena nach Parchim. Das Wetter gab sich so strahlend wie damals, als sie auf dem Weg zu ihrem Geliebten gewesen war und vor lauter innerem Glanz und Jubel die kleinen Freuden, die die Natur ihr bot, mißachtet hatte. Heute nun würden weder kleine noch große Freuden ihr Gemüt erreichen können, so bedrückt war sie, so müde, so voller Angst und Sorge.

Sie wanderte nicht allein, der Tod war mit ihr, ein wachsamer, strenger Gefährte, aber auch einer, mit dem sich reden ließ. Er hatte ihr schon manches Mal geholfen, hatte ihr Kraft und Gelassenheit gegeben. Denn ein Mensch, der sich dem Tod verschrieben hat, braucht sich nicht mehr um das eigene Leben zu sorgen. Aber um das Leben ihrer Tochter mußte Magdalena sich sehr wohl sorgen.

Den Blick vor sich auf den Weg gerichtet – nach Seraphinos Absturz hatte sie sich geschworen, nie wieder den trügerischen Wolken zuzusehen –, schritt sie kräftig aus. Sie wollte ihre Geschäfte mit Hermann Wotersen möglichst bald hinter sich bringen.

Jajaja, sagte sie zum Gevatter, du bist groß, Tod, und du hast mir vor vierzehn Jahren die allerbitterste Lehre erteilt. Seitdem gehöre und diene ich dir wieder mit aller Ausschließlichkeit. Sei großzügig, Tod, und leg bei Gott dem Herrn, dem du zweifelsohne näherstehst als ich, ein gutes Wort ein für meine Tochter. Töricht ist sie und weiß nicht, was sie tut. Obgleich sie schon seit einem halben Jahr regelmäßig blutet, ist sie doch noch ein Kind und keineswegs mannbar. Weshalb sie von verfrühten Gelüsten angefallen wird, weiß ich nicht, nur, daß sie in ihrer Einfalt gewiß versuchen wird, diese Gelüste zu befriedigen. Wie zwei unverständige Tiere werden sich die beiden aufeinander stürzen, ich hab's in ihren Augen gesehen und in seinen Gedanken gelesen. Darum muß ich mein Kind dringend fortschaffen von hier, für eine kleine Weile. Ist sie erst einmal erwachsen und klüger, kann man auf ihre eigene Einsicht hoffen.

Sie erreichte die Stadt Parchim. Seit damals war sie kein einziges Mal mehr hier gewesen, hatte keine Totendienste versehen und wollte auch mit den Lebenden nichts zu tun haben. Hermann Wotersen war damals noch zwei- oder dreimal bei ihr aufgetaucht, doch hatte sie ihm nicht einmal die Tür geöffnet. Inzwischen war er dem Vernehmen nach wieder verheiratet und hatte seine Passion für die Totenfrau gewiß längst vergessen. Doch am Sarg seiner ersten Frau hatte er ihr Freundschaft und Hilfe versprochen. Daran wollte sie ihn jetzt erinnern.

Blind ging Magdalena über den Parchimer Marktplatz, dessen Anblick sie nicht ertragen zu können meinte, schob sich vorbei am Bürgermeisterwohnsitz, landete in der St.-Georgen-Straße und fand das Haus, von dem aus sie vor vierzehn Jahren ihrem Geliebten in die Arme gelaufen war.

Die jetzige Frau Wotersen – in ihrer Erscheinung das krasse Gegenteil der ersten, nämlich hochgewachsen, breitschultrig mit großen Händen und einem strengen Gesicht – betrachtete Lena voller Mißtrauen. In welcher Angelegenheit sie denn den Hausherrn sprechen wolle?

»In einer persönlichen.«

»Persönlich, soso. Und wie ist der Name?«

»Magdalena Winkelmann, vormals Brodersen.«

Frau Wotersen nickte. Ja, den Namen habe sie schon gehört. Die Totenfrau. Es gebe aber ganz und gar keinen Toten im Haus, an dem Magdalena ihre seltsame Kunst ausüben könne. Darum wäre es das beste, sie würde wieder gehen.

Magdalena stand unschlüssig, und sie hätte sich wohl oder

übel den Wünschen der Hausfrau fügen müssen, wäre nicht plötzlich Hermann aufgetaucht. Er sah sie, stutzte und rief dann: »Magdalena Brodersen? Nach all den Jahren, was bringt dich her?«

»Frau Winkelmann wollte gerade wieder gehen«, sagte Frau Wotersen. Er beachtete sie nicht, sondern nahm Lena am Arm und komplimentierte sie quer über den Flur in ein hinten gelegenes Kontorzimmer. »Eine gute Tasse Kaffee wäre uns beiden angenehm«, rief er über die Schulter seiner Frau zu, bevor er die Tür hinter sich schloß.

Dann saßen sie sich gegenüber und betrachteten einander.

Er war schwerer geworden in der langen Zwischenzeit, und sein Gesicht hatte das Weiche, Verletzliche seiner jungen Jahre verloren. Kaum vorstellbar, daß er heute noch bei einem etwaigen Verlust unter dem Ansturm seiner Gefühle zusammenbrechen könnte.

»Wann hast du zuletzt geweint, Hermann Wotersen?« fragte Lena.

»Am Tag, als du meine Anna in deinen Sarg gebettet hast. Und wann hast du zuletzt gelacht?«

»Es muß wohl am gleichen Tag gewesen sein. Und natürlich in der folgenden Nacht und auch noch tags drauf. Dann nicht mehr, nicht mehr richtig jedenfalls und aus vollem Herzen.«

Er nickte. »Ich hab von der Sache gehört, damals. Hätte dich gerne getröstet. Aber du wolltest nicht. Schade.«

Magdalena nickte. »So war das eben. Und du? Deine zweite Hausfrau ist eine Steinbecksche, habe ich gehört. Und sie sieht so gänzlich anders aus als die erste.«

»Ach, meine Anna!« seufzte Wotersen. »Sie war ja noch ein Kind, als man sie mir in die Ehe gab. Ich hätte sie nicht schwängern, überhaupt nicht berühren dürfen, solange ihr Körper noch nicht ausgereift war. Aber ich konnte mich nicht zurückhalten. Also ist sie an mir gestorben, an meiner Begehrlichkeit. Das werd ich mir nie verzeihen.«

»Drum hast du dich nun dem Gegensatz verbunden?«

Wotersen nickte. »In allem ein Gegensatz, das ist wahr. Groß und breit und überreif. Da braucht man sich keine Sorgen mehr zu machen. Ich dachte, sie würde Kinder empfangen und gebären wie eine kräftige Kuh.«

»Hast du sie dir deshalb ausgewählt?«

Er nickte. »Das Dumme ist nur, daß sie unfruchtbar ist. Seit sechs Jahren sind wir verheiratet, und ich habe viele gute Samen in sie hineinversenkt, doch ihr Körper hat keine Frucht getragen. Inzwischen hab ich's aufgegeben, und es scheint sie nicht zu stören.«

»Warum hat sie dich gewollt?«

»Oh, das war eine klare Sache. Das gräflich Steinbecksche Gut ist verarmt. Man brauchte dort dringend Geld. Wie es scheint, bin ich der erste Bürgerliche, den sie an eines ihrer Weiber gelassen haben. Und sie haben's nicht gern getan.«

Er schwieg einen Augenblick, dann fragte er, wohl um das Thema zu wechseln: »Und was ist mit dir und mit deinem Sarg? Hast du dir einen neuen angefertigt? Dir und dem Tod zu Ehren, wie du damals gesagt hast?«

Magdalena schüttelte den Kopf. »Wenn meine Zeit kommt, dann will ich den Tod ehren durch Bescheidenheit. Zuviel Lebensübermut habe ich damals in meine letzte Behausung gelegt, zuviel Großspurigkeit und Prahlerei. Doch habe ich von meinen Fehlern gelernt. Eine schlichte Kiste aus Tannenholz wird nun gut genug für mich sein.«

Ich hoffe, du hast mich gehört, Tod! dachte Magdalena.

Voller Aufmerksamkeit betrachtete Hermann Wotersen seine Besucherin. »Und wenn du dich noch so sehr dem Tod verschreibst, aus dir spricht immer noch das volle Leben. Nun gut, sag mir, was ich für dich tun kann.«

Als Magdalena zwei Stunden später das Wotersensche Haus verließ, hatte sie ihm mehr erzählt, als sie eigentlich wollte, hatte aber dafür auch das Versprechen seiner Hilfe erhalten. Er würde sich umtun nach einer weit entfernten Aufbewahrungsstelle für Barbara.

»So wild und gefährdet schon«, hatte er sich gewundert, »mit dreizehn Jahren?«

»Die Gefahr liegt ja vor allem in ihrer Jugend. Später wird sie zu sich kommen und Vernunft annehmen.«

»Ein schönes Mädchen?«

»Noch nicht, aber bald.«

»Schön wie die Mutter?«

Magdalena hatte den Kopf geschüttelt. »Weder innen noch außen kommt sie nach mir. Was an mir blond ist, ist an ihr dunkel. Was an mir rund ist, ist an ihr hochaufgeschossen und mager. Und ich war mehr als doppelt so alt wie sie jetzt, als mich das erste Begehren überfiel.«

»So kommt sie wohl nach dem Vater«, hatte Hermann Wotersen gesagt, die Vaterfrage jedoch nicht weiter erörtert, wofür Magdalena ihm dankbar war.

Er würde sich also kümmern, hätte im Schlesischen gute Kontakte. Da gäb's nämlich ein abgeschiedenes Dorf, Glumbeck, praktisch wäre ihm dort jede Familie zu Dank verpflichtet.

»Wie das?« hatte Magdalena gefragt, mehr aus Höflichkeit denn aus Interesse. Und er hatte ihr ausführlich geantwortet, nun ganz der kluge Handelsherr, einer mit Vermögen, Einfluß und Gespür. Da seien doch vor nunmehr sieben Jahren diese sattsam kommentierten Schlesischen Weberaufstände gewesen, da oben in Peterswaldau und Langenbielau, eine dumme Sache, die viel Blut gekostet habe und niemandem genützt. Na, und hernach sei's natürlich für die Revoluzzer noch viel ärger geworden, weil die Großwebereien sie nicht mehr hätten einstellen wollen, nicht mal für den halben Lohn. Und das habe er, Hermann Wotersen aus Parchim, sich damals zunutze gemacht, habe nun billige Vertragsweber, die ihm auch noch dankbar seien. Ganz bewußt habe er sich bei seiner Hilfsaktion für einen fernen, unzugänglichen Ort entschieden, weil ja dieses frech Aufständische fast immer nur in städtischer Beeinflussung und in größeren Gemeinschaften passierte.

So hatte er also lang und breit vor sich hin schwadroniert,

82

derweil sich in Lenas Kopf der Name Glumbeck ausgebreitet hatte. Glumbeck, Glumbeck, ein düsterer Ort, einsam, abgelegen im hintersten Schlesien, gottverlassen am Ende der Welt. Dorthin mußte sie also ihre Tochter verbannen, um sie dem Zugriff der unersättlichen Siggelows zu entziehen. Glumbeck. Mein armes, unvernünftiges Kind.

»Wird sie dort auch genügend zu essen kriegen?« hatte sie schließlich in eine kurze Redepause hinein gefragt.

»Wie? Was? Sprichst du von Essen? Natürlich. Nichts Großartiges, aber doch wohl ausreichend.«

»Also wann?«

»In ein, zwei Wochen. Ich laß es dich rechtzeitig wissen.«

Magdalena hatte geseufzt. »Sie ist das einzige, was ich habe!«

Außer dir, Tod, hatte sie in Gedanken hinzugefügt, und das nicht nur, um dem Gevatter schönzutun.

Magdalena wanderte zurück nach Gebbin. Sie fühlte sich erleichtert und bedrückt zugleich. Schon von weitem sah sie, daß der Siggelower Einspänner wieder vor ihrer Gartentür stand. Der Faustschlag des Entsetzens fuhr ihr in den Magen. Sie rannte.

Weder Barbara noch der junge Siggelow waren irgendwo zu sehen. Halb verrückt vor Sorge durchsuchte sie die Kate, den Stall, den Garten, nichts. Sie lief zu Thea Menken, von der sie wußte, daß Barbara oft bei ihr war. Doch Thea lag krank im Bett und behauptete, das Mädchen seit des Grafen Rudolphs Tod nicht mehr gesehen zu haben.

»Wenn du lügst, Thea Menken«, schrie Magdalena, »wenn du mehr weißt, als du mir sagst, dann sollst du verflucht sein, dann werd ich dir in dein Totengesicht eine Teufelsfratze schmieren.«

Vor lauter Schreck bekam Thea einen schlimmen Hustenanfall. Als sie wieder Luft holen konnte, ächzte sie: »Ich schwör dir, ich hab nicht gelogen. Seit zwei Tagen ist sie nicht mehr bei mir gewesen. Hab mich ja selbst schon gewundert.«

»Wenn sie zu dir kommt, wo ist das dann?«

»In der Kirche. Auf dem Friedhof. Im Küstergarten. Ja, und ...

und manchmal hockt sie versteckt unter dem großen Fliederbusch. Meint, man könne sie dort nicht finden. Kann man auch nicht, wenn man's nicht weiß.«

Schon war Magdalena zur Tür hinaus.

»Und was ist nun mit meinem Totengesicht?« schrie Thea Menken hinter ihr her.

Als Magdalena aus der Hintertür des Küsterhauses in den Garten stürzte, kamen Friedrich-Carl und Barbara ihr schon entgegen. Die Gesichter der beiden waren gerötet, die Kleider unordentlich und voller Blätter und Erdbrocken. Sie gingen Hand in Hand.

Friedrich-Carl fuhr bei Magdalenas Anblick zusammen, es sah aus, als wolle er fliehen. Barbara jedoch packte seine Hand noch fester. »Bist du denn nicht der Sohn des Gebbiner Herrn!« murmelte sie.

So blieben die beiden stehen, Barbara in trotziger Ruhe, der junge Friedrich mit gesenktem Kopf wie ein Schuljunge. Magdalena riß das Mädchen von ihm fort, schlug ihm in rasender Wut ins Gesicht und auf den Oberkörper, und als Friedrich-Carl Barbara schützen wollte, kriegte auch er seinen Teil. Magdalena versetzte ihm einen Faustschlag gegen den Kopf und trat ihm mit voller Wucht in den Unterleib, so daß er stöhnend in die Knie ging. Dann zerrte sie ihre Tochter aus dem Küstergarten, die Straße entlang hin zu ihrer Kate. Dort schleuderte sie das Mädchen quer durch die Küche und in die kleine Vorratskammer dahinter, deren Tür sie verriegelte.

Magdalena nahm sich keine Zeit nachzudenken. Sie setzte einen großen Topf Wasser auf den Herd und schüttete scharfe Seife hinein. Bis das Wasser kochte, hatte sie aus dem Kasten neben ihrem Bett das große Klistier herausgeholt und aus dem Stall ein paar kurze Stricke, mit denen sie die Beine der Schafe zusammenzubinden pflegte, wenn die sich beim Scheren wehrten.

Barbara, das Gesicht von den Schlägen bereits verquollen, hockte wimmernd auf dem Boden der Vorratskammer, die Arme um die Knie gelegt. Magdalena zerrte sie hoch, riß ihr die Kleider vom Leib und drückte den mageren weißen Körper ihres Kindes auf den Küchentisch. Als Barbara, wie zu erwarten, sich wehrte, band sie sie fest. Die weit aufgerissenen Augen des Kindes waren schwarz vor Angst. »Nicht, Mutter, bitte bitte nicht«, flehte sie, »tu mir nicht weh.«

»Du hast dir selber weh getan«, sagte Magdalena und verschloß Herz und Gehör, legte dem wehrlosen Kind auch noch ein Tuch über die Augen, weil sie den Blick nicht ertragen konnte. Und dann goß sie Seifenwasser in Barbara hinein, Liter um Liter, und Barbaras zartes Genital färbte sich rot von der Hitze und der Seifenschärfe. Gellend schrie das Kind, wand sich qualvoll in den Fesseln, »du verbrennst mich, du machst mich kaputt, ich will das nicht.«

»Hättest du vorher sagen und dich danach richten sollen.«

Irgendwann hörte Barbara auf zu schreien und zappelte auch nicht mehr. Vielleicht war sie ohnmächtig geworden. Magdalena jedoch konnte nicht aufhören. Als sie mit der vaginalen Prozedur fertig war, spülte sie dem Kind auch noch den Darm leer, bis auf den letzten Essensrest, und dann begann sie mit harten, tiefgreifenden Bewegungen Barbaras Leib zu kneten. Sie tat all dies nicht aus vernünftiger Überlegung, sondern in unkontrollierbarer wilder Angst um das Schicksal ihres Kindes, und es steht ganz außer Zweifel, daß sie an sich selbst genau das gleiche und noch viel Schlimmeres vollzogen hätte, wenn es zu Barbaras Wohl gewesen wäre.

Als die Angstenergie schließlich erlahmte und Magdalena in sich keine Kraft mehr für weitere Exerzitien fand, band sie das Mädchen los, nahm es in ihre kräftigen Arme und trug es zu seinem Bett. Dabei liefen ihr die Tränen übers Gesicht. Sie streichelte und küßte den schmalen mißhandelten Körper, sie rieb warmes Öl auf die wunden Stellen, sie bürstete den Staub und die Blätter aus den dunklen Haaren und legte immer wieder ihr Ohr auf Barbaras Herz, das trotz der erlittenen Qual jetzt ruhig schlug. Aber Barbara öffnete weder Augen noch Mund, noch zeigte sie überhaupt irgendeine Reaktion.

Magdalena sprach auf sie ein, wurde in ihrem Flehen um Verständnis immer redseliger, legte dar und erklärte und zerrte Dinge ans Licht, die sie für immer im Dunkel des Vergessens begraben glaubte.

»Ich weiß doch«, sagte sie, »daß du dich elend fühlst, daß ich dich in einen Abgrund von Trauer und Schmerz und Wut gestürzt habe, daß du jetzt in deinem hilflosen Haß auf mich die dringlichsten Gedankenbotschaften an den jungen Siggelow schickst, er möge kommen und dich retten vor dieser Furie, die deine Mutter ist. Doch hoffst du vergebens, mein Kind. Denn dieser Junge ist gewiß keiner, der wider den Stachel löckt, sein Großvater hat beizeiten allen Kampfesmut aus ihm herausgeprügelt, der Vater seines Vaters also, der es mit deiner Großmutter gehabt hat. Gewiß nicht zu ihrer Freude oder weil sie, so wie du jetzt, von sündigen Gelüsten getrieben worden ist, sondern nur, um zu überleben. Dieser Großvater, von dem übrigens manche gehässige Zungen im Dorf behaupten, er sei mein Vater und also auch dein Großvater. Zwar halte ich das für leeres Geschwätz, mit dem die Leute ihre Bosheit füttern und ihren Neid kühlen, denn zu Zeiten meines Entstehens ging Kathrine nach eigenen Berichten noch nicht zum Schloß, aber vielleicht ging sie doch schon, und sie hat rückblickend falsch Zeugnis geredet, das tat sie oft, um nicht erdrückt zu werden von den Wahrheiten. Und mit einigen dieser Lasten muß ich jetzt dich beschweren, damit du dich nicht in Phantasien verflüchtigst, die dein Leben zerstören werden. Das Flüchtige, das ist dir nämlich angeboren, von Vaters Seite her, der gefährliche Tanz hoch über der Realität, und wenn du dann schließlich abstürzt, dann wird es dich töten, genau wie ihn. Ich sag dir, Kind, auf die Siggelowschen ist kein Verlaß. Sie nehmen, was sie kriegen können, sind gefräßig wie die Schweine, bespringen jede, die die Beine breit macht, und wenn sie überhaupt Gefühle haben, dann nur für ihresgleichen. Und das bist du nicht, Kind, wirst es nie sein. Zwar bist du keine von den ganz Armen und hast zu essen und ein Dach über dem Kopf, und das Leben hat dir auch einen Vater gefunden, der dir und mir seinen guten Namen gegeben hat. Doch in den Herzen der Gräflichen bleibst du ein rechtloses Nichts, ein Etwas, das vielleicht kurzes Verlangen erregt, dem man auch ein paar billige Almosen zukommen läßt, eine Häuslerstelle, eine Erbpachtstelle, ein paar tote Kinder und schließlich – Gipfel der Großzügigkeit – einen Sarg.«

So lange hatte Magdalena gewiß noch nie gesprochen. Einmal entknotet, rollte es unaufhaltsam aus ihr heraus, um das Kind zu umgarnen und zurückzubringen, doch Barbara entzog sich, gab sich nicht nur taub und stumm, sondern dazu noch körperlich fühllos und aller Sinnenreize unzugänglich. Tat, als wäre sie schon gestorben, schlaffe Glieder, unbewegte Miene. Da konnte die Mutter noch so sehr locken mit Vertrauensbeweisen, ihr Kind hatte sich davongemacht – zwar keineswegs in den Tod, doch in Gegenden, wohin Magdalena ihr nicht folgen konnte. Barbara hatte das Erbteil ihres Vaters aktiviert und war schwerelos geworden.

Magdalena aber wollte sie zurückholen. So ließ sie tage- und nächtelang ihre Tochter nicht aus den Augen, zwang ein wenig Nahrung in sie hinein, die sie dann möglichst schnell und rigoros wieder herausspülte, goß ihr täglich mehrere Liter Seifenlauge in den Unterleib, salbte und ölte sie dann und gab ihr alle ihre Geheimnisse preis.

Fraglich, was Barbara von diesen Mitteilungen in sich aufgenommen hat. Ein Zeichen des Verständnisses jedenfalls ließ sie ihrer Mutter nicht zukommen, auch nicht, als die Quälerei aufhörte, weil ihre Monatsblutung einsetzte, übrigens periodisch korrekt, keinen Tag zu früh oder zu spät. Danach gönnte Magdalena Barbaras Körper Ruhe, drosselte auch ihren eigenen Redefluß und wurde alsbald so wortkarg wie eh und je. Sie sollte diese Tage als Zeit der Reinigung, ihrer eigenen wie die ihrer Tochter, im Gedächtnis behalten.

Ungefähr zehn Tage nach Magdalenas Besuch in Parchim sandte Hermann Wotersen ihr eine Nachricht, alles sei arrangiert, wie verabredet, er würde in zwei Tagen nach Schlesien aufbrechen und Magdalenas Tochter bei ihr abholen.

So machte sie ihr Kind bereit, erklärte ihm, daß ein längerer Aufenthalt in der Fremde ein sinnvoller Teil der Erziehung sei, versprach ihren Besuch, gab Barbara ein paar Münzen »für alle Fälle« und schnitt ihr die Haare kurz, das sei so viel praktischer. Dann packte sie die Zuwachskleider in eine Kiste und legte Feder und Papier dazu, damit das Kind ihr schreiben könne.

Noch hatte Barbara nicht gesprochen oder sonst eine Äußerung getan, außer einem wütenden Aufschrei, als Magdalenas Schere ihr in die langen Locken gefahren war.

Magdalena vertraute darauf, daß ihr Kind, hätte es erst einmal den Schock verkraftet, dort in der schlesischen Fremde schon aus Heimweh zu Feder und Papier greifen würde. Denn schließlich hatte der gute Franz »unserer lieben Tochter« während langer Abende und auch später in der Schule beigebracht, wie man sich schriftlich mitteilte. Den Gedanken, daß es von Kind zu Mutter vielleicht nie wieder ein Mitteilungsbedürfnis geben könnte, verbot Magdalena sich. Auch jenen, daß noch andere mögliche Adressaten in Gebbin und Umgebung von Franzens väterlichen Bemühungen und Magdalenas Papier und Feder profitieren könnten.

Der Reisewagen, ein viersitziges Coupé mit schwarzlackiertem Kasten und einem breiten Gepäckaufsatz, stand am Gartenzaun. Zwei Pferde davor, auf dem Bock Kutscher und Diener. Magdalena nahm Hermann Wotersen beiseite und beschwor ihn, das Mädchen während der Reise streng zu bewachen und die Wagentüren verriegelt zu halten. Hermann versprach's. Als sie ihre Tochter zum Abschied umarmte, sah Barbara ihr immerhin kurz in die Augen, so als suche sie dort etwas. Doch offenbar konnte sie's nicht finden und wandte sich wieder ab.

»Was für ein Glück du hast«, sagte Magdalena, »so vornehm und bequem zu reisen!«

»Du bist nicht ganz klug, Mutter«, murmelte Barbara nur.

Sie stieg in den Wagen, drückte sich in eine Ecke und schloß die Augen. Hermann Wotersen setzte sich ihr gegenüber. Er betrachtete seinen Schützling eingehend und verlor dann schnell das

Interesse. Welch unvernünftigen Mutterängsten hatte Magdalena sich hingegeben, welch absurden Besorgnissen! Frühreifes Begehren? Wild und gefährdet? Versprechen späterer Schönheit? Er, Hermann Wotersen, hatte wahrhaftig einen positiven Blick auf Frauen. Aber dies hier war nur ein reizloses, mageres Ding, passiv und verschüchtert. Nicht einmal bei einem von den Siggelows mit ihrer schon sprichwörtlichen Weibersucht würde dieses gerupfte Huhn Lust entfachen können. Seufzend kramte er seine Kontobücher hervor und begann, sich mit Bestellungen und Abrechnungen zu beschäftigen.

Als die Kutsche den Ortsausgang von Badekow und damit die Grenze der Siggelowschen Gutsherrschaft erreichte, hatte Hermann Wotersen seine Reisegefährtin schon fast vergessen.

Da plötzlich sprang sie auf, schrie laut und rüttelte an der Tür. Der Kutscher, der den Schrei gehört hatte und dachte, es wäre hinten irgendein Unfall oder Mißgeschick passiert, hielt die Pferde an und schickte den Diener, um nachzuschauen. Kaum hatte dieser von außen die Tür geöffnet, stürzte das Mädchen wie ein gefangenes Wild an ihm vorbei und rannte davon.

»Hinterher!« schrie Hermann Wotersen, sprang aus dem Wagen und stürmte gemeinsam mit Kutscher und Diener in die gleiche Richtung.

Barbara war flink und offenbar von verzweifelter Entschlossenheit. Aber die Verfolger waren ebenfalls entschlossen. Sie ließen die Flüchtende sich erst einmal müde rennen, hielten Abstand, taten, als ob sie schon aufgegeben hätten, und warteten, daß das gehetzte Wild zu Boden gehen und sich eine kleine Verschnaufpause gönnen würde. Dann kreisten sie es ein, und als es wieder hoch kam und blindlings hin und her rennend einen Ausweg suchte, trieben die drei Männer es lachend und rufend aufeinander zu. Gleichzeitig griffen sechs Hände nach ihr. Barbara schrie und kratzte und biß.

»Ick mok dat schon«, sagte der Kutscher, zog seinen Gürtel aus der Hose und band ihr Hände und Füße zusammen. »Und wat nu, Herr Wotersen?«

Der Angesprochene seufzte. »Da haben wir uns ja was aufgeladen!«

»Wie kund se doch wedder trückbringen, tu ern Mudder«, meinte der Diener.

»Können wir, tun wir aber nicht. Wär doch gelacht, wenn wir vor einer wilden Katze kapitulïeren würden.«

»Is gut. Denn wuld wi sie mol wedder verladen.«

Der Diener nahm Barbara hoch, als wäre sie tatsächlich ein erlegtes Tier.

»Laß sie mir«, befahl Hermann, »ich mach das selbst.«

So trug er Barbara auf seinen Armen zurück zur Kutsche. Sie wehrte sich nicht mehr. Als er sie schließlich wieder in ihre Ecke setzte, gab sie sich schlaff und todmüde.

»Wenn du das noch einmal versuchst, werd ich dich empfindlich strafen müssen!« sagte Hermann.

Mit einem schwarzen Zornesblick starrte Barbara ihn an. Hermann Wotersen war nicht jemand, der sich von einem Blick, noch dazu dem eines Kindes, ins Bockshorn jagen ließ. Er erwiderte ihn also, überlegen lächelnd und scheinbar unberührt. Warum er seine Augen dann doch als erster fortnahm, sogar die Lider senkte, war ihm selbst nicht verständlich. Auch nicht, wieso er noch Stunden später den Abdruck des kindlichen Körpers in seinen Armen fühlte.

Barbara unternahm keinen weiteren Fluchtversuch. Doch schrieb sie heimlich einen Brief an Friedrich-Carl, in dem sie ihm das Ziel ihrer Reise mitteilte und ihn anflehte, zu kommen und sie zurückzuholen. Den Brief gab sie mitsamt einem Geldstück Hermann Wotersens Diener. Der wunderte sich zwar über den Adressaten, versprach jedoch, den Brief zu besorgen.

Von nun an verhielt sie sich vollkommen apathisch. Wenn sie etwas nötig hatte, stieß sie Hermann an und machte sich dann durch Zeichen verständlich. Er folgte stets ihren Anweisungen.

An einem späten Abend, dem letzten oder vorletzten ihrer Reise, fanden sie keine Herberge. Barbara war in ihrer Ecke bereits eingeschlafen, da trank Hermann Wotersen eine halbe Flasche Branntwein leer, rückte auf die Bank neben sie und zog sie an sich. Barbara erwachte mit einem kleinen spitzen Schrei und versuchte sich loszumachen. Hermann hielt ihr den Mund zu. »Kein Grund zur Aufregung, sollst es nur bequemer haben. Bist doch noch ein kleines Mädchen, schläfst besser und weicher in meinen Armen. Na komm schon, hör auf, so herumzuzappeln. Ich tu dir doch nicht weh, will dich nur wärmen, deinen Körper mit dem meinen.«

Barbara schlug um sich, kratzte und biß und versuchte mit aller Kraft, sich unter ihm herauszuwinden. Doch schien ihr Widerstand ihn nur noch begehrlicher zu machen.

»Kleine Katze«, stöhnte er, als er ihr den Rock hochriß und die Beine auseinanderdrückte, »lüsterne kleine Wildkatze! Weiß ich's doch aus dem Mund deiner Mutter, was du für eine bist. Eine, die es tun muß längst vor ihrer Zeit, die den Teufel in sich hat und die Männer verrückt macht.«

Ihre Zähne gruben sich tief in seine Hand, woraufhin er sie wütend ins Gesicht schlug. »Schluß mit dem Spiel jetzt, mir machst du nichts vor. Und was der junge Siggelow kann, das kann ich schon lange. Ich werd's dir beweisen und damit den anderen aus deinem dummen Kopf vertreiben.«

Und er nahm sich schließlich keuchend und ächzend das, was er sich vor Anbeginn der Reise erträumt hatte, wobei seine derben Stöße ihr Inneres fast zerrissen. Barbara schloß nicht ihre Augen, sie starrte dem Rasenden vielmehr ins Gesicht, als wolle sie sich sein Bild und das, was er ihr antat, für immer und ewig einprägen.

Die Weberfamilie Goretzky, bei der Hermann Wotersen Barbara schließlich ablieferte, lebte wie alle Glumbecker in ärmlichen, primitiven Verhältnissen, doch galt sie für wohlhabender als die meisten anderen Familien des Ortes.

»Unter den Blinden ist der Einäugige König«, pflegte Hermann Wotersen zu sagen, wobei er nie gezweifelt hatte, seinerseits in jeder Situation mindestens einäugig sein zu können.

Das Einäugige des Webers Goretzky, das ihn unter den Blinden in Glumbeck ein wenig zum König machte, lag darin, daß er nicht ganz so ausschließlich abhing von seinem Handwerk, weil die Frau einen kleinen Hof in die Ehe eingebracht hatte. Beides zusammen, Hof und Handwerk, lieferten ihm ein erträgliches Auskommen.

Wohl wissend, daß die Goretzkys Barbara nicht umsonst bei sich aufnehmen würden, legte Wotersen für ihre Kost und Logis zwei glatte Taler auf den Tisch.

»Und eine eigene Kammer soll sie kriegen«, verlangte er.

»Wozu? Schlafen doch alle hier in einem Raum. Ist sie denn was Besseres?«

»Ist sie nicht. Aber ist ein Mädchen. Und du hast vier Jungs.«

»Gibt keinen Extraraum hier.«

»Dann lassen wir's eben. Für mein gutes Geld kann ich sie überall unterbringen.«

Goretzky wand sich. »Da wäre vielleicht noch die Vorratskammer. Wo wir Rüben und Kartoffeln lassen.«

»Nehmen wir also die. Leg einen frischen Strohsack rein. Und ich laß ihr meine Reisedecke, damit sie nicht frieren muß.«

Seufzend nickte Goretzky. »Aber 'ne Arbeitskraft, wie versprochen, ist die nicht, bloß ein zusätzlicher Esser. Sieht mager und schwächlich aus. Ist noch 'n Kind.«

»Ein Kind ist die nicht mehr«, sagte Wotersen, »und ist zäh und fleißig, wirst schon sehen.«

»Den Webstuhl kann sie aber nicht bedienen mit ihren dünnen Armen und Beinen.«

»Dann find was anderes für sie. Sie tut alles und ist sehr anstellig. Und paß ja auf, daß sie dir nicht davonrennt. Ich hab ihrer Mutter sicheren Gewahrsam versprochen.«

»Hat sie denn was angestellt?«

»Weiß man's? Scheint ja etwas verfrüht ins Begehren geraten zu sein, hat den Teufel im Leib, dem Vernehmen nach. Jedenfalls braucht sie eine feste Hand.«

»Wen der Teufel treibt, der muß wohl laufen. Bloß weglaufen von hier, das schafft keiner. Wohin auch. Im Dorf kennt man sich.

Niemand wird sie aufnehmen. Und im Wald müßt sie verhungern und erfrieren.«

»Gut denn. In sechs Monaten bin ich zurück. Dann will ich sehen, was aus ihr geworden ist.«

Er ging, ohne sich von Barbara zu verabschieden. Wäre er ihrem saugenden Blick noch ein weiteres Mal begegnet, hätte er sich nicht mehr losreißen können. Doch war immerhin noch soviel Gerechtigkeit in ihm, daß er nicht nur seine eigene Scham verfluchte, sondern auch dieses gräßliche Gefängnis, in das er Barbara sperren mußte. Und er verfluchte Magdalena, die ausgerechnet ihn dazu bestimmt hatte, die Unschuld und Tugend ihrer Tochter zu behüten.

Wie Barbara Glumbeck überstand
und wie Magdalena starb

So begann Barbaras Zeit in Glumbeck nicht nur mit harter Arbeit, Einsamkeit, verächtlichen Blicken und Schmerzen im Leib, sondern vor allem mit der bohrenden Angst, der Überfall des Hermann Wotersen könne zu einer Schwangerschaft geführt haben. An wen sollte sie sich wenden, wen um Rat bitten? Nun plötzlich sehnte sie sich doch nach Magdalena, sogar freiwillig würde sie jetzt den Körper hinhalten, damit die mütterlich-rabiaten Handhabungen das Unheil aus ihr herauszwingen könnten.

Barbara schlug sich mit ihren Fäusten auf den ohnehin schmerzenden Leib, sie schlich sich des Nachts aus der Kate und hockte sich stundenlang in den nahen Mühlenbach, wobei sie versuchte, das kalte Wasser durch sich hindurchstrudeln zu lassen, und genauso wie zuvor Magdalena hörte sie erst auf mit ihrer Prozedur als – wieder ganz pünktlich – ihre Monatsblutung einsetzte.

Danach brach sie mit hohem Fieber zusammen.

Die Goretzkys befürchteten eine ansteckende Krankheit und entschieden, daß selbst das Wohlwollen und die zwei Taler ihres Parchimer Auftraggebers die Last und Gefahr einer Schwerkranken im Haus nicht wert seien. Wäre nicht Anton, der älteste der Goretzkysöhne gewesen, so hätten sie Barbara wohl einfach liegenlassen und darauf gehofft, daß der Tod sich ihrer erbarmen möge, bevor sie und dieser Teufel in ihrem Leib noch ernsthaften Schaden anrichten könnten.

Anton Goretzky war sechzehn oder siebzehn Jahre alt, im Kopf zurückgeblieben, im Körper jedoch weit voran. Noch nicht ganz von hier, wie seine Eltern es nannten, wobei offenbar niemand erwartete, daß er jemals »hier« landen könnte. Er wurde von allen Döskopp gerufen, das galt als sein Name, so wie die anderen drei Söhne Hermann, Willi und Max hießen.

Nachdem Barbara zwei Tage nicht aus ihrer Kammer gekommen war und die Familie in dumpfer Entschlossenheit die Kranke zu vergessen suchte, schritt Anton zur Tat.

»Da ist doch was drin«, sagte er und deutete mit dem Daumen auf die Tür zur Vorratskammer.

»Rüben und Kartoffeln«, sagte sein Vater.

»Und 'n Mädchen!«

»Haben wir nichts mit zu tun. Ist Sache von dem Parchimer.«

»Kommt aber gar nicht mehr raus«, sagte Anton.

Mürrisch beschied ihm sein Vater: »Ist keine von uns, merk dir das. Und wenn sie nicht rauskommt, dann will sie eben nicht. Oder ist vielleicht auch schon tot. Und du machst jetzt deinen Kram, und die anderen machen ihren. Ist auch so schon alles schwer genug.«

»Also mach ich jetzt meinen Kram«, verkündete Anton, ging in die Kammer, wickelte Barbara in Wotersens Reisedecke, zerrte sie nach draußen und legte sie auf die Schubkarre.

»Was soll'n das werden?« fragte Goretzky. »Wo karrst du sie hin?«

»Ist sie tot, dann auf 'n Friedhof. Ist sie noch lebendig, dann zu Frieda. Was is sie denn nun?«

»Keins von beidem. Und du halt dich da raus.«

»Geht nicht«, sagte Anton, packte die Griffe der Karre und trottete davon. Barbara schlug mit dem Kopf hin und her und stöhnte.

»Bist also nicht tot«, sagte Anton befriedigt. »Frieda wird schon machen.«

Frieda Karsunke galt als weise Frau von Glumbeck. Sie war mittleren Alters und lebte allein am Rande des Dorfes. Von ihrer Jugendschönheit, die man ihr immer noch nachsagte, war nicht viel übriggeblieben. Manch einer hätte sie wohl heiraten wollen, damals vor zwanzig Jahren, doch sie hatte sich dem Goretzky versprochen, der stattlich war, wenn auch arm, und als er sie dann sitzenließ, um sich einen Hof zu erheiraten, hatte sie sich grollend davongemacht. Nach zehn Jahren jedoch war sie zur allgemeinen Überraschung wieder zurückgekehrt.

»Weil der Goretzky ihr immer noch in der Seele sitzt«, mutmaßten die Glumbecker.

»Weil ich inzwischen bei einer weisen Frau in die Lehre gegangen bin und mein Wissen den Glumbeckern zugute kommen lassen will«, sagte Frieda Karsunke.

Seitdem verabreichte sie den Menschen hier ihre Medizinen. Manchmal half es, öfter nicht.

Zu ihr also karrte Anton die fiebernde Barbara.

»Ist das die aus Parchim?« fragte Frieda.

»Er hat sie uns gebracht«, bestätigte Anton.

»Und den Goretzky gut bezahlt, wie ich höre. Wenn ich sie gesund mach, will ich ein Teil von dem Geld.«

»Vater gibt's nicht her.«

»Dann eben nicht. Kannst sie wieder mitnehmen.«

»Ich hab was Gespartes.«

»Wieviel?«

»Paar Pfennige«, sagte Anton stolz.

Als Friedas Blick zwischen der Kranken und Anton hin und her ging, überkam sie, ihr selbst nicht ganz verständlich, ein Anfall von Großzügigkeit.

»Also lauf und hol mir deine Pfennige. Und inzwischen seh ich mir die hier mal an.«

Als Anton zurückkam, seine Sparpfennige in der Faust, hatte Frieda das Mädchen bereits entkleidet, gewaschen, auf einen Strohsack gelegt und mit einem Laken bedeckt. Nach wie vor war Barbara hochrot im Gesicht und schien ihre Umgebung nicht wahrzunehmen.

»Mageres Ding«, sagte Frieda, »nicht gut gehalten.«

Anton deutete auf Barbaras Schoß, der sich unter dem Laken schwach abzeichnete. »Ist da was drin?«

»Ist nicht. Aber jemand hat dran rumgemacht.«

»Wer denn?« fragte Anton verblüfft.

»Woher soll ich das wissen. Hat ihr weh getan, der Mensch, und sie kaputtgestoßen. Vielleicht war's ja der Parchimer.«

Das erschien Anton nun ganz und gar abwegig. »Ist doch ein großer Herr, hat zu Haus eine Gräfin zur Frau, hat auch Aufträge und Geld zu vergeben.«

Plötzlich hellte sich Friedas Gesicht auf.

»Der Parchimer«, sagte sie und bemühte sich, ihre Frage ganz beiläufig klingen zu lassen, »der Parchimer kommt doch zweimal im Jahr hierher?«

»Klar«, sagte Anton. »Er will nach ihr sehen. Ob sie's bei uns auch gut hat.«

»Und bringt wieder zwei Taler?«

»Weiß nicht.«

»Muß er doch. Weil dein Vater sie sonst nicht bei sich behält.«

»Sie soll arbeiten, hat der Parchimer gesagt, soll sich ihr Brot selbst verdienen.«

»Und doch kriegt dein Vater noch Geld obendrauf. Wofür?«

»Fürs Aufpassen. Damit sie nicht wegrennt.«

»Wegrennen? Wohin denn, mit ihren schwachen Kräften.« Frieda Karsunke grinste schlau. »Der hat wohl Angst, der Parchimer, daß sie ihm nachkommt. Daß sie reitet auf'm Besen hinter ihm her.«

»Ist doch keine Hexe«, sagte Anton kopfschüttelnd, »ist bloß ein hübsches Mädchen.«

»Hexen gibt's in jeder Gestalt, junge und alte, schöne und häßliche. Bloß daß sie alle ohne Anstand sind und ohne Moral. Also gut, Döskopp Goretzky, kannst sie hierlassen. Und du selbst mach, daß du nach Hause kommst.«

»Ich muß doch auf sie aufpassen.«

»Das tu jetzt ich. Fenster und Türen zu und die Eisenplatte vor den Kaminschacht. Dann kann sie nicht wegfliegen.«

»Ist aber krank.«

»Jaja, drum hast du sie hergebracht. Ich werd mich kümmern.« Und das tat sie. Sie massierte eine stinkende Paste aus Schwei-

97

nefett und wilden Kräutern in Barbaras Unterleib, sie legte abwechselnd heiße und kalte Umschläge auf, um das Fieber herunterzudrücken, sie machte kleine Schnitte an den Fußgelenken, damit das schlechte Blut abfließen könnte. Vor allem jedoch bestand ihr Kümmern im aufmerksamen Zuhören und Zuschauen und Registrieren aller Äußerungen der Kranken.

Mal wimmerte sie und stöhnte und schlug um sich in hilfloser Verweigerung, dann wieder lockte sie zärtlich und breitete sehnsüchtig die Arme aus. Mal wurde sie ganz steif vor Angst und Abwehr, um sich im nächsten Moment weich und anschmiegsam zu geben.

Frieda Karsunke konnte sich keinen Vers drauf machen. Ungeduldig versuchte sie Genaueres zu erfahren und traktierte die Delirierende mit Fragen nach Namen und Begebenheiten, doch hatte Barbara ihre Wortlosigkeit mitgenommen in die Träume. Irgend etwas muß ihr die Sprache verschlagen haben, dachte Frieda Karsunke, und was sonst sollte es gewesen sein als der brutale Überfall des reichen Parchimers.

Frieda verdoppelte ihre Anstrengungen um die Kranke. Und tatsächlich besserte sich deren Zustand nach einer Weile. Das Fieber wich, sie wurde ruhiger, und schließlich landete sie wieder in der Wirklichkeit.

»Ohne mich wärst du gestorben«, sagte Frieda. »Da war niemand mehr, der für dich aufkommen wollte, weder der Teufel noch Goretzky, noch der andere, der für alles verantwortlich war.«

Bei der Erwähnung des Letzteren weiteten sich Barbaras Augen vor Schreck. Sie krümmte sich zusammen, schlang die Arme um die Knie und drückte ihr Gesicht dagegen. Es sah aus, als wollte sie sich in sich selbst verstecken.

»Sag's mir«, drängte Frieda, »und wenn du nicht reden kannst, dann schreib es mir auf. Mit Namensnennung und Tathergang. Dann geh ich zum Pastor, und der setzt seine Unterschrift dazu. Weil der Herr Pastor mir nämlich vertraut und ich ihm das Körperliche bestätigen kann. Hat ihr Inneres schwer zerstoßen, der

Mensch, werd ich zu ihm sagen, und leicht hätt sie dran krepieren können. Ist doch höchstens dreizehn Jahre alt. Den Teufel, dem du dich im Traum so liebevoll angedient hast, den werd ich beim Pastor besser nicht erwähnen und auch nicht den Nöck. Was du mit denen gemacht hast, das fällt nicht unter unsere Gerichtsbarkeit. Aber im rein Menschlichen ist es streng verboten. Die Jungfräulichkeit hat er dir genommen, da steht eine hohe Strafe drauf. Ins Gefängnis muß er oder zahlen dafür.«

Ein paar Tage lang redete Frieda auf Barbara ein, und die wurde immer verstockter. Eines Morgens dann war sie verschwunden.

Frieda suchte das Haus und den Garten und die angrenzenden Felder nach ihr ab. Dann rannte sie zu Goretzkys. »Weg ist sie, hat sich in Luft aufgelöst!« schrie sie. »Und wenn der Parchimer kommt, um nach ihr zu sehen, was dann?«

»War doch schwach und krank und voll Gebrechen«, sagte Goretzky ungerührt, »ist an sich selbst krepiert. Uns trifft keine Schuld.«

»An sich selbst krepiert, was du nicht sagst!« Frieda fauchte vor Zorn. »Und wo ist die Leich? Und wenn keine Leich, wo ist dann das Grab? Das wird er dich fragen, der Parchimer, der ist doch kein Döskopp.«

Die Erwähnung des nicht vorhandenen Grabes gab Goretzky immerhin zu denken, während das Wort Döskopp Anton auf den Plan brachte. »Er hat ihr nämlich was angetan«, sagte er.

»Der Parchimer hat dem Mädchen was angetan?« fragte Goretzky, und sein müdes Gesicht wurde kurz von Neugier erhellt. »Was denn?«

»Kannst sie ja selber fragen«, sagte Frieda Karsunke. »Aber erst mal müssen wir sie finden.«

Da hatte Goretzky eine ähnliche Erleuchtung wie zuvor Frieda: So war das also, der Parchimer hatte sich an der Kleinen gütlich getan! Und das Begehren, von dem er gesprochen hatte, das war wohl eher von ihm selbst ausgegangen! Ein Schwein war der also, ein Kinderschänder, dafür würde er was zahlen müssen, nämlich denen, die darum wußten. Und nicht nur zwei Taler, sondern eine erkleckliche Summe, dann könnte man sich endlich eine zweite Kuh leisten und vielleicht sogar ein Stück Acker dazukaufen.

»Also mach schon, Döskopp«, fuhr Goretzky seinen Sohn an, »was stehst du hier noch rum. Weit kann sie ja nicht gekommen sein mit ihren schwachen Kräften. Und nimm den Köter mit, der wird sie dir aufstöbern.«

Barbara war tatsächlich nicht weit gekommen, und es dauerte nur einen halben Tag, bis der Hund freudig einen Baum verbellte, eine Kiefer mit ausladenden Ästen. Obendrin hockte Barbara, zitternd an den Stamm gedrückt. Als sie auf Antons Ruf nicht herunterkommen wollte oder konnte, stieg er hinauf, um sie zu holen. Sie hatte weder die Kraft, vor ihm zurückzuweichen noch sich zu wehren, ja sie schien sogar erleichtert zu sein, als er sie sich wie ein Lamm über die Schulter hängte und bedächtig wieder nach unten stieg.

»Nun werd ich dich also beschützen«, murmelte Anton. »Damit er dir nie wieder was antun kann. Der Parchimer ist nicht Döskopp. Aber Döskopp ist dein Beschützer.«

Er trug sie den ganzen Weg zurück ins Dorf. Ihr Gewicht spürte er kaum, wohl aber den Abdruck ihres Körpers, und genauso wie Hermann Wotersen würde er sich von der Erinnerung daran nie wieder lösen können.

Goretzky versetzte Barbara eine kräftige Ohrfeige. »Das ist fürs Wegrennen«, sagte er. »Und falls du's noch mal versuchst, wird's schlimmer. Wir sind ja für dich verantwortlich.«

So war Barbara nun endgültig in Glumbeck gelandet. Und sie wurde dort schneller erwachsen und nahm rigoroser Vernunft an, als ihre Mutter es sich hätte vorstellen oder gar wünschen können.

Im ersten Morgengrauen wurde sie hochgejagt, mußte Holz schleppen, Feuer schüren, die Kuh melken, den Schweinestall ausmisten, den Abtritt sauberhalten. Alles leichte Verrichtungen, wie der Weber sagte, weil sie ja für die wirkliche Arbeit zu mickrig sei. Wenn sie den Anweisungen der Hausfrau nicht umgehend nachkam, setzte es Prügel – gedankenlos verabreicht, mehr als Reflex. Brach sie dann in Tränen aus, strich ihr die Goretzkysche sogar manchmal tröstend übers Haar. Die kleineren Jungen arbeiteten den ganzen Tag schwer auf dem Feld, Anton saß bereits, genau wie sein Vater, am Webstuhl.

Des Nachts lag Barbara unter Wotersens Reisedecke auf dem stinkenden, klumpigen Strohsack und dachte daran, wie gut es doch die Toten in Magdalenas Särgen hatten, wie liebevoll umsorgt sie waren und wie schön geschmückt. Und sie dachte an Friedrich-Carl, der gewiß inzwischen ihren Brief erhalten hatte und bald kommen würde, um sie von hier wegzuholen. Doch als sie auch nach vier Monaten noch nichts von ihm gehört hatte, erlahmte ihre Hoffnungsenergie, und sie begann sich selbst zu vernachlässigen. Sie wusch sich kaum noch, hielt ihre Kleidung nicht mehr in Ordnung und ließ das ohnehin karge Essen stehen.

Anfangs war sie an Sonntagen noch mit der Familie zum Gottesdienst gegangen und danach sogar ins Wirtshaus. Die Wirkung des Branntweins, von dem der Weber ihr wie auch den anderen Kindern wöchentlich ein kleines Glas einschenkte, hatte ihr gefallen. Einmal, als die meisten Leute schon betrunken waren, war es ihr sogar gelungen, eine Flasche zu stehlen. Die nahm sie mit in ihre Kammer und versteckte sie in dem Strohsack. Danach fand sie es leichter, an den Sonntagen statt in die Kirche zu gehen unter ihre Decke zu kriechen und allein ein paar Schlucke zu trinken.

Daß sie nicht sprach, schien niemandem aufzufallen. Die Leute waren hier sowieso maulfaul, da machte es nicht viel Unterschied, wenn jemand ganz verstummte.

Frieda Karsunke kam manchmal vorbei, immer noch in dem Bemühen, Barbara nähere Angaben zu ihrem leiblichen Unheil abzuringen. Barbara aber sah sie nur an mit ihren Abgrundsaugen und schien nicht zu begreifen, worauf all die Fragerei zielte. Also mußte Frieda sich eingehender mit Goretzky besprechen.

»Du meinst, der Parchimer war's? Könnt ja auch ein anderer gewesen sein«, sagte der.

101

»Warum denn sonst hat er dir die zwei Taler gegeben? Und gesagt, du sollst ja streng auf sie achtgeben? Nur, daß inzwischen die zwei Taler nicht mehr reichen und daß er noch einiges drauflegen muß, jetzt, da wir's wissen, du und ich.«

»Wissen wir's denn?« fragte Goretzky und sah in diesem Moment seinem Döskopp-Sohn bemerkenswert ähnlich.

»Natürlich wissen wir's, von der Kleinen selbst, vom Zustand ihres geschundenen Körpers. Und er kann's nicht widerlegen.«

Goretzky dachte nach. »Und wenn er nu gar nicht wiederkommt?«

»Der hat euch doch all die Wolle gebracht?«

»Hat er.«

»Und auch schon gezahlt fürs Weben?«

»Nur einen kleinen Vorschuß hat er gezahlt, damit wir was zu essen haben.«

»Na also. Der ist doch ein Kaufmann, wird sein Geld nicht zum Schornstein rausjagen. Und vielleicht will er die Kleine ja auch wiedersehen.«

»Also dann . . .«, sagte Goretzky seufzend, »dann warten wir also auf ihn. Und werden ihn tüchtig zur Kasse bitten.«

Am Abend des Erntedanksonntags – Barbara wähnte sich alleine im Haus und hatte gerade den letzten Rest aus ihrer Branntweinflasche getrunken – kam plötzlich Anton in ihre Kammer. Vorsichtig setzte er die Kerze, die er trug, auf Barbaras Kleiderkiste und erklärte ihr dann ohne Umschweife, daß er sie heiraten wolle. Aber zuerst einmal müsse er sehen, ob ihr Körper auch für den seinen passen würde. Entsetzt raffte Barbara ihre Decke um sich.

»Nun mach schon«, sagte er, »zieh dein Hemd aus.«

Als Barbara sich nicht rührte, ihn nur verängstigt anstarrte, sagte er: »Ich zeig dir dann auch, was ich für einer bin. Damit du's rechtzeitig weißt. Bei uns kauft nämlich keiner die Katze im Sack.«

Mit diesen Worten zog er sein Hemd über den Kopf und ließ die Hose runter. Nackt stand er im Kerzenlicht vor Barbara. Sie wollte nicht hinsehen, tat es aber doch. Seine Figur war ganz ähnlich wie die von Friedrich-Carl. Barbara lächelte, und gleichzeitig kamen ihr die Tränen.

»Nun du!« sagte Anton.

Tatsächlich wickelte sie sich aus der Decke und erhob sich von ihrem Lager. Ganz langsam knöpfte sie das Hemd auf, ließ es über die Schultern gleiten, drehte sich mehrmals um sich selbst, legte ihre Hände sogar kurz unter die Brüste, um sie etwas größer zu machen, atmete hörbar tief ein und aus. Und zog sich das Hemd wieder an.

Anton betrachtete sie mit offenem Mund.

»Ist ja nicht viel dran an dir«, flüsterte er, »aber du bist … du bist so … so schön!«

Barbara nickte.

»Also werd ich dich heiraten«, sagte Anton.

Barbara lächelte unter Tränen.

»Gleich jetzt?« fragte Anton.

Barbara schüttelte den Kopf und bedeutete ihm mit ein paar energischen Gesten, sich wieder anzuziehen. Tatsächlich gehorchte er. Sie hatte instinktiv erkannt, daß sie diesen großen, kräftigen Jungen wie eine Puppe in der Hand halten konnte.

»Wann?« flehte er.

Barbara zuckte die Schultern, strich ihm aber gleichzeitig mit den Fingerspitzen sanft über die Wangen. Da kamen auch ihm die Tränen.

»Aber nicht den anderen erzählen«, schluchzte er, »die lachen mich aus.«

Barbara nickte. Ein paar Minuten noch standen sie einander gegenüber, beide weinend. Schließlich machte Barbara eine kurze Handbewegung, als wolle sie einen Hund wegscheuchen.

»Nein …!« flüsterte er.

Barbara schaute grimmig und schlug ihn hart ins Gesicht.

Da lächelte Anton demütig und verließ Barbaras Kammer.

Antons unerwartete Bewunderung beschleunigte die Heilung von Barbaras Körper und Seele. Das Gefühl der eigenen Nichtigkeit, das seit Magdalenas Härte und Wotersens Gewaltanwendung zentnerschwer auf ihr gelastet hatte, nahm langsam ab und machte Platz für ein zaghaftes neues Selbstbewußtsein.

Gar so nichtig war sie wohl doch nicht, wenn der Anblick ihres Körpers diesen Jüngling, dem jede Verstellung unmöglich war, in solch hilflose Begeisterung stürzen konnte. Sie durfte diesen Körper nicht mehr vernachlässigen, sollte vernünftig mit ihm umgehen. Sie sorgte also wieder besser für sich, aß, was immer sie ergattern konnte, ließ die Finger vom Branntwein und kämmte täglich ihre langsam nachwachsenden Haare. Und vor allem beschloß sie, nie wieder etwas umsonst zu geben, sich jedoch auch nicht zu verweigern, wenn der Gegenwert groß genug wäre.

Anton wurde ihr Beschützer und Bewacher, ihr ergeben wie ein treuer Hund. Und wie einen solchen behandelte sie ihn, gerecht, freundlich und in dem ehrlichen Bemühen, ihn nie zu enttäuschen. Sie war streng und sanft, strafte und belohnte mit ihren dünnen kleinen Händen. Danach sagte er immer, daß er sie nun sehr bald heiraten wollte, und Barbara nickte.

Der Winter setzte dieses Jahr früh ein. Hätte Barbara nicht Wotersens Decke gehabt und die vielen Jutesäcke, die Anton über ihrem Lager aufschichtete, wäre sie in der ungeheizten Kammer erfroren. Sie hatte Frostbeulen an Händen und Füßen und ständigen Husten, sie wartete nun nicht mehr auf Friedrich-Carl, statt dessen auf Hermann Wotersen, denn sie war entschlossen, ihn zu zwingen, sie von hier wegzubringen.

Auch Goretzky wartete und Frieda Karsunke, und schließlich wartete das ganze Dorf, denn inzwischen war die Wolle verwebt, lagen die fertigen Tuchballen bereit und ging der magere Vorschuß, den er ihnen für ihre Arbeit zugestanden hatte, zur Neige. Warum ließ er so lange auf sich warten?

Die üblichen sechs Monate verstrichen, auch noch ein siebter und achter. Der Frühling kam, Hermann Wotersen kam nicht. Und als dann endlich im April die Parchimer Kutsche mit dem hohen Gepäckaufsatz und dem Wotersenschen Wappen auf der

Tür in Glumbeck eintraf, saß ein fremder Kutscher auf dem Bock neben einem unbekannten Diener, und der Mann, der sich diesmal so vornehm und bequem ins hintere Schlesien begeben hatte, war auch nicht Hermann Wotersen, sondern ein Emissär, ausgestattet mit allen geschäftlichen Vollmachten und mit klaren Richtlinien für sein Handeln.

Barbara verschanzte sich in ihrer Kammer, um nachzudenken. Schließlich hatte sie eine Idee. Sie knüllte einen leeren Sack zusammen und schob ihn sich unter den Rock. Dann ging sie – mit dem schwerfälligen Gang einer Hochschwangeren – hinaus auf den Hof, reichte dem Emissär die Hand und knickste artig. Der war momentan verwirrt, erinnerte sich sodann seiner Richtlinien und brachte einen Brief zum Vorschein.

»Von deiner Mutter«, sagte er, und er sei beauftragt, ihre Antwort mit zurückzunehmen. Barbara warf einen kurzen Blick darauf und zerriß den Brief ungelesen.

»Und was ist mit deiner Antwort?«

Barbara schüttelte energisch den Kopf.

»Wie du willst«, sagte der Unterhändler, »dann bleibt die Frau eben ohne Nachricht.«

Barbara zeigte auf ihren Bauch, fing an zu weinen, lächelte unter Tränen und bedeutete dem Mann mit unmißverständlichen Gesten, daß sie in seine Kutsche steigen und mit ihm heimfahren wolle.

»Unmöglich, Mädchen«, sagte der Mann, »ich hab meine Anweisungen.« Und ob sie denn auch gut gehalten würde hier? Herr Wotersen habe sich besorgt gezeigt.

Barbara verzog ihr Gesicht zu einer Grimasse und schlug die Hände über dem Kopf zusammen.

»Jaja«, sagte der Emissär mitleidig, »dies ist ein gottverlassener Ort, nicht gut zum Leben und erst recht nicht, um Leben zu geben. Wer hat dich denn nur in diesen Zustand gebracht?«

Barbara deutete auf das Wappen an der Kutschentür.

»Hermann Wotersen?« fragte der Emissär ungläubig, »der soll's gewesen sein? Das glaubst du doch wohl selber nicht. Der ist ein guter und gerechter Herr, ist mit einer Gräfin verheiratet.«

In diesem Moment erschien Goretzky auf dem Hof. Da drehte Barbara sich rasch um und lief davon.

Nachdenklich blickte der Emissär ihr nach. »Merkwürdiges Mädchen«, sagte er.

»Die da? Die ist nichts Besonderes. Bloß eine halbe Portion, zu schwach für diese Gegend. Herr Wotersen hat sie uns aufgehalst. Wär's nicht um seinetwillen, wir hätten sie nicht hierbehalten.«

»Um seinetwillen, soso.«

Goretzky nickte und bemühte sich um eine anzügliche Miene. Als der Mann aus Parchim nicht darauf reagierte, reckte Goretzky die Schulter und ging über zur Tagesordnung. »Kommen Sie in mein Haus. Die Abrechnung. Und danach ein Gläschen Branntwein. Meine Söhne werden inzwischen die Rohwolle für den nächsten Auftrag abladen.«

»Keine Rohwolle mehr«, sagte der Emissär, »kein neuer Auftrag.«

Verständnislos starrte der Weber ihn an. »Wieso . . .? Was soll das heißen?«

»Das soll heißen, daß Hermann Wotersen die geschäftliche Verbindung zwischen seinem Handelshaus und dem Dorf Glumbeck für beendet ansieht. Der Weg ist zu weit, der Transport zu aufwendig und die handwerkliche Qualität auch nicht immer makellos.«

»Aber . . . aber wir müssen doch leben!«

»Das müssen die mecklenburgischen Weber auch, und die sitzen in unmittelbarer Nachbarschaft.«

»Nur, daß die sehr viel höheren Lohn verlangen.«

»Verlangen und kriegen ist zweierlei. Schluß jetzt mit dem Gerede, machen wir uns an die Abrechnung.«

Der Emissär ließ sich auf keine weiteren Diskussionen ein. Mit unbewegter Miene fuhr er von Weberkate zu Weberkate, verlud das fertige Tuch, machte seine Abrechnungen, zahlte die kargen Löhne aus und verurteilte ganz nebenbei einen Teil der Glumbecker zum Hungertod.

Es dauerte eine Weile, bis die Weber in aller Konsequenz begriffen, was Hermann Wotersens Rückzieher für sie bedeutete, und daß es endgültig war.

»Er wird schon wiederkommen«, sagte der Pastor in seinen Sonntagspredigten, »er hat sich immer als zuverlässig und rechtschaffen erwiesen.«

Allein der Weber Goretzky und seine Komplizin Frieda Karsunke waren der Überzeugung, daß sie auf die Rechtschaffenheit des Parchimers nicht mehr zählen konnten. Und sie wußten auch, daß einzig die kleine Hexe Barbara, die es außer mit dem Teufel und dem Nöck auch noch mit Hermann Wotersen getrieben hatte, an der ganzen Sache schuld war.

Hätten die übrigen Glumbecker gewußt, daß ihr schlechtes Leben tatsächlich mit Barbara zu tun hatte, wäre die wohl ihres Lebens nicht mehr sicher gewesen. Doch vorerst wollten Frieda Karsunke und Goretzky die Macht ihres Wissens, die sie immer noch gegen den Parchimer auszuspielen hofften, mit niemandem teilen.

Im Januar des Jahres 1853 wurde ganz Schlesien von einer Grippewelle erfaßt, der auch in Glumbeck elf Menschen zum Opfer fielen, vier Erwachsene und sieben Kinder.

Frieda Karsunke, die sich nicht nur für das Wohl der Lebenden, sondern auch für das der Toten verantwortlich wußte, hatte alle Hände voll zu tun, und sie knöpfte den Angehörigen ihre letzten Pfennige ab, zuerst für Heilversuche und danach für das Waschen und Herrichten der Leiche.

Ganz zum Schluß, als die Epidemie schon ihre Kraft verloren hatte, erkrankte die Frau des Webers Goretzky. Anton wurde zu Frieda Karsunke geschickt, sie möge in Gottes Namen rasch kommen. Aber Frieda Karsunke bedauerte, sie hätte keine Zeit.

Döskopp Anton sah, daß Frieda müßig am Tisch saß und fragte verwundert: »Keine Zeit? Was ist denn passiert mit deiner Zeit, ist sie dir verlorengegangen, oder hat jemand sie dir gestohlen?«

Frieda, die wie die meisten Glumbecker der Meinung war, daß

Anton sowieso nichts begriff, gönnte sich eine ehrliche Antwort: »Deine Mutter hat mir meine Zeit gestohlen. Zwanzig Jahre lang mußte ich auf den Goretzky warten, weil der sich erst mal einen Hof erheiraten wollte. Nun hat er den Hof, und die Frau wird er los, und nun ist meine Wartezeit vorüber.«

»Willst die Mutter sterben lassen?«

»Ich doch nicht. Es liegt alles in Gottes Hand.«

Anton rannte nach Haus. »Sie doch nicht«, sagte er zu Barbara, »es liegt alles in Gottes Hand.«

Barbara wollte etwas sagen, unterließ es dann jedoch und machte sich an die Krankenpflege, wendete alles an, was sie noch von daheim in Erinnerung hatte. Doch es nützte nichts, der Gevatter obsiegte, und Barbara beugte sich, wie sie es von ihrer Mutter gelernt hatte, unter sein Joch, in Resignation und Ehrfurcht.

Sie wusch und schmückte die Weberin, die ihr ein paarmal mitleidig über die Haare gestrichen hatte, und sie gab ihr ein wenig Schönheit und eine Miene, so heiter und zufrieden, wie sie wohl bei Lebzeiten nie gewesen war.

Offenbar war den Glumbeckern trotz all ihres Elends noch nicht die Fähigkeit zu staunen verlorengegangen, denn sie kamen alle, die Tote zu bewundern und zu überlegen, wie denn so ein Glücksgesicht möglich geworden wäre.

»Meine Barbara hat's ihr verpaßt«, sagte Anton stolz.

»Wieso deine?« fragte der Viehhändler Linke, dessen Frau im Tode noch unwirscher ausgesehen hatte als im Leben.

»Weil sie mir gehört«, sagte Anton.

Frieda Karsunke, die inzwischen ihre Zeit wiedergefunden hatte und frohgemut der Toten die letzte Ehre erwies, fügte hinzu: »Und sie gehört auch dem Teufel und dazu noch diesem oder jenem, ist eben eine vielseitige kleine Person.«

»Ist aber doch mein Engel«, trumpfte Anton auf.

Der Weber Goretzky, durch das Entsetzen über den Tod seiner Frau und auch durch ein paar zusätzliche Gläser Branntwein aus seiner unzugänglichen Dumpfheit gerissen, wandte den Blick

108

von der Toten und betrachtete verblüfft diese engelhafte Teufels-
person, die in seinem Haus lebte – er sah sie zum ersten Mal.

Barbara bemerkte und erkannte seinen Blick und wich erschrocken vor ihm zurück.

Von jetzt ab riefen die Glumbecker mehr und mehr nach Barbara, wenn einer der Ihren krank geworden war. Ein Mädchen,
das Beziehungen zum Leibhaftigen unterhielt, kannte womöglich
auch geheime Heilverfahren. Gott hatte die Glumbecker sowieso
verlassen, warum es also nicht mit dem Teufel versuchen. Und
wenn einer starb, dann konnte man sich wenigstens darauf verlassen, daß Barbara ihn im Tode glücklich aussehen ließ.

Witwer Goretzky hatte ebenfalls das dringende Bedürfnis nach
Glück, aber nicht erst im Tod. Und so rief auch er mehr und mehr
nach Barbara. Sie tat, als höre und verstünde sie ihn nicht und
versteckte sich hinter Anton, der wie eine Mauer zwischen ihr
und seinem Vater stand. Doch so stark Anton auch war, der Weber war mächtiger, und Barbara hatte große Angst.

Nach Frieda Karsunke rief Goretzky nicht, und die Eifersucht
breitete sich aus in ihr wie schwarzer Gallenfluß. Schließlich –
inzwischen war es wieder Sommer, eine Rückkehr Hermann Wotersens immer unwahrscheinlicher und die Konkurrenz der jetzt
fünfzehnjährigen Barbara immer gefährlicher geworden – ent-
hüllte Frieda ihre geheimen Kenntnisse allen Glumbeckern, nämlich daß einzig Barbara den Geldbringer Wotersen vertrieben
habe und also schuld sei an ihrer aller Elend.

»Wir müssen sie davonjagen«, keifte Frieda Karsunke, »und
Hermann Wotersen Nachricht geben, daß er sich vor ihr nicht
mehr zu fürchten braucht. Dann wird er zurückkommen und die
alten Beziehungen wieder aufnehmen.«

Natürlich gab es im Ort viele, die jedes böse Gerücht gierig
aufsaugten, und sie rannten zu Goretzky und verlangten Aufklärung.

Der zuckte die Schultern, sagte, er wisse von nichts. Die zwei
Taler wären ihm mehr als willkommen gewesen, drum habe er
nicht weiter nachgefragt. Und inzwischen sei ihm an der Kleinen

nichts Teuflisches aufgefallen, sie sei ordentlich und fleißig und wisse zu gehorchen. Und nach Ablauf des Trauerjahres, das er seiner toten Frau schulde, würde er erwägen, sie zu ehelichen. Weil auch die ärmste Familie eine Hausfrau brauche und der ärmste Mann eine Weibsperson, an der er sich des Nachts wärmen könne.

Zitternd versteckte Barbara sich hinter Anton.

»Eine Hure«, schrie Frieda Karsunke, »eine Teufelsbraut, eine, die es mit allen und jedem treibt, die will er sich zur Frau nehmen! Da seht ihr, sie hat auch ihn schon verhext.«

Anton machte sich noch größer und breiter, als er ohnehin schon war und grinste stolz. »Wie kann er sie denn zur Frau nehmen, wo sie sich doch schon mir versprochen hat.«

Wieder einmal rannte Barbara fort, und wieder fing Anton sie ein und trug sie auf seinen Schultern zurück. Mehr denn je sann sie auf Flucht.

Vorerst aber waren die Goretzkys ihr einziger Schutz, und sie versteckte sich zwischen ihnen, als gehöre sie mittlerweile wirklich zur Familie, gab sich willig und versorgte Haushalt und Kinder, so gut sie konnte. Sie wich Goretzkys Händen aus, nicht aber seinen begehrlichen Blicken. Redete er von Heirat, lachte sie ungläubig, lief zu seinen Kindern, spielte mit ihnen und bedeutete ihm so, daß sie ja selbst noch ein Kind und viel zu jung für die Ehe sei.

Das Trauerjahr ging seinem Ende entgegen. Ein neuer Winter stand vor der Tür und erfüllte die Herzen der Glumbecker mit wachsender Sorge. Es war mehr als fraglich, ob die Erträge, die man den Feldern abgerungen hatte, bis zur nächsten Ernte ausreichen würden«, um Mensch und Tier zu ernähren. Wenn Gott und der Parchimer nicht endlich ein Einsehen haben und sich gnädig erweisen würden – Gott durch einen kurzen milden Winter und der Parchimer doch noch durch neue Aufträge, dann wären sie verloren.

Bei Goretzkys sah es nicht ganz so schlimm aus wie bei den meisten anderen. Sie hatten ein paar mehr Schweine im Stall und

110

eine Kuh und ein Pferd. Und in der Kammer von Barbara lagerten Rüben und Kartoffeln so hoch, daß für ihren Strohsack kaum noch Raum war.

Am Weihnachtsabend entnahm Barbara der Kleiderkiste ein frisches Kleid, das vorletzte vom guten Vater Franz. Das allerletzte war ein weißes. »Das soll für deine Hochzeit sein«, hatte Franz gesagt.

Auf dem Weg zur Kirche bot Goretzky ihr seinen Arm. »Die Leute können's ruhig sehen, daß wir verlobt sind«, sagte er. Ängstlich sah Barbara sich nach Anton um. Doch der, anstatt eifersüchtig zu sein, schien sich an dem guten Einvernehmen zwischen seinem Vater und Barbara zu erfreuen.

Wie immer war die kleine Kirche ungeheizt, doch verbreiteten die gedrängt sitzenden, festlich verpackten Glumbecker ein reichliches Maß an Eigenwärme. Viele hatten, wie Goretzky, dem weihnachtlichen Hoffnungsgebot kräftig mit Selbstgebranntem auf die Sprünge geholfen, aber der Weihrauch überdeckte den Schnapsatem. Vorn am Altar beleuchteten ein paar Kerzen das Bethlehembild und das Stehpult mit der Bibel, hinten in den Bankreihen war es dunkel.

Barbara, flankiert von Goretzky und Anton, fühlte sich sehr unwohl zwischen den beiden schwitzenden Männerkörpern. Je schmaler sie sich machte, um so näher rückten Vater und Sohn. Stille Nacht, heilige Nacht. Goretzky legte ihr seinen Arm um die Schulter und versuchte, an ihrem Busen zu fingern. Anton streichelte ihr Knie. Sie konnte nichts dagegen tun. Goretzky schnaufte aufgeregt.

»Friede sei mit euch«, sagte der Pastor.

»Um im Frieden friedlich zu verhungern«, murrte ein Mann hinter Barbara. »Da wär doch ein Krieg noch besser!«

Das Weihnachtsessen, das aus Kartoffeln, Rüben, Speck und noch mehr Schnaps bestand, dauerte lange. Goretzkys Gesicht wurde immer röter, die ausholenden Bewegungen, mit denen er nach Barbara griff, immer fordernder, aber auch ungezielter. Die Kinder schliefen am Tisch ein.

Als Anton ging, nach dem Vieh zu sehen, gelang es Goretzky endlich, Barbara auf seinen Schoß zu zerren. Er war bärenstark. Seine klebrigen Finger machten sich an Barbaras Kleid zu schaffen. Er klemmte sie ein zwischen seinen Schenkeln. »Kleine Katze«, lallte er, »ich weiß doch längst, was du für eine bist, eine mit dem Teufel im Leib, ich weiß es doch von Wotersen persönlich.«

Ihr wurde übel, und sie mußte sich übergeben, quer über Goretzkys Festtagsjacke. Der Mann begriff's nicht recht, glotzte verblüfft und lockerte seinen Griff. »Da soll doch gleich . . .!«

Als sie unter ihm wegrutschte, trank er ein weiteres Glas Schnaps, sagte: »Dich krieg ich noch!« und sackte mit dem Kopf vornüber auf den Tisch. Barbara stürzte vor die Tür und versuchte mit Schnee das Erbrochene von ihrem Kleid zu waschen. Anton kam aus dem Stall.

»Ist viel zu kalt hier für mein Engelchen«, sagte er, »bring ich dich jetzt zurück ins Warme.«

Er nahm sie hoch, legte sie sich wie gewohnt quer über die Schulter und trug sie ins Haus.

Vor Anton brauchte sie keine Angst zu haben, er war ihr gehorsamer Diener. Dankbar schmiegte sie sich an ihn. Doch auch Anton hatte viel mehr als sonst getrunken. Darum wollte er plötzlich nicht mehr von ihr lassen, nachdem er sie in ihrer Kammer aufs Bett gelegt hatte. Sie fauchte ihn an: »Geh Anton, genug für heute, verschwinde!«

»Heute nicht«, grummelte er, »weil, es ist doch Weihnachten, und ich muß endlich heiraten, kann ich nicht mehr warten, tut mir schon alles weh.«

Als er sich auf sie fallen ließ, fing Barbara an zu schreien. Es war das erste Mal, daß sie die Kontrolle über ihn verlor.

Barbara schrie und schrie so gellend laut, daß Goretzky aus seinem Rausch zu sich und ihr zu Hilfe kam. Er torkelte in die Kammer, riß seinen Ältesten fort von Barbara und begann, auf ihn einzuprügeln.

Anton war Schläge gewohnt und hatte gelernt, diese in stoischem Gleichmut als gerecht und notwendig hinzunehmen. Obgleich inzwischen seinem Vater an Körperkraft weit überlegen, wäre er nie auf die Idee gekommen, sich gegen ihn zu wehren. Doch heute war es anders, denn Barbara, auf ihrem Strohsack hinter ihm, konnte nicht aufhören zu schreien, und da überkam Anton plötzlich das Gefühl, daß seinem Engel in Gestalt des prügelnden Goretzky schreckliche Gefahr drohe und daß er sie dringend verteidigen müsse. Darum hielt er seinem Vater grob die Arme fest. Der Alte wand sich vor Wut und Schmerz und trat seinem Sohn brüllend in den Unterleib. Für den Bruchteil einer Sekunde erstarrte Anton und bemühte sich verwirrt, den Zusammenhang zu begreifen zwischen seinem Vater und diesem grausam stechenden Schmerz. Dann kam der nächste Tritt, schlimmer noch als der erste, und Anton schrie: »Vater, darfst mir doch nicht mein Gemächte zertrampeln, wo ich grad eben hab heiraten wollen!«

Aber der Alte konnte ebensowenig mit dem Treten aufhören wie Barbara mit ihrem Schreien, und da versetzte Anton seinem Vater ein paar unkontrollierte Hiebe. Mit ungläubig aufgerissenen Augen drehte der sich einmal um sich selbst und ging dann krachend zu Boden.

Sogleich wurde es totenstill im Raum. Kein Schrei mehr von Barbara, kein Laut, nicht einmal ein Stöhnen von Goretzky.

»Mußt doch keine Angst haben, mein Engel«, sagte Anton und bedeckte die zitternde Barbara mit Wotersens Reisedecke. »Bin ich ja bei dir und beschütze dich, hab ich dir doch versprochen.«

Dann schleifte er seinen Vater an den Füßen zur Kammer hinaus in den Wohnraum. Dort hockte er sich hin, rüttelte und schüttelte ihn, rief: »Vater, nun mach mal nicht so, hab's ja nicht tun gewollt«, und goß ihm schließlich sogar eine Kanne voll Wasser ins Gesicht. Aber Goretzky kam nicht wieder zu sich. Da weinte Anton sehr, und das Weinen strengte ihn mehr an als alles Vorausgegangene. Er legte sich neben seinen Vater auf den Boden und versank alsbald in tiefen Schlaf.

Es dauerte eine ganze Weile, bis Barbara sich beruhigt hatte und hinüberging.

Sie wagte nicht, sich den Männern zu nähern, wickelte sich vielmehr ihre Decke um die Schultern und rannte in die Nacht hinaus, um Frieda Karsunke zu holen.

Die weise Frau besah sich die Bescherung in der Goretzky-Kate. Bei Anton genügten ein paar Fußtritte, ihn zu wecken und hochzubringen. Goretzky jedoch rührte sich nicht.

Frieda hielt ihm eine Hühnerfeder vor die Lippen. »Wenigstens atmet er noch«, sagte sie. »Aber er hat schwer eins auf den Kopf gekriegt.«

»Ist doch bloß hingefallen«, jammerte Anton, »weil meine Barbara nämlich so geschrien hat.«

»Wieder mal eure Barbara!«

»Meine!« sagte Anton. »Deshalb hab ich ihn aus ihrer Kammer gezogen.«

»Und ihn dabei schlimm zugerichtet.«

»O nein!« sagte Anton empört. »Ich doch nicht, könnt ich ja gar nicht, ist doch mein Vater!«

Er hatte es aber doch gekonnt und seinem Vater ein Bein gebrochen und eine Schulter und fast auch noch den Kopf zerschlagen. Es würde viel Zeit und Friedas ganze Heilkunst beanspruchen, ehe Goretzky seine Knochen wieder gebrauchen könnte.

Eines Morgens dann, einige Wochen später, waren Goretzkys Pferd und der Leiterwagen, waren Barbaras Kleiderkiste und ihr Strohsack, war ein Gutteil der Rüben, Kartoffeln und anderer Vorräte, waren zwei Speckseiten und Wotersens Reisedecke und waren vor allem Anton und Barbara verschwunden.

Niemand hatte sie aufbrechen und fortfahren sehen – niemand außer Frieda, die Goretzky ein Schlafmittel eingegeben hatte.

Zwar hielt sie Pferd, Wagen und Vorräte für einen sehr hohen Preis, doch hatte sie nach sorgsamem Abwägen beschlossen, daß der Mann die Kosten wert sei.

Als Goretzky begriff, was geschehen war, wollte er sofort hinterher. Er war aber noch nicht ganz wiederhergestellt, hatte auch kein Pferd mehr und keinen Wagen, und wenn er tatsächlich gefahren wäre, so gewiß in die falsche Richtung. Denn Barbara war klug genug gewesen, nicht gleich den Heimweg anzutreten.

Zuerst zogen Anton und Barbara nach Osten, ein paar Wochen lang, und dann nach Norden. Zwar meinte Barbara sich darauf verlassen zu können, daß Frieda Karsunke ihren Goretzky an einer Verfolgung hindern würde, doch falls ihr dies nicht gelingen sollte, dann würde es nützlich sein, ihn in die falsche Himmelsrichtung rennen zu lassen.

Anton, der das alles kaum begriff, murrte nur ein wenig, weil sich der Weg ins versprochene Sonnenparadies so lange hinzog. Doch Barbara war weiterhin sehr geschickt mit ihm, teilte gerecht ihre Strafen und Belohnungen aus, schlug und streichelte in wohlbedachtem Rhythmus und erlaubte seinem Körper, den ihren zu wärmen. Die schwere Plane, die sie über das Leitergestell des Wagens gelegt hatten, bot ihnen zwar Schutz vor Wind und Regen, gegen die Kälte jedoch nützte sie kaum. So legte Anton sich in den eisigen Nächten des Februar und März über sie, und das Glück ihrer Nähe erhitzte ihn so sehr, daß ihm der Schweiß auf der Stirn stand, während Barbara unter ihm schlief.

Manchmal geschah es nach wie vor, daß sie plötzlich schrie, wenn er so über ihr lag, schrie wie damals in der Weihnachtsnacht. Sie wußte nicht, warum sie ihn so fortschreien mußte, denn sie brauchte doch seine Wärme. Also dachte sie, daß ihre Schreie überhaupt nicht ihm galten. Er zuckte dann jedesmal zusammen, fuhr hoch, sah sich mit kämpferischen Blicken um, sprang vom Wagen, ergriff einen Knüppel und drosch wild auf Bäume und Büsche ein. Wer hatte seinen Engel in Schrecken versetzt, wer wollte ihm schaden? Wenn Barbara dann zu sich kam und wach wurde, streckte sie die Arme nach ihm aus voller Trauer und Mitleid. Und sie rief ihn mit gurrenden Lauten, so wie Hennen nach ihren Küken rufen.

Endlich wurde es Frühling, und sie erreichten das Meer. Es war ein etwas dunstiger, graublauer Tag, Meer und Himmel hatten die gleiche Farbe und gingen ohne einen wahrnehmbaren Horizont ineinander über. Das Meer erschien Barbara als die Fortführung des

Himmels, die Unendlichkeit war plötzlich greifbar geworden. Sie erlebte einen wahren Glücksrausch, fiel auf die Knie und begann zu weinen.

Ihr folgsamer Gefährte kniete und weinte mit ihr, nicht etwa aus Hingabe an dieses riesengroße, fremde Gewässer, das ihm beängstigend und streng erschien, sondern in Anbetung seines Engels, der in diesem Moment für ihn alle Strenge verloren hatte.

Den Sommer über zogen sie langsam die Küste entlang nach Westen. Die großen Städte mieden sie, die machten ihnen angst. Barbara entwickelte sich zu einer geschickten Diebin. Auch fanden sie Arbeit hier und da, verdingten sich auf den Gütern, Barbara in der Küche, Anton auf dem Feld. Zuerst entledigte sie sich der Männerhose, die sie Goretzky gestohlen hatte, dann des schwarzen Kleides. In dem weißen Kleid wirkte sie so bräutlich, wie der gute Vater Franz es sich vorgestellt hatte. Eine Braut ohne Bräutigam. Anton lachte. Die Menschen wunderten sich über das seltsame Paar.

In warmen Nächten, wenn sie mit ihrem Fuhrwerk haltgemacht hatten in einem ruhigen Waldstück, wenn der Mond schien und das Pferd im Stehen schlief und wenn dann auch noch ein Bach an ihrem Rastplatz vorbeisprudelte, dann konnte es geschehen, daß Barbara von einer grausamen Sehnsucht überfallen wurde, eine Sehnsucht, die an Friedrich-Carl vorbei ins Unbekannte, Ungreifbare ging und die tief in ihr Herz biß. Dann stieg sie aus ihrem weißen Kleid, rannte nackt zwischen den Bäumen herum, riß sich die Haut auf im Brombeergestrüpp, stieß seltsame Laute aus, keuchte, wimmerte, sprang ins Wasser, fiel hin, verdrehte sich die Knöchel, verletzte sich die Knie, brachte sich um den eigenen Atem und ließ sich schließlich erschöpft von Anton wieder einfangen. Der legte sie sich über die Schultern, trug sie leise summend hin und her, bis sie sich wieder beruhigt hatte und ihr der wehe Knöchel und die aufgerissene Haut den Herzensschmerz vertrieben hatten. Nackt, wie sie war, legte Anton sie dann auf ihren Strohsack, breitete Wotersens Reisedecke über sie und bewachte ihren Schlaf.

Anton war der beste Freund, den sie je gehabt hatte oder haben würde. Dennoch wußte sie genau, daß sie ihn verraten und verlassen mußte. Sie wartete nur auf den rechten Moment.

Ein paarmal hatten sie großes Glück, wenn nämlich dort, wo sie sich gerade aufhielten, ein Todesfall eintrat. Barbara entwickelte einen seltsamen Instinkt für das Sterben, sie spürte es wie einen Ruf. Es zog sie unwiderstehlich an. Dann wechselte sie die Kleider, band die Haare hoch, begab sich, nun schwarz und ernst, in das Sterbehaus und machte sich ohne Umstände daran, den Toten zu waschen und herzurichten. Es war kaum möglich, sie fortzuschicken, weil sie sich taub und stumm stellte, und sowieso überzeugten ihre zielstrebige Umsicht und die Selbstverständlichkeit ihres Tuns die Hinterbliebenen meist schnell.

Wenn es der jungen Totenfrau dann auch noch gelang, die erloschenen, oft vom Todeskampf zerquälten Gesichter durch ein schönes Lächeln neu zu beleben, wurde sie dafür belohnt mit Naturalien und sogar mit Geld.

Niemals beging sie einen Diebstahl in den Sterbehäusern, obgleich die Gelegenheit dort sehr günstig war. Sie erlegte sich diese Beschränkung aber keineswegs den Trauernden zuliebe auf, es geschah vielmehr aus Respekt vor dem Gevatter, den sie als tyrannisch und selbstherrlich erfahren hatte.

Auf den Sommer folgte ein ungewöhnlich warmer, langer Herbst. Sie fuhren jetzt südwärts, kamen dabei Barbaras Heimat immer näher. Zehn Monate waren sie schon unterwegs, es stand zu hoffen, daß Goretzky aufgegeben hatte und man die Flüchtlinge für verschollen hielt.

Sie roch die Mecklenburger Erde, sie sah Gesichter, deren Ausdruck ihr vertraut war, sie hörte den breiten mecklenburgischen Zungenschlag. Barbara wartete. Manchmal küßte sie Anton unverhofft auf Stirn und Wangen, weil sie Abschied von ihm nahm. Dann lachte er glücklich und legte sie sich quer über die Schultern. »Mein Engel!« sagte er.

Ich werde ihn noch umbringen müssen, dachte Barbara.

Anfang Dezember stießen sie in Lübs auf die Elde, das war der

Fluß, an dem auch Parchim lag. Als sie an einem großen, säulen-
bestandenen Bürgerhaus vorbeikamen, spürte Barbara den Tod
darin. Doch trieb sie das Pferd rasch vorbei, weil sie Angst hatte,
daß ihre Mutter hier bekannt wäre und man die junge mit der
alten Totenfrau in Verbindung bringen könnte.

In der folgenden Nacht, die sie in ihrem Leiterwagen am Rande
des Städtchens verbrachten, wurde es plötzlich Winter. Er kam
ohne jede Ankündigung und mit einer Härte, als wolle er schon
in seinen ersten Stunden alle Erinnerungen an den Sommer und
Herbst zunichte machen. Barbara zitterte unter seinem Zugriff.
Sie zog das schwarze Kleid über das weiße und die Männerhose
darunter.

»Ich werd dich schon wärmen, Engelchen«, sagte Anton, bereitete ihr auf dem Wagen ein Nest im Stroh und deckte sie zu. »Und
morgen ziehen wir die Plane auf.« Barbara zitterte immer noch.

»Na so was aber auch«, sagte Anton kopfschüttelnd und legte
sich über sie. Da schlief Barbara ein.

Unter Anton lag sie sicher und warm. Aber Anton war plötzlich
nicht mehr Anton, da war wieder der andere, der sie so vornehm
nach Glumbeck gebracht hatte. Sie schrie gellend auf. Und schrie
und schrie und konnte sich nicht zurechtfinden.

Diesmal war ihr Beschützer nicht so schnell wie sonst. Den
ganzen Sommer über hatte er ihr Angstgeschrei nicht gehört, so
mußte er erst wieder begreifen, was es bedeutete. Und als er dann
aufsprang und nach seinem Knüppel griff, um die bösen Geister
zu vertreiben, da war's bereits zu spät.

Der Wagen war umringt von Männern, die trugen Laternen
und wollten die schreiende Frau erretten. In wildem Zorn prügelte Anton auf sie ein, und bevor sie ihn noch ergreifen und binden
konnten, war es ihm bereits gelungen, ein paar Arme zu brechen
und einen Kiefer zu zertrümmern.

»Diese Bestie«, schrien die Männer, »dieser Unhold, er hat der
Frau Gewalt angetan!«

Barbara kam endlich zu sich, richtete sich auf und starrte verstört auf das Getümmel. Anton blutete, einige der Männer auch.

118

Sie hatten ihm die Hände auf dem Rücken gefesselt und schlugen ihn ins Gesicht. Barbara nahm sich nicht die Zeit für Mitleid. Sie ergriff ihre Decke, sprang auf der anderen Seite ab und rannte davon, ohne daß jemand es bemerkt hätte. Außer Anton. Der schrie laut auf: »Mein Engel!«, was die Männer wohl eher als eine Art Teufelsanrufung verstanden, denn es trug ihm nur noch schlimmere Prügel ein.

Barbara rannte ohne Ziel und Sinn, versteckte sich im Schatten von Häusern und Bäumen, schlug Haken wie ein Hase, obgleich sie überhaupt nicht verfolgt wurde.

Es dauerte vier Tage, bis sie in Gebbin anlangte. Eine kalte, mondhelle Nacht, das Türschloß des guten Vater Franz schimmerte matt, jedoch war die Tür nicht verschlossen. Barbara schlich hinein. Der vertraute Geruch fiel über sie wie ein Fangnetz, sie erschrak, wollte fliehen, aber es gelang ihr nicht. Sie war zurückgekehrt. Und plötzlich wußte sie, daß sie nie und nimmer im Schloß wohnen würde, nie eine Gräfin sein, nie neben Friedrich-Carl im Siggelowschen Kirchenstuhl sitzen würde, nie unter dem Siggelowschen Marmorengel begraben werden würde. Dies hier war ihr Platz, Herdfeuer, getrockneter Lavendel und dazu die Ausdünstungen seifengescheuerter Dielen.

Der Seifengeruch! Sie sah sich wieder auf dem Holztisch in der Küche liegen, Arme und Beine mit Stricken gebunden, sah ihre Mutter, die mit versteinertem Gesicht Seifenlauge in sie hineingoß.

Da war so viel Wut gewesen, und Barbara erinnerte sich jetzt an das, was ihre Mutter, wenn zwischendrin die Wut der Verzweiflung wich, über Friedrich-Carl gesagt hatte: Der sei gewiß keiner, der wider den Stachel löckt, denn sein Großvater habe beizeiten allen Mut aus ihm herausgeprügelt.

Barbara hörte Magdalenas Atem, ein leises Stöhnen, ein Röcheln. Und dann bemerkte sie noch einen anderen Geruch, einen, der nicht hierher gehörte. Es war der säuerliche Geruch von Krankheit. Barbara tastete sich in die Ecke zu ihrer alten Schlafstatt. Es war noch alles so wie früher, der Strohsack mit dem Laken, die Decke zusammengefaltet. Sie zog die Männerhose aus und das schwarze Kleid, das weiße behielt sie an. Sie legte sich auf ihr Bett und schlief sofort ein.

Am nächsten Morgen wurde sie geweckt von groben Händen. Eine Frau stand dort, stand vor ihr und rüttelte sie. Eine junge unbekannte Person mit breitem freundlichem Gesicht, die um die Taille einen Sack als Schürze trug.

»Wull ick doch mol weeten«, schimpfte sie, »wat du hier tu söken hast!«

Barbara hatte tief und gut geschlafen. Sie kam hoch und betrachtete die Fremde, die unter ihrem gelassenen Blick meinte, sich verteidigen zu müssen.

»Der Kaufmann Hermann Wotersen nämlich, der hätt mi engaschiert. Dat ick de arme Fru versorgen tu. Und hei betolt mi dafor.«

Barbara nickte. Der Mann aus Parchim war offenbar groß im Bezahlen. Was er sich wohl diesmal mit seinem Geld einhandeln wollte? Und wieso mußte »de arme Fru« versorgt werden? Die Gegenwart dieser fremden Versorgerin war Barbara schwer erträglich, also nahm sie sie unmißverständlich bei den Schultern, drehte sie um, schob sie zur Tür hinaus und schloß hinter ihr ab.

»Dat wull ick aber den Herrn Wotersen vertellen«, schrie die Frau.

Barbara reagierte nicht. Sie wandte sich ihrer Mutter zu. Die lag auf dem Bett, das eine Auge geschlossen, das andere weit aufgerissen, und starrte die Tochter an.

Als Magdalena versuchte etwas zu sagen, erkannte Barbara, daß die eine Hälfte des Gesichtes gelähmt war und die andere allein nicht die Kraft hatte, Worte zu formen.

Barbara kniete sich neben das Bett, legte ihr Gesicht gegen die gute Hälfte und weinte.

Am nächsten Tag sprach der Dorfschulze Treptow persönlich in der Winkelmann-Kate vor. Barbara hatte liebevoll ihre Mutter versorgt, hatte Wände und Boden der Kate saubergeschrubbt, hatte sich selbst und ihr Kleid gewaschen, den Ofen geheizt und einen Tannenzweig auf die Platte gelegt, damit sein Duft den Geruch von Krankheit und Tod vertriebe.

»Bist du die Tochter, die bei einer Familie in Schlesien die Haushaltsführung erlernt und als Magd gedient hat?«

Barbara nickte.

»Und wieso bist zu jetzt wieder hier?«

Barbara deutete auf ihre Mutter.

»Kannst du mir nicht vernünftig antworten?«

Kopfschütteln.

»Soll das heißen, daß du nicht reden kannst?«

Barbara nickte.

»Daß du vollkommen stumm bist?«

Barbara nickte erneut, und der Schulze seufzte. »Aber schreiben kannst du?«

Umgehend brachte sie Zettel und Bleistift zum Vorschein und sah ihn fragend an, so wie ein Dorfschreiber seinen Kunden ansehen würde.

»Also: Warum bist du dort weggelaufen?«

Sie schrieb: Weil ich dort nicht bleiben konnte.

»Wieso nicht?«

Vater und Sohn haben sich meinetwegen geprügelt.

»Du hast den Familienfrieden zerstört und Vater und Sohn gegeneinander aufgebracht?«

Nicht ich.

»Wer denn?«

Ihr Begehren.

Der Schulze betrachtete die vor ihm Stehende aufmerksam. Ein mageres Ding, hochgewachsen, das dunkle Haar zu zwei festen Zöpfen geflochten und um den Kopf gelegt, die Augen sittsam niedergeschlagen.

»Es ging die Rede«, sagte er, »du habest dich dort in andere Umstände gebracht.«

Barbara sah ihn an, als hätte sie diesen Ausdruck noch nie gehört und könne sich keinen Sinn darauf machen.

121

»Mit vierzehn Jahren!« empörte er sich. »Eine vorzeitige Wildheit sei von dir ausgegangen, und das Begehren, das wird wohl eher auf deiner Seite gewesen sein. Wie alt bist du jetzt?«

Sie zeigte ihm beide Hände, dann nochmals eine und dann zwei Finger.

»Also siebzehn. Zu jung, um selbst über deinen Aufenthaltsort zu entscheiden. Darum wirst du dorthin zurückreisen, deine Mutter hat es so verfügt. Und Hermann Wotersen aus Parchim, ein wohltätiger Mann und Freund deiner Mutter, hat Ort und Familie ausgesucht und garantiert, daß du dort gut gehalten wirst.«

Barbara straffte ihren Rücken, reckte den Hals und drückte die Schultern zurück. Sittsam war der Blick, den sie auf den Schulzen richtete, nun nicht mehr, sondern aufsässig und voller Zorn. Der Schulze hielt nicht stand. Er kehrte sich ab.

»Ich habe mich bei Wotersen vergewissert«, sagte er über die Schulter. »Er will persönlich dafür sorgen, daß deine Eigenmächtigkeit korrigiert wird.«

Noch bevor er die Tür erreichen konnte, war Barbara hinter ihm her gesprungen, hatte ihn festgehalten und zum Bett ihrer Mutter gezerrt. Magdalena hob eine Hand und packte den Mann mit erstaunlicher Kraft beim Arm.

In fliegender Hast kritzelte Barbara auf ihr Papier: Meine Mutter ist zwar auf der einen Seite gelähmt, aber sie ist nicht blöd im Kopf. Und Wotersen ist nicht mein Vormund. Fragen Sie meine Mutter, was mit mir werden soll.

Der Schulze fühlte sich in die Enge getrieben. Widerwillig richtete er das Wort an Magdalena.

»Hermann Wotersen ist dein Wohltäter!«

Magdalena nickte.

»Und er hält es für richtig, daß deine Tochter nach Schlesien zurückkehrt.«

Magdalena schüttelte den Kopf.

»Du willst nicht, daß sie zurückgeht?«

Magdalena ließ seinen Arm los und griff nach Barbaras Hand.

»Sie soll hierbleiben?«

Magdalena nickte.

Seufzend murmelte der Schulze: »Also bitte, von mir aus. Es ist deine Entscheidung. Dann wirst du wohl auch in Zukunft Wotersens Hilfe nicht mehr brauchen. Übrigens hat er für deine Tochter zwei Taler ausgelegt, die mußt du ihm jetzt zurückgeben.«

Barbara lief in die Küche. Dort, hinter der Kartoffelkiste in einem verdeckten Bodenloch, wußte sie Magdalenas Geldversteck. Nach wenigen Minuten kam sie mit den zwei Talern zurück.

Schulze Treptow kniff Augen und Lippen zusammen. Der Anblick des Geldes schien ihn zu irritieren. Zögernd verwahrte er es in seiner Jackentasche. »Und du bist ganz allein von dort zurückgekommen?« fragte er Barbara.

Sie nickte.

»Und die besagten Umstände, was war damit?«

Sekundenlang überlegte Barbara, dann schrieb sie: Vielleicht weiß Hermann Wotersen etwas darüber, warum fragen Sie nicht ihn?

Kopfschüttelnd nahm der Schulze ihr Geschriebenes zur Kenntnis und steckte den Zettel zu den zwei Talern. »Deine Mutter hat schon immer gesagt, daß du nicht ganz gescheit bist.«

Barbara pflegte Magdalena mit großer Hingabe, kümmerte sich um das Haus und versorgte das Vieh. Offenbar hatte Wohltäter Wotersen oder sonstwer dafür gesorgt, daß im Stall genügend Futter eingelagert war. Dort, bei den Kühen, hinter Strohballen und Heu, fand Barbara etwas, das aussah wie ein Sarg – oder eher wie ein kleiner hölzerner Wagen ohne Räder. Es hatte die Größe eines schmalen Bettes, buntbemalt mit Blumen und Zirkusszenen, und auf der einen Längsseite stand in großen Lettern: Seraphino, der Luftgänger. Auf der anderen: Vorführung abends um sechs Uhr.

Barbara konnte sich nicht erinnern, den merkwürdigen Kasten je zuvor gesehen zu haben. Sorgfältig wischte sie den Staub herunter und entdeckte dann auch auf der vorderen Querseite eine

123

Inschrift: Magdalena Winkelmann vormals Brodersen, geboren am 11. Oktober 1810, gestorben ... Der Platz für Jahr und Tag des Todes war noch frei.

In dem Kasten lag ein Polster aus einem fremdartig silbrigen Stoff, gefüllt mit Lavendel. Dies also würde das letzte Bett ihrer Mutter sein. Seraphino, der Luftgänger? Mit aller Kraft versuchte Barbara sich an die unbeherrschten, verzweifelten Reden ihrer Mutter zu erinnern, mit denen sie die Tochter damals, in den Nächten nach den Waschungen, zu überzeugen und von neuem an sich zu binden versucht hatte. War da nicht auch von einem Sarg die Rede gewesen? Und vom Tanzen in der Luft? Ach, sie hatte nicht zugehört damals, hatte sich verkrochen in Wut und Trotz.

Der Schulze ließ sich nicht wieder sehen, auch die von Wotersen angestellte Versorgerin kam nicht mehr, ganz zu schweigen von Wotersen selber. Es hieß, er habe sich auf eine längere Reise begeben.

Sonntags ging Barbara nun wieder in die Kirche. Dort betete sie für Anton, worüber ihr jedesmal die Tränen kamen. Sie nahm an, daß man ihn ins Arbeitshaus nach Güstrow gebracht hatte, wo es ihm wohl auch nicht schlechter gehen würde als daheim in Glumbeck, aber das war ihr kein Trost. Sein Engel hatte ihn verraten und verlassen.

Im Siggelowschen Kirchengestühl saß die Gräfin Clara zwischen der mittlerweile uralten Tante Maria und der – während besonders anrührender Sätze des jungen Pastors laut schluckenden – Elisabeth. Auch der Saufgraf erschien bisweilen und mit ihm Conrad, Friedrich-Carls jüngerer Bruder, der sich kleidete wie ein städtischer Geck und der, was die Weibersucht anbelangte, in die Fußstapfen seines Großvaters zu treten gedachte. Nur, daß dessen Schuhe mehrere Nummern größer gewesen sein mußten als die des Enkels, so wie die Gebbiner überhaupt den Alten als groß im Gedächtnis hatten, groß im Verweigern und Geben, groß im Zorn und auch in der Liebe, groß in der Trauer und im Gelächter. Den Enkel Conrad hingegen nannten sie Graf Firlefanz. Niemand wußte genau, woher dieser Name stammte, doch schien er genau auf den jungen Gecken zu passen.

Friedrich-Carl saß nicht im Kirchengestühl. Er war verreist, hieß es, auch habe er sich einer Engländerin anverlobt, einer mit Geld und Grund und Boden. So würde er wohl dort bleiben in dem fernen Land und sein Erbe, die ohnehin verarmte Gutsherrschaft Gebbin, Rahden und Badekow, dem jüngeren Bruder überlassen.

Den neuen Pastor fand Barbara wunderlich, sogar beängstigend. Seine weit aufgerissenen schwarzen Augen glühten in dem wild grimassierenden Gesicht, er fuchtelte mit den Händen herum und warf vor jedem Bibelzitat ruckhaft den Kopf in den Nacken, um die langen Haare, die ihm normalerweise bis über die Augen hingen, in eine sichterleichternde Position zu bringen. So donnerte er und dräute und drohte, doch versprach er auch Belohnungen – freilich nicht mehr in dieser Welt –, und nach jedem Diktum starrte er irgendeinem Gemeindemitglied tief in die Augen. Alle kamen mal an die Reihe – und Barbara, so schien es ihr, öfter als die anderen.

Magdalena war eine ruhige Kranke. Sie verlangte nichts, und sie beklagte sich weder in Gesten noch Lauten. Die unmißverständliche Entscheidung dem Schulzen gegenüber, der feste Griff nach Barbaras Hand, waren ihr letzter aktiver Anteil an dieser Welt gewesen. Sie wartete. Oft saß Barbara still neben ihrem Bett und wartete mit ihr. Sie hätte nun gerne geredet, hätte ihr Inneres nach außen gekehrt und um Verständnis gebeten, doch es gelang ihr nicht.

Magdalena starb ohne Koma, ja sogar ohne einen letzten Seufzer. Unmittelbar davor hatte sie doch noch nach den Schreibutensilien gegriffen und mit zittriger Hand die beiden Worte »Vater« und »Sarg« geschrieben. Danach hörte sie einfach auf zu leben und sah dabei sehr zufrieden aus, sie lächelte sogar. Barbara wusch und kleidete sie, an dem Gesicht ihrer Mutter jedoch änderte sie nichts. Magdalena war immer eine schöne Frau gewesen, und jetzt, da der Tod ihre Falten glättete, war sie schöner denn je.

Barbara lief ins Schulzenamt, um das Ableben der Magdalena

125

Winkelmann zu vermelden. Die Dinge mußten ihre Ordnung haben. Daß die Tochter jetzt wieder reden konnte, schien ein Teil dieser Ordnung zu sein.

Barbara ging auch ins Pastorat. Zum ersten Mal sah sie den jungen Pastor aus nächster Nähe und im Alltagskleid. Sein Kragen war nicht ganz sauber, seine Fingernägel waren dunkel gerandet. Und der wilde Blick, mit dem er Barbara gewohnheitsgemäß zu beeindrucken suchte, wirkte hier, in der nüchternen kleinen Amtsstube nur wie ein schwacher Abglanz seiner Kanzelblicke.

Barbara wollte Zeit und Art der Beerdigung festlegen. Morgen nachmittag sechs Uhr, sagte sie, kurz und schlicht, und für die Altarkerzen würde sie selbst aufkommen. Sie wolle auch Sorge dafür tragen, daß man den Sarg bereits am Morgen in die Kirche brächte, damit die Menschen, die das Bedürfnis danach hätten, sich von Magdalena verabschieden könnten. Der Sarg würde offenbleiben und auch offen in die Grube gesenkt werden. Der Pastor blinzelte kurzsichtig.

»Offen?« sagte er entsetzt.

»Damit sie sich solange wie möglich erfreuen kann an dem Anblick von Engeln und Luftgängern.«

»Luftgänger gibt es nicht, und der Anblick von Engeln wird ihre Seele im Himmel erfreuen.«

»Luftgänger gibt es doch, und ihr Anblick hat meine Mutter bereits auf Erden erfreut. Darum soll ihr Sarg offenbleiben, bis daß die Erde ihn deckt.«

»Nein«, sagte der Pastor.

»Nein?«

»Du bist stumm, hat man mir gesagt, und auch sonst nicht ganz gescheit im Kopf.«

»Daß ich nicht stumm bin, können Sie ja hören, und wenn ich gescheit genug bin, beim Schulzen den Totenschein zu unterzeichnen, sollte es wohl auch für die Beerdigung reichen.«

»Nein«, sagte der Pastor noch einmal, »weil nämlich über die Beerdigung bereits im Vorwege entschieden worden ist.«

»Von meiner Mutter?«

Ein drittes »Nein«. Dann folgte immerhin eine etwas ausführlichere Begründung: »Da es seit geraumer Zeit evident war, daß sich das Leben der Magdalena Winkelmann dem Ende zuneigte, hat ein reicher Gönner, bevor er sich auf eine längere Reise begeben mußte, vorsorglich Form und Art der Totenfeier festgelegt und auch dafür bezahlt. Hundert Kerzen sollen brennen, der Chor der Parchimer St. Marienkirche soll ein paar erhebende Choräle vortragen, und der Gebbiner Pastor soll in einer ausführlichen Rede das fromme Leben dieser einfachen Bauersfrau und Leichenkleidnerin würdigen. Sogar einen Sarg hat der besorgte Wohltäter schon anfertigen lassen, einen schweren Eichensarg mit Messingbeschlägen und natürlich auch mit einem passenden Deckel. Und er hat aus Parchim sechs uniformierte Sargträger vorbezahlt und sogar eine Geldspende für unsere Gemeinde in Aussicht gestellt, damit endlich der Glockenturm restauriert werden kann. Darüber hinaus ist ja wohl klar, daß Totenfeiern am Vormittag abgehalten werden und nicht abends um sechs.«

Jetzt war es an ihr, nein zu sagen – laut und deutlich. Sie wolle mit jenem Wohltäter nichts zu tun haben, und als einzige Anverwandte habe sie und niemand sonst das Recht, über die Beerdigung zu bestimmen.

Es gab eine hitzige Diskussion, in deren Verlauf der junge Pastor Stück für Stück nachgab. Schließlich blieb ihm nur noch ein letztes Argument: »Aber der Glockenturm müßte wirklich restauriert werden!«

Das verstehe sie, sagte Barbara, und nachdem der Wohltäter so viel Geld an der Beerdigung gespart habe, wäre er doch sicher bereit, auf das Reparaturgeld noch ein paar Taler draufzulegen, damit auch der Himmel über der Kanzel eine neue Vergoldung erhalten könne.

Da lächelte der Pastor, und seine Augen schossen keine Blitze mehr, sondern glänzten in heiterem Einvernehmen. »Ja«, sagte er, »ein neuer Himmel, innen blau und außen golden, das würde uns gut zu Gesicht stehen.«

So war schließlich die Beerdigung voll und ganz so, wie Barbara sie wollte. Nicht hundert Kerzen, sondern sechs, die Ansprache kurz, kein jubilierender Parchimer St.-Marien-Chor, sondern ein paar einfache Liedchen, gesungen von Kindern der Gebbiner Schule, in der einst der gute Franz unterrichtet hatte. Der Sarg offen, und die Tote in ihrem heiteren Frieden sichtbar für alle, die Abschied nehmen wollten.

Es kamen viele Gebbiner, Badekower und Rahdener und auch Menschen der umliegenden Gutsherrschaften, denn Magdalena hatte in nahezu jeder Familie Tote betreut.

Auch die gräfliche Familie nahm teil, bezeugte Respekt und schien beeindruckt. Einzig Graf Firlefanz sah dreist um sich und bedachte Barbara, die in stiller Andacht am Kopfende des Sarges stand, mit ungehemmt frecher Aufmerksamkeit.

Barbara hatte zuvor in der Kate alle getrockneten Blumen und Schmetterlinge, die Magdalena dort auf Vorrat zum Schmuck ihrer Toten gehortet hatte, und vor allem den Lavendel in einen großen Korb getan und am Grab deponiert. Als der Sarg schließlich in die Grube gesenkt wurde, bat sie die Anwesenden, statt der drei Handvoll Erde drei Handvoll Blumen über die Tote zu streuen, was auch geschah. Barbara hoffte sehr, daß die Blütenschicht, die alsbald Magdalenas bräutlich gekleideten Körper bedeckte, ihr die Last der Erde tragen helfen möge.

Hermann Wotersen nahm nicht teil an der Beerdigung. Vermutlich war er nach wie vor auf Reisen. Daß er dennoch nicht uninformiert geblieben war, zeigte sich daran, daß der Gebbiner Glockenturm restauriert wurde und auch die Kanzel einen neuen leuchtendblauen Himmel mit goldenen Sternen bekam.

Wie Barbara lernte,
mit der Liebe umzugehen

Hermann Wotersen sei, so erzählten sich die Leute, während der letzten Jahre etwas wunderlich geworden, hätte zu Wutausbrüchen geneigt und sich dann wieder in übertriebener Wohltätigkeit verloren, hätte Geschäfte und Familie vernachlässigt. Schließlich habe seine Frau, die geborene Steinbeck, auf Trennung bestanden und sei zurück in ihr Elternhaus nach Gut Steinbeck gegangen. Zu Magdalenas Lebzeiten sei Wotersen auffallend oft bei der Winkelmannschen Kate gesehen worden, auch noch, als Magdalena bereits gelähmt war. Und er habe ihr viel Gutes getan.

Das Gute in Hermann Wotersen interessierte Barbara kaum, auch nicht seine persönlichen Lebensumstände. Alles, was sie in bezug auf diesen Mann empfinden konnte, war ein unkontrollierbares Rachebedürfnis. Jede der vielen Mißlichkeiten, die als Folge des Wotersenschen Vergehens ihr Leben ausgemacht hatten, lastete sie ihm ganz persönlich an – mit oder ohne Berechtigung. Ohne Wotersens Eingreifen, so argumentierten ihre Gefühle, hätte sie ein besserer Mensch werden können.

Sie war nun die Herrin im Haus, niemand hatte ihr mehr zu befehlen, das Dach über dem Kopf, die Haustür, die Wände, die Kisten und Geräte, das Feuer im Herd, das Vieh und das Feld, alles war ihres. Kein Vater mehr, dem sie gehorchen mußte, keine Mutter, deren eifernde Besorgnis sich in Brutalität verlor, kein Weber Goretzky mit seinen Strafen und Begierden, keine lauernden Raubvögel um sie herum, denn sie war ja keine Beute mehr. Sie war frei, sie hatte Macht über sich selbst. Aber sie fand keine Zufriedenheit.

Während der kommenden Jahre lebte sie das ereignislose Leben einer hart arbeitenden Kleinbäuerin. Sehr bald trat sie auch in der Versorgung der Sterbenden und der Toten Magdalenas Nachfolge an. Und da sie sich offenbar nicht für die heiratsfähigen Männer der Gutsherrschaft interessierte, auch kaum je an dörflichen Vergnügungen teilnahm, wurde ihr bald, genau wie ihrer Mutter, nachgesagt, sie unterhielte eben ein unziemliches Liebesverhältnis mit dem Gevatter Tod. Und zu dem paßte sie ja auch mit ihrer weißen Haut, den großen dunklen Augen und diesen dünnen Fingern, die sich leicht taten mit dem Herrichten der Toten.

Im Gegensatz zu Magdalenas strahlender Lebendigkeit wirkte Barbara ernst und zurückhaltend, und nur die größten Draufgänger und Angeber wagten es, sich ihr zu nähern. Schmalhüftig, langhalsig und zartknochig wie sie war, entsprach sie auch keineswegs den örtlichen Schönheitsidealen. Auch gab sie sich ungewöhnlich selbstbewußt, als habe sie etwas, das sie den anderen überlegen machte. Kaum je schlug sie die Augen nieder, nicht einmal mehr in der Kirche.

Im Schloß wohnten jetzt nur noch der Saufgraf nebst seiner Gattin, der früh vertrockneten Clara, und seinem Sohn Conrad, dem Grafen Firlefanz. Die kleine Elisabeth hatte zur allgemeinen Überraschung eines Tages verkündet, sie beabsichtige, den Gebbiner Pastor zu ehelichen. Da gegen diesen nichts sprach, außer daß er arm war – und darin stand ihm Elisabeth nicht nach –, gaben die Eltern schließlich ihr Einverständnis. Elisabeth gebar rasch hintereinander drei Knaben, verlor Schluckauf und Schüchternheit und ging nie wieder hinüber zum Schloß.

Und dann im Jahr 1865 starb, dreiundsechzigjährig, Christian-Carl von Siggelow, der Saufgraf.

Beim Tod des Uralten, vor vierzehn Jahren, war Friedrich-Carl im Einspänner gekommen. Jetzt war es Graf Firlefanz, sein Bruder, und er kam nicht still und würdig, wie es hätte sein sollen, er war eher freudig erregt und trug statt eines schwarzen Halstuches ein rotes.

»Als Totenfrau scheint Sie mir reichlich jung«, sagte er zu Barbara.

»Es steht dem Herrn frei, sich eine andere Totenfrau zu suchen.«

»Warum denn, Sie gefällt mir sehr gut. Ein gar hübscher Gegensatz, so ein feurig junges Weib, das sich über einen alten, abgestorbenen Körper hermacht.«

»Am Gefallen des jungen Herrn ist mir nicht gelegen. Und überhaupt sollte man sich auf die Würde des Todes besinnen.«

Ihre Antwort schien den Grafensproß nicht zu verdrießen. »Von jetzt an hab ich hier das Sagen«, schwadronierte er und sah ihr, wohl in Erwartung ihrer Ehrerbietung, direkt ins Gesicht. Barbara wollte sich schon abkehren, doch dann zögerte sie.

»Soviel ich weiß, sind Sie nur der Zweite in der Erbfolge. Was ist mit Ihrem Bruder, dem Grafen Friedrich-Carl?«

»Der ist doch längst auf und davon, lebt hoch oben im Schottischen mit Weib und Kindern. Der kommt nicht zurück.«

»Und wenn doch?«

»Warum sollte er. Hat ein paar tausend Schafe und ein Schloß so groß wie das in Ludwigslust. Die Frau ist zwar eher häßlich, aber ihr Vermögen gibt ihr den gewünschten Glanz. Und das Bedürfnis nach Schönheit kann sich ein reicher Mann leicht außer Haus erfüllen.«

»Weiß er um des Vaters Tod?«

»Noch nicht, aber man hat eine Nachricht an ihn auf den Weg gebracht.«

»Könnt ja sein, daß er den Tod zum Anlaß nimmt ...«

»Was redet Sie denn vom Bruder«, unterbrach Graf Conrad sie ungeduldig. »Wenn Sie sich für die Siggelower Jungmänner interessiert, bin ich hier der einzige. Wär auch nicht abgeneigt, nur damit Sie's weiß!« Er lachte und versuchte ihr die Wange zu tätscheln. Als sie zurückwich, lachte er noch mehr.

»Hätt's fast vergessen, Sie ist ja dem Gevatter vermählt, eine recht innige Ehe soll das sein! Um so aufregender, ihm endlich einmal Hörner aufzusetzen.«

Es war das erste Mal, daß Barbara ihren Fuß in das Siggelower Schloß setzte, und schon nach wenigen Minuten wünschte sie, daß sie sich der ersehnten Bestätigung ihrer heiteren Phantasien durch die Wirklichkeit enthalten hätte. Wo waren die bunten Seidenkissen, auf denen die schöne Sophia mit ihrem Teufelchen gespielt hatte, wo die glitzernden Kronleuchter und dicken weichen Bodenbeläge? Schlaff hingen die ausgeblichenen Portieren, den Teppichen sah man Generationen schwerer Männerschritte an, die Wände atmeten modrig feuchte Kühle. Man führte sie durch einen langen, kaum beleuchteten Flur. Rechts und links gab es viele Türen, die waren so hoch und breit, als seien sie für Übermenschen gebaut worden. Barbara dachte an Friedrich-Carl.

Plötzlich fühlte sie sich schwach und hilflos. Jahrelang hatte sie sich vorgegaukelt, Friedrich-Carl gegen die Zwänge seiner Familie verteidigen zu können, jetzt gelang es ihr nicht einmal mehr, ihre eigenen Träume zu beschützen.

Die Tür ganz am Ende des Ganges stand offen. Dort erwartete Gräfin Clara, vornübergebeugt am Schreibtisch sitzend, die Totenkleidnerin. Der gemalte Tod, der zwischen den verdunkelten Fenstern hing, schaute ihr über die Schulter. Barbara knickste und murmelte Beileidsworte.

»Schließ Sie die Tür«, sagte Gräfin Clara, »damit wir nicht belauscht werden.«

Ihre Augen glitzerten seltsam, und sie hatte rote Flecken auf den Wangen. Barbara wäre es bei offener Tür wohler zumute gewesen. Was sollte es hier zu bereden geben, das nicht jedermann hören durfte?

»Sie ist also die Tochter der Magdalena Brodersen«, sagte Gräfin Clara.

»Winkelmann«, flüsterte Barbara, »Magdalena Winkelmann.«

»Ja, ja, die Toten-Lena hat später doch noch geheiratet, diesen Lehrer, dem der Alte von meiner Mitgift ein Schulhaus gebaut hat, obgleich es ja schon eines in Rahden gab, ein öffentlich finanziertes. Es war da wohl eine Verbindung zwischen den beiden, eine sentimentale.«

Aus zusammengekniffenen Augen fixierte Gräfin Clara die vor ihr Stehende. »Was weiß Sie davon?«

132

»Mein Vater war ein guter Lehrer«, sagte Barbara verwirrt.

»Darum geht's nicht. Sie sieht ihrer Mutter nicht im geringsten gleich.«

Barbara wußte nicht, was sie darauf antworten sollte. Sie warf einen Blick auf den Gevatter hinter Gräfin Clara und nahm ihren Mut zusammen: »Ich dachte, ich sollt hier einen Toten herrichten?«

»Einen Toten? Ach ja, das soll Sie wohl, Sie soll einen Toten herrichten«, sagte die Witwe, und es klang, als müsse sie sich den Verstorbenen erst mühsam wieder ins Gedächtnis rufen. »Er war mein Mann, ein schwacher Charakter, kein Vergleich mit dem Alten. Und ist gestorben ohne Kampf. Wem gleicht Sie denn nun, wenn nicht der Mutter?«

Barbara richtete sich auf und drückte die Schultern zurück. »Dem Vater, wenn's recht ist«, sagte sie energisch, »und der war ein solider guter Mensch.«

»Ja, ja, der hat Ihr Rede und Auftritt beigebracht, der gute Mensch. Und uns Siggelower jährlich mehr als zwanzig Taler gekostet. Es gab da auch noch diese Großmutter, die Kathrine, die ist im Schloß ein- und ausgegangen, noch vor meiner Zeit. Das war die ursprüngliche Verbindung, die sentimentale. Und ich will Ihr etwas sagen, der Alte, der hat mir nähergestanden als der Sohn. Versteht Sie das?«

Barbara schwieg.

»Ohne ihn wäre ich nie nach Gebbin gekommen, hätte nie diesen saufenden Schwächling geheiratet, hätte mein kleines ererbtes Vermögen nicht in ein verrottetes Gut gesteckt, wäre daheimgeblieben in Lübs und hätte Wohltätigkeit geübt. Nur für den Alten hab ich den Jungen ertragen. Aber weil ich mit seinem mißratenen Sohn verheiratet war, hat mich der Vater kaum je wahrgenommen, jedenfalls nicht als Frau, höchstens als Mutter von Friedrich-Carl.«

»Friedrich-Carl . . .?« flüsterte Barbara.

»Das ist mein Ältester, der einzig Wohlgelungene. Die anderen sind nichts wert. Aber den Alten, den konnte niemand ersetzen, nicht in meinem Herzen und nicht in der Ritterschaft.«

133

»Und dieser Gelungene?« fragte Barbara begierig, »was ist mit dem?«

»Hat sich davongemacht.«

»Wird er denn nie zurückkommen?«

»Was weiß ich. Vielleicht, wenn ich einmal sterbe. War ja doch recht anhänglich und liebevoll, mein Friedrich-Carl, wird sich von mir verabschieden wollen.«

Barbara betrachtete die Gräfin Clara, sah eine alte dürre Frau, fiebrig erregt, mit einer schwarzen Bänderhaube über strähnig grauen Haaren. Wie lange würde sie noch zu leben haben? Nimm sie bald zu dir, Gevatter Tod, vielleicht kommt dann ihr Sohn zurück.

»Also, was ist«, fragte die Gräfin mit dünner hoher Stimme, »fließt etwa das Blut des Alten in Ihren Adern? Sie kann's mir ruhig anvertrauen, ich werd's bei mir behalten, das süße Geheimnis.«

Barbara erschrak. »Nein, nein, gewiß nicht. Die Mutter, die war . . ., die hat nur einen Mann gehabt, einen sehr geliebten. Und ist niemals im Schloß bei dem alten Herrn gewesen.«

»Stimmt nicht!« Claras hämisches Gelächter klang wie das eines auftrumpfenden Kindes. »Der Alte war ja ganz okkupiert von ihr. Und als es ans Sterben ging, da hat er immer wieder geschrien: ›Schickt nach Kathrines Tochter, legt sie zu mir, sie soll mich wieder wärmen. Die Mutter hat mir die Tochter verkauft, den Preis hab ich längst bezahlt, aber geliefert hat sie nicht. Ich will sie haben hier, jetzt, sie soll mich am Leben halten‹ und so weiter. Er war gar nicht mehr zu stoppen, der Alte, ein schreckliches Sehnsuchtsgeschrei. Sehr peinlich für die Angehörigen. Nicht die Söhne wollte er bei sich haben, nicht die Schwiegertochter, sondern eine, für die er bezahlt hatte, damit sie ihn wärme.«

Da Barbara aus Gründen des Respekts nicht wagte, ihre Hände über die Ohren zu legen, schloß sie wenigstens die Augen. Sie zitterte vor Zorn und Scham.

»Da ist er wohl nicht mehr ganz bei sich gewesen, der alte Herr«, flüsterte sie. »Und könnte man mir jetzt bitte den Weg ins Sterbezimmer weisen.«

Gräfin Clara sprang auf und griff nach Barbaras Arm. »Sie will fort von mir, warum? Es gibt so viel noch, das man bereden müßte!«

»Ich bin gekommen, um den Toten herzurichten«, sagte Barbara, schüttelte die Hand ab und wandte sich zur Tür. »Aber vielleicht sollte die Frau Gräfin sich lieber selbst dem Verstorbenen widmen, das wär mir sehr recht, dann könnt ich wieder gehen.«

Kaum hatte sie die Tür hinter sich zugeworfen, war aus der Bibliothek ein Schrei zu hören, gefolgt von dumpfem Gepolter. Barbara drehte sich nicht um. Als würde sie von wilden Hunden gehetzt, stürzte sie den langen Gang entlang, hinunter ins Freie. Nur weg von hier, zurück in ihr Haus, ihr Zimmer, ihr Bett.

Sie rannte den ganzen Heimweg, nahm Seitenwege, wechselte vom Wald aufs Feld und zurück, als wollte sie Spuren verwischen, um sich vor Verfolgern zu schützen. Nie wieder würde sie zum Schloß gehen oder mit einem von dort ein Wort wechseln. Doch als sie atemlos bei ihrer Kate anlangte, da stand der Siggelowsche Einspänner bereits wieder vor der Gartentür. Immerhin schienen inzwischen dem Grafen Firlefanz die Faxen vergangen zu sein. Mit hängenden Schultern und geröteten Augen hockte er auf dem Kutschbock.

»Jetzt hat's die Mutter auch erwischt«, sagte er.

»Wie denn?« fragte Barbara erschrocken. »Ist sie tot?«

»Nicht ganz. Aber viel Leben ist ihr nicht mehr geblieben. Was hat Sie denn nur mit ihr angestellt? Und warum ist Sie plötzlich fortgelaufen?«

»Die Frau Gräfin wollte den Toten selbst herrichten«, log Barbara, »so hat sie mich fortgeschickt. Und ich muß schließlich auch mein Vieh versorgen. Und das Feld noch dazu, bin ja ganz allein. Kann mir nicht leisten, Zeit zu verschwenden.«

»Ich bitte Sie, komm Sie mit mir zurück. Die Verantwortung . . ., ich weiß nicht . . ., bin's ja nicht gewohnt.«

»Eine Stunde nördlich von hier, in Lancken, da gibt's auch eine Totenfrau.«

»Die Mutter hätt aber nur Sie gewollt. Ich weiß es, sie hat mir's gesagt. Weil Sie sich ja nicht nur auf den Tod, sondern auch aufs Sterben versteht.«

»Fürs Sterben ist der Arzt zuständig. In Parchim gibt's derer fünf.«

Graf Conrad schluckte. Seine Augen schwammen, als er sich Barbara erneut zuwandte.

»Wenn ich Sie doch bitte!« sagte er, und es klang so eindringlich, als würde sich dadurch jedes weitere Argument erübrigen.

Barbara betrachtete ihn verwundert. Soviel Engagement hätte sie ihm niemals zugetraut. Dennoch wäre sie wohl bei ihrer Weigerung geblieben, hätte sie sich nicht plötzlich an Friedrich-Carl erinnert gefühlt. Die gleichen Augen, die gleiche breite Stirn, das eckige Siggelowsche Kinn.

»Hat man denn nach dem Arzt geschickt?« fragte sie, um Zeit zu gewinnen.

»Sobald ich Sie sicher neben meiner Mutter weiß, werd ich selbst fahren, der Kutscher ist krank, dem zweiten Jagdwagen fehlt ein Rad.«

»So schlecht steht es um die Gebbiner Gutsherrschaft?«

»Davon reden wir jetzt nicht. Und wenn Sie nicht mit mir kommt, dann kann ich auch keinen Arzt holen, weil ich mich nicht fortbewegen werde von hier ohne die Totenfrau.«

So stieg sie also doch wieder auf. Unterwegs mußte sie gar die Zügel nehmen, weil der Mann neben ihr blind vor Tränen war. Der zweite Sohn sei nichts wert, hatte Gräfin Clara gesagt. Immerhin schien er seine Mutter zu lieben.

Zehn Tage lang blieb Barbara im Siggelowschen Schloß, derweil zwei Gutsknechte sich um ihr Vieh bekümmerten. Sie richtete den Toten her und besprach mit dem Pastor die Beerdigung. Sie versorgte Gräfin Clara und bewachte ihr langsames Sterben. Sie hielt ihre Hand, weil der Arzt gesagt hatte, man könne nichts mehr tun und die Kranke würde wohl auch nichts mehr verspüren – aber vielleicht doch, wer weiß, ein stilles Handhalten sei also angebracht. »Ich will dir gewiß nicht ins Handwerk pfuschen,

Tod«, sagte sie, »sondern nur der alten Frau behilflich sein beim Aufbruch in dein Reich.«

Und sie hörte dem Grafen Firlefanz zu, der sich nach wie vor in Betroffenheit erging. »Geliebt hat sie immer nur den Älteren«, sagte er, »und natürlich vor allem den ganz Alten. Drum bin ich geworden, was ich bin.«

»Und was ist das?« fragte Barbara.

»Nichts wert«, sagte Conrad. »Sie hat gesagt, ich sei nichts wert, und das hab ich ihr bestätigt.«

Das Selbstmitleid, das in seinen Worten lag, stieß Barbara ab.

Am neunten Tag schließlich glitt die Kranke hinüber, kampflos und unauffällig.

»So still, wie sie gelebt hat«, sagte Conrad.

Barbara dachte, daß es entgegen der allgemeinen Ansicht in Clara Siggelows Herzen wohl alles andere als still zugegangen war.

Am Abend dieses neunten Tages kam Friedrich-Carl.

Barbara hatte die Tote gewaschen, gekleidet und geschmückt, hatte ihr die Falten aus dem Gesicht gestrichen, ein paar graue Strähnen zu Löckchen gedreht und den Rand der Witwenhaube mit Blumen verziert. Jetzt kniete sie ruhig neben dem Sarg, verzieh der Toten ihre merkwürdigen Ausfälle gegen Magdalena und wünschte ehrlichen Herzens gute Reise.

Als Friedrich-Carl ins Sterbezimmer trat, brauchte Barbara nicht einmal die Augen zu öffnen und den Kopf zu heben, um mit absoluter Sicherheit zu wissen, daß er es war. Sie fühlte und hörte, wie er sich seiner toten Mutter näherte, ihr Hände und Stirn küßte und sich dann ebenfalls niederkniete, Barbara gegenüber.

Vierzehn Jahre waren vergangen seit ihrer letzten Begegnung. Einst hatte der Tod sie zusammengeführt und es paradoxerweise möglich gemacht, daß sie sich in Rausch und Hingabe ihres Lebens versicherten. Und jetzt war es wieder ein Tod, über den sie sich trafen. Rechts und links des Sarges kniend, brachten sie ihre Sehnsüchte auf den Weg zueinander.

Als sie schließlich die Köpfe hoben und es wagten, einander anzuschauen, verloren sie sich nicht in Erstaunen über die veränderte Physiognomie, in Spurensuche oder gar Eifersucht auf die bestimmenden Einflüsse des abgelebten Lebens. Sie sahen nur das, was sie auch damals schon gesehen hatten – nichts, aber auch gar nichts war in der Zwischenzeit geschehen.

Gleichzeitig erhoben sie sich, strichen die Kleider glatt, warfen einen letzten Blick auf die Tote und verließen gemeinsam das Sterbezimmer.

Während der folgenden Monate verfielen Barbara Winkelmann und Friedrich-Carl Siggelow der Liebe ohne Gegenwehr und Rückendeckung. Nichts anderes konnten sie mehr denken und fühlen, jede Situation, in der sie getrennt ihren Geschäften nachgehen mußten, erschien ihnen als Perversität und Gotteslästerung, denn eine derartig überwältigende Kraft konnte wahrhaftig nur ihren Ursprung in Gott selbst haben. So wurden sie hochgerissen in eine gefährliche Realitätsferne, und weil sie dort keinen anderen Halt als sich selbst fanden, verkrallten sich ihre Körper und Seelen ineinander in dem wütenden Bemühen, nun tatsächlich, wie Gott es geboten hatte, ein Fleisch und eine Seele zu werden.

Das ging so lange, bis Barbara begriff, daß sie schwanger war. Als sie es Friedrich-Carl erzählte, gab sie sich überaus fröhlich, brach in lautes Gelächter aus und rief ein ums andere Mal: »Ein kleiner Siggelow! Man stelle sich das vor, ein Siggelow im Bauch der armen Totenfrau!«

Friedrich-Carl lachte nicht.

Im Laufe der nächsten Tage erschien es dann, als wollten beide sich jeweils die Stimmung des anderen zu eigen machen: In Friedrich-Carl begann Freude zu keimen, während Barbaras Gelächter unter dem Ascheregen grauer Vernunft seinen Glanz verlor.

Sehr langsam, so wie es seinem schwerblütigen Wesen entsprach, begriff Friedrich-Carl: Ein Siggelow, fürwahr, ein in Liebe gezeugter, sein eigener! Endlich ein Abkomme dieses verkniffenen Geschlechts, der glücklich sein dürfte. Welch ein überzeugender Grund, in die Heimat zurückzukehren und nun doch sein Erbe anzutreten, hier in Gebbin, wohin er gehörte. Die Angelegenheit dort oben in Schottland würde er schon irgendwie lösen. Er streichelte Barbaras Bauch und verlor sich in lächelnder, sinnverwirrter Anbetung ihrer Mutterschaft.

In Barbara machte sich derweil wieder einmal Magdalenas Erbe bemerkbar: Sie wurde nicht nur vernünftig, sie wurde auch hart.

»Dies ist allein mein Kind«, sagte sie, »und ich werde es auch allein großziehen. Hier in der Gebbiner Gegend gibt es eine ganze Reihe unehelicher Kinder, und in mindestens dreien fließt Siggelowsches Blut. Du weißt doch, daß dein Bruder eurem Großvater nachzueifern versucht.«

»Ich will aber nicht, daß ein Kind von mir unehelich aufwächst. Und mit meinem Bruder hab ich sowieso nichts gemein.«

Es war ein heißer Sommerabend. Der Platz, wo sie saßen, am Gebbiner See, war von nirgends einzusehen. Beide hatten sich ihrer Schuhe entledigt, und Barbaras Kleid stand bis zur Taille offen. Ihre Brüste waren bereits etwas schwerer geworden, unter der weißen Haut zeichneten sich blaue Adern ab, die von den Seiten zur Mitte hinliefen, so als wollten sie jetzt schon den Weg für die Milchzufuhr bereiten. Entspannt lehnte sie sich gegen Friedrich-Carl.

»So werd ich also nicht allein sein, wenn du zurück nach Schottland gehst.«

»Glaubst du im Ernst, ich könnte wieder fortgehen?«

»Natürlich glaub ich das. Ich habe immer gewußt, daß du verheiratet bist.«

»Ich laß mich scheiden und bleibe hier.«

»Dann werden deine schottischen Kinder ihren Vater verlieren, und mein Kind hier wird dennoch keinen rechtmäßigen Vater haben.«

»Wieso denn nicht, wenn ich dich doch heirate.«

Barbara richtete sich auf und schaute ihn an. Und plötzlich war die Zeit wieder da, die abgelebten Jahre mitsamt den Spuren, die sie an ihm hinterlassen hatten. Kein Jüngling war er mehr, sondern ein gestandener Mann, groß und breitschultrig, schon etwas schwer in den Hüften, das eckige Siggelowsche Kinn aufsteigend aus einem stämmigen Hals, Kerben rechts und links des weichen Mundes. Der Blick seiner graublauen Augen hatte zwar immer noch etwas Offenes, Überraschtes, aber Barbara wußte, daß dies weniger von Naivität herrührte als von Kurzsichtigkeit.

Dort oben in Schottland wartete sein anderes Leben auf ihn. Während der vergangenen Wochen hatte er mehr und mehr davon geredet, besonders von der jüngsten der drei Töchter, die bernsteinfarbene Augen habe und Haare, so rot wie Karotten. Zwar klang seine Rede immer seltsam distanziert, als handelte es sich dabei eigentlich um etwas Erfundenes oder um fremde Berichte, die er von irgendwem gehört hatte und nun weitergab, doch Barbara wußte um die Realität seiner Mitteilungen, und sie wußte auch, daß das freie Schweben jenseits von Zeit und Raum seinem Ende zuging. Das Kind in ihrem Bauch zog sie unweigerlich auf die Erde zurück.

»Nein«, sagte sie.

»Nein was?« fragte er.

»Einer vom Schloß kann keine Kleinbäuerin heiraten, schon gar nicht eine, die mit dem Tod verbandelt ist. Und hast du mir nicht erzählt, daß du auf Verlangen der schottischen Barony zu den Katholischen übergetreten bist? Solche lassen sich nicht scheiden, das weiß ich mit Gewißheit.«

»Dann werd ich eben zum alten Glauben zurückkehren. Und zur alten Heimat. Ich bin dort oben doch sowieso stets ein Fremder geblieben.«

Obgleich ihr der Trotz in seiner Stimme, aus dem sie vor allem Hilflosigkeit heraushörte, ans Herz griff, verfiel Barbara in einen leisen Spott. »So ist das also, ohne alle Umständ wird der Herr Graf erst katholisch, dann wieder lutherisch, abwechselnd schottisch und mecklenburgisch, gibt mal das eine Treueversprechen, mal das andere. Der scheint sich ja einiges zuzutrauen, der Herr Graf. Und was ist mit seiner Frau? Und seinen Kindern? Und was mit der Mecklenburgischen Ritterschaft? Wie wird's denn wohl denen allen vorkommen, wenn der Herr Graf sich mit einer Totenwäscherin zusammentut?«

»Red nicht so«, sagte er und versuchte, sie wieder an sich zu ziehen. Sie jedoch machte sich los und lief ein paar Schritte in den See hinein. Mit hohlen Händen schöpfte sie Wasser, das sie sich über Haare, Gesicht und Hals goß. Er starrte sie an. »So hast du dagestanden, als ich dich das erste Mal gesehen habe, genauso.«

»Nur, daß darüber vierzehn Jahre vergangen sind, in denen wir uns voneinander weg bewegt haben.«

»Na und? Wir sind zurückgekommen.«

»Ja, schon. Die Sehnsucht ist das beste Zugtier. Und es war ein sehr weiter Weg für einen so kurzen Besuch. Doch wenn der Gast am liebsten ist, dann muß er wandern – so hat es mich mein Lehrer-Vater gelehrt.«

»Nennst du mich einen Gast?«

»Gäste sind wir beide, du in meinem Leben und ich in deinem. Ohne ständiges Wohnrecht. Und jetzt geht's vor allem darum, die Kräfte zu sammeln für den mühsamen Heimweg. Weil ja das Zugtier immer noch in die andere Richtung zieht.«

»Wie du redest!«

»Ob ich red oder nicht, es ist nun mal so. Und wenn du schon keine Einsicht hast, dann wird die meine für uns beide reichen müssen.«

Da sprang er auf und lief zu ihr ins Wasser, jagte sie schreiend und spritzend am Ufer entlang, griff nach ihr, warf sie um und sich selbst über sie. Lachend wehrte sie sich, trat und schlug nach ihm. Dann lachte sie nicht mehr und versuchte nur noch, unter ihm wegzukommen. Mit wütender Verzweiflung hielt er sie fest, drängte sich auf sie und in sie, und als sie schließlich voneinander abfielen und erschöpft im flachen Wasser zur Ruhe kamen, brach er in Tränen aus.

Sie tröstete ihn nicht. Sie stand auf, nahm ihre Schuhe und

141

machte sich davon, ohne ihn noch einmal angeschaut zu haben. Naß wie sie war, lief sie durchs Dorf. Es kümmerte sie nicht, daß die Menschen hinter ihr her schauten. Sie lief an ihrer Kate vorbei, immer weiter, lief in den Wald, lief zickzack zwischen den Stämmen hin und her, lief sinnlos im Kreis herum, lief, um den Aufruhr in sich zu beschwichtigen, lief, weil sie sich ans Ende aller Kräfte bringen mußte, um nicht zu ihm zurückzukehren. Irgendwann brach sie zusammen, die Muttervernunft hatte ihr endlich die Beine weggeknickt, Schluß jetzt mit dieser Kräftevergeudung, sonst wirst du dem Kind noch Schaden zufügen.

Erst spät in der Nacht schlich sie zur Kate zurück, voller Angst und Hoffnung, daß er dort auf sie warten möge. Doch Garten und Haus waren leer. Sie verriegelte die Türen, sank aufs Bett und schlief sofort ein. Die Erschöpfung hatte ihren Zweck erfüllt, sogar zum Denken oder Weinen fehlte ihr jetzt die Kraft.

Das ist keiner, der wider den Stachel löckt, hatte ihre Mutter gesagt.

Als er dann morgens an ihre Tür klopfte, ließ sie ihn nicht ein. Er ging fort und kam immer wieder, täglich. Hätte sie sich gestattet, mit ihm zu reden, wären es Worte des Vorwurfs gewesen, der Enttäuschung, Worte, mit denen eine Ehefrau die Schwächen ihres Mannes anklagte. Warum hast du mich damals nicht beschützt und mich nicht zurückgeholt, warum gelingt es dir jetzt nicht, mich zu überzeugen und festzuhalten? Warum hast du dich nicht stark gemacht für uns beide, hast nicht für uns gekämpft, hast mich nicht eingesperrt in den Käfig deiner Liebe, hast mich nicht hungern und dürsten lassen und mich windelweich geschlagen, bis mein Widerstand endlich zerbrochen wäre, bis du mich in Anbetung deiner Kraft auf die Knie und in den Glauben an unsere Zukunft gezwungen hättest? Warum nur erlaubst du mir, so grausam vernünftig zu sein?

All dies jedoch wollte sie ihm nicht sagen, und darum machte sie sich taub und stumm, wie sie es damals in dem Kampf gegen ihre Mutter getan hatte.

Da sie ihn nicht ins Haus ließ, lauerte er ihr auf im Stall und bei der Feldarbeit. Sie mühte sich, ihn nicht mehr zu kennen, ihn überhaupt nicht wahrzunehmen. In dem gefährlichen Wunsch, selbst schwach zu werden und sich seiner Kraft zu ergeben, spann sie sich ein in den Kokon ihres vorgeblichen Entschlusses, den er umsonst mit Bitten und Tränen und allzu schwachen Begründungen aufzubrechen versuchte. Griff er nach ihr, machte sie sich hart und steif. Nicht die Hand des Geliebten war es dann, die sie an Armen und Schultern spürte, sondern eine lästige Behinderung, die man abschütteln mußte.

Einmal, als er plötzlich im Stall hinter der Pferdebox auftauchte und sie daraufhin stolperte und ins Stroh fiel, sie also sekundenlang hilflos ihm zu Füßen lag, schloß sie die Augen und dachte sehnsüchtig: Jetzt ... jetzt ...! Doch nichts geschah. Er räusperte sich, murmelte etwas, das nach »Verzeihung« klang, nahm sie bei den Armen und zog sie hoch. Kaum stand sie wieder auf ihren Beinen, kehrte sie sich ab und fuhr mit der Arbeit fort.

Er würde sich nie an ihr vergreifen, es sei denn, sie hätte ihm, wie unten am See, durch Gelächter und kokettes Gehabe zuvor ihr Einverständnis signalisiert. Und dazu war sie jetzt nicht mehr fähig.

»Die Gutsherrschaft steht mir zu«, sagte er, »ich bin der Älteste, und ich habe Erfahrung. Wir brauchen nur ein paar Neuerungen, klügere Aufteilungen der Schläge, in Gebbin den Bau einer Molkerei, vielleicht einer Brennerei in Rahden, mehr Schaf- und Rinderzucht auf den minderen Böden – die Siggelowsche Gutsherrschaft ist noch nicht am Ende, unser Land wird uns ernähren.«

Sie fragte sich, ob er es tatsächlich nicht wußte oder nur nicht wahrhaben wollte, wie heruntergewirtschaftet und verschuldet das Gut war und daß niemand mehr den Siggelows Vertrauen schenken und schon gar nicht das Geld für den Bau von irgend etwas leihen würde.

Barbara war vollkommen mit sich selbst beschäftigt, mit der Durchführung dessen, was sie für unvermeidbar hielt und dem sie in ängstlicher Sturheit alle ihre Wahrnehmungen unterordnete. Erst sehr viel später sollte sie begreifen, daß Friedrich-Carls

143

Neuerungsideen nicht gar so illusionär gewesen waren, allein schon weil er tatsächlich für ein paar Monate den Dörflern durch neue Hoffnung auch zu neuen Energien verholfen hatte.

»Und das Einverständnis der mecklenburgischen Ritterschaft«, sagte er, »das brauchen wir nicht. Mir schreibt niemand vor, wie ich mich zu verhalten habe.«

Mit großen skeptischen Augen sah sie ihm ins Gesicht, bis er die Schultern zuckte und den Blick abwandte.

»Schließlich könnten wir auch nach Amerika gehen«, sagte er. »Dort ist es leicht, ein neues Leben zu beginnen.«

Sie nickte, so wie man einem Kind zunickt, das den vollen Mond einfangen und daheim aufhängen will, um die Petroleumkosten einzusparen.

Trotz seines ständigen Drängens fiel ihr tagsüber die Verweigerung weniger schwer. Doch nachts, bei verriegelten Türen, wenn sie allein im Bett lag, war sie ihren Träumen hilflos ausgeliefert, dann brach die Sehnsucht über sie herein, und sie schrie nach dem Geliebten und nichts war übrig von der Tagesvernunft.

Und dann erschien eines Tages eine Frau in Gebbin, hochgewachsen, hellhäutig, rothaarig, mit breiten Schultern und einem scharfen Profil. Sie lenkte selbst die Pferde, der Kutscher saß müßig neben ihr.

Langsam rollte der Wagen durchs Dorf. Die Frau sah sich um. Barbara, die gerade einen vollen Milcheimer vom Stall zum Haus trug, erstarrte mitten in der Bewegung, als hätte man ihr ein Holzscheit vor die Füße geworfen. Grad konnte sie noch verhindern, daß sie die Milch verschüttete. Das Kind in ihrem Leib tat einen erschrockenen Sprung.

Der Wagen verließ das Dorf in Richtung Schloß. Ohne es eigentlich zu wollen, rannte Barbara ein Stück hinterher. Sie sah, daß sich hinten im Kutschkasten ein kleines Mädchen befand, vielleicht zwei oder drei Jahre alt. Unter dem neugierigen Blick des Kindes blieb Barbara stehen, kehrte um und ging langsam nach Hause zurück.

Ein paar Tage später hieß es im Dorf, Graf Friedrich-Carl, den

144

man seit dem Tod seines Großvaters nicht mehr den Prügelgrafen, sondern den Zukunftsgrafen genannt hatte, sei mit Weib und Kind nach Schottland abgereist.

Von nun an würde ausschließlich Graf Conrad das Sagen haben. Der zaghafte Optimismus, der sich in die Herzen der Gebbiner, Rahdener und Badekower eingeschlichen hatte, erhielt keine neue Nahrung und verdorrte. Als der Winter kam, verkündete Graf Conrad, daß er beabsichtige, sich zu verehelichen. Seine Zukünftige, eine Schwerinerin, verweigere sich jedoch dem Landleben. Und da er selbst ohnehin keinen Sinn mehr darin sehe, das heruntergekommene Gut weiterhin zu bewirtschaften, würde er also nach Schwerin umziehen und von dort aus den Verkauf der Siggelowschen Ländereien betreiben. Es gebe ja inzwischen genug hochgekommene Bürgerliche, sogar geschäftstüchtige Juden darunter, die sich liebend gern mit einem Adelssitz schmücken würden und die auch bereit seien, dafür einiges Geld auf den Tisch zu legen. Die Gebbiner, Rahdener und Badekower mögen sich also keine Sorgen machen und sich auf gewisse Änderungen vorbereiten.

Friedrich-Carl war fort. Magdalena hätte wohl stolz sein können auf die Vernunft ihrer einzigen Tochter, die sich nicht ersticken lassen wollte unter der Dauerlast einer unlebbaren Liebe.

Schlimm genug, daß Barbara sich dem Gast, als er nach all den Jahren endlich Einlaß begehrte, so haltlos geöffnet hatte. Drei Monate Leben. Und wenn der Gast am liebsten ist, dann muß er wandern. Das tat er schließlich, doch er trug nicht die Last mit sich fort, sondern das Leben. So jedenfalls fühlte sie.

Selbstverständlich war den Leuten im Dorf »die schändliche Sache zwischen unserem neuen Herren und der Totenfrau« nicht entgangen, hatten doch diese beiden nur noch Augen füreinander und keinen Sinn mehr für die Gebote der Schicklichkeit gehabt. So war ein großes Gerede entstanden in Gebbin und Rahden und Badekow bis hin nach Parchim. Mißgunstgerede, Neid-, Aberglauben- und Begehrlichkeitsgerede, und wie die Nachfahren je ner Raubvögel, die damals in Schlesien auf die Beute Barbara eingehackt hatten, so waren es jetzt die vertrauten Gebbiner, vor allem die alten Weiber, die das Geschehen umkreisten: Immer wieder dieselbe Familie, raunten sie, Hexen sind sie allesamt, die Frauen der Winkelmanns und Brodersens. Nehmen sich, was ihnen nicht zusteht, spritzen ihr Gift in die Herzen der Gräflichen, machen sie taub und willfährig. Man denke doch nur an Brodersens Kathrine, die der schönen Sophia den Garaus gemacht hat, um Platz zu schaffen für sich selbst. Mindestens vier Kinder hat der Saufgraf ihr dann noch machen müssen, nur, damit alsbald der Teufel sich die Kleinen holen konnte. Einzig die Magdalena, die blieb hier in dieser Welt, weil ja einer die bösen Künste weitergeben sollte. Eine fremdartige Tochter hat sie schließlich geboren, weißhäutig, schwarzhaarig, Augen wie zwei Haufen Glühwürmchen in einer heißen Augustnacht. Zehn Jahre lang hat die sich zurückgehalten, hat geduldig gesponnen an ihrem Teufelsnetz, und kaum war da wieder ein junger Herr auf dem Schloß, nicht so ein Saufgraf und schon gar kein Firlefanz, sondern einer mit Saft und Kraft und Zukunftsgedanken, da hat sie sich auf ihn gestürzt und ihn in Besitz genommen, obgleich der Mann doch schon einer anderen zugehörig war. Gewehrt hat er sich zwar, der junge Herr, aber ohne Erfolg, das Teufelsgift war stärker als er. Sogar ertränken hat er sie wollen, an der tiefsten Stelle vom Gebbiner See, dort, wo die alten Wenden ihre Mörder versenkt haben. Aber die Hexe Barbara ist wieder aufgetaucht, wie es scheint, sogar mit einem Kind im Bauch. Nur der Glanz ihrer Augen, das stimmt schon, der ist unten geblieben im Wasser, die Glühwürmchen sind tot gewesen, ihr Feuer war ausgelöscht.

Und dann ist die rechtmäßige Gräfin gekommen, eine Ausländische, hat wohl wollen bleiben, warum auch nicht, sollte ja haufenweise Geld geerbt haben, hätten wir hier alle gut gebrauchen können. Doch gemeinsam mit der Hexe in einem Dorf, das wollte sie nicht. So ist der junge Herr zu der Ausländischen in die Kutsche gestiegen und mit ihr davongefahren. Und was wird nun aus uns?

Benommen vor Kummer torkelte Barbara durch ihre Tage, versuchte mehr schlecht als recht das Vieh zu versorgen, holte die Ernte nicht ein, ließ den Garten verkommen, aß kaum noch. Das Kind hielt sie am Leben und nahm sich, was es brauchte. Schließlich brach sie zusammen, kroch wie ein verendendes Tier auf ihr Lager und blieb einfach liegen. Nun half auch das Kind nicht mehr.

Es halfen auch nicht die Leute vom Dorf, weder der Schulze noch der Lehrer, noch etwa der Pastor. Für die Pastorenfrau, die ehemalige Schluckauf-Elisabeth, die zwar keine Mitgift, doch immerhin ihren Stolz hatte, war die schöne Totenfrau schon immer ein Dorn im Auge gewesen wegen der verlangenden Blicke, die der Pastor ihr zugeworfen hatte, und jetzt mehr noch wegen der schändlichen Sache mit dem ältesten Siggelower, Elisabeths Bruder, den sie zärtlich liebte.

Barbara hatte sich nicht an die Regeln gehalten, nun sollte sie selber sehen, wo sie blieb.

Wer schließlich half, das war einer, dessen Hilfe Barbara auf keinen Fall haben wollte. Doch war sie nicht mehr recht bei Sinnen und auch viel zu schwach, sich seiner Barmherzigkeit zu erwehren. Hermann Wotersen kam, wickelte die Ohnmächtige in eine Decke, trug sie aus der Kate, legte sie auf den Rücksitz seines Einspänners und brachte sie nach Parchim. Dort übergab er sie seiner Haushälterin. Während der nächsten Wochen ließ er sich nicht blicken. »Der Herr ist auf Reisen«, sagte die Haushälterin, »unterwegs im Schlesischen.«

Mehrmals kam ein Arzt, verordnete Medizin und kräftige Speisen, bestand darauf, daß Barbara liegenbleibe, ansonsten sie ihr Kind verlieren würde.

»Ich muß aber mein Vieh füttern«, sagte Barbara.

»Dafür hat der Herr Sorge getragen«, sagte die Haushälterin.

Barbara lag mit dem Rücken zum Licht, starrte auf die holzgetäfelte Wand gegenüber dem Fenster, an der manchmal Schatten vorbeizogen, aß und trank, was man ihr gab, war nicht ganz bei sich, war auch nicht bei dem Kind, es sei denn, dies brachte sich heftig tretend in Erinnerung. War das Kind ruhig, vergaß sie es gleich wieder.

147

Manchmal stand sie auf, stellte sich neben das Bett und betrachtete sich selbst im Spiegel. Diese weiße Larve mit dem aufgedunsenen Bauch über dürren Storchenbeinen! Der Anblick verursachte ihr Übelkeit. Ein toter Körper ohne Seele, abgestorben schon vor Monaten, man sollte ihn schleunigst einsargen und unter die Erde bringen, damit sein Gestank nicht die Welt verpeste.

Und nur wenn sie die Bewegungen des Kindes sah, das von innen her die Bauchdecke in Schwingungen brachte wie eine plötzliche Sturmbö, dachte sie: Noch darf man diesen Körper nicht unter die Erde bringen, er muß erst das Kind freigeben.

Die Geburt war kurz und hart, Barbara wehrte sich nicht. Es war, als wäre der Vater des Kindes ein letztes Mal zu ihr gekommen, sie öffnete sich weit und gab sich ihm hin. Ihre Schreie waren Schreie der Lust, sie stemmte ihren Körper dem seinen entgegen, bäumte sich auf, um ihm näher zu sein, stöhnte unter seiner Unersättlichkeit, schenkte ihm freudig ihre Schmerzen, hätte sich für ihn zerreißen lassen, wenn er denn bei ihr geblieben wäre.

Doch plötzlich lag statt seiner das Kind zwischen ihren Beinen, ein Knabe, wie die Hebamme lauthals verkündete. Der Rausch war vorüber, der Mann für immer gegangen. Barbara brach in Tränen aus.

Es was das erste Mal seit sehr langer Zeit, daß sie weinen konnte, und der Arzt wie auch die anderen Menschen im Haus nahmen es als Zeichen der Genesung.

Am folgenden Tag drehte Barbara ihr Gesicht zum Fenster und bemerkte, daß es Frühling war. Sie stand auf, kleidete sich an, band sich das Kind in einem großen Tuch eng an den Körper und machte sich bereit, das Wotersensche Haus zu verlassen.

Zwar hatte sie immer gewußt, wo sie sich befand, doch schien es ihr jetzt, als habe sie in ihrer merkwürdigen körperlichen und seelischen Ohnmacht das Ungeheuerliche und die Perversität ihres Aufenthaltortes nicht begriffen.

Schon war sie den Flur hinuntergegangen, wollte gerade die schweren Riegel an der Vordertür zurückschieben, da trat Hermann Wotersen ihr entgegen. Zumindest nahm sie an, daß er es war, denn er bewegte sich mit der Autorität eines Hausherrn. Doch der Mann, an den sie sich erinnerte, der Wüstling von ihrer schlesischen Reise, das war ein ganz anderer gewesen, breitschultrig und stark, einer, der nicht lange fackelte und der sich seiner Überlegenheit, nicht nur in körperlicher Beziehung, bewußt war. Dieser hier, Hermann Wotersen vierzehn Jahre später, ging vornübergebeugt, sein Gesicht war zerfurcht, die Haare schneeweiß, und er trug eine Brille mit dicken Gläsern.

»Mein Gott . . .!« entfuhr es Barbara. »Du warst doch noch so jung, damals . . .«

»Unglücksjahre zählen vielfach«, murmelte er und fügte hinzu, sie möge doch einen Augenblick in sein Büro kommen. Nicht, daß er sie etwa in ihrem Fortgehen behindern wolle, nur ein paar Dinge zu klären, darum ginge es ihm, und ein paar fällige Fragen zu stellen und zu beantworten.

Er wandte sich ab und ging auf eine offene Tür zu. Für den Bruchteil einer Sekunde zögerte Barbara. Dann straffte sie den Rücken, hob den Kopf, drückte ihr Kind noch fester an sich und folgte ihm. Sie hatte genügend Zeit gehabt, sich auf diesen Kampf vorzubereiten. Daß sich der einstmals starke Gegner nun als alt und schwach herausstellte, war noch lange kein Grund, vor ihm auszuweichen.

In seinem Büro bat er sie, Platz zu nehmen, und ließ sich selbst jenseits des Schreibtisches nieder.

»Dort hat vor vierzehn Jahren auch deine Mutter gesessen«, begann er, »als sie mich gebeten hat, dich fortzubringen nach Schlesien.«

Barbara starrte ihm mit weit offenen Augen ins Gesicht.

»Ein paar Monate später ist sie noch einmal zu mir gekommen, mit einer weiteren Bitte. Ich möge mich um dich kümmern, wenn sie selbst es nicht mehr könne. Sie schien die Vorboten eines frühen Todes in sich zu spüren, hatte wohl ganz spezielle Nachrichten von ihrem Gevatter. Was ich inzwischen dir angetan hatte, davon ahnte sie nichts. Ich sagte ihr, sie könne sich auf mich verlassen. Dann kam mein Emissär aus Glumbeck zurück und berichtete mir, daß du schwanger seiest. Ich war zutiefst betroffen. Doch anstatt dich nun sofort zurückzuholen und für mein Tun einzustehen, begab ich mich auf eine ausgedehnte Reise. Zuerst nach England, dann nach Frankreich und Spanien. Ich dachte, auf diese Art könne ich davonkommen. Das war ein Irrtum.

Irgendwann mußte ich zurück, weil mein Geld zu Ende ging. In der Zwischenzeit hatte mich meine Frau verlassen und war heimgekehrt nach Steinbeck, dem Stammsitz ihrer Familie. Ich war ihr wohl von Anfang an zu bürgerlich gewesen. Deine Mutter hatte einen Schlaganfall erlitten, und zwar als Folge des Schocks über deine Schwangerschaft, von der mein Emissär ihr berichtet hatte. Daraufhin war ihr der Gevatter hilfreich beigesprungen, hatte sie wohl zu sich holen wollen, um ihr Elend abzukürzen, aber sie hatte sich gewehrt. So hielt sie sich in einem Schwebezustand zwischen Leben und Sterben und wartete auf ihre Tochter.

Was konnte ich tun? Der armen Frau äußere Hilfe zukommen lassen, das war alles. Zu mehr fehlte mir der Mut. Denn ich wollte ja zurück in mein altes Leben, wollte wieder anfangen dort, von wo ich aufgebrochen war, wollte meine Frau zurückholen und das Dazwischenliegende vergessen. Doch meine Frau weigerte sich und verlangte mit der Scheidung mein halbes Vermögen. Wäre ich ohne Schuld gewesen, ich hätte mich wohl gewehrt. So aber fügte ich mich, stürzte mich in die Arbeit, brachte meinen Tuchhandel wieder in Gang, nahm Kredite auf und baute eine Tuchfabrik. Ich arbeitete Tag und Nacht, wurde Stadtrat, versuchte Not zu lindern, wenn sie mir begegnete, und kümmerte mich um deine Mutter.

Dennoch war ich einsam und unglücklich. Die böse Tat steckte in mir wie eine schleichende Krankheit. Und ich bin davon nicht genesen, bis zum heutigen Tag.«

Er schwieg. Offenbar wartete er auf ein paar Worte, vielleicht sogar Trostworte, doch Barbara zuckte nur die Schultern und sah ihm weiterhin ins Gesicht.

Wotersen holte tief Luft. »Also weiter«, sagte er. »Nach dreieinhalb Jahren schließlich habe ich es nicht mehr ausgehalten und bin nach Glumbeck gefahren. Du warst nicht mehr dort. Der Weber Goretzky sagte mir, du habest seinen ältesten Sohn Anton verhext, habest ihn dazu gebracht, ein Fuhrwerk zu stehlen und seiest mit ihm heimlich auf und davon gefahren. Ohne jeden Erfolg habe man versucht, euch zu finden, aber ihr wäret vom Erdboden verschwunden gewesen, vermutlich in Luft aufgelöst oder zur Hölle gefahren, was einen bei einer Hexe ja auch nicht weiter verwundern dürfe. Ich fragte ihn, was denn mit dem Baby geschehen sei, man habe mir berichtet, daß das Winkelmann-Mädchen schwanger gewesen sei. Davon wisse er nichts, hat er geantwortet und von mir verlangt, ihm das Fuhrwerk zu ersetzen, schließlich sei dies alles meine Verantwortung gewesen.

Also habe ich ihm das Fuhrwerk bezahlt und noch etwas draufgelegt. Als ich dann schließlich wieder in Parchim anlangte, warst auch du inzwischen wieder nach Haus gekommen, ohne Fuhrwerk, ohne Anton, ohne Kind. Ich habe dich oft beobachtet. Du schienst nach Magdalenas Tod nicht allzu unglücklich zu sein. Du lebtest ruhig vor dich hin und hattest anscheinend deine Tage und Nächte fest im Griff. Allerdings dachte ich immer, daß du auf etwas wartest. Was das war, habe ich inzwischen begriffen.«

Immer noch schwieg Barbara.

»Laß mich nur eines wissen: Was hast du mit dem Kind gemacht?«

Das Baby in Barbaras Umschlagtuch rührte sich und fing an zu wimmern.

»Dies ist mein Kind«, sagte Barbara, kehrte sich ab, öffnete ihr Mieder und gab dem Kleinen die Brust.

»Aber das andere?« fragte Wotersen gegen ihren Rücken. »Ich muß es wissen. Weil das andere doch gewißlich meines ist.«

»Nur dies«, sagte Barbara.

Er stand auf und ging im Zimmer hin und her. »Du hast das andere umgebracht«, sagte er.

»Es gab kein anderes.« Sie beugte den Kopf tief hinunter zu

dem Kind an ihrer Brust und begann ihm leise etwas vorzusummen. Dabei spürte sie widerwillig, daß sie den Haß auf Wotersen, diese Energiequelle der letzten Jahre, nicht mehr in sich halten konnte.

»Aber die Berichte . . .?«

»Die waren falsch«, sagte Barbara. »Vor diesem Kind hier bin ich nie schwanger gewesen. Mein Bauch war viel klüger als mein ängstlicher Kopf. Niemals hätte er ein Kind austragen wollen, das durch Gewalt entstanden war.«

»Also hast du es in dir abgetötet, bevor es noch lebensreif werden konnte.«

»Ich sag doch, es gab kein anderes Kind. Nur dieses hier. Das Kind meiner Liebe. Und jetzt muß ich gehen. Ich will nach Hause, damit ich endlich wieder zu mir komme.«

»Bleib noch«, sagte Wotersen. »Ich werde anspannen lassen. Der Fußweg ist zu weit für eine Wöchnerin.«

»Mir geht es gut«, sagte Barbara. Doch als sie aufstand, wurden ihr die Beine plötzlich schwach, sie taumelte und fiel auf den Stuhl zurück.

Wotersen rief nach der Haushälterin, die kam herbeigerannt, bedachte ihren Herrn mit einem giftigen Blick – »nach zwei Tagen schon wollt Ihr sie fortschicken!« – und transportierte Barbara mitsamt dem Kind zurück ins Bett.

Zu einem weiteren Ausbruchversuch kam es vorerst nicht. Der Arzt bestand auf mindestens zwei Wochen Bettruhe, verordnete viel Hühnersuppe und jeden Abend eine große Schale lauwarmen Rotweins, in den zwei Eigelb mit Zucker zu schlagen seien.

Barbara dachte daran, wie die Frauen in Glumbeck oder die Gebbiner Häuslerinnen ihre Kinder zur Welt brachten, ein Wochenbett, das nie länger als zwei Tage dauern konnte. Dann banden sie sich das Kind auf den Rücken und gingen ihrer üblichen Arbeit nach. Sie schämte sich ihrer Schwäche. Hier lag sie und ließ sich versorgen, hier in dem Haus jenes Mannes, der ihr angetan hatte, was eine Frau nie verzeihen durfte. Des Abends, wenn sie ihren Wein serviert bekam, setzte er sich ein Stück entfernt von ihrem Bett unters Fenster und trank Kaffee. Er bat sie, das Kind halten zu dürfen, und sie konnte es ihm nicht verwehren.

»Mein erster Sohn ist gestorben, ohne gelebt zu haben«, sagte er, »und seine Mutter hat er gleich mit in den Tod genommen. Und das, was mit dir war, das hat's nie gegeben.«

»Mit mir war nichts«, sagte Barbara.

»Mit dir war doch etwas«, sagte Wotersen, »wie sonst hätte es mein Leben so sehr verändern können.«

Das Baby schien gern bei Wotersen zu sein. Es weinte nie, wenn er es in den Armen hielt und ihm mit ungeübten Fingern über das Köpfchen strich.

»Wir sollten ihn bald taufen lassen«, sagte er.

Das »Wir« empfand Barbara als unangemessen. Aber es wärmte sie auch.

»Wie soll er denn heißen?« fragte Wotersen.

»Er heißt Anton.«

Wotersen lächelte. »Anton ist mein zweiter Name.«

»Anton war mein bester Freund.«

»Sprichst du von dem ältesten Goretzky-Sohn«, fragte Wotersen, »von jenem, der mit dir aus Glumbeck geflohen ist? Gemeinsam aufgebrochen, allein angekommen. Was ist aus ihm geworden?«

Plötzlich begannen Barbaras Lippen zu zittern, sie drückte eine Faust dagegen und sah Wotersen hilflos an. Tränen schossen ihr aus den Augen.

»Was . . .?« drängte Wotersen.

»Ich hab ihn verraten«, flüsterte Barbara.

»Verraten, soso!« brummte Wotersen.

Die Haushälterin kam herein mit der Rotweinschale. Sie sah die Tränen auf Barbaras Gesicht. Kopfschüttelnd schalt sie ihren Herrn: »Was haben Sie denn jetzt schon wieder angerichtet, einer Mutter, die weint, gerinnt die Milch in der Brust!«

»Ich werd mich drum kümmern«, sagte Wotersen. Es war nicht ganz klar, was er damit meinte.

153

Die Tage vergingen. Barbara fühlte sich besser. Es gelang ihr, den Gedanken an Friedrich-Carl auszuweichen. Die ungewohnte Freundlichkeit und Fürsorge, die man ihr hier angedeihen ließ, lullte sie ein. Und sie gewöhnte sich sogar daran, daß man keine Gegengabe von ihr zu verlangen schien. Wenn sie des Abends auf ihren Rotwein wartete, dann wartete sie schließlich auch auf Hermann Wotersen. Er setzte sich ans Fenster, trank seinen Kaffee und füllte das Zimmer mit seiner Gegenwart. Ein starker Mann, immer noch, dachte Barbara, wenn sie ihm jetzt manchmal ungefragt das Baby hinhielt.

»Man sollte keinem Kind den Vater verweigern«, sagte er eines Abends. Und bei seinem nächsten Besuch: »Ein uneheliches Kind muß mit schweren Nachteilen rechnen.«

Barbara dachte an ihre Mutter und daran, daß der gute Franz Winkelmann womöglich auf ähnliche Weise zu Magdalena gesprochen hatte. Darum war sie selbst nicht unehelich aufgewachsen, und sie hatte ihren Vater Franz sogar lieben können.

»Was weißt du von meinem Vater?« fragte sie Wotersen.

»Von welchem Vater?« fragte er zurück.

»Nicht von dem, dessen Namen ich trage.«

»Das ist aber der einzige, der zählt. Er war ein guter Mann.«

»Und der andere?«

»Der hätte deine Mutter unglücklich gemacht. Und dich gleich mit.«

Schließlich gestattete der Arzt Barbara, aufzustehen und im Garten herumzugehen. Wotersen bot ihr seinen Arm, als ob sie eine Dame wäre.

»Wenn einem das Schicksal tatsächlich einen zweiten Anlauf gönnt, weil man es beim ersten Mal verfehlt hat«, sagte er, »dann sollte man doch dankbar sein und mit aller Kraft versuchen, endlich das Beste daraus zu machen.«

»Und was wäre das Beste?« fragte Barbara.

Sie heirateten im April 1865. Hermann Wotersen erklärte sich zum Vater des kleinen Anton.

Einen Tag nach der Hochzeit übergab Wotersen seiner jungen Frau einen Brief. Darin bedankte sich der Schulze der Dorfgemeinschaft Glumbeck, Rieperau und Reusen in Oberschlesien für die unerwartete und großzügige Spende des Herrn Wotersen zugunsten der Glumbecker Armen. In Beantwortung der Nachfrage des Herrn Wotersen bezüglich der Befindlichkeit der Glumbecker Familie Goretzky, besonders des ältesten Sohnes Anton, habe er, der Schulze, einige Nachforschungen betrieben, denn er selbst sei Rieperauer und erst seit zwei Jahren in Amt und Würden. Und nun teile er dem Herrn Wotersen mit, daß dieser Anton Goretzky im Jahre 1855 unverhofft verschwunden, dann jedoch um das Jahr 1860 herum ebenso unverhofft wieder aufgetaucht sei. An die Zeit seiner Abwesenheit habe dieser Anton Goretzky, der angeblich seiner Sinne noch nie ganz mächtig gewesen sei, offenbar nicht die geringste Erinnerung bewahrt, jedenfalls habe er entsprechende Fragen nicht beantworten können. Einige ältere Einwohner Glumbecks hätten behauptet, bei dem Verschwinden des Anton Goretzky habe eine junge Hexe die Finger im Spiel gehabt, was er selber, der Schulze, aufgeklärt wie er sei, natürlich als groben Unfug abgetan habe. Der Vater des Anton, der Bauer und Weber Goretzky, habe 1856 in zweiter Ehe die Glumbeckerin Frieda Karsunke geheiratet und mit ihr zwei Töchter gezeugt. Vor drei Jahren nun sei die ganze Familie Goretzky aus Glumbeck fortgezogen, dem Vernehmen nach in der Absicht, nach Amerika auszuwandern. Ob sie dort angekommen seien, wisse man nicht. Hochachtungsvoll.

Nur einmal noch ging Barbara zu ihrer Kate nach Gebbin. Sie holte aus dem Versteck hinter der Kartoffelkiste Magdalenas Erspartes heraus. Dann bat sie den Gebbiner Dorfschulzen, ihren Hof für sie zu verkaufen, was dieser auch tat. Der Erlös war gering, doch zusammen mit Magdalenas Talern war es genug, um Barbara ein wenig das Gefühl von Selbständigkeit zu geben.

Den mit der Heirat verbundenen Aufstieg in das etablierte Bürgertum schaffte Barbara vor allem mit Schweigsamkeit. Oft sagte sie den ganzen Tag kein Wort. Dabei drückte sie sich dennoch so unmißverständlich aus in Mimik und Geste, daß niemand in dem Wotersenschen Haushalt die Möglichkeit hatte, bei etwaiger Nachlässigkeit Nichtbegreifen vorzuschützen. Während der ersten Monate fühlte sie sich aufgerufen, hart durchzugreifen, denn der Haushalt war trotz Frau Grambows Ehrlichkeit und gutem Willen weidlich verlottert. Barbara reorganisierte, entließ und stellte neu ein. Sie verringerte die Kosten und steigerte die Effizienz. Frau Grambows anfängliche Verwirrung über Barbaras Aufstieg von dem armen beschützenswerten Landmädchen zur Gattin Wotersens legte sich erstaunlich schnell. Sie konnte es nämlich nicht mit ihrer Würde vereinbaren, einer minderwertigen Herrschaft zu dienen. Da sie jedoch ihre gute Stellung ganz und gar nicht hergeben wollte, mußte sie die neue Frau Wotersen möglichst schnell aus ihrer »Minderwertigkeit« herausreden.

»Unsere neue Hausfrau«, so berichtete sie darum unermüdlich den neugierigen Zuhörerinnen beim Krämer und auf dem Markt, »die weiß zu wirtschaften. Man ahnt ja nicht, wieso und woher, aber sie ist eine geborene Dame.«

Dabei war es natürlich allgemein bekannt, daß Barbara eben dieses nicht war.

Allgemein wartete man begierig auf irgendeine Peinlichkeit, auf einen Eklat, vorzugsweise auf einen richtigen Skandal. Nachdem jedoch absolut nichts dergleichen geschah und das neue Wotersensche Familienleben – jedenfalls was von außen zu sehen war – in betont ruhigen Bahnen verlief, als auch Barbara weder das Geld zum Fenster hinauswarf noch ihren Mann zum Hahnrei machte, verloren die Parchimer schließlich das Interesse und gingen über zur Tagesordnung.

In großer Konsequenz und Klarheit war Barbara sich bewußt, daß sie sich ihrem Sohn zuliebe an Wotersen verkauft hatte, sie sah ihre Ehe als einen Vertrag zur gegenseitigen Nutzung, und sie war entschlossen, ihren Teil ohne Einschränkung zu erfüllen.

Wotersen machte es ihr erstaunlich leicht. Zwar verlangte er des Nachts die Nähe ihres Körpers, doch akzeptierte er auch klaglos ihre Schamhaftigkeit. Nie sah er sie nackt. Mit allen anderen Sinnesorganen durfte er ihren Körper erfahren, nicht jedoch mit den Augen. Sie entkleidete sich in einem Nebenraum, löschte die Lampen und tat noch ein übriges, indem sie jedesmal fest die Augen verschloß, bevor sie sich zu ihm legte. Dann jedoch verweigerte sie ihm nichts. Wotersen liebte es, den Beischlaf lange auszudehnen, kleine Pausen einzulegen, während derer er mit ihr redete. Seinen Mund auf ihrer Brust oder in ihrer Halsbeuge, berichtete er ihr vom Tagesgeschehen, von seinen Geschäften, dem Handel, der Fabrik. Daß Barbara nicht oder kaum antwortete, schien ihn wenig zu stören. Ein gelegentlicher Druck ihrer Hand, vielleicht sogar in Ausnahmefällen eine winzig kleine sexuelle Initiative ihrerseits war ihm Antwort genug.

Für gewöhnlich hielt er sie in seinen Armen bis zum nächsten Morgen. Barbara schlief dabei nicht gut. Sie begann an Appetitlosigkeit zu leiden, verlor Gewicht und schnürte sich ihr Korsett immer enger.

Wenn sie indisponiert war, zog sie für exakt fünf Tage in ein anderes Zimmer. Dann wanderte Wotersen mürrisch zwischen Büro und Wohnzimmer hin und her, ging am Abend ins Wirtshaus, betrank sich, kam spät in der Nacht erst heim. Frau Grambow behandelte dann beide Eheleute wie Kranke.

Tagsüber bestand Barbara auf absoluter Zurückhaltung und duldete nicht die geringsten Anzeichen von körperlicher Zuneigung. Mit unmißverständlicher Geste zog sie ihre Hand weg, wenn er die seine einmal darauf legte. Bei gemeinsamen Besuchen oder Spaziergängen nahm sie zwar seinen Arm, doch hielt sie dabei ihren Körper stets auf Abstand. Manchmal träumte Wotersen davon, daß sie ihm einmal gestatten würde, des Abends bei Lampenlicht, während sie ihn anschaute, die Schnüre ihres Korsetts zu lösen. Er begriff jedoch schnell, daß dies ein Wunschtraum bleiben würde. So konzentrierte er sein Leben auf die Erfüllung, die ihm die langen Nächte boten.

Hermann Wotersen war glücklich.

Und Barbara? Da sie sich fest vorgenommen hatte, nie wieder

Unerfüllbares zu begehren, blieben ihre Wünsche hängen an dem, was ihrem Leben schon längst vor Liebeserfüllung und Liebesverzicht Sinn und Form gegeben hatte.

Sie sehnte sich nach ihren Toten.

Als dann im Nachbarhaus der einzige Sohn im Alter von achtzehn Jahren an einem Blinddarmdurchbruch starb, war es soweit.

Die Großmutter lief hinüber zu den Wotersens und flehte Barbara an, dem toten Jüngling den letzten Dienst zu erweisen. Mutter und Vater wären vollkommen außer sich vor Schmerz und zu keiner vernünftigen Handlung fähig, sie selbst fühle sich zu alt und schwach, und gewißlich würde die Familie nicht irgendeine bezahlte Fremde an den Jüngling, dessen Gesicht verzerrt sei von den Todesqualen, heranlassen wollen.

Fragend blickte Barbara zu Wotersen. Der zögerte. Seine Frau war keine Totenfrau mehr. Doch hier handelte es sich um Nachbarn, er hatte den Sohn aufwachsen sehen, und die Frau war Barbara freundlich entgegengekommen. Außerdem war der Mann ein wichtiger Kunde.

Also nickte er Barbara aufmunternd zu: »Ich überlasse es dir, meine Liebe, wenn du es tun willst, habe ich nichts dagegen. Als nachbarlichen Freundschaftsdienst.«

»Gut«, sagte Barbara zu der Großmutter, »in ein paar Minuten bin ich bereit. Wir sollten uns beeilen, damit wir ihn noch erreichen, bevor er ganz hinüber ist. Doch müssen Sie mir versprechen, daß ich meine Arbeit ungestört verrichten kann, ohne Einmischung einer anderen Person. Nur so wird es mir vielleicht gelingen, ihren Enkelsohn von den Spuren seines leidvollen Sterbens zu befreien. Ich brauche mehrere Tücher, eine Schüssel mit warmem und eine mit kaltem Wasser, dazu die Kleidung, die er am liebsten getragen, und einen Gegenstand, den er gern in der Hand gehalten hat.«

Wotersen blickte erstaunt auf seine Frau, die hier zu einer nicht sehr vertrauten Person mehrere Sätze hintereinander gesprochen hatte. Er sah den Glanz in ihren Augen und das nervöse Zucken ihrer Finger, die es kaum erwarten konnten, sich ans Werk zu machen.

Sie eilte in ihr Zimmer, entledigte sich des Korsetts, kleidete sich in das schwarze Biesenkleid, das Franz Winkelmann einst vorsorglich für die Zukunft »unseres lieben Kindes« genäht hatte, packte ihre Tasche und war kurz darauf bei dem Toten, bei dem sie sich mehrere Stunden aufhielt.

Mit leichten Händen bemächtigte sie sich des schönen jungen Mannes, dessen Körper noch nicht ganz erkaltet war. Sie wusch ihn, salbte ihn, ordnete seine Glieder und wärmte sein Gesicht so lange, bis sie es formen konnte wie einen Brotteig. Dabei redete sie ununterbrochen auf ihn ein, erzählte dies und jenes, munterte den Jüngling auf, mahnte ihn, den Eltern nicht durch seine zur Schau getragenen Qualen noch mehr Kummer zu bereiten und verbrauchte in diesen wenigen Stunden für den Toten mehr Worte, als sie während der vergangenen Monate ihrer gesamten Umwelt gegönnt hatte.

Währenddessen saßen Vater und Mutter des Jünglings gemeinsam mit dem Pastor seufzend und weinend im Wohnzimmer. Schließlich hielt die Mutter es nicht mehr aus und stürmte in das Totenzimmer. Sie fand ihren Sohn leger gekleidet im offenen weißen Hemd, bequemer Hose und sportlichen Stiefeln. Statt eines Kreuzes oder der üblichen Totenrosen hielt er einen Tennisball in den Händen. Auf seinem rosigen Gesicht lag ein etwas schüchternes Lächeln, so als wolle er seine Hinterbliebenen um Verzeihung bitten für den unpassenden Aufzug.

»Er hat es geschafft«, sagte Barbara, »alle Schmerzen liegen jetzt weit hinter ihm.«

Am Abend dieses Tages zögerte Hermann Wotersen die Nachtruhe, die ihm sonst nicht früh genug beginnen konnte, lange hinaus. Es war Scheu, nicht etwa Abscheu. Sie hingegen wirkte so heiter und entspannt, wie er sie noch nie erlebt hatte. Als sie schließlich vor ihm her ins Schlafzimmer ging, sah sie sich gar nach ihm um und lächelte.

Während der folgenden Zeit wurde sie noch mehrmals um den Totendienst gebeten. Sie verweigerte sich. Denn inzwischen war sie wieder schwanger, und genau wie bei ihrem ersten Kind geriet sie auch diesmal durch das in ihr keimende Leben in einen erbitterten Konflikt mit dem Gevatter. Sie machte ihm die Vorrangstellung in ihrem Dasein streitig. Das nahm der Tod übel. Er rächte sich auf perfide Weise, ließ sie matt sein, krank werden und schließlich so zart, daß jeder Beobachter sagen mußte, die junge Frau Wotersen sei wahrhaftig dem Tod näher als dem Leben. Barbara jedoch hielt durch – und das lag nicht zuletzt daran, daß der Gevatter nur mit ihr spielte, sie am seidenen Faden über dem Abgrund pendeln ließ und ihr schließlich doch den Stoß hinüber auf die andere Seite gab. Denn dort war sie ihm so viel nützlicher als in seinem ewigen Dunkel.

ZWEITER TEIL

Anton mit
und ohne
Barbara

Wie Barbara
Anton um seine Buße betrog

Barbara hatte im Alter von siebenundzwanzig Jahren in der Parchimer Marienkirche geheiratet. Eine kurze, eher karge Zeremonie, bei der sie ihren kleinen Sohn auf den Armen hielt.

Dieser Sohn, Anton Wotersen, heiratete ebenfalls im Alter von siebenundzwanzig Jahren, allerdings nicht in der Kirche. Und es ging dabei auch alles andere als trocken zu, es wurde gelacht und getanzt und gesungen und ein Glas nach dem anderen auf dem Boden zerstampft. Antons Mutter, Barbara, blieb der Feier fern. Anton hätte darüber wohl traurig sein sollen, doch war er so angestrengt damit beschäftigt, sein Glück zu packen und es glaubhaft vorzuführen, daß er zum Trauern keine Kraft hatte.

Seinen Eltern, das wußte er sehr wohl, war das Glück versagt geblieben. Vielleicht nicht immer, doch aber meistens. Die Mutter, seltsam spröde, hatte ihre beiden Söhne streng erzogen, vor allem ihn, den älteren. Anton konnte sich kaum daran erinnern, je von ihr zärtlich in die Arme genommen worden zu sein. Nur einmal, doch da war es eine Zärtlichkeit voller Tränen, die das Kind mehr verwirrt als beglückt hatte.

Anton ist zwei, höchstens drei Jahre alt. Die Mutter hat ihn sich mit einem Tuch auf den Rücken gebunden, nach Landfrauenart. So trägt sie ihn nie, wenn der Vater dabei ist. Das Haus, das sie mit ihm betritt, ist ein modrig riechendes kaltes Gemäuer, noch düsterer und weitläufiger als die Marienkirche in Parchim, überhaupt größer als alle Gebäude, die das Kind je gesehen hat. Viele Menschen gehen hier ein und aus, schleppen Möbel, nehmen Vorhänge von den Fenstern und Bilder von den Wänden. Anton hat Angst, daß die Mutter nie wieder zurückfindet. Draußen scheint die Sonne, aber hier drinnen ist es kalt. Warum ist der Vater nicht bei ihnen? Der Vater ist groß und stark, und er hat immer warme Hände. Die Mutter zerrt das Kind mit dem Tuch so fest an sich, daß es ihm weh tut. Sie geht einen langen dunklen Gang entlang, an dessen Ende öffnet sich eine Tür, zwei Männer kommen heraus, sie tragen zwischen sich ein großes Gemälde. Die Mutter sagt etwas zu ihnen und gibt ihnen Geld. Das Gemälde stellt einen Knochenmann dar, und es ist genauso düster wie das ganze Haus. Die Mutter geht in das Zimmer, aus dem die beiden Männer gekommen sind, sie nimmt ihren Sohn aus dem Tuch, setzt sich nieder in einen großen Lederstuhl und zieht das Kind auf ihren Schoß. Sie wartet. Anton wird unruhig, rutscht von seiner Mutter herunter und beginnt im Zimmer herumzulaufen. Da sind viele Bücher. Anton zieht eines nach dem anderen heraus und baut sich einen Turm. Und dann noch einen, und noch einen. Sie hat ihn vergessen. Plötzlich steht sie auf und verläßt mit schnellen Schritten das Zimmer. Anton rennt schreiend hinter ihr her. Draußen vor dem Haus bleibt sie stehen. Anton klammert sich an ihren Rock. Ein Mann kommt auf sie zu. Neben ihm geht eine Frau, die ist fast so groß wie der Mann. Mutter nimmt Anton hoch und drückt ihn gegen ihre Brust. Er spürt ihren wilden Herzschlag. Der Mann starrt der Mutter ins Gesicht, starrt dann auch auf ihn, das Kind, und wieder auf die Mutter. Sein Mund zuckt. Kann der Mann nicht sprechen? Die große Frau ist schon vorangegangen. Jetzt dreht sie sich um, ruft nach ihm. Ihre Stimme klingt ärgerlich. Der Mann wendet sich ab, folgt der Frau und geht mit ihr davon.

Mutter läuft mit Anton im Arm an ein großes Wasser, viel größer als die Elde daheim in Parchim. Sie setzt sich ins Gras und beginnt zu weinen. Anton hat seine Mutter noch nie weinen sehen. Als er sie umarmt, um sie zu trösten, laufen ihre Tränen auch über sein Gesicht. Sie herzt und küßt ihn, aber es sind ganz andere Küsse als die, mit denen sie ihm gute Nacht und guten Morgen sagt. Diese Küsse machen Anton Angst. Er löst sich von ihr, läuft ein paar Schritte und schaut zu, wie seine immer noch weinende

Mutter sich die Schuhe auszieht, den Rock ein wenig rafft und in das große Wasser geht. Immer weiter geht sie hinein, nun ist ihr Rock schon ganz naß. Sie schöpft mit den Händen Wasser und gießt es sich über den Kopf.

Mit diesem Bild endete Antons Film. Das düstere Gemälde jedoch, das die zwei Männer zwischen sich den Flur entlanggetragen haben, war geblieben und hing lange Zeit im Hinterzimmer der »Trauerhilfe«. Später dann nahm die Mutter es mit nach Hamburg, und zur Zeit von Antons Eheschließung hing es immer noch in Barbaras Privatbüro hinter dem Empfangsraum in der Hesselstraße.

Als Anton zum ersten Mal zu seiner Mutter nach Hamburg fahren durfte – er war dreizehn Jahre alt –, da traf ihn der Anblick dieses Büros wie ein Fausthieb. Hohe schmale Fenster mit dunklen Vorhängen, zwischen den Fenstern das Bild mit dem Sensenmann, die übrigen Wände mit Büchern bedeckt, vor dem Bild ein ausladender Schreibtisch mit einem steillehnigen Stuhl, seitlich ein schwerer Ledersessel.

»Mutter«, sagte Anton, »warum denn all die Bücher? Ich hab dich noch nie lesen sehen.«

»Lesen ist etwas für die, die es sich leisten können«, antwortete seine Mutter, »und auch die tun's oft nicht. Aber Bücher sind schön. Und sie schaffen Vertrauen. In meinem nächsten Leben werde ich sehr viel mehr lesen.«

Da hatte Anton eine Eingebung und sagte: »Vielleicht bin ich ja dein nächstes Leben. Denn ich möcht den ganzen Tag über Büchern verbringen, wenn mich der Vater nur lassen würde.«

Barbara schaute ihn an und sagte: »Ja . . . der Vater. Er macht sich viel liebende Gedanken um dich. Das muß man anerkennen.«

In Hamburg, in der Hesselstraße, verbrachte die Bestattungsunternehmerin Barbara Wotersen ihre meiste Zeit, die hübsche kleine Wohnung lag gleich um die Ecke an der Fleetbrücke. In Parchim war sie nur noch selten. Anton weiß, daß der Vater seine Frau sehr vermißt. Warum nur läßt sie ihn so oft allein?

»Ein trauernder Mensch braucht ein bedingungsloses Engagement«, sagte sie zu Anton, »und das lasse ich ihm zukommen.«

»Und was ist derweil mit uns, mit Vater und August und mir? Auch wir brauchen dich.«

Darauf schüttelte sie den Kopf und sagte: »Für euch bin ich Bequemlichkeit, für die Trauernden bin ich Rettung.«

Während es mit Barbaras Geschäften langsam, aber stetig bergauf ging, stand es um Hermanns Geschäfte nicht zum besten. Er war jetzt über sechzig und wartete sehnlich darauf, daß die Söhne in seine Fußstapfen treten und sich statt seiner den neuen Zeiten anpassen würden. Der Tuchhandel florierte zwar nach wie vor recht gut, doch in der Fabrik war dringend eine Modernisierung der Maschinen erforderlich. Hierzu nun fehlte es Hermann Wotersen nicht nur an Geld, sondern vor allem an dem nötigen Elan.

Da traf es sich, daß einer seiner Kunden, Alfred Meir-Ehrlich, der in Criwitz einen Tuchgroßhandel betrieb, Interesse äußerte, sich an einer Tuchfabrik zu beteiligen, weil er, ähnlich wie Wotersen seinerzeit, in der Direktverbindung zwischen Produktion und Handel eine große Chance sah.

Ein Vorfahre dieses Alfred Meir-Ehrlich, der Urgroßvater Isaak, war mit seiner Familie bereits 1780 als Schutzjude des Herzogs Friedrich des Frommen nach Schwerin gekommen und hatte im Jahr 1804 das Handelsprivileg für die Stadt Criwitz erhalten. Anfangs hatte sich die Familie durch Hausierhandel ernährt, dann mit einem kleinen Ladengeschäft, und im Jahr 1860 hatte der damals erst achtzehnjährige Alfred eine Großhandelsfirma für schwere Tuche gegründet, mit denen er vor allem die Post, Bahn, Polizei, aber auch das Militär belieferte.

Hermann Wotersen besprach sich mit seiner Frau, deren Geschäftssinn er inzwischen schätzengelernt hatte.

»Steht's so schlecht um deine Firma«, fragte Barbara, »daß du ausgerechnet einen Juden hereinnehmen mußt?«

»Meir-Ehrlich ist mindestens zwanzig Jahre jünger als ich. Er ist sehr geschickt mit seinem Geld umgegangen, wie's eben Art der Juden ist, und er versteht die neue Zeit besser als ich.«

»Wenn du ihn erst einmal zum Teilhaber gemacht hast, wird er bald versuchen, dich zu verdrängen.«

»Wie kann er das? In zwei Jahren tritt Anton in die Firma ein. Und der ist klüger als die meisten anderen seines Alters.«

»Anton hat große Rosinen im Kopf. Du glaubst doch nicht wirklich, daß er hier in Parchim hängenbleiben will?«

Hermann lächelte. »Ich kann mir nicht vorstellen, daß sich unser Ältester gegen meinen Wunsch entscheiden wird.«

Diese väterliche Selbstsicherheit war Barbara schwer erträglich.

»Wenn du den Juden wirklich nicht bekämpfen oder wenigstens fernhalten kannst«, sagte sie, »dann mußt du wohl heulen mit dem Wolf. Aber tu's nicht so laut, es sollen ja nicht gleich alle hören.«

So nahm im Jahr 1879 Hermann Wotersen den Juden Alfred Meir-Ehrlich als stillen Teilhaber in seiner Tuchfabrik auf. Vorerst änderte sich kaum etwas, außer daß ein paar neue Maschinen angeschafft wurden. Die Beziehung der beiden Männer blieb weiterhin auf ihren gewohnten Handel beschränkt, kaum jemand erfuhr von der neuen Situation.

Barbara war nach wie vor mißtrauisch. Doch mischte sie sich nicht ein. Sie kam ja auch immer seltener nach Parchim, nur über Weihnachten oder Ostern und während der Sommerferien. Dann allerdings erkundigte sie sich freundlich nach den Geschäften ihres Mannes und erfuhr, daß das neu hinzugekommene Kapital nutzbringend verwendet worden und der stille Teilhaber dabei tatsächlich still geblieben war.

Wenn Barbara daheim war, standen wieder Blumen auf den Tischen, Hermann hatte weniger Schmerzen, Anton hing nicht so viel in der Kirche und im Gemeindehaus herum, und August klammerte sich nicht immer nur an den Vater, sondern auch mal an die Mutter. Und die Kinder hofften, daß nicht ausgerechnet während dieser kurzen Wochen in der näheren Umgebung ein

Todesfall einträte. Weil die Hinterbliebenen dann nämlich angerannt kämen, ganz so, als wäre die Mutter noch immer die Gebbiner Totenwäscherin Barbara Winkelmann von damals und nicht die Hamburger Beerdigungsunternehmerin Barbara Wotersen.

Die Mutter jedoch verweigerte sich den Toten nie. Der Vater schaute dann grimmig und trank mehr Rotwein, als für ihn gut war. Barbara jedoch blühte förmlich auf. Sie zog ihr altes schwarzes Kleid an, das mit den Biesen über der Brust, und legte sich die Haare streng um den Kopf. Ihre dunklen Augen jedoch leuchteten auf, als wären sie Glühwürmchen in einer heißen Augustnacht.

Anton war ein schwieriges Kind, oft krank, ängstlich, sich immer mit sehnsüchtigem Eifer an Menschen und Dinge hängend, die ihm nicht freundlich entgegenkamen. Schon früh war er ein abnorm eifriger Kirchgänger.

»Der Anton will wohl Pastor werden«, sagte der Vater kopfschüttelnd.

»Und warum auch nicht«, sagte August, der sich von klein auf angewöhnt hatte, den älteren Bruder zu verteidigen. »Ist doch gut, wenn wir so einen in der Familie haben. Mutter ist befreundet mit dem Tod und Anton mit dem lieben Gott persönlich. Was kann uns da noch passieren?«

August ähnelte unübersehbar seinem Vater, groß, kräftig, mit hellen Augen und dichtem blondem Haar. Die beiden Brüder liebten einander sehr. August bewunderte Anton wegen seiner Klugheit, und Anton liebte August, weil er ganz einfach liebenswert war. Die kleinen Heimlichkeiten, die sie miteinander hatten, bildeten ein zusätzliches festes Band. So schlichen sie sich des Nachts bei Mondschein manchmal aus dem Haus, um nackt in der Elde zu baden. Aber wehe, wenn sie dabei erwischt wurden! Besonders ihre Mutter konnte sehr harte Strafen austeilen.

»Dein jüngerer Bruder«, sagte Meta Schwaneke, die regelmäßig zum Waschen kam, zu Anton, »der hat deine Mutter fast das Leben gekostet. Der war zu groß und stark, nicht solch ein

168

schmales Bündel wie du. Sechsunddreißig Stunden hat sie in Wehen gelegen, hat geschrien und herumgezappelt und sich gewehrt, als ob ihr Gewalt angetan werden sollte. Schließlich haben drei Frauen sie festhalten müssen, und die Hebamme hat in sie reingegriffen und das Kind mit Gewalt rausgezogen. War schon ganz blau, der Kleine. Und der Herr Wotersen, der hat geweint und immer nur gesagt: ›Nie wieder ... nie wieder!‹«

»Woher weißt du das?«

»Ich war doch eine von den drei Frauen, die oben rechts, hab sie an den Schultern gepackt.«

»Und was hat er damit gemeint, mein Vater, mit diesem ›Nie wieder‹?«

»Frag nicht so dumm.« Meta Schwaneke lachte scheppernd. »Oder weißt du noch nicht, wie Kinder gemacht werden?«

»Doch, weiß ich, was denkst denn du?«

»Dann ist ja gut. Jedenfalls braucht's dazu zwei Menschen, einen, der gibt, und einen, der empfängt. Und wenn das beide nicht mehr wollen, dann heißt es eben ›nie wieder‹. Haben sowieso nicht zusammengepaßt die beiden, war die schiere Vernunft, jedenfalls von ihrer Seite, war ja auch schon schwanger, als sie zu ihm kam.«

So redete die Meta vor sich hin und Anton kauerte stundenlang mit roten Ohren zwischen Wäschemangel und Seifentonne. Sein ganzes Leben lang würde dieser süßliche, heißfeuchte Geruch von kochender Wäsche in ihm Übelkeit auslösen, verbunden mit schlechtem Gewissen.

Im Sommer 1880 war Anton fünfzehn Jahre alt. Barbara hatte versprochen, die Sommermonate in Parchim zu verbringen. Jeden Abend betete Anton, daß es während dieser Zeit keine Todesfälle in den umliegenden Dörfern geben möge. Nach seinem Gebet legte er sich meist auf den Bauch, damit wollte er verhindern, daß er sein Glied berührte. Leider war diese Methode nicht sehr wirksam. August hatte den älteren Bruder gefragt, wie oft er es denn täte.

»Du weißt doch, daß das verboten ist!« hatte Anton streng

gesagt, was August keineswegs beeindruckt hatte, sondern wieder mal Anlaß zu fröhlichem Gelächter gewesen war. »Wem soll's denn schon schaden«, hatte der Kleine gesagt und: »Bei mir in der Klasse machen's alle. Manche bringen es auf siebenmal pro Nacht – sagen sie jedenfalls.«

Das Schlimmste war, daß Anton dabei fast immer an seine Mutter denken mußte, er sah sie vor sich, wie sie hinterm Haus bequem ausgestreckt auf einem Gartenstuhl lag, ihre dunklen Haare nur mit einem Band zusammengehalten, die oberen Knöpfe der weißen Bluse geöffnet. Sie war nicht mehr so mager wie früher. Ihre Brust zeichnete sich deutlich ab unter dem dünnen Stoff.

»Liebst du die Mutter auch so sehr?« hatte er neulich den kleinen Bruder gefragt.

»Na klar, sie ist doch unsere Mutter.«

»Mehr, als du jemals ein Mädchen lieben kannst?«

Der Kleine hatte verblüfft reagiert. »Was haben denn die Mädchen mit Mutter gemein? Mutter ist alt, sicher bald vierzig, und die Anna-Maria Drews, die im Warenhaus Mehnert lernt und in die alle verliebt sind, die ist gerade mal eben fünfzehn.«

Anton ging zu Mehnert, befühlte ein paar Stoffe, betrachtete interessiert die neu eingetroffenen Hemden und prägte sich das pausbäckige Gesicht der Anna-Maria ein. Am Abend nach dem Gebet jedoch war leider die Mutter wieder bei ihm – er konnte nichts dagegen tun.

Dann war es Ende Juli, sehr heiß, und Mutter war schon seit vier Wochen daheim und lag tatsächlich im Gartenstuhl. Niemand Wichtiges war gestorben bislang.

»Anton«, sagte sie lächelnd und ließ zwei ausgestreckte Finger über seine Wangen gleiten, »du hast schon einen Bartschatten im Gesicht. Bald mußt du dir vom Vater zeigen lassen, wie man sich rasiert.«

Anton, beglückt, daß sie ihn angeschaut, gestreichelt und sogar eine Veränderung bemerkt hatte, wurde plötzlich übermütig. »Ich möchte dich etwas fragen, Mutter.«

»Nur zu«, sagte sie.

»Ich hab da so eine Erinnerung, und ich weiß sie nicht einzuordnen.«

»Ach ja?«

»Es ist schon sehr lange her. Du hast mich noch in den Armen oder auf dem Rücken getragen. Wir waren in einem riesengroßen düsteren Haus, ich glaube, es war das Gebbiner Schloß, das von dem Grafen Siggelow, in deren Diensten die Großeltern gestanden haben.«

»Meine Eltern haben nicht in gräflichen Diensten gestanden. Mein Vater war Lehrer und meine Mutter eine freie Bäuerin. Und ich war nie mit dir im Gebbiner Schloß.«

»Aber das Bild in deinem Büro, das mit dem Sensenmann ...«

»Ein sehr altes Bild, ich hab es käuflich erworben von dem Geld, das meine Mutter mir hinterlassen hat. Für vierundzwanzig ehrliche Schillinge.«

»Und davor«, beharrte Anton, »da hat's im Gebbiner Schloß gehangen!«

Mit einem ärgerlichen Schwung warf Barbara die Beine vom Liegestuhl und sprang auf. »Was soll das Ganze, was bezweckst du mit dieser sinnlosen Schnüffelei?«

Anton senkte den Kopf. »Ich will doch nur wissen, wer dieser Mann war, der dich und mich so seltsam angestarrt hat. Ich seh ihn immer noch im Traum. Dann hab ich Angst um dich und mich. Wohl, weil du nachher geweint hast, stundenlang. Und weil du mit deinen Kleidern ins Wasser gelaufen bist. Im Traum gehst du dann unter und ertrinkst. Aber so kann's ja wohl nicht gewesen sein, in der Wirklichkeit.«

»Es ist überhaupt nichts gewesen in der Wirklichkeit«, sagte Barbara schroff, strich mit fahrigen Bewegungen ihren Rock glatt und knöpfte die Bluse zu. »Und du solltest dich nicht in Phantasien verspielen, sondern dich lieber um deine Schulaufgaben kümmern!«

»Es sind Ferien, Mutter«, sagte Anton leise.

»Ferien? Ja so, für dich vielleicht, für mich nicht mehr. Man hat

mir heute morgen aus Hamburg depeschiert, zwei wichtige Todesfälle, ich muß noch heut zurück. Gott sei Dank gibt's ja jetzt
die Zugverbindung, von hier aus nach Ludwigslust. Und von da
aus dann nach Hamburg, schnell und angenehm.«

»Bitte nicht, Mutter.«

»Bitte nicht was?« Barbaras Stimme klang schrill. Sie lief auf
das Haus zu. Anton packte sie beim Arm und hielt sie zurück. Er
war sehr aufgeregt.

»Ich weiß genau, warum du die Toten lieber hast als deine Familie«, schrie er, »weil sie dir nämlich bequemer sind, weil du mit
ihnen machen kannst, was du willst, weil sie dir hilflos ausgeliefert
sind und vor allem, weil sie dir keine lästigen Fragen stellen!«

Barbara riß sich los und stürzte ins Haus. Die Tür flog hinter
ihr zu, wurde jedoch nach wenigen Sekunden wieder aufgestoßen, diesmal stand Hermann Wotersen im Rahmen und herrschte Anton an.

»Was war das eben?«

»Nur so ein Gerede zwischen Mutter und mir.«

»Und deshalb muß sie davonlaufen und Türen schlagen? Hast
du sie etwa gekränkt?«

»Ich doch nicht. Sie hat sich selbst gekränkt. Nämlich mit lauter
Lügen.«

»Red keinen Unsinn. Geh sofort und entschuldige dich.«

»Bestimmt nicht!«

Da holte Hermann Wotersen aus und schlug seinem Sohn mitten ins Gesicht.

Anton, der keine Schläge gewohnt war, stand starr vor Entsetzen. Und plötzlich fiel der Jähzorn über ihn her, Anton wußte
nicht mehr, was er tat.

»Entschuldigen soll ich mich«, brüllte er, »warum, wozu? Ich
hab ja nichts getan. Aber Mutter, die lügt und trügt, und sie treibt's
mit dem Tod, genau wie ihre Mutter und Großmutter vor ihr!
Nämlich der Sensenmann, das ist ihr einziger Geliebter. Das weiß
ich von Meta Schwaneke, die stammt aus Mutters Dorf. Und daß
du nicht mein Vater bist, das weiß ich auch!«

Hermann Wotersen wollte sich auf Anton stürzen, doch der war schneller als der Alte. Er duckte sich unter ihm weg und lief davon, sprang über den Zaun und war kurz danach aus Hermann Wotersens Blickfeld verschwunden.

Kopflos rannte Anton zur Elde hinunter, ließ sich hineinfallen, trieb ein Stück unter Wasser, wurde das Wehr hinuntergerissen, wollte nicht mehr atmen, nie wieder ans Licht kommen, wurde dann doch hochgespült, klammerte sich am Schilf fest, kroch schließlich ans Ufer, raffte sich auf und rannte, rannte, rannte.

Die Mutter aber fuhr nicht fort an diesem Abend, sie wartete die ganze Nacht auf ihr Kind. Und Hermann wartete mit ihr. So jedenfalls berichtete August es später dem Bruder.

Am dritten Tag seiner Flucht – Anton war inzwischen vollkommen erschöpft – beschloß er, nach Hamburg zu fahren und die Mutter dort aufzusuchen, sich ihr zu Füßen zu werfen und sie flehentlich um Verzeihung zu bitten. Im Elternhaus dem Vater gegenüberzutreten, dazu fehlte ihm der Mut.

Obgleich er nur ein paar Pfennige in der Tasche hatte, die für die Fahrkarte nicht ausreichten, gelang ihm die Reise. Er verbarg sich auf dem Kohlentender. In Hamburg dann irrte er stundenlang umher auf der Suche nach der Wohnung seiner Mutter. Als er endlich bei der Fleetbrücke anlangte, war es vier Uhr morgens. Er klingelte Sturm, niemand öffnete. Erschöpft schlief er im Hauseingang ein.

Fünf Minuten nach neun betrat er dann das Büro der »Trauerhilfe«. Im Vorzimmer saß eine junge Dame am Schreibtisch, nicht älter als achtzehn, neunzehn Jahre. Unter ihrer strahlend weißen Batistbluse zeichnete sich ein runder Busen ab, auch hatte sie runde Wangen und runde blaue Augen. Eine blonde Strähne, die sie mit zwei Fingern eifrig zwirbelte, hing aus ihrem Haarknoten. Als sie Anton hereinkommen sah, wurden ihre Augen noch runder.

»Bist du nicht . . ., also bist du nicht der Sohn von Frau Wotersen, dieser Anton, der letztes Jahr zu Besuch hier war?«

Anton nickte.

»Das darf ja wohl nicht angehen, daß du in diesem Zustand bist! Was hast du denn bloß gemacht?« Sie sprang auf und kam hinter dem Schreibtisch hervor. Auch ihre Hüften waren rund und ihre kleinen Hände, die sie in Mißbilligung zusammenschlug.

»Wo ist meine Mutter?« fragte Anton.

»Deine Mutter? Das solltest du doch wohl selber wissen. Die ist zu Haus in Parchim. Du siehst aber wirklich schlimm aus, bist du etwa weggelaufen? Hast du schlechte Zeugnisse gekriegt?«

Anton gönnte sich eine hochmütige Antwort: »Ich hab noch nie schlechte Zeugnisse gekriegt.«

Das Fräulein lachte. »Ich immer«, sagte sie. »Aber jetzt arbeite ich schon seit drei Jahren hier, und die Prinzipalin sagt, daß ich begabt bin.«

»Wofür?«

»Für den Beruf einer Totenfrau.«

»Wieso sind Sie denn ganz alleine hier?«

»Das Wetter ist zu gut, saure-Gurken-Zeit für uns.«

»Ich begreif nur nicht«, sagte Anton, »warum Mutter nicht hier ist. Sie hat gesagt, daß sie zurück nach Hamburg muß, wegen dieser zwei sehr wichtigen Todesfälle.«

»Das kann nicht sein, mußt du falsch verstanden haben. Seit Wochen hatten wir keinen wichtigen Todesfall mehr. Die Sterbenden warten eben, bis die Prinzipalin wieder da ist. Aber erst einmal müssen wir uns um dich kümmern, du siehst ja aus, als hättest du im Kohlenkeller übernachtet. So darf der Sohn von Frau Wotersen nicht rumlaufen!«

»Sie sieht's ja nicht.«

»Aber ich sehe es. Und ich weiß, was sich schickt.«

»Nur, daß ich nichts zum Wechseln habe!«

Das Fräulein lachte wieder. »Na klar. Aber ich wasch es dir und häng es gleich in die Sonne. Das trocknet in einer Stunde. Geh nach nebenan in den Ausstellungsraum, da ist auch ein Wasserhahn.«

Sie schob Anton zu Tür.

»Wie alt bist du eigentlich?« fragte sie.

»Seit zwei Monaten sechzehn«, log Anton, »und Sie?«

»Achtzehn. Wenn du fast sechzehn bist, kannst du mich duzen.«

Dann stand Anton allein im Raum mit den Särgen. Es war kühl hier. Zwei großen Körben entströmte ein zarter Duft nach getrocknetem Lavendel und Rosenblättern. Einige der Särge standen offen und gaben den Blick frei auf üppig gebauschte Kissen, die kostbarer und weicher wirkten, als Anton sie je zuvor gesehen hatte.

Er war unschlüssig. Sollte er sich tatsächlich entkleiden? Die Unterwäsche würde er auf jeden Fall anbehalten. Es klopfte an der Tür. Ohne auf seine Antwort zu warten, betrat die Runde Antons Refugium. »Her mit den Sachen«, sagte sie munter. »Ich beeil mich beim Waschen, und wenn ich's in die Sonne gehängt habe, dann lauf ich schnell zum Telegraphenamt, um deine Mutter zu benachrichtigen. Sicher macht sie sich Sorgen.«

Unbekümmert betrachtete sie den Jüngling.

»Die Unterwäsche solltest du aber auch nicht anbehalten, man kann doch nicht Sauberes über Schmutziges ziehen. Sowieso mußt du dich vor mir nicht genieren. Das tun die Toten auch nicht.«

»Ich bin aber sehr lebendig«, flüsterte Anton.

Der Blick der Kleinen glitt an ihm hinunter.

»Das will ich wohl meinen«, sagte sie lachend.

Vor lauter Verlegenheit wurde Anton wütend. Er riß sich Unterhemd und Hose vom Körper und warf es ihr hin.

»Da hast du's. Und nun laß mich gefälligst in Ruhe.«

»Nicht so heftig«, sagte sie, kam ganz nahe heran und legte ihre runden Händchen auf seine Brust.

Anton sprang das Herz in die Kehle, er konnte nicht mehr sprechen, kaum noch Luft holen.

»O Gott«, sagte sie, »du zitterst ja. Und Augen hast du – genau wie deine Mutter. Solche, die sogar die Toten verrückt machen können!«

Und eh er sich's versah, begann sie ihn zu küssen. Ihr eifriges Zünglein drängte seine Lippen auseinander. Anton verlor die Kontrolle. Er meinte, die Verführerin wegzuschieben und zog sie doch nur enger an sich, die Knie wurden ihm weich, und indem er das Mädchen haltsuchend mit beiden Armen umschlang, glitt er mit ihr zu Boden.

»Oho!« sagte sie und kicherte aufgeregt. »So einer bist du also.«

Als er wieder zu sich kam, lag er allein auf dem Fußboden. Sein Kopf ruhte auf einem weichen Kissen, ein schwarzes Samttuch, das nach Kampfer roch, war über ihn gebreitet. Er lag regungslos. Es ging ihm sehr gut.

Die Tür wurde vorsichtig geöffnet, und die kleine Runde erschien. Über dem Arm hielt sie seine gesäuberten Kleidungsstücke. Ihre Haare waren fest aufgesteckt, keine Strähne hing heraus.

»Wie lange hab ich geschlafen?« fragte Anton.

»Vier Stunden. Es ist schon Nachmittag.«

»Warst du beim Telegraphenamt?«

»Noch nicht, ich hatte keine Zeit. Mußte mich erst um deine Kleidung kümmern. Aber jetzt könnte ich gehen.«

»Warte bis morgen.«

»Wenn du meinst. Ich tu, was du mir sagst, du bist ja der Sohn von Frau Wotersen.«

»Und du bist wirklich sehr schön!« seufzte Anton.

In dieser Nacht ließ sich Anton zum Toten machen. Anfangs wehrte er sich noch, nicht eigentlich, weil es ihm peinlich war, sondern weil er es als frivol empfand.

Doch schließlich gab er nach und ließ sich auf den hohen Katafalk betten, den Kopf leicht angehoben von einem Kissen, umgeben von brennenden Kerzen. Er fügte sich ihren eifrigen Handhabungen und geriet dabei in eine ganz wundersame Stimmung.

Verrückt mag sie ja sein, dachte er, und vielleicht auch von

Grund auf geistesgestört, aber frivol war sie ganz gewiß nicht, wie sie sich hier so sanft und ehrfürchtig seines Körpers annahm. Wie sie ihn wusch mit lauwarmem duftendem Wasser, seine Brust mit Rosenöl betupfte, ihm ein seidenes Totenhemd überzog, ihm ganz vorsichtig die Verspannung aus den Muskeln massierte, ihm den Hals etwas reckte – »weil das vornehmer ausschaut« –, ihm die Fingernägel schnitt, bevor sie seine Hände zusammenlegte, ihm so lange über Stirn, Mund und Wangen strich, bis er gar nicht anders konnte, als behaglich zu lächeln, ihm die Haare sorgsam kämmte und anschließend den Kamm zerbrach – »weil sonst bald der nächste von der Familie stirbt« –, ihm nach getaner Arbeit das sorgsam gefaltete Reinigungstuch unter das Kopfkissen legte – »vielleicht brauchst du's später noch« – und ihn schließlich fragte, ob er nicht einen letzten Wunsch habe, denn es sei eine gute alte Sitte, dem Toten etwas Begehrtes mit auf den Weg zu geben, etwas, wonach ihn im Leben sehr verlangt, was er jedoch gar nicht oder jedenfalls nicht in genügendem Maße erhalten habe, also was sie letztendlich nun zu ihm legen solle, um ihm Trost und Halt zu geben für seine lange Reise.

Und Anton antwortete ohne Umschweife mit einem einzigen Wort: »Dich.«

Nachdem das Fräulein schließlich doch Zeit gefunden hatte, die Depesche nach Parchim auf den Weg zu bringen, war Barbara umgehend angereist, um ihren Sohn abzuholen.

Sie behandelte ihn wie einen Kranken, kaufte ihm als erstes eine warme Jacke, obgleich doch Hochsommer war, trieb ihn zu mehreren Ärzten, die ihn durch ihr herablassendes Gehabe einschüchterten, allen voran der Nervenarzt, der eine sehr besorgte Miene aufsetzte, weil er zwischen der ungewöhnlich weit fortgeschrittenen körperlichen Entwicklung des Fünfzehnjährigen und seiner geistig-seelischen Reife eine höchst gefährliche Diskrepanz sah, und sie erstickte unter ihrer übertriebenen mütterlichen Fürsorge jeglichen Erklärungsversuch seitens des zur Reue Entschlossenen.

Keiner der Sätze, die Anton sich einstudiert hatte, kam zum Tragen, weder jene, die Verständnis und Verzeihung hätten bewirken sollen, noch erst recht die anderen, mit denen er ihr von nun an großzügig ihr eigenes Leben zuzubilligen gedacht hatte.

Und als Mutter und Sohn dann wieder in Parchim waren, verhielt sich der Vater ähnlich und übernahm die Strategie seiner Frau – natürlich haben sich die zwei verabredet! dachte Anton grimmig.

Blieb nur noch August, oder hatte man auch ihn einbezogen in dies Verwischen und Vertuschen? Schwer zu sagen, denn August war solch ein fröhlicher Anpasser, dem wäre wohl gar nicht in den Sinn gekommen, einen anderen als den von Vater und Mutter ausgelegten Weg zu beschreiten.

»Da war doch dieses Pilzgericht, das Frau Grambow am Mittag, bevor du verschwunden bist, für uns zubereitet hat«, sagte August. »Vielleicht war ein giftiger Pilz darunter und ausgerechnet den hast du gegessen.«

»Ich erinnere mich nicht an ein Pilzgericht«, sagte Anton mürrisch.

Indem die Eltern Anton um seine Buße betrogen, ließen sie ihn hängen in seinen Sünden. Denn daß er gesündigt hatte, und zwar vielfach, stand fest.

Aber Buße tun bedeutet Reinigung. Und wenn diese nicht erfolgt, bleibt man innerlich schmutzig, das wußte Anton.

Noch öfter als sonst lief er nun in die Kirche, betete, weinte, flehte, bis es sogar dem Küster zuviel wurde. »Schluß jetzt mit dieser Demonstration«, sagte er, »bist wohl pervers oder was, hältst dich gar für einen Katholischen!«

Anton rannte davon. Ein Katholik – ja! Das wäre was, so ein Priester, der dem Sünder nach abgelegter Beichte eine angemessene Strafe aufbrummt, und schon ist alles wieder gut.

In Parchim gab es eine kleine katholische Kirche, etwas abgelegen in der Vorstadt, nicht weit entfernt von der Synagoge.

Aber auch der Versuch mit den Katholischen endete kläglich. Als Anton einsam vor dem Kreuz kniete, wurde er gleich von einem Pfarrer zur Rede gestellt: »Du bist mir unbekannt, was hast du hier zu suchen?«

»Also ich . . ., ich dachte . . .«, stotterte Anton, »weil ich nämlich überlege, ob ich nicht vielleicht katholisch werden könnte.«

»Warum?«

Er nahm all seinen Mut zusammen. »Na, wegen der Beichte doch. Und wegen der Reue und der Vergebung.«

»Du scheinst ja ganz schön was auf dem Kerbholz zu haben!«

Anton senkte den Kopf. »Stimmt«, flüsterte er.

Dem Pfarrer stieg die Zornesröte ins Gesicht. »Raus!« donnerte er, »die katholische Kirche läßt sich nicht benutzen als billige Reinigungsanstalt für schwache Seelen! Und erscheine hier ja nicht wieder, bevor du nicht ein besserer Mensch geworden bist!«

Also ein letzter Versuch: die Synagoge. Doch hier fand er erst recht keinen Einlaß, weil die Tür nämlich fest verschlossen war. Ein kleines Mädchen mit blonden Locken und lustigen braunen Augen, vielleicht zehn Jahre alt, hatte sich davor ein Hinkelspiel in den Sand gemalt. Auf einem Bein hüpfend, stieß sie geschickt den Stein über die Felder, wobei sie ihren für die Jahreszeit viel zu dicken schwarzen Rock graziös anhob.

»Was willst du hier?« erkundigte sie sich, »du bist doch keiner von uns.«

»Wieso ist die Tür abgeschlossen. Die anderen Kirchen sind immer offen.«

»Eine Synagoge ist aber keine Kirche. Und deshalb ist unsere Tür immer abgeschlossen.«

»Versteh ich nicht. Was ist denn der Grund?«

»Wegen der Gefahr«, sagte sie düster, verhielt auf einem Bein und wackelte hin und her.

»Ich kann aber keine Gefahr sehen.«

»Du bist eben dumm. Und bist ja auch keiner von uns.« Aufatmend hüpfte sie weiter ins letzte Feld. Sie nahm ihren Hinkelstein und rollte ihn zwischen den Händen. »Wie heißt du überhaupt?«

»Anton. Und du?«

»Hilda. Ich bin schon elf. Wenn ich ein Junge wäre, würde ich in anderthalb Jahren Bar Mizwa haben. Und dann könnte ich vorne bei den Männern sitzen und mit ihnen beten.«

»Wie ist das denn so bei euch«, fragte Anton, »habt ihr einen Beichtstuhl in der Synagoge?«

»Wir sind doch nicht katholisch!« empörte sich die Kleine, warf ihren Stein erneut ins erste Feld und stieß ihn hüpfend vorwärts. »Und sowieso sind wir auserwählt.«

»Was seid ihr?«

»Auserwählt. Und meinem Vater gehört hier die Tuchfabrik.«

Anton lachte. Das hüpfende kleine Mädchen gefiel ihm. Zum ersten Mal in seinem Leben sehnte er sich nach einer jüngeren Schwester. Die würde er beschützen vor aller Unbill dieser Welt und auch vor den selbstherrlichen Verabredungen der Eltern.

»Nein«, sagte er, »die Tuchfabrik gehört meinem Vater.«

»Nein, meinem.«

»Nein, meinem!«

»Nein, meinem!!«

Die Kleine hüpfte jetzt schnell und wütend, schwankte und fiel auf die Knie, wobei sie sich ein Loch in den Strumpf riß.

»Da siehst du mal, was du angerichtet hast«, jammerte sie.

Anton lachte immer noch. »Ich doch nicht! Komm, ich helf dir auf.«

Die Kleine jedoch schlug seine Hand weg, sprang auf die Füße, schrie: »Faß mich bloß nicht an, du Katholik!« und rannte davon.

Anton sah hinter ihr her. Er fühlte sich seltsam getröstet.

Anton bemerkte, daß sich zwischen seinen Eltern eine neue Vertrautheit entwickelt hatte. Sie warfen einander gelegentlich sehr ungewohnte, nahezu liebevolle Blicke zu. Das kränkte den Sohn, weil nämlich die Blicke, die die Mutter ihm selbst zukommen ließ, jetzt etwas Abschätzendes hatten, so als prüfe sie jede seiner Handlungen und Reaktionen auf deren Verwertbarkeit für das neue Bild, nach dem sie ihn gestalten wollte.

Er war überzeugt, daß seine Frage nach dem Mann mit dem verstörenden Blick ihre Liebe zu ihm zersetzt und aufgelöst hatte wie eine giftige Säure. Weil sie jedoch nicht gänzlich auf die Mutterliebe verzichten wollte, hatte sie sich flugs einen anderen Sohn zusammengebastelt, einen leicht verblödeten, harmlosen, dessen Hauptnachteil nicht etwa aus unbotmäßiger Neugier und Einmischung bestand, sondern nur aus der Diskrepanz zwischen geistig-seelischer Unreife und einem vorschnell entwickelten Körper. Etwas immerhin hatte sich zum Besseren gewendet: Anton begehrte seine Mutter nicht mehr. Er überließ sie dem Mann mit dem verstörenden Blick, und manchmal, wenn ihre Verschlossenheit ihn gar zu bitter ankam, auch dem klapprigen Knochenmann aus ihrem Büro, den er in Hamburg noch einmal gesehen hatte.

Barbara blieb noch zwei weitere Wochen in Parchim, und sie schlief nicht mehr, wie sonst, in dem ehemaligen Gästezimmer am Ende des Flurs, sondern zog zurück ins große Schlafzimmer.

Anton war sehr unglücklich. Schließlich bemühte er sich sogar, die Strategie seiner Eltern zu übernehmen und die Hamburger Episode mitsamt dem Vorspiel als eine Art Fieberphantasie anzusehen. Vielleicht wäre ihm das sogar gelungen, doch dann traf er Meta Schwaneke auf der Straße, die alte Waschfrau, und die beklagte sich jammernd und keifend und drohend über die ungerechte Behandlung, die man ihr habe zuteil werden lassen: So viele Jahre habe sie den Wotersens treu gedient, und nun sei sie ohne alle Begründung rausgeworfen worden. Nicht mal ein Altenbrot habe man ihr zugestanden, und das kriegten doch sonst alle, auch wenn sie viel kürzer im Dienst gestanden hätten als sie. Und wovon sie denn nun leben solle?

Anton schaffte es nicht, mit Meta Schwaneke Mitleid zu haben.

Als schließlich Ende August eine Depesche aus Hamburg ankam, in der das Fräulein Nachricht gab von einem »sehr wichtigen Tod«, als somit für die Sterbenden wie auch für die Prinzipalin der »Trauerhilfe« die Ferien vorüber waren, begleitete Hermann Wotersen seine Frau nach Hamburg. Dort gebe es sehr gute Ärzte, bedeutete er seinen Söhnen, vielleicht könnten die etwas gegen seinen Rheumatismus tun. Anton verhöhnte innerlich sei-

181

nen Vater, diesen alternden Schwächling, der sich einerseits von seiner Frau gängeln ließ, andererseits gegenüber den Söhnen eine Entschuldigung brauchte, wenn er mit ihr zusammensein wollte. Rheuma!

»Sollte man nicht die alte Meta Schwaneke wieder einstellen?« fragte Anton die alte Haushälterin, Frau Grambow.

Ihre Antwort war unmißverständlich: »Frau Wotersen hat verfügt, daß die Wäsche-Meta nie wieder über unsere Schwelle kommen dürfe. Danach haben wir uns zu richten.«

Nach ein paar Wochen kehrte Wotersen aus Hamburg zurück, und das Leben ging wieder seinen normalen Gang. »Kein rechter Ort für mich, diese große Stadt«, sagte er zu seinen Söhnen, »die Mutter ist allzusehr beschäftigt, und die Ärzte sind auch nicht besser als jene in Parchim. Hier jedoch werde ich gebraucht. Dort nicht.«

Wie Hermann Wotersen
Antons Zukunft bestimmte

Mit knapp neunzehn Jahren beendete Anton das Gymnasium. Weil er von allen Schülern die besten Noten vorzuweisen hatte, durfte er auf der Abschlußfeier im Namen seines Jahrgangs eine kleine Rede halten. Ob diese Rede, in der unverhältnismäßig oft Worte wie Freiheit und Gleichheit vorkamen, auch tatsächlich im Sinne seiner Mitschüler und vor allem deren Eltern war, sei dahingestellt. Hermann Wotersen rollte die Augen gen Himmel und kniff die Lippen zusammen. Barbara, immer noch schön und sehr elegant in ihrem schwarzen Hut mit Straußenfedern, lächelte versonnen. Sie war zur Feier des Tages aus Hamburg gekommen.

Nachher reichte Barbara ihrem Mann den Arm, so brauchte er keinen Krückstock. Gerührt durch ihre Freundlichkeit, stolz auf ihre schöne Erscheinung, an der doch auch er – irgendwie – mitgewirkt hatte, und hilflos durch seine ebenso unausrottbare wie ewig hoffnungslose Liebe zu ihr, zog er eine mürrisch unbeteiligte Miene.

Im Wotersenhaus gab es ein schweres Essen mit sehr viel Wein. Dann stand oder saß man noch eine Weile müde beisammen.

Barbaras sonst so blasses Gesicht war ein wenig gerötet. Ihre Augen glitzerten, mehrmals hatte sie sogar laut gelacht. In der einen Hand ein Gläschen Pflaumenlikör, in der anderen die Mokkatasse, wandte sie sich an ihren Sohn: »Wovon willst du dich denn so dringend befreien, Anton?«

Der antwortete in einem lauten, heftigen Tonfall, den er sich seit einigen Jahren angewöhnt hatte. »Ist doch wohl klar, Mutter! Von allem, was mich einengt und mir ein Verhalten aufzwingt, das nicht wirklich mein eigenes ist.«

»Und du meinst, du wüßtest immer, was dieses eigene Verhalten, ohne äußeres Eingreifen, ist?«

»Was für eine Frage! Natürlich weiß ich das genau, und jedenfalls weiß ich es besser als alle anderen Menschen, die sich anmaßen könnten, mich von mir selbst zu separieren.«

Barbara machte einen spitzen Mund, als wollte sie die Luft zwischen sich und ihrem Sohn küssen, worauf dieser errötete und sich abwandte. Da nahm sie mit beiden Händen seine Rechte und hob sie nahe an ihr Gesicht. Aufmerksam betrachtete sie den Spalt zwischen Ring- und kleinem Finger, legte sogar kurz eine flache Hand hinein und sagte lächelnd: »Sieht aus, als hätte der Allmächtige dort ursprünglich einen sechsten Finger wachsen lassen wollen, es dann jedoch vergessen.«

Ganz schnell und fast ein wenig verlegen küßte sie die Hand ihres Sohnes und murmelte: »Ach ja, Anton, ach ja!« und ging mit raschen Schritten zu ihrem Mann, der in der Sofaecke halb eingeschlafen war. Sie rüttelte ihn sanft. »Komm, Wotersen, wenn du schlafen willst, dann hast du's bequemer im Bett. Ich helfe dir hinauf und bleib noch eine Weile bei dir sitzen, bevor ich mich zum Abendzug bringen lasse.«

Nach der Abiturfeier ließ der Alte seinem Sohn drei Tage Zeit, dann rief er ihn zu sich ins Kontor.

»Setz dich«, sagte er.

Anton überlegte fieberhaft, womit er den Vater verärgert haben könnte. Ihm fiel nichts ein.

»Dein gutes Abschlußzeugnis hat mich mit Stolz erfüllt«, begann Hermann Wotersen. Woraufhin Anton der Mut vollends verging, solch ein Anfang konnte weiß Gott nichts Gutes verheißen.

»Da du nun nicht zu mir gekommen bist mit einem festen Zukunftsplan, nehme ich wohl an, du hast keinen, und darum will ich dir meinen darlegen. Der ist ganz einfach, und darum wirst du dich auch leicht nach ihm ausrichten können.«

Zukunftsplan? Oh, Anton hatte mehrere, Universität auf jeden

Fall, womöglich Philosophie, vielleicht auch Jurisprudenz, aber vermutlich doch am liebsten das Ingenieurwesen. Im Hintergrund stand immer noch die Möglichkeit der Theologie.

Anton lächelte. »Ich habe viele Pläne«, sagte er.

»Viele Pläne bedeuten gar keinen Plan«, sagte der Vater streng. »Darum wirst du in der nächsten Woche deine Lehre bei der Firma H. A. Wotersen beginnen. Du kannst dir aussuchen, ob du zuerst in den Handel gehen willst oder in die Produktion.«

»Aber Vater...«

»Ja?«

»Ich dachte, ich könnte ..., also meine Lehrer am Gymnasium waren der Meinung, ich sollte auf jeden Fall zur Universität gehen.«

»Auf der Universität lernst du nichts, was dir für deinen späteren Beruf von Nutzen sein könnte. Und was dieser Beruf sein wird, steht seit deiner Geburt fest. Für irgendwelche luxuriösen Zwischenspiele haben wir leider keine Zeit, ich bin alt, mein Sohn, ich bin müde, und ich bin krank. Letzte Woche war ich beim Arzt.«

Anton erschrak zutiefst. Hatte man dem Vater etwa eine tödliche Krankheit diagnostiziert? Er sah ihn an, sah, wie eingefallen seine Wangen waren, wie vorgebeugt die Schultern, wie dürr die mit Altersflecken übersäten Hände. Eine Welle hilfloser Liebe überrollte ihn.

»Aber du bist nicht so alt, Vater«, stammelte er.

Hermann seufzte. »Komm her zu mir, mein Sohn.«

Anton sprang auf, lief um den Schreibtisch herum und beugte sich zu seinem Vater. Hermann Wotersen legte einen Arm um ihn. Das war genau die Stellung, die eigentlich August gehörte. Anton fühlte sich ungeschickt und fehl am Platze.

»Ich habe zwei Söhne«, sagte der Alte, »und ich liebe sie beide gleichermaßen, auch wenn der ältere vielleicht meint, der jüngere wäre meinem Herzen näher. Aber das stimmt nicht. Der jüngere hat nur immer wieder fröhlich die Initiative ergriffen.«

Seine Stimme zitterte etwas. Er zog Anton fest an sich.

»Du warst vor August da. Wenn ich dich als Baby in meinen Armen gehalten habe, dann hast du nie geweint. Es war die glücklichste Zeit meines Lebens, wohl die einzig wahrhaft glückliche.«

Trotz seiner Verwirrung spürte Anton jetzt vor allem Neugier. »Warum, Vater, warum nur?« fragte er.

»Glücklich war ich, weil wir nun endlich zusammen waren, deine Mutter und ich, Tag für Tag und Nacht für Nacht. Und glaub mir, es waren heiße Nächte!«

Anton zuckte zusammen. Nie im Leben hätte er von seinem Vater derlei intime Geständnisse erwartet. Der Alte begriff sogleich Antons Reaktion, räusperte sich und sagte: »Verzeih mir, Anton, die Erinnerung macht mich unbeherrscht. Und sowieso bist du ja jetzt erwachsen, nimm meine Worte als solche von Mann zu Mann. Jedenfalls war deine Mutter die Frau, nach der ich mich schon immer gesehnt hatte, und also warst du der Sohn, den ich schon immer hatte haben wollen.«

»Und dein zweiter Sohn, was ist mit ihm?« fragte Anton. »Er ist doch derjenige, der aus dem Glück geboren worden ist, man merkt's ihm ja auch an.«

»Aus dem Glück geboren, ja. Und doch hat die Geburt dieses Glückskindes deine Mutter fast das Leben gekostet und dadurch einen Teil unseres Glückes zerstört, den Teil, der mir zuvor als der sicherste erschienen war, weil er auskam ganz ohne Fragen und Erklärungen. Erst danach hat sie sich wieder dem Tod zugewandt.«

Anton löste sich aus der verkrampften Haltung in Hermann Wotersens Armen, ging zurück zu seinem Stuhl und starrte auf seine Hände. Er war schmerzhaft gerührt von seines Vaters Worten und fand das Gespräch doch über alle Maßen peinlich.

»Es wird doch auch noch viel anderes gegeben haben zwischen euch«, murmelte er, »schließlich ist das ... das Körperliche nur ein kleiner Teil der Liebe – glaube ich jedenfalls.«

»Ja, ja«, sagte der Alte, »das ist wohl so, sollte jedenfalls so sein. Aber wenn sich dieser größere Teil, sagen wir aus Schwäche, auf den kleineren Teil gestützt hat, gewissermaßen von ihm abhängig war, was dann?«

Er seufzte, setzte dann ein seltsam schiefes Lächeln auf und straffte sich. »Also gut, Anton. In welchem Teil der Firma willst du deine Lehre beginnen?«

»Verzeih mir, Vater, aber die Firma ist eigentlich nicht das, was ich mir für meine Zukunft vorgestellt habe.«

»Du vielleicht nicht, aber ich. Das reicht. Und falls du noch eine Erklärung willst: Ich brauche dich, Anton.«

»In zwei Jahren ist auch August soweit.«

»Und wenn es bis dahin zu spät ist?«

»Was ist mit dir, Vater, wie krank bist du?«

»Das Herz, mein Sohn, der Kreislauf. Alles abgenutzt. Und die Nieren tun auch nicht mehr, was sie tun sollten, und die Leber leidet vermehrt unter den Sünden der Jugend.«

»Das klingt sehr allgemein.«

»Für mich nicht, da ich jedes einzelne Symptom schmerzhaft spüre. Ich bin bald siebzig. Die Ärzte geben mir nur noch wenig Zeit. Und ich will mein Haus in Ordnung bringen.«

»Aber Vater...«

»Schluß jetzt, ich mag nicht ins Detail gehen, um dich von meiner Hinfälligkeit zu überzeugen, das schiene mir allzu würdelos. Und was deinen Bruder August anbelangt, unser Glückskind, so weißt du selbst, daß er dringend Führung braucht. Er ist sicher gut fürs Praktische, und im Umgang mit Menschen tut er sich sehr viel leichter als du. Für das Konstruktive jedoch, die Ideen, die kluge Anpassung an die neue Zeit, den Kampf gegen die Konkurrenz, für all das fehlt ihm der Überblick. Zusammen werdet ihr es schaffen. Also, was nun, Anton, Handel oder Produktion?«

Anton nagte verzweifelt an seiner Unterlippe. Mußte er sich denn so dringlich äußern, so definitiv, jetzt gleich, konnte er es nicht ein wenig aufschieben?

Wotersens Blick fixierte ungeduldig den Sohn und gestattete ihm weder Aufschub noch Ausflüchte. Und Anton liebte seinen Vater, jetzt noch mehr als zuvor, nachdem er unfreiwillig zum Mitwisser intimer Leiden gemacht worden war. So sagte er schließlich, obgleich ihm das eine wie das andere gleichermaßen unerwünscht erschien: »Also dann schon lieber die Produktion.«

Womit sein weiteres Leben festgelegt war, mehr und vor allem anders, als sein Vater es sich je hätte vorstellen oder gar wünschen können.

Barbara sagte zu ihrem Sohn: »Da hast du also einen weitreichenden Entschluß gefaßt! Und hast dich nicht einmal zuvor mit mir besprochen!«

Anton sah überrascht auf. »Du warst in Hamburg, Mutter. Und außerdem ist es nicht mein Entschluß.«

»Aber es ist dein Leben, oder? Und ich bin und bleibe deine Mutter, wo auch immer ich mich gerade aufhalte. So wirst du also hier in Parchim festsitzen, vermutlich ein Leben lang. Dabei hättest du auch zu mir nach Hamburg kommen können, dich einarbeiten in die ›Trauerhilfe‹. Wir hätten es gut gehabt zusammen.«

Nur ganz kurz weiteten sich Antons Augen vor Begeisterung, dann schaute er zur Seite und zuckte die Schultern. Barbara hatte leicht Vorschläge zu machen, dachte er, jetzt, da sie genau wußte, wie die Würfel gefallen waren.

»Dieser Totendienst ist doch nur etwas für Weiber«, sagte er mürrisch.

»Was erscheint dir denn daran so weibisch? Das Dienen oder der Tod?«

Da ihm hierauf keine passende Antwort einfiel, überging Anton die Frage und verkündete: »Der Vater braucht mich. Das hat er mir gesagt, und das ist für mich das Wichtigste.«

»Aha«, sagte Barbara und nickte. »So ist das also, er braucht dich, der Vater.« Sie kniff die Lippen zusammen.

Anton wurde ärgerlich. »Was ist, Mutter, zweifelst du daran, daß er mich wirklich braucht? Er ist alt, Mutter, und er sagt, daß er's allein nicht mehr schafft. Und daß August . . .«

»Jaja, der August«, unterbrach Barbara ihn, »unser Sonnenkind. Den hat der Vater ja sowieso. Nun will er auch noch dich. Er braucht dich, aha. Also gut, dann laß dich nur gebrauchen! Aber bilde dir deshalb nicht ein, daß sich der Vater je Gedanken gemacht hat über dich, daß er dich überhaupt kennt. Er weiß nur eins, nämlich daß er dich braucht. Wunderbar, wunderbar! Hermann Wotersen braucht meinen Sohn Anton, hat ihn schon immer gebraucht, von Anfang an . . . Hat erst die Mutter eingefangen mit Hilfe des Sohnes und dann den Sohn unter Ausschaltung der Mutter. Ach, was rede ich . . .« Ihre Stimme hatte sich zu ungewohnter Heftigkeit gesteigert.

Anton sah sie erschrocken an, griff nach ihren Armen. »Aber Mutter . . .«

Sie schüttelte ihn ab. »Genug jetzt, ich hab anderes zu tun, als mich mit dir über deine Zukunft zu streiten. Firma H. A. Wotersen und Söhne, klingt doch gut.« Sie lachte kurz auf, wandte sich ab und ließ Anton stehen.

Die ersten Monate in der Tuchfabrik brachten Anton überraschende Einblicke. Er lernte viel über Lade, Schlag, Schützen- und Spulenwechsel, über Offenfach und Geschlossenfach, über Doppelhub, Einschub und so weiter. Er lernte über Einnahmen und Ausgaben, über Profit und Verlust und über den ewigen kämpferischen Konflikt zwischen Besitzern und Arbeitern, die sich gegenseitig die Abhängigkeit voneinander übelnahmen. Vor allem jedoch lernte er etwas über sich selber, nämlich daß sein Engagement für die Gleichheit wohl doch etwas voreilig gewesen war und sich im rein Theoretischen erschöpfte. Wollte er etwa sein wie die Weber, die sich ihr Brot mit gebeugtem Rücken in einem harten Zehnstundentag verdienen mußten? Wenn die Weber aber alle so wären wie er, womit dann sollte er seine Freiheit von körperlicher Schufterei finanzieren können?

Der überraschendste Einblick in seines Vaters Gewerbe – man muß es wohl eher einen Schock nennen – kam aber erst im dritten Monat seiner Lehrzeit, kam in Gestalt eines Mannes, elegant gekleidet mit Hut, Plastron und Gamaschen, der beschwingten Schrittes durch die Fabrikhalle eilte, hier und da ein Stück Tuch befingerte, ein paar Worte mit einem Weber wechselte und schließlich auf Anton stieß, der im hinteren Teil des Raumes an einem Pult stand und sich mit dem Kontobuch beschäftigte.

»Nun?« sagte er zu Anton, blickte ihm kurz in die Augen, dann auf das Pult. »Ich nehme an, Sie führen hier Buch über jeden einzelnen Webstuhl, gut so. Es ist doch immer wieder erstaunlich, wie sehr die Leistungen differieren. Genau da müssen wir ansetzen, wissen Sie, die Leistung des Webers, aber auch jedes einzelnen Webstuhls. Natürlich sollten wir dringend modernisieren, wir bräuchten dann auch weniger Leute, und wir würden gewiß nur die besten behalten. Wobei man bedenken muß, daß einer, der den Handwebstuhl gut zu bedienen weiß, vielleicht überhaupt nicht zurechtkommt mit den vollmechanisierten Buckskin-Webstühlen. Was meinen Sie?«

Anton fiel nichts ein. Er wartete ab. Der Mann, dessen beide Hände während seiner Rede lebhaft gestikuliert hatten, verhielt sekundenlang, streckte dann seine Rechte Anton hin und sagte: »Meir-Ehrlich mein Name. Und Sie sind der junge Wotersen. Ich hab auf Sie gewartet, wissen Sie, schon seit ein paar Jahren. Unterdes hab ich Sie mir genauestens angesehen, war auch auf Ihrer Abschlußfeier im Gymnasium. Schöne kleine Rede, stimmt nur leider alles hinten und vorne nicht. Also gewartet hab ich auf Sie, wissen Sie, weil ja mit Ihnen eine neue Ära beginnt – nehme ich doch mal an. Wird ja auch langsam Zeit. Der Vater war ja schon etwas unbeweglich, und ich wollt ihn auch wirklich nicht unter Druck setzen. Ich hab nämlich Respekt vor Traditionen, hätt selbst gern mehr davon gehabt, ich meine persönlich, ist aber nicht so. Althergebrachtes gewiß, aber nicht im Geschäftlichen. Also dann: Willkommen bei uns.«

Bei uns? Anton drückte höflich die Hand. Er wußte, daß der Jude Meir-Ehrlich ein wichtiger Kunde von H. A. Wotersen war. Von der Beteiligung Meir-Ehrlichs, die sich inzwischen auf über fünfzig Prozent belief und ohne die die Firma nicht hätte überleben können, erfuhr er erst am selbigen Abend von seinem Vater.

Anton war erschrocken – nein, er war empört! Ausgerechnet

ein Jude, einer von jenen, die in den Witzblättern auftauchten, die gekleidet waren in schmierige schwarze Kaftane, aus denen sie dicke Geldbeutel zogen. Mußte es denn unbedingt ein Itzig sein?

»Es gibt Banken, Vater, und du hattest genügend Sicherheiten zu bieten!«

Der Alte, keineswegs irritiert durch Antons Empörung, lächelte. »Dein Engagement für das Wohl unserer Firma ehrt dich, mein Sohn. Was jedoch die Kredite anbelangt, die kosten Geld – mit oder ohne Sicherheiten. Und Meir-Ehrlich seinerseits wollte nichts weiter als Geld investieren.«

»Und jetzt gehört ihm über die Hälfte unserer Fabrik!«

»Na und? Es geht uns doch gut, oder? Manchmal muß man eben mit den Wölfen heulen, das hat auch deine Mutter gesagt. Allerdings sollte man darauf achtgeben, daß nicht zu laut geheult wird. Und dieser Wolf hier ist wirklich ein sehr stiller Teilhaber!«

»Das wird er aber nicht bleiben!« sagte Anton düster.

Der Alte lächelte immer noch. »Ich bin ja so froh, mein Sohn, daß du dich so gut eingearbeitet hast.«

Tatsächlich war's vorüber mit der stillen Teilhaberschaft. Meir-Ehrlich kam jetzt täglich, und von einem ruhigen Einerlei konnte kaum mehr die Rede sein. Sämtliche konventionellen mechanischen Webstühle wurden abgeschafft und durch die neueste Erfindung, nämlich durch elektrisch getriebene Webmaschinen ersetzt. Ein großer Teil der Weber mußte entlassen werden, entweder weil sie überflüssig wurden oder weil ihnen dieser »seelenlose Kram« zu große Schwierigkeiten bereitete. Armut war die Folge.

Und auch die kleinen Lohnbetriebe, in denen man immer das Spinnen, Färben und Walken erledigt hatte, wurden überflüssig, da Wotersen & Compagnie diese Arbeiten jetzt in einem geräumigen Anbau selbst erledigte.

Als Barbara im Sommer 1885 nach Hause kam, fühlte sogar sie, die sich von der alten Heimat nie wieder hatte berühren lassen wollen, die veränderte Stimmung in der Stadt.

Schmerzlich tauchten die Glumbecker Jahre vor ihr auf. Sie haßte diese Erinnerung und suchte sie nach Kräften zu vermeiden, nicht zuletzt, weil sie trotz ihrer Leiden dort sich ungewollt immer noch mit den Goretzkys, mit ihrer Glumbecker Familie identifizieren mußte.

»In Schlesien hat es in den vierziger Jahren blutige Aufstände gegeben«, sagte sie zu ihrem Mann, »weil sich die Weber gegen die neuen Maschinen gewehrt haben.«

»Als ob ich das nicht wüßte! Aber es hat ihnen nichts gebracht, außer noch mehr Entlassungen, Lohnkürzungen, Hunger und Not.«

»Die Zeiten haben sich geändert. Wenn die Weber der Umgebung sich heute einig wären, hätten sie sicher mehr Erfolg.«

Hermann Wotersen lachte. »Ja wenn ... Aber das Elendsgedächtnis sitzt noch tiefer als das Glücksgedächtnis, wohl weil mit dem Elend die Angst einhergeht.«

»Willst du dir etwa die Angst zum Verbündeten machen? Dann gib nur acht, daß sie dir nicht eines Tages in den eigenen Rücken fällt.«

Zwar stand Wotersen in seinem neunundsechzigsten Jahr, doch wirkte er keineswegs hinfällig, und die Drohung seines baldigen Endes, mit der es ihm gelungen war, Anton in seine Nachfolge zu zwingen, hatte sich nicht bewahrheitet. Ganz im Gegenteil. Nachdem ihm die Last mit der Fabrik abgenommen worden war und es finanziell wieder vorwärtsging, war er sichtlich aufgeblüht. Er lachte jetzt oft, konnte sogar gelegentlich einen knorrigen Charme entwickeln. Wenn er durch Parchim spazierte, hielt er Ausschau nach jungen Damen, die seine Söhne heiraten und ihm Enkelkinder schenken könnten.

»Wie gelingt meinem Sohn die Zusammenarbeit mit diesem Juden?« fragte Barbara.

»Gut«, sagte Wotersen, »ausgezeichnet sogar. Meir-Ehrlich ist ein umtriebiger Mensch, jeden Tag kommt er mit neuen Ideen. Und unser Anton ist sehr systematisch. Er rechnet, er kalkuliert, wägt ab, und dann setzt er um, was umsetzbar ist. Außerdem scheint er immer noch ein Herz für die Arbeiter zu haben – allerdings nur für die eigenen. Die haben's gut, arbeiten nicht mehr elf, zwölf Stunden am Tag, sondern nur noch zehn, und es gibt inzwischen einen Sanitäter in der Fabrik und eine kurze Mittagspause, sogar eine Suppenküche. Der Keil, den Anton zwischen die Parchimer Weber geschlagen hat, ist scharf und stabil, denn unsere Leute gehören nicht mehr zu den Habenichtsen.«

Kopfschüttelnd murmelte Barbara: »Und mein Sohn hat diesen Keil geschlagen . . .«

Barbara Wotersen war noch nie in der Fabrik gewesen. Jetzt raffte sie sich auf zu einem ersten Besuch. Vor dem Tor hockte eine Gruppe Frauen, die hatten Schilder vor sich aufgestellt: »Nach Jahren harter Arbeit müssen wir jetzt hungern« und »Ins Elend entlassen« und »Das Brot der wenigen ist der Hunger der vielen« und »Wir wollen eine Entschädigung«.

Als Barbara vorbeiging, schrie eines der Weiber: »Die Totenfrau will wieder mehr Arbeit kriegen. Drum läßt man unsere Kinder verhungern.«

Und eine andere zischte bedrohlich: »Der letzte Weber ist der Tod.«

Barbara traf ihren Sohn in seiner verglasten Bürokammer am hinteren Ende einer Halle. Überrascht sah er auf. »Mutter, du? Ist etwas passiert?«

»Ich wollte nur sehen, wie du zurechtkommst.«

»Es ist das erste Mal«, sagte Anton kühl, »daß du nach mir siehst. Ich kann mir kaum vorstellen, daß das ohne Grund geschieht.«

Seitdem Anton nicht mehr daheim wohnte, war er sichtbar reifer und erwachsener geworden. Mit seinen knapp einundzwanzig Jahren wirkte er wie ein gestandener Mann, er trug Weste und Plastron und hatte sich einen Kinnbart wachsen lassen, der sein ohnehin schmales Gesicht seltsam verlängerte. Barbara setzte sich auf den Besucherstuhl vor seinem Pult.

»Draußen am Tor hocken Frauen mit Plakaten«, sagte sie.

Anton hob die Schultern. »Jaja, das ist fast jeden Tag so. Die Männer versaufen im Wirtshaus ihr letztes Geld und schicken die Frauen zur Fabrik, damit sie uns mit ihrer Armut erpressen. Wir mußten modernisieren, sonst wären wir untergegangen. Und entlassen haben wir nur diejenigen, die sich nicht an die neuen Maschinen gewöhnen konnten, und die Unwilligen, die Unfähigen und die Alten.«

»Und ihr zahlt ihnen kein Armenbrot?«

»Ein einmaliges Abschiedsgeld. Danach müssen sie selbst weitersehen. Die Jüngeren werden schon irgendwo wieder Arbeit finden.«

»Es gibt nicht genügend Arbeit.«

»Mag sein. Aber wer wirklich will, der kann es auch schaffen.«

»Hilfst du ihnen dabei?«

»Ich spiele hier den Bösewicht, Mutter. Einer muß es schließlich tun. Durch außerbetriebliche Hilfeleistungen würde ich unglaubhaft werden. Jeder kämpft auf seine Weise ums Überleben.«

Barbara starrte ihrem Sohn ins Gesicht. »Ich kann es nicht glauben . . .«, murmelte sie. »Du bist doch mein Sohn!«

»Na und? Vielleicht hast du mich zu früh allein gelassen. Aufgewachsen jedenfalls bin ich beim Vater. Und der ist Geschäftsmann.«

»Ich hatte meine Gründe.«

»Gewiß«, sagte Anton, »jeder hat immer Gründe.«

Barbara schwieg. Anton wartete. Schließlich sagte sie zögernd: »Hör mir zu, mein Sohn . . .«

»Ja, Mutter?«

»Es gibt so viel, was du nicht weißt, über Vater und . . . über uns.«

»Darüber bin ich mir seit langem klar. Doch habe ich beschlossen, daß ich alles weiß, was ich wissen möchte. Der Rest ist überflüssig.«

»Du kannst immer noch zu mir nach Hamburg kommen. Ich meine . . ., falls du dich hier nicht wohl fühlst.«

»Ich fühle mich wohl, Mutter.«

»Bei all dem Elend, das ihr verursacht?«

»Vielen Menschen geben wir Lohn und Brot. Daß dabei einige andere ins Elend geraten, ist unvermeidbar.«

»Doch solltest du nicht zu den Elendsmachern gehören.«

»Wäre es dir denn lieber, wir müßten die Fabrik schließen?«

Wieder schwieg Barbara. Wieder wartete Anton. Endlich sagte sie: »Und wie kommst du zurecht mit dem Juden?«

»Ich komme gut mit ihm zurecht, Mutter. Möchtest du ihn vielleicht kennenlernen? Er ist sicher hier irgendwo im Haus.«

»Nein«, sagte Barbara, »ich möchte ihn nicht kennenlernen. Erst hat Wotersen dich mir weggenommen, und nun der Jude.«

»Mit Respekt, Mutter, das ist Unsinn. Bist du etwa einzig hierhergekommen, um mir das zu sagen?«

Bevor Barbara noch antworten konnte, klopfte es an der Tür, und ein sehr junges Mädchen kam herein. Sie brachte ein Kaffeetablett. Obgleich sie etwas kurzbeinig war, setzte sie ihre kleinen Füße leicht und graziös, so als würde sie eigentlich lieber hüpfen als schreiten. Ihre üppigen blonden Locken hingen, auf kindliche Weise noch ungeordnet, bis auf die Schulter herab.

»Mutter«, sagte Anton, »das ist Hilda Meir-Ehrlich. Sie besteht darauf, daß ich mindestens vier Tassen Kaffee am Tag trinke.«

Das Mädchen stellte das Tablett ab und betrachtete die Besucherin mit großen, neugierigen Augen. Barbara reichte ihr die Hand, Hilda knickste.

»Sie arbeiten hier?« fragte Barbara.

»Nicht richtig, nur während der Schulferien. Ich würde später gern hier lernen, aber mein Vater sagt, das sei nichts für Frauen. Er ist furchtbar streng mit mir, wohl weil ich sein einziges Kind bin.«

»Und warum soll mein Sohn täglich vier Tassen Kaffee trinken?«

»Kaffee macht lustig, heißt es. Und Anton ist immer so ernst. Er sagt, das hat er von Ihnen geerbt.«

»Soso. Momentan scheint das wohl sein einziges Erbe von mir zu sein.«

Das Mädchen goß den Kaffee ein und gab sorgsam Milch und

Zucker dazu. Sie bedachte Barbara mit einem offenen, wenn auch etwas schüchternen Lächeln.

»Möchten Sie vielleicht auch eine Tasse?«

Barbara schüttelte den Kopf. »Nein, aber ich möchte Sie um einen Gefallen bitten.«

»Ja?«

»Es gibt hier doch sicher einen Hinterausgang. Könnten Sie mich bitte dort hinführen?«

»Aber warum denn?«

»Ich mag nicht noch einmal den unglücklichen Frauen am Haupteingang begegnen.«

Fragend sah Hilda zu Anton. Der stand auf.

»Laß mich das machen, Mutter.«

»Nein, nein, du hast viel Wichtigeres zu tun. Und Fräulein Meir-Ehrlich kennt sich hier bestimmt bestens aus.«

»Ja gewiß, Frau Wotersens«, sagte das Mädchen und öffnete für Barbara die Tür. »Schon als Kind bin ich oft mit meinem Vater hierhergekommen.«

Wider Willen lächelte Barbara. »Sie sind ja immer noch fast ein Kind. Auf Wiedersehen, mein Sohn. Und denk dran, Hamburg steht dir immer noch offen. Dann würde sich dein Vater endlich mit August begnügen müssen, und du brauchtest nicht mehr den Bösewicht zu spielen. Dir das zu sagen, bin ich hergekommen.«

Sie gingen durch die langen Flure. Munter plaudernd paßte Hilda ihre leichten, schnellen Schritte den bedächtigen der Frau Wotersen an.

»Sie dürfen uns Ihren Sohn auf gar keinen Fall wegnehmen«, sagte sie, »mein Vater braucht ihn nämlich hier.«

»Allzu viele Leute scheinen Anton zu brauchen.«

»O ja!« seufzte Hilda. »Er ist eben etwas ganz Besonderes, der Anton!«

Barbara sah ihre Begleiterin von der Seite an. Konnte es etwa sein, daß dieses kleine Judenmädchen in Anton verliebt war? Als ob Hilda ihre Gedanken gelesen hätte, brachte sie unvermittelt laut hervor: »Ich bin übrigens sozusagen verlobt.«

»Jetzt schon?« wunderte sich Barbara.

»Von unserer Art gibt's ja nicht so viele, sagt mein Vater, und da hat er sich eben beizeiten umgeschaut für mich. Mein Verlobter heißt Moses Goldstein, lebt in Boizenburg und betreibt dort ein Kaufhaus. Er ist schon weit über dreißig. Ich kenne ihn kaum, aber mein Vater sagt, er sei freundlich und gerecht, und er ist sogar entfernt mit uns verwandt. Natürlich würde ich am liebsten hier in Parchim bleiben, aber Vater hat es nun mal anders bestimmt. Ich gehe jetzt noch ein Jahr zur Schule, anschließend ein Jahr Haushaltsschule, und dann ist's aus mit der Freiheit. Benjamin Goldstein wird schon ungeduldig. Was meinen Sie, wen wird Anton einmal heiraten?«

»Ich weiß es nicht. Bislang hat er mir noch nie eine Freundin vorgestellt.«

Hilda lachte. »Ich glaube, er hat gar keine, jedenfalls nicht eine aus Parchim. Er sitzt in seiner Wohnung und denkt nach. Das hat mir Ihr anderer Sohn, der August, erzählt. Und dann geht er ja auch immerfort in die Kirche, in die evangelische und auch die katholische, weil nämlich: Eine reicht nicht. Sagt August. Eigentlich wäre der Anton nämlich gern Pastor geworden.«

»Da wissen Sie mehr als ich.«

»Sie sind ja auch nie da. Anton sagt, daß er früher sehr unter Ihrer Abwesenheit gelitten hat. Jetzt nicht mehr.«

»Jaja«, sagte Barbara. Plötzlich wurde ihr die Gegenwart des Mädchens mit seinem unbekümmerten Gerede und Gehüpfe sehr lästig. »Ich glaub, ich kann jetzt den Hinterausgang alleine finden. Vielen Dank, daß Sie sich für mich Zeit genommen haben.«

»Ich wollte Sie schon immer gern kennenlernen. Weil Sie doch Antons Mutter sind. Und Sie haben so einen interessanten Beruf.«

»Jaja«, sagte Barbara wieder, »den habe ich. Adieu Fräulein Meir-Ehrlich, ich wünsche Ihnen alles Gute.«

Wie Anton den erotischen Reiz von
Zahnrädern entdeckte

Im Spätsommer 1888, Anton war nun dreiundzwanzig Jahre alt,
hatte er den katholischen Priester doch so weit gebracht, ihn in
den Schoß der katholischen Kirche aufnehmen zu wollen.

»Mumpitz«, polterte Hermann Wotersen, »bist du etwa an der
Arbeit für einen ganz besonderen Lebenslauf, einen originalen,
exklusiven? Was, um Himmels willen, willst du damit beweisen?«

»Ich will nichts beweisen, Vater. Es ist mir eine Notwendigkeit.
Und ich hoffe, es wird mir schließlich zur Wohltat werden.«

»Wohltat! Als ob du nicht schon übergenug der Wohltaten hättest. Liebende Eltern, Erfolg, genügend Geld, Gesundheit und,
wie man hört, die Auswahl unter den Weibern. Allerdings bislang
noch kaum unter den besseren Töchtern, die scheinen dich ja
nicht zu interessieren, statt dessen grast du auf den bäuerlichen
Wiesen. Na gut, Anton, das kann man ja eine Weile so machen.
Aber anschließend geht's zurück in die bürgerlichen Vorgärten.
Und die gehören hier nun mal nicht zu katholischen Häusern. Ich
will, daß du heiratest, Anton, bald, weil ich nämlich meine Enkelkinder noch sehen will. Ich bin alt, Anton, und hinfällig. Ich war
neulich beim Arzt . . .«

»Hör auf, Vater!« Anton bemühte sich um einen Ausdruck
fröhlicher Ironie. »Damit hast du mich schon vor fünf Jahren von
der Universität ferngehalten und in die Fabrik gelockt.«

»Na und? War's ein Fehler?«

»Ich weiß nicht. Es stimmt schon, ich hab Erfolg, Geld und so
weiter. Aber irgend etwas fehlt mir. Begreif doch, Vater . . .«

»Ich begreif's ja. Dir fehlt ein liebevolles Eheweib, etwas Ständiges, Gewohntes für Tisch und Bett. Ihr würdet dann hier im Haus

leben, und deine Frau könnte das Regiment führen. Mamsell Grambow ist inzwischen wirklich zu alt. Und wenn's hier endlich wieder was Kleines gäbe, dann würde vielleicht auch deine Mutter öfter kommen.«

Anton nickte. Weniger aus Einverständnis, sondern weil er die Taktik des Alten nur allzu gut begriff. Dem ging's wie immer vor allem um Mutter.

»Es gibt auch katholische Mädchen, Vater.«

»Nicht hier, jedenfalls nichts Passendes.«

»Und August ist inzwischen auch soweit. Du weißt doch, er geht mit der Luise Frahmer, der Tochter von dem Notar.«

»Stimmt«, sagte der Alte, »die ist nicht unrecht. Hat rote Bäckchen und schöne weiße Zähne. Sieht gesund aus, die Kleine, die wär schon was. Aber du bist der Ältere, und du heiratest zuerst. Ich will das so.«

»Ach Vater …« Anton lächelte. Bei aller Liebe nahm er den Alten nun doch nicht mehr sehr ernst. Er kannte seinen eigenen Wert und würde sich nichts mehr verbieten lassen.

»Also, Anton, haben wir uns verstanden?«

»Verstanden gewiß. Wenn mir eine andere Reaktion von dir wahrscheinlich gewesen wäre, dann hätte ich's dir wohl schon früher gesagt. Es stand mir bevor, dich erzürnen zu müssen. Darum hab ich gewartet, bis ich mir absolut sicher war.«

»Es stand dir bevor, soso. Und warum hast du's dann dennoch getan?«

»Vater …«

»Jaja, ich weiß schon. Dir fehlt etwas. Also geh endlich, such dir eine gute, passende Frau!«

Anton reckte sich. Er war nahe daran, einen seiner Wutanfälle zu kriegen. »Eine Katholische, Vater, die such ich mir! Und wenn ich sie hier nicht find, dann könnt ich ja mal in den Süden reisen, da gibt's die wie Sand am Meer!« Mit diesen Worten drehte er sich um und verließ das Zimmer.

»Und vergiß nicht«, rief der Alte ihm nach, »mein erster Sohn heiratet auch zuerst!«

199

Zwei, oft drei Abende die Woche verbrachte Anton jetzt bei Vater Ambrosius, der ihn in der Rechtgläubigkeit unterwies. So ganz ernst schien der Pfarrer allerdings die Bemühungen des jungen Mannes immer noch nicht zu nehmen. Obwohl Anton bislang nicht zur Beichte zugelassen war, benutzte er den alten Geistlichen schon jetzt als eine Art neutrales Auffangbecken für manches, was er gern losgeworden wäre, so für seine Kaltschnäuzigkeit in der Fabrik, wenn er den Bösewicht zu spielen hatte, oder für seine ungehemmte Weibersucht, die ihn besonders überrollte im Sommer und im Herbst, wenn aus dem Osten die vielen Saisonarbeiter auf die umliegenden Güter und Höfe strömten. Da war immer eine zu finden, die es willig und gern tat, mit und sogar ohne eine kleine Bezahlung. Außerdem gab's in Büsekow so ein gewisses Haus, dort konnte man's auch außerhalb der Saison für ein paar Schillinge haben.

»Ich frag mich«, sagte Vater Ambrosius, »ob du nur so oft zu mir kommst, damit du dich wenigstens an diesen Abenden von den Weibern fernhältst.«

»Und wär das denn so verwerflich?«

»Verwerflich nicht. Aber wohl doch nicht der rechte Grund, um zu konvertieren.«

»Mit solchen Argumenten haben Sie mich jahrelang vom Schoß der Heiligen Mutter Kirche zurückgehalten.«

»Wenn du das Wort Schoß in den Mund nimmst«, sagte der Pfarrer, »dann wird mir immer ganz unwohl!«

Ungefähr zu dieser Zeit, als Anton sich in die Lektüre der Kirchenväter vertiefte, sich mit Vater Ambrosius über seine Motivationen stritt und sich schließlich einen Termin Ende Oktober für seine feierliche Konversion ertrotzte, tauchte in Parchim eine junge Person auf, offenbar eine Fremde, die Quartier nahm im Gasthof »Eldeblick«. Dort trug sie sich ein als Emily McCloy. Sie sprach recht gut deutsch, wenn auch mit einem schweren englischen Akzent.

Wie lange sie zu bleiben gedächte, erkundigte sich der Wirt.

Zwei, drei Wochen, sie wüßte noch nicht genau.

Dem Wirt fiel es schwer, seine Neugier zu unterdrücken. Was denn wohl ihre Beziehung zu der Gegend sei? Es kämen ja so selten Fremde nach Parchim.

Sie interessiere sich für Tuchweberei, sagte sie. Und sie habe gehört, daß man hier in der Parchimer Tuchfabrik mit den aller- neuesten Maschinen arbeite. Die wolle sie sich ansehen.

Der Wirt fand es sehr merkwürdig, daß sich eine Frau von achtundzwanzig, neunundzwanzig Jahren ausgerechnet für We- bereimaschinen interessierte.

Frau Grambow brachte die Neuigkeit heim.

»Wenn die sich wirklich für meine Maschinen interessieren«, grummelte Wotersen, »warum schicken sie dann ausgerechnet ein Weibsbild? Das kann ja wohl nicht ernst gemeint sein! Also, Mamsell Grambow, ziehen Sie nähere Erkundigungen über die Person ein. Sie haben doch viele Augen und Ohren in unserer Stadt. Woher, wohin, wozu. Und wie sieht sie überhaupt aus, diese Webereimaschinenexpertin?«

»Groß«, sagte Frau Grambow, »sie ist sehr groß und sehr dünn. Und sie trägt Männerstiefel und fast nie einen Hut. Gestern hat sie sich einen Einspänner gemietet und den Kutscher nach Hause geschickt, das könne sie besser allein, hat sie gesagt.«

»Wozu der Einspänner? Zur Fabrik kann sie doch leicht zu Fuß gehen.«

»Weiß man's? Wollt wohl nur mal ein wenig ausfahren. In der Fabrik hat sie sich bislang noch nicht sehen lassen, das sagt jeden- falls unser August.«

Anton traf die Fremde während der Abendmesse in der Kirche. Sie kniete dort sehr aufrecht, hatte die Arme auf die Rücklehne der Bank vor ihr gestützt und den Kopf nicht wie üblich auf die gefalteten Hände gebettet, sondern hoch erhoben, so als hielte sie es nicht für nötig, vor Gott den Kopf zu senken.

Anton, der ein Stück entfernt, aber in derselben Bank kniete, fühlte sich irritiert durch ihre Gegenwart und hob ebenfalls den

Kopf von den Händen, aber nur, um zu ihr hinüberzusehen. Im Halbdunkel der Kirche wirkte das Weiß ihrer Haut nahezu grell und seltsam unpassend, wie ein Stück Schnee auf einer Sommerwiese. Ein kräftiges Kinn, breiter Mund, schmale, leicht gebogene Nase und eine sehr hohe Stirn. Das krause, hellrote Haar schien von grober Hand stramm zurückgezerrt und am Hinterkopf ungeduldig zusammengesteckt worden zu sein. Ein paar feine Strähnen hatten sich aus der straffen Enge gelöst und kringelten sich über die Stirn. Das Erstaunlichste jedoch waren die etwas vorstehenden honiggelben Augen, die von Antons seitlichem Blickwinkel aussahen, als seien sie vollkommen durchsichtig. Hübsch war sie nicht, fand Anton, gewiß nicht der Typ, dessen Eroberung ihn reizen würde. Dennoch vernachlässigte er seine Andacht und konnte nicht aufhören, sie anzustarren.

Bis sie plötzlich den Kopf zu ihm drehte und ihn nun ihrerseits betrachtete, kühl und aufmerksam, vollkommen ungehemmt. Anton dachte, daß ihr Profil nicht zur Frontansicht paßte. Er hatte angenommen, ihr Gesicht müsse mager sein und überlang. Es war jedoch herzförmig, mit breiten Backenknochen und einem zarten, leicht gerundeten Kinn.

»Was ist?« fragte sie so laut, daß Vater Ambrosius vorn am Gebetspult zusammenzuckte und aufsah. Ruckartig legte Anton seinen Kopf zurück auf die Hände. Er fühlte, daß er errötete, ein heißer Blutstrom lief ihm von der Stirn bis in die Füße.

Nach dem Gottesdienst rief Vater Ambrosius Anton zu sich in die Sakristei. Neben ihm stand die Fremde.

»Anton«, sagte er, »dies ist Fräulein Emily McCloy. Du hast ja wohl schon von ihr gehört. Sie kommt aus England und interessiert sich für eure neuen elektrischen Webstühle.«

»Nicht England, Father, Scotland«, korrigierte sie.

Anton errötete schon wieder. »Ach so«, sagte er.

»Du könntest dich ihrer annehmen.«

»Gleich jetzt?« fragte Anton und fühlte sich so ungelenk wie nie zuvor.

»Natürlich nicht jetzt gleich«, sagte der Pfarrer kopfschüttelnd.

»Es ist doch Abend und sowieso Sonntag. Irgendwann, wenn's dir und ihr paßt.«

»In Ordnung«, sagte Anton, nickte Emily und dem Pfarrer zu und verließ fluchtartig die Sakristei. »Ich kümmere mich dann.«

Als er über den Kirchplatz ging, kam sie ihm hinterhergelaufen. »Du bist nicht sehr höflich«, sagte sie.

»Verzeihung«, stotterte Anton, »tut mir leid, ich muß nach Hause.«

»Warum?« fragte sie.

»Mein Vater wartet.«

»Dein Vater? Du wohnst noch in Elternhaus? Ein Mann von deine Alter?«

»Nein«, sagte Anton.

Er ging schneller, aber sie ließ sich nicht abschütteln.

»Father Ambrosius ist falsch«, sagte sie. »Sonntag und Abend ist beste Zeit für Fabrik. Wenn alles ruhig, keiner stört, kannst du mir ganz gut zeigen die Maschinen. Und erklären.«

Sie hatte eine tiefe, etwas harte Stimme. Ihr Akzent gab der deutschen Sprache einen polternden Klang, fast als ob die Worte Steine wären, mit denen sie ihren Gesprächspartner attackierte. Unwillkürlich sah Anton sie von der Seite an, um ihren Mund beim Sprechen zu beobachten. Und sogleich wandte auch sie den Kopf und fragte wieder: »Was ist?«

»Sie . . ., es ist nur Ihr Akzent.«

»Mein Akzent? Mir auch lieber sprechen nicht Deutsch. All-right then, let's talk English.«

»Nein«, sagte Anton, »geht nicht. Mein Englisch ist nicht gut genug.«

Sie nickte triumphierend. »I knew it!«

Ein paar Schritte lief sie schweigend neben ihm her. Dann griff sie nach seinem Arm.

»Warum so schnell? Ist weit bis Fabrik?«

»Nein«, sagte Anton.

»Zeig du mir Maschinen? Jetzt?«

»Nein«, sagte Anton.

»Warum nicht?«

»Weil ich nicht so mir-nichts-dir-nichts irgend jemandem unsere Maschinen vorführen kann. An einem Sonntagabend!«

»Ich bin aber nicht mir-nichts-dir-nichts-irgend-jemand.«

Anton blieb stehen und wandte sich ihr nun voll zu. Er hatte seine Sicherheit zurückgewonnen.

»Also, dann sagen Sie mir mal ganz genau, wer Sie sind und woher Sie kommen und warum ausgerechnet Sie als Frau sich für unsere Maschinen interessieren.«

»Hat Father Ihnen nicht gesagt? Mein Name ist Emily McCloy. Ich wohne in Scotland, oben in die Berge, sehr schön da, viel Land, viel Wald, und Schafe, Schafe, Schafe. So viel Schafe kann man gar nicht zählen. Wenig Kuh, wenig Schwein, wächst sonst nichts bei uns, nur Schafe. Wolle wird verkauft, nach Edinburgh, auch nach England. Da gewebt. Machen da große Geschäft mit unsere Wolle. Ist besser, selber weben, selber spinnen. Werden wir also bauen eigene Weberei, alle zusammen.«

»Und wieso hat man ausgerechnet Sie geschickt, eine Frau?«

»Ich hab keine Brüder, nur zwei Schwestern. Und die sind verheiratet.«

»Und die anderen Güter, gibt's da keine Männer?«

»Doch, viele. Aber sind alle dumm. Können kein Deutsch.«

»Und wieso können Sie das?«

»Ich hab gelernt von Vater. Der war mal Deutscher.«

»Ist er nicht mehr?«

»Nein, schon lange nicht. Hat auch Namen von Mutter genommen. McCloy.«

»Wie hieß denn ihr Vater vorher?«

»Na, Siggelow doch! Hat Father nicht erzählt?«

»Vater Ambrosius hat mir überhaupt nichts erzählt. Und ich hab Sie heut zum ersten Mal gesehen.«

»Aber die reden in die Stadt. Wissen alles.«

»Ja schon. Aber nicht, daß Sie eine Siggelow sind.«

»Wohnen ja auch keine Siggelows mehr hier. Alle weg, Schloß verkauft, arm geworden.«

»Ja«, sagte Anton. Jetzt begriff er natürlich auch, warum sie ausgerechnet hierhergekommen war, um sich die neuen Maschinen anzuschauen. Dennoch sagte er: »Sie hätten es doch viel näher haben können! Die besten und modernsten mechanischen Webereien gibt es in England.«

»Neueste Elektromaschinen sind von Siemens, und Siemens deutsch. Und Fabrikmenschen in England mich nicht einlassen. Weil ich bin eine Frau. Und weil sie nicht wollen Konkurrenz.«

»Und wir lassen Sie rein?«

Sie nickte voller Überzeugung. »Ja, du lassen mich ein und erklären mich alles. Weil ich bin eine Siggelow. Und weil da oben in Scotland keine Konkurrenz für Parchim.«

»Aha«, sagte Anton. Ihr selbstbewußter Optimismus imponierte ihm. Doch wollte er es ihr nicht gar zu leicht machen.

»Die Familie meiner Mutter hat früher unter der Siggelowschen Gutsherrschaft gelebt. Das waren keine guten Herren.«

»Arme Herren sind nie gute Herren. Müssen sorgen, daß selbst überleben. Können nicht sorgen, daß gut sind.«

»Die Siggelows waren einmal reich. Aber sie haben alles verpraßt.«

»Ja«, sagte sie, »schade. Mein Vater sagt, das war die Politik. Napoleon und all das. Und dann auch die Weiber.«

»Wieso die Weiber?«

»Weiß ich nicht genau. Aber mein Vater sagt so. Gehen wir jetzt zu Fabrik?«

»Nein«, sagte Anton.

»Bitte . . .!« sagte sie.

Noch nie hatte eine Frau Anton so angesehen, so unverblümt verlangend. Ihr seltsames dreieckiges Gesicht erinnerte ihn an das einer großen Ameise. In der fortschreitenden Dämmerung leuchtete es immer noch kalkweiß, obgleich Anton inzwischen bemerkt hatte, daß es mit feinen Sommersprossen übersät war.

Die Stimme der Frau riß ihn aus seinen Gedanken.

»Du willst also Fabrik jetzt nicht zeigen?« fragte sie.

»Richtig.«

Emily straffte sich. »Dann ich jetzt zurück zu Hotel«, sagte sie. »Warum steh ich hier noch.«

Plötzlich tat es Anton leid, daß ihre Begegnung schon vorüber sein sollte.

»Ich begleite Sie«, sagte er.

»Nicht nötig. Thank you very much. Ich weiß, wo ist.«

»Das Hotel hat eine nette Gaststube. Wir könnten noch zusammen eine Tasse Schokolade trinken.«

»Mag ich nicht, Schokolade.«

»Was denn?«

»Tee. Whisky.«

»Whisky gibt's hier nicht. Nur hausgebrannten Schnaps. Und manchmal Cognac.«

Wenig später saßen sie tatsächlich in der Gaststube des Hotels »Eldeblick« und hatten beide einen Schnaps vor sich stehen.

Emily kippte den ihren schwungvoll und verlangte einen weiteren.

»Trinken alle Frauen in Schottland so viel?«

»Ist nicht viel«, sagte Emily. »Ich weiß genau, wann Schluß. Ich weiß das von mein Vater. Trinkt zuviel.«

»Ihr Vater trinkt zuviel? Immer?«

»Oft.«

»Warum?«

»Er sagt: Ist zu kalt in Scotland. Ist auch Erbe von sein Vater. Sagt er. Ich aber sag, ist nicht so glücklich da. Hat ... Wie heißt deutsches Wort. Weh?«

»Heimweh«, ergänzte Anton.

Emily nickte. »Hat auch nicht genug Arbeit. Mutter macht alles.«

Sie schob das leere Schnapsglas zur Mitte des Tisches und stand auf.

»Morgen Fabrik?« fragte sie.

»Vielleicht«, sagte Anton.

»Muß jetzt in mein Zimmer. Muß aufschreiben. Also morgen.«

»Was müssen Sie aufschreiben?«

»Alles«, sagte sie, nickte ihm kurz zu und ging mit festen Schritten und sehr aufrechtem Gang hinüber zur Hoteltreppe. Anton sah ihr nach.

Obgleich es nicht seiner üblichen Routine entsprach, lief Anton am nächsten Morgen schon wieder zur Kirche. Und tatsächlich, da kniete sie ohne Hut und mit aufrechtem Nacken. Während der Messe beachtete sie ihn nicht, doch anschließend kam sie auf ihn zu, als wären sie alte vertraute Freunde.

»Also heute Fabrik«, sagte sie fröhlich.

»Nein«, sagte Anton, »heute nicht. Zuviel Arbeit. Sie würden da stören.«

»Bestimmt nicht.«

»Doch. Es ist noch nie geschehen, daß eine fremde Frau gekommen ist, um sich die Werkhallen anzusehen. Die Weber könnten unruhig werden und abgelenkt. Ein falscher Griff, und schon ist ein Fehler im Tuch.«

»Ich doch nicht!« sagte sie aufgebracht. »Ich werde nicht stören, kein Mensch!« Emily war sehr ärgerlich. Viel fehlte nicht, und sie hätte mit dem Fuß aufgestampft. »Bin ich nicht hergekommen so weit, und dann machen Weber falschen Griff bei mein Gesicht. Ich seh Fabrik, absolut bestimmt. Wenn nicht mit dir, dann geh ich zu der Jude. Wird mir dann alles zeigen, auch ohne dich!«

Anton lachte. Er fand ihren Ausbruch sehr komisch.

»Herr Meir-Ehrlich wird es Ihnen erst recht nicht gestatten«, sagte er betont würdevoll, »der fürchtet sich zwar nicht vor Frauen, aber vor jeglicher Konkurrenz, die schottische nicht ausgeschlossen.«

Emily stemmte die Arme in die Taille wie eine Bauersfrau und starrte ihn an. Schließlich atmete sie hörbar aus, ließ ihre großen männlichen Hände langsam am Rock heruntergleiten und sagte: »Well . . ., what do you suggest?«

Soviel Englisch konnte Anton immerhin. Er nickte ihr zu. »Ich schlage vor, wir warten eine Woche, vielleicht etwas länger. Dann wird sich die Auftragslage in der Fabrik beruhigt haben, und ich könnte Sie durchschleusen, ohne daß ich zuviel Störung verursachen müßte.«

»Eine Woche?«

»So ungefähr. In der Zwischenzeit, wenn Sie sonst nichts zu tun haben, zeige ich Ihnen die Gegend.«

»Kenn ich schon«, sagte Emily. »Gegend hier.«

»Ich weiß, Sie sind herumgefahren. Aber gesehen haben Sie sicher nicht allzuviel. Um vier Uhr hole ich Sie im Hotel ab.«

Mit diesen Worten ließ er sie stehen und eilte zur Fabrik.

Zu seiner Freude war Hilda Meir-Ehrlich zurück aus ihrem Schweizer Pensionat. Sie war nun wirklich erwachsen geworden, schlanker und größer und sehr hübsch. Ihre blonden Haare hingen nicht mehr unordentlich herunter, sondern waren am Hinterkopf zu einem eleganten, komplizierten Chignon zusammengesteckt. In wenigen Wochen würde sie heiraten und von Parchim nach Boizenburg umziehen. Bis dahin, so hatte sie Anton versprochen, würde sie ihn täglich mit den gewohnten vier Tassen Kaffee versorgen. Sie lehnte sich gegen seinen Schreibtisch, tat Milch und Zucker in den Kaffee und sagte wieder einmal: »Moses Goldstein ist wirklich schon ganz ungeduldig.«

»Und du?« fragte Anton.

»Ich? Mir ist etwas bange, aber natürlich nicht sehr. Mutter hat mir alles erklärt.«

Sie errötete, schob ihrem alten Freund klirrend die Tasse hin und ging ans Fenster. Mit dem Rücken zu ihm redete sie weiter.

»Er soll ja sehr nett und rücksichtsvoll sein. Ich kenne ihn kaum, hätte mir meinen Gatten auch gerne selbst gewählt, aber das ist nun mal nicht möglich bei uns. Und heiraten soll der Mensch, das steht in der Bibel. Ich werd's schon überstehen, bin ja nicht zimperlich. Die erste Nacht ist die schlimmste, sagt meine Tante Berta. Danach gewöhnt man sich. Mutter würde natürlich so etwas nie sagen, bei ihr ist immer alles nur Glück und Wonne, und sowieso tut man's dann ja für Gott den Herrn. Aber ich glaub da schon eher Tante Berta, die hat nämlich zwei

Männer überlebt und ist inzwischen bereits beim dritten angelangt.«

Anton betrachtete sie von hinten, sah ihren hübschen langen
Hals, die mädchenhaft schmale Taille, die etwas ausladenden
Hüften und die kleinen Füße, die in hochhackigen Schnürstiefel-
chen steckten. Plötzlich zuckten ihre Schultern, sie drückte die
Hände gegen die Augen und lehnte ihre Stirn an das Fensterglas.
Schluchzend brachte sie hervor: »Tut mir leid, das ist bestimmt
nur die Aufregung.«

Anton, erfüllt von wütendem Mitleid, stand auf und ging zu ihr
hin. Was bildeten sich diese Eltern eigentlich ein, so ein zartes
junges Ding an einen alten Mann zu verkuppeln. Vorsichtig streichelte er ihren Rücken. Statt auszuweichen, drehte sie sich zu ihm
um und versteckte ihr Gesicht an seiner Schulter.

»Ich hab nämlich doch ganz schreckliche Angst«, schluchzte
sie in seine Jacke hinein.

»Aber wirklich, Hilda«, murmelte Anton und spürte verwirrt
ihren feuchten heißen Atem, der durch den Jackenstoff drang,
»ich garantier dir, es ist alles gar nicht so schlimm.«

Sie hob ihr tränenverschmiertes Gesicht und sah ihn an. »Woher willst du denn das wissen. Du bist ja überhaupt noch nicht
verheiratet!«

Tatsächlich wartete Emily McCloy um vier Uhr auf Anton. Es war
ein sehr warmer Herbsttag. Sie fuhren im Einspänner, weil Emily
das so wollte, nach Schloß Gebbin.

»Ich war da schon einmal«, sagte sie, »will ich zweimal sehen.«

Aber da gab's nicht viel zu sehen. Der ungepflegte Park war
eingefangen von einer hohen, an manchen Stellen bröckelnden
Mauer. Durch das abgesperrte und zusätzlich noch mit Draht
gesicherte schmiedeeiserne Tor schauten die beiden auf das
Schloß, das aussah, als hätte jahrelang niemand darin gewohnt.

»Nicht richtig, daß wir stehen hier auf falsche Seite von Tür«,
sagte Emily. »Wem gehört jetzt?«

»Soviel ich weiß, einem Fabrikanten aus Ludwigslust. Er ist

selten hier und scheint auch nicht interessiert zu sein an der Landwirtschaft. Man sieht's ja: Die meisten Felder liegen brach.«

»Traurig«, sagte Emily. »So groß Verschwendung!«

Unten am See stiegen sie aus und setzten sich auf eine alte, fast verrottete Bank. Emily atmete tief ein und aus.

»So schön hier«, sagte sie. »Man würde mögen nehmen ein Bad.«

Sie stieß Anton, der in Gedanken versunken dasaß, mit dem Ellbogen in die Seite. »Kann man baden?«

»Was?«

»Baden. Jetzt.«

Anton war so verblüfft, daß ihm keine vernünftige Antwort einfiel.

»Du umdrehen, schnell!« sagte Emily mit aufgeregter Stimme. »Dies hier mein See. Ich muß fühlen.«

Klopfenden Herzens drehte Anton ihr den Rücken zu. Die Person ist verrückt, dachte er, oder ... vielleicht ist sie auch nur schlecht erzogen. Jedenfalls stimmt's bei ihr vorne und hinten nicht. Als er es platschen hörte, drehte er sich wieder um.

Gott sei Dank hatte sie sich nicht ganz ausgezogen, nur ihre Jacke und die Schuhe und Strümpfe. Mit gerafften Röcken stapfte sie hin und her, spritzte ihre Kleider naß und schöpfte sich Wasser ins Gesicht. Die langen krausen Haare hatten sich aufgelöst und hingen ihr wild ums Gesicht. Im Sonnenlicht schimmerten sie nun nicht mehr karottenfarbig, sondern wie poliertes Kupfer. Sie lachte über Anton, der ihr nutz- und hilflos vom Ufer aus zusah.

»Paß auf, Emily«, rief er nervös, »es geht hier steil abwärts. Und der Boden ist glitschig.«

»Ich kann doch schwimmen«, rief sie zurück. Und dann kümmerte sie sich nicht mehr um ihn.

Die Erinnerung traf Anton wie ein Keulenschlag. Seine Mutter im Wasser, die Röcke schon naß, das Kind hilflos am Ufer. Er schloß die Augen.

Als Emily sich schließlich wieder neben ihn auf die Bank fallen ließ, war sein Gesicht tränennaß. Gott sei Dank schien sie zu sehr mit sich selbst beschäftigt, um ihn anzuschauen.

»So schöner See«, sagte sie aufseufzend, »werd ich zurückkaufen. Gehört nicht Fabrikant aus Ludwigslust.« Die Energie und Lebenskraft, die sie umgab, war fast mit Händen zu spüren.

Sie beugte sich hinunter, bemühte sich, mit ihren ohnehin nassen Röcken die Füße zu trocknen und zog Schuhe und Strümpfe wieder an. Ohne ihm ins Gesicht zu sehen, fragte sie unvermittelt von unten her: »Du mußt weinen?«

»Jetzt nicht mehr«, sagte Anton und schneuzte sich, »früher einmal.« Er lachte ein wenig forciert. »Inzwischen muß ich nicht mehr über den Kummer weinen, den andere mir machen. Inzwischen kann ich das selbst.«

»Was kannst du?«

»Kummer machen, mir und anderen.«

»Humbug«, sagte sie, »du nicht und überhaupt nicht.«

Von jetzt ab traf er sie jeden Tag. Sie wurden vertrauter. Stets hatte sie ein kleines Schreibheft und einen Stift in der Tasche und machte sich Notizen.

»Woran schreibst du denn andauernd?«

»Muß ich alles festhalten«, sagte sie. »Hat mein Mutter mich gelernt. Darf man nichts verlieren.«

Ein weiteres Mal noch standen sie am Tor vom Gebbiner Schloßpark, und Emilys Ameisenaugen schauten entschlossen, nahezu rachsüchtig.

»Werd ich zurückkaufen«, sagte sie.

»Hast du denn genug Geld?«

»Nicht jetzt. Aber bald. Erst werd ich haben Fabrik, dann Geld, dann kauf ich zurück mein Haus.«

Anton gab jovial lächelnd zu bedenken, daß auch der Fabrikbau eine große Menge Geld verschlingen würde. Aber sie hatte alles genau überlegt und auch schon mit Experten durchgearbeitet. Offenbar hatte sie eine Art Kooperative im Sinn, an der sich möglichst viele Schafzüchter ihres County beteiligen sollten.

»Haben die meisten kein Cash«, sagte sie, »haben aber viel Land und viel Schafe. Sind also reich, sag ich dir, sind wirklich reich. Und bist du reich, hast du auch Geld.«

»Willst du sie dazu bringen, ihr Land zu verkaufen?«

»Was redest du. Geld kommt von Bank. So macht man das.« Sie klärte ihn auf über ihren Finanzplan, über Zinsen, Garantien, Rücklagen, Kapitalaufwand, veranschlagten Umsatz, Profiterwartung und so weiter. Anton, der nicht sehr viel von Geld verstand – dafür war Meir-Ehrlich zuständig –, wunderte sich.

Nach ihren Ausflügen gingen sie meist gemeinsam zur Abendmesse. Vater Ambrosius betrachtete sie mit Wohlwollen. Während der kurzen Andacht saßen sie nie beieinander, doch danach trafen sie sich wieder vor der Kirche, um einander gute Nacht zu sagen. Und jedesmal fragte Emily: »Morgen Fabrik?«

»Es dauert nicht mehr lange«, sagte er. »Sowie der momentane Druck etwas nachläßt, nehm ich dich mit und zeig dir alles.«

»Wer ist denn diese Person ohne Hut, um die du dich neuerdings soviel kümmerst?« fragte ihn Hilda Meir-Ehrlich zwischen der ersten und der zweiten Tasse Kaffee.

»Ach, nichts Besonderes. Ihr Vater ist ein reicher Grundbesitzer mit Tausenden von Schafen. Es geht um eine Geschäftsbeziehung.«

»Seit fünf Tagen jeden Nachmittag? Dafür ist sie nun wirklich nicht hübsch genug.«

Momentan wußte Anton keine Antwort. Dann verstieg er sich zu einer halbherzigen Galanterie: »Lieber würde ich natürlich mit dir ausfahren. Aber du bist ja leider unabkömmlich.«

»Allerdings bin ich das. Ich heirate in zwei Wochen.«

»Ich weiß. Moses Goldstein wird schon ganz ungeduldig. Kann man ja auch verstehen, schließlich ist er über vierzig und wartet seit ungefähr zwanzig Jahren auf dich.«

Hilda schluckte. Dann antwortete sie tapfer: »Und ich werd dafür sorgen, daß sich sein Warten gelohnt hat. Nur, damit du's weißt!«

Sie stürzte davon, drehte sich nur noch einmal kurz um und schrie mit Tränen in der Stimme: »So gut kann eine Geschäftsbeziehung gar nicht sein, daß du dich dafür mit diesem Mannweib abgibst.« Türenknallend verließ sie das Kontor.

Noch ein Tag, und noch ein Tag, und noch ein Tag. Aufrecht saß Emily McCloy neben ihm, immer gleich gekleidet, betrachtete die Landschaft und die Dörfer, machte sich ihre Notizen und erzählte von zu Haus. Den Vater schien sie zu lieben, die Mutter zu bewundern und die beiden Schwestern zu bedauern. »Beide noch nicht so alt, die eine fünf Kinder, die andere sechs, sitzen zu Haus und sehen aus Fenster. Oder nicht mal das, sehen nur sich selbst, sehen eigenen Bauch. Könnten auch Schafe sein, ist kein Unterschied.«

Schließlich, nach sieben oder acht Tagen Herumkutschieren, war der Fabrikbesuch nicht länger aufzuschieben. Als Zeitpunkt wählte Anton den späten Nachmittag, kurz vor Feierabend. Emily schien ganz flattrig und unkontrolliert vor lauter Aufregung, nervöser konnte auch Hilda Meir-Ehrlich nicht sein an ihrem Hochzeitstag. Sie trug sogar ein anderes Kleid als gewöhnlich und hatte einen geraden kleinen Hut aufgesetzt. Als sie die große Halle, die von dem Geschepper der Webstühle erfüllt war, betraten, war Emily so ungeduldig, daß sie in ihren Gang ein paar sinnlose Hüpfer einlegte, die bei ihren langen Beinen mit den groben Schuhen seltsam ungeschickt wirkten.

Anton hatte erwartet, daß die Weber aufblicken würden, vielleicht grinsen oder grüßen, so wie sie es taten, wenn Hilda sich in der Halle zeigte. Doch nichts dergleichen geschah. Anton begriff das nicht, fühlte sich nahezu gekränkt. Denn was war Hildas nette Mädchenhaftigkeit gegen Emilys leidenschaftlichen Ernst? Rückhaltlos gab sie sich hin, mit Augen voller Verlangen, ja voller Begierde. Trotz ihrer angeborenen stabilen Bodenhaftung hatte sie mit einem Mal etwas Schwebendes und dadurch auch etwas rührend Ungeschütztes.

Anton hatte Verliebte gesehen, denen es schier unmöglich war, die Hände voneinander zu lassen. Genauso erschien ihm jetzt

213

Emily, vor allem als sie einen unbewußten, gefährlichen Schritt auf eine Maschine zu machte. Die Grobheit, mit der er sie zurückriß, war weit mehr als eine Vorsichtsmaßnahme.

Eine rasende Eifersucht überkam ihn. Wie durfte es geschehen, daß eine Frau – und wie sehr sie Frau war, führte sie ja gerade vor – wie also war es möglich, daß diese Emily McCloy eine Maschine seiner eigenen so vielfach bewährten Männlichkeit vorzog?

Als die Feierabendklingel losschrillte und die Maschinen umgehend zur Ruhe kamen, dehnte Anton tief aufatmend seine Brust, ergriff Emily beim Arm und zog sie zur Halle hinaus, den langen Gang hinunter bis zu seinem Büro. Dort schloß er die Tür hinter sich, drückte sie in den Besucherstuhl, baute sich vor ihr auf und sagte: »Emily McCloy, willst du mich heiraten?«

Emily legte die Stirn in Falten und ließ ihre rosa Augenbrauenschiffchen darauf schaukeln. »Wie? Was?«

Anton lachte sein härtestes Männerlachen, nahm sie bei den Schultern und rüttelte sie, wie man einen Schlafenden wachrüttelt. »Ob du mich heiraten willst.«

»Laß das.« Sie stand auf, machte ein paar Schritte, so daß der Schreibtisch zwischen ihr und Anton stand und sagte: »Natürlich will ich das. Joining forces, you und me.«

Ihr Gesicht war nun wieder ruhig, zeigte weder Hingabe noch Verlangen, ganz normal sah sie aus. Ihre Ameisenaugen fixierten den Mann auf der gegenüberliegenden Seite des Schreibtisches.

»Komm zu mir«, sagte Anton.

»Warum?«

»Ich möchte dich küssen.«

»Muß das sein?« fragte sie, kam aber doch um den Schreibtisch herum und reichte ihm die Wange.

»Auf den Mund.«

Seufzend ließ sie ihn gewähren, allerdings ganz und gar ohne Entgegenkommen.

»Kann ich nur schwer begreifen«, sagte sie danach, »warum es sein muß Mund auf Mund.«

Als er sie am nächsten Tag erneut mitnahm in die Fabrikhalle, war das Verzehrende, Ungezügelte ihrer Begeisterung bereits einem sachlichen, allerdings immer noch hingebungsvollen Interesse gewichen. Im Büro dann umarmte er sie heftig, schob sie gegen die Wand und preßte seinen Bräutigamskörper mit aller Kraft gegen den der Braut. Schwer atmend küßte er ihr Gesicht, ihren geschlossenen Mund, ihren Hals. Sie hielt ganz still. Erst als Anton, ermutigt durch die mangelnde Gegenwehr, Emilys Kleid schon ein Stück aufgeknöpft hatte, schob sie ihn mit einer kraftvollen Bewegung beiseite und richtete ihren Blick auf ihn.

»Faszinating«, befand sie mit gelassener Stimme, die zu dem Begeisterungswort nicht recht passen wollte, »absolutely faszinating. Muß man nur begreifen.«

»Was denn?« stöhnte Anton.

»Alles ist Funktion. Das ist es. Wenn du weißt ganz genau, was soll sein, das heißt, was du willst erreichen, was also Funktion ist, dann mußt du eben machen funktionieren. Ist der einzige Weg. Purpose and function. Diese Maschinen sehr wunderbar, aber du kannst sie konstruieren noch mehr wunderbar.«

»Hier und jetzt bist einzig du das Wunder aller Wunder«, bemerkte Anton.

Emily überhörte sein Kompliment, das vermutlich auch nicht einmal als ein solches gedacht war, und redete weiter: »Alles mit Plan und System. Und dann weniger und weniger Menschen, nur noch Maschinen. Alles mechanisch.«

»O Gott, Emily«, stöhnte Anton.

»Wär doch gut, wär auch viel billiger. Weil Menschen sind immer ein Unsicherheit. Werden krank, machen Fehler, haben Wünsche, können sogar sein aggressiv.«

Anton ließ sich auf seinen Schreibtischstuhl fallen. »Ich hab nämlich auch Wünsche!« murmelte er.

Jetzt lächelte Emily. »Das ist allright. Wünschen und wollen und dann zum Funktionieren bringen. Also erklär mir, was du willst.«

Als wäre sie eine ganz normale Besucherin, setzte Emily sich

215

auf den Stuhl gegenüber und begann ihr Kleid wieder zuzuknöpfen.

»Also was?« fragte sie. »Wenn beides richtig, purpose and function, dann du kriegst es.«

Ganz kurz kam ihm der Verdacht, daß sie hier womöglich ein frivoles Spiel mit ihm triebe, doch verwarf er dies sogleich wieder. Emily war zwar seltsam, ungewöhnlich, vielleicht sogar verrückt – frivol jedoch war sie nicht.

»Anton«, sagte Emily, »du wolltest mir erklären, was du willst.«

Irgend etwas mußte er schließlich antworten. »Ich will ...«, sagte er, »also ich will, ich will, daß du dein Kleid wieder aufknöpfst.«

Sie war keineswegs schockiert, erkundigte sich nur sachlich: »Warum?«

»Vorerst nur, weil ich es will.«

»Gut, der Wille muß kommen zuerst. Aber dann?«

Plötzlich konnte Anton seinen Weg aus diesem Dilemma sehen, sogar zwei Wege, nämlich jene, die Emily Zweck und Funktion nennen würde. Er gewann an Sicherheit.

»Das Weitere erklärt sich aus dem Ersten«, sagte er. »Und Ungeduld kann manches verderben.«

»Stimmt.« Sie nickte und machte sich ohne Umstände daran, ihr Kleid wieder aufzuknöpfen.

Nach dem zehnten Knopf – sie war nun fast bei der Taille angelangt – fragte sie: »Genug?«

»Ja«, sagte Anton, »das dürfte reichen.«

»Was jetzt?«

Antons Stimme war heiser, als er sie nun auch noch aufforderte, den Kleiderstoff etwas zur Seite zu ziehen, wegen der besseren Sicht.

»Hast du noch nie gesehen Körper von eine nackte Frau?« fragte sie kopfschüttelnd, tat aber, wie ihr geheißen.

»Es geht hier nicht um den nackten Körper irgendeiner Frau, sondern ausschließlich um deinen Busen, Emily.«

»Das hoffe ich«, sagte sie, und aus ihrer Stimme war auch nicht der Anklang von Ironie zu hören.

Anton betrachtete das ihm Dargebotene mit vorgeblich kühlem Interesse. Dabei stand ihm der Schweiß auf der Stirn, und er hatte große Mühe, seine Hände auf dem Schreibtisch liegenzulassen.

»Was ist?« fragte Emily. »Was du siehst?«

Anton räusperte sich und bemühte sich dann um eine möglichst sachliche Beschreibung, indem er die Einzelheiten neutral und korrekt auflistete.

»Mittelgroß«, sagte er, »soweit auf den ersten Blick erkennbar, fest und gesund. Mehr apfel- als birnenförmig. Die Brustwarzen etwas klein, was sich jedoch bei vernünftiger Stimulierung ändern dürfte. Der Hof perfekt gerundet, die Farbe hellrosa. Ich denke, das reicht.«

»Wozu?«

»Du stellst Fragen! Brüste haben schließlich einen Sinn. Sie dienen der Ernährung der Kinder.«

»Ich will keine Kinder.«

»Aber ich.«

Sie dachte einen Augenblick nach. »Alright«, sagte sie dann, »nicht wichtig genug für Streit. Wir werden kriegen zwei Knaben.«

»Keine Mädchen?«

»Besser nicht. Sie könnten werden wie meine Schwestern.«

»Oder wie ihre Mutter«, sagte Anton nun doch zärtlich und streckte die Hand aus, um ihre Brust zu streicheln.

»Du doch nicht!« sagte Emily und wich zurück. »Bist ja kein Kind.«

»Ich . . .«, Anton grinste halb schlau, halb schüchtern, ». . . ich dachte nur, wegen der Stimulierung.«

»Aha. Ich zeig's dir.« Und sie begann mit harten Fingerspitzen ihre Brustwarzen zu reiben, die sogleich zur doppelten Größe anwuchsen.

»Funktioniert sehr gut, hab ich schon probiert viele Male. Alright jetzt?«

Anton verschlug es fast den Atem. Mühsam brachte er hervor: »Du meinst, du machst es dir selber?«

»Wer denn sonst?« sagte sie.

»O Gott, Emily!«

»Sagst du schon das zweite Mal heute.«

»Weil ich dich liebe!«

Kopfschüttelnd und die Augen gen Himmel rollend, seufzte sie mißbilligend: »O Gott, Anton!«

Seit Anton Emily McCloy kannte, hatte es ihn nicht mehr zu den Scheunen mit den Pflückerinnen getrieben, und er war auch nicht in das gewisse Haus in Büsekow gegangen. Am Abend nach dem ersten Sinn-und-Zweck-Experiment jedoch hatte er das zwingende Bedürfnis, sich seine Männlichkeit zu beweisen, und so machte er sich sofort nach Feierabend auf den Weg. Daß er dafür die Abendmesse verpassen würde, ließ sich nicht ändern, ohnehin hätte er heute wohl kaum die nötige Andacht aufbringen können. Sein Ziel war Büsekow, dort regelten sich die Dinge am unkompliziertesten.

Aber diesmal regelten sie sich leider überhaupt nicht. Und so sehr sich auch die dralle Selma, die Anton an die kleine Runde aus dem Trauersalon erinnerte, um ihn bemühte, es wurde nichts mit dem Männlichkeitsbeweis.

Den ganzen Heimweg rannte er, als ob der Teufel hinter ihm her wäre. In Parchim angelangt, nahm er sich kaum Zeit, seine Kleider zu ordnen und zu Atem zu kommen, er lief schnurstracks zum Haus des Vaters Ambrosius und betätigte den Türklopfer so wild, daß es wie eine Katastrophenankündigung durch die nächtlichen Straßen hallte. Der Priester, schon im Nachtkleid und ohne Brille, öffnete und grummelte verschlafen: »Wer liegt im Sterben?«

»Ich muß mit Ihnen reden, Vater«, keuchte Anton, schob den Alten vor sich her ins Studierzimmer, drückte ihn in einen Sessel, nahm die Brille vom Lesepult und hängte sie ihm über die Nase.

»Ach, du bist es, Anton. Was soll denn dieser Krach mitten in der Nacht! Das muß ja eine ganz schlimme Sünde sein, wenn das Geständnis nicht Zeit hat bis morgen früh.«

Anton begann zu reden. Vollkommen ungeordnet sprudelte es aus ihm heraus, wobei er trotz seiner Verwirrung doch darauf achtete, gewisse Dinge nicht direkt beim Namen zu nennen. Der Priester hörte zu, unterbrach ihn nur ein einziges Mal. »Der Schnaps steht im oberen Bord der Kredenz. Bring mir ein großes Glas voll. Kannst dir auch eins nehmen.«

Als sie beide getrunken hatten, fragte der alte Ambrosius: »Und was weiter?«

Und Anton legte noch einmal los, nun schon gelassener, bis er endlich alles aus sich herausgeredet hatte. Erschöpft hielt er inne.

»Mein Sohn«, sagte der Priester, »es ist mir eine große Freude, dich in diesem Zustand zu sehen. Ich muß dich nur ermahnen, vor lauter Bäumen den Wald nicht zu übersehen.«

»Und was ist der Wald, Vater?«

»Daß du dir eine gute Katholische gefunden hast, mit der du in beiderseitigem Einvernehmen die Ehe eingehen wirst. Was sind dagegen die Bäumchen namens Maschinenlust und Zweck und Funktion und all dieser moderne Unfug. Du solltest nun endlich erwachsen werden! Wenn sich deine Braut für Maschinen begeistert, also für eure Arbeitsinstrumente, dann ist das doch nur ehrenwert. Denn Gott hat ausdrücklich von uns verlangt, unserer Arbeit mit Lust und Liebe nachzugehen.«

»Aber doch nicht diese Lust, Vater!«

»Versündige dich nicht, mein Sohn, indem du Gott dem Herrn vorschreiben willst, welche Lust die rechte Lust ist.«

»Und was ist mit der Liebe, Vater?«

»Glaube, Liebe, Hoffnung, diese drei. Aber die Liebe ist die Größte unter ihnen.«

»Und wenn sie nun in die falsche Richtung geht?«

»Dann ist es deine Pflicht, dich mit weit offenen Armen genau in dieser Richtung aufzubauen. Komm morgen zur Frühmesse, dann werde ich dir und deiner Zukünftigen meinen Verlobungssegen erteilen.«

Nachdenklich ging Anton nach Hause. Man konnte die Worte seines geistlichen Trösters drehen, wie man wollte, alles lief auf

219

den Rat hinaus, sich so unumgänglich wie möglich auf das Besondere in Emilys Liebesenergien einzulassen. Denn Gottes Wege sind vielfältig und unergründlich.

Welche Möglichkeiten sich ihm nun eröffneten! Emilys Liebe hieß Sinn und Zweck und Funktionalität, und das, was sie ihm mit ihrer Brust so sachlich vorgeführt hatte, das war doch nur der allererste Anfang gewesen. Nach und nach würde er all ihre weiteren Funktionen ergründen und mit den seinen vereinigen, denn nichts in der göttlichen Konstruktion unseres Körpers ist ohne Sinn und Zweck, und das höchste von Gott so benannte Ziel menschlicher Körper ist die Fortpflanzung. Seid fruchtbar und mehret euch.

Am nächsten Morgen stand Anton früh auf, versagte sich das Frühstück und begab sich zur Kirche. Der Priester stand am Altar, Emily kniete auf einem roten Polster, und auch für Anton lag ein ähnliches Kissen bereit. Pater Ambrosius zelebrierte die Messe und reichte nach der Wandlung erst Emily und dann Anton Brot und Wein. Dabei versäumte er es, den Becher zu drehen, so daß Antons Mund genau auf die Stelle traf, wo Emily zuvor getrunken hatte. Seine prompt einsetzende Erektion erfüllte ihn mit tiefer Scham. Und während der Priester nach der Messe den Verlobungssegen sprach, dachte Anton immer noch ausschließlich daran, mit den Rockschößen diesen würdelosen Streich seines Körpers möglichst geschickt zu verbergen.

Als die Verlobten vor die Kirche traten, zog Anton seine Braut an sich. Einen Augenblick hielt sie still, dann schob sie ihn zurück und bemerkte sachlich: »Da unten bei dir passiert sehr viel. Ich würde gern wissen, wieso und wodurch.«

Anton seufzte und landete rasch einen etwas ungeschickten Kuß auf ihrer Wange: »Nach und nach werde ich dir alles erklären.«

Während der nächsten Tage war es nun aber keineswegs so, daß sie sich fortwährend mit ihrer Körperlichkeit befaßten. Dazu hatten sie viel zuviel anderes zu tun. Sie machten Pläne. Alles würden sie von nun an gemeinsam unternehmen, und auch wenn sie sich gelegentlich aus praktischen Erwägungen trennen müßten, zweifelten sie doch beide nicht daran, daß ihre Existenzen ineinandergreifen würden wie Zahnräder, bei denen eines für sich alleine seinen Sinn verliert.

Anton benutzte das Zahnradbeispiel immer wieder, weil ihm dabei stets ein anregender Kitzel durch den Leib fuhr. In bräutlichem Entgegenkommen gestattete Emily ihm, ein paar weitere Knöpfe ihres Kleides zu öffnen, und Anton sah, daß die weiße Haut unterhalb der Gürtellinie genauso golden gesprenkelt war wie auf Stirn und Wangen. Vorsichtig legte er seine beiden Hände wie Muscheln auf diesen unschuldig flachen Bauch, der sich schon bald nach der Hochzeit – dessen war er sich sicher – fruchtbar wölben würde. Derweil hielt Emily ihren Honigameisenblick forschend auf »da unten« gerichtet. Und als sich vor lauter Rührung bei ihm überhaupt nichts tat, ließ sie wieder einmal ihr inquisitorisches »Was ist?« verlauten.

Anton versuchte, mit einem spöttischem Grinsen seiner Rührung Herr zu werden. »Absolut unzuverlässig, da unten«, bekannte er.

»Kann nicht sein«, sagte sie, »muß man sich nur mehr bemühen. Laß mich mal.« Und dann tat sie etwas, das Anton nicht für möglich gehalten hätte, sie öffnete nun ihrerseits seine Knöpfe. Und damit war's um Antons Beherrschung geschehen.

Sie war zwar kräftig, doch er war noch kräftiger, und sowieso hätte er in diesem Moment mit Leichtigkeit einen ganzen Heuwagen hochstemmen können, falls Emily sich darunter versteckt hätte. Erstaunlicherweise jedoch versteckte sie sich keineswegs, ganz im Gegenteil. Sie hatte seine zielstrebige Kraft begriffen, und sie ergab sich – ergab sich und stürmte ihm entgegen. Sein Feuer sprang auf sie über, und wenn er ihr auch körperlich überlegen war, so versuchte sie doch, ihm zu beweisen, daß ihr sexueller Furor den seinen übertraf. Sie verknäulten sich ineinander, rollten wie wild auf dem Boden herum, sie verführten-spreizten-stießen-klammerten, sie küßten-bissen-kratzten-leckten, immer von neuem forderte einer den anderen heraus, und keiner wollte als erster aufgeben. Und als sie schließlich doch auseinanderfielen, hatten sie sich gegenseitig fast zu Tode geliebt. Daß es sich tatsächlich um Liebe handelte, um eine einzigartige, beiderseitige, darüber gab es für Anton keinen Zweifel, doch hielt er es für klüger, diese Tatsache Emily gegenüber nicht zu erwähnen. So sagte er nur anerkennend: »Einen Gegner wie dich habe ich noch nicht erlebt.« Emily schwieg lange. Dann konstatierte sie sachlich: »Viel viel Energie! Konnt ich ja nicht wissen. Hab ich also viel gelernt heute.«

Dann stand sie auf, zog sich in aller Ruhe an und ordnete ihre Haare. Anton sah ihr zu. Ihm war nach Weinen zumute und nach Lachen, nach Schreien und Jauchzen, nach irgendeinem extremen Aderlaß für seinen inneren Jubel, aber er nahm sich zusammen und sagte nur: »Jetzt weißt du's also. Körperliche Liebe ist die reinste Energiequelle. Wir werden in Zukunft möglichst oft aus ihr trinken.«

Als sie sich an diesem Abend trennten, meinte er in ihrem Blick zum ersten Mal einen Abglanz der leidenschaftlichen Hingabe zu erkennen, die sich bislang nur an den Maschinen entzündet hatte.

Pater Ambrosius hatte versprochen, zehn Tage nach der Verlobung, Anton während der Sonntagsmesse offiziell in die katholische Gemeinde Parchim einzuführen. Und am Nachmittag selbigen Tages gedachte der neugebackene Katholik und Bräutigam, die Braut seinem Vater zu präsentieren.

Doch Hermann Wotersen kam dem Sohn zuvor. Am Freitag jener Woche rief er ihn zu sich in das Studierzimmer – in dem sich übrigens kaum Bücher befanden –, nötigte ihn zum Sitzen, schenkte Cognac ein, gab sich jovial und schlug dann vor, Anton solle sich doch nun baldigst nach Süddeutschland aufmachen, vielleicht könne er dort einen neuen Kundenkreis erschließen und sich gleichzeitig nach einer Frau umsehen.

»Wenn du denn unbedingt katholisch werden willst – sei es drum. Aber eine Frau muß ins Haus, und zwar bald.« Und es mißfalle ihm, dem besorgten Vater, doch sehr, daß sein Erstgebo-

rener ständig mit dieser Engländerin herumzöge, dieser grob-
knochigen, ältlichen, unkultivierten Person ohne Hut und ohne
Benehmen.

Anton blieb gelassen. »Keine Engländerin, Vater, sondern
Schottin. Nicht älter als achtundzwanzig Jahre und von Vaters
Seite her sogar eine Deutsche.«

»Die meisten Engländer sind eigentlich Deutsche, habe ich gehört. Aber wenn diese Person sich tatsächlich hier festsetzen will,
wirst du jedenfalls für eine Weile verschwinden müssen.«

»Das werde ich. Und zwar mit ihr zusammen. Aber keine Sorge, sowie wir verheiratet sind, komme ich zurück. Wir haben
große Dinge vor.«

»Du willst diese Ausländerin heiraten?«

»Das will ich, Vater. Sie ist die beste Person, die ich kenne, sie ist
katholisch und – was deinen Vorwurf des Ausländischen anbelangt, kann ich dich nun endgültig beruhigen. Emily ist nämlich
eine Siggelow.«

»Eine was...?«

Die plötzliche Veränderung im Gesicht seines Vaters brachte
Antons Ruhe nun doch zum Wanken. Er sprang auf und beugte
sich über ihn. »Was hast du, Vater, bist du unwohl? Ich schwöre
dir, Emily wird dir gefallen. Sie ist die Erbin weiter Ländereien mit
Tausenden von Schafen, eine Lady von der Mutterseite, eine Gräfin vom Vater her. Das soll eine fruchtbare Zusammenarbeit werden, und ganz gewiß wird sie dir eine gute Tochter sein.«

»Von der Vaterseite?« stöhnte der Alte.

»Wie ich schon sagte, eine Siggelow. Ihr Vater wäre der eigentliche Erbe gewesen, hat aber auf seine Ansprüche verzichtet, weil er,
noch bevor der Erbfall eintrat, Wurzeln in Schottland geschlagen
hatte. Und an der Gebbinischen Gutsherrschaft hingen wohl ohnehin vor allem nur Schulden. Das waren weder kluge noch gute
Herren, sagt Emily. Die einen soffen, die anderen praßten, und
der Rest hatte die Weibersucht. In meiner Emily jedoch hat sich
nun alles ins Gegenteil gewendet.«

Hermann Wotersen sah plötzlich sehr müde aus. Mit großer

223

Anstrengung erhob er sich aus seinem Sessel und schlurfte zur Tür. »Wo wohnt diese Person?« fragte er.

»Emily logiert im ›Eldeblick‹. Und übermorgen, nach der Messe, werde ich sie hierherbringen, damit du sie kennenlernst.«

»Das wird nicht nötig sein«, sagte der Alte.

Am nächsten Tag, dem Sonnabend, erschien überraschend Antons Mutter Barbara in Parchim. Soweit ihr Sohn später die Ereignisse zurückverfolgen konnte, war sie, unmittelbar nachdem sie sich daheim frisch gemacht und kurz mit ihrem Mann besprochen hatte, zu Fuß hinüber zum Gasthof ›Eldeblick‹ gegangen, hatte sich bei Emily McCloy anmelden lassen und mit ihr eine längere Unterredung geführt. Die sonst stets beherrschte und kühle Frau Wotersen habe, als sie nach circa einer Stunde ging, einen sehr erregten, um nicht zu sagen derangierten Eindruck gemacht – so berichtete später der Wirt allen, die es hören wollten. Und das englische Fräulein, von dem er schon gehofft hatte, sie würde ein Dauergast werden, habe noch am gleichen Abend ihre Koffer gepackt und die Rechnung verlangt. Aufgebrochen sei sie dann allerdings erst am nächsten Morgen, nachdem sie während der Nacht ganz allein eine halbe Flasche Branntwein geleert habe.

Anton hatte bei der Abendmesse umsonst nach Emily Ausschau gehalten, hatte sich aber keine Besorgnis gestattet, sondern an eine verständliche weibliche Nervosität gedacht.

Als Emily dann auch am nächsten Morgen, am Sonntag, nicht zur Frühmesse erschien, konnte er seiner Besorgnis nun doch nicht mehr ausweichen. Er fragte Pater Ambrosius, der wußte von nichts.

»Die Hauptmesse ist ja erst um zehn Uhr«, sagte er beruhigend, »sie wird sich noch vorbereiten wollen.«

Anton eilte nach Hause. Dort fand er einen Brief vor:

»Dear Anton. I have to go. Urgent family matters. This is goodbye forever. Don't follow me! The stars of our destiny were in their place before we even were born. It was a mistake to believe

that everything in our lives would be dependent on our good
will. What I learned is that there was no purpose, no meaning,
no use for us at all.

Emily Siggelow McCloy.«

Obgleich Anton sofort wußte, daß ihm hier etwas Endgültiges
mitgeteilt wurde, verkroch er sich doch anfangs hinter einem
Zorn über Formalien. Verdammt, verdammt, dachte er, kann sie
denn nicht wenigstens Deutsch schreiben, wenn sie mich an einem so wichtigen Tag versetzt. Die Worte »family matters« sprangen ihm entgegen. Welche Familie? Hatte sie schlechte Nachrichten von daheim? Damit könnte man doch gemeinsam fertig werden, in kurzer Zeit wollte er für sie und sie für ihn sowieso die
ganze Familie sein!

Dann endlich nahm er sein Wörterbuch, verstand die Worte,
begriff immer noch nichts und brach zusammen.

Stundenlang hockte er mit eingezogenem Kopf wie erstarrt in
der Mitte seines Zimmers am Boden und fühlte ihrer beider zer-
störte Zukunft in großen harten Brocken auf sich herunterstür-
zen.

Ihre Fabrik und seine Fabrik, ihr Geldgeschick und sein techni-
scher Sinn, ihre Sachlichkeit und seine Träume, ihr zielstrebiger
Ernst und seine Phantasie. Ihrer beider Hingabe, ihrer beider
Söhne, ihrer beider fruchtbares Ineinandergreifen.

Zwei durch die Entfernung sinnlos gewordene Einzelteile, die
doch nur gemeinsam funktionieren konnten.

Und was meinte sie mit dem »stars of our destiny«? Das war so
ganz und gar nicht Emily!

Als er diese Erkenntnis zum hundertsten, ja tausendsten Mal
hin- und hergewälzt hatte, kam er endlich zu sich. Nicht Emily!
Irgend jemand anderer hatte hier eingegriffen und sich als
Schicksal gebärdet.

Er rannte zum »Eldeblick« und erfuhr schließlich unter An-
drohung physischer Gewalt von dem Wirt, was dieser wußte. Sodann suchte er seine Mutter, doch die war schon wieder fort.

»Eine wichtige Beerdigung in Hamburg«, verkündete die inzwischen uralte Mamsell Grambow. Also nahm Anton den nächsten Zug nach Hamburg. Die ganze Zeit über fühlte er sich so atemlos, als absolviere er einen Langstreckenlauf, von dem er bereits wußte, daß das Ziel mit jedem Laufschritt ein Stück weiter fortrückte.

Seine Mutter sah alt aus und zutiefst erschöpft. Sie hatte sich ein Wolltuch über das Nachthemd geschlungen, die Haare hingen ihr wirr ins Gesicht.

»Was hast du mit meiner Braut gemacht?« schrie Anton. »Womit, um alles in der Welt, hast du sie fortgejagt?«

»Soso, ist sie gegangen? Zurück in ihre schottische Abgeschiedenheit. Dann muß sie entweder begriffen haben, daß sie nicht die rechte Person für dich ist, oder aber sie konnte ganz einfach nicht wider den Stachel löcken.«

»Welchen Stachel, Mutter, sag es mir!« Er packte Barbara bei den Schultern und schüttelte sie. »Ich muß es wissen, Mutter, sonst werd ich noch verrückt.«

Sie machte sich los, stand auf und ging zur Tür ihres Waschkabinetts.

»Vielleicht gestattest du mir erst einmal, mich anzuziehen. Es ist zwei Uhr nachts!«

Anton fiel in einen Sessel und wartete. Als Barbara schließlich zurückkam – es war wohl mehr als eine halbe Stunde vergangen –, sah sie wieder aus wie immer, gepflegt, wohlfrisiert, in einem schlichten dunklen Seidenkleid, dem ein zarter Lavendelduft entströmte. Sogar Puder und etwas Rouge hatte sie aufgelegt und die Augenbrauen sorgfältig nachgezogen.

Nun saß sie auf einem geraden Stuhl, hatte die Hände im Schoß gefaltet und betrachtete Anton mit einer neutral anteilnehmenden Miene, mit der sie wohl auch ihre Kunden ansah, wenn die kamen, um eine Beerdigung zu bereden. »Nun, Anton?«

»Ach Mutter!«

Was war das nur zwischen ihm und ihr, warum gelang es ihm nie, ihr näherzukommen?

»Warum bist du gestern zu Emily gegangen?« fragte er.

»Das war ein Akt mütterlicher Besorgnis, der dir verständlich sein sollte.«

»Bravo Mutter! Nur daß du mit dieser verständlichen Besorgnis die starke, aufrechte Emily McCloy umgeworfen und so sehr verletzt hast, daß sie offenbar kopflos geworden ist, was überhaupt nicht zu ihrem Wesen paßt, und sich während der Nacht vor ihrer Flucht mit Alkohol betäuben mußte, um überhaupt wieder auf die Beine zu kommen!«

Barbara schüttelte irritiert den Kopf.

»Da kommt das Siggelowsche Erbe zum Vorschein. Ihr Großvater, Christian-Carl, hat auch stets leichter dem Alkohol vertraut als seinen eigenen Kräften. Was für ein morscher Familienstammbaum das doch ist! Der Uralte hat's mit den Weibern getrieben, keine einzige auf dem Gut war vor ihm sicher. Und der Letzte, also der Vater dieses schottischen Fräuleins, der war nichts weiter als ein Schwächling. Sein Großvater hatte beizeiten allen Mut aus ihm herausgeprügelt.«

»Du sprichst, als hättest du die Familie gut gekannt.«

»Gekannt? Die kleine Totenfrau, deren Großmutter noch eine Leibeigene war, die kennt die Gutsherren nicht. Aber sie weiß sehr viel über sie, mehr jedenfalls als dieses Fräulein McCloy. Die schien mir kaum Ahnung zu haben von dem familiären Erbe, das sie in sich trägt. Also hab ich es mir angelegen sein lassen, sie ein wenig aufzuklären. Das Fräulein war eine sehr aufmerksame Zuhörerin.«

»Und anschließend ist sie zusammengebrochen.«

»Ist sie? Da zeigt sich dann eben die Schwäche ihres Vaters.«

»Ach Mutter! Du kannst doch nicht im Ernst der Meinung sein, daß diese Eigenschaften ungefiltert von einer Generation auf die nächste übertragen werden, daß man ihnen also hilflos ausgeliefert ist?«

Barbara zuckte die Schultern. »Um meine Meinung geht's hier nicht, sondern um ihre. Und wenn sie so Hals über Kopf geflohen ist, dann kann das doch nur bedeuten, daß sie aus der Unterhaltung mit mir ihre Konsequenzen gezogen hat, nämlich daß es besser ist, nicht zu heiraten und also mit sich selber diese häßliche Ahnenreihe zu beenden.«

Anton drehte sich der Kopf. Mit was für einer hirnverbrannten Konstruktion versuchte seine Mutter ihn hier abzuspeisen!

Oh, wie er sie haßte, diese selbstgerechte Frau in ihrem Fischbeinkorsett, die von mütterlicher Verantwortung redete, ihm jedoch nie mit mütterlicher Zärtlichkeit entgegengekommen war. Und wie er sie dennoch liebte, sogar in diesem Moment!

Er atmete schwer. »Hör endlich auf, mich zu behandeln wie einen Halbidioten, für den du das Leben zurechtschneiden mußt, damit er sich nur ja nicht daran verschluckt. Dabei hat es dich doch noch nie interessiert, was eigentlich bekömmlich ist für mich und was nicht! Lange genug habe ich deine Eingriffe hingenommen, aber inzwischen entscheide ich und nur ich allein, ob ich etwas verkraften will oder nicht.«

»Daß für dich heute überhaupt so etwas wie eine freie Entscheidung möglich ist, das verdankst du vor allem meiner sorgfältigen Planung. Ist dir eigentlich noch nie in den Kopf gekommen, daß deine Mutter einen sehr weiten, steinigen Weg zurücklegen mußte von der schäbigen Bauernkate bis hin zu dem komfortablen Bürgerhaus, in dem du dann aufwachsen durftest?«

Diese Worte, aus denen er einzig ihre selbstgefällige Aufforderung zu Dankbarkeit herauszuhören meinte, brachten ihn endgültig um die Beherrschung.

»Mir ist vor allem in den Kopf gekommen«, tobte er, »daß meine Mutter dafür einen nichtgeliebten Mann geheiratet und ihn unglücklich gemacht hat.«

Barbara zuckte zusammen. Na endlich, dachte ihr Sohn mitleidlos, endlich bin ich zu ihr vorgedrungen und hab sie aufgescheucht. Doch dann kam wieder nur so ein kühler Satz: »Es wäre für uns beide besser, wenn du nicht ausgerechnet jetzt einen deiner Anfälle bekämst.«

»Einen meiner Anfälle und sonst nichts!« Seine Hände zitterten. Er ballte sie zu Fäusten und versenkte sie in den Hosentaschen.

»Also gut, Mutter, keinen Anfall. Alles, was ich will, ist die Wahrheit, und zwar die ganze.«

»Die ganze Wahrheit gibt es nicht«, sagte sie in dem geübten Tonfall einer guten Trauerberaterin. »Und wenn es sie gäbe, könnten wir sie nicht ertragen. Die ganze Wahrheit entspricht einem ungeschützten Blick in die Sonne.«

»Gerede, Gerede«, schrie Anton. »Du hast Emily von hier vertrieben. Mit welchem zusätzlichen Stück Wahrheit dir das gelungen ist, muß ich herausfinden. Und dann werden wir ja erleben, ob ich's ertragen kann oder nicht. Jedenfalls kann ich nicht tatenlos zurückbleiben, wenn meine Braut mich ohne Erklärung verläßt.«

»Soll das heißen, daß du ihr folgen willst?«

»Genau das heißt es.«

»Tu's nicht, Anton, akzeptier ihren Entschluß.«

»Das ist mir nicht möglich. Und sie erwartet es auch nicht von mir.«

»Warum ist sie dann vor dir geflohen?«

»Vor dir, Mutter, nicht vor mir. Und ist es in der Liebe denn nicht so, daß man dem anderen auch jenseits unverständlicher Handlungen vertrauen muß?«

Barbara sah ihrem Sohn aufmerksam ins Gesicht. »Du machst dir Illusionen, Anton, hast wohl auch zu viele Romane gelesen. Die Liebe, die du momentan zu erleben meinst, die kommt in der Realität nicht vor.«

»Besser, vertrauensvoll einer Illusion nachlaufen, als die reale Liebe kalt und illusionslos benutzen und dadurch zerstören!«

Anton sah, daß sich Barbaras Augen ungewohnt mit Tränen füllten. Doch erschien ihm dies momentan ohne jedes Interesse. Nicht einmal einen Abschiedsgruß gönnte er ihr. Wortlos verließ er die Wohnung.

Den Rest der Nacht verbrachte er auf dem kalten Hamburger Bahnhof in Erwartung des Morgenzuges Richtung Ludwigslust-

Parchim. Es mochte gegen sechs Uhr sein, am Himmel zeigte sich bereits das erste streifige Morgenlicht, als eine hohe Frauengestalt in Hut und Umhang mit festen Schritten den Bahnsteig entlangkam. Barbara Wotersen setzte sich neben ihren Sohn auf die Bank.

Das, was sie ihm zu sagen hatte, dauerte nicht lange. Nur ein paar klare Sätze, faktische Mitteilungen ohne Begründung und Kommentar, und bevor er noch nachfragen konnte, war sie schon wieder aufgestanden und davongegangen. Der einzige Mensch, der sich außer Mutter und Sohn auf dem Bahnhof befand, ein Arbeiter mit einer Ölkanne in der Hand, grüßte sie ehrerbietig.

Anton Wotersen hatte nie wieder Kontakt mit Emily McCloy. In einer Mischung aus Scham und Trauer über verlorene Illusionen sperrte er sich gegen jede Nachricht, die die Erinnerung an seine Maschinenbraut hätte wiederbeleben können. So erhielt er auch keine Kenntnis davon, daß sie während der frühen neunziger Jahre in Schottland die erste hochmoderne Tuchfabrik baute, sich jedoch, kaum daß der Betrieb einigermaßen lief, aus der täglichen Produktionsplanung zurückzog, sich intensiver auf den Handel konzentrierte, hierfür zuerst in Edinburgh und dann in London ansässig wurde, von wo aus sie großen Einfluß nahm auf die Preise von Rohwolle und Fertigtuchen. Und es kam ihm nicht zu Ohren, daß sie, genau wie die Firma Wotersen & Co., durch die rechtzeitige Spezialisierung auf schwere Uniformtuche am Ersten Weltkrieg kräftig verdiente und daß sie im Jahr 1936 tatsächlich über einen Mittelsmann das Schloß ihrer Väter zurückkaufen konnte. Und schon gar nicht berichtete ihm irgend jemand von Miss McCloys seltsamer Angewohnheit, auf ihren langen staksigen Beinen in den Werkhallen von Großwebereien herumzumarschieren und mit sehnsüchtigen, selbstvergessenen Augen den Maschinen zuzuschauen, vor allem dem Ineinandergreifen der Zahnräder.

Wie es dann ganz anders
als bei Tante Berta war

Da hielt Anton nun endlich die zusätzliche Wahrheit, der er so lange nachgerannt war, in Händen, und er wußte nicht, wie er sie ertragen sollte. Er schloß sich ein in seiner Wohnung und blieb im Bett. Der Bedienerin legte er einen Zettel vor die Tür: Er fühle sich nicht wohl, brauche aber nichts und wolle auf gar keinen Fall gestört werden.

Es war weniger Trauer und Verzweiflung als das Gefühl verlorener Unschuld. Scham hatte sich auf ihn herabgesenkt wie ein zentnerschweres nasses Tuch, unter dem ihm kein Raum blieb, frei durchzuatmen und wenigstens zu versuchen, für sich selbst mildernde Umstände zu finden. In unvergleichlicher Instinktlosigkeit hatte er seine Mutter gezwungen, sich vor ihm zu entblößen. Wie sollte er sich dies je verzeihen können.

Am dritten Nachmittag seines Purgatoriums wurde so ausdauernd und entschlossen an seine Tür geklopft, daß er sich schließlich, nur um dem gräßlichen Lärm ein Ende zu bereiten, aufraffte und öffnete.

Es war Hilda Meir-Ehrlich. Ohne seinen Protest zu beachten, ging sie an ihm vorbei ins Zimmer und setzte den Korb, den sie über ihrem Arm trug, auf dem Tisch ab.

»Hier sieht's ja grauenvoll aus«, sagte sie, »und du hast dich seit Tagen nicht rasiert!«

Energisch stieß sie ein Fenster auf und begann mit flinken Händen Ordnung zu machen.

»Lange kann ich nicht bleiben, ich bin schrecklich beschäftigt, meine Hochzeit ist in drei Tagen. Aber schließlich will ich dich nicht verhungern lassen.«

Anton war Hildas Anwesenheit peinlich, und er wußte nicht, wie er sich ihrer unverlangten Hilfe erwehren sollte.

»Vor allem kannst du nicht einfach in meine Wohnung kommen, das schickt sich nicht«, sagte er.

»Im Talmud steht, daß das Gebot der Nächstenliebe dem der Schicklichkeit überlegen sei.«

»Das steht tatsächlich in eurem Gesetzbuch?«

»Und falls nicht, dann sollte es wenigstens dort stehen. Wir jüdischen Mädchen werden ja nicht zum Lesen angehalten. Das hat den Vorteil, daß man sich seine Gesetze selbst ausdenken kann.«

»Wie praktisch!« sagte Anton in dem erfolglosen Bemühen, der Situation durch Ironie beizukommen.

Hilda schüttelte sein Plumeau auf und zog die Laken glatt. »Geh zurück ins Bett, dann sieht es wenigstens so aus, als wärest du wirklich krank. Und daß man die Alten und Kranken besuchen soll, das steht ja wohl in jedem religiösen Gesetzbuch.«

Als er wieder lag, goß Hilda aus ihrer mitgebrachten Thermoskanne Milchkaffee in eine Tasse und sagte, daß es für exakt vier Tassen reichen würde. Anton wollte ihren Kaffee nicht. »Du mußt gehen, bestimmt wirst du schon vermißt.«

Vorsichtig ließ sie sich am äußersten Rand seines Bettes nieder. »Sie hat dich also verlassen«, stellte sie fest.

»Ich will nicht über sie reden.«

»Sie paßte ja sowieso nicht zu dir.«

»Aber ich habe sie geliebt – auf meine Weise.«

»Das war eben nicht die richtige Weise.«

»Woher willst denn du das wissen?«

»Ich weiß es eben.« Das Lächeln, mit dem sie ihn umfing, war so strahlend und vertrauensvoll, daß er es sich verbiß, eine Bemerkung über ihren Bräutigam zu machen.

Statt dessen sagte er: »Eigentlich ging es ja auch gar nicht um Emily. Es ging um ... um ...« Er konnte nicht weitersprechen, weil ihm plötzlich die Tränen kamen. Als wäre er noch ein kleiner

Junge, warf er sich wütend auf den Bauch und drückte das Gesicht in die Kissen.

»Geh jetzt«, schluchzte er, »du kannst auf gar keinen Fall hier sitzen bleiben!«

Hilda rührte sich nicht. Sie sah zu, wie Antons Rücken zuckte, wie er versuchte, sich zu beherrschen und den Tränenfluß zu stoppen. Als es ihm nicht gelang, begann sie vorsichtig seinen Rücken zu streicheln, so wie eine Mutter – allerdings nicht die seine – es getan haben würde, und dazu stieß sie sanfte Beruhigungslaute aus und murmelte: »Jaja« und »nana« und »macht doch nichts, heul dich ruhig aus ...« Und immer wieder: »Ich bin ja hier, ich bin ja bei dir.«

»Darfst du aber nicht«, schluchzte Anton, drehte sich herum und hielt ihre streichelnden Hände fest.

»Verschwinde endlich, ich will dich nicht bei mir haben!«

Doch anstatt sie nun wegzustoßen, zog er sie zu sich, und Hilda leistete keinen Widerstand, kam ihm sogar entgegen, klammerte sich an ihn so wie er sich an sie und brach nun auch in Tränen aus. Blind küßte er ihr Gesicht, wo immer er es traf, ihre nassen Augen, ihren Mund, dann ihren Hals, und zwischendrin versuchte er immer noch ein paar sinnlose Abwehrworte – »du darfst nicht« und »du kannst nicht« und »geh endlich, geh.«

Doch bald hielt sie ihn ebenso fest umfangen wie er sie und stellte seine falschen Worte mit ihren kleinen Antworten richtig: »Ich will aber« und »ganz sicher kann ich« und »ich verlaß dich nie mehr.«

Als dann endlich die Tränen getrocknet waren und sich der Aufruhr ihrer Körper etwas gelegt hatte, war es Hilda, die als erste zu sich kam und einen annähernd vernünftigen Satz aussprach: »In Tante Bertas Schilderungen war das aber alles ganz anders.«

Eine Weile noch lag sie ruhig in Antons Armen und hörte sich seine Ausbrüche von Reue und Selbstbezichtigung an, die sich abwechselten mit den feurigsten Beteuerungen seiner Liebe, bis sie ihm klipp und klar versicherte, daß sie keinen Grund zur Reue sehen könne, denn dieses wäre nun endlich die richtige Liebe, die sie zwar schon seit Kinderzeiten empfände, deren Verwirklichung

233

sie jedoch wegen der vielen Widerstände und weil er dazu ja noch so deprimierend begriffsstutzig gewesen sei, immer wieder habe aufschieben müssen.

»Aber jetzt wurde es ja Zeit, nicht wahr, weil eine weitere Verzögerung nicht wiedergutzumachen gewesen wäre.«

»Aber deine Eltern ... und dein Bräutigam ...«

»Was können die schon machen, da du und ich nun miteinander verheiratet sind.«

Die heitere Selbstverständlichkeit, mit der Hilda argumentierte, erschien Anton naiv und kindlich und von rührender Weltfremdheit. Dabei übersah er völlig die stählerne Härte, mit der sie ihr Ziel verfolgt und sich letztlich selbst in seine Arme gelegt hatte.

»Auf keinen Fall hätte ich dir das antun dürfen«, jammerte er, »ausgerechnet dir!«

Woraufhin Hilda ihm schlichtweg erklärte, sie sei in Sachen Liebe keineswegs eine Person, die sich von irgend jemandem etwas antun lassen würde.

Dies konnte er so nicht hinnehmen, und er bestand darauf, noch heute abend zu ihren Eltern zu gehen, um die Sache irgendwie in Ordnung zu bringen.

»Wie denn?« fragte sie lächelnd.

»Indem ich selbstverständlich alle Schuld auf mich nehme.«

»Und dann?«

»Ja, was dann?«

Hilda küßte ihn mit umwerfender Zärtlichkeit.

»Wo hast du nur gelernt, so zu küssen?« fragte er atemlos.

»Wie hätte ich es denn nicht lernen sollen, da ich dich doch in Gedanken schon Hunderte von Malen geküßt habe.«

Er zog sie an sich, wollte noch einmal von vorne anfangen, doch das ließ sie nicht zu. Sie schlüpfte aus dem Bett.

»Dreh dich zur Wand«, sagte sie energisch, »ich will mich anziehen.«

»Hilda ... bitte!«

»Du glaubst doch nicht im Ernst, daß dies nun immer so weitergehen kann? Wir haben getan, was wir tun mußten – ich meine in der Situation, in der wir uns unglücklicherweise momentan befinden. Vor Gott, deinem und meinem, sind wir nun verheiratet. Vor den Menschen aber noch lange nicht. Und bis wir das sind, werden wir uns an die Regeln halten.«

»Aber die haben wir doch längst gebrochen.«

»Das war nötig. Ich hätte ja auch lieber gewartet bis zur Hochzeitsnacht. Aber weil ich die nicht mit dem armen Moses Goldstein, sondern mit dir verbringen wollte, mußte ich sie eben etwas vorverlegen.«

Anton drehte sich, wie sie ihm befohlen hatte, zur Wand, und während sie hinter ihm hantierte, versuchte er, die ganze Tragweite dieser vorgezogenen Hochzeitsnacht zu begreifen.

Schließlich berührte Hilda seine Schultern. »Kannst dich jetzt umdrehen, ich bin fertig.«

Korrekt gekleidet und, wie ihm schien, innen und außen frisch gewaschen, stand sie vor seinem Bett. »Ich geh jetzt nach Hause, um die andere Hochzeit abzusagen.«

Anton sprang aus dem Bett. »Du glaubst doch nicht im Ernst, daß ich dich allein gehen lasse!«

»Doch«, sagte sie, »das glaube ich. Und ich will auch nicht zusehen, wie du hier unbekleidet im Zimmer herumläufst.«

»Zur Abwechslung könntest ja auch du dich mal umdrehen«, sagte Anton in einem Anflug von Ungeduld.

»Dazu habe ich keine Zeit. Zu Hause sind sie schon dabei, die Hühnerleber zu hacken und die Fischklöße zu formen. Meine Mutter ist eine sehr sparsame Hausfrau, sie könnte mir nie verzeihen, wenn all das Essen umsonst bereitet werden würde.«

Anton hatte das Gefühl, durch Hildas schockierend vernünftiges Verhalten aus aller eigenen Vernunft herausgeschleudert zu werden. Er packte sie bei den Armen, schüttelte sie und schrie: »Hör auf damit, Hilda, so kommen wir nicht weiter.«

»Wieso?« fragte sie und sah ihn erschrocken an. Plötzlich stieg eine tiefe Röte in ihr Gesicht. »Du ... du bist ja ganz nackt«, stammelte sie.

»Das war ich auch während der letzten Stunden.«

Sie schluckte, senkte den Kopf, und dann sprach sie den Satz aus, der ihn sein Leben lang verfolgen würde, sie sagte: »Ich bin ein jüdisches Mädchen, ich halte alles aus.«

Der Wirbel, den die Absage von Hilda Meir-Ehrlichs Hochzeit auslöste, wurde von der Parchimer Bevölkerung begierig registriert und, sobald man durch Wotersens Bedienerin auch noch den Grund hierfür erfahren hatte, um so schadenfroher geschürt. Nahezu jedermann fühlte sich aufgefordert, seinen mißbilligenden Kommentar abzugeben, wobei selbstverständlich Anton Wotersen, dessen ungezügelter Geschlechtstrieb allgemein bekannt war, am schlechtesten wegkam. Und Hilda? Nun ja, die war jung und naiv, im Grunde genommen kein schlechtes Ding, von ihrer Mutter angehalten zur Wohltätigkeit. Dem Vernehmen nach hatte der junge Wotersen sie unter der Vorgabe, schwer erkrankt zu sein, in seine Wohnung gelockt und sich dann an ihr vergangen. Und das drei Tage vor ihrer Hochzeit mit einem reichen Kaufhausbesitzer, mindestens dreimal so alt wie sie, der sich von seinem Geld alles kaufen konnte, an Gebrauchtware aber verständlicherweise nicht interessiert war.

Ein Gutes hatte die Geschichte allerdings: Anton Wotersen würde die beschädigte Kleine nun heiraten müssen, dazu würde ihr Vater ihn zwingen, und das bedeutete, daß sie zum christlichen Glauben übertreten müßte und in der Folge ein substantielles Erbe nicht einer Jüdin, sondern einer Christin zufallen würde. Außerdem war anzunehmen, daß der reiche Meir-Ehrlich wohl oder übel anläßlich des Übertritts seines einzigen Kindes der christlichen Kirche eine größere Stiftung machen würde, die man dann an die Armen verteilen könnte, zum Beispiel an die, die auf Betreiben des Juden ihren Lebensunterhalt in der Tuchfabrik Wotersen & Co. verloren hatten.

Summa summarum stand der Verführer Anton Wotersen also doch nicht so schlecht da, was sich allerdings im Laufe der nächsten Tage durch eine schockierende Wendung in der Geschichte abrupt ändern sollte.

Das erste Unwetter im Hause Meir-Ehrlich war einer bedrohlichen Windstille gewichen. Hilda wurde in ihr Zimmer eingesperrt. Die Mutter bewachte, abwechselnd laut jammernd und betend, Hildas Tür und bedrängte die Tochter mit Fragen nach dem genauen Ablauf des Geschehens. Hatte sie nun wirklich oder hatte sie nicht? Hilda schwieg. Und sogar, als die Mutter ihr eine Zwangsuntersuchung des jüdischen Hausarztes Doktor Seeligmann androhte, reagierte sie gelassen: »Anton Wotersen und ich haben gestern geheiratet. Wieso braucht man dazu eine hausärztliche Untersuchung?«

»Geheiratet?« schrie ihre Mutter. »Ohne Erussin und Chuppa und Rabbiner?«

»Dazu war keine Zeit. Nicht, weil Anton und ich es so eilig gehabt hätten, sondern wegen Moses Goldstein, der nicht mehr länger warten wollte.«

»Der ist immer noch dein Verlobter!«

»Ganz gewiß nicht!«

Und das stimmte, denn Meir-Ehrlich hatte die Geschenke bereits am Tag nach dem Geschehen zurückgeschickt, und Goldstein hatte sie zähneknirschend und tiefgekränkt angenommen.

Mehrmals hatte Anton versucht, im Hause Meir-Ehrlich vorstellig zu werden, man hatte ihm jedoch nicht die Tür geöffnet. Und auch in der Fabrik und im Kontor war es ihm nicht gelungen, mit Hildas Vater zu reden.

Vier Tage nach dem Geschehen – Hilda hatte sich inzwischen in vollkommenes Schweigen zurückgezogen und verweigerte jegliche Nahrungsaufnahme – begab sich Alfred Meir-Ehrlich zu einem Besuch – übrigens seinem ersten – in das Haus der Wotersens. Antons Vater empfing ihn in seinem Studierzimmer. Auf dem Tisch stand eine Flasche besten Cognacs nebst zwei geschliffenen Kristallgläsern.

Das Ergebnis der Unterredung war genau so, wie die Parchimer Kommentatoren es vorausgesehen hatten: Nach ausgiebiger Klage über das unziemliche Verhalten der beiden jungen Leute einigten sich die Väter nun darauf, das Beste aus der Sache zu machen und

Hilda schleunigst dem Propst der Marienkirche vorzuführen zwecks Unterweisung und baldmöglicher Taufe, damit einer schnellen Heirat nichts mehr im Wege stünde. Sie besiegelten dies mit Cognac und einem Handschlag, und Meir-Ehrlich ging nach Hause, mit – wie er seiner Frau berichtete – sehr gemischten Gefühlen. Obgleich er meinte, ein weltoffener, liberaler Mann zu sein, bedeutete ihm sein Judentum doch Sinn und Verpflichtung, und er wäre von sich aus nie auf die Idee gekommen, dem Glauben seiner Väter zu entsagen. Außerdem war der düpierte Moses Goldstein einer seiner wichtigsten Kunden, und es hätte Meir-Ehrlich doch sehr gefallen, nun endlich die ganze Kette von der Produktion über den Großhandel bis hin zum Detailhandel in seiner Hand vereinigt zu wissen. Andererseits war die familiäre Bindung an die Wotersens ja wohl auch nicht zu verachten.

»Das heißt aber«, jammerte seine Frau, »daß unsere Enkelkinder nun auch alle getauft werden müssen.«

»Vorerst haben wir ja noch gar keine«, sagte ihr Mann beruhigend.

»Wer weiß, vielleicht hat sie ja schon eins im Bauch!«

Meir-Ehrlich warf seiner Frau einen scharfen Blick zu. »Trotz deiner verständlichen Erregung solltest du Derartiges nicht einmal denken, geschweige denn aussprechen.«

Hermann Wotersen rief seinen Sohn zu sich.

»Schändlich, schändlich!« sagte er mit grimmiger Miene, hinter der jedoch das Vergnügen aufglänzte. »Nun wirst du Meir-Ehrlichs Tochter heiraten müssen! Wodurch sich ja wohl die Affäre mit der Siggelowschen auf natürliche Weise erledigt hat.«

»Auf sehr natürliche Weise!« murmelte Anton.

»Ein reizendes Mädchen, die kleine Hilda. Ich kann nur hoffen, euer ... äh ... Zusammenkommen ist in gegenseitigem Einvernehmen geschehen!«

»Ich liebe sie«, sagte Anton.

»Wie gut. Du scheinst ein sehr liebesfähiger junger Mann zu sein.«

»Aber diese werde ich ein Leben lang lieben!«

»Noch besser. Nichts stabilisiert ein Dasein so sehr wie eine lebenslange Liebe.«

Über die religiösen Implikationen wurde bei diesem kurzen Gespräch zwischen Vater und Sohn nicht gesprochen. Vermutlich dachte der Alte, man solle die Dinge in diesem frühen Stadium nicht komplizieren. Daß Hilda Meir-Ehrlich »irgendwie« christlich werden müsse, war zwischen den Vätern abgemacht, ob nun katholisch oder evangelisch spielte eine untergeordnete Rolle.

Dann traf Anton zufällig Vater Ambrosius auf der Straße.

»Was man so alles von dir hört, Anton!« sagte dieser kopfschüttelnd. »Zuerst verjagst du Emily McCloy, sodann erscheinst du nicht zu deinem eigenen Übertritt in die heilige katholische Kirche, und jetzt hast du dich auch noch an einem jüdischen Mädchen vergangen!«

»Ich habe Emily nicht verjagt, Vater!«

»Freiwillig ist sie jedenfalls nicht gegangen.«

»Das stimmt, Vater, nicht freiwillig.«

»Wie wär's, wenn du dich etwas klarer ausdrücken würdest?«

»Das könnte ich nur im Beichtstuhl. Und der ist mir ja bislang noch versperrt.«

»Na, dann wollen wir uns doch endlich daranmachen, ihn offiziell für dich zu öffnen. Nach der Hauptmesse am nächsten Sonntag, in Ordnung?«

»Schlagen Sie mir jetzt etwa selber vor, einzig wegen Beichte und Vergebung Katholik werden zu sollen?«

»Das ist beleidigende Sinnklauberei«, sagte Vater Ambrosius ärgerlich. »Ich habe mir große Mühe mit dir gemacht, Anton, und ich dachte, du hättest inzwischen Bedeutung und Auftrag unserer heiligen katholischen Kirche begriffen und stündest auf festem Grund.«

Anton schüttelte den Kopf. »Zu meinem großen Kummer habe ich überhaupt nichts begriffen, und der Grund unter meinen Füßen schwankt mehr denn je. Ich kann nicht mehr glauben an die Gerechtigkeit des Herrn, denn er hat mich ins Dunkel gelockt mit dem Köder einer falschen Liebe. Daß ich schließlich doch noch einen Lichtschimmer sehen konnte, das verdanke ich weder meinen christlichen Gebeten noch irgendeinem geistlichen Rat, sondern einzig der aufopfernden Hingabe eines jüdischen Mädchens. Und wissen Sie was, Vater? Ich glaube . . .« Ein Energiestoß durchfuhr Anton und machte zu seiner eigenen Verblüffung aus dem schwachen Tunnellicht plötzlich eine strahlende Sonne – »also, ich glaube es nicht nur, ich bin mir sogar jetzt ganz sicher: Ich werde nämlich Proselyt!«

»Du wirst was?«

»Sie haben mich richtig verstanden, Vater. Ich konvertiere zum Judentum.«

Außer Anton selber und vielleicht noch Hildas Mutter, die in der möglichen Taufe ihrer ersehnten Enkelkinder so etwas wie ein öffentliches Ersäufen sah, war eigentlich niemand froh über Antons beabsichtigtes Proselytentum.

Auch der Rabbiner der Parchimer jüdischen Gemeinde, Samuel ben Israel, zeigte sich keineswegs begeistert, ganz im Gegenteil. Erstens sehe sich das Judentum nicht als missionierende Religion, zweitens wäre Antons Motiv offenbar nicht Glaubenssehnsucht und -eifer, sondern Verliebtheit und also nicht ernst zu nehmen, und drittens sei dergleichen noch nie in Parchim und Umgebung vorgefallen.

»Dann geschieht es also jetzt zum ersten Mal.«

»Das eben muß vermieden werden. Momentan läßt man uns Juden hier ja einigermaßen in Frieden. Schlafende Hunde soll man nicht wecken, und das würde geschehen, wenn man mir vorwerfen könnte, einen der ihren zu uns hinübergezogen zu haben.«

»Aber Sie ziehen mich nicht, Rabbi«, sagte Anton, »ich komme aus innerstem Antrieb.«

Mürrisch und mißgelaunt, wie er fast immer war, sagte der Rabbi: »Ein Proselyt ist für Israel so etwas wie ein Ausschlag!«

»Wieso konnte dann im Neuen Testament der Jünger Matthäus über die Juden schreiben: ›Sie durchziehen Meer und Land, um einen Proselyten zu finden‹?«

»Aha! Sie sind mir ja ein ganz ein Schlauer! Aber doch nicht schlau genug, um das Wichtigste zu begreifen, nämlich daß es in diesem Neuen Testament von Lügen nur so wimmelt.«

Anton aber hatte sich gut vorbereitet, wußte auf alles eine Antwort und war durch nichts zu entmutigen. So erklärte sich der Rabbiner schließlich bereit, Anton zu unterweisen. Aber er würde es ihm so schwer wie irgend möglich machen.

»Das ist in Ordnung, Rabbi«, sagte Anton und begann noch selbigen Tages mit dem Studium der hebräischen Sprache und Schrift.

Alfried Meir-Ehrlich, der in dem Entschluß seines zukünftigen Schwiegersohnes doch ein Zeichen für dessen Ernst und Hingabe an die Tochter hätte sehen sollen, war statt dessen nur besorgt, ja alarmiert.

»Und ich garantiere dir«, sagte er zu seiner Frau, »das wird man uns in dieser Stadt nicht verzeihen!«

»Versteh ich nicht«, sagte seine Frau, »was haben wir ihnen denn getan?«

»Wir haben ihnen einen hoffnungsvollen Sohn geraubt«, antwortete Meir-Ehrlich düster.

Im stillen jedoch bedrückte ihn der Zorn der Parchimer weit weniger als die Enttäuschung, nun doch nicht im Schlepptau einer getauften Tochter die soziale Leiter ein Stück hinaufsteigen zu können. Auch mißfiel es ihm sehr, daß sich dieser junge Heißsporn erdreistete, der Verabredung zwischen den beiden Vätern rückwirkend seinen eigenen Stempel aufzudrücken.

Der andere Vater, Hermann Wotersen, schäumte vor Wut. Er lasse sich nicht lächerlich machen, schrie er, und er würde Anton enterben und aus der Fabrik entfernen und dafür sorgen, daß niemand ihm je eine neue Anstellung geben würde. Anton, obgleich sehr erregt, blieb äußerlich ruhig.

»Das alles wirst du gewiß nicht tun, Vater. Weil du mich ja liebst – mehr sogar noch, als wäre ich dein leiblicher Sohn. Und weil du durch mich deine Frau an dich gebunden hast.«

Da riß der Alte den Mund auf zu einem stummen Schrei, verdrehte die Augen und sackte in seinem Stuhl zusammen. Erschrocken rannte Anton nach Wasser, nach einer Riechflasche und schließlich nach dem Arzt.

Hermann Wotersen war nicht tot. Es hatte ihn ein Schlagfluß getroffen, in dessen Folge er zwar wieder zu Atem, Bewußtsein und wohl auch zum Denken kam, jedoch weder sprechen noch Arme und Beine bewegen konnte. Der Arzt erklärte Anton, daß es sich hier um die plötzliche Unterbrechung von Leitungsbahnen im Gehirn handele, wodurch sekundenlang lebenswichtige Zentren unversorgt geblieben seien. Es komme zwar vor, daß man durch gezielte Therapie den Zustand wieder etwas verbessern könne, doch sei dies im Falle von Hermann Wotersen unwahrscheinlich. Und als vertrauter Arzt der Familie könne er nur raten, sich auf ein baldiges Ende vorzubereiten.

Anton depeschierte Barbara. Die kam sofort.

Bevor sie sich noch ihrem sterbenden Mann zuwandte, hielt sie Anton eine kurze Rede: »Du hast weiß Gott diesem guten Mann, der dich liebte, übel mitgespielt! Zuerst die Sache mit der Siggelowschen und dann dieser plötzliche Judenwahn. Das war zuviel für ihn. Und endlich ... Mamsell Grambow sagt, du seist bei ihm gewesen, als es passiert ist, und er habe getobt und geschrien. Womit nur hast du ihn so tödlich getroffen?«

Anton schwieg. Er meinte auch, daß seine Mutter die Antwort ohnehin wüßte.

»Du läßt mich jetzt besser mit ihm allein«, fuhr Barbara fort, »und kommst ihm auch möglichst nicht mehr vor die Augen. Deine Anwesenheit kann seinen Zustand nur verschlechtern.«

Neununddreißig Tage und Nächte noch blieb Hermann Wotersen am Leben, aufopfernd umsorgt von seiner Frau. Der Sohn August durfte ihr dabei zur Hand gehen, Anton jedoch hielt sich fern und kam nur, wenn August nach ihm schickte, weil Barbara sich für ein paar Stunden schlafen gelegt hatte.

Dann saß er am Bett, hielt die Hand des Kranken und erklärte ihm ein ums andere Mal, daß er sich nicht nur seiner Vaterliebe immer bewußt gewesen sei, sondern daß er auch im Gegenzug Hermann Wotersen mehr geliebt habe, als es ihm mit seinem leiblichen Vater je möglich gewesen wäre.

Während dieser Beteuerungen standen Hermann Wotersens Augen stets offen. Er sah den Sohn unverwandt an, und mehrmals meinte Anton, einen leichten Druck seiner Finger zu spüren.

Als es dann ans Sterben ging, raffte sich Barbara immerhin dazu auf, ihrem älteren Sohn zu gestatten, bei seinem Vater zu sein. So starb Hermann Wotersen friedlich in den Armen seiner Frau und in Gegenwart seiner beiden untröstlichen Söhne.

Anton versank nun völlig im Studium der neuen Religion. Diesmal wollte er endlich alles richtig machen, wollte sich hingeben mit Leib und Seele und sich so tief durchdringen lassen, daß ihm ein neuerlicher Sinneswechsel nie mehr möglich sein könnte. Da nicht nur die talmudischen Gesetze, sondern auch er selber einen Übertritt aus äußeren Gründen ablehnte, mußte er eben diese Gründe weitestmöglich eliminieren – jedenfalls bis zur Konversion. Er würde eben so tun, als sei noch nichts geschehen, würde Hildas und seine Liebe sozusagen auf Eis legen bis nach der rabbinischen Prüfung, nach Mikwe und Beschneidung, nach seiner endgültigen Aufnahme in das auserwählte Volk Gottes. Dann wäre alles leicht und klar: Jude trifft Jüdin, verliebt sich in sie, bespricht sich mit ihrem Vater, Verlobung, Ehevertrag, Hochzeit, Chuppa und Ketubba und schließlich der Vollzug der Ehe im Haus des jungen Gatten.

Ja, so würde es sein. Und in der Zwischenzeit bliebe Hilda die reizende Jugendfreundin, eigentlich immer noch das kleine Mädchen, das vor der Synagoge herumgehüpft war und ihn einen Katholiken geschimpft hatte.

Daß für Hilda dieses Konstrukt nicht leicht verständlich war, stand außer Frage. Sie vergoß viele Tränen über Antons seltsames Verhalten, beklagte sich ausgiebig bei Vater, Mutter und sogar bei dem Rabbiner, wurde darauf hingewiesen, daß es momentan für Anton Wichtigeres zu tun gebe, als seiner späteren Braut den Hof zu machen, und mußte sich wohl oder übel mit der Hoffnung auf die Zeit nach dem Übertritt bescheiden.

Schließlich hatte Hilda sogar eine kurze erhellende Aussprache mit Antons Bruder August, der ein Jahr nach Hermann Wotersens Tod endlich die reizende, gesunde Luise Frahmer, die mit den schönen Zähnen und den roten Bäckchen, heiratete und Hilda zur Hochzeit lud. Hilda war begeistert, ließ sich ein neues Kleid schneidern und übte Tanzschritte. Doch kurz vor dem Ereignis ließ Anton seinen zukünftigen Schwiegervater Alfred Meir-Ehrlich wissen, daß er es für unschicklich halte, wenn ein jüdisches Mädchen sich auf einer christlichen Hochzeit verlustiere. Hilda war verzweifelt, lief zu Luise Frahmer und traf dort August an.

»Anton ist der beste Mensch auf der Welt«, sagte der loyale Bruder, »klüger und ernster und überhaupt wertvoller als alle, die ich kenne. Aber manchmal beißt er auf einen giftigen Pilz. Dann geschieht etwas für alle Unverständliches mit ihm. Doch eines kann ich dir garantieren: Je schwerer die Vergiftung, um so intensiver die spätere Heilung. Deshalb rate ich dir dringend, Geduld zu haben.«

Also mottete Hilda das neue Kleid ein und ging nicht zur Hochzeit.

Bei der Nachricht, daß Antons Beschneidung vollzogen war, wurde ihr so elend, daß sie sich ein paar Tage ins Bett legen mußte. Die Schmerzen, die er dabei mutmaßlich zu ertragen hatte, waren ihre Schmerzen, und sie wütete gegen diesen Brauch, der ihr ebenso grausam wie sinnlos erschien. Ach, hätte er ihr doch erlaubt, sich taufen zu lassen!

Anton, der sich nach seiner Konversion Abraham nannte, und Hilda heirateten 1893 und bezogen einen schönen Neubau, den Meir-Ehrlich in unmittelbarer Nähe seines eigenen Hauses für das junge Paar hatte errichten lassen. Hildas Mutter war der Meinung gewesen, daß die Tochter mitsamt ihrer hoffentlich schnell wachsenden Familie im Elternhaus wohnen sollte, doch Hilda hatte sich energisch dagegen gewehrt. Sie ahnte, daß die Ehe mit Anton keine einfache sein würde, und der ständig fragende Blick ihrer Mutter würde die Sache gewiß noch mehr komplizieren.

Nach der Hochzeit blieben sie zwei volle Tage und Nächte im Bett, und Anton versündigte sich schwer, indem er nicht nur seine Gebete vernachlässigte, sondern sich auch noch den Körper seiner jungen Frau in einer Weise aneignete, die man nicht mehr einzig mit dem Gebot der Fortpflanzung begründen konnte.

Und die zarte, kleine, fast noch jungfräuliche Hilda war in ihrer Hingabe absolut schamlos und von einer derartig neugierigen Lernfähigkeit, daß sie Anton in diesen ersten Tagen und Nächten der Ehe dazu brachte, ihr die ganze Fülle seines sexuellen Wissens zu übermitteln.

Danach jedoch begann der Alltag, und der war für die junge Frau alles andere als leicht zu ertragen. Entschlossen machte Anton sich daran, das Rad der Reformen, das Alfred Meir-Ehrlich im Laufe seines Lebens nach vorn gebracht hatte, weitestmöglich wieder zurückzudrehen – jedenfalls was Kleidung, Nahrung, Sitten und Gebräuche betraf. Bei seinem Schwiegervater biß er da meist auf Granit, Hilda jedoch fügte sich oder gab immerhin vor, sich zu fügen. Das große Buch der jüdischen Sittlichkeitsgebote, der Schulchan Aruch, wurde der wichtigste Ratgeber, und Hilda haßte ihn. Doch verstand sie es auch, ihn zu benutzen, indem sie, wenn möglich, eine Regel gegen die andere ausspielte. Da stand zum Beispiel: »Wenn einer sieht, daß seine Frau liebevoll zu ihm ist und sich vor ihm schmückt, damit er auf sie aufmerksam werde, ist er verpflichtet, sie zu bedenken.« Also schmückte sie sich für ihn und war liebevoll, wenn auch das »Bedenken« gerade nicht erlaubt war, zum Beispiel während der Tage ihrer Unreinheit und auch noch sieben Tage danach.

Hilda entwickelte ein großes Geschick darin, aus dem Schulchan Aruch herauszulesen, was ihren eigenen Bedürfnissen entgegenkam.

Und wenn sich die Verbote und Pflichten gar zu eindeutig gegen ihre Interessen aussprachen, suchte sie Unterstützung in der Bibel, und die, sollte man doch wohl meinen, war allen nachträglich aufgestellten Regeln überlegen. Besonders Salomo wurde ihr Mitstreiter um Antons ständige Hingabe und gegen die Fesseln der Prüderie:

> »Laß dich von ihrer Anmut allezeit sättigen
> und ergötze dich alle Wege an ihrer Liebe.«

Und wie denn konnte er sich ihrer Anmut erfreuen, wenn das »Bedenken« laut Schulchan Aruch in einem stockdunklen Raum stattzufinden hatte und er sie also nicht einmal anschauen durfte?

Der Liebende im Hohelied hatte sich gewiß satt sehen dürfen an seiner Liebsten, wie sonst hätte er singen können:

> »Die Rundung deiner Hüften ist wie Halsgeschmeide,
> das des Meisters Hand gemacht hat.
> Dein Schoß ist wie ein runder Becher, dem nimmer
> Getränk mangelt.
> Dein Leib ist wie ein Weizenhaufen, umsteckt von Lilien.
> Deine Brüste sind wie junge Zwillinge von Gazellen.«

Also ließ sie immer einen Spalt im Vorhang, stellte sogar oft heimlich ein kleines Licht auf, und Anton, sobald er mit ihr allein war und in den Sog ihrer verführerischen Hingabe geriet, war sowieso nicht mehr fähig, sich an irgendwelche papiernen Regeln zu halten.

Tagsüber jedoch bemühte sie sich aufrichtig, ihrem Mann zuliebe die verlangte Sittsamkeit vorzuführen, ihn nicht immerfort anzustarren, die Hände nicht nach ihm auszustrecken und nicht bei jeder Gelegenheit ihre Haut an der seinen zu reiben. Sie bezwang sich, nannte ihn, weil er das so wollte, in der Öffentlichkeit nur mehr Abraham, übte Abstinenz und Beherrschung, bedeckte stets ihre Haare, schaute keinem einzigen Mann mehr ins Gesicht, redete nur noch das Allernotwendigste und lachte fast nie mehr in der Öffentlichkeit.

»Hilda Meir-Ehrlich ist hochmütig geworden«, hieß es in der Stadt.

Als Anton aber beschließen wollte, auch noch seine Kleidung zu ändern, sagte sie zu ihm: »Es muß für uns beide reichen, wenn ich in der Öffentlichkeit in Benehmen und Kleidung unser Judentum vorführe. Du jedenfalls mußt dich nach außen hin weiter so verhalten, wie du es getan hast vor deiner Konversion. Kein Kaftan, keine Kippa, nicht den großen Hut mit dem Pelzrand und auch nicht den kleinen runden.«

»Das wäre aber Betrug!«

»Unsinn. Das ist nur Höflichkeit, weil zur Schau getragenes Anderssein die Menschen verdrießt. Und wen würdest du denn damit betrügen? Daß du Jude geworden bist, ist doch allgemein bekannt.«

»Soll ich mich also kleiden wie dein Vater?«

Hilda lachte. »Du mußt ja nicht gleich zum Stutzer werden. Kleide dich wie ein normaler Geschäftsmann, unauffällig, solide, praktisch.«

»Und wie ist es mit deinem Anderssein? Wieso kannst du dir das leisten?«

Als er das fragte und sich dabei so dumm gab, kamen Hilda fast die Tränen. Denn sie wäre ja so gern ganz normal gewesen, überhaupt nicht anders, aber das war mit Anton leider nicht möglich.

»Ich sag dir doch, ich tu's für uns beide. Aber wenn du es auch tust, dann ist es schlecht fürs Geschäft. Und das können wir uns bei der momentanen Auftragslage nicht leisten – sagt mein Vater.«

»So ist das also, es geht mal wieder ums Geschäft!«

»Wir leben davon, Liebster.«

»Nenn mich nicht so, es könnte dich jemand hören.«

Diese Unterhaltung fand im Wohnzimmer statt, an einem stillen Sonntagnachmittag. »Niemand hört uns«, sagte Hilda, »wir sind allein im Haus.«

Sie ging und schloß die Fenstervorhänge. »Ganz allein!«

Hilda auf dem Teppich, Anton über ihr. Sie wußte, daß sie all die Ungereimtheiten seines Wesens liebend ertragen würde, heute und morgen und immer.

Kurz nach der Hochzeit hatte Anton an Barbara geschrieben, er und Hilda würden gern einmal nach Hamburg kommen, um sie zu besuchen. Die Antwort darauf war keineswegs ermutigend gewesen. Nicht, daß sie persönlich etwas gegen die Schwiegertochter hätte, sie erinnere sich an sie als an ein hübsches, munteres Ding, doch wisse sie einfach nicht, wie eine christliche Mutter mit einem jüdischen Sohn umzugehen hätte. »Du und ich«, schrieb sie, »wir haben schon genug Probleme miteinander, so daß wir weitere Belastungen möglichst vermeiden sollten.«

»Was für Probleme?« hatte Hilda wissen wollen.

Anton hatte gezögert und dann ausweichend geantwortet: »Wir dürfen sie nicht verurteilen. Sie hat viel für mich getan, aber dabei ist leider ihr Herz auseinandergebrochen. Sie hat's zwar wieder zusammengeflickt, aber so ganz heil ist es nicht mehr geworden.«

»Versteh ich nicht.«

»Ich auch nicht. Meine Mutter ist mir immer unbegreiflich gewesen, und je mehr ich über sie wußte, um so unklarer wurde sie für mich.«

Wenn Barbara nach Parchim kam, wohnte sie bei August und Luise im alten Wotersenhaus. Und dort machte Hilda ihr auch eines Tages einen Besuch – ohne Anton.

Barbara empfing die Schwiegertochter freundlich und schenkte ihr zwei kleine jüdische Silberbecher, die sie, wie sie sagte, eigentlich als Hochzeitsgeschenk gedacht hatte. Aber dann wäre sie ja leider verhindert gewesen.

»Anton würde sich so sehr freuen«, sagte Hilda, »wenn Sie uns einmal besuchen kämen.«

»Wie ich höre, heißt Anton jetzt Abraham«, antwortete Barbara. »Ihn so anzureden würde mir Schwierigkeiten machen. Darum wollen wir es doch besser bei der komfortablen Distanz

lassen. Sie hingegen, mein liebes Kind, sollen mir immer willkommen sein.«

Als Hilda Anton die Becher, in deren oberen Rand Szenen aus
dem Alten Testament graviert waren, übergab, sagte er kopfschüttelnd: »Da ist sie nun extra zu einem jüdischen Silberschmied
gegangen, um uns eine Freude zu machen. Und dann konnte sie
sich doch nicht überwinden.«

»Sie hat mich ›mein liebes Kind‹ genannt und gesagt, ich wäre
ihr immer willkommen.«

»Das ist schon wieder so eine Sache, die für uns beide reichen
muß«, sagte Anton.

Als Augusts Frau, die bisher leider kinderlose Luise, das nächste Treffen arrangierte, war Hilda hochschwanger. Mit einer unerwartet intimen Geste legte Barbara ihre Hände auf Hildas
Bauch. »Mein Enkelkind«, flüsterte sie. »Ich wünschte, daß Antons Vater es hätte in seinen Armen halten können. Wenn's ein
Knabe wird, sollten Sie gleich darauf achten, ob er diese auffallen-
de Lücke zwischen dem kleinen und dem Ringfinger der rechten
Hand hat, so wie sein Vater und sein Großvater. Das ist nicht etwa
eine Verwachsung, müssen Sie wissen, sondern ein Zeichen edler
Herkunft. Und richten Sie meinem Sohn bitte aus, daß ich im
Ernst nie geglaubt habe, Wotersen sei damals seinetwegen krank
geworden. Er war alt und müde und hatte ein schwaches Herz.
Und ich, seine Frau, habe mich nie genug um ihn gekümmert.«

»Wie ich dir ja schon erklärt habe«, sagte Anton später zu
Hilda, »je mehr sie von ihrem Wesen zeigt, desto unverständlicher wird sie.«

»Zeig mir deine Hand«, sagte sie.

»Aber du weißt doch, daß mir rechts der sechste Finger fehlt.«

»Und deinem Vater fehlte er auch.«

»Wenn Mutter es sagt, wird es wohl so gewesen sein.«

1895 wurde ihr erstes Kind geboren, Antonia Johanna Barbara
Wotersen. Hilda hatte auf dem Namen Antonia bestanden, Anton
auf Johanna, weil das Gottesgeschenk heißt, und gemeinsam hat-

ten sie dann noch Barbara hinzugefügt, in der Hoffnung, dadurch Antons Mutter endlich etwas näherzukommen.

Antonia Johanna Barbaras Eintritt in diese Welt gestaltete sich leicht und unkompliziert. Weiße Haut, blaue Augen, rotblonde Haare.

»Daß uns etwas so Wunderbares geschenkt worden ist!« stammelte Anton ein ums andere Mal und konnte während der ersten Tage seine Tochter nicht anschauen, ohne daß ihm die Tränen kamen.

»Sie ähnelt deiner Mutter«, beschloß Hilda, »weil die nämlich die schönste Frau ist, die ich kenne.«

Zehn Tage nach der Geburt kam Barbara nach Parchim, und Hilda trug das Baby zum Wotersenhaus. Die Großmutter betrachtete die Kleine, nahm sie in die Arme, rieb ihr Gesicht an der weichen Babyhaut und gelobte sich selber, dieses Kind nie wieder herzugeben.

Daß ihrem Besitzanspruch vorerst die Interessen der Eltern im Wege stünden, war ihr klar, und sie würde sich dem wohl oder übel fügen müssen – allerdings nur für eine unerläßliche Übergangszeit. Mit der Schwiegertochter würde sie sich schon einigen, und Anton gegenüber brauchte sie sich nicht zu rechtfertigen, da sie ja, wie sie zuvor schon Hilda erklärt hatte, in »komfortabler Distanz« zu ihm lebte. Außerdem konnte man nur hoffen, daß Hilda noch möglichst viele weitere Kinder zur Welt bringen und also die »Abzweigung« des ersten nicht allzusehr auffallen würde.

»Mein wunderbares kleines Enkelkind«, flüsterte Barbara.

»Ich finde, sie gleicht Ihnen«, sagte Hilda zuvorkommend.

»Mag schon sein«, bestätigte Barbara, »mit den Männern dieser Familie scheint sie jedenfalls nichts zu tun zu haben.«

Hilda nahm das winzige rechte Babyhändchen hoch und wies lächelnd darauf hin, daß hier auch ganz gewiß kein sechster Finger geplant worden sei.

Wie Anton sich
zu seiner Mutter flüchtete

Zwei Jahre nach Antonia kam Simon auf die Welt und im Jahr 1901 eine zweite Tochter, Rifka. Hilda schwamm auf einer Glückswoge – und manchmal hatte sie das beängstigende Gefühl, darin zu ertrinken. Es war so eine seltsame Herzensbangigkeit ohne erkennbare Logik, der Hilda beizukommen suchte, indem sie daheim noch mehr sang und lachte und auf der Straße noch strenger blickte oder eigentlich überhaupt nicht mehr blickte, jedenfalls nicht auf Menschen und Dinge, nur vor sich hin, auf den Boden. Wenn die innere Unruhe zu groß wurde, dann nahm sie ihr Baby und lief zu Luise, der Schwägerin und Freundin, die nun endlich auch ein Kind hatte, Eberhard, nur einen Monat älter als Rifka. Dann wurden die Babys gemeinsam in die große Wotersensche Wiege gelegt, und Hilda bekam eine heiße Schokolade, während Luise ihr ein neues Kleid vorführte oder einen Hut nach der letzten Mode mit Seidenschleifen und Veilchentuffs. Und wenn Hilda dann plötzlich weinen mußte, fühlte Luise sich schuldig und dachte, es sei, weil die Freundin solch einen Hut nie würde tragen dürfen und auch nicht solch ein Kleid mit spitzengerahmtem Dekolleté. Es war aber nur, weil Hilda so glücklich war und Angst hatte, ihr Glück nicht halten und ertragen zu können.

Im Dezember 1901, als Rifka sieben Monate alt war, grassierte in Parchim und Umgebung eine heimtückische Darmgrippe. Die Kleine wurde krank und starb unter großen Schmerzen. Nun hatte Hilda Grund zum Weinen. Sie flehte Anton an, seine Mutter herbeizurufen, um das Kind für seine Reise ins Totenreich zu schmücken und herzurichten. Anton weigerte sich.

»Ich werde nicht erlauben, daß mein totes Kind von einer Nichtjüdin berührt wird.«

»Sie ist deine Mutter«, sagte Hilda, ging zum Telegraphenamt und schickte ohne weitere Diskussion die Depesche nach Hamburg. Es war das erste Mal, daß sie sich unverhohlen gegen ein Gebot ihres Mannes stellte.

Barbara kam. Sie hatte ihren Sohn seit Hermann Wotersens Tod nicht mehr gesehen. Jetzt nickte sie ihm nur flüchtig zu und ging sogleich ins Totenzimmer. Anton sah seiner Frau in das von Kummer entstellte Gesicht. Er hatte nicht die Kraft, ihr diesen kleinen Trost zu verweigern.

Als Barbara ihre Schwiegertochter nach mehreren Stunden zu der kleinen Toten bat, lag das Kind auf seinem Spitzenkissen, als schlafe es friedlich. Sogar ein winziges Lächeln umspielte seinen Mund, der zuvor so schmerzlich verzerrt gewesen war. Hilda wollte nicht wissen, wie Barbara das zuwege gebracht hatte, und ließ Gedanken an Instrumente, Chemikalien und Schminke gar nicht erst aufkommen. Sie war nur dankbar, daß ihre letzte Erinnerung an die Tochter nun keine häßliche mehr sein mußte.

Am Tag nach der Beerdigung brach Hilda selber mit schwerer Darmgrippe zusammen, gleichzeitig mit dem vierjährigen Simon. Anton geriet in Panik. Hilda jedoch verlor trotz ihres schlimmen Zustandes nicht die Übersicht: »Schaff Antonia aus dem Haus«, flüsterte sie, »am besten aus der Stadt.«

»Aber du . . . und Simon . . ., um euch geht's doch jetzt.«

»Simon ist viel kräftiger, als Rifka es war. Und ich . . .« – sie zwang sich zu einem Lächeln – »du weißt doch, ich halte alles aus.«

So kam es, daß Barbara zum ersten Mal ihre Enkeltochter Antonia mit nach Hamburg nahm. Zwar mußte sie das Kind ein paar Wochen später, als die Ansteckungsgefahr vorüber war und Hilda und Simon glücklich überlebt hatten, wieder hergeben, doch war das Band geknüpft, und es sollte sich von Jahr zu Jahr festigen.

Nach Rifkas Tod verlor Hilda ihre graziöse Siegesgewißheit und den Glanz ihrer Jugend. Sie verschwendete nun nicht mehr so viel Mühe an den aussichtslosen Kampf gegen die Regeln und Gebote, und ihr Verhalten daheim näherte sich dem in der Öffentlichkeit an.

Hilda wollte dringend ein weiteres Kind, am liebsten noch drei oder vier, und ihr weicher Körper mit den ausladenden Hüften schien auch für die Mutterschaft sehr geeignet zu sein. Doch vergingen nach Rifkas Tod elf lange Jahre, bevor sie wieder ein Kind austragen durfte. Da hatte sie ihren dreiundvierzigsten Geburtstag schon hinter sich.

David Hermann Wotersen kam 1912 zur Welt, ein Glückskind, das fanden alle. Er begnügte sich nicht damit, jeden Menschen, der sich über die Wiege beugte, anzulächeln, er lächelte sogar im Schlaf.

Als Großmutter Barbara den Kleinen zum ersten Mal im Wotersenhaus begutachtete und dabei sein Schlaflächeln bemerkte, sagte sie: »Wenn ein Kind im Schlaf lächelt, dann spielt es mit den Todesengeln.«

Hilda erschrak. »Was soll denn das heißen?«

»Darauf kann sich jeder seinen eigenen Vers machen«, antwortete Barbara. »Ich selbst habe erfahren, daß es immer gut ist, wenn ein Mensch ein vertrautes Verhältnis zum Tod und seinen Engeln hat. Das nimmt ihm die Angst, nicht wahr?«

Hilda weckte ihr Kind und drückte es an sich.

»Wenn mein Sohn keine Angst hat, gut für ihn. Mir selber jedoch wird auch das innigste Verhältnis zum Tod die Angst nicht nehmen können.«

In den Jahren vor dem Krieg erlebte die Firma Wotersen & Co. einen großen Aufschwung. Dem Bedarf nach schweren Tuchen – meist für Eisenbahner und Soldaten – war kaum noch nachzukommen. Eine neue Halle wurde gebaut und neue Arbeiter eingestellt. Alfred Meir-Ehrlich zog sich schließlich zurück und überließ Anton und August die alleinige Führung der Geschäfte. Anton hatte nun alles, was sich ein Mann vom Leben ersehnt, die liebende Frau daheim, schöne Kinder, materielles Wohlergehen, eine überschaubare Existenz. Es gab nichts mehr zu wünschen, nichts mehr, wonach er streben mußte. Und das machte ihn melancholisch und unzufrieden.

Hilda stillte ihr Glückskind schon zwei Jahre, als der Hausarzt meinte, daß es nun wirklich genug sei. Doch dann kam der große Krieg, und Hilda war der Meinung, daß man einem Kleinkind in diesen schweren Zeiten nichts Besseres geben könnte als die Sicherheit der Mutterbrust. Also gab sie David noch ein weiteres Jahr ihre Milch.

Dann aber traf sie ein Schock, und der Milchfluß versiegte sehr plötzlich. Ihr knapp achtzehnjähriger Sohn Simon hatte sich in vaterländischer Begeisterung freiwillig zur Infanterie gemeldet. Hilda wurde jäh aus ihrer Versunkenheit gerissen und erkannte voller Schrecken, daß sich ihre drei anderen liebsten Menschen ein gehöriges Stück von ihr entfernt hatten. Antonia war meist bei der Großmutter in der fremden Stadt und dort mit etwas beschäftigt, was Hilda nicht begriff. Simon war in der Kaserne, wo er das Leben, das er Gott und seinen Eltern verdankte, selbstherrlich dem Kaiser zur Verfügung stellte. Und Anton wohnte zwar nach wie vor im gleichen Hause, doch schien er bei näherer Betrachtung weit fort zu sein. Er kam auch nicht mehr zu ihr ins Bett – und das wohl nicht nur, weil während der letzten Jahre fast immer das Kind dort gelegen hatte.

Anton wußte, daß er sich entfernt hatte, grübelte über sein Leben nach, träumte und holte sich so seine Maschinenbraut zurück, die junge Emily, fest und knochig und voller Spannkraft und nach wie vor goldgesprenkelt und rosa umkräuselt. In seinen Träumen verlor das Geständnis seiner Mutter immer mehr an Wichtigkeit, ja es gefiel ihm inzwischen, an dessen Wahrheit zu zweifeln.

Anton begann, immer häufiger zu verreisen. Durch den Krieg war der Import von Rohmaterialien für die Weberei unmöglich geworden, also mußte man sich bemühen, das Nötige im eigenen Land aufzutreiben.

In dem Dorf Schönwalde, nahe der Oder im östlichsten Teil Mecklenburgs, traf er auf die Gutsherrin Friederike Anslow, die eine große Merinozucht betrieb. Ihr Mann war im Krieg, die beiden jungen Söhne im Internat. Sie war wenig älter als dreißig, groß, schlank und selbstbewußt. Aus praktischen Erwägungen trug sie meist Männerkleidung. Ihr Mann fehle ihr nicht sonderlich, sagte sie, höchstens am Abend, wenn alle Arbeit erledigt sei und sie wieder einen Rock anzöge. Auch vor dem Krieg schon habe sie sich sehr viel mehr als er um die Wirtschaft gekümmert.

So nahm sie Anton gern als Ersatz. Über sein mögliches schlechtes Gewissen seiner Frau gegenüber machte sie sich keine Gedanken.

Und Anton machte sich seine eigene Rechtfertigung. Er nahm seiner Frau ja nichts fort – dachte er –, und er schadete ihr nicht. Das, was er Friederike gab, war Überschuß, ehelich nicht zu verwerten. Unverändert kam er daheim seinen Pflichten nach, den religiösen wie auch denen gegenüber seiner Frau.

Anton sagte zu seiner Geliebten: »Meine Frau hat das große Glück, sich ihrer Gefühle immer ganz sicher zu sein.«

»Und du bist es nicht?«

»Nein, ich bin es nie gewesen.«

»Hast du denn keine Angst, deine Frau zu verletzen?«

»Doch. Aber sie würde mir immer verzeihen.«

Friederike seufzte. »In ihrer Haut möchte ich, weiß Gott, nicht stecken.«

Simon, nun achtzehn Jahre alt, kam an die Westfront zur Heeresgruppe Kronprinz Rupprecht. Seine Briefe klangen aufgeregt und sehr optimistisch. Er kämpfte im Sommegebiet, wurde ausgezeichnet, befördert und schließlich schwer verwundet. Sein linkes Bein mußte unterhalb des Knies amputiert werden. Hilda bekämpfte ihr Entsetzen mit der Überlegung, daß durch den Verlust des halben Beines das ganze Leben ihres Sohnes erkauft worden wäre. Denn an die Front konnte man ihn nun nicht wieder schicken. Als er im Dezember 1917 aus dem Lazarett entlassen wurde und mit seiner grobschlächtigen Prothese die Straße vor seinem Elternhaus entlanggehumpelt kam, vergoß Hilda keine Tränen. »Du bist wieder da«, sagte sie, »und du hast überlebt. Alles andere ist unwichtig.«

»Aber das Vaterland . . .«

»Um den Krieg zu verlieren, braucht es dich nicht mehr.«

»Sagt Vater auch, daß Deutschland verloren ist?«

»Ich glaube nicht, daß sich dein Vater für Deutschland interessiert. Er hat zuviel andere Dinge im Kopf.«

»Und Onkel August?«

Hilda lächelte müde. »Ach, der gute August. Der hat zwar auch andere Dinge im Kopf, aber er gibt sich nebenher sehr gern patriotisch. Für einen Mann seines Alters ist das ebenso schmückend wie unverbindlich.«

»Früher bist du nie zynisch gewesen, Mutter.«

»Der Krieg verändert eben manches, mein Sohn. Und nicht nur der Krieg, auch das beginnende Alter.«

Und was hatte Hilda im Kopf?

War sie denn immer noch das jüdische Mädchen, das alles erträgt? Zum ersten Mal befürchtete sie, unter einer Last zusammenzubrechen. Es zog Anton fort von ihr, die eheliche Liebe war ihm nicht mehr genug, und da sie ihm alles gegeben hatte, fand sie in sich keine Möglichkeit mehr, seinen gesteigerten Wünschen Genüge zu tun.

»Wie erklärst du denn deiner Frau, daß du so oft verreisen mußt?« fragte Friederike ihn doch eines Tages.

»Sie will nichts darüber wissen«, antwortete Anton, »also erkläre ich ihr auch nichts.«

Die sexuelle Befriedigung, anfangs eher ein Nebenprodukt ihres Beisammenseins, wurde für Anton langsam zur Besessenheit. Er konnte nicht genug bekommen von Friederikes Körper, wollte sie immerfort berühren, sie betrachten, ihr Reaktionen aufzwingen.

»Du übertreibst, Anton«, sagte sie, wenn er sie mehrmals in der Nacht weckte.

»Ich schau dich ja nur an, du kannst ruhig weiterschlafen.«

Wenn er nicht bei ihr war, dachte er an sie. Während der Büroarbeit sah sie ihm über die Schulter. Inspizierte er die Webstühle, stand sie neben ihm.

Und auch daheim hatte sie sich eingeschlichen, saß bei den Mahlzeiten mit am Tisch, schaute durchs Fenster, wenn er dem inzwischen fast sechsjährigen David eine Stelle aus der Thora zu erklären versuchte.

»Warum mußt du so viel fort sein?« fragte sein kleiner Sohn.

»Die Zeiten sind schwer, David, da kann man nicht immer sein, wo man am liebsten sein möchte.«

Aus Angst, etwas Falsches zu sagen, sprach Hilda kaum noch in Antons Gegenwart. Sie konzentrierte sich auf Simon, übte täglich stundenlang mit ihm, die Prothese geschickter zu benutzen. Aber bald brauchte Simon die Mutter nicht mehr, er hatte eine Freundin gefunden, eine Berlinerin, verwandt mit dem Arzt Dr. Blumenthal und ein Kriegsgast in dessen Familie.

»Ihr habt's gut hier«, sagte sie zu Simon, »bei uns in Berlin gibt es nur noch Rüben und Kartoffeln, und nicht mal davon genug.«

Sie war ein kluges Mädchen, wollte nach dem Krieg Medizin studieren und ging, da sie nicht das geringste Mitleid bekundete, mit Simon sehr viel geschickter um als seine Mutter.

Hilda, die das Gefühl hatte, an all den ungesprochenen Worten ersticken zu müssen, wandte sich schließlich an ihren Schwager August.

»Ist es denn nötig, daß Anton so oft auf Geschäftsreisen geht?«

»Du weißt doch selbst, daß es nicht nötig ist. Jedenfalls nicht für die Geschäfte.«

»Ja«, sagte Hilda, »ich weiß. Warum tut er's denn dann nur?«

»Das Alter, meine Liebe. Er ist jetzt über fünfzig und hat wohl Angst, daß etwas anbrennt.«

»Du bist doch auch über fünfzig.«

»Das stimmt. Und ich habe keine Angst, weil ich nämlich nichts anbrennen lasse.«

»Und was sagt Luise dazu?«

»Die kauft sich einen neuen Hut. Und eh der unmodern wird, bin ich wirklich alt und wärme mich nur noch am heimischen Herd.«

»Bei uns ist das aber ganz anders, bei Anton und mir.«

»Kann schon sein, nur denk immer daran, was ich dir über die giftigen Pilze erzählt habe. Gelegentlich gerät ihm einer in den Mund, und dann muß er ihn schlucken und dreht prompt durch. Doch sowie er den Pilz verdaut hat, kommt unser Anton wieder zu sich, und der schlechte Nachgeschmack macht ihn zu einem richtig angenehmen Mitmenschen.«

»Du verspottest ihn.«

»Nein, Hilda, das tue ich nicht. Ich liebe und bewundere ihn. Und dich auch. Und ich glaube ganz sicher, daß ihr es schaffen werdet.«

Das Kriegsende erlebte Anton wie in Trance. Deutschland hatte also den Krieg verloren, die Monarchie hatte versagt und ausgedient, die Wirtschaft war zusammengebrochen, die Industrie lag am Boden. Die Arbeiter-und-Bauernräte hatten das Regiment übernommen, die Fabrik war stillgelegt worden. Was ging es ihn an. Er wartete darauf, daß die Eisenbahn wieder funktionierte, damit er nach Prenzlau fahren könnte und von dort aus nach Schönwalde. Doch als er es dann endlich schaffte und die Mietkutsche vor dem Gutshaus anhielt, traf er dort auf Friederikes Ehemann. Der war ein großer, breitschädeliger Mann mit tiefliegenden Augen, müde, krank, abgewirtschaftet. Seine Schultern hingen herab, als hätten sie den Halt in den Gelenken verloren.

»Das ist Anton Wotersen aus Parchim«, sagte Friederike, »der größte Abnehmer für unsere Rohwolle. Er hat mir sehr geholfen, hier allein über die Runden zu kommen.«

Der Mann sah Anton kurz ins Gesicht und nickte. »Herr Wotersen, aha. Jetzt ist meine Frau ja nicht mehr allein und kann auf Ihre Hilfe verzichten. Das ist besser für uns alle.«

Mit diesen Worten verließ er das Zimmer. Fragend blickte Anton zu Friederike.

»Leb wohl, mein Freund, deine Frau wartet schon allzu lange auf dich.«

»Du willst, daß ich gehe?«

»Mein Mann hat recht, es ist besser so. Unsere Zeit ist vorüber, Anton. Wenn wir uns noch weiterhin im Kampf um unsere Illusionen verzehrt hätten, wäre uns schließlich für die Wirklichkeit keine Kraft mehr übriggeblieben.«

»Und was ist unsere Wirklichkeit?«

»Das weißt du genausogut wie ich, du hast es nur während der letzten Wochen vergessen. Die Wirklichkeit heißt: du und deine Frau und ich und mein Mann.«

Anton wußte, daß ihr Entschluß endgültig war.

Anton brach nicht zusammen wie damals bei Emily. Er fuhr nach Hamburg zu seiner Mutter.

Barbara war jetzt einundachtzig Jahre alt, lebte immer noch in der gleichen Dreizimmerwohnung nahe bei ihrem Bestattungsinstitut und war seit kurzem wieder allein, denn Antonia hatte sich auf Drängen ihrer Großmutter eine eigene kleine Wohnung in der Nachbarschaft genommen.

Seit jener Nacht vor fast dreißig Jahren, die auf dem Bahnhof geendet hatte, war er nicht mehr bei ihr in Hamburg gewesen. Barbara fragte nichts, sagte nur: »Wir haben uns eine Weile nicht gesehen, mein Sohn«, und bereitete ihm ein Bett in Antonias Zimmer.

Der Enkelin teilte sie mit, daß sie Besuch habe und vorerst nicht gestört werden wolle.

»Wer?« fragte Antonia neugierig.

»Dein Vater. Es geht ihm nicht gut. Und ich möchte, daß du deiner Mutter eine Nachricht schickst. Sie möge sich keine Sorgen machen, ich würde mich um ihn kümmern.«

»Allein die Tatsache, daß Vater bei dir ist, wird ihr Sorgen machen.«

»Schon möglich, aber daran kann ich nichts ändern.«

Antonia war vernünftig und diskret genug, nicht weiter zu fragen.

In den ersten Tagen schwiegen Mutter und Sohn, darin waren sie beide sehr geübt. Meist blieb Anton in Antonias Zimmer. Seine Mutter erschien nur, um ihm Essen hinzustellen.

Anton saß auf einem zierlichen Sesselchen, umgeben von Überbleibseln aus Antonias Jungmädchenzeit und nahm das alles kaum wahr. Seine Arme hingen seitlich hinunter, die Fingerspitzen berührten den Teppich. Manchmal hob er eine Hand und griff ins Leere. In ihm war ein Schlingern und Flackern wie von einer weit heruntergebrannten Kerze, kein wirkliches Licht mehr, aber auch noch keine Dunkelheit. Er dachte, es würde nun bald gänzlich verlöschen, darauf wartete er. Dann würde er aus sich selbst fortreisen können, fortstürzen, wohin, das wußte er nicht.

Vermutlich war er deshalb zu seiner Mutter gerannt, hatte, obgleich er sich doch schon stürzen fühlte und stürzen wollte, im letzten Moment nach der rettenden Nabelschnur gegriffen, instinktiv, nicht etwa hoffnungsvoll. So wartete er auf die Dunkelheit, die nicht kommen wollte.

Nach einigen Tagen wanderte er auf Socken in dem Kinderzimmer hin und her, öffnete schließlich die Tür, schlurfte zum Schreibtisch seiner Mutter, holte sich Papier und Tinte. Barbara beobachtete ihn und unterbrach für ein paar Worte ihr Schweigen.

»Laß dich nicht so gehen, Anton. Das steht dir nicht zu.«

»Nicht jeder hat die Fähigkeit, so aufrecht und elegant zu altern wie du, Mutter.«

»Diese Fähigkeit kriegt man nicht geschenkt, mein Sohn, die muß man sich erwerben.«

»An einem solchen Erwerb bin ich nicht mehr interessiert.«

Zurück in Antonias Zimmer, begann Anton Briefe zu schreiben, einen nach dem anderen, alle an Friederike Anslow. Glühende Liebesbriefe, Erinnerungsbriefe, Flehbriefe, Briefe der Anklage und der Verzweiflung. Da er wußte, daß er diese Briefe nie abschicken würde, konnte er vollkommen ehrlich sein. Seine Erinnerungsarbeit dauerte mehrere Tage. Als er schließlich alles aus sich herausgeschrieben hatte, stopfte er die Briefe in ein großes Kuvert, das er seiner Mutter übergab.

»Hier, bewahr das für mich auf. Du kannst es lesen, wenn du willst. Du kannst es aber auch gleich verbrennen.«

»Warum behältst du es nicht für dich selbst?«

»Ich wüßte nicht, was ich damit anfangen sollte.«

Barbara ging und verschloß das Kuvert in einer Kassette. Als sie zurück ins Wohnzimmer kam, saß Anton vor dem Kamin. Er hatte sich am Morgen endlich wieder rasiert und seine Kleidung in Ordnung gebracht.

»Wie war das mit dir und deinem aufrechten Gang?« fragte er.

»Willst du etwa, daß ich dir mein Leben erzähle?«

»Vielleicht würde es mir helfen«, sagte er.

Anton Wotersen und seine alte Mutter saßen in ihrer Hamburger Wohnung und redeten. Manchmal kam Antonia vorbei, um nach ihnen zu sehen, doch hatte sie nie Zeit, länger zu bleiben, war wohl auch nicht sehr erwünscht.

Mutter und Sohn verwoben ihre Geschichten miteinander, und je mehr Anton von Barbara erfuhr, um so stärker wurde sein Bedürfnis, die Auswirkungen ihres Lebens auf seines zu überprüfen und zu klären.

Als sie nach ihrer Vergangenheitsexpedition endlich wieder in der Gegenwart landeten, waren sie beide sehr erschöpft.

»Was redet ihr denn bloß die ganze Zeit«, fragte Antonia. »Daheim in Parchim sitzt Mutter und grämt sich. Sie hat sich sogar ans Telefon gewagt und in der ›Trauerhilfe‹ angerufen. Ich glaube, Mutter denkt, du kommst überhaupt nie mehr nach Hause.«

Anton nickte.

»Stimmt es, Vater, willst du dich von uns trennen?«

»Ich glaube nicht«, sagte Anton. »Ich brauche nur noch etwas mehr Zeit.«

»Hast du doch schon gehabt«, sagte seine Tochter kopfschüttelnd, »seit vierzehn Tagen bist du hier und tust nichts außer abwechselnd reden und schweigen. Inzwischen geht in Parchim alles drunter und drüber. Die brauchen dich da, Vater!«

»Ja«, sagte er.

Er blieb aber doch noch ein paar weitere Tage, während derer er mit Barbaras Erlaubnis niederschrieb, was sie ihm und er ihr erzählt hatte. Das Geschriebene bündelte er in einer Mappe, die Barbara dann in die Kassette zu den Friederike-Briefen legte.

»Da kann es bleiben und vermodern«, sagte sie, »ich jedenfalls werde es ganz gewiß nicht wieder hervorholen.«

Wie Hilda Anton seine Liebesgabe zurückgeben wollte

Antons Weg zurück war mühsam und ungeschickt. Seine Füße tasteten nach Spuren, die er einmal gelegt hatte und die er jetzt nicht wiederfinden konnte. Dennoch ging er immer weiter, kam wohl auch langsam voran.

Der kleine David, an den Hilda sich während Antons Abwesenheit geklammert hatte, wurde nun doppelt wichtig, denn auch Anton wandte sich immer wieder seinem Jüngsten zu. Und David verschenkte unverdrossen seine Heiterkeit. Wenn er den Vater gar zu abwesend erlebte, dann nahm er ihn mal bei der Hand und fragte lachend: »Wo bist du denn jetzt, Vater?«

Falls Hilda es bemerkte, rief sie ihren Sohn sogleich zur Ordnung: »Stör den Vater nicht, David, er muß nachdenken.«

Während der ersten Monate schien sie unsicher und verwirrt, ja verängstigt, was Antons Bemühungen um Normalität wiederum im Wege stand. War sie im gleichen Raum wie er, bewegte sie sich leise, möglichst hinter ihm. Sie wollte ihn nicht an sich erinnern, schlief auch nicht mehr im ehelichen Schlafzimmer. Anton hatte sich nicht dazu geäußert, es vielleicht überhaupt nicht bemerkt.

Das Sabbatmahl nahmen sie nun fast immer in aller Stille ein, nur Hilda und Anton. Simon war meist gemeinsam mit seiner Berlinerin bei Dr. Blumenthal geladen, und da es im Arzthaus zwei kleine Buben gab, nahm er David mit.

Wenn Hilda am Freitag bei sinkender Sonne die Sabbatkerzen anzündete, zitterten ihre Hände. Sie magerte ab, ihre Bewegungen wurden fahrig, oft stolperte sie.

»Du bist so still«, sagte Anton schließlich.

»O ja, ja . . .«, murmelte Hilda, »was gibt's denn da schon zu
reden.« Sie floh aus dem Zimmer und schloß die Tür lautlos
hinter sich.

Einmal fuhr sie sogar nach Hamburg zu Antonia und Barbara.
Sie dachte, sie müßte ihrem Mann etwas mehr Luft lassen. Dort
saß sie stundenlang im Totensalon und schaute ihrer Tochter bei
der Arbeit zu.

Was Antonia tat, erregte Hildas Bewunderung ebensosehr wie
ihre abergläubische Angst.

»Die Toten können sich nicht gegen dich wehren«, sagte sie zu
ihrer Tochter.

»Warum sollten sie auch. Ich weiß doch genau, was gut für sie
ist.« Antonia lachte. »Ich bin mir ihrer Zustimmung vollkommen
sicher.«

»Gut für sie, gut für dich«, sagte Hilda.

Am dritten Tag ihres Aufenthaltes begann sie plötzlich ohne
Vorankündigung ihre Sachen in die Reisetasche zu werfen, stürz-
te aus dem Haus und hielt hektisch nach einer Motordroschke
Ausschau.

»Wo willst du denn plötzlich hin?« fragte Barbara.

»Nach Haus. Es könnte doch sein, daß er wieder fortgefahren
ist. Ich muß ihn zurückholen.«

Aber Anton war nicht fortgefahren.

»Wo bist du so lange gewesen?« fragte er.

»Ja«, sagte Hilda. »Also, ich dachte, ich sollte mal nach deiner
Mutter sehen. Und nach Antonia.«

»Nicht nötig«, sagte Anton, »die beiden sehen doch nach einander.«

In der Fabrik standen die Dinge nicht sehr gut. Zwar liefen die
Maschinen wieder, doch war der Staat als Hauptabnehmer der
schweren Uniformtuche ausgefallen, und für den Kauf leichterer
Stoffe, zumal der wertvollen Jacquards, hatten die meisten Men-
schen kein Geld. Immer mehr verloren ihre Arbeit. Ein wilder
Streik im Jahr 1920 verschlimmerte die Lage nur.

Die Gemeinde bekam einen neuen Rabbiner, Moses Schulmann, jung noch und sehr aktiv. Sein Milchgesicht verbarg er unter einem gewaltigen dunklen Bart. Im Anschluß an eine Betstunde nahm er Anton beiseite und erkundigte sich nach dem Zustand seiner Ehe.

»Wieso?« fragte Anton unwillig.

»Sie sollen so viel verreist gewesen sein. Man sagt, Sie hätten Ihre Familie vernachlässigt.«

Anton unterdrückte einen Zornanfall. »Wer sagt das?«

»Wir wohnen in einer kleinen Stadt, da wissen die Leute viel voneinander.«

»Und von mir wissen sie, daß ich meine Familie vernachlässigt habe?«

Der Rabbi nickte. »In etwa. Und daß Ihre Frau darüber krank und elend geworden ist.«

Anton starrte dem Rabbi auf seine feuchtroten Lippen, die in dem Bartgestrüpp auf und nieder sprangen. »Wie kommen Sie dazu . . .«, hob er an, doch dann schwieg er, kehrte um und ging nach Hause.

»Rabbi Schulmann behauptet, ich hätte dich krank und elend gemacht!« sagte er zu Hilda.

»Aber nein!«

»Fühlst du dich etwa nicht wohl?«

»Doch, doch, ich bin gesund«, sagte sie.

Anton streckte die Hand nach ihr aus. »Hilda«, sagte er, »ich wünschte, du könntest mir endlich verzeihen.«

Sie schreckte zusammen. »Endlich? Was soll das heißen? Du hast mir bislang noch nicht gesagt, daß dir an einer Verzeihung gelegen ist. Ich weiß ja überhaupt nichts mehr von dir.«

»Ich bin zurückgekommen, Hilda.«

Sie warf ihm einen kurzen Blick zu. »Vor einem Jahr bereits. Aber angekommen bist du noch nicht.«

»Es tut mir leid, Hilda.«

»Was denn, Anton, was tut dir leid?«

»Daß ich dir Kummer gemacht habe.«

»Und die Sache selbst, die tut dir nicht leid?«

Anton zögerte. »Ich wollte dir wirklich nie Kummer machen.«

»Wenn ich das nicht glauben würde, wäre ich schon längst nicht mehr bei dir.«

Zwei Wochen vor Pessach sagte Anton plötzlich zu Hilda, daß er gerne einmal wieder eine richtige festliche Seder abhalten wolle, mit Kindern und Freunden und – sei's drum! – auch mit dem Rabbi Schulmann und seiner Frau.

Also lud Hilda die Blumenthals und die Schulmanns und auch den neu zugezogenen Rechtsanwalt Schwarz mit Frau zum Mahl. Sie fühlte sich nervös und unsicher, als hätte sie noch nie in ihrem Leben eine Pessachseder ausgerichtet. Schließlich bat sie Antonia, zu kommen und ihr beizustehen.

»Bei was denn beistehen, Mutter? Hast du nicht mehr genügend Hilfe im Haushalt?«

»Ich glaube, er will tatsächlich zurück in die Familie«, flüsterte Hilda.

»Wohin soll er denn auch sonst wollen, Mutter!«

»Also kommst du?«

»Du weißt doch, daß mir das Jüdische nicht mehr allzuviel sagt. Und ich lasse die Großmama nicht gerne allein.«

»Bitte, Antonia. Ich brauche dich.«

»Also gut. Aber nur, wenn's hier keine wichtige Beerdigung gibt.«

»Man wird ja wohl nicht gerade am ersten Pessachtag einen wichtigen Toten begraben!«

»Großmutter und ich feiern kein Pessach, Mutter.«

Darauf antwortete Hilda nicht. Sie wußte, daß Antonia das Familienleben in Parchim ziemlich bedrückend fand, nicht nur wegen der kleinstädtischen Enge, sondern vor allem, weil sich der gesellschaftliche Umgang ihrer Eltern fast ausschließlich auf die rund einhundert Parchimer Juden beschränkte. Was Hilda allerdings nicht wußte – oder nicht wissen wollte –, war, daß Barbara ihre Enkelin bereits bei deren erstem Besuch nach Rifkas Tod hatte tau-

266

fen lassen. So lebte Antonia in Hamburg protestantisch – sie hatte beruflich viel mit der Kirche zu tun –, und wenn sie in Parchim war, spielte sie den Eltern zuliebe weiterhin das alte jüdische Spiel. Mit dieser Lüge kam sie erstaunlich gut zurecht, was wohl daran lag, daß sie sich längst ihren eigenen Zugang zu Gott geschaffen hatte und keine Vermittlung durch eine Institution brauchte.

Antonia war lange nicht daheim gewesen. Und als sie jetzt kam, war sie entsetzt. Mit betont energischen Schritten stapfte sie durchs Haus.

»Was ist denn bloß mit euch passiert! Ihr kommt mir so vor, als wäret ihr beide eingestaubt, Vater und du, eure Haare und eure Mienen und eure Augen und eure Stimmen. Und überhaupt das ganze Haus!«

Hilda tat, als verstünde sie nicht, was ihre Tochter meinte. »Das Haus ist von oben bis unten geputzt, wie es sich gehört für Pessach. Kein einziges Krümelchen Gesäuertes mehr zu finden.«

»Ach, Mutter! Euer Zusammenleben ist sauer geworden, merkst du das etwa nicht?«

»Sei doch nicht so laut!« bat ihre Mutter.

Antonia sah, daß das eheliche Schlafzimmer inzwischen von ihrem Vater allein bewohnt wurde.

»Wozu soll denn das gut sein?« fragte sie. »War das etwa Vaters Idee?«

»Es hat sich so ergeben«, sagte Hilda.

»So etwas ergibt sich nicht, Mutter. So etwas beschließt man.«

»Ich glaube nicht, daß du das beurteilen kannst.«

»Gott, Mutter! Ich bin kein Kind mehr, ich bin fünfundzwanzig Jahre alt und werde vermutlich bald heiraten.«

Hildas Augen leuchteten auf. »Wie schön für dich. Wen denn?«

»Weiß ich noch nicht. Es gibt da mehrere Kandidaten, zwei in engerer Auswahl. Aber etwas kann ich dir jetzt schon mit Gewißheit sagen: Auf die große Liebe laß ich mich nicht ein.«

»Kommt sie, wirst du sie nehmen müssen, auch wenn's dir noch so schwerfällt. Kommt sie nicht, ist es auch nicht dein Verdienst, sondern deine Strafe.«

267

»Strafe wofür?«

»Für mangelnde Demut, nehme ich an.« Hilda lächelte beschwichtigend.

Simon und die Berlinerin Lieselotte Rubin heirateten 1921. Sie wollten zuerst in Berlin leben, wo Simon das Ingenieurwesen studierte und Lieselotte Medizin. Die alten Rubins richteten dem jungen Paar ein rauschendes Fest aus im Hotel »Adlon«.

»Später werde ich auch in Berlin wohnen«, sagte David, der gerade seine Bar Mizwa hinter sich hatte.

»Und welcher Arbeit willst du in Berlin nachgehen?« fragte sein Vater nüchtern.

Lachend machte David ein paar Tanzschritte. »Nicht arbeiten, nur feiern. Und natürlich viele Briefe nach Hause schreiben.«

Anton war ungewohnt heiter während der Hochzeitsfeier und tanzte mehrmals mit der Braut und nacheinander mit sämtlichen Brautjungfern. Hilda hingegen fühlte sich fremd und ungeschickt. Mit geradem Rücken saß sie am Rand der Tanzfläche und sehnte sich nach Parchim, wo jeder sie kannte. Lieselottes Mutter setzte sich zu ihr.

»Ihr Mann ist so charmant und jugendlich«, sagte sie, »nach Lieselottes Schilderungen hätte ich ihn mir ganz anders vorgestellt.«

»Zu Hause ist er auch ganz anders«, sagte Hilda grimmig.

Antonia heiratete zwei Jahre später, und sie tat es nicht aus eigenem Antrieb.

Mit großer Zielstrebigkeit hatte Barbara sich einst ihres ältesten Enkelkindes bemächtigt. Hilda war großzügig genug gewesen, in diesem Diebstahl vor allem liebevolle Zuneigung zu sehen, und Antonia hatte sich nur allzu gerne stehlen lassen.

Zwar liebte Antonia ihre Parchimer Familie, doch mehr noch liebte sie ihre Großmutter und alles, was diese für sie verkörperte: Selbständigkeit, die großstädtische Eleganz und das berufliche Engagement. Sie liebte sogar die Toten und auch jene, die sie

Großmamas lebendige Toten nannte, die Kunden von den speziellen Listen, die bereits zu Lebzeiten durch einen kleinen monatlichen Beitrag ihren Leichnam der Großmama anvertrauten. Barbara hatte der Enkelin erklärt, daß viele Menschen sich auf diese Weise von ihren Ängsten loszukaufen versuchten, sie vertrauten dem Geld eben doch mehr als ihren Gebeten.

»Vor allem vertrauen sie wohl auf den Trost deiner liebevollen Hände«, hatte Antonia gesagt.

»Auch das, mein Kind, und ich möchte, daß deine Hände genauso liebevoll werden.«

So stand es schon sehr früh fest, daß Antonia einmal Barbaras Nachfolgerin sein würde.

Mit einigen der lebendigen Toten war Barbara befreundet, und einer, Ferdinand Köppermann, Anwalt, Witwer, stattlich und vermögend, hatte ihr sogar einen Heiratsantrag gemacht. Barbara jedoch hatte höflich abgelehnt. Sie wolle lieber Witwe bleiben, weil ihre Vergangenheit ohnehin schon überfüllt sei mit Erinnerungen.

Dieser Ferdinand Köppermann hatte einen spätgeborenen Sohn, Arnold. Schon mit sechzehn hatte er begonnen, der zwei Jahre älteren Antonia den Hof zu machen, allerdings tat er das auf eine so schüchterne Weise, daß Antonia Jahre brauchte, bis sie sein Anliegen begriff. Sie selbst mochte ihn ganz gerne, konnte sich jedoch nicht vorstellen, je etwas anderes für ihn zu empfinden als eine lockere Freundschaft.

Barbara redete ihrer Enkelin zu, Arnold gegenüber doch etwas mehr Entgegenkommen zu zeigen, der habe gewiß eine große Zukunft vor sich.

»Mein Entgegenkommen würde ihn wahrscheinlich furchtbar erschrecken«, sagte Antonia. »Und außerdem kann ich mir meine eigene Zukunft machen, Arnold Köppermann soll die seine ruhig für sich behalten.«

Fast zehn Jahre lang änderte sich in der Beziehung der beiden kaum etwas. Inzwischen war Ferdinand Köppermann gestorben und Arnold bereits ein vielbeschäftigter Rechtsanwalt.

Eines Tages dann stürzte Barbara während einer Beerdigung in Olsdorf und brach sich den Oberschenkel. Später im Krankenhaus sagte sie zu Antonia: »Da bin ich also endlich zum Liegen gekommen, und ich werde nicht wieder aufstehen.«

Es war ihr ernst, sie stand nicht wieder auf und verweigerte jegliche Therapie. Nach ein paar Wochen wurde sie als hoffnungsloser Fall nach Hause entlassen.

Dort ließ sie sich von Antonia in ihr schönstes Nachthemd kleiden und auf das große Wohnzimmersofa betten. Bequem lehnte sie sich in die Kissen zurück.

»Ruf Arnold Köppermann an«, sagte sie, »er möge sich bitte umgehend herbemühen.«

Nach zwanzig Minuten stand Arnold vor der Tür. »Vermutlich will sie ihr Testament ändern«, sagte er zu Antonia.

Das wollte sie aber keineswegs. Sie wollte nur, wie sie erklärte, ein Versprechen, das sie Arnolds Vater vor Jahren gegeben hatte, endlich einlösen.

»Ein Versprechen?«

»Allerdings. Nämlich daß Sie, Arnold, und meine Enkelin den Bund der Ehe eingehen. Lange genug habe ich gehofft, Sie würden selbst die Initiative ergreifen. Da Sie offenbar nicht dazu fähig sind, muß ich es für Sie tun.«

Arnold wurde totenblaß. »Aber wie kommen Sie dazu . . ., ich meine . . . solch ein Versprechen, über unsere Köpfe hinweg?«

»Wollen Sie damit etwa sagen, daß Sie meine Enkelin nicht heiraten möchten?«

»Doch natürlich, doch, schon immer. Aber Sie, Antonia . . .«

»Antonia möchte Sie auch heiraten, da bin ich ganz sicher.«

»Nein!« sagte Antonia mit vor Aufregung schriller Stimme, »das möchte ich nicht. Jedenfalls nicht so . . . so gezwungenermaßen und plötzlich.«

»Red keinen Unsinn, Kind. Von wegen plötzlich. Ihr kennt euch jetzt weiß Gott lange genug. Außerdem willst du ja wohl nicht, daß ich auf meine alten Tage wortbrüchig werde. Ferdinand Köppermann hat mir vertraut. Noch auf seinem Totenbett habe ich das Versprechen wiederholen müssen, die Sache mit euch umgehend zu einem guten Ende zu bringen. Arnold, geben Sie mir Ihre Hand . . .«

Plötzlich atmete sie schwer. Auf ihren Wangen malten sich rote Flecken.

»Und du auch, Antonia, deine Hand! Steh da nicht rum wie ein Klotz.«

Antonia sprang hinzu und kniete sich neben das Sofa. »Geht's dir nicht gut, soll ich einen Arzt rufen?«

»Du sollst nichts weiter, als mir deine Hand geben.« Energisch legte sie sodann die beiden Hände zusammen und bettete die ihre kurz obendrauf. »So«, sagte sie, »das reicht. Mein Versprechen gegenüber Ferdinand Köppermann ist auf euch übergegangen.«

Sie schloß die Augen, ihr Kopf sackte zur Seite.

Tatsächlich hatte Barbara mit ihrem rigorosen Zugriff bewirkt, daß Antonia über sich und Arnold nachzudenken begann. Sie war nun fast achtundzwanzig Jahre alt, ein anderer ernsthafter Bewerber war nirgends auszumachen. Wohl möglich, daß die Männer Angst hatten vor ihrem Beruf. Der Status einer Ehefrau jedoch erschien Antonia trotz aller Selbständigkeit erstrebenswert. Und sie wollte Kinder. Außerdem hatte sie ja Arnold wirklich gern.

Als sie ihm schließlich ihr Jawort gab, sagte er: »Wir werden's schon schaffen. Ich für uns beide und du für die Ehre deiner Großmutter. Eine Ehe, in der wenigstens einer liebt, ist immer noch besser, als ganz ohne Liebe zu heiraten. Oder?«

Anläßlich der Hochzeit erfuhren Hilda und Anton nun auch offiziell von Antonias Religionswechsel.

Während Anton tief verletzt und zornig reagierte, zuckte Hilda nur die Schultern und sagte: »Deine Mutter war doch immer eine eigenwillige Person, die sich die Zügel nicht gern aus der Hand nehmen lassen wollte. Schließlich bist du damals jüdisch geworden, ohne sie um Erlaubnis zu fragen, und sie hat deine Tochter wieder christlich gemacht, ohne dich um Erlaubnis zu fragen. Also könnte man sagen, ihr seid jetzt quitt, die Konten sind ausgeglichen.«

»Wie du redest! Als ob es sich um ein Geschäft handeln würde!«

»Tut es doch auch – in gewisser Weise. Oder glaubst du etwa, daß christliche Hinterbliebene freiwillig eine jüdische Beerdigungsunternehmerin akzeptieren würden? Schlimm genug, daß sie eine Frau ist.«

»Und das Geschäftliche ist, deiner Meinung nach, ein guter Grund für einen Religionswechsel?«

Hilda sah ihrem Mann direkt in die Augen. »Was hattest du denn für einen Grund damals, so unerwartet zu konvertieren?«

»Gewiß keinen geschäftlichen.«

»Ich weiß. Aber es war auch nicht wegen der Religion. Also, was war's?«

Als Anton nicht sogleich auf ihre Frage einging, sagte sie traurig: »Du hast inzwischen die Antwort vergessen.«

Anton nahm sich zusammen. »Aber nein«, sagte er, »ich weiß die Antwort immer noch. Es war nämlich Liebe.«

Hilda lächelte. »Wenn es tatsächlich Liebe war, dann hat es wohl nie einen besseren Grund gegeben.«

Erst 1930, im siebten Jahr ihrer Ehe, wurde Antonia schwanger. Die Geburt setzte sechs Wochen zu früh ein, es waren zwei winzig kleine Mädchen, und sie waren nicht lebensfähig. Man konnte sie gerade noch nottaufen, die eine auf den Namen Barbara, die andere auf den Namen Anna nach Arnolds Mutter, dann starben sie. Danach sagte Antonia, sie wolle nun ganz gewiß kein weiteres Kind zur Welt bringen. Aber zwei Jahre später bekam sie dann doch noch ein Mädchen, und diesmal war es groß und kräftig. Der Vater Arnold Köppermann wollte, was den Namen betraf, keine Erinnerungen an die Totgeburten, doch Antonia war anderer Meinung.

»Wir sollten den Tod möglichst unübersehbar daran erinnern,

daß er von uns bereits einen großen Tribut gefordert und erhalten hat. Damit er nicht auf die Idee kommt, wir wären ihm etwas schuldig.«

Arnold konnte nicht umhin, klarzustellen, daß der Tod für ihn nun mal keine Person sei, sondern ein unabwendbarer biologischer Vorgang.

»Gewiß«, sagte Antonia, nahm ihrem Mann die Brille ab, putzte sie sorgfältig mit einem Rockzipfel und setzte sie ihm wieder auf. Und zehn Tage nach der Geburt ging sie zum Standesamt und ließ das Kind unter dem Datum des 27. Februar 1932 eintragen als Anna Barbara Köppermann, Tochter des Notars und Rechtsanwalts Arnold Köppermann, wohnhaft in der Heilwigstraße dreiundzwanzig in Hamburg, und der Beerdigungsunternehmerin Antonia Johanna Barbara, geborene Wotersen, seiner Ehefrau, wohnhaft bei ihm.

Zu Arnolds hilflosem Entsetzen nahm Antonia ihr Baby von Anfang an mit in die »Trauerhilfe«, und so lernte die kleine Anna Barbara ihre ersten Schritte in Gegenwart der stummen Toten auf dem Parkett des Trauersalons, wo sie fröhlich lachend zwischen den Armen von Antonias Helferinnen hin und her stolperte.

Schon Mitte der zwanziger Jahre hatte Arnold begonnen, sich mit Politik zu befassen, und 1932 wurde er Mitglied der Nationalsozialistischen Deutschen Arbeiterpartei.

»Aber Arnoldchen«, sagte Antonia lachend, »seit wann rechnest du, der Anwalt der Reichen und Mächtigen, dich denn zur Arbeiterschaft?«

Darauf ging er nicht ein. »In Zeiten wie diesen muß man sich entscheiden«, sagte er.

Als dann am fünften März 1933 bei den Reichstagswahlen in Hamburg die NSDAP mit fast neununddreißig Prozent die stärkste Partei wurde und SA und SS noch am gleichen Abend das Rathaus besetzten, lachte Antonia immer noch. »Da hat mein

273

Mann ja ein erstaunlich gutes Gespür bewiesen. Vielleicht will er gar Senator werden?«

Arnold betrachtete seine Frau mit merkwürdig verschleiertem Blick. »Ach, Antonia«, sagte er nur.

Als die ersten Plakate auftauchten: »Deutsche, kauft nicht bei Juden«; »Deutsche, meidet jüdische Ärzte«; »Deutsche, laßt euch nicht von jüdischen Anwälten betrügen«, lachte sie nicht mehr. Sie rief in Parchim an.

»Arnold ist nämlich Mitglied dieser Partei«, sagte sie zu Anton, »schon seit mehreren Jahren. Was soll ich tun, Vater?«

Darauf schwieg Anton eine Weile, sie hörte ihn heftig atmen. Schließlich sagte er: »Vor allem keine übereilten Entschlüsse fassen. Du bist das Kind jüdischer Eltern, das bringt dich in die Schußlinie. Aber dein Mann ist Arier – das bringt dich wieder raus – jedenfalls halbwegs. Und in Hamburg weiß ja niemand Genaueres über deine Herkunft. Ich denke mir, es ist das Beste, wenn du die Beziehung zu deiner Familie vollkommen abbrichst. Vergiß uns für eine Weile. Wenn dich jemand fragen sollte, sagst du, es hätte Streitigkeiten gegeben und du hättest dich verletzt und erbittert von der Familie abgewandt. Und, soviel du wüßtest, wären deine Eltern inzwischen längst tot.«

»Das kann ich nicht.«

»Natürlich kannst du das. Hast dich doch während deiner Jungmädchenjahre auch kaum um uns in Parchim gekümmert, warst immer mehr die Tochter meiner Mutter als meine.«

»Ich hab nie mit Arnold über eure Religion gesprochen. Vielleicht weiß er es ja gar nicht.«

»Ach, Unsinn. Dein Mann ist doch kein Dummkopf. Allein schon die Tatsache, daß er nie bei uns in Parchim war, spricht Bände. Er ist dein Schutz, Tochter, darum mußt du deine Rolle weiterspielen. Offenbar tut er's doch auch. Und es scheint ihm immerhin so viel an dir zu liegen, daß er dich trotz deiner anrüchigen Herkunft geheiratet hat und anscheinend auch bei dir bleiben will.«

»Und ich sage dir, Papa, er weiß nichts davon.«

»Wenn du das glauben willst, dann glaub es. Und dabei wollen wir's dann auch belassen.«

Ein einziges Mal nur setzte Antonia sich über ihres Vaters Anweisung hinweg und fuhr nach Parchim. Antons Reaktion war so böse, so ablehnend und verletzend, daß Antonia Tage brauchte, um einigermaßen darüber hinwegzukommen.

Als sie wieder zu Hause war, fragte Arnold, sichtbar nervös und aufgebracht, wo sie gewesen sei.

»Was geht's dich an«, sagte sie, und Arnold brach plötzlich in Tränen aus.

In der Nacht kam er zu ihr, und gegen Morgen sagte sie: »Ich weiß nicht, wie wir das durchhalten sollen.«

Und er darauf: »Ich mach das schon.«

Nach Beendigung ihres Studiums waren Simon und Lieselotte wieder nach Parchim gezogen. Inzwischen hatten sie zwei kleine Töchter. Anton und August hatten sich mehr und mehr aus dem aktiven Berufsleben zurückgezogen und die Leitung der Fabrik weitgehend in die Hände der beiden Söhne gelegt – dabei hatte es sich gut getroffen, daß Simons Interesse sich mehr auf das Technische konzentrierte, während Eberhard sich als sehr begabt erwies für das Geschäftliche. Doch leider hatte sich die Zusammenarbeit der beiden Vettern als sehr problematisch erwiesen, vor allem weil Eberhard allem Jüdischen feindlich gegenüberstand.

»Wäre Großvater Wotersen doch damals nicht an den Juden Meir-Ehrlich geraten«, hatte er seinem Vater gegenüber geklagt. »Mehr als fünfzig Prozent hat er sich abschwatzen lassen, und jetzt müssen wir leben mit diesem kompromittierenden Co.«

Und als August darauf hingewiesen hatte, daß ohne Meir-Ehrlich die Wotersensche Tuchfabrik vermutlich damals pleite gegangen wäre, hatte Eberhard sich in eine seiner antijüdischen Wutreden hineingesteigert.

»Ach, du meine Güte«, hatte er gesagt, »das klingt ja direkt rührend! Der edle Jude Meir-Ehrlich als rettender Engel in großer Not. Dabei geht's doch diesem ganzen Judenpack bloß um Einfluß und Macht, und dafür würden sie auch ohne mit der Wimper zu zucken jemanden umbringen. Aber Gewaltanwendung ist ja gar nicht nötig, weil wir so blöd sind, ihnen freiwillig Tür und Tor zu öffnen, und wenn sie uns dann geschluckt haben, dann sagen wir auch noch Dankeschön. So ist das mit denen: Erst bluten sie einen Produktionszweig aus durch mörderisches Unterbieten, und wenn dann eine Branche am Boden liegt und kaum noch nach Luft schnappen kann, dann kommen sie als Retter in der Not. Und in Null Komma nichts sitzt ein weiterer Itzig auf dem Chefsessel.«

Als Eberhard zwei Jahre später in die Partei eintrat, kam das Wotersen & Co. sehr zugute. Es gelang ihm, mehrere Regierungsaufträge heranzuholen. Die Weberei konzentrierte sich nun wieder auf das, was schon zu Kaiserzeiten ihr Haupterwerb gewesen war, auf die Herstellung schwerer Tuche für die Uniformen der Bahn-, Post- und Polizeibeamten und für das Militär.

Hildas Leben verlief in den üblichen geordneten Bahnen, sie kümmerte sich um ihre Familie, lenkte ihren Haushalt und übte sich in Wohltätigkeit. Sie hatte ihre Stellung, sie kannte ihre Pflichten. Nie ging sie aus dem Haus, ohne ihren Hut aufgesetzt und reichlich Armenpfennige in die Tasche gesteckt zu haben. Im allgemeinen wurde sie mit Achtung und Rücksicht behandelt, von den Kindern wegen ihrer Pfennige, von den Älteren, weil sie schließlich »von der Fabrik« war. Wenn sie auf der Straße stolperte, was oft geschah, weil sie nicht recht hinschaute, war meist jemand da, der ihr einen Arm reichte. »Die Hilda Wotersen wird alt«, hieß es dann.

Es war aber nicht das Alter, das ihr zusetzte, es waren ihre Gedanken. Wenn ich nicht gewesen wäre, sagte sie sich immer wieder, dann wäre Anton auch nicht jüdisch geworden.

Sie machte noch einen weiteren Versuch, ihren Mann davon zu überzeugen, wenigstens pro forma in den Schoß der christlichen

Kirche zurückzukehren. »Jude sein zu wollen, ohne als Jude geboren worden zu sein«, sagte sie, »das muß doch die Judenhasser provozieren. Die denken, du machst dich über sie lustig.

»Ich mach mich nicht lustig über sie. Ich verachte sie.«

»Das mußt du ihnen ja nicht unbedingt zeigen. Viele geborene Juden würden liebend gern mit dir tauschen. Du hast wenigstens die Wahl, die anderen nicht.«

»Du irrst, Hilda, ich habe auch keine Wahl.«

Nachts lag sie oft stundenlang wach und vergewisserte sich mit sehr vorsichtigen Fingern der körperlichen Nähe ihres Mannes. Tagsüber war Hilda dann oft wackelig auf den Beinen, und die Familie machte sich ernsthaft Sorgen. Lieselotte, die inzwischen eine Praxis aufgemacht hatte, wurde zu Rate gezogen, untersuchte die Schwiegermutter von Kopf bis Fuß, konnte nichts finden. Sie verschrieb Stärkungsmittel und Schlaftabletten.

Eines Abends dann im Juli 1935 hatte sich Elise Lübbe, Hausmädchen bei Hilda Wotersen, im Gasthaus »Eldeblick« beim Tanz verlustiert und dabei nicht auf die Zeit geachtet. Als sie merkte, wie spät es schon war, rannte sie davon, ohne sich von ihrem Kavalier zu verabschieden. Dieser, ein strammer SA-Mann, lief hinter ihr her. Elise verschwand im Haus und verriegelte die Tür. Der SA-Mann, der sich wohl einiges versprochen hatte, wollte so schnell nicht aufgeben. Er polterte an der Haustür und verlangte Einlaß. Als nichts geschah, begann er grölend Steinchen gegen Elises Fenster zu werfen. Das Mädchen, das Angst hatte, ihre Herrschaft würde aufwachen, öffnete schließlich das Fenster und kippte ihrem randalierenden Verehrer einen Krug Wasser über den Kopf.

Danach war Stille.

Früh am kommenden Morgen drang eine Gruppe SA-Männer in das Wotersensche Haus ein. Hilda und Anton wurden aus den Betten geholt. Man gestattete ihnen gerade noch, Schlafröcke über die Nachthemden zu ziehen, dann wurden sie auf die Straße gezerrt. Dort hängte man ihnen Schilder um den Hals mit der Aufschrift: »Ich habe Urin über SA-Männer geschüttet.« Zusätzlich wurden ihnen noch Nachttöpfe auf den Kopf gesetzt und Bettflaschen umgehängt.

In diesem Aufzug trieb man sie durch die Stadt. Hilda, deren Füße in Hauspantoffeln steckten, hatte Schwierigkeiten, mit den anderen Schritt zu halten. Sie wurde vorwärtsgestoßen. Als Anton ihren Arm nehmen wollte, riß man ihn zur Seite. Im Vorbeigehen konnten sie sehen, daß in mehreren jüdischen Geschäften die Fensterscheiben eingeworfen worden waren. Auf der Rathaustreppe stellte man sie dann zur Schau, damit sich auch jeder Parchimer über die jüdischen Umtriebe unterrichten konnte. Ein alter Ratsdiener, Kriegsinvalide, versetzte Anton mit seinem Krückstock eine blutende Stirnwunde. Nachdem sie eine Weile dort auf der Treppe gestanden hatten, wurden auch Simon, Lieselotte und die beiden kleinen Mädchen gebracht. Sie mußten sich zu den beiden anderen auf die Treppe stellen. Hilda sah die Angst in den Augen der Kinder.

Der Kreisleiter der NSDAP hielt eine Rede. Dies hier sei eine typische jüdische Familie, sagte er, kapitalistische Ausbeuter und Blutsauger seit der Kaiserzeit, ein Krebsgeschwür am Körper des deutschen Volkes. Und nun hätten sie sich auch noch erdreistet, die Schutztruppe der Regierung und damit die Regierung selbst und das Deutsche Reich zu verhöhnen, indem sie Urin über einen SA-Mann geschüttet hätten. Das könne man sich nicht gefallen lassen. Und hiermit seien die Bürger der Stadt Parchim aufgefordert, ihren Abscheu zum Ausdruck zu bringen. Zwar würde man diesmal noch von einer härteren Strafe absehen, es gehe der Parteileitung vor allem darum, die Bürger aufzuklären und ein Exempel zu statuieren.

Inzwischen hatte sich eine kleine Menge angesammelt, die die Szene neugierig beglotzte. Einige feixten, andere spuckten aus vor den Angeprangerten. Die meisten jedoch schienen eher peinlich berührt zu sein und schwiegen. Nachdem man die Familie eine Stunde oder auch länger präsentiert hatte, trieb man sie ins Rathaus. Im Laufe des Tages wurden dann noch mehrere andere Juden dort eingesperrt.

Das unglückliche Hausmädchen brachte etwas zu essen und Decken. »Ich hab denen doch gesagt, daß ich nur Wasser rausgeschüttet hab, aber die wollten nicht hören.«

»Lassen Sie nur, Elise«, sagte Anton, »das ist gewiß nicht Ihre Schuld.«

Mit den Wotersens im gleichen Raum wurden auch die Familien Breslauer und Gottlieb festgehalten. Ferdinand Breslauer, Inhaber des Kaufhauses gleichen Namens, beschwerte sich bei Anton: »Warum mußten Sie denn ausgerechnet einen SA-Mann provozieren. Ist doch klar, daß die Partei sich so etwas nicht gefallen lassen kann!« Und Frau Gottlieb sekundierte: »Fällt es Ihnen denn gar so schwer, sich zurückzuhalten, Herr Wotersen? Während der letzten zwei Jahre war hier doch alles ruhig, man dachte schon, die Parchimer hätten sich arrangiert. Und nun dies!«

Als Simon ärgerlich versuchte, die Dinge klarzustellen und seinen Vater zu verteidigen, bat Anton ihn zu schweigen. »Es geht doch überhaupt nicht darum, wer was getan hat«, sagte er.

Hilda saß die ganze Zeit in einer Ecke am Boden und starrte vor sich hin. Als Lieselotte sich zu ihr hockte und den Arm um sie legte, blickte Hilda kurz auf und flüsterte verschwörerisch: »Daß ihr mir nur ja gut für Anton sorgt!«

Drei Tage lang hielt man sie fest. Dann wurden sie kommentarlos entlassen. Vor dem Rathaus wartete August mit seinem Automobil. Er war blaß vor Wut und Sorge.

»Dieser neue NSDAP-Kreisleiter«, sagte er, »der ist ja nicht von hier und kennt die Situation nicht. Und ich kann euch nur sagen, die Parchimer sind empört. Keiner von ihnen hätte sich zu solch einer Bösartigkeit bereit gefunden.«

»Meinst du«, sagte Anton.

Im Vorgarten von Antons und Hildas Haus hatte jemand alle Rosen aus den Beeten gerissen und eine Tonne Müll vor der Haustür ausgeleert. Oben auf dem Müllhaufen thronten zwei Nachttöpfe.

Einmal noch setzte Hilda ihren Hut auf und ging durch die Stadt. Sie bewegte sich langsam, als wäre sie ganz neu hier und wolle sich die Straßen und Plätze fest einprägen. Nur einige wenige Leute grüßten sie, die meisten schauten an ihr vorbei oder hatten dringend etwas auf der anderen Straßenseite zu tun. Sie gab den Kindern eine Handvoll Pfennige, sogar ein paar Groschen waren darunter, und dann kaufte sie sich eine Flasche Limonade und zehn rote Rosen, die waren fast so schön wie jene, die man in ihrem Garten aus den Beeten gerissen hatte.

Als Hilda zum Abendessen nicht nach Hause kam, wunderte sich Anton zwar, war aber nicht sonderlich beunruhigt. Sie wird bei ihrer Freundin sein, dachte er, und schickte das Hausmädchen zu August und Luise. Dort war Hilda aber nicht. Anton wartete. Schließlich telefonierte er doch mit der Polizeiwache und bat um einen Suchtrupp.

Der Diensthabende lachte freundlich über Antons Sorge und meinte: »Die wird sich irgendwo festgeschwatzt haben. In unserer Stadt geht so leicht niemand verloren.«

»Es ist aber nicht ihre Art, ohne Ankündigung fortzubleiben.«

»Na gut, Herr Wotersen. Momentan sind wir zwar unterbesetzt, aber morgen zur Frühschicht ist die ganze Belegschaft da. Wenn Sie bis dahin nicht zurück ist, unternehmen wir etwas.«

Es dauerte noch zwei Tage, bis Hilda gefunden wurde. Sie lag im Parchimer Forst unter einer hohen Tanne und hatte sich ein weiches Bett aus Moos bereitet. Die Rosen steckten in ihren Händen. Den Hut hatte sie ordentlich an einen Zweig gehängt, die Limonadenflasche und ein leeres Tablettenröhrchen lagen neben ihr.

Doch es war kein sanftes Ende gewesen. Ihr Körper hatte sich im Todeskampf zusammengekrümmt, das Gesicht war verzerrt, sie hatte sich übergeben.

Lieselotte wütete gegen die Trägheit der Polizei. »Wenn man sie früher gefunden hätte, dann wäre sie wahrscheinlich noch zu retten gewesen!«

»Niemand hätte sie retten können«, sagte Simon, »weil sie ja schon vorher gestorben war, als sie auf der Rathaustreppe am Pranger stehen mußte, in Hauspantoffeln und Schlafrock, ungekämmt, und mit diesem Schild um den Hals. Die Schande hat sie umgebracht. Das hier war nur der Schlußstrich.«

Anton sagte nichts. Doch er wußte mit aller Sicherheit: Nicht die Schande hatte Hilda das Leben gekostet, sondern ihre besitzergreifende Liebe. Daß sie dafür alles aushalten konnte, hatte sie ihm schon mehrfach bewiesen. Daß sie dafür sogar zu sterben bereit war, hätte er wissen müssen. Und daß sie, die sonst stets ihren Willen durchgesetzt hatte, mit ihrer letzten Tat eine Niederlage erleiden würde, quälte Anton sehr. Er hätte ihr gern zu einem letzten Triumph verholfen. Aber er wußte jetzt schon, daß es ihm unmöglich sein würde.

Hilda hatte Anton einen Brief hinterlassen. Darin schrieb sie:

»Mir zuliebe bist Du Proselyt geworden, und Du hast all die Jahre treu zu Deinem Entschluß gestanden, obgleich Du dadurch zweifach ausgegrenzt worden bist, als Abtrünniger der einen Religion und als Fremdling in der anderen. Mit dem Ende meines Lebens gebe ich Dir Deine Liebesgabe zurück, wir brauchen sie nicht mehr. Und ich bitte Dich von Herzen, mein Anton, verschwende Deine kostbaren Kräfte nicht an etwas, das seinen Sinn doch längst erfüllt hat.«

Und dann gab sie die Anweisung, auf gar keinen Fall Antonia kommen zu lassen, ihr möglicherweise nicht einmal Mitteilung vom Tod ihrer Mutter zu machen. »Wie gerne würde ich meinen Körper für seine letzte Reise ihren guten Händen anvertrauen. Aber ich habe kein Recht dazu. Wir existieren nicht mehr für sie, dürfen nie existiert haben. Das ist der beste Schutz, den wir ihr geben können. Wenn dieser grausame Spuk dann eines Tages vorüber ist, wirst Du sie zurückholen in Dein Leben und ihr sagen, daß es von meiner Seite her nie eine Anklage gegen sie gegeben hat.«

Als letztes äußerte sie noch die Bitte, wenn irgend möglich im

Wotersenschen Familiengrab beigesetzt zu werden – »dort, wo auch Du eines Tages liegen wirst. Auf dem jüdischen Friedhof würde ich mich gar zu einsam fühlen. Leb wohl, mein Anton, Gott schütze Dich. Und geh nur ja bald zu Propst Paulsen. Er muß dich freudig empfangen, denn, so hat es mir Luise aus ihrer Bibel vorgelesen, ›da wird Freude sein im Himmel über einen Sünder, der Buße tut, mehr als über neunundneunzig Gerechte, die der Buße nicht bedürfen‹.«

Anton versuchte gar nicht erst, für Hilda einen Platz im Wotersenschen Familiengrab zu erstreiten. Selbstmörder wurden nicht auf christlichen Friedhöfen bestattet, und jüdische Selbstmörder schon gar nicht. So brachte er seine Frau doch zum jüdischen Friedhof, und das war wohl letztlich auch in ihrem Sinne, denn dort wollte er ebenfalls liegen.

Einen Tag nach der Beerdigung stand plötzlich Anton Wotersen vor der »Trauerhilfe« und wartete auf seine Tochter. Als sie ihn dort stehen sah, konnte sie nicht weitergehen. Er kam, ergriff ihren Arm und zog sie ein Stück die Straße hinunter. Tränen liefen ihr übers Gesicht.

»Mama ist tot«, flüsterte sie.

Anton nickte.

»Und du hast mich nicht angerufen.«

»Ich mußte mich nach ihren Anweisungen richten, die sie mir hinterlassen hat.«

Anton teilte ihr kurz die Umstände von Hildas Tod mit und ersparte ihr auch nicht die Schilderung der Vorkommnisse, die dazu geführt hatten.

»Und jetzt meine Anweisung an dich«, fügte er hinzu. »Ich will, daß du dich ganz und gar aus dem öffentlichen Leben zurückziehst. Dein Beruf und die Art, wie du damit umgehst, erregen zuviel Aufsehen und auch Neid.«

»Ich soll mich nicht mehr um meine Toten kümmern dürfen?«

»Du sollst überleben. Darum mußt du dich in der Unauffälligkeit verstecken. Ich verlange das von dir, und ich dulde keinen Widerspruch.«

Antonia atmete schwer. »Nur wenn du mir versprichst, daß du Mutter nicht freiwillig folgen wirst.«

»Das verspreche ich dir. Ich habe das auch nie gewollt.«

Antonia gehorchte ihrem Vater. Zu Arnold sagte sie: »Ich gebe die aktive Arbeit in der ›Trauerhilfe‹ auf.«

»Gut«, sagte er. Sonst nichts. Er fragte weder nach ihren rationalen Gründen noch nach ihren Gefühlen. Anton hatte gesagt, Arnold wüßte sowieso Bescheid. Antonia glaubte es nicht. Und sie glaubte es doch.

DRITTER TEIL

Antonia
und
Anna Barbara

Wie David und Antonia
ein Luftschloß bauten

In einer langen Reihe lagen die Kranken nebeneinander auf den Balkons. Ein Arzt schlenderte vorbei, verhielt kurz hier und da und sagte im Vorbeigehen zu Antonia: »Immer hübsch frisch und munter, Frau Köppermann. Um gesund zu werden, müssen Sie es erst einmal wollen. Ein froher Mut ist die beste Medizin.«

Ein froher Mut! dachte Antonia, woher soll ich denn den nehmen? Meine Mutter ist tot, gestorben am Pranger, den hat mein Mann für sie aufgestellt. Und er wird auch versuchen, meinen Vater umzubringen und vielleicht sogar mich, die ich ihm durch meine Herkunft Schande mache. Dann wäre da immer noch das Kind, aber das liebt er zu sehr, und es trägt ja auch zur Hälfte sein eigenes Erbgut, mit dem kann er, jedenfalls teilweise, die jüdischen Zutaten kompensieren.

Aber er liebt mich doch, hat mich immer geliebt! Sein Verhalten ist nichts weiter als ein Verteidigungsmanöver, mit dem er versucht, mein jüdisches Leben hinter seiner Nazifassade zu verstecken. Das ist mutig von ihm, heroisch sogar, er kann nur nicht drüber reden. Und ich kann's nur nicht glauben.

Könnte ich es glauben, wäre ich nicht krank geworden und wäre nicht hier gelandet, auf diesem Möchtegern-Zauberberg. Über dem Eingang steht in großen Buchstaben auf Holz gemalt MENS SANA IN CORPORE SANO. Ziemlich unpassend für jemanden wie mich.

Denn mein Gemüt ist alles andere als gesund.

Nachts hab ich neben Arnold gelegen und konnte nicht schlafen. Er brauchte doch nur ein Kissen zu nehmen und es mir aufs Gesicht zu drücken. Das dauert nicht länger als drei, vier Minuten, dann ist alles erledigt. Und tagsüber bin ich durch die Stadt gelaufen, immer in großem Bogen um meine »Trauerhilfe« herum, die ich nicht mehr betreten darf, und wo mein ehemaliger Stellvertreter Dr. Olsen nun unsere Toten schlecht und recht bedient. Wenn ich's gar nicht mehr aushalten konnte, hab ich mich wohl auch mal in der kleinen alten Wohnung, die ich damals von Großmama geerbt habe, versteckt. Und wenn ich dann spät am Abend immer noch nicht zu Hause war, dann ist Arnold mich suchen gegangen. Und natürlich hat er mich immer gefunden.

Als unser Hausarzt Dr. Schneider bei mir einen Lungenschaden feststellte, war Arnolds erste Reaktion, daß das bei meinem jahrelangen Umgang mit frisch Verstorbenen ja auch nicht weiter verwunderlich sei, schließlich könne man sich auch an Toten anstecken. Und er sei ja schon immer dagegen gewesen. Nun gehe es aber vor allem um Anna Barbara. Eine tuberkulöse Mutter im Haus sei eine zu große Gefahr für das Kind, also ab mit mir nach Greinsberg. Dr. Schneider, der Gute, hat alles schnellstens arrangiert. Offenbar ist er ein alter Freund der Besitzer.

Von vorn wirkte das Sanatorium wie ein etwas zu groß geratenes Schwarzwälder Bauernhaus. Krankenstation, Wirtschaftsräume, Behandlungs-, Patienten- und Gästezimmer versteckten sich dahinter. Es bot Raum für ungefähr achtzig stationäre Insassen und vierzig Besucher. Die meisten Patienten waren nicht bettlägerig, sie waren angehalten, viel spazierenzugehen, gut und kräftig zu essen und bei jedem Wetter mindestens vier Stunden am Tag auf den Balkons zu liegen.

Der Tagesablauf war strikt reglementiert.

»Lassen Sie uns nur machen«, hatte der Chefarzt Wörner bei der ersten Untersuchung zu Antonia gesagt. »Wir sind jetzt verantwortlich und zuständig für Sie. Die einzige Initiative, die wir Ihnen hier abverlangen, ist Ihr dringender Wille, so schnell wie möglich geheilt zu werden. Was Sie dafür tun müssen, teilen wir Ihnen täglich mit.«

Daß man ihr nun auch noch die Verantwortung für ihren Körper streitig machte, erschien Antonia folgerichtig. Nach und nach war ihr alles entglitten, ihre Herkunft, ihre Arbeit, ihr Mann, ihr Zuhause, ihr Kind. Bislang hatte sie keine Möglichkeit gesehen, sich zu wehren. Um sich Schmerzen zu ersparen, versuchte sie sogar, ihre Erinnerung zu blockieren. Manchmal sehnte sie sich nach dem Tod.

Nach drei Monaten kam Arnold zu Besuch. Sie hatte ihn nicht erwartet. Er logierte in einem der Gästezimmer und beobachtete von dort aus ihr Patientenleben. Sie hatte nicht mehr, so wie früher, das Bedürfnis, mit ihm zu reden, ihn zu begreifen. Es war ihr gleichgültig, was er von ihr wollte und was er von ihr wußte und was nicht.

»Der Arzt ist sehr zuversichtlich«, sagte Arnold, »du machst gute Fortschritte.«

»Ja«, sagte Antonia.

Er erzählte ihr von Anna Barbara. Antonia versuchte, nicht zuzuhören. Auf gar keinen Fall wollte sie an ihr Kind erinnert werden. »Sie wird mich bald vergessen haben«, murmelte sie.

»Aber nein! Ich erzähle ihr doch jeden Tag von dir.«

Für Sekunden aus ihrer Lethargie gescheucht, fragte Antonia: »Was zum Beispiel?«

Er wich aus. »Was man einem Kind so erzählt. Sie ist ja noch sehr, sehr jung. Nimmt alles für Wahrheit oder auch alles für Märchen. Da gibt es kaum einen Unterschied.«

Nachts kam er zu ihr und fragte, ob er bei ihr und mit ihr schlafen dürfe. Die Frage schien ihr absurd. »Dazu ist man doch verheiratet, oder? Und schließlich bezahlst du mir ja den Aufenthalt hier.«

Während er sich keuchend abmühte, überlegte sie, ob sie Arnold nicht vielleicht bitten sollte, ihr Tabletten zu besorgen.

Es könnte ihm doch nur recht sein, wenn seine jüdische Frau sich selbst aus dem Wege räumen würde. Woher Mutter wohl damals die Tabletten hatte? Und ob Vater sich auch wirklich an sein Versprechen hält? Vielleicht sollte sie ihm schreiben, daß sie ihn inzwischen davon entbindet. Aber er hat ihr ja jeden Kontakt verboten.

»Hilf mir, Antonia, hilf mir«, flehte Arnold.

»Natürlich, Arnoldchen, ich mach das für dich.«

Ruckartig richtete er sich auf und starrte ihr ins Gesicht. »Hast du mich tatsächlich eben Arnoldchen genannt?«

»Warum denn auch nicht«, sagte sie.

Seine Tränen tropften ihr auf die Brust. Sie hätte sie gerne weggewischt, aber er lag so schwer auf ihr, daß sie die Arme nicht freibekam.

»Ich hab dich immer geliebt«, schluchzte er, »vom ersten Augenblick an. Auch wenn du mich nicht wiederlieben konntest. Und ich hab doch alles nur für dich getan.«

»Jaja«, sagte Antonia, »und jetzt tu ich's für dich. Das ist doch nur recht und billig. Wirst schon sehen, Arnoldchen, wirst schon sehen. Mußt dir keine Sorgen machen, ich tu's für dich.«

Und dann tat sie's eben doch nicht. Weder machte sie hier und jetzt ernsthafte Anstrengungen, seiner Potenz auf den Weg zu helfen, noch später, sich selbst aus dem Weg zu räumen.

Sie bat ihn auch nicht um die Tabletten. Als Arnold nach ein paar Tagen wieder abfuhr, hatte Antonias müde Melancholie ihn angesteckt. »Was nützt mir denn alle Liebe...«, sagte er. Sie wußte nicht, was er damit meinte.

Das Sanatorium war im Besitz einer alten Dame, Johanna Behringer, die es von ihrem früh verstorbenen Mann geerbt hatte. Ein großes vergilbtes Porträtfoto von ihr, ihrem Mann und ihrem Sohn hing im Empfang. Die Leitung des Hauses hatte sie längst an einen Verwaltungsdirektor abgegeben. »Sie ist nämlich sehr viel lieber in Berlin bei ihrem Sohn als hier in der Einsamkeit«, erzählte Schwester Annegret. »Aber zu Weihnachten kommt sie immer.«

»Und der Sohn?« fragte Antonia.

»Ja, der...« sagte Schwester Annegret, »also der ist mir ganz unbegreiflich. Weil er nämlich Arzt ist, sogar Lungenarzt, das ist er doch sicher nur geworden wegen dem Sanatorium. Warum

290

dann setzt er sich in Berlin fest? Und er ist auch überhaupt nicht verheiratet. Groß und stattlich und sehr nett, aber doch irgendwie seltsam.«

»Jaja«, sagte Antonia nur.

»Die alte Dame ist nicht so nett«, fuhr die Schwester fort. »Sie sieht aus wie eine Königin, und sie benimmt sich auch so, sehr streng, sehr kühl, mit scharfen dunklen Augen, die alles sehen.«

Arnold hatte geschrieben, daß er über Weihnachten nicht heraufkommen werde. Er wolle das Kind über die Festtage nicht mit der Kinderfrau allein lassen und es mitzubringen erschiene ihm zu gefährlich. »Auch wenn du selber ja Gott sei Dank nicht mehr ansteckst, so sind dort doch viele andere Patienten mit offener Tbc.«

Antonia war es recht. Sie dachte, daß ein neues Abschiednehmen von dem Kind zu grausam sein würde, lieber wollte sie es gar nicht mehr wiedersehen.

Eine Woche vor Weihnachten erschien tatsächlich Frau Behringer.

Antonia saß an ihrem Einzeltisch im Speisesaal, da sah sie die alte Dame hereinkommen, aufrecht, im langen Rock und hochgeschlossener Bluse, das volle weiße Haar sorgfältig frisiert. Im Gegenlicht sah ihre Silhouette fast so aus wie die von Barbara Wotersen während ihrer letzten Lebensjahre. Die Erinnerung an die glücklichen Mädchenjahre und an die Großmutter war für Antonia so schmerzhaft, daß ihr die Tränen kamen. Sie schloß die Augen und wartete auf irgendeine Erlösung.

Eine knochige Hand legte sich auf ihre. Antonia erschrak, zog die Hand weg und versuchte, sich mit der Serviette die Augen zu trocknen. Die Situation war ihr peinlich. Sie kam sich vor wie ein ertapptes Schulmädchen.

»Verzeihung«, murmelte sie.

»Wofür?« fragte Frau Behringer. Sie schob einen Stuhl heran und setzte sich. »Erstaunlich, wie sehr Sie Ihrem Bruder gleichen.«

»Wem?« fragte Antonia verwirrt.

Die alte Dame nickte. »Ja, ja. Sehr ähnlich. Wenn Sie Lust haben, können wir heute nachmittag einen Spaziergang miteinander machen. Ich gehe nicht mehr so gern allein, besonders wenn die Wege, wie jetzt, stellenweise vereist sind.«

Antonia nahm sich zusammen. Sie durfte nicht aus ihrer Rolle fallen.

»Ich habe keinen Bruder«, sagte sie, »habe überhaupt keine Familie mehr, nur meinen Mann und meine Tochter.«

»Ja, ja«, sagte Frau Behringer noch einmal, »ich weiß. Also um vier Uhr unten in der Halle. Wir werden unseren Tee beim Steuberwirt trinken.«

Antonia war pünktlich. Als die alte Frau ihren Arm nahm, durchströmte Antonia ein warmes, schon fast vergessenes Gefühl.

»Wie alt sind Sie eigentlich, meine Liebe?« fragte Frau Behringer.

»Seit Juli bin ich zweiundvierzig.«

»Und warum wollen Sie den Eindruck erwecken, Sie seien eine alte Frau?«

»Will ich das?«

»Jedenfalls tun Sie's.«

Frau Behringer legte ihren Kopf in den Nacken und atmete tief ein und aus.

»Die Luft ist voller Schnee, man kann ihn schon riechen.«

»Ich nicht«, sagte Antonia.

Frau Behringer nickte, als hätte sie genau diese Antwort erwartet. »Doktor Wörner hat mir gesagt, daß sich Ihr Zustand erheblich gebessert habe. Bei der psychischen Gegenwehr, die Sie leisten, scheint mir das ein überzeugender Beweis für Ihre starke unabhängige Natur zu sein. Die will sich nicht unterdrücken lassen, auch nicht von Ihnen selbst. In ein paar Monaten können Sie nach Hause.«

»Das geht nicht.«

»Geht nicht? Aha. Und was geht?«

292

»Ich weiß es nicht. Vielleicht wäre es das Beste, ich bliebe hier. In dieser Unwirklichkeit.«

»Wenn Sie sich trotz Genesung entschließen sollten, hierzubleiben, würde für Sie die Unwirklichkeit aufhören.«

Der Steuberwirt verbeugte sich tief und nahm Frau Behringer beflissen Mantel und Hut ab. »Wie schön, daß Sie endlich wieder zurück sind«, sagte er, »wir haben Sie sehr vermißt.«

Der Blick, den er Antonia zuwarf, war eindeutig: Eine Patientin, und keine von den reichen und schönen. Immerhin half er auch ihr aus dem Mantel.

Die beiden Frauen setzten sich einander gegenüber und bestellten Tee. »Warum leben Sie in Berlin?« fragte Antonia.

»Weil ich in der Nähe meines Sohnes sein will.«

»Stimmt es, daß Ihr Sohn Lungenarzt ist?«

Sie nickte. »An der Charité. Und er findet das vorerst wohl doch interessanter als den gleichförmigen Trott im Sanatorium Behringer. Dies hier bliebe ihm ja immer noch als Alterssitz, sagt er. Übrigens ist mein Sohn Ludwig ein enger Freund Ihres Bruders David. Und Ihr Hamburger Hausarzt, Dr. Schneider, ebenfalls mit Ludwig befreundet, weiß das. Das ist einer der Gründe, warum Sie hier sind. Schneider war nämlich der Meinung, daß Sie dringend mehr und anderes brauchen als eine Lungentherapie.«

»Ich hab aber keinen Bruder David«, flüsterte Antonia. Und wieder sagte Frau Behringer nur »ja, ja« und lächelte dabei freundlich.

Danach redeten sie über dies und jenes, über die Bibliothek im Sanatorium, über die jüngste Patientin, die siebzehnjährige Rosemarie, um die es schlecht stand, über eine Münchner Theatergruppe, die in Freudenstadt mit Torquato Tasso gastierte. Antonia war nicht ganz bei der Sache. Sie hatte Herzklopfen, ihre Wangen waren gerötet. Allzugern hätte sie nach David gefragt, aber sie wagte es nicht.

Unvermittelt sprach Frau Behringer von den Gefahren, denen der junge Mann ausgesetzt sei. »Wenn er sich doch nur etwas mehr zurückhalten würde. Aber nein, er will sich amüsieren, will auch immerfort seine Furchtlosigkeit beweisen. Und will sich lustig machen über das ganze zackige Getue der neuen Machthaber.«

»Mutter hat ihn immer sehr verwöhnt«, sagte Antonia.

»Das tut Ludwig auch. Soll er doch, wenn's ihn glücklich macht. Mich bedrückt nur die Gefahr, in die David sich und auch Ludwig bringt.«

Der Rückweg bergauf strengte Frau Behringer doch etwas an. Sie geriet schnell außer Atem und mußte öfter eine Pause einlegen.

»Wie lange werden Sie hierbleiben?« fragte Antonia.

»Normalerweise hält's mich nie länger als grad über Weihnachten. Aber diesmal fühl ich mich müde, irgendwie ausgelaugt. Das Leben in Berlin ist anstrengend. Jetzt mehr denn je. Und wozu besitzt man schließlich ein Sanatorium. Also werd ich's heuer wohl etwas ausdehnen, vielleicht sogar bis nach Dreikönige.«

»Ach bitte«, sagte Antonia.

Frau Behringer lächelte über Antonias spontane Reaktion.

Während der nächsten Tage erwiesen sich Antonias familiäre Wurzeln, die sie bereits unter der besitzergreifenden Liebe ihrer Großmutter weitgehend gekappt zu haben meinte, als erstaunlich lebensfähig. Dabei war Frau Behringer ebenso zielstrebig wie geschickt. Sie plauderte über das Sanatorium und seine Insassen, über das Leben in Berlin, auch ein wenig über Politik. Eingebettet in diese Unverfänglichkeiten, erfuhr Antonia mehr und mehr über David und dann auch über Simon und Lieselotte, über die beiden kleinen Mädchen und schließlich sogar über Anton.

»Täglich trägt er einen Stein zum Grab Ihrer Mutter. Dabei versteinert er auch selbst immer mehr, was offenbar seine Absicht ist. So jedenfalls hat es Lieselottes Vater, der alte Doktor Rubin, meinem Sohn erzählt.«

Antonia fragte nicht nach. Sie dachte, daß die alte Frau schon wüßte, wieviel sie ihr zumuten könnte.

Jeden Tag gingen sie nun miteinander spazieren, saßen auch bei den Mahlzeiten zusammen. Oft plauderten sie nur so dahin, fielen zwischendurch immer wieder in entspanntes Schweigen. Frau Behringer trieb Antonia in Freudenstadt zum Friseur und brachte sie sogar dazu, sich zwei neue Kleider zu kaufen.

»Es ist eine Schande, sich so zu vernachlässigen. Schließlich soll der Herrgott Ihnen Ihre gute Figur und die schönen dicken Haare nicht vergeblich zugeteilt haben. Und es ist ebenfalls verwerflich, sich vor der Zeit ins Alter einschleichen zu wollen. Wir, die tatsächlich Alten, die mit den brüchigen Knochen und dem kurzen Atem, verwahren uns dagegen. Das Alter kann man sich nicht einfach so aneignen. Es wird einem gegeben.«

Heiligabend rief Arnold an. »Deine Stimme klingt anders«, sagte er, »geht's dir besser?«

»Ja«, sagte Antonia, »ich glaube, es geht mir besser. Hier ist jetzt eine alte Dame, die kümmert sich um mich.«

»Besser eine alte Dame als ein junger Mann!« Arnold lachte schallend. Antonia wußte, daß er bereits mehrere Glas Portwein getrunken hatte.

Als dann Anna Barbara ans Telefon kam und mit etwas unsicherer Stimme ihre erlernten Weihnachtswünsche bei der Mutter ablieferte, unterbrach Antonia plötzlich die Verbindung, lief in ihr Zimmer und konnte nicht wieder aufhören zu weinen. Sie nahm auch nicht an dem festlichen Abendessen und an der Weihnachtsfeier teil.

In dieser Nacht starb die junge Patientin Rosemarie. Gegen drei Uhr kam Frau Behringer in Antonias Zimmer und scheuchte sie aus ihrem Halbschlaf. »Ich brauche Sie jetzt. Die kleine Rosemarie ist schwer gestorben. Wegen dieser überflüssigen Weihnachtsfeier war niemand bei ihr in ihren letzten Stunden. Eine unverzeihliche Nachlässigkeit, die Folgen haben wird. Die Tote sieht sehr zerquält aus. Wir müssen ihre Eltern benachrichtigen, die werden vermutlich morgen hierherkommen. Bitte, Antonia, tun Sie etwas!«

Benommen stand Antonia auf, warf sich ein Kleid über und stolperte hinter Frau Behringer her den langen Gang hinunter zur

Krankenstation. Seit fast zwei Jahren hatte sie keinen Toten mehr gesehen.

Das junge Mädchen lag zusammengekrümmt in den zerwühlten Kissen. Nicht einmal die Augen hatte man ihr zugedrückt. Eine hysterisch schluchzende Schwester hielt Wache.

Antonia ging noch einmal in ihr Zimmer zurück und wühlte unter ihrer Wäsche den alten Besteckkasten hervor, den sie bei ihrer Abreise ganz automatisch eingepackt hatte. Und dann tat sie, was die Großmutter sie gelehrt hatte, sie kniete neben der Toten nieder, bedeckte das noch nicht ganz erkaltete Gesicht mit beiden Händen und machte sich bereit, der Seele auf ihrem Weg ins Ungewisse beizustehen. Frau Behringer und die Schwester verließen leise das Sterbezimmer.

Antonia hatte ihre eigenen Vorstellungen von dem, was mit der Seele geschieht, wenn sie den Körper verläßt. Sie mußte gereinigt werden von den Rückständen des Erdenlebens, so wie später auch der Körper. Zuerst einmal mußte sie ihre Dienste beruhigend und tröstend der Seele zukommen lassen, und das erforderte ihre ganze Kraft.

Eine halbe Stunde später öffnete Antonia zum ersten Mal seit Jahren wieder ihren alten Besteckkasten. Mit nervösen Fingern fuhr sie über die Flaschen, Döschen und Instrumente hin, gewann an Sicherheit und erinnerte sich alsbald an ihr handwerkliches Können. Der Inhalt der Behältnisse, die da ordentlich in den ledernen Schlaufen steckten, war teilweise eingetrocknet, doch trotz des schweren Sterbens der jungen Rosemarie würde es nicht allzuviel Schminke brauchen, um dem Gesicht wieder etwas jugendlichen Glanz zu geben. Zuerst einmal befreite Antonia die Tote von dem zerknüllten Nachthemd. Während sie den mageren Körper wusch und anschließend einrieb mit einem Eau de Cologne, das sie beim Waschbecken fand, mußte sie unwillkürlich an die zarten, noch unausgewachsenen Glieder ihrer Tochter denken, und sie hielt kurz inne und schickte ein Stoßgebet in den Himmel, daß es ihr erspart bleiben möge, jemals den Körper ihres eigenen Kindes herrichten zu müssen.

In Rosemaries Schrank fand sie ein sehr schönes, offenbar noch nie getragenes Nachthemd, das zog sie ihr an und bettete sie dann zurück in die aufgeschütteten Kissen. Sie wußte, wie grausam endgültig für viele Hinterbliebene der Anblick ihrer Toten in einem engen Holzkasten ist, darum wollte sie dafür sorgen, daß die Eltern von ihrer Tochter Abschied nehmen könnten in dem Zimmer, in dem sie ihre letzten Monate verbracht hatte.

Antonia hatte Rosemaries lebendiges Gesicht noch gut vor Augen, und so machte sie sich nun daran, behutsam die Spuren des Todes mit dem Abglanz vergangenen Lebens zu überdecken. Sie hatte sich schon oft gefragt, ob sie mit diesem Tun nicht etwa dem Gevatter ins Handwerk pfuschen und gar seinen Zorn auf sich laden könnte, doch beruhigte sie sich immer wieder selbst, daß sie ja auf gar keinen Fall dem Tod seinen Sieg nehmen wollte oder konnte, sondern daß es sich hier um eine Illusion handelte, die dazu noch sehr viel weniger um der Toten als um der Überlebenden willen in Szene gesetzt wurde.

Als der Körper richtig lag, schloß Antonia dem Mädchen endlich die Augen und bedeckte die Lider mit zwei schweren englischen Münzen, die sie zu diesem Zweck in ihrem Koffer aufbewahrte. Später, wenn sich die Augenmuskel gewöhnt hätten, würden die Lider nicht mehr aufwärts gleiten. Dann könnten die Münzen entfernt werden. Als nächstes schob sie rechts und links etwas Zellstoff in die Mundhöhle, wodurch die eingefallenen Wangen ausgefüllt wurden. Um zu verhindern, daß der Unterkiefer herunterfiele, nähte sie geschickt die Lippenbändchen zusammen und benutzte zusätzlich einen Spezialkleber, mit dem sie den Mund so weit verschloß, daß nur ein schmaler Spalt blieb, der den Eindruck eines haarfeinen Lächelns erweckte. Bevor sie sich ans Schminken machen konnte, zog sie noch Formalin auf eine Spritze und injizierte es in die Tränendrüsen – dadurch straffte sich die Haut unter den Augen –, und schließlich rieb sie das Gesicht mit Eau de Cologne ab. Neunzigprozentiger Alkohol als Grundlage für das Make-up wäre besser gewesen, doch Antonias Bestand war verdunstet.

Mit dem Schminken hielt sie sich dann sehr zurück. Sie bemühte sich nur, der Haut ein gleichmäßig natürliches Aussehen zu geben. Kein Rouge, kein Lidschatten, kein Lippenstift, damit war Rosemaries Gesicht vermutlich noch nie in Berührung gekommen.

Ganz zum Schluß schnitt Antonia dem jungen Mädchen noch die Fingernägel. Sie saß auf der Bettkante, so wie sie es oft bei Anna Barbara getan hatte, und nahm sich die Hände, eine nach der anderen vor. Und nun kamen ihr doch die Tränen. Sie weinte allerdings nicht um die Tote, sondern um ihr eigenes Leben, um ihr einziges Kind, das so weit entfernt war von ihr, um ihre Eltern und um ihre Ehe.

Frau Behringer dehnte ihren Besuch dieses Jahr weit über die gewohnte Kurzvisite aus. Im März, als sich auf den abgetauten Südhängen die ersten Bergkrokusse zeigten, war sie immer noch da.

Zu Antonia sagte sie: »Es ist mir schleierhaft, wieso mir zuvor nicht aufgefallen ist, wieviel hier inzwischen im argen liegt. Inkompetenz, Schlamperei, falsche Besetzungen. Mir bleibt tatsächlich nichts anderes übrig, als mich wieder einzumischen. Aber natürlich wär's nett, wenn Sie mir dabei helfen könnten.«

Ihr helfen – warum nicht, Antonia hatte ja alle Zeit der Welt. Und sie hatte Erfahrung im Umgang mit störrischen alten Damen.

So eilte Antonia bald durchs Haus, begriff schnell, kürzte ihre Röcke, ordnete nicht nur die Blumen auf den Tischen und machte sich auch nicht nur beliebt, band die halblangen Haare mit einem Band zusammen, bewegte sich ohne Scheu auf der Krankenstation und erlebte das veränderte Benehmen des Steuberwirts, der sie mittlerweile sogar mit Namen anredete. Als im Februar seine alte Mutter starb, bat er Antonia um den letzten Dienst.

»Wieso ich?« fragte sie.

»In so einer kleinen Dorfgemeinschaft bleibt nichts geheim«, sagte er.

Frau Behringer brachte Antonia dazu, sie mit Vornamen anzureden und schließlich sogar zu duzen. »Sonst fühle ich mich hier
so ohne Familie«, sagte sie.

Für Ostern kündigte Arnold sein Kommen an, und diesmal wollte
er Anna Barbara mitbringen.

»Wir müssen ja nicht bei dir im Sanatorium wohnen«, sagte er.

Antonia grübelte über eine plausible Möglichkeit nach, das
Wiedersehen mit ihrer Tochter zu verhindern.

»Wieviel Glück einem doch entgehen kann aus Angst vor
Schmerzen«, sagte die alte Johanna kopfschüttelnd.

Und so stellte sich Antonia ihrem Glück. Sie hielt die Tochter in
den Armen, streichelte und küßte sie, lachte und weinte gleichzeitig, redete dumm daher von hübschen neuen Schuhen und längeren Zöpfen und konnte es nicht mehr begreifen, wieso sie es
jemals geschafft hatte, ihr Kind zurückzulassen. Und sie wußte
mit absoluter Sicherheit, daß sie es nie wieder hergeben würde.

»Ich bin nämlich geheilt«, flüsterte sie, »und die Luft hier oben
ist auch für Kinder sehr gesund.«

Als sie sich endlich etwas beruhigt hatte und sich nun auch
ihrem Mann zuwendete, sagte der verwundert: »Wie siehst du
denn aus?«

»Wie denn?«

»Irgendwie so ... so wie früher, ich meine so wie vor sehr
langer Zeit.«

»Na und?«

Arnold seufzte. »Nun weiß ich überhaupt nichts mehr.«

»Was willst du denn wissen?«

»Ja also ... Darüber reden wir später.«

Später war, als das Kind oben in einem der Gästezimmer vom
Steuberwirt schlief und die Eltern unten bei Rotwein zusammen-
saßen. Da versuchte Arnold umständlich, seiner Frau mitzuteilen,
daß es da eine neue ... also so eine Art ... wie sagt man ... Verbindung gebe. Eben eine Person, die ... denn irgendwie müsse er
ja versuchen, mit sich selbst klarzukommen, und es falle ihm

eben doch sehr schwer, allein zu leben. Also eine durchaus respektable Person weiblichen Geschlechts, alles andere als ein Flittchen, falls Antonia das etwa meinen sollte, und es sei doch auch für das Kind sehr viel besser.

»Das Kind bleibt hier«, unterbrach Antonia ruhig sein mühsames Geständnis. »Mißversteh mich bitte nicht, Arnold, ich will auf gar keinen Fall versuchen, deine eheliche Treue per Vaterliebe zu erzwingen. Ich weiß nur, daß ich mich nicht wieder von Anna Barbara trennen kann. Vielleicht hättest du sie gar nicht erst herbringen sollen. Jetzt ist es zu spät. Und das hat überhaupt nichts mit deiner . . . neuen Verbindung zu tun. Wirklich, mein Lieber, ich kann es verstehen, daß du nicht allein bleiben willst. Und ich will es auch nicht. Für dich also eine neue Liebe und für mich das Kind.«

Arnold trank hastig sein Glas leer und schenkte sich nach. »Und wenn nun . . . wenn du zu mir zurückkommen würdest, vielleicht könnte es ja doch wieder so werden wie früher, ich meine, so wie zu Anfang, als ich noch dachte, daß meine Liebe für uns beide reichen würde.«

»Das geht nicht, weil du es ja jetzt nicht mehr denkst.«

Arnold nickte. »Es ist schon ein gutes Gefühl, endlich wieder geliebt zu werden. Aber ich könnte drauf verzichten, wenn du mir . . . wenn du dich bereit erklären würdest . . .«

Er trank so hastig, daß ihm ein paar Tropfen nebenher liefen. Antonia nahm eine Serviette und tupfte ihm das Kinn ab.

»Und deine Freundin?«

»Ach die . . ., die müßte sich eben fügen.«

»Aber sie liebt dich doch, hast du gesagt. Wahrscheinlich ist sie sehr viel jünger als ich, und so könntet ihr noch ein Kind haben, vielleicht sogar zwei. Ich bleibe hier mit Anna Barbara, und wir lassen uns scheiden, in aller Freundschaft. Damit deine neuen Kinder ehelich geboren werden können.«

»Du weißt doch, daß das unmöglich ist.« Er betrachtete sie gequält. »Und falls du's etwa nicht weißt oder auch nicht wissen willst, dann akzeptier es einfach von mir: Es ist unmöglich. Deinetwegen. Und jetzt will ich nicht mehr darüber reden.« Sein

300

Unterkiefer zitterte. Er sah aus, als würde er gleich in Tränen ausbrechen.

»Du wolltest ja noch nie drüber reden«, sagte Antonia und stand auf. »Ich schau nur mal eben nach Anna Barbara. Bestell inzwischen noch eine Flasche Wein.« Als sie nach einer Weile zurückkam, war Arnold schon ziemlich betrunken.

»Du nimmst dir Zeit!« sagte er mit schwerer Zunge.

»Ich hab Anna Barbara beim Schlafen zugesehen.«

»Ja . . .«, sagte er, »unser Kind.«

»Genau, unseres, deins und meins. Was immer auch geschieht, durch das Kind bleiben wir aneinander gebunden. Deine Freundin muß das akzeptieren. Um so dankbarer wird sie sein für etwas Distanz.«

»Ach die . . .«, sagte er, »die wird überhaupt nicht gefragt. Ist vollkommen unwichtig, versteht mich nicht. Kann mit mir nicht umgehen, weißt du. Nicht so wie du. Macht alles falsch.«

Er straffte sich und versuchte seinen Blick in den Antonias zu versenken. »Warum willst du mich nicht mehr? Sag mir den Grund. Wenn du einen anderen hast, ich bring ihn um.«

Antonia lächelte. »Erwartest du im Gegenzug, daß ich deine Freundin umbringe?«

»Ich hab keine Freundin.«

»Aha. Was hast du denn?«

»Ich hab eine Frau. Aber ich hab sie nicht. So ist das nämlich. Sie verlangt, daß ich sie beschütze, und dafür verläßt sie mich. Aber nicht wirklich. Sie bleibt meine Frau. Und dann . . ., wenn der Krieg zu Ende ist . . .«

»Welcher Krieg?« unterbrach Antonia.

Arnold nickte heftig. »Unter Garantie. Wie's Amen in der Kirche. Der Krieg, der kommt. Und du kommst mit mir zurück. Weil ich dich doch nicht beschützen kann, wenn du so weit weg bist.«

»Nein. Ich bleibe hier. Krieg oder nicht.«

»Du bist meine Frau!«

»Natürlich, Arnoldchen, ich bin und bleibe deine Frau. Ich hab's doch versprochen. Und jetzt sollten wir wirklich schlafen gehen.«

Gemeinsam verließen sie die Gaststube. Arnolds Gang war unsicher, er stützte sich schwer auf Antonia.

»Die wird heute nacht nicht sehr viel Freude an ihm haben«, grummelte der Steuberwirt, als er die Gläser und Flaschen abräumte. »Muß sie ja auch nicht, schließlich ist sie eine Totenfrau.«

Noch nie hatte Antonia sich so liebevoll um ihren Mann gekümmert wie in diesen Tagen. Jeden Abend betrank er sich. Wenn er genug hatte und seine Augen glasig wurden und seine Worte zäh, gingen sie zusammen in ihr Gastzimmer im Steuberwirtshaus, stiegen in die hohen Betten, und Arnold lag die ganze Nacht bleischwer in Antonias Armen. Sehr früh am Morgen, so gegen vier Uhr, kam er dann zu sich und brach meist in Tränen aus.

»Es war ein Irrtum«, sagte er immer wieder, »ich kann mit dieser anderen Frau nicht zusammenleben.«

»Mit mir aber auch nicht, Arnoldchen. Das haben wir einander doch während meines letzten Hamburger Jahres bewiesen.«

»Aber davor . . ., da ging es doch.«

»Danach leider nicht mehr«, sagte Antonia.

»Dieser Mann könnte einem fast leid tun«, sagte Johanna Behringer. »Aber ich weiß zu gut, in welchen Kreisen er sich bewegt und was für Ansichten er vertritt. Da hört das Mitleid doch schnell wieder auf.«

»Woher weißt du das denn so gut?«

»Ist doch gleichgültig. Ich weiß es eben.«

»Er spielt nur eine Rolle«, sagte Antonia. »Um mich und das Kind zu schützen.«

Johanna zuckte die Schultern. »Da hat er sich aber sehr komfortabel eingerichtet in dieser Rolle.«

»Komfortabel? Du hast doch selbst gesehen, wie unglücklich er ist.«

»Der Mann steckt in einer großen seelischen Klemme. Momentan will er dringend beides behalten, dich und auch das andere. Vorerst mag das vielleicht möglich sein, weil er sehr geschickte Manöver vorgenommen hat. Aber falls man ihm dahinterkommt und die Sache auffliegt, dann wird er dich opfern und nicht das andere. Er wird sagen: ›Ich hab's nicht gewußt, die Person hat mich getäuscht.‹«

»Arnold ist stur. Du kennst ihn nicht.«

Die alte Frau nickte. »Ich wünsche zu Gott, daß es mir erspart bleibt, ihn jemals kennenzulernen.«

Als Arnold nach einer Woche abfuhr, hatten sie sich darauf geeinigt, daß Anna Barbara vorerst – und Arnold betonte immer wieder dieses Vorerst – bei Antonia bleiben konnte und in Greinsberg eingeschult werden sollte. Weil er darauf bestand, daß Mutter und Kind nicht im Sanatorium wohnten, hatte Johanna Behringer ihnen zwei Zimmer in der sogenannten Kleinen Villa, dem etwas abgelegenen Privathaus der Familie, angeboten.

»Mein Sohn ist übrigens auch hier aufgewachsen«, sagte Johanna zu Arnold, »und er hat keinen Schaden genommen.«

»Schaden...?« antwortete Arnold darauf, »na, wie man's nimmt. Jedenfalls keinen Lungenschaden.«

»Was wollen Sie damit sagen?«

»Genau das: Er hat keine Tuberkulose bekommen. Wie's ansonsten mit der Ansteckung war, entzieht sich meiner Kenntnis.«

Johanna warf ihm aus zusammengekniffenen Augen einen scharfen Blick zu, wandte sich dann ab und sagte: »Obgleich Sie doch sonst immer alles so genau wissen.«

Arnold war fort.

Johanna Behringer war erleichtert.

Antonia war traurig.

»Wie soll ich dich nennen?« fragte das Kind die alte Johanna Behringer.

»Wie wär's denn mit Tante Johanna?«

»Für eine Tante bist du zu alt. Wenn du willst, kann ich dich Oma nennen. Meine richtigen Omas sind nämlich beide tot.«

»Und ich habe keine Enkelkinder. Mir würde Oma gefallen. Oder vielleicht Großmama, das klingt hübscher.«

Mehrmals in der Woche rief Arnold Antonia an, meistens am Abend, wenn er schon ein paar Gläser getrunken hatte. Dann redete er oft Unzusammenhängendes, beschwor alte Zeiten, sagte, wie sehr er sie liebte. Wenn Antonia darauf nicht einging, ihn gar bat, sie eine Weile in Ruhe zu lassen, wurde er böse. »Vorerst . . .«, schrie er, »vorerst, nicht für immer, das hab ich gesagt, vorerst kannst du das Kind behalten, auf Abruf, verstehst du. Fühl dich nur nicht zu sicher!«

Antonia bemühte sich weiterhin um Mitleid für ihn, um Verständnis. Einmal, im September, fuhr sie sogar nach Hamburg, um ihn zu besuchen. Anna Barbara, die sich gut eingelebt hatte, und der Liebling des ganzen Sanatoriums war, ließ sie in der Obhut von Johanna Behringer zurück.

Ihr Besuch machte Arnold glücklich. Er versagte sich jeden Alkohol, drängte ihr Geschenke auf, Kleider, einen Silberfuchs, eine doppelreihige lange Perlenkette.

Antonia versuchte sich vorzustellen, daß dieser Mann nicht ihr Ehemann wäre, sondern ein Freund, ein Geliebter, eine heimliche Affäre. Das half und verschaffte ihr sogar eine kleine Lust. Sie stellte Blumen ins Schlafzimmer, legte die neuen Perlen auch des Nachts nicht ab, ging mit ihm ins Kino und ins Theater und griff während der Vorführung nach seiner Hand. Bald würde sie wieder fortgehen.

Als das Kraft-durch-Freude-Schiff »Wilhelm Gustloff« auslief, stand sie neben Arnold auf den Landungsbrücken und hob, genauso wie er, den Arm zum deutschen Gruß.

»Ich wußte doch, daß es so sein kann wie früher«, sagte Arnold.

»Die Trennung tut uns gut, Arnoldchen«, sagte Antonia. »Und ich komme dich bald wieder besuchen.«

Das erste Lied, das Anna Barbara in der Greinsberger Volksschule lernte, war das Horst-Wessel-Lied. »Die Fahne hoch, die Reihen fest geschlossen . . .«, sang sie voller Hingabe.

Und dann, am neunten November 1938 brannten die Synagogen, Häuser und Geschäfte wurden geplündert, Menschen verprügelt, eingesperrt, gefoltert. Das »Hamburger Tageblatt« berichtete:

> »Aus der empörten Menge heraus wurde gegen einzelne jüdische Geschäfte und Gebäude vorgegangen. Es wurden, um den beleidigten Gefühlen des Volkes gegen das Weltjudentum einen deutlichen Ausdruck zu geben, Schaufenster zertrümmert und die jüdischen Namen abgerissen.«

Antonia wollte sofort nach Hamburg fahren.

»Was soll denn der Unsinn?« sagte Frau Behringer.

»Ich muß mit Arnold sprechen. Er hat Beziehungen. Vielleicht kann er doch helfen. Den Parchimern zum Beispiel.«

»Er hat genug damit zu tun, sich selbst und dir zu helfen. Sei vernünftig, Antonia. Gib ihm die Möglichkeit, seine Rolle weiterzuspielen. Ich selbst werde morgen nach Berlin fahren und mich an Ort und Stelle informieren. Und wenn möglich, werde ich auch etwas über deine Parchimer in Erfahrung bringen. Versprochen.«

»Ich komme mit dir.«

»Nein, das tust du nicht. Du wirst ganz ruhig hierbleiben und so tun, als wäre alles in Ordnung. Außerdem solltest du Anna Barbara nicht allein lassen.«

»Die ist doch bestens aufgehoben im Sanatorium.«

»Und was ist, wenn dein Mann anruft und feststellt, daß du das Kind allein gelassen hast, schutz- und hilflos ausgesetzt einem Heer von Tuberkulosebazillen?«

Antonia schwieg betroffen. Sagte schließlich: »Wann kommst du zurück?«

»Ich weiß nicht. Bald, nehme ich an.«

Johanna Behringer blieb dann doch länger. Wenn sie anrief, fragte Antonia immer wieder: »Was hast du herausgefunden?«

Und immer wieder die gleiche Antwort: »Das bereden wir dann lieber persönlich.«

Nach vierzehn Tagen kam ein Telegramm: »Bitte abholen Freudenstadt Montag neunzehn Uhr zehn stopp Behringer.« Antonia atmete auf. Josef, der Sanatoriumsfahrer, der auch gleichzeitig Heizer und Gärtner war, fuhr sie in dem alten Maybach zum Bahnhof. Naßkaltes Wetter, frühe Dunkelheit, der Bahnhof war nur spärlich beleuchtet. Antonia dachte an den Dammtorbahnhof in Hamburg und an die endlosen müden Stunden, die sie dort verbracht hatte mit sehnsüchtigem Blick nach Osten, Richtung Ludwigslust-Parchim. Das war nun über zwei Jahre her. Inzwischen lebte sie wieder.

Endlich fuhr der Zug ein. Nur wenige Menschen stiegen aus, Johanna Behringer war nicht darunter. Nervös lief Antonia den Zug entlang, schaute in die erleuchteten Abteile. Vielleicht war Johanna eingeschlafen, schließlich war sie über siebzig, die Reise mußte sie ermüdet haben. Dann prallte sie fast mit einem Mann zusammen, der nahe am Zug stand und sich wartend umschaute. Sie wollte weiterlaufen, er hielt sie am Arm fest.

»Antonia Wotersen?« sagte er.

Sie zuckte zusammen. So hatte man sie schon lange nicht mehr genannt.

»Köppermann«, murmelte sie, »Antonia Köppermann.«

»Ja, ja, natürlich, ich vergaß.« Der Mann reichte ihr die Hand. »Ich bin Ludwig Behringer. Sehr freundlich, daß Sie mich abholen. Wo ist Josef?«

»Der wartet draußen beim Auto.«

Er winkte einem Gepäckträger, übergab ihm die Koffer. Schweigend ging sie neben ihm her den Bahnsteig entlang. Er war älter, als sie ihn sich vorgestellt hatte, Ende vierzig, Anfang fünfzig, einen Kopf größer als sie, sehr schlank, und er bewegte sich ein wenig hölzern. Obgleich sein Mantel einen Pelzkragen hatte, wirkte er nicht warm genug für das Wetter hier, auf jeden Fall zu städtisch. Auch seine eleganten schmalen Schuhe schienen nicht für den Schnee gemacht.

»Der Winter ist dies Jahr früh gekommen«, sagte Antonia.

»Scheint so«, sagte er. »In Berlin war's auch schon kalt.«

»Wir wußten nicht . . ., also, wir hatten Sie nicht erwartet.«

»Aber meine Sekretärin hat doch ein Telegramm geschickt. Und Sie holen mich ab.«

»Und Ihre Mutter . . .?«

»Ach so, ja. Sie kennen sie doch, eigenwillig bis zur Unvernunft. Sie hat beschlossen, daß ich statt ihrer fahren muß. Es ist vollkommen sinnlos, sich ihren Geboten zu widersetzen.«

»Kommt sie denn überhaupt nicht?«

»Doch, natürlich. Irgendwann. Ich kann ja auch nicht lange bleiben, bin schließlich kein freier Mann. Übrigens scheint Mama das Gefühl zu haben, daß hier sowieso alles bestens läuft, seit Sie sich um die Organisation kümmern.«

»Und warum hat sie Sie hergeschickt?«

»Angeblich, damit ich den medizinischen Betrieb mal wieder unter die Lupe nehme. Aber im Grunde wohl doch, damit ich Sie kennenlerne.«

»Da vorn steht Josef mit dem Wagen«, sagte Antonia.

Die Begrüßung der beiden Männer war herzlich, es gab sogar die Andeutung einer kleinen Umarmung.

Als der Maybach am Sanatorium vorfuhr, wartete dort schon Anna Barbara. Sie war enttäuscht, daß ein fremder Mann dem Wagen entstieg.

»Ich hab aber auf Großmama gewartet.«

»Anna Barbara, dies ist Doktor Ludwig Behringer. Er ist der Sohn von Großmama. Sag ihm bitte guten Tag.«

Unwillig betrachtete das Kind den Mann, stopfte demonstrativ die Hände in die Taschen und lief davon.

»Großmama . . .?« wunderte sich der Gast.

»Ach das«, sagte Antonia, »das haben die beiden untereinander ausgemacht.«

Ludwig Behringer nickte. »Ist doch eine gute Lösung, da sie von mir ja vermutlich keine Enkelkinder mehr zu erwarten hat.«

Josef fragte, wohin er das Gepäck vom Herrn Ludwig bringen solle. Der zögerte, sagte dann: »Soviel ich weiß, logiert Frau Köppermann in der Kleinen Villa. Da ist es wohl besser, ich nehme mir ein Zimmer im Haupthaus.« Er lächelte maliziös. »Wegen der Moral, meine ich.«

Zu ihrem Ärger spürte Antonia, daß sie errötete.

Am Abend machte sie in Vertretung der Prinzipalin ihre Runde von Tisch zu Tisch im Speisesaal. Ludwig Behringer bat sie, sich zu ihm zu setzen.

»Später«, sagte Antonia abweisend. »Ich hab hier erst noch ein paar Pflichten.«

»Pflichten, aha«, sagte Ludwig. Das klang zwar ganz neutral, aber Antonia hatte dennoch das Gefühl, daß er sich über sie lustig machte.

»Und dann muß ich auch noch meine Tochter ins Bett bringen.«

»Ich warte«, sagte Ludwig.

Antonia nahm sich Zeit, besprach mit dem Küchenchef den Speiseplan für die kommende Woche, ließ sich auf ein längeres Gespräch mit der Haushälterin ein und saß auf Anna Barbaras Bett, bis das Kind eingeschlafen war. Als sie schließlich zurückging, hoffte sie, daß Johanna Behringers Sohn inzwischen das Feld geräumt hatte. Doch er saß da genauso wie zuvor, einsam in dem großen Speisesaal, in dem bereits die meisten Lampen ausgeschaltet waren. Vor ihm standen eine Karaffe mit Rotwein und zwei Gläser.

»Recht langwierige Pflichten«, sagte er. »Man könnte fast auf die Idee kommen, daß da auch Koketterie im Spiel ist. Würden Sie sich dennoch setzen?« Er stand auf und rückte ihr den Stuhl zurecht.

»Solange Ihre Mutter nicht hier ist, fühle ich mich verantwortlich.«

»Mama ist jahrelang kaum hier gewesen, und der Betrieb ist auch gelaufen.«

»Aber nicht gut. Das hat Ihre Mutter herausgefunden und einiges geändert. Um diese Änderungen fest zu etablieren, braucht es Kontrolle.«

Er nickte. »Mama hält sich selbst für die unangefochtene Legislative, und in Ihnen hat sie offenbar endlich die richtige Exekutive gefunden.«

»Machen Sie sich über mich lustig?«

»Keineswegs. Oder doch nur soweit, wie ich mich auch über mich selbst lustig mache. Denn selbstverständlich gehöre ich genauso wie Sie zur Exekutive. Warum sonst wäre ich wohl hergekommen.«

Antonia antwortete nicht. Sie wartete ab.

»Wein?«

»Nur ein halbes Glas bitte.«

Er schenkte ein. Als sie die Gläser hoben, sagte er: »Auf David, Ihren und meinen.«

»Meiner? Seit der Beerdigung von Barbara Wotersen habe ich ihn nicht mehr gesehen, damals war er elf. Ich weiß kaum noch, wie er aussieht.«

»Da brauchen Sie doch nur in den Spiegel zu schauen.«

»Ich bin immerhin siebzehn Jahre älter als David.«

»Ja«, sagte er, »das kann man sehen. Obgleich Sie sehr viel jünger wirken. Aber das tut David auch. Die beiden Ausreißer aus dem heimatlichen Stall scheinen das Geheimnis verlängerter Jugend zu besitzen. Vielleicht auch verlängerter Unreife oder Angst vor dem Erwachsenwerden.«

Antonia begann sich zu ärgern. »Als ich Ihre Mutter kennenlernte, hat sie mir etwas ganz anderes an den Kopf geworfen. Sie sagte, ich benähme mich wie eine alte Frau, und das sei mir nicht gemäß.«

»Eben«, sagte Ludwig, »nicht gemäß. Das bedeutet doch, daß Sie sich auf einem falschen Weg befunden haben. Aber den hat meine energische Frau Mutter ja nun korrigiert.«

»Und was korrigiert unsere energische Frau Mutter momentan in Berlin?«

In Ludwig Behringers Augen blitzte es ironisch. »Sagten Sie ›unsere‹? Wie reizend.«

»Das war ein Versprecher«, wehrte sich Antonia.

»Gewiß. Also unsere Frau Mutter versucht sich momentan an David. Aber bei dem wird sie wohl nicht reüssieren. Gott sei Dank.«

»Sagen Sie . . ., also, darf ich Sie etwas fragen?«

»Fragen dürfen Sie immer.«

»Wie ist das mit Ihnen und David? Ich meine, was für eine Freundschaft ist das?«

Behringer lachte. »O Gott, Schwester! Das ist vielleicht eine Frage. Und gleich am ersten Abend.«

»Hätte ich warten sollen?«

»Ich brauche Ihnen ja nicht umgehend eine Antwort aufzutischen, oder?«

»Wissen Sie denn eine?«

»Natürlich. Und Mama weiß sie auch. Der einzige, der sie nicht so genau zu wissen scheint, ist David. Ein unsteter Mensch eben.«

»Hat er eigentlich irgend etwas gelernt?«

»Doch, er hat Medizin studiert. Nicht gerade mit großem Engagement, aber immerhin fast bis zum Staatsexamen. Dann hat er abgebrochen. Jemand, der im Untergrund lebt, kann schließlich kein Staatsexamen absolvieren, war seine Begründung. Das klang logisch, sogar tragisch, und es paßte ihm gleichzeitig sehr gut. Schluß mit der lästigen Lernerei. Bislang hat er mit seinem Untergrundstatus immer nur gespielt – eine nette Möglichkeit für vielfache Verkleidungen. Das liegt an seiner Neigung zum Unernst, aber wohl auch daran, daß er sich selbst überhaupt nicht als jüdisch empfindet. Rassisch gesehen ist er ja wohl auch nur Halbjude, schließlich war sein Vater mal Arier. Doch daß der sich freiwillig entarisiert hat, macht ihn in den Augen dieser rassistischen Wahnsinnigen natürlich doppelt jüdisch und belastet seine Kinder schwer. Ihr Vater muß ein seltsam starrköpfiger Mensch sein. Jedenfalls sagt Davids Name nichts über seine Herkunft aus, und die Menschen, mit denen wir in Berlin verkehren, wissen's nicht.«

»Aber Sie wissen es doch.«

»Wie sollt ich denn nicht, wir leben ja zusammen. Das heißt, wenn er nicht gerade anderswo . . ., ach, lassen wir das.« Behringer starrte vor sich hin. »David ist ja noch so jung«, sagte er.

David sei unstet – Behringer selbst war es aber auch, oder zumindest unausgeglichen. Man wußte nie, in welcher Stimmung man ihn antreffen würde. Mal tauchte er ab in Arbeit, wollte unbedingt jeden einzelnen Patienten begutachten, war kühl und autoritär, beschwerte sich über mangelnden Eifer des Pflegepersonals, sprach Rügen und sogar Entlassungen aus, brütete stundenlang über Krankenberichten, veränderte Medikamentierungen und erschien nicht zu den Mahlzeiten. Und dann spielte er wieder den Sorglosen – »was will man denn, der Laden hier läuft doch und bringt sein Geld ein« –, flirtete mit den Patientinnen, trug seidene Halstücher und ging nach dem Essen in die Küche, um dem Koch für das wunderbare Essen zu danken.

Manchmal übersah er Antonia vollkommen, ein anderes Mal fing er sie irgendwo im Haus ab und sagte, er würde sich nicht von der Stelle rühren, es sei denn, sie verspräche ihm einen langen gemeinsamen Spaziergang.

Nach ein paar Tagen begann Antonia unbewußt, mit ihm und neben ihm und auf ihn zu zu leben. Schon am Morgen beim Aufstehen überlegte sie nervös, in welcher Stimmung er wohl heute sein könnte und ob er sie ignorieren oder sich an sie erinnern und sie ansprechen würde, und, wenn ja, mit welchem Namen? Frau Köppermann? Antonia? Schwester oder gar Schwesterchen?

Sie selbst nannte ihn inzwischen, auf seine dringende Bitte hin, beim Vornamen. »Schließlich sind wir doch eine Familie«, hatte er gesagt und dabei ein komisch verzweifeltes Gesicht gemacht, als müsse er sich für die Banalität dieses Ausspruchs entschuldigen.

Am Nachmittag sagte er zum Beispiel: »Ich fahre nachher nach Freudenstadt, um mir einen warmen Pullover und Stiefel und eine Lodenjacke zu besorgen. Bitte, Antonia, kommen Sie mit und helfen Sie mir beim Aussuchen.«

Am Morgen noch hatte er sie angefahren. Sie solle gefälligst dafür sorgen, daß auf Zimmer 43 kein Bohnerwachs mehr verwendet würde, der Patient habe, nachgewiesenermaßen, eine Terpentin-Allergie. »Ist Ihnen das etwa entgangen, Frau Köppermann?«

»Das fällt nicht in meine Zuständigkeit.«

»Dann geben Sie's eben weiter an den Zuständigen.«

Oder er sagte schon am Morgen beim Frühstück: »Wie geht's denn heute, Schwester. Ich habe letzte Nacht von Ihnen geträumt, Sie trugen einen Anzug aus englischem Flanell und dazu einen Borsalino, umwerfend elegant.«

»Da haben Sie mich wohl mit David verwechselt.«

»Kann schon sein, Schwesterchen, kann schon sein.«

Einmal sagte er: »Ich wünschte mir wirklich, Sie wären David. Sie sind soviel zuverlässiger. Mit Ihnen könnte ich leben!«

»Aber ich nicht mit Ihnen«, sagte Antonia ärgerlich.

»Nein? Nicht mit mir?« Plötzlich wurde sein Blick hart und der scherzhafte Ton boshaft: »Nachdem Sie es so lange mit jemandem wie Arnold Köppermann ausgehalten haben, müßte es doch mit mir das reine Zuckerschlecken sein. David sagt, Sie ließen sich nur allzugern benutzen.«

»Was soll das heißen? David kennt mich doch überhaupt nicht.«

Er betrachtete sie ruhig. Die Härte schwand aus seinem Blick.

»Wenn ich nicht Mißverständnisse befürchten müßte, würde ich Sie jetzt gern umarmen.«

»Mißverständnisse gibt es hier nicht. Und eine Umarmung auch nicht.«

Antonia kehrte sich ab und ging davon. Er folgte ihr nicht.

Tags drauf sprühte er wieder vor Charme und galanter Aufmerksamkeit. Er überredete sie, mit ihm zu Abend zu essen und unterhielt sie dabei mit heiteren Berichten über das Berliner Leben, über Theater, Ausstellungen, Modenschauen. »Sie würden es so sehr genießen!«

Danach bestand er darauf, sie hinüberzubegleiten vom Haupthaus zur Kleinen Villa. »Es könnte Ihnen ja etwas passieren in der Dunkelheit.«

Vor der Haustür verabschiedete er sich brav mit einem Handkuß, wie ein Kavalier, der seine Schöne nach Hause gebracht hat. Antonia wehrte sich gegen die verführerische Lüge der Situation und fragte unvermittelt: »Was wissen Sie über die Parchimer?«

»Parchim? Nette kleine Stadt in Mecklenburg. Eine große Tuchfabrik, eine Schnapsbrennerei, Futtermittelhandel, zwei Kaufhäuser. Weniger als ein Prozent jüdische Einwohner, aber die halten das gesamte Wirtschaftsleben in ihren klebrigen Händen.«

»Bitte, Ludwig ...«

»Warten Sie doch, bis meine Mutter zurückkommt. Die wird Ihnen alles berichten.«

»Sagen Sie mir, was Sie wissen.«

»Ich dachte, ich könnte es mir ersparen. Dabei sollte man als Arzt ja geübt sein im Überbringen schlechter Nachrichten. Also bitte: Ihr Vater ist zusammen mit einigen anderen Repräsentanten des verbrecherischen und verleumderischen Parchimer Weltjudentums inhaftiert worden und sitzt ein in der Landesanstalt Neustrelitz. Ihr Vetter Eberhard hat sich großzügigerweise bereitgefunden, im Zuge der Arisierung den Firmenanteil des schändlichen Wotersen-Zweiges kostenlos zu übernehmen, Simon und Lieselotte können's nicht glauben und weigern sich, das Land zu verlassen, die Synagoge ist zerstört, der jüdische Friedhof verwüstet, der Anwalt Frankenheimer um den Verstand geprügelt worden, und alle Fenster der beiden Kaufhäuser und der jüdischen Läden sind zu Bruch gegangen. Das war in der Nacht, die sie so wunderschön Reichskristallnacht nennen. Reicht Ihnen das?«

Antonia brach in Tränen aus.

Mit hängenden Armen stand Ludwig Behringer vor ihr und blickte in hilfloser Scham zu Boden.

»Aber David hat wenigstens falsche Papiere«, murmelte er.

»O Gott, Ludwig«, schluchzte Antonia, »sorgen Sie dafür, daß er dieses Land verläßt.«

»Er will nicht. Ich glaube, es ist meinetwegen.«

»Dann gehen Sie mit ihm.«

»Deutschland verlassen? Ich . . . nein, das kann ich nicht.«

»Warum nicht?«

»Ich kann's eben nicht«, sagte er unwillig, »ich bin schwach und feige. Haben Sie das noch nicht bemerkt? Nicht so tapfer wie Sie, die Sie in der Höhle des Löwen wohnen. Aber Sie werden unseren David schon beschützen.«

»Das verstehe ich nicht.«

»Gott, Antonia, mir gegenüber brauchen Sie sich doch nicht dumm zu stellen. Wenn man David erwischt und seine falsche Identität aufdeckt, dann wird im Zuge der Wahrheitsfindung die ganze Familie unter die Lupe genommen, also auch Sie, und dabei wird man erstaunliche Beziehungen und Querverbindungen aufdecken. Die wiederum könnten einem gläubigen Nazi die Karriere vermasseln und, was für besagten Gläubigen wohl noch schwerer wiegt, ihm die Liebe seines Lebens rauben. Ja, Schwesterchen, so ist das also. Sachliche Kurzfassung sehr komplexer Probleme. Und Sie werden mir jetzt nicht erzählen, daß Sie das alles nicht gewußt haben. Ich würd's Ihnen sowieso nicht glauben, denn ich erachte es als die einzige akzeptable Erklärung, warum Sie bei diesem Mann ausharren und weiterhin die Liebe seines Lebens spielen. Den Gedanken an irgendeinen anderen Grund lasse ich gar nicht erst aufkommen. Denn ich mag Sie, verehre Sie sogar, man könnte fast sagen, ich liebe Sie.«

Zweimal verlängerte Ludwig Behringer seinen Aufenthalt in Greinsberg, doch Anfang Dezember mußte er endgültig zurück nach Berlin. »Hier habe ich getan, was ich tun konnte, und den Mitgliedern der medizinischen Abteilung unseres Ladens bewiesen, daß sie nicht ganz und gar ohne Kontrolle sind. In Berlin wartet viel Arbeit auf mich.«

Antonia brachte ihn zur Bahn. »Wann kommt Ihre Mutter zurück?«

»Schwesterchen«, sagte er, »ich hätte gern, daß Sie mich duzen.«

Antonia sah an ihm vorbei. »Also wann?«

»Weiß man's? Du findest dich doch auch alleine zurecht.« Er nahm sie bei den Schultern, summte ihr eine Melodie vor und sang dann leise: »Tapfere kleine Faschistenfrau . . .«

»Verdammt noch mal, Ludwig!« Sie versuchte sich loszureißen, aber er hielt sie fest. »Ich liebe und bewundere dich, hab ich dir doch schon gesagt.« Ein trockener Kuß auf die Stirn, dann wandte er sich ab und stieg ein.

Sie wartete nicht auf die Abfahrt des Zuges.

Antonias Gedanken kreisten um Ludwig Behringer, sie wiederholte jeden einzelnen seiner Sätze, sie fühlte seine Hände auf ihren Armen, sie genoß seinen Charme, sie litt unter seiner Schroffheit, sie sehnte sich nach ihm und sorgte sich um ihn – auf die Idee, daß sie sich in ihn verliebt haben könnte, kam sie nicht.

Er interessierte sie, und das war doch nur normal, oder? Schließlich war er der Sohn ihrer mütterlichen Freundin und der Liebhaber ihres Bruders.

Als Johanna Behringer in der zweiten Adventswoche zurückkam, freute sich Antonia vor allem deshalb, weil sie nun mehr über Ludwig erfahren würde, daß sie seinen Namen nennen, über ihn reden, seine Gegenwart mit Hilfe seiner Mutter täglich neu erstehen lassen könnte. Und Johanna, wissend oder nicht, spielte mit.

Beglückt entdeckte Antonia Züge von Ludwig im Gesicht seiner Mutter, konnte den Blick nicht abwenden.

»Antonia . . .?!«

»Oh . . . du fragst, wie ich ihn fand? Beeindruckend natürlich. Ein hervorragender Arzt. Er hat alle hier sofort für sich eingenommen.«

»Dich auch?«

Etwas in Johannas Augen alarmierte Antonia. Sie nahm sich

zurück. »Mich auch. Ich bin immer beeindruckt von jemandem, der hervorragend ist auf seinem Gebiet. Ob der nun Arzt ist oder Koch oder Dichter oder . . . oder ein Grabredner.«

»Oder eine Totenfrau«, sagte Johanna lächelnd.

Antonia nickte. »Genau.«

»Da sind dann ja zwei Hervorragende aufeinandergestoßen. Und wie sind sie miteinander ausgekommen?«

»Na wie schon. Neutral, rücksichtsvoll, nicht nachtragend. Schließlich ist er der Chef hier.«

»Ist er?«

»Jedenfalls haben alle ihn dafür genommen. Die Ärzte, die Angestellten und auch die Patienten. Es hat der Atmosphäre gutgetan. Ich wünschte, er würde öfter kommen.«

»Nachdem er dich nun kennengelernt hat, wird er's ja vielleicht tun.«

Antonia spürte, daß sie errötete. »Nicht meinetwegen. Wegen des Sanatoriums natürlich.«

»Natürlich«, sagte Johanna, »wegen des Sanatoriums. Er wird es ja auch einmal erben. Im Grunde genommen gehört's ihm jetzt schon. Ohne ihn wären wir wohl längst pleite. Aber Ludwig hat schon vor Jahren eine unverhoffte Erbschaft gemacht, und die hat uns gerettet.«

»Ich hätte gern eine Tochter gehabt«, sagte Johanna ein paar Tage später, »so eine wie Anna Barbara.«

»Jetzt hast du eben eine Enkeltochter.«

Nachdenklich schaute die alte Johanna Antonia ins Gesicht. Dann nickte sie und sagte ohne jeden Anflug von Lächeln oder Ironie: »Danke.«

Antonia wechselte hastig das Thema. »Was für ein Kind war denn dein Ludwig? Ich würd gern einmal ein Foto von ihm sehen.«

»Ludwig . . .? Der war schön, zart, phantasievoll, kränklich. Nahm sich immer zuviel vor und war dann niedergeschmettert, wenn's nicht klappte. Bei irgendwelchen Mutproben mit den

Dorfbuben hat er sich eine Rückgratverletzung zugezogen, die nie ganz repariert werden konnte. Er wollte unbedingt Künstler werden, irgendein Künstler, Musiker oder Maler oder Dichter. Als er dann so mit dreizehn, vierzehn Jahren begriff, daß er leider für keins der anvisierten Gebiete wirklich begabt war, deprimierte ihn das so sehr, daß er von nun an überhaupt nichts mehr werden wollte. Nur noch so dahinvegetieren, auf der Wiese liegen und in den Himmel sehen, das war's. Sein Vater, der ihn vielleicht zur Vernunft hätte bringen können, ist früh gestorben, und ich selbst hatte zu wenig Zeit für ihn.«

Johanna seufzte. »Ich glaube, ich habe mit ihm nahezu alles falsch gemacht. Als er sechzehn war, kam dann die große Wende in Gestalt eines Mannes namens Heinrich August Höpfner, vielleicht kennst du noch den Namen, einst ein berühmter Sänger, später Professor am Konservatorium in Berlin, von Haus aus reich, kultiviert, damals achtundfünfzig Jahre alt, müßiggehend und lungenkrank. Er kam für veranschlagte sechs Monate und blieb drei Jahre. Und er kümmerte sich um Ludwig, holte ihn aus seiner melancholischen Einsamkeit, war für ihn da, verstand ihn, traf Entscheidungen für ihn und machte, im Gegensatz zu mir, alles richtig. Unter Höpfners Ägide entdeckte Ludwig seine Begabung für Naturwissenschaften, machte ein glänzendes Abitur und beschloß, anschließend in Berlin Medizin zu studieren. Wäre es ein anderes Fach gewesen, ich hätte es ihm verwehren können. Aber Medizin. Ich hatte mir immer gewünscht, daß er den Beruf des Vaters erlernen würde, also mußte ich ihn ziehen lassen. Das war's dann. Bis zum heutigen Tag mache ich mir Vorwürfe, daß ich nicht beizeiten eingegriffen habe.«

Antonia betrachtete Ludwigs Kinderfotos. Ein blasser, großäugiger, schmalschultriger Knabe mit einem Wust blonder Locken. Der Hals, der dünn und zerbrechlich aus dem Schillerkragen ragte, erinnerte an den heutigen Ludwig mit seinem immer noch dünnen Hals in dem städtischen grauen Pelzkragen. Und wieder empfand Antonia Rührung. »Ich liebe und bewundere dich«, hatte er gesagt, es aber selbstverständlich nicht so gemeint.

Und zuvor diese Melodie mit dem gräßlichen Text ... tapfere kleine Faschistenfrau ...

»Dein Sohn hat sich da eine abenteuerliche Theorie zurechtgelegt«, sagte sie zu Johanna.

»Und die wäre?«

»Daß es vor allem meine Sache ist, David und damit auch Ludwig zu beschützen. Weil ich doch mit einem Parteikarristen verheiratet bin, der es sich nicht leisten kann, daß da gewisse Querverbindungen aufgedeckt werden.«

»Überhaupt nicht abenteuerlich, und genau das, was ich dir auch schon angedeutet habe. Vielleicht glaubst du es jetzt endlich. Das Dumme ist nur, daß sich David unter diesem speziellen Schutz allzu sicher fühlt. Er bringt sich und Ludwig ständig in Gefahr. Und Ludwig ist unfähig, ihn zur Ordnung zu rufen. Er liebt ihn zu sehr, ist zu fasziniert von ihm und seinem albernen Mut, ist bezaubert, hingerissen, was auch immer. Und David ist ja wirklich bezaubernd, auch wenn er wohl nicht wiederliebt. Sonst würde er sich anders verhalten.«

»Ich muß nach Berlin fahren!« beschloß Antonia plötzlich. »Als große Schwester bin ich doch so eine Art Familienautorität. Vielleicht kann ich ihn zur Vernunft bringen.«

»Hast du dich früher viel um ihn gekümmert?«

»Eigentlich nicht. Er hatte ja Mutter, die hielt ihn wie eine Glukke fest unter ihren Flügeln. Und ich, ich hatte meine Großmama.«

»Dann wird es nicht viel nutzen, wenn du fährst.«

»Ich könnte es doch versuchen.«

»Ja. Vielleicht. Warten wir auf eine günstige Gelegenheit. Vergiß nicht, daß dein Mann dich kontrolliert.«

»Mich kontrolliert? Wie kann er das denn?«

»Er tut's jedenfalls, das muß er doch. Du stellst eine Gefahr für ihn dar. Du, beziehungsweise seine unwürdige Liebe zu einer Jüdin. Oder, um es klar auszudrücken, die Rassenschande, die er mit dir begangen hat und immer noch begeht und auf die er nicht verzichten kann.«

»Woher weißt du das?«

»Ich weiß es eben. Nimm es als Faktum. In Berlin laufen viele Fäden zusammen, und an denen ziehen nicht nur die Nationalsozialisten.«

Mit der Aussicht, nach Berlin zu fahren, hatte Antonia sich selbst das schönste Weihnachtsgeschenk gemacht. Es beschwingte und verjüngte und verschönte sie. Sogar die Toten, zu denen man sie nun immer öfter rief und denen sie sich kaum je verweigerte, begannen unter ihren Händen erwartungsvoll zu lächeln.

Zu Weihnachten kam Arnold. Er war so beglückt über die neue Heiterkeit seiner Frau, daß er sich kaum wieder von ihr zu trennen vermochte. Antonia wunderte sich, wie leicht es ihr diesmal fiel, mit ihm umzugehen. Das, was sie zuvor – oft mißmutig, manchmal verzweifelt, immer jedoch pflichtbewußt – für ihre Ehe getan hatte, das tat sie jetzt für die »abenteuerliche Theorie«. Als Arnold Anfang Januar Greinsberg verließ, fühlte er sich enger an seine Frau gebunden als je zuvor.

Die günstige Gelegenheit, auf die Antonia wartete, ergab sich erst nach vier Monaten. In der Zwischenzeit hatte sie kein Wort von Ludwig Behringer gehört, ihren Ehemann jedoch über Ostern für eine Woche in Hamburg besucht. Beim Abschied hatte Arnold stolz lächelnd zu ihr gesagt: »Jetzt endlich hast auch du begriffen, warum deine Großmutter dich in die Ehe mit mir getrieben hat!« Er nannte sie neuerdings Liebchen.

Ende April dann informierte Arnold sie mit vor Aufregung bebender Stimme am Telefon, daß er beabsichtige, zur Eröffnung der Weltausstellung am dreißigsten April nach New York zu fahren.

»Ich würde dich ja mitnehmen«, sagte er, »aber es handelt sich um eine strikt geschäftliche Reise, ich vertrete juristisch einige der ausstellenden Firmen, und ... und das Ganze hat auch einen offiziellen Anstrich, verstehst du, so eine Art Botschaftertätigkeit.«

Kein Wort davon, daß Antonia keinen Reisepaß besaß.

»Also, sei bitte nicht traurig, Liebchen, ich bring dir etwas Schönes mit.«

Er würde mindestens vierzehn Tage unterwegs sein. Antonia wartete, bis sie Arnold sicher auf dem Atlantik wußte, dann fuhr sie nach Berlin. Johanna Behringer hatte Ludwig und David den Besuch telefonisch angekündigt. Antonia trug ein enganliegendes graues Kostüm, das sie sich in Hamburg hatte machen lassen, dazu einen kleinen, in die Stirn gedrückten Hut mit Halbschleier, ihren Silberfuchs und die doppelreihige lange Perlenkette. Die lockigen dunklen Haare waren kurz geschnitten, und sie hatte Augenbrauen und Lippen nachgezogen. »Mama«, sagte Anna Barbara verwundert beim Abschied, »du siehst ja richtig schön aus!«

Im Zug auf der Hinfahrt war sie sehr unruhig. Sie wußte nicht, wie sie umgehen sollte mit zwei Männern, die zusammenlebten. Sie entwarf verschiedene Szenen, probierte sie gedanklich durch. Sie wollte vorbereitet sein.

Gegen acht Uhr abends fuhr der Zug im Anhalter Bahnhof ein. Sie stieg aus, schaute sich um. Die Menge verlief sich. Antonia schaute sich immer noch um. Wäre doch nett gewesen, wenn einer der Männer oder vielleicht sogar alle beide sie abgeholt hätten! Sie nahm ihren Koffer und ging zum Ausgang, hatte auch schon Entschuldigungen für die beiden bereit: Ludwig war in der Klinik aufgehalten worden, und David lebte schließlich im Untergrund – was immer das im täglichen Leben bedeuten mochte. Am Taxistand dann stürmte ihr kleiner Bruder auf sie zu, lachend, winkend, einen Blumenstrauß schwenkend. Sie erkannte ihn vor allem daran, daß er wirklich so aussah wie sie.

»Schwesterchen, Schwesterchen«, schrie er, »wie groß du geworden bist!«

»Was?«

»Naja, so etwas sagt man doch, wenn man sich zehn Jahre lang nicht gesehen hat, oder?«

»Mehr als fünfzehn Jahre«, korrigierte Antonia.

Er umarmte sie mit großer Geste. »Und dazu auch noch hübsch, mein absolutes Spiegelbild! Wenn ich dich ansehe, fühle ich mich wirklich geschmeichelt. Wir werden Furore machen in Berlin, du und ich. Und alle werden rätseln, ob du nun meine Schwester bist oder meine Mutter oder einfach nur mein alter ego.« Eine weitere Umarmung.

»Unsere Mutter . . .«, hob Antonia an.

Die Veränderung, die plötzlich mit David vor sich ging, war schockierend. Er erstarrte in der Bewegung, sackte dann in sich zusammen, wurde buchstäblich kleiner, blickte seine Schwester mit weit aufgerissenen Augen an. »Nicht davon reden, bitte, bitte nicht.«

Antonia berührte seinen Arm. »Ist doch gut, David, ist ja alles gut!« sagte sie in dem geübten Tonfall, mit dem sie Anna Barbara tröstete, wenn die sich weh getan hatte. »Fahren wir nach Haus. Ich meine zu dir oder zu Ludwig oder . . ., oder soll ich lieber im Hotel wohnen?«

Er faßte sich. »Im Hotel, bist du verrückt? Ludwig und ich wollen dich hier so nahe wie möglich haben, absolut auf Tuch-fühlung die ganze Zeit. Wie lange bleibst du denn überhaupt?«

»Nur ein paar Tage.«

»Und dein Nazi, was sagt der dazu?«

»Ich will nicht, daß du das Wort für ihn benutzt. Und überhaupt will ich nicht von ihm reden.«

»Fabelhaft!«

So hatten sie bereits in den ersten Minuten ihres Wiedersehens das Terrain eingegrenzt, weder von den Parchimern sollte geredet werden noch von der Ehe mit Arnold. Da bleibt uns ja nicht viel, dachte Antonia.

Im Taxi hielt David ihre Hand, die er mit verzückter Miene streichelte und küßte. »Ich hab eine Schwester«, flüsterte er immer wieder. Antonia war das peinlich.

»Die hast du zuvor auch schon gehabt«, sagte sie schroff und entzog ihm ihre Hand.

»Vorher? Was ist schon das Vorher! Wir leben ausschließlich

jetzt«, sagte er und holte sich die Hand zurück. »Kein Ehering, wie überaus taktvoll!«

Zum ersten Mal, seit sie verheiratet war, trug Antonia ihren Ehering nicht. Daß David es gleich bemerkt hatte, ärgerte sie.

»Also, wo wohnst du?« fragte sie.

»Mal hier, mal da. Heute bei unserem Freund Ludwig – deinetwegen.«

»Hast du denn keine eigene Wohnung?«

»Natürlich nicht, dann müßte ich mich doch anmelden. Und . . .«, er senkte seine Stimme zu bedeutungsvollem Flüstern, »ich weiß ja nicht, wie hieb- und stichfest meine Papiere sind. Ludwig hat sie bezahlt. Und der wird gelegentlich leider vom Geiz überfallen und gibt sich dann zufrieden mit dem Zweitbesten.«

»Rede nicht schlecht über Ludwig!«

»Tu ich doch gar nicht. Er ist mein Gönner. Ich bin ihm zu jeder Art von Dank verpflichtet.«

»Ludwig liebt dich.«

»Ja, ja. Ich ihn natürlich auch, was denkst denn du? Und wie steht's diesbezüglich mit dir?«

»Mit mir? Wieso?«

»Liebst du ihn auch?«

»Ich kenne ihn doch kaum.«

»Wenn für dich Lieben mit Kennen zu tun hat, dann würde ich dir raten, ihn besser nicht näher kennenzulernen.«

»Jetzt redest du schon wieder schlecht über ihn.«

»Nein, Schwesterchen. Ich will dir nur Kummer ersparen.«

Sie fuhren nach Grunewald in die Lassenstraße. Ein weißes Haus mit blauen Läden. Im Vorgarten blühten Tulpen und Narzissen. Ludwig saß im Wohnzimmer am Fenster und las. Als sie hereinkamen, blickte er kaum von seinem Buch auf, winkte ihr nur kurz zu und sagte: »Ach so, ja, Antonia. Wie geht's? Mach es dir oben bequem, David zeigt dir die Zimmer.«

»Er meint's nicht so«, sagte David auf der Treppe zu Antonia, »er ist nur etwas unbeweglich und fürchtet sich vor Eindringlingen.«

»Ich hätte eben doch im Hotel wohnen sollen.«

»Ach, Unsinn. Das Haus ist groß genug. Mein Zimmer ist hier links, deins daneben, und das Bad dazwischen teilen wir uns.«

Ein schöner luftiger Raum mit Fenstern an zwei Seiten. Ein fast weißer Teppich, warmes Licht, helle Kirschholzmöbel, taubenblaue Bezüge. In einer hellblauen Vase ein Strauß dunkelblauer Iris, daneben ein Fruchtkorb.

»Wer hat den hingestellt?« fragte Antonia.

»Elsa vermutlich. Sie ist unsere Haushälterin.«

Antonia legte ihren Koffer aufs Bett und packte aus. David schaute ihr zu. Sie war sehr deprimiert.

»Nicht weinen, Schwesterchen«, sagte David.

»Wieso denn das? Ich bin nur müde von der langen Zugfahrt.«

David lief aus dem Zimmer und war nach zwei Minuten wieder da, in der einen Hand hielt er eine Cognacflasche, in der anderen ein Wasserglas, das er halbvoll goß. »Das trinkst du jetzt«, sagte er, »und zwar alles. Sofort. Wir werden uns von diesem Hagestolz da unten doch nicht die Wiedersehensfreude verderben lassen.«

»Ich mag das nicht.«

»Na und? Ist ja auch als Medizin gedacht.«

Und tatsächlich trank Antonia, so hastig, daß ihr die Tränen kamen.

»Nun weinst du also doch«, sagte David. »Irgendwie scheint's dich erwischt zu haben.«

Antonia ließ ihren Tränen freien Lauf. Dabei weinte sie weder aus Müdigkeit, noch weil der Cognac ihr in der Kehle brannte. Aber sie weinte ja auch nicht nur, sie lachte dabei. Anscheinend über sich selbst. Und dann umarmte sie David und sagte: »Ich hab ganz vergessen, wie das ist, Familie zu haben.«

David hielt still und flüsterte: »Wir sind ja auch nicht familienberechtigt. Aber für die nächsten Tage können wir wenigstens so tun als ob.« Er machte sich los von ihr, lachte und sagte: »Und weißt du, was wir jetzt tun? Wir verkleiden dich.«

»Mich? O bitte nein.«

»O bitte ja.« Er zog sie durch das Bad hinüber in sein Zimmer, drückte sie in einen Sessel und öffnete den Kleiderschrank.

Antonia kicherte. »Meine Güte, hast du viele Anzüge.«

»Ich habe ja auch einen Gönner.«

»Der ist doch geizig, hast du gesagt.«

»Nicht immer. Zeig mir, welchen Anzug du am schönsten findest.«

Einen nach dem anderen hielt er vor seinen Körper. »Diesen für die Reise nach Venedig. Den hier mit passender Kappe für die Ballonfahrt. Der Smoking für die Premiere. Der Frack – ach, den braucht man so gut wie nie. Das karierte Prachtstück für den Frühjahrsspaziergang. Der Börsengraue für die graue Börse. Und der Nadelstreifen für die Vernissage mit nachfolgendem offiziellem Dinner. Und dieser hier und der da und noch einer. Alle mit passenden Accessoires. Such dir einen aus.«

»Gibt's das wirklich alles für dich, Ballonfahrten und Premieren und Dinnerpartys?«

»Frag nicht soviel, Schwester, sag, welcher dir am besten gefällt.«

»Der Nadelstreifen, glaube ich. Er wirkt so wunderbar männlich.«

»Aha, darum geht's dir. Also gut. Dazu dies weiße Hemd, kleingemusterter Schlips, schwarze Socken, schwarze Schuhe.« Er drückte ihr alles in die Arme und schob sie ins Bad. »Während du dich umziehst, hole ich aus der Küche ein nettes kleines Abendbrot. Wir werden uns schon amüsieren, das verspreche ich dir.«

Antonia saß auf dem Badewannenrand und betrachtete den Kleiderhaufen. Verkleiden sollte sie sich? Na bitte, warum eigentlich nicht. Der Cognac begann, seine Wirkung zu tun.

Davids Sachen paßten ihr – sie hatte tatsächlich eine ähnliche Figur wie er, war groß und schlank, hatte wenig Busen und alles andere als ausladende Hüften. Nur die Frisur war doch sehr weiblich. Antonia sah sich um im Bad, fand ein Glas mit Brillantine und rieb sich damit die Haare ein, bis sie glänzend und schwer wurden und formbar wie Kuchenteig. Nichts mehr von lockiger Fülle, alles glatt nach hinten gekämmt, sie lachte sich an im Spiegel und beschloß, heute die erste Zigarette ihres Lebens zu rauchen.

324

David hämmerte an die Tür. »Dinner is served.«

Aus dem Plattenspieler tönte Jazz. Davids Gesicht strahlte, als er seine Schwester sah.

»Mein Gott, nun weiß ich endlich, warum mir die Männer reihenweise verfallen!« Und er lachte, bis ihm die Tränen kamen. »Dir aber auch, Schwester-Bruder, dir auch!«

Es wurde ein langer lauter Abend. Sie tranken Champagner und zwischendrin immer mal wieder einen kleinen Cognac. Das Leben ist ein Spaßvergnügen, und wer darüber ins Heulen gerät, ist ein Spielverderber. Sie überboten einander mit frivolen Witzeleien, und als ihnen schließlich der Stoff ausging und sie obendrein schon ziemlich betrunken waren, bestand David darauf, seiner großen Schwester das Tangotanzen beizubringen.

»Ohne Tango hast du hier in Berlin nicht die geringste Überlebenschance!«

Antonias Ungeschicklichkeit als Tangotänzerin riß sie beide zu immer neuen Lachstürmen hin. Sie stolperte über ihre eigenen Füße und ging zu Boden, er zog sie wieder hoch, hielt sie fest an sich gedrückt und flüsterte ihr verschwörerisch ins Ohr: »Morgen werde ich alle deine Kleider anprobieren!«

Erst als die Platte zu Ende war und die Geschwister sich voneinander lösten, bemerkten sie Ludwig, der ruhig neben der Tür an der Wand lehnte.

»Was machst du denn da?!« fragte David aufgebracht.

»Ich seh euch zu.«

»Und? Was siehst du?«

»Daß zwei von euch noch viel schöner sind als einer allein.«

Tief in der Nacht oder sehr früh am Morgen kam David in Antonias Zimmer. Sie schreckte hoch aus tiefem Schlaf. »Was ist, David, was willst du?«

»Ich will, daß du mich hältst, so wie du es früher getan hast, als ich noch ganz klein war.«

»Was hab ich früher getan?«

»Mich zu dir ins Bett genommen und getröstet.«

»Ich bin nicht deine Mutter, David. Ich bin nur deine große Schwester.«

»Bitte, laß mich bei dir liegen.«

Antonia rückte zur Seite. »Na, komm schon. Aber nicht unter die Decke. Und versuch zu schlafen. Du mußt doch genauso müde sein wie ich.«

»Ich will aber nicht schlafen, ich will reden.«

»Rede mit Ludwig.«

»Nein, mit dir. Warum bist du denn hierhergekommen, wenn ich jetzt nicht mit dir reden darf?«

»Morgen, David, morgen.«

»Morgen haben sie mich vielleicht schon abgeholt.«

»Ach, Unsinn. Kein Mensch kennt hier deine wahre Identität. Du mußt nur versuchen, dich so unsichtbar wie möglich zu machen und niemanden zu provozieren.«

»O Gott!« stöhnte David, »du auch noch, du, meine Schwester, meine Freundin. Gibst mir dämliche Ratschläge. Überlaß das doch Ludwig und der alten Behringer. Wie ich diese Besserwisserei hasse!«

Plötzlich fing er an zu weinen. »Ich hab Angst, Toni, ich hab so entsetzliche Angst. Neulich ist einer von da zurückgekommen – was er erzählt hat! Alle Zähne sind ihm ausgeschlagen worden. Und der war nur ein Politischer. Aber ich bin doch zweifacher Abschaum, Jude und Homosexueller. Dafür werden sie mich auch zweifach bestrafen.«

Antonia zog ihn eng an sich. »Um dir etwas antun zu können, müssen sie dich erst einmal haben.«

»Und ich sag dir, sie kriegen mich. Dein Mann wird schon dafür sorgen.«

»Mein Mann beschützt dich. Das jedenfalls glaubt Ludwig.«

»Ach der, der will mich loswerden, will mich unbedingt ins Ausland abschieben, weißt du das? Und er hat auch eine Uniform, fast so wie dein Mann.«

»Eine Uniform?«

»Irgend etwas mit Reserve. Steht ihm sehr gut. Er will sein wie die anderen – und dann doch nicht. Und er sagt, daß er mich liebt, aber er will mich loswerden. Weil ich eine Gefahr für ihn bedeute.«

»Du bist ungerecht, David, und kindisch obendrein.«

»Ich bin nur betrunken, das ist alles.«

»Dann versuch doch endlich zu schlafen. Ich halte dich ja fest, dir kann nichts passieren. Ich behüte deinen Schlaf.«

Am Morgen traf Antonia Ludwig beim Frühstück.

»Du siehst ja schrecklich aus«, sagte er.

»Ich kann nicht gut mit Alkohol umgehen.«

»Hm.« Er zog ein Röhrchen Aspirin aus der Tasche und reichte es ihr. »Das hab ich mir extra deinetwegen eingesteckt. Und auf der Anrichte steht ein Krug mit Buttermilch.«

Antonia schluckte die Tablette, trank zwei Becher Buttermilch und kippte noch eine Tasse Kaffee hinterher.

Ludwig las in der Zeitung. Ohne aufzusehen, sagte er: »Ich bin heute früh in Davids Zimmer gegangen, er war nicht da. Hoffentlich hat er nicht wieder mal irgendwelche Eskapaden gemacht.«

»Er hat bei mir geschlafen.«

»Bei dir? Wieso?«

»Er war betrunken und hat sich wohl eingebildet, ich wäre seine Mutter.«

»Und wie ist die Mutter-Schwester damit umgegangen?«

»Mehr Mutter als Schwester. Ich hab ihn in die Arme genommen und seine Tränen und seine Ängste ertragen. Bis er schließlich eingeschlafen ist. Den Rest der Nacht habe ich neben dem Bett gesessen und ihn bewacht.«

»O Mutterliebe!« sagte Ludwig kopfschüttelnd.

»Wär's dir lieber gewesen, ich hätte ihn noch losziehen lassen, um irgendwelche – wie du das nennst – Eskapaden zu machen?«

»Ach, weißt du, daran bin ich gewöhnt.«

Er schenkte sich eine weitere Tasse Kaffee ein. Antonia bemerkte, daß seine Hand zitterte.

»Wenn er es bei mir nicht mehr aushalten kann«, sagte Ludwig,

»wenn er sich nicht genügend oder auch zu sehr geliebt fühlt, dann sucht er Trost in irgendwelchen obskuren Kneipen oder Privatwohnungen. Da hocken diese Kerle im Schwulenmief und schwadronieren und saufen und tanzen zusammen – und was sonst noch alles. Sie geilen sich auf an der Gefahr, und unten drunter schlottern sie alle vor Angst. Aber die meisten von denen haben wenigstens das unschätzbare Privileg, der germanischen Herrenrasse anzugehören. Sind übrigens auch Offiziere dabei, na klar, die haben sie ja längst noch nicht alle erwischt.«

Er stand auf. »Ich muß zur Klinik. Ich . . ., wir sind dir so dankbar, daß du gekommen bist. Seit dem Tod eurer Mutter ist David ziemlich verstört. Er kann es immer noch nicht ertragen, über sie zu reden.«

An der Tür drehte er sich noch einmal um. »Ach ja, das hätt ich fast vergessen. Am Schauspielhaus gibt's heute eine Premiere. Die ›Jungfrau von Orleans‹ mit Marianne Hoppe. Wir gehen hin. Hier sind eure beiden Karten, ich komme wahrscheinlich direkt von der Klinik. Und macht euch schön, ihr beiden.«

»Warum hast du eigentlich deine ›Trauerhilfe‹ aufgegeben?« fragte David beim Tee.

Bruder und Schwester saßen in Antonias Zimmer. Der Aufruhr der letzten Nacht war David nicht anzusehen.

»Vater hat's von mir verlangt.«

»Und warum?«

»Weil man als Leiterin eines Beerdigungsinstituts zu sehr die Neugier der Öffentlichkeit erregt. Und die können wir uns momentan nicht leisten.«

David nickte. »Er wollte dich unsichtbar machen, genauso wie mich. Dabei bräuchte er doch bloß seinem künstlichen Judentum abzuschwören und wieder ein echter Protestant zu werden. Dann wäre seine Nachkommenschaft nur halb belastet und könnte wenigstens halb sichtbar werden. Aber dazu ist er natürlich nicht bereit. Demonstrativ beschert er seiner toten Frau jetzt die Liebe und Loyalität, an der's zu ihren Lebzeiten hat mangeln lassen.«

Antonia wechselte abrupt das Thema. »Ludwig möchte, daß wir uns schön machen für die Premiere heute Abend. Was, meinst du, stellt er sich darunter vor?«

»Ich werd's dir zeigen«, sagte David, ging an Antonias Kleiderschrank, entnahm ein paar Kleider und verschwand damit im Bad. »Was du kannst, kann ich nämlich auch!«

Antonia zuckte die Schultern und räumte nervös das Teegeschirr zusammen. Als David schließlich zurückkam, in ihrem kleinen Schwarzen, grell geschminkt, in Netzstrümpfen und hohen Stöckelschuhen – nicht den ihren – und mit einem in die Stirn gedrückten Schleierhütchen, wurde sie sehr ärgerlich.

»Du beabsichtigst doch wohl nicht, in diesem Aufzug ins Theater zu gehen!«

»Und warum nicht?«

»Weil es peinlich ist. Und außerdem gefährlich.«

»Ach, Unsinn. Jeder wird mich für deine Schwester halten.«

»Du bist aber nicht meine Schwester. Wenn du hier tatsächlich den Transvestiten spielen willst, dann mußt du das ohne mich tun. Ich jedenfalls bleib zu Haus.«

»Solche wie mich gibt's in Berlin doch jede Menge. Sei nicht so kleinkariert, Antonia.«

»Und an Ludwig denkst du dabei wohl gar nicht?«

»Ach ja, Ludwig. Unser armer lieber Edelmensch, ein antischwuler Homosexueller, ähnlich wie all diese antisemitischen Juden. Beide Sorten sind mir gleichermaßen suspekt. Sie ernähren sich von dem Kuchen, den sie unbedingt behalten wollen. An Ludwig denken? Das muß ich doch nicht mehr, weil du's ja schon fortwährend tust.«

»Ich? Was hat denn das mit mir zu tun? Ludwig ist doch dein Freund, nicht meiner!«

David machte ein paar Trippelschritte, drehte sich um sich selbst und karikierte einen typisch weiblichen Hüftschwung. »Macht euch schön, ihr meine beiden Lieben! Natürlich ist er mein Freund, und dummerweise liebe ich ihn sogar, auf meine Weise, an die sind wir beide gewöhnt. Du allerdings hast deine

Weise noch nicht gefunden, und das bereitet dir Kopfschmerzen.
Von außen betrachtet, ist das Ganze nur allzu offenbar. Aber natürlich ist es auch möglich, daß du es vor dir selbst erfolgreich
verborgen gehalten hast. Nicht nur blind und unsichtbar, sondern
auch noch fühllos und unfühlbar? Gott, wie heroisch du doch
bist, Schwesterchen. Aber mich kannst du nicht täuschen, ich hab
dich längst aufgestöbert in deinem Versteck. Du bist verknallt in
Ludwig Behringer, und das ist, ehrlich gesagt, eine ziemlich große
Scheiße für dich!«

Da stand er vor ihr in diesem lächerlichen Aufzug, herausge-
putzt wie eine Kokotte, und schleuderte ihr die Wahrheit ins Gesicht. Als Reaktion fiel ihr nichts anderes ein als aufzuspringen
und mit einer dramatischen Geste ihren Koffer aus dem Schrank
zu zerren. »Ich fahre ab. Noch heute. Ich kann euch beide nicht
mehr ertragen.«

Natürlich fuhr sie nicht ab. Dafür mußte allerdings ihr Brüder-
chen die Schminke herunterspülen und sich in einen dezenten
dunklen Anzug kleiden. Und dann zog Antonia statt seiner das
kleine Schwarze an.

»Weißt du«, sagte David zu ihr, »bei mir ist dein Geheimnis gut
aufgehoben. Ganz gewiß werd ich's niemandem erzählen, und
schon gar nicht Ludwig, der ist bereits verwirrt genug. Und ich will
ihn ja nicht verlieren. Zwar waren seine sexuellen Vorlieben bislang eindeutig – aber man weiß ja nie. Wenn ich's recht bedenke,
ist die Situation eigentlich doch nicht so verfahren, wie es zuerst
den Anschein hatte. Denn dir geht's doch hier sicher nicht in erster
Linie ums Sexuelle. Oder? Ich meine, dafür hast du schließlich
deinen ... diesen ... also diesen Popanz, an dem du deinen Ma-
sochismus austoben kannst. Im Grunde bist du aber eine große
Romantikerin, du willst die Seelenliebe. Ludwig will die auch, bloß
kriegt er sie leider nicht von mir, ich bin dafür ungeeignet. Das
vernünftigste wäre also: Wir teilen ihn uns. Ludwig ist ein sehr
vielseitiger Mensch, der gibt genug her für zwei. Das hätte dann
auch den Vorteil, daß wir beide viel über ihn reden könnten. Und

330

das will man doch, wenn man jemanden liebt, man will über ihn reden. Oder? Du berichtest mir über deinen Anteil und ich dir über meinen. Und du wirst sehen, es gibt keine Überschneidungen. Ich schenke dir den halben Ludwig.«

Antonia schüttelte über Davids Gerede den Kopf, lächelte aber auch, nickte und sagte: »Ja, ja, kleiner Bruder, so machen wir das. Wir bauen uns ein doppelstöckiges Luftschloß, in dem jeder mit seiner Ludwighälfte bequem leben kann.«

Trotz des offensichtlichen Unfugs fühlte sie sich seltsam getröstet.

Während der nächsten Tage und Nächte gewann Davids Luftschloß dann doch an so etwas wie Realität. Zwar glaubte Antonia nicht, daß Ludwig in dessen Existenz eingeweiht war, dennoch begann er sich darin so sicher zu bewegen, als hätte er es selbst erbaut. So zog er mit Antonia durch Galerien und Museen, schleppte sie von Munch zu Botticelli, von der Nofretete zum Pergamonaltar, er machte mit ihr eine Dampfertour auf der Havel, und er ging mit ihr einkaufen. Fast nie war David während dieser Unternehmungen dabei. Er habe zu tun, sagte Ludwig.

»Was denn?« erkundigte sich Antonia.

»Frag ihn doch selbst.«

Anfangs bemühte sich Ludwig noch konsequent, jede körperliche Berührung mit ihr zu vermeiden. Doch am Ende ihrer gemeinsamen Woche nahm er wie ein vertrauter Freund ganz lässig ihren Arm. Gerne ging er mit ihr in Restaurants, wo er auf Bekannte traf. Da beugte er sich zu ihr, flüsterte, streichelte ihre Hände, und einmal küßte er sie sogar mitten im Gespräch auf die Wange. Antonias Verdacht, daß der Grund für sein Verhalten vor allem der war, endlich einmal als homme à femme angesehen zu werden, tat ihrem Wohlgefühl keinen Abbruch. Sie selbst hielt sich zurück. Obgleich es ihr schwerfiel, streckte sie kein einziges Mal die Hände nach ihm aus oder hängte sich bei ihm ein oder strich ihm gar über die stets tadellos rasierten Wangen. Instinktiv wußte sie, daß ihre Passivität der einzige Weg war, ihn zu größerer Nähe zu ermutigen. Auch ihre Zunge und sogar ihre Augen hielt sie – meist – gut im Zaum.

Abends gingen sie oft zu dritt ins Kino oder ins Theater. Zweimal Shakespeare, »Heinrich IV.« mit dem lebensprallen Heinrich George als Falstaff, »Richard II.« mit dem kühlen Gustaf Gründgens, der David zu Beifallsstürmen hinriß. Im Kleinen Haus gab es zwei Stücke von Lope de Vega, in denen Victor de Kowa glänzte. »Gott, ist der attraktiv!« sagte Antonia. »Aber schwul«, flüsterte David ihr ins Ohr. Antonia reagierte ärgerlich. »Das glaubst du doch wohl selber nicht!« Worauf David sein Gelächter in einem Hustenanfall verbergen mußte.

Nach diesen Abendunternehmungen behauptete Antonia stets, sehr müde zu sein. Meist nahm sie sich dann allein ein Taxi nach Haus. Die beiden Männer hielten sie nicht zurück.

Am folgenden Morgen, wenn Ludwig in der Klinik war, konnte sie dann hemmungslos über ihn reden. David hörte ihr geduldig zu. Wenn er ihr allerdings seinerseits von Ludwig erzählen wollte, wurde Antonia nervös. David amüsierte sich über ihren Panikblick.

»Befürchtest du wirklich, daß ich dir hier von irgendwelchen körperlichen Wonnen berichten will?«

Antonia blieb ängstlich, fasziniert und in jedem Moment bereit, das Bewußtsein auszuschalten, um ihren Ludwiganteil zu schützen. Und er erzählte von skurrilen Kneipen, überdrehten Freunden, scharfen Cabarets.

An Antonias letztem Abend dann bat Ludwig sie – etwas umständlich, aber doch explizit –, noch einmal ihre erste Szene in diesem Hause nachzuspielen, sie wisse schon, was er meine.

Natürlich wußte Antonia das, fragte aber dennoch. »Welche Szene?«

»Die mit dem Anzug.«

»Warum?«

»Du hast so hübsch ausgesehen darin.«

»Und wozu?«

»Um mir eine Freude zu machen.«

Also ließ Antonia sich von David, der keineswegs überrascht schien, einen Anzug geben und verzog sich damit ins Bad. Diesmal vernebelte der Alkohol nichts, sie mußte alles ganz bewußt erleben. Ihre Hände zitterten so sehr, daß sie kaum das Hemd zuknöpfen und die Krawatte binden konnte.

Als sie schließlich ins Zimmer trat, war sie den Tränen nahe. David lächelte ihr beruhigend entgegen. »Du siehst wirklich schön aus, Antonia.«

»Nur die Krawatte hättest du besser binden sollen«, sagte Ludwig und schlang den Knoten neu. »So, jetzt ist es in Ordnung. Ich hab schon einen Wagen bestellt, wir gehen zum Abendessen ins ›Adlon‹.«

»Nein!« sagte Antonia.

»Doch, doch. Es ist der letzte Abend, wir müssen deinen Aufenthalt hier angemessen beschließen.«

»Aber nicht in diesem Aufzug!«

Es klingelte an der Haustür. »Das ist der Fahrer. Wir gehen.«

Im Wagen streichelte Ludwig ihre Hand. »Was macht dich denn so nervös? Viele Frauen hier haben Spaß dran, gelegentlich wie Männer aufzutreten. Entweder man nimmt sie weiterhin als Frauen, dann werden sie bewundert für ihre Emanzipation. Oder aber sie machen's so geschickt, daß sie tatsächlich als Männer durchgehen – na, dann um so besser.«

»Ich aber nicht.«

»Was nicht?«

»Ich hab keinen Spaß dran, und ich kann nicht als Mann durchgehen.«

»Wart's ab«, sagte Ludwig.

»Du weißt doch«, mischte sich David ein, »unsere Urahnin hat ihr allen Spaß verboten, bestimmt auch das Verkleiden.«

»Hat sie ihr auch den Alkohol verboten?« fragte Ludwig und brachte eine silberne Taschenflasche zum Vorschein.

»Hier, Antonia, trink das.«

»Sie hat mir nie etwas verboten«, sagte Antonia, »das war nicht nötig.«

Bevor sie trank, hielt sie sich die körperwarme Flasche sekundenlang gegen die Wange. Es war Ludwigs Wärme, die ihr mit dem Cognac durch die Kehle floß und sich beruhigend und aufregend zugleich in ihr ausbreitete.

»Nicht so viel«, sagte Ludwig und nahm ihr die Flasche weg. »Wir wollen dich doch nicht betrunken machen.«

Später konnte Antonia nicht sagen, ob die Kellner und anderen Gäste in ihr nun den Mann oder die Frau gesehen hatten, aber sie erinnerte sich nicht ohne Genugtuung daran, daß sie im Verlauf des Abends immer sicherer geworden war, daß sie erfolgreich ihre Stimme heruntergeschraubt und in knappen kurzen Sätzen gesprochen hatte und daß ihre Bewegungen härter und männlicher geworden waren. Doch vor allem dachte sie an die beiden Männer, an Ludwig, der sie bewundernd, ja verlangend angeblickt hatte, und an Davids wachsende Irritation. Schließlich war er noch vor dem Dessert aufgesprungen, hatte ihr in zynischem Tonfall geraten, die Stockwerke des Luftschlosses doch besser nicht zu verwechseln, weil sie sich in dem seinen nicht zurechtfinden könne, und war grußlos davongegangen.

Spät in der Nacht kam Ludwig zu ihr ins Zimmer und ließ sich schwer auf ihren Bettrand fallen. Er war sehr betrunken.

»Ich hab noch nie mit einer Frau geschlafen«, sagte er. »Meinst du, ich könnte es mit dir?«

»Vermutlich nicht«, antwortete Antonia. »Und wir wollen es auch besser gar nicht erst versuchen.«

Ludwig seufzte. »Gar nicht erst versuchen . . ., so hab ich's immer gehalten. War zu feige. Drum fehlt mir der Beweis. Aber mit dir . . .«

»Ich will dir nicht als Beweis für eine Unfähigkeit dienen.«

»Nein?«

»Nein.«

Er stand auf und tappte auf unsicheren Füßen in der Dunkelheit zur Tür.

»Schade«, murmelte er, »weil's doch auch der Beweis für eine Fähigkeit hätte sein können.«

Am nächsten Morgen stand Antonia früh auf und machte sich zur Abfahrt bereit.

Als sie ins Wohnzimmer kam, saß Ludwig dort am Fenster und las, ähnlich wie bei ihrer Ankunft. Er blickte auf und winkte ihr kurz zu. »Gute Reise, Antonia, und beste Grüße an meine Mutter.«

Sie blieb an der Tür stehen. »Auf Wiedersehen, Ludwig«, sagte sie leise. »Und vielen Dank für alles.«

»Ja, ja, nichts zu danken. Adieu.« Er wandte sich wieder seinem Buch zu, und kurz darauf verließ Antonia sein Haus.

Wie Antonia ein unmögliches
Glück verteidigte

Arnold hielt sich länger als erwartet in Amerika auf, und Antonia gestattete sich schließlich den zaghaften Wunsch, daß er für immer fortbleiben möge. Doch Anfang Juni war er wieder in Deutschland und kam auch umgehend nach Greinsberg.

»Nimm dich um Gottes willen zusammen!« sagte Johanna Behringer.

Das Ehepaar Köppermann wohnte für die Zeit von Arnolds Besuch wieder beim Steuberwirt. Anna Barbara blieb in der Kleinen Villa. Dort, bei Johanna, war sie sowieso am liebsten.

Nachdem Antonia Arnolds Kleider in den Schrank gehängt und sich viel Zeit genommen hatte, im Bad Rasierzeug und Flacons zu arrangieren, saß sie auf dem Bettrand. Sie wußte nicht, wie sie die nächsten vier Tage überstehen sollte.

Schweigend stand Arnold am Fenster und schaute hinaus. Schließlich sagte Antonia: »Wie war's denn nun im fernen Amerika?«

Als spräche er zu jemandem im Garten, sagte Arnold: »Meine Frau ist in Berlin gewesen.«

Seine Worte trafen Antonia wie ein Stromschlag. Für einen Moment konnte sie nicht sprechen.

Arnold drehte sich zu ihr um. »Du bist meine Frau, und du bist in Berlin gewesen«, sagte er nun mit deutlicher Drohung in der Stimme.

Sie kam zu sich, fragte weder, wieso er das denn wisse, noch warum er ihr nachspioniere, sondern versuchte, sich selbstsicher zu geben: »Ja. Und?«

»Was hast du da getrieben?«

»Das weißt du doch sowieso, warum also fragst du mich?«

Sie horchte auf ihre eigene Stimme und fand, daß sie den beiläufigen Ton gut traf.

»Weil ich's von dir persönlich hören will.«

»Bitte sehr. Dreimal Theater, zweimal Kino, außerdem Besuche im Historischen Museum, in den Kunstmuseen und beim Pergamonaltar.«

»Das interessiert mich nicht.«

»Was interessiert dich denn?«

»Der Kerl natürlich, der Behringer. Du hast ein Verhältnis mit ihm.«

»Gott, Arnold! Wenn du mir schon so erfolgreich nachspionierst, dann sollte dir ja auch bekannt sein, daß Ludwig Behringer sich nicht für Frauen interessierte.«

»Natürlich weiß ich das. Darum hast du für ihn ja auch den Lustknaben gespielt.«

»Einen Knaben? Da liegst du nun wirklich daneben. Ich bin dreiundvierzig Jahre alt!«

»Um so widerlicher!«

Plötzlich verlor Arnold seine gewohnte Beherrschung. Seine Augen verengten sich, sein Unterkiefer zitterte. Er stürzte zu ihr hin, packte sie bei den Schultern und riß sie vom Bett hoch. »Du Schlampe«, schrie er, »du würdeloses Miststück. Du betrügst mich mit einem Schwulen!«

Und dann schlug er sie rechts und links ins Gesicht.

Antonia schrie nicht, sie schloß nicht einmal die Augen. Sie tastete nur nach dem Bettpfosten, blieb aufrecht stehen und sah ihn an. Noch nie hatte Arnold sie geschlagen, so etwas war ihr auch bislang als vollkommen unmöglich erschienen.

»Arnoldchen...«, flüsterte sie, »was ist denn nur mit dir passiert?«

Ebenso schnell wie seine Wut hochgekocht war, fiel sie auch wieder in sich zusammen. Schwer atmend stand er vor ihr, mit hängenden Schultern, den Kopf gesenkt. »Ich halt's einfach nicht mehr aus«, stöhnte er.

Mechanisch wiederholte Antonia: »Er hält es einfach nicht mehr aus. Arnold Köppermann hält es nicht mehr aus. Er muß seine Frau schlagen, weil er's nicht mehr aushält.«

Sie löste sich von dem Halt gebenden Bettpfosten und bewegte sich vorsichtig, als könne sie ihren Beinen nicht ganz trauen, in Richtung Tür. Dabei redete sie kopfschüttelnd weiter vor sich hin. »Er muß mich schlagen, ob er's will oder nicht. Damit er's wieder aushalten kann . . .«

»Geh nicht«, flüsterte Arnold. »Wenn du mich verläßt, bring ich mich um.«

»Ich will doch nur ins Bad«, sagte Antonia.

Dort kühlte sie ihr heißes, rotes Gesicht mit einem nassen Lappen. Plötzlich kam ihr ihre Großmutter in den Kopf. Da siehst du mal, was du angerichtet hast mit dieser Zwangsehe, Großmama. Arnold Köppermann schlägt seine Frau. Weil er's nämlich mit ihr nicht mehr aushalten kann.

Doch sie wußte genau, daß sie jetzt nicht klein beigeben durfte. Und als Arnold sie später anflehte, ihm zu vergeben, als er wieder und wieder seine Verdächtigungen für null und nichtig erklärte, blieb sie kühl.

»Wir sollten uns eben doch besser endgültig trennen«, sagte sie, »solange wir das noch in einiger Freundschaft tun können.«

»Aber du weißt doch genau, daß das unmöglich ist.«

Sie sah ihm direkt in die Augen und fragte: »Warum denn nicht?« Wenn er jetzt antwortet »Weil du Jüdin bist«, dachte sie, dann wäre das ein großer Schritt aufeinander zu.

Für den Bruchteil einer Sekunde erwiderte Arnold ihren Blick, dann sah er zur Seite. »Weil ich ohne dich verloren wäre. Du bist mein einziger Halt im Leben.«

Antonia unterdrückte die Frage, was denn mit dem anderen Halt sei, mit jenem, den ihm die Partei und der Glaube an Führer und Vaterland gaben. Sie sagte nur – und dies in aller Aufrichtigkeit: »Ich bin aber leider kein sehr stabiler Halt.«

»Das stimmt, darum muß ich ja auch auf dich achtgeben.«

Die restlichen Tage vergingen ruhig, fast wie in gegenseitigem Einvernehmen. Antonia und Arnold einigten sich ohne viel Worte auf das Lebbare, nämlich darauf, daß Antonia den Berlinbesuch dringend gebraucht hätte, um endlich einmal wieder Großstadt- kultur zu tanken. Kein Wort mehr von ihrer Maskerade. Dafür mußte sie ihm allerdings auch versprechen, daß sie nicht noch einmal dorthin fahren würde. Zur Begründung seiner Forderung sagte er: »Es wird Krieg geben, Antonia. Und dann bist du hier am besten aufgehoben.«

»Krieg?!«

»Ich war nicht nur in Amerika, ich war auch in England und Frankreich und Polen. Die Kräfte, die sich gegen das wieder- erstarkte Deutschland richten, sind gewaltig, wir müssen uns wehren. Pazifismus um jeden Preis ist feige und würdelos. Aber wir werden siegen, wir haben nicht nur die besseren Argumente, sondern auch die besseren Soldaten. Und wir sind hoch gerüstet.«

»Und was wird danach sein, wenn Deutschland tatsächlich ge- siegt hat?«

»Bekanntlich schmückt es den Sieger, großzügig zu sein. Eine derartige Ehre können wir uns doch nicht entgehen lassen.«

Juni, Juli, August. Es roch nach Krieg. Arnold war wieder in Ham- burg und rief dauernd an. Kein Wort von Ludwig. Dafür aber mehrere Briefe von David alias Dieter Wagner, heitere, anschei- nend sorglose Briefe voller Anekdoten, in denen auch immer wieder »der Herr unseres Luftschlosses« auftauchte. Dieser fühle sich doch oft sehr einsam, hieß es da, weil sich die Bewohnerin des Obergeschosses verzogen habe. Und ob es denn nicht möglich sei, doch noch einmal etwas Leben in das alte Gemäuer zu bringen.

»Liebster Dieter«, antwortete Antonia, »wie gern würde ich den zweiten Stock als Dauerwohnsitz herrichten, aber unser Be- schützer, der über Meere und Berge und auch durch Wände hin- durchsehen kann, hat mir jeden weiteren Schloßbesuch strikt untersagt. Wir können es uns nicht leisten, den Beschützer zu verärgern. Er befindet sich momentan in einem gefährlichen Zustand, das Doppelspiel zerrt an seinen Nerven, und es fällt ihm immer schwerer, sich zu beherrschen.«

Als am ersten September der Krieg begann, wurde sogar im Park des Sanatoriums für ein paar Tage die Hakenkreuzflagge gehißt. Die jungen Männer zogen fort, nicht blumengeschmückt und singend wie 1914, eher mit dumpfer Entschlossenheit. »Wir sind bald wieder da«, sagten sie, und das klang bei den meisten wenig optimistisch, eher wie eine flehentliche Bitte. Nur ein paar Alte schwafelten von Mut und Ehre und Kampfbereitschaft. »Unsere Jungs werden's denen schon zeigen«, sagte der Steuberwirt, »bis Weihnachten ist alles erledigt.«

Am zwölften September erschien Arnold Köppermann in Greinsberg. Er trug die Uniform eines Obergruppenführers der SS, und es gelang ihm, Antonia davon zu überzeugen, sich mit ihm in diesem Aufzug im Dorf zu zeigen, in der Gaststube zu sitzen und sogar mit Anna Barbara nach Freudenstadt zu fahren. Er wurde überall angestarrt. Alle Uniformträger – nicht nur die Soldaten – grüßten ihn respektvoll. Das Kind, das zuvor nicht sehr viel Interesse an seinem Vater bekundet hatte, drückte sich stolz an ihn.

Als er wieder fort war, schrieb Antonia an Dieter Wagner z. Hd. Doktor Ludwig Behringer: »Die Tage mit meinem Mann waren sehr aufregend. Er ist extra gekommen, um mir kraft seiner Persönlichkeit Sicherheit zu geben. Ich liebe ihn dafür.«

Sie war inzwischen überzeugt, daß ihre Briefe geöffnet wurden.

Der Polenkrieg ging vorüber, dann war auch Frankreich besetzt. In Greinsberg änderte sich wenig, nur das medizinische Personal wurde knapp, weil man die jüngeren Ärzte, Pfleger und Schwestern in die Frontlazarette beorderte. Zwei Ärzte im Pensionsalter wurden neu eingestellt, dazu mehrere ältere Frauen in einem Schnellkurs zu Pflegerinnen ausgebildet. Antonia war der Meinung, daß die Patientenversorgung nicht schlechter geworden war; Johanna Behringer hingegen wütete gegen ihren Sohn: »Nicht einmal jetzt, da wir doch ganz offensichtlich in einer medizinischen Notsituation sind, findet er sich bereit, mitsamt seinem Erbe auch die Verantwortung zu übernehmen.«

»In der Charité wird er gewiß noch viel dringlicher gebraucht«, sagte Antonia.

»Du mußt ihn ja immer verteidigen.«

Davids Briefe wurden seltener und knapper, und dann kam überhaupt nichts mehr. Antonia machte sich große Sorgen. Schließlich überwand sie sich und rief in Berlin an. Als sie Ludwigs Stimme am Telefon hörte, konnte sie kaum sprechen. »Hallo«, sagte sie leise und dann noch einmal: »Hallo, Ludwig.«

Am anderen Ende die ungeduldige Frage: »Wer spricht, wer ist denn da?«

»Ich bin's. Es ist wegen . . .«

»Wer ist ich?«

»Ich wollte nur wissen, ob David, ich meine Dieter . . .«

In diesem Moment kam Johanna ins Zimmer, erkannte Antonias Verwirrung und nahm ihr den Hörer aus der Hand.

»Hallo, wer ist denn da?«

»Mama? Gibt's etwas Besonderes? Was ist passiert?«

»Das war nur Antonia. Sie macht sich Sorgen.«

»Ich auch. Wir alle. Grüß sie von mir. Und sag ihr, daß sie um Gottes willen nicht ausgerechnet jetzt auf die Idee kommen soll, sich mit den Parchimern in Verbindung zu setzen. Das könnte katastrophale Folgen haben.«

»Sag's ihr persönlich, Ludwig. Und zwar hier in Greinsberg. Ich will, daß du kommst, Ludwig.«

»Unmöglich. Ich kann hier nicht weg.«

»Mir geht's aber nicht gut. Letzte Woche war ich in Freudenstadt beim Kardiologen. Er gibt mir nicht mehr viel Zeit. Das wollte ich dir nur sagen.«

Sie brach das Gespräch ab und drückte den Hörer energisch zurück in die Gabel. »So, jetzt wollen wir doch mal sehen, ob's etwas nützt.«

Antonia starrte die alte Frau an. »Du warst beim Kardiologen?«

»Stimmt. Es sieht nicht besonders gut aus. Aber auch nicht so
schlimm, wie ich es eben gemacht habe.«.

»Und du hast es mir nicht gesagt!«

Johanna tätschelte Antonia kurz die Wange. »Kindchen! Du
hast genügend andere Sorgen. Und, wie gesagt, ich hab etwas
übertrieben. Der Gedanke, daß ich damit Ludwig herzitieren
könnte, ist mir gerade eben erst gekommen. Ein kluger Gedanke,
findest du nicht auch? Und falls er jetzt zurückrufen sollte, mein
wunderbarer einziger Sohn, sagst du ihm unter keinen Umstän-
den, daß es mir gar nicht so schlecht geht!«

»Wie geht's dir denn nun wirklich?«

»Schlecht. Aber doch nicht sehr schlecht.«

Ludwig Behringer rief nicht zurück, er kündete telegraphisch
seinen Besuch für den übernächsten Tag an.

Wie beim ersten Mal fuhr Antonia im Maibach zum Bahnhof,
diesmal chauffierte sie selbst. Auch Ludwig trug nun Uniform, die
eines Oberstabsarztes der Reserve. Er umarmte sie, wollte sie gar
nicht wieder loslassen. »Gott im Himmel«, flüsterte er, »du siehst
ihm so verdammt ähnlich.«

»Was ist mit ihm?«

»Ich weiß es nicht. Untergetaucht, seit ein paar Wochen endgültig. Jeglicher Kontakt ist abgebrochen. Er wollte mich wohl
nicht mehr gefährden. Vielleicht ist er noch in Berlin, vielleicht
aber auch schon in Buchenwald oder Sachsenhausen.«

»Was bedeutet das, Buchenwald oder Sachsenhausen?«

»Das bedeutet Ausrottung unwerten Lebens.«

Sie schwiegen beide. Erst im Auto fragte er: »Wie geht's meiner
Mutter?«

»Schlecht. Aber doch nicht sehr schlecht.«

Er lächelte erleichtert. »Ich hab's doch geahnt, die alte Intrigan-
tin schreckt vor nichts zurück. Um ihren Willen durchzusetzen,
erfindet unsere Frau Mutter für sich sogar eine tödliche Krankheit. Dabei wäre ich sowieso gekommen.«

»Wirklich? Du warst seit anderthalb Jahren nicht hier. Warum denn jetzt?«

»Weil er fort ist. Weil ich bei all meiner Liebe oft das Gefühl habe, ihn aus dem Gedächtnis zu verlieren. Es ist grauenvoll und beängstigend: Ich kann mir manchmal nicht einmal mehr sein Gesicht vorstellen. Darum mußte ich dich sehen, Antonia.«

Da sagte sie ihm, was sie zu sagen sich vorgenommen hatte: »Die Zeit der Luftschlösser und Maskeraden ist vorüber, Ludwig. Ich will nicht mehr irgendein alter ego sein. Ich bin ich und kann nur als dieses Ich leben. Anders ist es mir unmöglich.«

Er schwieg, legte dann seinen Arm um sie und sagte, ohne direkt auf ihre Worte einzugehen: »Wenigstens sorgen können wir uns doch gemeinsam und ängstigen und hoffen.«

Ludwig konnte nur drei Tage bleiben. Diesmal kümmerte er sich kaum um das Sanatorium – »ihr habt hier doch alles bestens im Griff«. Er informierte sich bei dem Freudenstädter Kardiologen über den Zustand seiner Mutter, erließ einige strikte Therapieanweisungen und suchte ansonsten nahezu zwanghaft Antonias Nähe. Der gebotene Abstand gelang ihr immer weniger, ihr Panzer weichte langsam auf.

Dann kam sein letzter Abend. Antonia und er saßen allein bei ihrem Rotwein im leeren Speisesaal. Sie fragte ihn, warum er Uniform trüge.

»Ein wenig Maskerade muß doch sein, auch wenn du dagegen bist.«

»Wäre es möglich, daß sie dich einziehen?«

»Gott sei Dank bin ich mit meinen fast fünfzig Jahren schon reichlich alt. Und außerdem hält man mich für unabkömmlich an der Heimatfront.«

»Gott sei Dank«, seufzte Antonia.

Sie schwiegen. Antonia schloß die Augen. Da sprang Ludwig plötzlich auf, griff nach ihrem Arm und herrschte sie an: »Du kommst jetzt mit!« Kopflos lief sie hinter ihm her die Treppe hoch in sein Zimmer. Sie riß sich das Kleid herunter und ließ sich auf sein Bett fallen. Er umarmte und küßte sie, verbiß sich in ihren Hals, tat ihr weh, warf sie schließlich herum und drang in sie ein, gewalttätig, wie in einer großen verzweifelten Wut.

Danach mußte Antonia lange ihre Kindersprüchlein flüstern – »ist ja gut, alles ist gut!« –, mußte ihn halten und streicheln und trösten, bevor er sich endlich beruhigen konnte.

»Es ist, wie es ist«, flüsterte sie, »wir haben es beide nicht beabsichtigt, und es war darum auch kein wirklicher Betrug. Wenn er es wüßte, würde er uns verzeihen.«

»Ich habe dich benutzt«, sagte Ludwig.

Antonia stützte sich auf ihren Ellbogen und schaute ihm ins Gesicht. »Du hast mich benutzt, und ich habe dich benutzt, na und? Ich will dir etwas sagen, Ludwig. Vermutlich hätte ich's dir schon längst sagen sollen, aber ich dachte, du wüßtest es sowieso. Oder du wolltest es nicht wissen. Jedenfalls, was ich dir sagen will, ist folgendes: Ich liebe dich. Und ich würde alles für dich tun. Ohne Abstriche, alles. Jetzt weißt du's. Und jetzt habe auch ich endlich die volle Gewißheit, um die ich mich zuvor noch herumgedrückt habe.«

Das Absolute ihrer Liebe überraschte sie selbst. Plötzlich verstand sie auch Arnold besser, ihren Ehemann in der SS-Uniform, der sich ihretwegen in eine unmögliche Situation gebracht hatte, der log und betrog und Verrat beging an seiner Überzeugung, um die Frau, die er liebte, zu schützen.

Als er zu Weihnachten anreiste, erschrak sie über seinen Zustand. Er war abgemagert, wirkte fahrig und unkonzentriert und trank nun am Abend nicht mehr Wein, sondern Cognac, von dem er sich mehrere Flaschen mitgebracht hatte. »Aus Frankreich«, sagte er, »ich hab mir einen großen Vorrat besorgt, der muß bis zum Kriegsende reichen.«

»Wann wird der Krieg zu Ende sein?«

Darauf antwortete er nicht. Er sagte nur: »Vorerst bin ich froh, daß sich meine Frau und mein Kind hier oben in Sicherheit befinden. Und daß du mir versprochen hast, nicht wieder nach Berlin zu fahren.«

»Ja«, sagte Antonia, »das habe ich dir versprochen.«

Auf den Weihnachtstisch legte er ihr französisches Parfum und einen weiteren Silberfuchs.

»Du hast mir doch schon einen geschenkt!«

»Ach wirklich, das hatte ich ganz vergessen. Nun hast du eben zwei.«

Jeden Abend betrank er sich. Danach wollte er nur noch bei ihr liegen, so nahe wie möglich, den Kopf auf ihrer Brust, die Arme fest um sie geschlungen. Sie ertrug ihn geduldig und war froh, daß er keine sexuellen Forderungen stellte.

»Ich halt's nicht mehr aus«, sagte er.

»Was hältst du nicht mehr aus?«

»Die Trennung. Ich will, daß wir wieder zusammenleben.«

»Willst du das wirklich?«

»Natürlich nicht. Ich muß doch froh sein, daß du hier oben in Sicherheit bist.«

Antonia küßte und streichelte ihren Mann und spendete Trost, wie immer.

Arnold blieb bis Neujahr. Dann fuhr sie ihn nach Freudenstadt zum Bahnhof, dort stand er dann in seiner SS-Uniform und umarmte sie, als wäre es das letzte Mal.

»Ich halt's nicht aus«, sagte er wieder. »Den Betrug, die Trennung, die Einsamkeit. Ich habe darum gebeten, mich an die Front zu versetzen, dann wäre ich wenigstens auf normale Weise von meiner Frau getrennt, so wie die anderen Soldaten auch. Ich weiß noch nicht, ob man meinem Ersuchen nachkommt.«

»Paß auf dich auf«, sagte sie. »Und trink nicht so viel.«

Als er schon einstieg und ihr den Rücken zukehrte, fragte sie: »Was ist mit David, weißt du, wo er ist? Ich mach mir solche Sorgen.«

Er drehte sich um, sah sie an oder durch sie hindurch und sagte: »Wer ist David?«

»Ich hatte gehofft, daß Ludwig über Weihnachten nach Greinsberg kommt«, sagte die alte Johanna zu Antonia.

»Ich auch.«

»Aber wenn dieser Mensch hier ist, dann geht's natürlich nicht.«

»Ludwig wäre sowieso nicht gekommen. Er hat Angst, er könnte David verpassen, wenn der wieder auftauchen und seine Hilfe benötigen sollte.«

»Warum fährst denn du nicht nach Berlin und besuchst ihn? Es kann mit euch beiden ja nichts werden, wenn ihr euch nie seht.«

»Es kann mit uns beiden sowieso nichts werden, Johanna, das weißt du doch.«

Ludwigs Mutter zwinkerte verschwörerisch und kicherte mädchenhaft. »Ja, ja«, sagte sie.

Sie war sehr alt geworden und wirkte häufig etwas wunderlich. So verging kein Tag, an dem sie nicht auf die glückliche gemeinsame Zukunft ihres Sohnes und Antonias zu sprechen kam. »Ihr müßt euch nun wirklich etwas beeilen«, sagte sie, »jetzt könntest du grad noch ein Kind kriegen, in zwei, drei Jahren ist es dafür zu spät. Und ich brauche ein Enkelkind.«

»Du hast doch Anna Barbara.«

»Ich will aber noch eins. Und überhaupt: Dieser Mann geht mir sehr auf die Nerven.«

»Welcher Mann?«

»Der zwischen dir und Ludwig steht.«

Antonia wußte natürlich, daß Johanna damit nicht David meinte. Den schien die alte Frau inzwischen vollkommen vergessen zu haben.

»Ich will ihn hier nicht wieder sehen«, quengelte sie, »nicht in meinem Haus. Er hat keine gute Aura, und er hält meinen Sohn von hier fern.«

»Er ist einsam, unglücklich und verwirrt. Ich wünschte, ich könnte mehr für ihn tun.«

»Immerfort willst du für irgendwen etwas tun«, sagte Johanna kopfschüttelnd, »nur für dich selber nicht.«

Im Sommer dieses Jahres überfiel die deutsche Wehrmacht Sowjetrußland. Anna Barbara, die zuvor am liebsten »denn wir fahren gegen Engeland« gesungen hatte, wartete mit einem neuen Lied auf: »Nach Ostland geht unser Ritt . . .«

»Die reiten aber nicht«, sagte Johanna, »die fahren mit Panzern. Und mit denen überrollen sie alles, was sich ihnen in die Quere stellt.«

»Sind ja nur Russen«, sagte das Kind ungerührt.

Antonia und Johanna hatten verabredet, Anna Barbara nicht in Schwierigkeiten zu bringen, indem sie Kritik übten an dem offiziellen Lehrstoff der Schule. Die Kleine freute sich bereits darauf, daß sie im kommenden Jahr in den Bund Deutscher Mädel eintreten durfte. »Und da werde ich dann bestimmt ganz schnell Führerin. Die wissen doch alle, wer mein Papa ist.«

Im Juli schrieb Arnold, daß er an die Front versetzt worden sei, nach Rußland. Seine Feldpostbriefe erschienen Antonia sehr fremd, sie konnte kaum glauben, daß dieses nichtssagende Soldatengerede von ihm selbst geschrieben worden war. Aber es war seine Schrift, waren seine Worte – »Antonia, mein Liebchen . . .« –, und jeder Brief enthielt mindestens eine persönliche Bemerkung, die nur Arnold machen konnte. Ansonsten klangen sie wie von einem Briefratgeber formuliert und strotzten nur so von Treue und Tapferkeit und Kampfbereitschaft und Patriotismus. Den Abschluß bildete immer die Erinnerung an ihr Versprechen. Und die Mahnung, sich strikt daran zu halten, um niemanden zu gefährden. Jedesmal, wenn sie diesen stereotypen letzten Satz las, überlief sie ein kalter Schauer. Sie war davon überzeugt, daß Arnold sie immer noch beobachten ließ und daß er, führe sie nach Berlin, sich tatsächlich an Ludwig rächen würde. Und auch an David, falls der noch am Leben war.

»Manchmal habe ich das Gefühl«, sagte sie zu Johanna, »Arnold Köppermann ist drauf und dran, verrückt zu werden.«

»Soll er doch«, sagte Johanna.

Im Frühjahr 1942 wurde Johanna Behringer ernsthaft krank. Antonia telefonierte mit Ludwig. »Ich halte es für besser, daß du kommst«, sagte sie.

Ludwig kannte Antonia gut genug, um den Ernst der Situation zu begreifen.

Zum ersten Mal nach der gemeinsamen Nacht vor fast zwei Jahren sahen sie sich wieder. Inzwischen hatten sie viele Briefe gewechselt und sich darin stillschweigend auf einen geschwisterlichen Ton geeinigt. Und jetzt half ihnen die Sorge um die alte Frau über die erste Nervosität hinweg.

Ein geschwächter Kreislauf, ein müdes altes Herz und dazu Lungenentzündung. Ludwig beugte sich über seine Mutter und küßte sie auf die Stirn. Johanna lächelte ironisch. »Mein Sohn, der Lungenarzt. Und muß zuschauen, wie seine Mutter nun an der Lunge stirbt.«

Sie sprach keuchend und rang zwischen den Sätzen nach Luft. Doch wirkte sie so souverän und klar wie seit langem nicht mehr. Als Ludwig ihre Krankheit und die Todesnähe herunterspielen wollte, wies sie ihn streng zurecht. »Red keinen Unsinn, Sohn, du weißt so gut wie ich, daß es zu Ende geht. Und versuch nur ja nicht, mit irgendwelchen Kunststücken mein Leben zu verlängern. Ich hab alles gehabt und vieles getan. Und nachdem ich euch beide zusammen weiß, bleibt mir auch nichts mehr zu tun übrig. Mein beglaubigtes Testament liegt in der oberen Schreibtischschublade rechts.«

Am Abend glitt sie ins Koma. Ihr Atem ging rasselnd, setzte immer wieder aus und fing sich erneut. Die kleine Anna Barbara kam leise ins Zimmer. »Stirbt die Großmama?« fragte sie.

Ludwig wollte sie hinausschicken, aber Antonia hinderte ihn daran. »Sie soll rechtzeitig lernen, mit dem Tod umzugehen«, sagte sie.

Die Abstände zwischen den Atemstößen wurden größer. Antonia redete leise auf die Sterbende ein, versicherte sie ihrer Liebe und machte ihr Mut. Ludwig schwieg. Beide hielten Johannas Hände, und Anna Barbara hatte ihre Hand auf die ihrer Mutter gelegt.

Als Johanna morgens gegen fünf Uhr den letzten Atemzug getan hatte, brach Ludwig zusammen. Sein unbeherrschtes Schluchzen griff Antonia mehr ans Herz als Johannas Tod.

»Aber Onkel Ludwig«, versuchte das Kind zu trösten, »Großmama ist doch ganz sanft gestorben, und wir waren alle drei bei ihr. So, wie sie's sich gewünscht hat.«

Nach der Beerdigung meinte Ludwig, man müsse sich nun wohl um das Testament kümmern.

»Das hat doch Zeit«, sagte Antonia, die schon oft genug erlebt hatte, daß der letzte Wille eines Verstorbenen einer friedlichen Trauer im Wege stand.

»Im Krieg hat nichts Zeit«, antwortete Ludwig, ging an den Schreibtisch und kramte das Testament aus der Schublade. »Hier«, sagte er zu Antonia, »mach's auf und lies es.«

»Sie war deine Mutter«, sagte Antonia unwillig.

»Aber dich hat sie geliebt.«

»Dich etwa nicht?«

»Doch, ganz früher und wohl auch zum Schluß. Ich glaube, sie hat dich gebraucht, um mich wieder lieben zu können.«

»Lassen wir's doch im Schreibtisch, bis wir uns beide an ihren Tod gewöhnt haben.«

»Wovor hast du denn Angst?«

Antonia zuckte die Schultern. »Angst? Also, gib schon her, bringen wir's hinter uns.«

Der Text war kurz. Johanna hatte ihren gesamten Besitz zu gleichen Teilen Antonia und Ludwig vermacht, unter der Bedingung, daß die beiden das Sanatorium gemeinsam leiteten. Falls einer von ihnen das nicht wollte oder das Erbe ausschlüge, sollte auch der andere seines Anteils verlustig gehen und der Gesamtbesitz der Kirche übertragen werden.

»Der Kirche?« fragte Ludwig verblüfft, »mit den Pfaffen hat sie doch nie etwas im Sinn gehabt.«

»Das war wohl auch eher als Druckmittel gedacht«, sagte Antonia. »Und ohnehin ist das Testament nicht rechtskräftig. Es gibt doch so etwas wie ein Pflichtteil, man kann den Sohn nicht einfach enterben, nur weil der andere Bedachte das Erbe nicht antritt.«

»Wirst du's denn nicht antreten?«

»Das Sanatorium gehört dir, Ludwig, und du darfst dich von deiner Mutter nicht in eine Situation zwingen lassen, die du letztlich nicht willst.«

Er nickte. »Natürlich nicht. Wir sollten möglichst bald zum Notar gehen.«

»Wozu?«

»Um das Testament, so wie es ist, zu akzeptieren und das Erbe anzunehmen.«

Am Abend nach dem Notarbesuch fuhr Antonia Ludwig wieder zum Bahnhof. Der Nachtzug nach Berlin hatte Verspätung. Auf dem Bahnsteig war es zugig und unfreundlich, das kleine Bahnhofsrestaurant hatte wegen Personalmangels geschlossen.

»Du solltest nicht warten«, sagte Ludwig, »es reicht, wenn einer von uns hier seine Zeit verplempern muß.«

»Setz dich einen Augenblick zu mir ins Auto«, bat Antonia, »wir sind ja bislang noch gar nicht zum Reden gekommen.«

»Müssen wir denn reden? Du hast das Erbe angenommen, ich werde dich von Berlin aus aktiver unterstützen als bisher. Ansonsten läuft hier alles wie immer. Mama hat ohnehin kaum noch eingegriffen, und außerdem haben wir einen ziemlich vernünftigen Chefarzt.«

»Es geht nicht ums Sanatorium.«

»Nein? Um was dann?« Seine Stimme klang ungeduldig. Antonia ahnte, daß er so schnell wie möglich fort wollte aus Angst vor allzu persönlichen Geständnissen.

»Ist schon gut, Ludwig«, sagte sie, »ich werde dir nicht zu nahetreten. Was ich mit dir bereden will, betrifft nur mich. Mich und meine Familie.«

»Aha, dann ist es wohl tatsächlich besser, wir bleiben nicht auf der Straße stehen.«

Im Auto neben ihr sitzend, sagte er: »Ich weiß auch nicht, wo David ist, und wer ihm Schutz und Versteck gewährt. Aber ich habe zweimal von ihm gehört, über verworrene Kanäle. Es scheint ihm einigermaßen gut zu gehen.«

»Oh . . . Gott sei Dank! Aber mit Familie meine ich ja nicht nur David. Ich selbst habe, wie du weißt, versprochen, jeglichen direkten Kontakt mit den Parchimern zu meiden, und ich werde mich an mein Versprechen halten. Aber könntest nicht du für mich ein paar Erkundigungen einziehen, herausfinden, was sie tun, wie sie leben, wie es ihnen geht. Das heißt, wenn sie überhaupt noch am Leben sind.«

»Das sind sie«, sagte Ludwig.

»Sind sie? Woher . . ., ich meine, wieso weißt du das?«

»Ich weiß es eben.«

»Und hast es mir nicht gesagt!«

»Warum sollte ich.« Er drehte sich um. »Das wär's, Antonia, ich muß jetzt gehen.«

Sie hielt ihn am Arm fest. »Und . . . geht's ihnen gut?«

»Natürlich nicht.« Er küßte sie kurz auf die Wange und stieg aus.

»Bitte, Ludwig«, rief sie hinter ihm her, »wenn du etwas Neues hörst, laß es mich wissen.«

Er drehte sich noch einmal um, nickte, grüßte mit der Hand und verschwand im Bahnhof.

Antonia wagte nicht, in Briefen oder Telefonaten ihre Familie zu erwähnen, darum erfuhr sie erst Neues, als Ludwig im September wieder nach Greinsberg kam. Diesmal blieb er eine Woche. Er kümmerte sich intensiv um den medizinischen Betrieb – »ich muß doch beweisen, wie ernst ich das Vermächtnis meiner Mutter nehme« – und hatte kaum Zeit für Antonia. Sie war glücklich über seine Anwesenheit, wollte ihn nicht drängen und wartete ab. Er redete erst, als ihm Anna Barbara mit ihrer neuen Jungmädchen-uniform über den Weg lief.

»Hättest du nicht wenigstens das vermeiden können!« fuhr er Antonia an.

»Hätte ich nicht«, sagte sie. »Und du weißt genau, warum. Ich bin dankbar, daß bislang niemand auch nur auf die Idee gekommen ist, an ihrer rein arischen Herkunft zu zweifeln.«

»Seit wann ist sie dabei?«

»Seit einem Monat.«

»Großartig! Da ist deine Tochter also dem Mörderverein beigetreten, ungefähr zur gleichen Zeit, als die Eliminierung der Familie ihrer Mutter endgültig beschlossene Sache war.«

Antonia zuckte zusammen. »Sag mir, was du weißt.«

»Bitte sehr. Deinen Vater hat man nach Theresienstadt geschickt. Das ist noch ein vergleichsweise komfortabler Ort, dort sterben die Insassen nur durch Hunger, Kälte und Krankheiten. Dein Bruder Simon hingegen befindet sich nebst Frau und Töchtern bereits in einem Vernichtungslager. Da momentan intensiv an neuen zeitsparenden Tötungsmethoden gearbeitet wird, kann es nicht mehr lange dauern.«

»Das . . . das glaube ich dir nicht«, stammelte Antonia.

»Damit bist du in bester Gesellschaft, die meisten glauben's nämlich nicht, sogar die Feinde Deutschlands weigern sich, dieser Tatsache ins Gesicht zu sehen.«

»Und du, wieso glaubst du es?«

»Ich glaube es nicht, ich weiß es. Und wer es noch weiß, das ist zum Beispiel dein Ehemann. Den brauchst du bloß zu fragen.«

»Arnold ist in Rußland.«

»Ja, ja, in Rußland gibt's besonders viele Juden, da benötigt man auch besonders viele zuverlässige Leute, um die Eliminierung zu organisieren.«

Antonia gelang es nicht, nach David zu fragen. Sie konnte überhaupt nicht mehr mit Ludwig reden. Diesmal war sie froh, als er Greinsberg verließ.

Anfang 1943 kapitulierte die 6. deutsche Armee in Stalingrad. Mehr als hunderttausend deutsche Soldaten gingen in die Kriegsgefangenschaft. Unter den Vermißten war auch Arnold Köppermann.

Antonia, die von seinem Tod überzeugt war, weinte um ihn. Sie quälte sich mit Selbstvorwürfen. Er war nach Rußland gegangen, weil er den Betrug und die Einsamkeit nicht mehr ausgehalten hatte und weil er, wenn das Leid schon unerläßlich war, doch lieber auf normale Soldatenweise leidend und einsam sein wollte. Im Leben hatte sie ihn nicht glücklich machen können, und nun durfte er nicht einmal Ruhe finden in einem verbürgten und bestätigten Tod, mußte als Schemen am Leben bleiben, weil er sonst seine Frau nicht mehr beschützen könnte.

Als Ludwig über Ostern kam, sagte er zu ihr: »Um was trauerst du eigentlich, Antonia? Als Vermißter hat dein Ehemann nun endlich eine passende Rolle gefunden. Im Niemandsland zwischen Leben und Tod darf er dir nützen, ohne dich zu belästigen oder sich selbst weiterhin zu betrügen.«

Ungewohnt heftig fuhr Antonia ihn an: »Du verstehst weder etwas von der Ehe noch vom Tod. Also misch dich nicht ein.«

Ludwigs Gesicht verdüsterte sich. »Ich will mich nicht einmischen, ich will dich nur vor ungerechtfertigter Trauer bewahren. Wie man hört, hat sich der Obersturmbannführer Arnold Köppermann in Rußland besonders eifrig an Massenexekutionen von Juden beteiligt. Ich nehme an, das war als Kompensation für das Leben seiner Frau gedacht.«

Im Sommer 1943, zwischen dem vierundzwanzigsten Juli und dem dritten August, flogen alliierte Bomber sechs schwere Angriffe auf Hamburg und zerstörten einen Großteil der Stadt. Was die Bomben nicht schafften, erledigte ein aus den brennenden Häusern entstehender Feuersturm.

Am Tag nach den Angriffen wühlte eine kleine, dicke, sehr alte Frau in den Trümmern eines Hauses in der Hesselstraße nahe der Fleetbrücke herum. Manchmal wurde sie fündig – ein nur halb verbranntes Buch, ein Stoffetzen, ein wundersamerweise heil gebliebenes Kristallglas. Die Fundstücke legte sie sorgfältig auf ein mitgebrachtes weißes Bettlaken. Es war heiß, Hände und Gesicht der kleinen alten Frau waren schwarz von Ruß, ihr Kleid war schmutzig und zerrissen. Als es dunkel wurde, knotete sie das Laken über ihren Fundstücken zusammen, schulterte das Bündel und ging nach Hause. Am nächsten Morgen kam sie wieder, frisch gewaschen und adrett gekleidet. Nach drei Tagen hatte sie ihre Suche wohl abgeschlossen. Sie setzte sich auf ein Mauerstück, ließ die kurzen alten Beine baumeln und blinzelte in die Sonne. »Ach ja«, murmelte sie, »ach ja.«

Ludwig telefonierte mit Antonia. »Ich bin gestern in Hamburg gewesen, habe mir alles angesehen. Es ist grauenvoll, absolut unvorstellbar. Über dreißigtausend Tote, die meisten verbrannt. Ein gräßlicher Leichengeruch hängt in der Stadt. Die Überlebenden bringen ihre Toten notdürftig unter die Erde, falls sie noch die Kraft dazu haben.«

»Du bist ...«

»Ich wollte dir zuvorkommen. Inzwischen bin ich ja geübt im Überbringen schlechter Nachrichten. Ich dachte, nur wenn ich es mit eigenen Augen gesehen und an dich weitergegeben habe, kann ich dich davon abbringen, selbst hinzufahren. Also: Dein altes Büro und die Wohnung deiner Großmutter sind vollkommen zerstört. In dem Haus in der Heilwigstraße hat der Dachstuhl gebrannt, deine Wohnung ist jedoch einigermaßen erhalten. Wasserschäden, zersprungene Fenster. Ich habe über den Blockwart und den Hauswart das Nötige veranlaßt. Plünderungen halten sich in Grenzen. Wir Deutschen sind ja ein so zivilisiertes Volk, geplündert wird nur, wenn eine offizielle Genehmigung dafür vorliegt. Versprich mir, Antonia, daß du nicht nach Hamburg fährst.«

Antonia antwortete nicht.

»Versprich es mir, verdammt noch mal«, schrie Ludwig, »ich habe Sorgen genug. Wenigstens dich will ich in Sicherheit wissen.«

»Fortwährend wird mir das Versprechen abverlangt, irgendwo nicht hinzufahren«, sagte Antonia seufzend. »Also gut, wenn dir soviel dran liegt, dann bleibe ich eben hier.«

Zwei Wochen später wurde Antonia per Frachtpost eine Kiste zugestellt, in der sich ein seltsames Sammelsurium halbzerstörter Gegenstände befand. Jedes einzelne Stück war sorgfältig in Zeitungspapier eingewickelt – Stoffetzen, die Ecke eines Bilderrahmens, an dem noch ein Teil einer Fotografie befestigt war, zwei angestoßene Tassen, ein paar Porzellanscherben, der halbverbrannte Knauf eines Regenschirms und ein verschlossener Metallkasten ohne Schlüssel. Dazu ein Brief:

»Wertes Fräulein Antonia.

Was bin ich doch froh, daß Sie und unser Engelchen Anna Barbara sich in Sicherheit befinden und unsere furchtbare Katastrophe nicht haben miterleben müssen. Die Menschen sind entweder verschüttet worden oder auf der Straße verbrannt. Bei den grauenhaft verkohlten oder zusammengepreßten Leichen hätten nicht einmal mehr Ihre guten Hände etwas ausrichten können. Auch unser Doktor Olsen ist tot. Ich hätte ihn so gerne hergerichtet, doch liegt er begraben unter einem sechsstöckigen Haus.

Unsere ›Trauerhilfe‹ hat es noch schlimmer getroffen als das ehemalige Wohnhaus meiner verehrten Prinzipalin in der Hesselstraße. Nicht nur zertrümmert ist die Wirkungsstätte fünfzigjähriger Arbeit, die Feinde Deutschlands haben sie auch noch begossen mit diesem flüssigen Feuer namens Phosphor, das direkt aus der Hölle kommt und das, wie alles wahrhaft Böse, nicht fortzuwaschen ist. Nun haben wir wenigstens den Beweis dafür, daß unsere Feinde tatsächlich eine Satansbrut sind.

Soviel ich weiß, haben auch manche Mitglieder unserer speziellen Listen den Tod unter Trümmern oder in Flammen gefunden. Und wir können nichts mehr für sie tun und unseren Verpflichtungen nicht nachkommen. Es gibt keine Senatsreiter mehr, keine Sargträger, keine Bestatter. Die Toten müssen sich nun selber begraben.

Daß ich bislang noch verschont worden bin, nehme ich als

Zeichen, daß der Gevatter mich liebt und mich nicht hergeben will an seinen Widersacher, den Teufel.

Die beigefügten Gegenstände sind alles, was ich von der Habe meiner verehrten Prinzipalin noch gefunden habe. Sie gehören nun Ihnen. Ich selbst habe nur ein Kristallglas behalten, es ist in all dem Chaos unbeschädigt geblieben und für mich ein Symbol dafür, daß der Sieg des Beelzebub doch unvollständig war. Und wenn Sie, liebes Fräulein Antonia, demnächst von meinem friedlichen Ende erfahren, dann werden Sie wissen, daß sich der gute Gevatter nun aufgemacht hat, die Herrschaft über den Teufel zurückzuerobern. Wunderbar wäre es, wenn Sie sich dann um meinen Körper kümmern würden, damit ich mich jung und schön und heiter dem Gevatter zugesellen kann.

Ich bete jeden Abend für Sie und für unser Engelchen und für Ihren lieben Vater, mit dem sich meine schönste Jugenderinnerung verbindet.

In aufrichtiger treuer Verbundenheit
bin ich mit vorzüglicher Hochachtung
Ihre Malwine Metzke.«

Antonia schrieb umgehend an die kleine Runde und lud sie ein, nach Greinsberg zu kommen und dort die Teufelsherrschaft auszusitzen. »Und wenn der Gevatter Sie dann holen kommt, werde ich, das verspreche ich Ihnen, Sie so bräutlich schön machen, wie Sie einst gewiß meinem Vater erschienen sind.«

Sie erhielt nie eine Antwort. Später teilte ihr die Hamburger Meldebehörde auf Anfrage mit, Malwine Metzke sei im August 1943 verschieden. Über die Art ihres Todes sei nichts bekannt.

Schon wieder ein Mensch, dachte Antonia, bei dem ich mein Versprechen des letzten Dienstes nicht habe einlösen können.

Sie versuchte ihre Trauer und Einsamkeit durch Arbeit zu betäuben. Von morgens um sechs bis spät in die Nacht gönnte sie sich keine Ruhe. Die Leitung des Sanatoriums wurde immer komplizierter. Ein ganzer Flügel war vom Kriegsministerium beschlagnahmt worden für schwerverwundete Soldaten, die hierher zur Genesung geschickt wurden. Vielen von ihnen konnte nicht mehr geholfen werden. Die Patienten wußten, daß sich Antonias Fürsorge nicht nur auf die Lebenden beschränkte, und obgleich es manchen gleichgültig war, was später mit ihren armen zerschossenen Körpern geschehen würde, riefen doch viele nach Antonia, wenn es ans Sterben ging.

Wenn sie dann bei einem Sterbenden saß und später die Totendienste versah, gingen ihre Gedanken oft zu ihrer Mutter, der sie sich im Leben allzu häufig entzogen hatte und die ohne Abschied von ihr gegangen war. Wie gern hätte sie sie noch ein letztes Mal gesehen und sie um Verzeihung gebeten, weil sie ihr Judentum so weit hinter sich gelassen hatte.

Die fast zwölfjährige Anna Barbara war inzwischen ein zuverlässiges, ernsthaftes Jungmädel geworden. Weil sie blonde Zöpfe und blaue Augen hatte, und wohl auch, weil ihr Vater ein Held war, durfte sie bei Aufmärschen den Wimpel tragen. Ihren Vater vermißte sie kaum, die Großmama Johanna Behringer jedoch fehlte der Ersatzenkelin sehr.

Für Antonia wurde es immer schwerer, ihr Kind, das den Führer liebte, nicht über die Verbrechen aufzuklären, die in seinem Namen begangen wurden. Eines Tages würde es die Wahrheit erfahren müssen, und es war wohl möglich, daß es seiner Mutter dann die langjährige Lüge nicht verzeihen könnte. Doch noch schien die Sicherheit das größte Problem zu sein. Antonia hatte niemanden, mit dem sie darüber reden konnte, nicht einmal mit Ludwig. Dem machte es große Mühe, in Anna Barbara nicht in erster Linie die Tochter des Obersturmbannführers Köppermann zu sehen.

Im Sommer 1944 teilte das Wehrbezirkskommando Antonia mit, daß das Sanatorium Behringer von Zivilisten geräumt werden müßte, um Platz zu schaffen für weitere Verwundete. Oberst May, ein alter Kämpfer aus dem ersten Krieg mit goldenem Verwundetenabzeichen, kam persönlich nach Greinsberg, um die Durchführung zu besprechen.

»Und was mache ich mit meinen Lungenkranken?« fragte Antonia.

»Die werden in den Gasthöfen der umliegenden Dörfer unter-
gebracht. Die meisten sind ja sowieso nicht bettlägerig. Man sagt,
Sie, verehrte Frau Köppermann, hätten eine besonders glückliche
Hand mit Schwerstkranken. Darum haben wir beschlossen, Ihre
Fähigkeiten nicht weiterhin an Halbkranke zu verschwenden.«

»Wenn man diese Halbkranken nicht vernünftig betreut, werden auch sie bald zu Schwerstkranken werden.«

»Es bleibt Ihnen ja unbenommen, sich weiterhin um sie zu
kümmern. Allerdings ambulant.«

»Ehrlich gesagt, fühle ich mich mit fünfzig Schwerverwunde-
ten und fünfzig Ambulanten überfordert.«

»Aber, aber, Frau Köppermann. Es ist Krieg, jeder Volksgenos-
se hat die Pflicht, bis an den äußersten Rand seiner Leistungsfä-
higkeit zu gehen.«

»An den Rand schon, aber nicht drüber hinaus.«

»Hm.« Der Oberst betrachtete sie nicht unfreundlich. »Worin
würde denn vor allem die Überforderung liegen?«

»In der medizinischen Versorgung natürlich. Wir sind jetzt
schon unterbesetzt. Außerdem verstehe ich nicht genug davon.«

»Sagen Sie, ist nicht Ihr Partner und Mitbesitzer des Sanatoriums Arzt?«

Antonia nickte. »Internist an der Charité in Berlin.«

»Warum holen wir ihn nicht einfach her?«

»Er ist unabkömmlich in Berlin.«

»Hier ist er noch unabkömmlicher. Ich werde mich darum
kümmern. Und Sie kümmern sich in der Zwischenzeit um den
Transfer der Lungenpatienten in die Gasthäuser. Dabei können
Sie sich auf unsere volle Unterstützung verlassen.«

Ludwig traf am 27. Juli in Greinsberg ein, wenige Tage vor den
Verwundeten.

»Du bist tatsächlich gekommen!« wunderte sich Antonia. »Ich
dachte, du würdest dich weigern.«

»Es war ein Befehl«, sagte Ludwig. »Und ich hätte mich sowieso nicht geweigert.«

»Nein? Seit wann treibt's dich denn fort aus Berlin?«

»Seit dem Führerattentat vor einer Woche.«

Antonia erschrak. »O Gott, Ludwig, warst du etwa...«

»Beteiligt? Nicht direkt. Aber ich war ... bin mit einigen der Beteiligten bekannt. Und die Gestapo gräbt momentan tief.«

»Wenn sie dich wirklich suchen, werden sie dich hier auch finden.«

»Natürlich. Man kann nur hoffen, daß sie mich irgendwie vergessen. Aus den Augen, aus dem Sinn. Und ich werde hier unserem geliebten Führer gehorsamst zur Verfügung stehen, indem ich den unfreiwilligen Werkzeugen und Opfern seiner Machtgier zu einem etwas leichteren Tod verhelfe. Schade nur, daß ich meine Samariterdienste nicht auch an ihm selbst ausüben kann.«

»Ludwig...?«

»Nein, frag jetzt nicht. Vielleicht finden wir ja mal zehn Minuten für einen Spaziergang.«

Es sah aus, als hätte die Gestapo Ludwig tatsächlich vergessen. Und als versuche er, sich selbst zu vergessen, indem er sich mit Arbeit zuschüttete. Nach einem Fünfzehn-Stunden-Tag war er abends so erschöpft, daß er nur noch allein gelassen werden wollte. Kein gemeinsamer Rotwein mehr, auch kein Zehnminutenspaziergang. Die Begegnungen mit Antonia beschränkten sich auf kurze wöchentliche Lagebesprechungen. Nur sehr selten kam es dabei zu ein paar vertraulichen Worten. »Hast du etwas gehört?« fragte sie dann.

Aber er hatte schon lange, seit über einem Jahr, nichts mehr gehört. David ist tot, dachte Antonia, oder er ist in einem Lager. Sonst hätte er Wege gefunden, sich zu melden. Und wenn er in einem Lager ist, dann ist er auch so gut wie tot. Doch bis wir die Gewißheit haben, lebt er weiter. Genau wie Arnold. Arnolds Totenleben bewirkt wenigstens noch etwas Gutes, das von David jedoch hält Ludwigs Leben in einem Würgegriff und drückt jedem neuen Gefühl die Luft ab, bevor es ihm noch bewußt geworden ist.

Antonia fiel es immer schwerer, die so dringend geforderte Konzentration für ihre Arbeit aufzubringen. Oft zitterten ihr die Hände, und sie konnte kaum etwas essen, weil sich ihr Inneres manchmal zusammenkrampfte, als habe sie Feuer geschluckt. Oder sie fühlte sich plötzlich so bleischwer, daß sie sich irgendwo festhalten mußte, um nicht in die Knie zu gehen.

Obgleich Ludwigs Anwesenheit und seine distanzierte Kühle sie quälten, nahm sie jede Gelegenheit wahr, ihm nahe zu sein, in einem Zimmer, an einem Tisch, bei einem Patienten. Dann fixierte sie mit festem Blick irgendeinen Punkt im Raum und preßte die Hände zusammen, um ihn nicht anzustarren oder gar nach ihm zu greifen. Oft hatte sie rote Flecken im Gesicht und am Hals. Der alte Oberarzt Wörner, der sie seit ihrem ersten Sanatoriumstag kannte, machte sich Sorgen.

»Das sieht mir fast nach einem Rückfall aus.«

Er bestand darauf, sie zu untersuchen, aber alles schien in Ordnung zu sein. »Irgendeine spezielle seelische Belastung?« fragte er.

Antonia errötete wie ein junges Mädchen und murmelte genau die Erklärung, auf die sie auf gar keinen Fall zurückgreifen wollte: »Mein Mann, wissen Sie . . .«

»Ach ja, Verzeihung, das hatte ich fast vergessen.«

Dann ließ sie sich auf eine kurze heftige Affäre mit einem der Kranken ein, die in den Gasthof im Nachbarort Schüblich umquartiert worden waren. Ein schöner Junge, kaum achtzehn Jahre alt. Aller Wahrscheinlichkeit nach würde er seinen nächsten Geburtstag nicht mehr erleben. Als sie bei einem ihrer Routinebesuche auf seinem Bettrand saß und ihm die fieberheiße Stirn mit einem feuchten Tuch kühlte, griff er plötzlich nach ihr und zog sie zu sich herunter.

»Ich hab doch überhaupt noch nichts vom Leben gehabt«, stammelte er.

Danach konnte er nicht sprechen. Er sah sie nur an, mit weit offenen fiebrigen Augen, und als sie aufstand, ihre Unterwäsche und das Kleid in Ordnung brachte, kamen ihm die Tränen.

Ihr fiel dazu nichts anderes ein als ihre üblichen Kindertrostsprüche: »Es ist doch gut ...«, murmelte sie, während sie sich die Haare richtete, »alles ist gut. Mußt doch nicht traurig sein, mußt dir keinen Kummer machen.«

»Jetzt wirst du mich bestimmt nie wieder besuchen.«

»Aber natürlich werde ich wiederkommen. Und wir werden so tun, als sei nichts geschehen.«

Tatsächlich ging sie zu dem Jungen zurück, schon nach zwei Tagen, und sie tat nicht so, als wäre nichts geschehen, sie fing genau dort wieder an, wo sie aufgehört hatte.

Den ganzen November hindurch besuchte sie ihn mehrmals die Woche. Sie empfand keine Scham. Im Sanatorium war sie wieder ausgeglichener, der Junge war glücklich. Sogar Ludwig bemerkte ihre Veränderung.

»Ich dachte schon, du würdest wieder krank«, sagte er, »aber Kollege Wörner hat mich beruhigt. Du hättest dich wohl nur etwas überanstrengt. Gut, daß du dir neuerdings mehr Zeit nimmst für die Externen. Dann kommst du wenigstens an die frische Luft.«

»Das solltest du auch tun.«

»Ja, sollte ich. Ein langer Spaziergang mit dir, so wie früher.«

»Du schaffst ja nicht einmal zehn Minuten«, sagte Antonia.

Sie verkrampfte sich nicht mehr in Ludwigs Gegenwart, sie sah ihn gelassen an, sagte manchmal sogar »mein Lieber« zu ihm mit einem Anflug zärtlicher Ironie.

Einmal machte Ludwig seine Krankenvisite im Schüblichhof, als Antonia bei dem Jungen war. Sie hatte die Kleider gerade wieder geordnet und saß auf dem Bettrand des erschöpft lächelnden Jungen. Ludwig kam herein, ohne anzuklopfen. Er stutzte, als er sie da sitzen sah.

»Wieso bist du hier?«

Antonia blieb ganz ruhig. »Zweimal die Woche, das weißt du doch. Ich kümmere mich um die Außenpatienten.«

»Ach ja, natürlich. Wir haben darüber gesprochen.«

Sie stand auf, ging um das Bett herum auf die andere Seite. Ludwig setzte sich statt ihrer auf die Bettkante.

»Es geht Ihnen besser heute, scheint mir«, sagte er. »Sie sehen so fröhlich aus.«

Antonia beobachtete Ludwig. Und so entging ihr nicht das jähe Aufleuchten in seinen Augen, dieses plötzliche Interesse. Ein schöner junger Mensch, dachte sie grimmig, dem Tod geweiht, das hat auch Ludwig bemerkt. Doch die letzte Kraft des Lebens wird der Junge mit mir spüren und nicht mit ihm.

»Willst du ihn untersuchen?« fragte sie. »Soll ich besser hinausgehen?«

»O nein, Frau Köppermann«, flehte der Junge, »bleiben Sie bitte, bitte bei mir.«

»Aber vor Doktor Behringer brauchen Sie doch keine Angst zu haben«, sagte Antonia lächelnd.

Einen Tag nach dieser Begebenheit bat Ludwig Antonia endlich um den langen Spaziergang. Sie stapften durch den frisch gefallenen Schnee, wärmten sich danach in der Rieperhütte am Kaminfeuer und tranken zum ersten Mal seit langem wieder einen Rotwein zusammen.

Auf dem Rückweg wollte er reden, über David, über den 20. Juli, sie versuchte, es zu verhindern: »Nicht jetzt, Ludwig, nicht ausgerechnet heute.«

Doch er ließ sich nicht aufhalten. »Tut mir leid, Antonia, aber ich muß es endlich loswerden. Also hier ist es, was ich schon seit Wochen mit mir herumtrage: Man hat deinen Vater von Theresienstadt in Richtung Auschwitz verfrachtet. Er ist unterwegs, auf dem Transport, gestorben. Angeblich soll er, bevor man ihn verladen hat, zu einem Rabbiner in Theresienstadt gesagt haben, nun sei er wohl, trotz seines krummen Weges, doch endlich am Ziel angelangt.«

Antonia hatte plötzlich das Gefühl, ihr Gleichgewicht zu verlieren. »Der Alkohol«, murmelte sie. »Ich glaube, mir wird schlecht.«

Sie fiel gegen einen Baumstamm und mußte sich übergeben. Ludwig stützte sie. »Macht ja nichts«, sagte er immer wieder, »spuck's ruhig aus, macht wirklich nichts.«

Schließlich gingen sie weiter. Antonia hing ungeschickt an Ludwigs Arm. Sie schwiegen lange. Antonia dachte, daß sie nie wieder zurückfinden würde zu einem normalen Leben. Aber schließlich sagte Ludwig: »Der junge Mann im Schüblichhof, ich glaube, der ist in dich verliebt.«

»Warum auch nicht«, sagte Antonia.

Mitte November verschlechterte sich der Zustand des Jungen, und am 3. Dezember starb er in Antonias Armen. Sie verbarg ihren Kummer nicht.

Der Winter wurde hart, es gab viel Eis und Berge von Schnee. Engpässe in der Versorgung, Meldungen vom Elend der Flüchtlinge im Osten und der an allen Fronten zurückflutenden deutschen Wehrmacht quälten und bedrückten die Menschen.

»Daß der Krieg so enden muß . . .«, sagte Antonia.

Ludwig zuckte die Schultern. »Wie hast du's dir denn vorgestellt? Um diesem Schrecken ein Ende zu machen, ist ein schreckliches Ende unvermeidbar.«

»Eine Niederlage ist es aber dennoch.«

Ludwig warf ihr einen bösen Blick zu. »Eine Niederlage in wessem Sinne? In dem von David und deiner Familie? In deinem? Oder in dem deines Mannes?«

Kurz vor Weihnachten kam Anna Barbara mittags nach der Schule in das Büro ihrer Mutter. Antonia steckte tief in der Arbeit. Sie sah nur kurz auf, runzelte die Stirn und sagte: »Wieso bist du nicht bei den Schularbeiten?«

»Ich muß dich etwas fragen. Es ist wichtig.«

Antonia legte den Stift beiseite und wendete sich auf dem Drehstuhl der Tochter zu. »Also frag.«

»Ich wollte dich nämlich nach deiner Familie fragen.«

Schlagartig war Antonia aufmerksam.

»Nach meiner Familie? Du weißt doch, daß ich keine Familie mehr habe. Meine Eltern sind früh gestorben, Geschwister gab's keine. Meine eigentliche Familie war die Großmutter in Hamburg. Bei der bin ich aufgewachsen. Aber die ist nun auch schon lange tot.«

Anna Barbara nickte. »Genau. Das hab ich ihm auch gesagt. Aber er wollt's nicht glauben.«

»Wer?«

»Dieser Mann. Ich hab ihn gestern abend gesehen und heute mittag wieder. Ich weiß nicht, Mama, aber mit dem ist irgend etwas los. Er sieht so schrecklich krank aus, so abgerissen und kaputt. Ich kenne doch hier alle Leute, aber den hab ich noch nie gesehen. Und er hat mir so furchtbar leid getan.« Plötzlich kamen Anna Barbara, die sonst keineswegs schnell weinte, die Tränen. Antonia zog sie zu sich heran.

»Also, nun mal ganz ruhig, Kind, und von Anfang an. Wo hast du diesen Mann gesehen?«

Anna Barbara erzählte, daß sich am Abend zuvor unten im Skischuppen, der durch die angrenzende Wäscherei immer ein wenig mitgewärmt wurde, ein Mann versteckt habe. Auf ihre Frage, was er dort denn mache, habe er nur geantwortet, ihm sei sehr kalt und ob sie ihm nicht etwas zu essen besorgen könne. Sie habe ihm den Rest ihres Schulbrots, das sie noch in der Tasche hatte, gegeben, und er habe sie nach ihrem Namen gefragt.

»Und du hast ihm gesagt, wie du heißt?« fragte Antonia mit wachsender Unruhe.

»Warum auch nicht. Und dann hab ich ihm noch gesagt, daß er auf gar keinen Fall hierbleiben kann. Und er hat genickt und ist aufgestanden und ganz langsam fortgegangen, den Hang runter. Und beim Gehen hat er geschwankt wie ein Schwerkranker. Und ich hatte ein schrecklich schlechtes Gewissen. Aber dann ist mir eingefallen, daß er wahrscheinlich ein Deserteur ist oder sogar einer aus diesem Lager bei Offenburg, du weißt schon. Und ich hab versucht, nicht mehr an ihn zu denken. Aber heute mittag saß er wieder da. Und ich hab wieder gesagt, daß er hier nicht bleiben kann, und dann auch noch, daß mein Vater nämlich ein hoher SS-Offizier ist. Und da hat er sogar etwas gelacht. ›Wenn dein Vater ein hoher SS-Offizier ist, dann ist deine Mutter meine Schwester.‹ Ich dachte schon, das sollte ein Witz sein, aber dann hat er plötzlich nach Onkel Ludwig gefragt, und ich solle doch ganz schnell laufen und ihm sagen, daß der Bruder meiner Mutter gekommen ist. Meine Mutter hat aber keinen Bruder, habe ich gesagt, die hat überhaupt keine Verwandten. ›Ja, ja‹, hat er gesagt, ›und nun lauf schon.‹«

Antonia atmete schwer. Das geht nicht, dachte sie, das ist ganz und gar unmöglich. David darf nicht hier sein. Er würde alles zerstören. Auch Ludwig. Und mich. Und mein Kind.

Anna Barbara starrte sie an. »Mama, Mama, du bist ja ganz blaß geworden. Hast du Angst vor diesem Mann? Kennst du ihn?«

»Und du bist also zu Onkel Ludwig gelaufen?« flüsterte Antonia.

»Aber nein. Ich dachte, ich sag's erst mal dir. Onkel Ludwig ist immer so streng.«

»Sehr vernünftig von dir. Wir sollten ihn da raushalten. Er hat weiß Gott genug andere Sorgen, da muß er sich nicht auch noch mit irgendeinem Betrüger herumschlagen.«

»Aber der Mann, der ... der ist bestimmt sehr krank, der braucht unsere Hilfe.«

»Bestimmt ein Deserteur, wie du schon vermutet hast. Und während unsere Soldaten an der Front kämpfen und dein Vater in Rußland vermißt ist, hat er sich feige davongemacht. Und dann versucht er auch noch, sich in dein Vertrauen zu schleichen, indem er behauptet, er wäre mein Bruder. Dabei hab ich ja gar keinen Bruder!« Ihre Stimme zitterte.

»Nun reg dich doch nicht so auf, Mama. Ich lauf jetzt gleich wieder runter zum Schuppen und sag ihm, daß er sofort gehen muß. Weil wir ihn nämlich sonst anzeigen werden.«

Antonia fuhr auf. »Nein«, sagte sie, »das wirst du nicht tun. Auf gar keinen Fall wirst du wieder zum Schuppen gehen, du kümmerst dich einfach nicht mehr um ihn, tust so, als sei er nie dagewesen. Dann wird er sich schon von selbst aus dem Staub machen. Oder von jemand anderem erwischt werden.«

»Aber er braucht doch unsere Hilfe!«

»Die einzige Hilfe, die wir ihm geben können, ist, daß wir ihn nicht anzeigen. Und das ist schon weit mehr, als die meisten Menschen heutzutage tun würden. Bestimmt hast du doch beim BDM gelernt, daß Mitwisserschaft schon fast so schlimm ist wie Täterschaft.«

Antonia sprang auf, lief hin und her, schob die Papiere auf dem Schreibtisch zusammen, sah ihre Tochter an. Dann nahm sie ihr Portemonnaie aus der Schublade und den Mantel vom Haken.

»Ich wollte heute sowieso nach Freudenstadt fahren«, sagte sie, »ein paar dringende Besorgungen machen. Ich nehm dich mit, dann kommst du auf andere Gedanken. Und du hast doch auch noch einen Bezugschein für Schuhe, die könnten wir dann auch gleich kaufen. Und wenn wir in Freudenstadt nichts Passendes finden, dann fahren wir einfach weiter nach Offenburg.«

Den ganzen Nachmittag waren Mutter und Tochter unterwegs. Anna Barbara war anfangs noch schweigsam und bedrückt, doch schließlich ließ sie sich von Antonia mitreißen, lief mit ihr von einem Schuhgeschäft zum anderen, beklagte sich über die geringe Auswahl und freute sich, daß sie schließlich in Offenbach ein Paar mit einem kleinen Absatz fand. »Das sieht schon richtig erwachsen aus«, sagte sie.

»Dann können wir heute auch in einen richtig erwachsenen Film gehen«, schlug Antonia vor. »›Reitet für Deutschland‹ mit Willy Birgel.«

Anna Barbara war begeistert. Kein Wort mehr über den Mann im Schuppen.

Es wurde spät, und als sie endlich wieder zu Hause ankamen, war das Kind so müde, daß es sofort ins Bett ging und einschlief.

Antonia lief in die Küche und öffnete die letzte Flasche von Arnolds französischem Cognac. Schon wieder zitterten ihr die

Hände. Ohne abzusetzen, kippte sie ein Wasserglas voll hinunter, ihr wurde übel, doch kaum hatte sie sich, am Waschbecken hokkend, übergeben müssen, trank sie von neuem, verbissen, als ob es auf der Welt momentan für sie keine wichtigere Aufgabe gäbe, als sich zu betrinken. Sie hörte Ludwig nach Hause kommen, wollte zu ihm hinunterlaufen und zwang sich dann doch, oben zu bleiben. In ihrem Kopf drehte es sich, die Füße waren schwer. Sie wankte ins Schlafzimmer, fiel aufs Bett und wollte nichts mehr wissen.

Eine oder zwei Stunden später schreckte sie hoch und war sofort hellwach. Sie sprang aus dem Bett, fuhr mit nackten Füßen in ihre Schneestiefel, warf sich einen Mantel über das Nachthemd und rannte nach draußen. Den steilen Weg zum Skischuppen rutschte sie fast ganz hinunter. Sie fiel hin, spürte einen stechenden Schmerz im rechten Knöchel, raffte sich wieder auf, humpelte das letzte Stück und stieß die Tür auf.

»David . . .«, rief sie, »David, bist du da?«

Es war sehr still. Durch eine Ritze in der Wand zum Waschhaus drang süßlicher Seifengeruch. Antonias Augen hatten sich inzwischen an das schwache Mondlicht gewöhnt. Sie sah Skier und Stöcke, Gartengeräte und Brennholz, aber keinen Menschen. Ihr Knöchel schmerzte jetzt so sehr, daß sie ihn nicht mehr belasten konnte. Sie rutschte zu Boden und begann, auf Händen und Füßen kriechend, die Wände abzutasten. Dabei flüsterte sie verzweifelt: »David, ich bin's doch nur, versteck dich nicht vor mir, du mußt keine Angst haben, ich will dir helfen.« Aber sie wußte längst, daß er sich hier nicht verstecken konnte, daß er nicht mehr da war, fortgejagt von ihrer erbärmlichen Angst. Von ihrer Angst, ein Glück zu verlieren, das doch noch gar kein Glück war und nun auch keines mehr werden konnte.

Schließlich hockte sie sich auf die Kiste an der Wand zum Waschhaus, auf der, nach Anna Barbaras Aussage, zuvor David gesessen hatte, und begann hilflos zu weinen.

Kurz darauf stieß Ludwig die Tür zum Schuppen auf. Er war

durch Antonias Gepolter beim Verlassen der Kleinen Villa aufge-
wacht und hatte sich, als sie nicht zurückkam, besorgt auf die
Suche nach ihr begeben.

Wütend herrschte er sie an: »Was ist los, was machst du hier
mitten in der Nacht? Willst du dir eine Lungenentzündung holen?
Wir haben zehn Grad minus!«

Antonia konnte kaum sprechen. »Laß mich in Ruhe«, stieß sie
hervor, »ich will nichts weiter, als allein sein.«

»Allein sein kannst du auch im Haus. Also los, komm mit mir
zurück. Ich hasse sinnlose Dramen. Du brauchst mir nicht zu sagen,
was du hier gemacht hast, aber erfrieren lassen kann ich dich nicht.«

Grob zerrte er sie hoch. Doch kaum stand sie, rutschte ihr das
rechte Bein wieder weg.

»Bist du nur betrunken, oder hast du dir etwas gebrochen?«

Antonias Schluchzen steigerte sich. Ludwig mußte sie festhalten, damit sie nicht umfiele.

Etwas freundlicher sagte er schließlich: »Komm, Antonia, ich
bring dich jetzt nach oben. Kannst du deinen Fuß benutzen?
Versuch's mal.«

Antonia schrie auf vor Schmerz.

»Ich werd zwei Pfleger holen, die können dich nach oben tragen.«

»Auf gar keinen Fall. Nein, nein, bitte nicht. Wenn du mich
stützt, schaffen wir's auch allein.«

Für den kurzen Weg bis zur Kleinen Villa brauchten sie dann
mehr als eine halbe Stunde. Als sie oben ankamen, war Antonia
wieder vollkommen nüchtern. Im Licht der Eingangstür sah sie,
daß Schweißtropfen auf Ludwigs Stirn glänzten.

»Die Treppe ins Obergeschoß können wir uns wohl schenken«,
sagte er, »ich leg dich hier unten aufs Sofa.«

Er holte Decken und half ihr aus den Stiefeln. Das rechte Fuß-
gelenk war dick geschwollen. Ehe er den Fuß untersuchte, gab er
ihr eine Spritze.

»Geh ins Bett, Ludwig«, sagte Antonia. »Du brauchst deinen
Schlaf.«

»Womit hast du dich betrunken?«

»Mit Cognac.«

»Ist noch etwas übrig?«

»Oben auf dem Küchentisch.«

Dann saß er ihr gegenüber und wartete. Mit beiden Händen hielt er das Glas umfangen und schwenkte den Cognac hin und her. Antonia erinnerte sich schmerzlich an die Tage damals in Berlin. Sie schloß die Augen. Ich muß es ihm sagen, dachte sie, er hat ein Recht darauf. Aber wenn ich es ihm gesagt habe, wird alles anders sein.

Minute um Minute schob sie es auf. Sie hoffte, daß Ludwig endlich schlafen gehen und ihr noch einen kleinen Aufschub gönnen würde, bis morgen. Und vielleicht würde David dann wieder im Schuppen sitzen, so wie Anna Barbara es geschildert hatte. Und dann könnte sie versuchen, ihren Verrat zu vergessen.

Aber Ludwig ging nicht ins Bett. Schweigend hockte er da, in sich zusammengesunken, und trank in kleinen Schlucken Arnolds Cognac. Später wußte sie nicht mehr, wie weit ihr Geständnis gegangen war. Nur an seine Hände, die mit weißen Knöcheln das Cognacglas umklammert hielten, erinnerte sie sich genau. Und dann auch an seine knappen Worte, die wie ein richterlicher Beschluß geklungen hatten: »Der Mann kann nicht David gewesen sein. Denn David wäre sofort zu mir ins Haus gekommen und hätte sich nicht auf den Beistand eines ängstlichen Kindes verlassen.«

Am nächsten Morgen wurde Antonias Fuß eingegipst. Ludwig erwähnte den Fremden nicht mehr, doch sie wußte, daß er mehrmals zum Schuppen hinuntergegangen war. Die Waschfrau hatte es ihr erzählt. »Was interessiert sich der Chef plötzlich für das Waschhaus? Wenn irgend etwas nicht in Ordnung ist, dann liegt's jedenfalls nicht an mir. Der große Kessel ist total überaltert.«

Drei Tage später fand ein Forstarbeiter im Wald zwischen Schüblich und Greinsberg die steifgefrorene Leiche eines Mannes. Die

Papiere, die der Tote bei sich trug, lauteten auf Dieter Wagner, waren aber, wie die örtliche Polizeibehörde feststellte, gefälscht. Man nahm an, daß es sich um einen flüchtigen Juden handelte. Er wurde im hintersten Winkel des Greinsberger Friedhofes unter Aufsicht zweier Polizisten in ungeweihter Erde verscharrt.

Wegen dieses Toten, über den im Dorf viel geredet wurde, dachte Anna Barbara zum ersten Mal in ihrem Leben kritisch über wertes und unwertes Leben nach. »Ich will aber nicht schuld sein am Tod eines anderen Menschen, auch nicht, wenn er mein Feind oder gar ein Jude ist«, sagte sie weinend zu ihrer Mutter.

Antonia ging nicht darauf ein, wieder einmal sprach sie nur belanglose Trostworte.

Viereinhalb Monate noch, dann war der Krieg zu Ende. Ein mühsamer Frieden begann. Anna Barbara, die ohnehin durch ihre früh einsetzende Pubertät sehr belastet war, verlor jegliche Orientierung. Sie wollte nicht mehr die Tochter eines SS-Offiziers sein, die Tochter einer Jüdin aber auch nicht. Und sie konnte nicht begreifen, wieso die Verbindung ihrer Eltern überhaupt möglich gewesen war. Antonia, die sich mit ihren Schuldgefühlen abquälte, wich Anna Barbaras Fragen aus. Sie sagte immer nur: »Später, später wirst du es begreifen. Nicht jetzt schon, gib mir Zeit. Später werde ich leichter über alles reden können.«

Ludwig Behringer ging nicht zurück nach Berlin. Seine alte Arbeitsstätte, die Charité, war teilweise zerstört und lag im russischen Sektor. Er war jetzt fünfundfünfzig Jahre alt und wirkte sehr müde. Als Antonia im Frühjahr 1946 beschloß, Greinsberg zu verlassen und in Hamburg ihre »Trauerhilfe« wieder aufzubauen, wollte Ludwig sie nicht gehen lassen.

»Ich hatte gehofft, wir könnten es trotz allem doch irgendwie miteinander schaffen«, sagte er.

»Irgendwie schon«, sagte Antonia. »Aber das ist nicht genug. Seit damals behindern wir uns doch eher, als noch irgend etwas miteinander zu schaffen. Außerdem bin ich in Hamburg ja nicht aus der Welt. Ich verspreche dir, daß ich mehrmals im Jahr hierherkommen werde, um nach dem Rechten zu sehen. Das bin ich deiner Mutter schuldig.«

Anna Barbara wollte nicht mitgehen nach Hamburg, in Greinsberg mochte sie aber auch nicht bleiben. Als Antonia ihr ein Internat vorschlug, willigte sie sofort ein.

Kurz vor ihrer Abreise kam es zu einer heftigen Auseinandersetzung zwischen Mutter und Tochter, in die sich auch Ludwig einmischte.

»Mir ist einfach schleierhaft«, sagte Anna Barbara zu Antonia, »wie du mit dieser ewigen Lügerei leben konntest.«

»Ich mußte dich doch schützen«, verteidigte sich Antonia.

»Was war denn das für ein Schutz, der mich dazu gebracht hat, an das Böse zu glauben und es sogar zu lieben. Ich habe nämlich Hitler wirklich geliebt! Und ich hab seinen Wimpel getragen und seine Lieder gesungen und mich seiner Herrenrasse zugehörig gefühlt. Und dabei bin ich eine Jüdin oder jedenfalls eine halbe. So eine wie mich hätte ich selbst doch, ohne mit der Wimper zu zucken, für einen Volksschädling gehalten und möglichst sogar ins Lager gesperrt.«

»Aber das war's doch, wovor ich dich schützen mußte«, wehrte sich Antonia.

»Ach, Mama! Warum bloß hast du mir nicht einfach die Wahrheit gesagt? Hattest du tatsächlich Angst, ich würde dich verraten, dich, meine Mutter?«

»Nein, nein, natürlich nicht. Aber da war ja auch noch dein Vater ...«

»Ach ja, mein Vater, den hätte ich fast vergessen. Der SS-Mann, der sich freiwillig nach Rußland hat versetzen lassen, weil's da ja soviel aufzuräumen gab und noch viel viel mehr unwertes Leben als hier. Ich frag mich manchmal allen Ernstes, wieviel Juden er wohl persönlich umgelegt hat als Ausgleich für die Rassenschande, die er mit dir betrieben hat.«

»Anna Barbara«, sagte Ludwig warnend, »du hältst jetzt besser den Mund!«

»Warum denn? Irgendwann muß es doch gesagt werden. Nicht

mal in dieser schrecklichen Situation, als der Fremde uns um unseren Schutz gebeten hat, hat meine Mutter sich zur Ehrlichkeit überwinden können. Wir haben den Mann umgebracht, Mama und ich, das ist uns ja wohl allen klar.«

»Nein, das habt ihr nicht. Deine Mutter wollte doch nur die Nacht abwarten, um den Fremden ungesehen ins Haus bringen zu können. Und als sie es dann versucht hat, ist sie im Dunkeln gestürzt. Das ist dir doch alles bekannt. Und außerdem war der Mann zu diesem Zeitpunkt schon nicht mehr da.«

»Wie sollte er auch, nachdem ich ihm mit meinem SS-Vater gedroht habe. Und ich will dir mal was sagen, Onkel Ludwig, so schlimm es auch ist, an etwas schuld zu sein, ich glaube, daß es genauso schlimm ist, wenn man erlaubt, daß jemand, den man angeblich liebt, schuldig wird!«

Nach diesen Worten brach Anna Barbara in Tränen aus, rannte davon und schloß sich in ihrem Zimmer ein.

Sie öffnete nicht auf Antonias Bitten, doch spät in der Nacht lief sie zu ihrer Mutter und kroch zu ihr ins Bett, wie sie es seit vielen Jahren nicht mehr getan hatte.

Antonia nahm sie in die Arme. »Ich hab nämlich solche Angst«, flüsterte Anna Barbara, »daß jetzt auch noch der Rest meines Lebens kaputtgeht. Zuerst Papa, und dann das mit Hitler und Deutschland. Und Onkel Ludwig ist mir auch irgendwie böse, ich fühl das doch. Und nun gehst du auch noch weg, und ich geh weg, und wir lassen Onkel Ludwig allein. Und . . ., Mama, wie war das mit dem Fremden, warum hattest du solche Angst vor ihm? Sag es mir Mama, ich muß es wissen!«

»Angst . . .?« Antonia zögerte. »Ja, ich hatte wohl Angst vor ihm. Ich dachte, er könnte mein Glück zerstören und hab dabei ganz vergessen, daß es bei mir ja gar kein Glück zu zerstören gab. Und als mir das endlich klar wurde, da war's dann zu spät. Und das bedeutete dann doppeltes Unglück.«

»Kanntest du den Mann, Mama? Er hat doch gesagt, er sei dein Bruder.«

»Ja, ich kannte ihn, es war David. Das habe ich aber erst mit

Sicherheit gewußt, als ich ihn später für sein Grab hergerichtet habe.«

»Du hast ihn hergerichtet? Wie war denn das möglich?«

»In meiner Verzweiflung bin ich zur Polizei gelaufen. Die kennen mich doch da alle und haben großen Respekt vor meiner Beziehung zum Tod. Und ich hab denen gesagt, daß jeder Tote das Recht auf etwas Würde habe und daß ich nun diesen hier versorgen wolle im Namen all derer, die es vielleicht mehr verdient hätten, um die sich aber niemand hätte kümmern können. Natürlich haben die Polizisten eine Weile drumrum geredet und wollten nicht so recht, aber dann war ihre Angst vor dem Gevatter doch größer als ihre Sorge um irgendeine Amtsübertretung, und sie haben mich mit dem Toten allein gelassen. Und dann hab ich ihn eben hergerichtet, und das war ein großer Trost für mich. Später ist Ludwig gekommen, und wir haben zusammen die Totenwache gehalten. Ich glaube, auch Ludwig war ein wenig getröstet.«

»Onkel Ludwig kannte ihn auch?«

»Wenn du das wirklich wissen willst, dann mußt du ihn schon selbst danach fragen.«

»Ja . . . ja, vielleicht mache ich das. Aber nicht jetzt, vielleicht später.«

Danach schwieg Anna Barbara. Sie lag ganz ruhig, so daß Antonia schon dachte, sie wäre eingeschlafen. Doch plötzlich richtete sie sich auf und sagte voll kindlicher Überzeugungskraft: »Nun will ich aber auch lernen, die Toten zu versorgen!«

Ihre Mutter lächelte. »Wie wär's, wenn du zuvor ein bißchen lebst und erwachsen wirst und dich etwas klüger um dein Glück kümmerst, als ich es getan habe? Die Toten bleiben dir ja. Und der Gevatter kann ruhig mal etwas warten. Eines Tages wirst du ihm dann hoffentlich dienen, so wie deine Mutter und die vielen Frauen deiner Familie es vor dir getan haben.«

Im Verlauf des Jahres 1947 gelang es Antonia, Arnold Köppermann für tot erklären zu lassen, gefallen in der Schlacht um Sta-

lingrad. Sie wollte diese Ehe auch offiziell beenden, wollte ab-
schließen mit dem alten Leben. Und so war sie frei, als Ludwig sie
brauchte.

Er war beschuldigt worden, ein homosexuelles Verhältnis mit
einem sehr jungen Patienten zu unterhalten. Diese Beschuldi-
gung, die von den Eltern des Jungen ausging, hätte Ludwig eine
Gefängnisstrafe und sogar den Entzug seiner ärztlichen Appro-
bation einbringen können. Außerdem hätte ein Prozeß dem Ruf
des Sanatoriums schwer geschadet.

So erfüllte Antonia zum zweiten Mal den Wunsch und Willen
einer alten Frau, die davon überzeugt war, den einzig richtigen
Weg für Antonias Leben zu kennen.

Daß diese zweite Ehe leichter werden würde als die erste, er-
wartete Antonia nicht. Heiratete sie doch den Mann, dem sie das
Liebste in seinem Leben genommen hatte. Und obgleich Ludwig
Antonia nie für schuldig erklärt hatte, würde Davids Tod doch
immer zwischen ihnen stehen. Die Erinnerung an den lebenden
David aber würde sie auch unverbrüchlich aneinander binden.

EPILOG

Anna Barbara

Zehn Tage vor Weihnachten 1989 reise ich zum ersten Mal in die Heimat meiner Vorfahren, nach Parchim in Mecklenburg. Seit einigen Wochen sind die Grenzen offen. In meinem Koffer liegt eine Mappe mit den Kopien von Antons und Antonias Aufzeichnungen. Die Friederike-Briefe habe ich zu Hause gelassen. Die lange doppelte Perlenkette wirkt auf meinem schwarzen Wollpullover vermutlich etwas unpassend, doch trage ich die Perlen meiner Mutter zu Ehren, und im Gegensatz zu den meisten anderen Schwarzträgern ist bei mir diese Farbe beruflich motiviert.

Im Gasthof »Eldeblick« nehme ich mir ein Zimmer, das sogar über eine eigene Dusche verfügt. Der Wirt mustert mich von oben bis unten. Auf die Frage, wie lange ich zu bleiben gedenke, antworte ich, daß ich das noch nicht wisse.

»Wohl ein Verwandtenbesuch?« mutmaßt der Wirt.

»Ich glaube kaum«, antworte ich.

In den Augen des Mannes blitzt Mißtrauen auf. »Besitzansprüche?«

»Lohnt es sich denn, hier etwas zu besitzen?« frage ich zurück.

»Überhaupt nicht«, beeilt sich der Wirt zu antworten, »dies hier ist ja keine reiche Gegend. Die alte Tuchfabrik ist längst stillgelegt, die wurde sowieso nach dem Krieg gleich enteignet, dann haben die Russen die Webstühle abmontiert, und das war's dann. Und die Wohnhäuser – na ja, auch nicht viel wert. Ist ja nichts los hier, wissen Sie.«

»Kennen Sie das Wotersenhaus in der Georgenstraße?«

»Das interessiert Sie?«

»Ich hab gehört, daß es mal sehr schön war.«

377

»Vielleicht vor hundert Jahren. Jetzt nicht mehr. Die Besitzer sind ja rechtzeitig nach dem Westen abgehauen. Dann hat man Wohnungen draus gemacht. Alles ziemlich verfallen inzwischen.«

»Schade«, sage ich.

»Sind Sie etwa eine Wotersen?«

»Ich heiße Köppermann«, sage ich, »und jetzt werde ich meinen Spaziergang machen.«

»Mit einem Mal kommen die alle zurück!« ruft der Wirt hinter mir her.

Langsam wandere ich durch das Städtchen und versuche die Straßen und Wege zu finden, die meine Vorfahren gegangen sind.

Trotz meiner bewährten Fähigkeit, der sichtbaren Welt eine Phantasiewelt überzustülpen, kann ich mir nur schwer vorstellen, daß dieses heruntergekommene Zehntausendseelennest einst meiner Ururgroßmutter Magdalena als große, weltläufige Stadt erschienen ist. Einzig die beiden prächtigen Kirchen, St. Georgen und St. Marien, geben noch ein Bild von vergangenem Bürgerstolz. Und wohl auch das Rathaus, in das ich als erstes gehen will, um nach einem Archiv zu fragen. Dieses Rathaus, auf dessen Stufen Hilda und Anton an den Pranger gestellt worden sind. Mehrmals schleiche ich daran vorbei, versuche die vermutlich schöne Architektur zu sehen, ohne mir von meinen unglücklichen Großeltern, die dort stehen, mit Nachttöpfen auf dem Kopf und Hauspantoffeln an den alten Füßen, die Sicht verstellen zu lassen.

Es gelingt mir nicht, und durch die Tür zu gehen, ist mir schon vollends unmöglich. Sie sind da, sie werden immer dort stehen bleiben. Und weil ich ihnen nicht mehr helfen kann, habe ich hier auch nichts zu suchen.

Blind vor Tränen laufe ich davon, zurück zum Gasthaus. Was habe ich mir eigentlich dabei gedacht, mal eben so in die Stadt Parchim zu fahren, um mir die Vergangenheit anzueignen? Jeder Mensch hier kann ein Nachfahre derer sein, die meine Großeltern einst erbarmungslos verhöhnt haben. Ich stolpere durch die Breite Straße und bleibe plötzlich wie angenagelt stehen. Da prangt doch tatsächlich ein großes Schild, auf dem steht in schwarzgoldenen Lettern »Trauerhilfe«. Meine »Trauerhilfe«, Mutters und Urgroßmutters »Trauerhilfe«! Im Schaufenster ein Eichensarg auf sorgsam drapiertem schwarzem Samt, rechts und links zwei hohe Leuchter. Über dem Sarg hängt an goldenen Ketten ein weiteres Schild mit dem Slogan, den auch wir noch benutzen: »Wir helfen Ihnen, sich selbst zu helfen.«

Nur sehr kurz fühle ich mich versucht, in diesen Totenladen einzutreten und Firmennamen und Werbeslogan zurückzufordern. Aber was hätte ich denn sagen sollen? »Guten Tag, ich habe Ihnen heute zwar keinen wichtigen Toten zu vermelden, aber ich bin eine Wotersen?«

Wirklich und wahrhaftig bin ich nicht hierhergekommen, um irgend etwas außer meinen Wurzeln zu finden, und die muß ich mir schon selber ausgraben. Ich will nicht das alte Wotersenhaus und auch nicht das sogenannte neue, in dem Hilda und Anton gelebt haben. Und das armselige kleine Bestattungsinstitut oder die große, verfallene Tuchfabrik will ich schon gar nicht. Ich will nur hinschauen und hinfühlen und Lücken schließen. Etwas mehr Courage als vorhin bei der Rathaustreppe wäre allerdings angebracht.

Also zurück zur Rathaustreppe. Nein, ich schaffe es immer noch nicht. Hilda und Anton stehen da und verdecken die Eingangstür. Ich hätte mich eben doch nicht allein auf den Weg machen sollen. Mein Sohn Thomas wäre gewiß mitgekommen. Doch er hat seine eigene Familie, und er hat seine Arbeit in unserer immer größer und komplizierter werdenden Firma. Außerdem zweifle ich daran, ob er überhaupt Interesse an diesem Teil unserer Familiengeschichte aufbringen könnte. Durch seinen Vater ist er ein halber Italiener, liebenswürdig, heiter und optimistisch, und sein Bedarf an Trauergeschichten wird durch die Firma, die er von mir übernommen hat, schon überreichlich abgedeckt. Er bemüht sich auch nicht mehr persönlich um die Toten, dafür hat er seine Angestellten. Unsere »Trauerhilfe« war für ihn

vor allem eine geeignete Spielwiese für sein erhebliches Organisa-
tionstalent, für ein Geschäft, in dem man sich zwar, wie überall,
mit Konkurrenten herumzuschlagen hat, nicht jedoch mit ständig schwankender Konjunktur. Mit dem Tod und den Toten
selbst hat er nie viel im Sinn gehabt, das war für ihn leider nur
eine notwendige Beigabe. Soll ich ihn nun etwa mit all meinen
persönlichen Toten belasten, mit Barbara und Hermann und Hilda und Anton und Antonia und David und Simon und Lieselotte
mitsamt ihren beiden Töchtern?

Langsam wird es dunkel, mich friert, und ich bin müde. Ich
werde zeitig schlafen gehen, noch etwas lesen, vielleicht auch
schreiben und morgen einen neuen Versuch machen.

Im »Eldeblick« verlange ich erst einmal einen doppelten Cognac. »Haben wir nicht«, sagt der Wirt.

»Was haben Sie denn?«

»Na ja, haben wir schon, ist aber sehr teuer. Weil schließlich
Importware.«

»Na gut. Also einen doppelten von Ihrem teuren.«

»Dann können Sie ja auch gleich die ganze Flasche kaufen«,
sagt der Wirt.

»Will ich aber nicht«, sage ich.

Hier hat Anton gesessen mit Emily, seiner Maschinenbraut, die
steckte den Alkohol weg wie Wasser. Ich bin auch ziemlich gut im
Trinken, aber eine ganze Flasche ist mir denn doch zuviel. Allerdings, würde sie mir, wenn ich es recht bedenke, helfen, die nächsten Tage zu überstehen.

Als der Wirt den Cognac bringt, frage ich: »Wieviel soll denn
Ihre Flasche kosten?«

Er nennt mir einen verrückt hohen Preis. »Ist nämlich meine
letzte. Aber wenn Sie mit Westmark zahlen, wird's sehr viel billiger.«

»Na gut«, sage ich, »tun Sie's auf die Zimmerrechnung.«

Er grinst. »O nein, das machen wir hier nicht.«

»Was?«

»Bar oder gar nicht.«

Ich bin zu müde, um mich zu wehren, zücke mein Portemonnaie und zahle.

»Aber die Grenze ist doch jetzt offen«, sage ich.

»Wie man's nimmt«, sagt er.

Die Wirtsstube ist ziemlich leer. In einer Ecke tagt ein Stammtisch – jedenfalls sehen die Menschen wie Stammtischler aus –, und in der anderen sitzt ein Liebespaar.

Als Anton und seine Emily hier Cognac getrunken haben, war es wohl auch ziemlich leer.

Gerade als ich aufstehen will, um nach oben zu gehen, betritt ein weiterer Mann die Gaststube. Er sieht nicht aus wie die anderen, vermutlich liegt das vor allem an seiner Kleidung. Grober Tweed, dazu Hemd und Krawatte und eine schwere Schaffelljacke. Er setzt sich, ruft den Wirt und verhandelt. Der Wirt deutet auf mich. Auf mich?

Der Gast steht wieder auf, kommt an meinen Tisch, verbeugt sich, murmelt einen längeren Namen, den ich nicht verstehe, und fragt mich, ob ich ihm etwas von meinem Cognac verkaufen würde.

»Wie bitte?«

»Er hat sonst keinen. Er sagt, es wäre seine letzte Flasche gewesen. Und den Fusel, den sie sonst hier ausschenken, kann ich nicht ertragen.«

»Nicht ertragen?« sage ich. »Also nehmen Sie sich, was Sie brauchen, aber bitte ohne Bezahlung. Ich gehe jetzt nach oben und lasse Ihnen die Flasche hier. Sozusagen meine Form von Gastfreundschaft.«

»Empfangen Sie denn hier Gäste?« fragt er überrascht. »Sie sehen überhaupt nicht so aus.«

Eine unruhige Nacht, in der im Traum dieser breitschultrige Schaffelljackenmensch auftaucht und meinen ganzen Cognac austrinkt.

Am nächsten Morgen steht die Flasche, aus der höchstens ein Viertel fehlt, auf dem Tisch, an dem ich gesessen habe. Darunter liegt ein Zettel:

»Vielen Dank. Anthony Charles Sevenoaks. Ich bin froh, daß ich die Flasche nicht mitgenommen habe, sie wäre wahrscheinlich jetzt leer und ich hätte Kopfschmerzen. P. S. Das mit der Gastfreundschaft habe ich nicht verstanden.«

Ich auch nicht, denke ich, schließlich bin ich ja hier nicht zu Hause.

Nach dem Frühstück setze ich mich ins Auto. Ich brauche Abstand, also werde ich ein wenig in der Gegend herumfahren.

Gebbin, Kathrines Dorf, Magdalenas Dorf und anfangs auch Barbaras. O Gott, diese Armseligkeit! Ich versuche, den düsteren, tiefhängenden Himmel mitverantwortlich zu machen für den jämmerlichen Eindruck, aber daß die Häuser in ihrem schmutziggrauen DDR-Putz so häßlich sind, die Hecken so struppig und die Wege so matschig, dafür kann der Himmel nichts. Die Kate, die der alte Rudolph Siggelow Magdalena übereignet hat, liegt, laut Barbaras Aufzeichnungen, ganz am Ende des Dorfes Richtung Badekow.

Tatsächlich finde ich das Haus – oder glaube jedenfalls, es gefunden zu haben. Es ist das letzte im Dorf, seine Wände sind nicht steinern und also auch nicht mit diesem deprimierenden Grauputz versehen, sondern aus querlaufenden dicken Holzbrettern zusammengefügt. In einem Fenster stehen Alpenveilchen, und oben auf dem Dach ist ein Wetterhahn. Wenn man seitlich an dem Haus vorbeischaut, kann man im Hintergärtchen jenen alten Brunnen sehen, an dem sich, so denke ich es mir, vor hundertvierzig Jahren die blutjunge Barbara ihre Haare gewaschen hat. Ich setze mich auf das Mäuerchen, schaue den Brunnen an und überlasse mich willig dem Sog alter Geschichten.

Trotz der Kälte ist mir plötzlich heiß geworden. Ich denke an meinen ersten Sommer mit Vittorio, meinem italienischen Ex-Mann. Da war ich achtzehn, denke an die Künste seiner Verführung, an mein wahnsinniges Verlangen Tag und Nacht. Und dann denke ich auch an meine erste Abtreibung . . . und an die zweite. Bei der dritten Schwangerschaft dann habe ich ihm meinen Zustand verschwiegen, bis es zu spät war. Er strafte mich dafür mit einer ausgiebigen Affäre, die er mir nicht einmal verschwieg. So ging die Liebe langsam zugrunde – wenn es überhaupt Liebe gewesen ist. Das zweite Kind entsprang dann nur noch einem zufälligen animalischen Übereinanderherfallen, von tiefem Verlangen konnte nicht mehr die Rede sein, von Liebe schon gar nicht. Als ich Vittorio endlich verließ, war ich siebenundzwanzig, im gleichen Alter wie Barbara, als sie Hermann Wotersen heiratete. Leider habe ich nicht das Glück und die Klugheit gehabt, mir einen neuen Gefährten zu finden, einen, der mich und meine Söhne gleichermaßen liebt und der meinem Leben eine feste Basis hätte geben können.

Das Geräusch einer knarrenden Tür unterbricht meine Gedanken. Auf dem Gartenweg kommt eine alte Frau auf mich zu, fixiert mich mit zusammengekniffenen Augen und fragt: »Ist was?«

»Nein, nein«, sage ich, »bestimmt nicht. Hab mich nur etwas ausgeruht.«

Die Frau nickt grimmig. »Und machen Sie sich bloß keine falschen Vorstellungen, uns kriegen sie hier nicht raus.«

Im Auto nehme ich erst einmal einen guten Schluck aus meiner Cognacflasche und preise meine Urgroßmutter Barbara von ganzem Herzen, daß sie diesem Dorf ihren schönen Rücken zugekehrt hat.

Was jetzt? Badekow, Rahden, die Kirche, der Friedhof, das Schloß?

Erst einmal die Kirche, in der einst Thea Menken als Küsterin gedient und später die kleine Elisabeth die Bücher geführt hat. Aber die Tür ist verschlossen, und da ich vorerst keinerlei Bedürfnis verspüre, mit irgendeiner weiteren Person dieses Ortes zu reden, fahre ich hinunter zum See, zum Schloß.

Da liegt es, groß, gedrungen, mit abgeblättertem, wohl ehemals hellem Putz über einem schweren Natursteinsockel. Sämtliche Fenster sind mit Brettern vernagelt, das Dach ist stellenweise beschädigt. Trotz einiger ungeschickter Anbauten ist doch seine schöne, schlichte Grundform noch zu erkennen. Siebzehntes, frühes achtzehntes Jahrhundert, würde ich schätzen, und die Lage am See, denkt man sich einen Teil der Bäume und das Gestrüpp weg, ist sehr reizvoll. Der Bauherr Siggelow, mindestens drei Generationen vor Rudolph, hat gewußt, was er tat.

Das Tor ist mit Stacheldraht verschlossen, zusätzlich hängt noch ein Schild da: »Eintritt strengstens untersagt.« Ich gehe an der teilweise brüchigen Mauer entlang, finde schließlich einen Durchschlupf und stehe auf dem Grund und Boden, den mein leiblicher Urgroßvater Friedrich-Carl Siggelow einst freiwillig hergegeben hat. Der Friede, den er sich damit einzuhandeln gemeint hatte, war trügerisch. Die Erinnerung hatte ihn fest im Griff, auch wenn er sich noch so sehr bemühte, sie im Alkohol zu ersäufen. Ja, der Alkohol, er hockt auch in meinen Genen. Ich nehme noch einen tiefen Schluck aus der Flasche.

Im hinteren Teil des Schlosses, dort, wo sich vermutlich die Wirtschaftsräume befunden haben, hängt ein Fensterflügel nur lose in den Angeln, man kann ihn leicht zurückschieben. Erdspuren auf dem Fensterbrett zeugen von früheren Begehungen – wieso auch nicht? Ungeschickt schiebe ich mich durch das Fenster, ärgere mich dabei über meine unpassende Kleidung. Wenn man in meinem Alter schon Verbote übertreten will, sollte man sich zuerst einmal von den Bedingungen und Zwängen des eleganten Auftritts verabschieden. Und die Cognacflasche in meiner Manteltasche macht mich auch nicht gerade beweglicher.

Meine Füße berühren steinernen Boden. Vorsichtig taste ich mich an der Kachelwand entlang zur Tür, dahinter ein langer Flur. Es ist weniger dunkel, als ich befürchtet hatte, durch die Ritzen in der Bretterverschalung fällt genug Licht, damit ich einen schwachen Eindruck von der Örtlichkeit bekomme. An dem einen Ende des Ganges zeichnet sich das Eingangsportal ab.

Es ist kalt im Schloß, noch kälter als draußen. Der erwartungsgemäß modrige Geruch jedoch wird durchzogen von einem anderen, einem, der nicht hierher gehört. Ich brauche eine Weile, bis ich ihn identifizieren kann: Es ist der süßliche Geruch von Haschisch. Die Vorstellung, daß sich etwa hier die Jugend von Gebbin und Umgebung zu heimlichem gemeinsamem Rausch versammelt haben könnte, finde ich so verrückt, daß ich lachen muß und mir die Unsicherheit vergeht. Absichtlich mache ich Lärm, um die Junkies, falls sie momentan hier sein sollten, zu warnen. Und dann stoße ich die Tür zum Studierzimmer auf.

Durch das Oberlicht des mittleren hohen Fensters, dessen Holzbedeckung weggebrochen ist, fällt Licht herein. Der Anblick des Raumes verblüfft mich.

Zwei wacklige Sessel, an deren Rückenlehnen Kopfdeckchen befestigt sind, ein Nierentisch aus den Fünfzigern mit angestoßenem Blümchengeschirr darauf, eine Stehlampe mit gefälteltem Schirm – dabei gibt's hier doch gewiß keinen Strom mehr –, ein alter braungrauer Fransenteppich, zwei Matratzen auf dem Boden mit sorgsam geflickter Nylonspitze bedeckt. Sogar eine Grünpflanze steht vor dem vernagelten Fenster, daneben ein Gartenzwerg mit Gießkanne, der allerdings schon eine Weile nicht mehr tätig war, denn die Blätter der Pflanze hängen traurig herab. Im Kamin sind Briketts und Holzscheite gestapelt, davor stehen mehrere Chiantiflaschen mit halb heruntergebrannten Tropfkerzen.

Es sieht aus, als hätten hier zwei Menschen Familie gespielt, alles so brav und sauber.

Ich zünde mir eine Zigarette an und lasse mich auf einem der Sessel nieder. Schon wieder ein großer Schluck Cognac.

Plötzlich fühle ich mich sehr müde. Wenn es nicht so kalt wäre, würde ich einen Augenblick schlafen. Die letzte Nacht war nicht erholsam, das Bett zu weich, in der Heizung immer wieder ein röhrendes, schmatzendes Geräusch. Und dann dieser Engländer in meinem Traum, der sich über den Cognac hergemacht hat.

Ich stehe auf, recke und dehne mich, mache ein paar Schritte hin und her, prüfe die Festigkeit der Matratzen – jedenfalls härter als die im Gasthof! – und beschließe, morgen die Grünpflanze mit Wasser zu versorgen.

Am Abend nach dem Essen frage ich den Wirt vom »Eldeblick«, seit wann das Gebbiner Schloß leer stünde.

»Seit zwei Jahren ungefähr«, sagt er.

»Und davor?«

»War es eine Art Erholungsheim. Aber dann haben sie's so verfallen lassen, daß sich keiner mehr drin erholen konnte.«

»Und wer ist inzwischen dafür verantwortlich?«

»Weiß man's? Der Staat doch wohl, oder? Der ist hier für alles verantwortlich. Jetzt allerdings . . .«, er zuckt die Schultern. »Wieso interessieren Sie sich denn für das Schloß?«

»Nur so.«

Er blickt mißtrauisch. »Sie sind nicht etwa eine von den Früheren, von den Ursprünglichen, ich meine eine von den Siggelows?«

»Mein Name ist Köppermann, das haben Sie doch schwarz auf weiß in der Anmeldung.«

»Ja, ja, aber was sind schon Namen«, sagt er. »Und wie Sie aussehen, könnten Sie sehr gut eine Siggelow sein.«

»Haben Sie die denn gekannt?«

»Natürlich nicht, sind doch schon vor hundert Jahren weg von hier. Aber es gibt immer noch viel Gerede über sie.« Mit diesen Worten schlurft er davon.

Als dann der Schaffelljackenmensch die Gaststube betritt, wird mir klar, daß ich die ganze Zeit auf ihn gewartet habe. Er kommt an meinen Tisch. In der Hand hält er eine Cognacflasche, exakt die gleiche wie meine, allerdings voll.

»Ich bin extra zurück über die Grenze gefahren«, sagt er, »um mich zu revanchieren. Und später hab ich hier einen Laden entdeckt, da standen fünf von diesen Flaschen im Schaufenster. Über zweihundert Kilometer bin ich dafür gefahren!«

»Das war aber nicht nötig«, murmle ich und merke voller Unbehagen, daß ich erröte.

»Darf ich mich setzen?«

»Bitte.«

»Warum in die Ferne schweifen«, sagt er kopfschüttelnd, »wenn das Gute doch so nahe liegt.« Dabei schaut er mich an, als wäre ich selbst das Gute. »Und wie geht es inzwischen Ihrer Cognacflasche?«

Ich versuche meine unangebrachte Verlegenheit zu überspielen. »Wie man's nimmt. Jedenfalls hat sich der Inhalt weitgehend davongemacht.«

»Oh«, sagt er, »das tut mir aber leid.«

»Wieso?«

»Weil sie nicht die Person sind, die sich grundlos alkoholisiert. Jedenfalls nicht tagsüber.«

»Sind Sie etwa Psychologe?«

»Nein, nein. Ich bin nur Jurist. Und Sie?«

»Bestatterin.« Mit diesem Statement gelingt es mir meistens, die Menschen zu schockieren oder wenigstens zu verblüffen. Ihn offenbar nicht.

»Schöner Beruf«, sagt er.

Darauf reagiere ich lieber nicht und überlasse ihm die Initiative.

»Und was macht Herr Köppermann?« fragte er auch gleich.

»Herr Köppermann ist überhaupt nicht mehr im Geschäft, schon seit langem nicht. Er ist gefallen, in Stalingrad.«

»Aha«, folgert er umgehend, »Ihr Vater.«

»Woher wissen Sie überhaupt meinen Namen?«

»Aus dem Anmeldebuch. Anna Barbara Köppermann. Schöner norddeutscher Name, nur etwas zu lang. Wenn Sie erlauben, reduziere ich ihn etwas, für den Hausgebrauch, meine ich.«

Er steht auf, geht quer durch die Gaststube zum Bartresen und kommt mit zwei Gläsern zurück. »Nun wollen wir doch mal probieren, ob mein Cognac genauso gut schmeckt wie Ihrer. Nicht wahr...«, ein kurzer Blick zu mir hin, »nicht wahr, Barbara?«

»Ich bin eigentlich nicht gewöhnt, daß mich ein Fremder gleich mit Vornamen anredet.«

Arroganter hätte man's ja kaum sagen können. Er jedoch zeigt sich unbeeindruckt und erklärt mir, daß er nicht mehr so recht auf dem laufenden sei mit deutschen Sitten und Gebräuchen. »Daheim in England würd ich es als ausgesprochen unhöflich ansehen, Sie beim gemeinsamen Cognactrinken mit Frau Köppermann anzusprechen.«

»Sie sind Engländer?«

»Ja, natürlich. Haben Sie nicht ins Anmeldebuch geschaut?«

»Nein, warum sollte ich auch?«

»Weil wir beiden hier die einzigen Fremden sind. Das verpflichtet zu gegenseitigem Interesse.«

Ich sehe ihn an und frage nur: »Und wieso sprechen Sie so fließend Deutsch?«

»Acht Jahre in einem Schweizer Internat – da kann man wohl nicht anders, da muß man Deutsch lernen. Meine Mutter haßte zwar die Nazis, aber Schiller und Goethe fand sie ganz akzeptabel. Sie sprach auch selbst ziemlich gut Deutsch.«

»Und Ihr Vater?«

»Der wurde nicht gefragt. Wie war das denn mit Ihrem Vater?«

»Ich glaube, der wurde letztlich auch kaum gefragt, und sowieso starb er bereits, als ich elf war.«

Plötzlich habe ich das dringende Bedürfnis, ihm alles zu erzählen, mein ganzes Leben vor ihm auszubreiten, Kindheit und Jugend, Anpassung, Rebellion und erneute Anpassung, Nazis und Juden, Ehe, Scheidung, Mutterschaft. Das nahende Alter, das mich bedrückt und ängstigt. Und dann das unveränderlich Klare, Gute und Tröstliche, der Umgang mit den Toten. Ich nehme mich zusammen und greife nach dem Cognacglas, das er vollgeschenkt hat. »Also dann, Mit-Fremder, stoßen wir an auf die starken Mütter. Und nennen Sie mich von mir aus Barbara, das war der Name meiner Urgroßmutter, die war von allen die Stärkste.«

Bis in die frühen Morgenstunden sitzen wir zusammen in der Gaststube, trinken Cognac und breiten voreinander unsere Leben und die unserer Familien aus. Über das Frühe, fast noch Legendäre redet sich's leichter, man kann es sogar dekorativ aufputzen. Und so erzähle ich von Kathrine und Magdalena und von der Ur-Barbara, deretwegen ich hergekommen bin.

»Und Sie«, sage ich, »was bringt denn Sie in diese Gegend?«

»Auch die Familie«, sagt er. Ein Vorfahre von ihm, ein unglücklicher, armer Mensch, sei nämlich im 19. Jahrhundert von hier fortgezogen, um in Britannien Geld und Glück zu suchen. Vermögend sei er dort tatsächlich geworden, das Glück jedoch sei ihm, so die familiäre Überlieferung, versagt geblieben.

Nach dem vierten oder fünften Cognac frage ich ihn, wie es denn bei ihm selbst um Geld und Glück stünde. Worauf er umstandslos und knapp antwortet, Geld habe er ausreichend, wenn auch nicht im Übermaß, und seine Zuteilung an Glück habe er leider schon vor vielen Jahren ausgelebt. Seine Frau sei mit achtunddreißig Jahren an Krebs gestorben, der einzige Sohn beim Segeln ertrunken. Und die Zeit heile eben doch nicht alles.

Obgleich ich am liebsten die ganze Nacht mit ihm geredet hätte, halte ich es irgendwann für angebracht, aufzustehen und zu verkünden, daß ich nun aber wirklich ins Bett gehen müsse.

»Ach ja?« sagt er und erhebt sich ebenfalls. »Ich bringe Sie dann nach oben.«

Vor meiner Zimmertür küßt er mich auf beide Wangen. »Gute Nacht, Barbara.«

Am nächsten Morgen verspüre ich nicht den geringsten Kater, ganz im Gegenteil, ich bin frisch und munter wie selten.

In ein Badetuch gewickelt, gehe ich ans Fenster. Kaum zu glauben, die Sonne scheint! Nur einen Steinwurf entfernt, trödelt das Eldeflüßchen friedlich dahin, vor hundert Jahren haben August und Anton nackt darin gebadet. Schöne junge Knabenkörper – und wenn Barbara sie beim Nacktbaden erwischte, wurden sie mit Stubenarrest bestraft.

Ich kleide mich an, diesmal sehr viel praktischer als gestern. Hose, dicke Wolljacke, keine Perlenkette. Im Auto liegt der Steppanorak, den ich in Olsdorf trage, wenn ich nach den Gräbern sehe. Ich will noch einmal zum Schloß zurück. Zu merkwürdig, daß ich so heiter bin, überhaupt keinen Kater habe!

Unten begegnet mir als erstes der Wirt. Ich frage ihn nach seinem anderen Gast, diesem Engländer, und wie lange der denn schon hier sei?

»Fast zwei Wochen«, sagt der Wirt.

»Und was macht der so den ganzen Tag?«

»Fährt rum und guckt sich die Gegend an. Ganz, als ob's hier was zu holen gäbe. Ich kann mir bloß nicht vorstellen, was.

Ich lasse mein Auto beim Tor stehen und wandere hinunter zum Gebbiner See. Die Sonne hat ihn so intensiv zum Glitzern gebracht, daß es in den Augen weh tut. Meine Sonnenbrille liegt im Handschuhfach. Alles hier hat mit Barbara zu tun und mit Friedrich-Carl. Warum nur konnten sie einander nicht festhalten, warum hat die sonst so tapfere Barbara nicht den Mut aufgebracht, aus der unmöglichen eine mögliche Liebe zu machen?

Ich setze mich auf eine Bank, breite meine Arme weit über die Lehne, strecke die Beine von mir und schließe die Augen. Die Sonne legt sich mir verheißungsvoll aufs Gesicht, als wäre der Winter schon vorüber, bevor er noch richtig begonnen hat. Vielleicht könnte ich hier ein Grundstück kaufen, denke ich, ein Häuschen bauen, Rosen pflanzen. Für meine alten Tage. Und zum Zeitvertreib würde ich dann weitere Fakten sammeln über meine Familie. Und vielleicht auch, ganz nebenbei, über die von diesem Anthony Charles Sevenoaks.

Dann setzt er sich plötzlich neben mich, so nah, als ob mein linker Arm ihn umschlungen hielte. Ich bin überhaupt nicht erschrocken, vermutlich habe ich ihn erwartet.

»Ihr Auto steht oben am Tor«, sagt er.

Ich versuche, meinen Arm hinter seinem Rücken herauszuziehen. »Bewegen Sie sich doch bitte nicht«, sagt er, »es ist mir sehr angenehm so.«

»Mir aber nicht.«

Er lacht. »Meine allerschönste Barbara! Warum können Sie sich nicht einfach mal gehenlassen? Das hat doch sogar Ihre Urgroßmutter getan.«

»Daraus ist dann aber nichts geworden.«

»Daraus ist immerhin eine stattliche Reihe von Nachkommen geworden. Und auch Sie. Nennen Sie das nichts?«

»Daraus sind zwei Leben ohne Liebe geworden.«

»Woher wollen Sie denn das so genau wissen?«

Mit diesen Worten zieht er mich an sich und küßt mich. Mich, eine Frau von siebenundfünfzig Jahren! Und ich lasse es geschehen, mache nicht mal den Versuch einer Gegenwehr.

Als er schließlich seinen Mund, nicht aber seine Arme von mir nimmt, als ich wieder die Sonne fühle und den See plätschern höre, bringe ich vorerst kein Wort heraus. Dabei wäre doch eigentlich in diesem Moment etwas Ironisches angebracht, etwas, das mir meine Selbstsicherheit zurückgeben könnte. Ich sitze da, den Kopf an seiner Schulter, mit schlaffen Armen und mit Beinen, auf denen ich gewiß nie wieder stehen kann.

»Na, siehst du«, murmelt er schließlich, »das hätten wir gestern schon haben können. Gewollt haben wir es von Anfang an.«

Er steht auf, zieht mich mit sich hoch. »Sollten wir jetzt nicht ins Schloß gehen?« fragt er. »Ich habe dir gestern zugesehen, wie du ein- und ausgestiegen bist. Zeig mir, was du entdeckt hast.«

»Du hast mich beobachtet?«

»Warum nicht. Ich gehe oft hier im Park spazieren. Und eine elegante Frau, die sich durch ein Fenster quält, ist ein ausgesprochen netter Anblick.«

»Ich kann es nicht leiden, wenn jemand mir heimlich zuschaut«, sage ich.

»Von jetzt ab nie mehr heimlich!« verspricht er mir lächelnd.

Dann sind wir im Schloß auf dem langen Gang.

»Merkwürdiger Geruch hier«, sagt er.

»Haschisch«, sage ich. »Gestern hat's noch stärker gerochen.«

»Kaum ist die Grenze offen, schon verführt die westliche Dekadenz das solide aufrechte Arbeiter-und-Bauernvolk!«

Durch das zerbrochene Oberlicht fällt ein breiter Sonnenstrahl. Mit großer Gebärde deute ich auf die Einrichtung. »Na, hat sich dafür der Einbruch gelohnt?«

Verblüfft betrachtet er die gute DDR-Stube, geht herum und bleibt schließlich am Kamin stehen.

»Da wir nun schon mal hier sind, können wir auch ein Feuer anmachen.«

»Besser nicht. Man würde den Rauch sehen.«

»Und wenn schon«, sagt er.

Als das Feuer brennt, zieht er seine Cognacflasche aus der Jak-

391

ke, wischt mit dem Taschentuch zwei Blümchentassen sauber und gießt ein. »Bis uns das Feuer von außen wärmt, müssen wir etwas für die innere Wärme tun.«

»Mir ist auch jetzt schon sehr warm«, sage ich.

»Wie schön!« sagt er.

Dann sitzen wir schweigend vor dem Kamin und schauen den Flammen zu.

»Barbara . . .?« sagt er schließlich.

»Hm?«

»Was hältst du davon, wenn wir eines dieser beiden Betten hier ausprobieren würden?«

»Ich weiß wirklich nicht . . .«

»Komm, mein Herz, spring über deinen Schatten und zieh dich aus. Oder soll ich das für dich tun?«

»Dann gibst du mir besser noch einen Cognac.«

Als ich getrunken habe, sage ich: »Das mit dem Ausziehen, das schaffe ich schon allein.«

Und so beginne ich, mich von meiner Kleidung zu befreien. Er schaut mir zu, lächelt versonnen und entkleidet sich im selben Rhythmus. Ich wünschte mir, ich wäre vierzig Jahre jünger, oder dreißig . . . oder zwanzig . . . oder wenigstens zehn.

»Du bist wunderbar schön, meine Freundin«, zitiert er, »und kein Makel ist an dir.«

Der Gedanke, daß er hier eine Anleihe bei fremden Worten machen muß, weil ihm keine eigenen einfallen, legt sich wie ein plötzlicher Schatten über meine momentan etwas zittrige Seele.

»Das ist doch aus dem Hohelied«, sage ich verwirrt.

»Und warum auch nicht«, antwortet er und nickt mir beruhigend zu. »Wenn wir uns Salomo zum Gefährten machen, was kann uns da noch passieren?«

Es folgen die elf schönsten Tage meines Lebens, das steht fest, und daran wird nichts und niemand etwas ändern können.

Dieser dreiundsechzig Jahre alte, mir offenbar sehr zugetane Mann erweist sich als der beste, liebenswürdigste, überzeugendste, unermüdlichste Liebhaber, der mir je beschieden worden ist.

Nicht einmal mein Alter gibt mir noch Anlaß zur Sorge. Denn auch wenn ich zehn oder zwanzig oder dreißig Jahre jünger wäre, könnte sein Einverständnis mit mir und meinem Körper nicht größer sein. Ich befinde mich in einem Zustand unablässiger Bereitschaft, und ich wage kaum einzuschlafen, aus Angst, daß ich ihn im Traum verlieren könnte.

Ich suche nach Liebesnamen für ihn, doch finde ich keine, die mir nicht gar zu abgenutzt vorkommen. Also lasse ich es und benenne ihn überhaupt nicht.

Er hingegen sagt immer »mein Herz«, und obgleich das ja gewiß auch nicht neu oder gar unabgenutzt ist, rührt es mich doch jedesmal wieder.

Er redet viel von seiner Kindheit, von der geliebten Mutter und der machtvollen Großmutter, von seiner Frau und dem Sohn. Auch ich rede von meinen Söhnen und Enkeln, aber mehr noch von Antonia und Ludwig und von meinen Schuldgefühlen.

»War's denn nicht doch eher die Schuld deiner Mutter?« fragt er.

»Nach ihrem Tod habe ich ihre Tagebuchaufzeichnungen gelesen. Sie konnte nicht anders. Und sie hat den Rest ihres Lebens darunter gelitten. Mein Stiefvater hat sie zwar freigesprochen, aber ich glaube nicht, daß ihr das geholfen hat.«

An seiner Hand wage ich, nun endlich ins Rathaus zu gehen.

Und immer wieder gehen wir ins Schloß, in unsere gute DDR-Stube, und wir vergnügen uns damit, überall in den Geschäften nach Dingen zu suchen, die momentan nicht mehr ganz so beliebt sind, weil sie zu sehr die eben erst überwundene Vergangenheit präsentieren. Wir finden sogar einen knallgrünen zusammenklappbaren Plastiktannenbaum Marke Nadelt-nie, den wir mit elektrischen Kerzen aufputzen. Dabei lachen wir viel, geben uns überlegen und zynisch und genießen doch beide unser Spiel wie einen gemeinsamen Nestbau. Und dann ist da ja auch immer noch das Bett mit der geflickten Spitzendecke.

Er hat mir gesagt, daß er unmittelbar nach Weihnachten in London zurückerwartet würde, für einen Wirtschaftsanwalt sei ja die Zeit vor dem Jahreswechsel die turbulenteste. »Und wie ist das bei den Bestattern? Gibt's da auch Stoßzeiten?«

»Bei uns ist der größte Andrang im November. Und wer es dann bis Weihnachten geschafft hat, der schafft's auch meist noch bis ins nächste Jahr.«

Er seufzt. »Wie gern würd ich es auch noch bis zum nächsten Jahr schaffen, eine weitere Woche noch . . .«

Ich überspiele mein Erschrecken mit Gelächter. »Du hast doch nicht etwa vor, so bald das Zeitliche zu segnen?«

»Den Ausdruck habe ich noch nie verstanden. Wieso kann man im Fortgehen das Zeitliche segnen?«

Sekundenlang zögere ich, dann wage ich es doch: »Wenn das Fortgehen denn ein Unsegen ist, warum bleibst du nicht einfach bei mir, ich meine . . . im Zeitlichen?«

Er sieht mich an, lächelt, nickt, schaut dann zur Seite und murmelt: »Ja, ja, das wäre wohl schön.«

Das Unklare, Vage seiner Antwort verletzt mich. »Also, was ist«, fahre ich ihn an, »was treibt dich von mir fort? Sei doch endlich einmal ehrlich.«

Er antwortet nicht. In mir beginnt es gefährlich zu brodeln.

»Schon gut, schon gut. Worauf wartest du dann noch? Ich muß sowieso spätestens am dreiundzwanzigsten nach Hause, weil ich, wie jedes Jahr, den Heiligabend mit meiner Familie verbringe. Und warum solltest du alleine hierbleiben?«

»Oh . . .«, sagt er und sieht dabei so traurig aus, daß ich mich am Tisch festhalten muß, um nicht sofort zu ihm hinzustürzen und ihn tröstend zu umarmen.

Natürlich beschließe ich dann doch, über Weihnachten zu bleiben. Sohn Thomas am Telefon spielt den Beleidigten und fragt, ob es mir auch wirklich gut gehe, gesundheitlich und überhaupt?

»Es geht mir ganz wunderbar«, sage ich, »und was ich hier zu tun habe, das ist wichtiger als jeder Weihnachtskarpfen.«

»Wie du meinst«, sagt Thomas. »Also dann frohes Fest.«

Frohes Fest? Mit großer Geschäftigkeit versuchen wir beide, unsere Abschiedsängste zu überspielen. Ein letzter Besuch in der guten Stube, wo wir, da es ja keinen Strom gibt, unsere elektrischen Kerzen am Plastikbaum nicht entzünden können. Aber wir können uns unsere sorgsam eingewickelten und geschmückten Geschenke überreichen. Seines und meines sind fast gleich groß. Nach langem Überlegen habe ich beschlossen, ihm die Kopien von Großvater Antons Aufzeichnungen zu schenken. Dazu habe ich ihm ein Briefchen gelegt: »Es könnte doch sein, daß sich Deine und meine Familiengeschichte irgendwann einmal berührt haben.«

Ungeduldig warte ich darauf, daß er das Paket öffnet. Aber er legt es beiseite. »Ausgepackt wird erst morgen«, sagt er, »denn heute ist ja noch nicht Weihnachten. Und wenn man zu früh nachschaut, dann – das habe ich von meiner Mutter gelernt –, dann kann es sein, daß sich der Inhalt in nichts auflöst.«

»Aber noch vor dem Frühstück!« sage ich.

Über den genauen Zeitpunkt seiner Abreise haben wir nicht gesprochen – morgen, übermorgen? Vielleicht ja auch erst am dritten Tag?

Dann gehen wir zum Gottesdienst in der Georgenkirche. Stille Nacht, heilige Nacht. Predigt, Weihnachtsgeschichte, Liturgie. Ein langer Spaziergang durch die ausgestorbenen Straßen. In vielen Häusern leuchten Weihnachtsbäume. Ich streiche mit kalten Händen über das Fenster des Trauerhilfeladens und berühre die Mauern des alten Wotersenhauses. Ich werde nicht wieder in diese Stadt kommen, nicht ohne ihn, das weiß ich mit Bestimmtheit.

Das Essen im »Eldeblick« ist schwer, wie immer. Wir trinken erst Rotwein, dann Cognac und gehen schließlich nach oben, gehen in mein Zimmer, und ich fühle mich sehr beklommen.

»Ruhig«, flüstert er immer wieder, »ruhig, mein Herz.«

Und ich beruhige mich wirklich, schlafe später sogar ein, schlafe tief und fest.

Als ich am Morgen aufwache, ist er nicht mehr da. Ich höre es rauschen in der Duschkabine, gleich wird er herauskommen, sich in ein Handtuch wickeln und zu mir auf den Bettrand setzen.

Als er nach zehn Minuten immer noch nicht auftaucht, steige ich aus dem Bett, ihn zu holen. Das Wasser rauscht, aber er ist nicht mehr da. In Panik ziehe ich mir irgend etwas über, einen Rock, einen Pullover, rutsche barfuß in meine Schuhe und renne zu seinem Zimmer, das ein Stockwerk über meinem liegt. Das Zimmer ist leer. Auf dem unbenutzten Bett liegt zusammengeknüllt das Weihnachtspapier, in das ich mein Geschenk gewickelt hatte.

In der Gaststube steht der Wirt und putzt Gläser. »Fröhliche Weihnachten, Frau Köppermann«, sagt er.

»Haben Sie Mr. Sevenoaks gesehen?«

»Ja, habe ich. Der ist vor einer halben Stunde abgefahren. Ohne Frühstück.«

Ich lasse mich auf einen Stuhl fallen und stütze den Kopf in die Hände. Der Wirt kommt herangeschlurft. »Kaffee oder was?« Dann sieht er mir ins Gesicht und sagt: »Mein Gott, Frau Köppermann, was ist denn mit Ihnen los. Nun werden Sie bloß nicht krank. Ist nämlich schwer, an Weihnachten einen Arzt zu finden.«

In seinem Paket ist ein dickes, altes, abgeschabtes Schreibheft mit handschriftlichen Aufzeichnungen in englischer Sprache. Hinten eingeheftet sind noch ungefähr dreißig maschinenbeschriebene Seiten, ebenfalls auf Englisch. Dazu ein Kuvert mit einem amtlichen Siegel und ein weiteres kleineres mit einem Brief.

Den Brief lege ich zur Seite, ihn zu lesen wird mehr Mut erfordern, als ich momentan aufbringen kann. Also zuerst das große Kuvert. Darin steckt neben der beglaubigten Abschrift eines Dokuments: »Last Will and Testament, Emily Siggelow-McCloy« ein weiterer Umschlag, adressiert an Sophia Antonia Siggelow-Stevensen, The Boltons, London Kensington. Links oben der Name des Absenders: Emily Siggelow-McCloy, rechts unten die Anweisung: Not to be opened before senders death. Der Umschlag ist aufgeschnitten und unfrankiert.

»London, den 28. 3. 1939

Sophia, meine Tochter. Auf deine vielen Fragen nach dem Wer-denn-Dein-Vater-Sei, habe ich dir stets gesagt, daß Du Dich begnügen müßtest, nur einen Elternteil zu haben, nämlich Deine Mutter, die jedoch gut sei für mindestens zwei. Ich weiß, daß Dir die Vaterlosigkeit zu schaffen gemacht hat, aber schließlich hast Du Dich abgefunden. Jetzt, da ich nicht mehr am Leben bin, kannst Du endlich den Namen Deines Vaters erfahren. Er heißt Anton Wotersen, lebt in Parchim in Mecklenburg und ist der einzige Mensch, der mich heiraten wollte, bevor ich reich war. Ich habe ihn verschwiegen, weil ich nicht wollte, daß irgend jemand den Grund unserer Trennung erführe. Du jedoch hast ein Recht darauf, nun zu erfahren, wer Dein Vater ist.

Für Dich persönlich kannst Du mit dieser Information machen, was Du willst, nur sollst Du sie nicht an die große Glocke hängen, meinetwegen, Deinetwegen, Deines Sohnes und Deines Vaters wegen, der nach unserer Trennung geheiratet und vier weitere Kinder gezeugt hat. Du kannst nach Parchim fahren und ihn besuchen und befragen. Vielleicht wird er Dir Auskunft geben, wenn nicht, dann laß es gut sein. Jedenfalls versichere ich Dir, daß weder Dein Vater noch ich an unserer Trennung schuld waren. The stars of our destiny ...

Zu meinem Testament: Selbstverständlich geht mein gesamter Besitz an Dich, meine einzige Tochter. Dazu gehört auch die Gutsherrschaft Gebbin bei Parchim, der Stammsitz meiner Vorfahren väterlicherseits, der zwischenzeitlich in falsche Hände geraten war. Im Jahr 1936 konnte ich ihn dann endlich über einen Mittelsmann sehr preisgünstig aus der Konkursmasse eines Ludwigsluster Fabrikanten zurückerwerben. Seitdem steht das Schloß leer, und die Felder liegen brach. Der Wert des Ganzen ist vor allem ein emotionaler. Darum wirst Du materiell kaum eine Einbuße erleiden, wenn ich Dich hiermit verpflichte, Schloß und Gut Gebbin nicht in Deinem Besitz zu halten, sondern es sobald wie möglich an Anton Wotersen weiterzugeben. Denn ihm vor allem steht es rechtlich und moralisch zu. Selbstverständlich hätte ich diese Verfügung auch in mein offizielles Testament aufnehmen können, doch Du weißt ja, daß in der London Times die größeren Erbfälle, besonders die unter den Aristokraten, öffentlich gemacht und kommentiert werden. Warum also lästiges Gerede und Mutmaßungen provozieren – ich habe davon in meinem Leben genug gehabt –, wenn ich mich doch auf Dich verlassen kann, daß Du dieser Verpflichtung unverzüglich und unauffällig nachkommst.

Deine Mutter Emily Siggelow-McCloy.«

Beim Lesen kommen mir die Tränen. Emily, die Maschinenbraut, hat tatsächlich Gebbin zurückgekauft und ihrem Anton zu seinem Erbe verholfen. Und die beiden hatten eine Tochter – mein Gott! Ich blättere in dem Testament. Das Datum der Öffnung: 9. September 1939, also sechs Tage, nachdem England in den Krieg gegen Deutschland eingetreten ist. Anton war in der Landesstrafanstalt Neustrelitz oder schon im Parchimer Judenhaus, die genauen Daten kenne ich nicht. Vermutlich hat sich niemand die Mühe gemacht, ihn zu finden, wozu auch, weder Engländern noch Juden wurde im Krieg in Deutschland Besitz zugestanden.

Und dann rollt in mir plötzlich eine Gedankenkette ab, gegen deren zuvor schon feststehendes Resultat sich mein Bewußtsein bislang offenbar gesträubt hat: Anton, der vielfach Geprellte, ist seit langem tot. Seine unglücklichen ehelichen Kinder ebenfalls, und gewiß doch auch diese Sophia Antonia, an die der Brief gerichtet ist. Die einzige Person, die in dieser Ahnenreihe noch steht, das bin ich! Ich, die Tochter der anderen Antonia, die Enkelin von Anton.

Ich beschwatze die Frau auf der Post, mir die Adresse und Telefonnummer des Notariats Anthony Charles Siggelow in London zu geben und schicke sofort ein Telegramm: »Eintreffe morgen London Heathrow, genaue Ankunftszeit folgt. Erwarte, daß Du mich abholst. Barbara.«

*Mein ganz großer Dank gilt meinen
drei liebevollen Beschützern:*

*der unermüdlichen Evi
der strengen Ingrid
und natürlich dem geduldigen Mel*

Oliver Pötzsch
Die Henkerstochter
Historischer Kriminalroman
Originalausgabe

ISBN 978-3-548-26852-1
www.ullstein-buchverlage.de

Kurz nach dem Dreißigjährigen Krieg wird in der bayerischen Stadt Schongau ein sterbender Junge aus dem Lech gezogen. Eine Tätowierung deutet auf Hexenwerk hin, und sofort beschuldigen die Schongauer die Hebamme des Ortes. Der Henker Jakob Kuisl soll ihr unter Folter ein Geständnis entlocken, doch er ist überzeugt: die alte Frau ist unschuldig. Unterstützt von seiner Tochter Magdalena und dem jungen Stadtmedicus macht er sich auf die Suche nach dem Täter.